政治小説集 二 上

JN158642

オリジナル本を二分冊としております。

新日本古典文学大系 明治編 17

政治小説集 二

大沼敏男
中丸宣明 校注

岩波書店刊行

編集委員
中野三敏
十川信介
延広真治
日野龍夫

題字　三藤観映

目次

凡例

一　底本はそれぞれ次の通りである。
単行本初版(博文堂、中丸宣明架蔵本)

初編(巻一・巻二)明治十八年六月二十五日版権免許、同年十月二十八日刻成出版。

二編(巻三)明治十八年八月一日版権免許、十九年一月十三日刻成出版。

(巻四)明治十八年八月二十二日版権免許、十九年一月十三日刻成出版。

三編(巻五)明治十九年六月十五日版権免許、同年八月三日刻成出版。

(巻六)明治十九年六月十五日版権免許、二十年二月四日刻成出版。

四編(巻七)明治二十年十月八日版権免許、同年十二月二十四日刻成出版。

(巻八)明治二十年十二月十四日版権免許、二十一年三月二十三日印行、同月二十四日刻成出版。

五編(巻九)明治二十四年十一月九日印刷、同月二十四日出版(「二十三日」を朱印で修正)。

(巻十)明治二十四年十二月八日印刷、同月九日出版。

六編(巻十一・巻十二)明治三十年七月二十七日印刷、同月三十日出版。

七編(巻十三・巻十四)明治三十年九月十一日印刷、同月十四日出版。

八編(巻十五・巻十六)明治三十年十月十三日印刷、同月十九日出版。

二　本文表記は原則として底本に従った。ただし、誤記や誤植、脱落と思われるものは、校注者の判断によって訂正し、あるいは補った（〔　〕内は校注者の補足した文字）。その際、必要に応じて脚注で言及した。

1　句読点

（イ）　句読点（。・、）は原則として底本のままとし、校注者の判断により適宜句間を空けた。

2　符号

（イ）　反復記号（〻　ヽ　ヾ　〱　々）は、原則として底本のままとした。

（ロ）　圏点（。・、）、傍線などは原則として底本のままとした。ただし、付録に収録した巻十一―巻十六の本文は、圏点を割愛した。

3　振り仮名

（イ）　底本の振り仮名は、本行の左側にあるものも含めて、原則として底本のままとした。ただし、付録に収録した巻十一―巻十六の本文は、左側にある振り仮名を右側に移動した。

（ロ）　校注者による振り仮名は平仮名で、歴史的仮名遣いによって示した。地名や人名などカタカナの振り仮名を補足する際には、底本の初出箇所に振り仮名がある場合はそれを用いて（　）内に示した。ただし、付録に収録した巻十一―巻十六において、底本に使用されている振り仮名ではわかりづらい場合、現代的表記によって示した。

（例）　洲越《（スイス）》　↓　洲越《（スエズ）》

4　字体

（イ）　漢字・仮名ともに、原則として現在通行の字体に改め、常用漢字表にある文字はその字体を用いたが、底本の字体をそのまま残したものもある。
（ロ）当時の慣用的な字遣いや当て字は、原則としてそのまま残し、必要に応じて注を付した。
（例）燈（灯）飜（翻）龍（竜）雞（鶏）

5　仮名遣い・清濁
（イ）仮名遣いは底本のままとした。
（ロ）仮名の清濁は、校注者において補正した。ただし、清濁が当時と現代とで異なったりどちらかに決めがたい場合には、底本の清濁を保存し、必要に応じて注を付した。

6　改行後の文頭は、原則的に一字下げを施した。

三　本書中には、今日の人権意識に照らして不適当な表現・語句がある。これらは、現在使用すべきことばではないが、原文の歴史性を考慮してそのままとした。

四　脚注・補注

1　脚注は、語釈や人名・地名・風俗など文意の取りにくい箇所のほか、懸詞や縁語などの修辞、当て字など、解釈上参考となる事項に付した。

2　引用文には、読みやすさを考慮して適宜濁点を付した。振り仮名は適宜加減し、原文にある圏点や傍線は割愛した。漢文は可能な限り仮名交じりの読み下し文とした。引用文中、必要に応じて校注者による補足を〔　〕内に示した。

3　脚注で十分に解説し得ないものについては、↓を付し、補注で詳述した。

4　本文や脚注の参照は、頁数と行、注番号によって示した。

5　作品の成立・推敲過程上注目すべき主要な点に、稿本、再版本および異本との校異注を付した。
（イ）〈後刷〉は後刷りと思われる巻五の異本（奥付は同一）を指す。
6　必要に応じて語や表現についての用例を示した。
五　付録として、巻十一から巻十六までの本文を収録した。また、巻一から巻十までの欄外漢文評の訓読文を示した。
六　本書の注釈に関して参考にした主な資料は、注釈中に示したほか、次の通り。

新釈漢文大系（明治書院）十四・十五巻『文選（詩篇 上・下）』（内田泉之助、一九六三―六四年）、七十九・八十・八十一巻『文選（賦篇上・中・下）』（中島千秋・高橋忠彦、一九七七・一九九四・二〇〇一年）、八十二・八十三・九十三巻『文選（文章篇上・中・下）』（原田種成・竹田晃、一九九四・一九九八・二〇〇一年）。

新版 世界各国史（山川出版社）十六巻『スペイン・ポルトガル史』（立石博高編、二〇〇〇年）、二十巻『ポーランド・ウクライナ・バルト史』（伊東孝之・井内敏夫・中井和夫編、一九九八年）、二十二巻『ロシア史』（和田春樹編、二〇〇二年）、二十三巻『スペイン・ポルトガル現代史』（齋藤孝編、二〇〇〇年）、二十六巻『ハンガリー・チェコスロヴァキア現代史』（矢田俊隆著、一九七八年）。

世界歴史大系（山川出版社）『イギリス史（二・三）』（今井宏編、村岡健次・木畑洋一編、一九九〇・一九九一年）、『フランス史（三）』（柴田三千雄編、一九九五年）、『中国史（四・五）』（池田温・斯波義信・神田信夫・濱下武志編、一九九九・二〇〇〇年）。

王鴻緒編修『明史藁』一―五巻（古典研究会、汲古書院、一九七三年）。

趙爾巽等撰『清史藁』上・下（香港文学研究社）。

小林一美『清朝末期の戦乱』（新人物往来社、一九九二年）。

大谷孝太郎『儒将曾国藩――中国指導者の精神構造』（東京布井出版、一九七七年）。

梁啓超、張美慧訳『李鴻章――清末政治家悲劇の生涯』（久保書店、一九八七年）。

古筠記念会編『金玉均伝』（慶應出版社、一九四四年）。

琴秉洞『金玉均と日本――その滞日の軌跡』（緑蔭書房、一九九一年、増補新版二〇〇一年）。

C・L・R・ジェームズ著『増補新版 ブラック・ジャコバン――トゥサン＝ルヴェルチュールとハイチ革命』（大村書店、二〇〇二年）。

浜忠雄『カリブからの問い――ハイチ革命と近代世界』（岩波書店、二〇〇三年）。
R.F. Foster, *Charles Stewart Parnell: the man and his family*, 1976, Harvester Press, U.S.A.
Jane McL. Cote, *Fanny and Anna Parnell: Ireland's patriot sisters*, 1991, Macmillan, London.

S・マコール、小野修編、大渕敦子・山奥景子訳『アイルランド史入門』（明石書店、一九九六年）。

P・ベアレスフォード・エリス、堀越智・岩見寿子訳『アイルランド史――民族と階級』（論創社、一九九六年）。

竹内幸雄『イギリス人の帝国――商業、金融そして博愛』（ミネルヴァ書房、二〇〇〇年）。

マックス・ガロ、米川良夫・樋口裕一訳『イタリアか、死か――英雄ガリバルディの生涯』（中央公論新社、二〇〇一年）。

藤田みどり『アフリカ「発見」――日本におけるアフリカ像の変遷』（岩波書店、二〇〇五年）。

山口直彦『エジプト近現代史――ムハンマド・アリ朝成立から現在までの二百年』（明石書店、二〇〇六年）。

新井政美『トルコ近現代史――イスラム国家から国民国家へ』（みすず書房、二〇〇一年）。

ハワード・H・ペッカム、松田武訳『アメリカ独立戦争――知られざる戦い』（彩流社、二〇〇二年）。

東海散士

佳《か》人《じん》之《の》奇《き》遇《ぐう》

大沼敏男
中丸宣明
校注

東海散士は柴四朗の号。一八五二(陽暦一八五三)-一九二二。旧会津藩士。戊辰戦争で藩の滅亡を経験。明治十二年(一八七九)アメリカに留学、経済学を学ぶ。同十九年、谷干城農商務大臣の秘書官として欧米視察旅行に随行。翌年谷の下野に伴い辞職、国権主義の立場から政府の欧化主義政策を批判。朝鮮問題にも奔走し、乙未政変(閔妃暗殺事件)に関与したとされる。同二十五年以降、衆議院議員としての活動も長期にわたった。詳細は大沼解説参照。なお、本作品の作者については従来「異説」がある(補注七)。

〔**底本**〕初版本(全八編十六巻、博文堂、明治十八年―三十年。刊行年次の詳細は各巻冒頭の注釈に示した)。整版、半紙本、康熙綴じ。見返し裏の表記が「博文堂発兌」となっているものと「柴氏蔵版」との二種があり、いずれが早刷本かは不明(底本は前者)。また、石版印刷による挿画の絵柄が異なる版が複数ある(補注八)。なお、巻一から巻四までは再版本が存在し、若干の字句の訂正、欄外漢文評の増補が見受けられる。そのほか確認できた限りでは、巻五に本文叙述の大きく異なる版がある(奥付の記載は初版)。

〔**梗概**〕旧会津藩士東海散士はアメリカ留学中、スペインのカルロス党の幽蘭、アイルランド独立党の紅蓮という二人の「佳人」と「奇遇」する。二人の母国が亡国の危機に瀕していることを知り、憂国の情に共感して意気投合、さらに明朝の遺臣范卿もそこに加わる。再会を期して別れるが、散士が再び訪れると、幽蘭たちは敵に捕縛された父・幽将軍救出のためにスペインに出発していた。そうした発端から、前半は幽蘭に寄せる散士の淡い想いを漂わせつつ、幽将軍救出などの「活劇」が展開される。加えて、右登場人物の母国のほかイタリア、ハンガリー、エジプト、サント・ドミンゴ島(ハイチ)など、強国の抑圧に苦しむ国々の歴史と現状が紹介され、散士帰国(巻十)後は朝鮮や清国をめぐる日本の時事問題が語られる。その後、マダガスカルやビルマ(ミャンマー)の歴史、「海南古狂将軍」に随行した際の散士の洋行体験の記述となり、「十月八日ノ変」(閔妃殺害事件)後に散士が獄に繫がれるところで終わる。全編を通じて、コシチューシュコ、コシュート、パーネル、アラービー・パシャ、金玉均など実在の人物が登場し、虚と実とがない交ぜになった物語構成がなされている。なお本書では、巻十一以降は欄外の漢文評を除いた本文のみを付録として巻末に収録した。また巻十までの欄外漢文評については、その訓読文を付録に示した。

〔**校注付記**〕慶応義塾図書館所蔵の稿本(補注七)、異版との校異を適宜脚注に示した。

佳人之奇遇初編[一]

佳人奇遇引

訴之天耶茫ゝ不答告之人耶人不吾聴於是乎筆代舌墨代涙文字代語言而自告自愬以自遣柴君憂国之志亦可悲夫君会津人少長於流離患難之中久遊学於米国学成而帰頗詳海外之事情深注意於未雨之綢繆孤憤感慨之気鬱積磅礴而不能自已発為此冊子嗟乎使此有用之才不能施之事業纔借筆墨以洩其志者抑誰之咎也読畢慨然書巻端

乙酉仲秋

有待楼主人隈山

(佳人の奇遇引[二])

[三]之《これ》を天に訴ふるや茫ゝ《ばうばう》として答へず、之を人に告ぐるや人吾を聴かず、是《ここ》に於《お》いてか筆は舌に代はり墨は涙に代はり文字は語言に代はる。而《しか》して[四]自《みづか》ら告げ自ら愬《うった》へ以《もっ》て自ら遣《や》る。[五]柴君《しばくん》憂国の志亦《また》悲しむべきかな。君は[六]会津の人、少《わか》くして[七]流離患難

一 初編(巻一・巻二)は明治十八年六月二十五日版権免許、同十月二十八日刻成出版。同十九年三月一日再版御届。奥付は巻二のみにあり。

二 端書き。「序」の簡略なもの。

三 天にこれを訴えても広々と果てしないだけで答えはなく、人に訴えても聴いてくれない。「之」は後出の「憂国の志」を指す。

四 自ら告げ知らせ、自ら訴えることで、気を晴らす。「愬」は「訴」に同じ。

五 柴四朗。東海散士の本名。

六 現福島県会津若松市を中心とする地方。ここでは会津藩を指す。↓補一。

七 故郷を離れ、苦労をする。維新以後斗南藩で味わった散士の苦労等を言う(↓補一)。

の中に長じ[一]久しく米国に遊学し学成りて帰る。頗《すこぶ》る海外の事情に詳《つまびら》かにして、深く意を[二]未雨《みう》の綢繆《ちうびう》に注ぐ。[三]孤憤感慨の気鬱積《うつせき》磅礴《はうはく》して自ら已《や》む能はず、発して此の冊子を為《つく》る。嗟乎《ああ》此の有用の才をして之を事業に施す能はず、纔《わづ》かに筆墨《ひつぼく》を借りて以て其の志を洩《も》らさしむるは抑《そもそも》誰の咎《とが》なるや。読み畢《をは》りて[四]慨然巻端《がいぜんくわんたん》に書す。

[五]乙酉仲秋《おついうちゆうしう》

[六]有待楼《いうたいろう》主人隈山《わいざん》　印　印）

一　明治十二年（一八七九）渡米、十八年帰国。
二　災禍を未然に防ぐこと。鴟鴞（しきよう＝ふくろうの類）がまだ雨の降らないうちに巣の出入り口や隙間を繕い始めることから。ここでは散士が留学中に国際情勢を学び、迫りくる日本の国難を未然に防ごうと深く思いを致したことを言う。「天の未（いま）だ陰雨せざるに迨（およ）びて、彼の桑土を徹り、牖戸（ようこ）を綢繆す」（『詩経』豳風〈ひんぷう〉「鴟鴞」）。
三　ひとり憂国の情が心に積もり塞がって、それを抑えることができない。「磅礴」は広く覆うさま。満ちふさがるさま。
四　憤りを感じ嘆くさま。
五　「乙酉」は干支の「きのととり」で明治十八年に相当。「仲秋」は秋を孟秋（七月）・仲秋（八月）・季秋（九月）に三分した三秋の一つ。陰暦八月の別称。中秋。
六　谷干城（一八三七―一九一一）。旧土佐藩士。軍人、政治家。号は隈山。名は守部。巻十以降に「海南古狂将軍」（→五〇六頁）として登場。欄外漢文評（→七頁注二七）執筆者の一人か。下の印は「干城」「隈山」。→補二。
七　慶応四年（一八六八）一月から明治二年（一八六九）五月まで明治新政府軍と旧幕府軍との間に行われた内乱。鳥羽・伏見の戦から上野戦争、北越戦争、東北戦争、函館戦争までを含むが、ここでは東北戦争中、散士が体験した会津戦争を指す。→補三。
八　思いがけなく巡り会う。
九　「陸沈」は陸地に沈む、乱れ亡びること。「迍邅」は、行き悩んで進めないさま。会津戦争後柴家一家が離散したことを言う。
一〇　執筆活動をやめて従軍した。散士は明治八―十年頃新聞に寄稿し、十年の西南戦

自　叙

散士幼《えう》ニシテ戊《ぼ》[七]辰《しん》ノ変乱ニ遭逢《さうほう》[八]シ　全家《ぜんか》[九]陸沈迍邅流離《りくちんちゆんてんりうり》　其後《そののち》或《あるい》ハ東西ニ飄流《へうりう》シ或ハ筆[一〇]ヲ投ジテ軍ニ従ヒ　遑々《くわうくわう》[一一]草々席暖《せきあたたか》ナルニ暇《いとま》アラズ　既ニシテ笈《きふ》[一二]ヲ負《おひ》テ海外ニ遊ビ専《もつぱ》ラ実[一三]用ノ業ニ志《こころざ》シ　経済、商法、殖産ノ諸課ヲ修ムルニ汲々《きふきふ》タリシヨリ殖産利用ノ心日《ひ》ニ長ジテ花[一四]月風流ノ情日ニ消《せう》ジ文ヲ練リ詩ヲ咏ズルノ余閑《よかん》ニ乏シ然《しか》レドモ多年客土《かくど》[一五]ニ在リ国ヲ憂《うれ》ヘ世ヲ慨《がい》シ千万里ノ山海ヲ跋渉《ばつせふ》シ物ニ触レ事ニ感ジ発シテ筆トナルモノ積《つみ》[一六]テ十余冊ニ及ベリ　是レ皆偸閑《とうかん》[一七]ノ漫録ニシテ和文アリ漢文アリ時ニ或《あるい》ハ英文アリテ未《いま》[一八]ダ一体ノ文格ヲ為《な》サズ　今[一九]年帰朝病《やまひ》ヲ熱海《あたみ》ノ浴舎《よくしや》ニ養ヒ始《はじめ》テ六[二〇]旬ノ閑《かん》ヲ得タリ　乃《すなは》チ本邦今世《きんせい》ノ文ニ倣《なら》ヒ之《これ》ヲ集[二一]録削正シ名《なづ》ケテ佳人之奇遇ト云フ　唯《ただ》散士ハ詩文ノ専門家ニ非《あ》ラズ　故《ゆゑ》ニ其瑕玼《そのかし》[二二]ニ至《いたり》テハ固《もと》ヨリ免《まぬか》ル、能《あた》ハザルモノナリ　鄙諺《ひげん》[二三]ニ曰《いは》ク　局《きよく》[二四]ニ当ル者ハ迷ヒ傍観ノ者ハ清シト　散士此《この》著述ニ於《おい》テ其諺《そのことわざ》ノ我ヲ欺カザルヲ悟レリ　蓋《けだシ》此篇ノ成《なる》ヤ漢儒《かんじゆ》[二五]或ハ之ヲ評シテ曰ク　文字往往戯作《げさく》小説ノ体ニ傾キ且《かツ》西洋男賤女貴《だんせんぢよき》ノ弊風《へいふう》[二六]ヲ導キ婦女ヲシテ驕傲《けうがう》[二七]ニ陥《おちい》ラシメ女徳《ぢよとく》[二八]ヲ壊《やぶ》ルノ恐《おそレ》アリト　稗史家《はいしか》[二九]ハ　則《すなはチ》之ヲ難《なん》ジテ曰ク　巻中痴[三〇]話情愛ノ章少ク遊里《いうり》歌舞妓ノ談ナク徹頭徹尾凡《すべ》テ是《これ》慷慨《かうがい》[三一]悲壮ノ談ノミ　故ニ一見倦厭《けんえん》[三二]ノ念ヲ生《しやう》ジ易《やす》シト　鉄子《てつし》[三三]

争の際には別動旅団の臨時将校となり官軍に参加して出征。なお、『東京日新聞』及び『東京曙新聞』に戦況を伝える散士の書簡が「摘録」のかたちで紹介されている。一一 一所に落ち着いて居られないほど忙しい。「孔席暖かなるに暇あらず」(韓愈「争臣論」)。一二 勉学のため故郷を出て行くこと。「笈」は旅の荷を入れて背負う竹製の箱。一三 散士はアメリカ留学中、ペンシルヴァニア大学ワートンスクール(Wharton School)で経済学を学ぶ。「殖産」は産業を盛んにして生産を増すこと。読点は底本のまま。一四 詩歌を詠んだりして楽しむ気持。一五 旅先の地、異郷。一六 次々行で、本作はまず第一次稿本が執筆され、それを「集録削正」して刊行に至ったことが分かる。一七 閑をみてとりとめもなく書いた記録。一八 まだ一定の纏まった文体にならない。一九 文末の年紀と次注の「六旬ノ閑ヲ得タリ」の一文から明治十八年一月と推定される。「浴舎」は温泉旅館。二〇「旬」は十日。「六旬」は六十日で約二ヶ月。二一「集録」は集めて記録すること。「削正」は人に詩文の字句を添削してもらうこと。二二 傷や欠点。二三 世間のことわざ。二四 当事者は判断に迷うが第三者はあれこれ迷わず手を汚さない。「局に当たるものは迷ふと称し、傍観するものは必ず審かなり」(『新唐書』元行沖伝)。本来は、傍目八目(おかめはちもく)と同じ意。二五 儒学者。二六 悪い風習。二七 おごりたかぶる。二八 女性の踏み行うべき道徳。二九 小説家。三〇「痴話」は恋人の間の話、転じて情事。「情愛」は男女間の愛情。「遊

ガ曰ク　惜乎《をしいかな》文中往往対句《ついく》ヲ欠キ[一]雅言《がげん》ヲ選ブヲ務《つと》メズ　若更《もシさら》ニ[二]聯句《れんく》対詞《ついし》ヲ選ビ文章ヲ鍛錬《たんれん》セバ完璧トナラント　然《しか》ルニ[三]隠生《いんせい》ハ即《すなはチ》曰ク　徒《いたづら》ニ[四]漢魏《かんぎ》六朝《りくてう》ノ古文ニ拘泥《こうでい》シ対句雅言ニ意ヲ用《もち》ユ　故ニ文字[五]藻麗《さうれい》ナリト雖《いへど》モ西洋大家《たいか》ノ貴《たふと》ブ所ノ[六]気抜《きばつ》ニ乏《とぼ》シト謂《い》フ可《べ》シ　且摸擬《かツもぎ》スル所東西稗史ノ尤《もつと》モ短処《たんしよ》タルニ過ギズト　[七]華生《くわせい》ハ之ニ反シテ曰ク　稗史家中別《べつ》ニ[八]一機軸《いちきぢく》ヲ出《いだ》シ東洋ノ[九]思構《しこう》ニ倣《なら》ハズ西洋ノ[一〇]体載《ていさい》ヲ仮《か》ラズ[一一]鬼神《きしん》ヲ語ラズ妖怪ヲ談ゼズ時事ニ感ジ実事ヲ記ス　故ニ文章流暢《りうちやう》精神[一二]雄邁《いうまい》字字皆金玉《きんぎよく》ナリト　更ニ一士《いつし》アリ　未《いまダ》数行ヲ読ミ了《をは》ラズ巻ヲ掩《おほひ》テ笑テ曰ク　[一三]是亦洋行書生《こレまたやうかうしよせい》自由ノ論ノミ見ルニ足《た》ラザルナリト　是《ここ》ニ於《おい》テ散士[一四]喟然《きぜん》トシテ歎《たん》ジテ曰ク　難哉《かたきかな》[一五]鉛槧操觚《えんざんさうこ》ノ士作者労《らう》シテ読者逸《いつ》シ　難《なん》ズル者易《やすく》シテ弁ズル者難《かた》シ　況《いはん》ヤ読者各《おのおの》自己ノ心ヲ以テ意ヲ迎ヘ同義ヲ異解《いかい》スル者アルニ於《おい》テオヤ　是《これ》ニ由《より》テ之《これ》ヲ覩《み》レバ朝吏《てうり》ハ誤《あやまり》テ官吏ヲ譏《そし》ルモノトナサン　勤王家ハ自由ヲ説《と》クヲ以テ王室ニ不忠トナサン　[一六]民政党ハ共和政ヲ非難スルヲ以テ王室ニ媚《こぶ》ルトセン　[一七]教法家《けふほふか》ハ[一八]天道ノ是非ヲ疑フヲ以テ説《よろこ》バズ　[一九]理学者ハ天道ヲ説クヲ見テ[二〇]頑陋《ぐわんろう》ト嘲《あざけ》ラン　道徳家ハ[二一]鄭声淫穢《ていせいいんわい》ノ書トセン　和漢小説家ハ以テ不粋《ぶすい》ト評セン　激烈ノ少壮輩《せうさうはい》ハ[二二]怯弱《けふじやく》ノ論ト罵《ののし》ラン　[二三]老練家《らうれんか》ハ書生ノ空論ト笑ハン　蓋《けだシ》[二四]皇天《くわうてん》ノ仁慈《じんじ》ナル猶且《なホかツ》万人ノ所望《しよまう》ヲ満タスコト能《あた》ハズ　何ゾ独リ散士ノ佳人之奇遇ニ疑ハンヤ　故ニ読者ノ評論ハ関スル所ニアラザルナリ　唯《ただ》[二五]平意虚心《へいいきよしん》文

里」は遊郭。二一 世の中の有様などを憤り嘆くこと。「悲壮」は悲しみの中でも勇ましくあること。二二 嫌気がさす気持ち。二三 榊原浩逸（一八五五―一九三八）の号、鉄硯（子）の略。欄外漢文評執筆者の一人。また作中に鉄硯（子）の漢詩も使われている（→一一頁）ことからして、稿本の添削にも関わったと推測される。→補四。

以上五頁

一 洗練された優雅な言葉。
二 「聯句」は対句。「対詞」は対になる言葉。
三 西村天囚（一八六五―一九二四）の号「樵隠」の略か。→補五。
四 漢魏六朝の駢儷（べんれい）文のこと。文の修辞に意を注いだことを言う。五 修辞が優れて華麗なこと。六 勇壮な気迫に乏しい。
七 高橋太華（一八六三―一九四七）。本名は七郎。欄外漢文評の執筆者、稿本の添削者の一人と推測される。→補六。
八 一つの方法、工夫。九 構成を考えること。構想。一〇 体裁。形式。
一一 この世にあり得ない超自然の事は語らない。「子、怪力乱神を語らず」（『論語』述而）。一二 雄々しくて勇ましい。
一三 西洋帰りの学生が唱える幼稚な自由の論に過ぎない。一四 溜息をつき嘆く。
一五 文筆に携わる人間の意。「鉛」は字を書いたり塗り消したりする胡粉。「槧」「觚」は文字を書くための木の札。「操」は操る。
一六 民主政治を奉ずる人々や党派。当時の自由民権派を念頭に置いた発言。
一七 宗教家。一八 人間界を司っている人力を越えた力。「余甚だ焉に惑ふ、所謂天道是か非か」（『史記』伯夷列伝）。

字ニ拘泥《こうでい》セズ全篇ヲ通覧シテ二六微意《びい》ノ存《そん》スル所ヲ誤ル勿《な》クンバ幸甚《かうじん》　唯憾《ただうらむ》ラクハ二七鼇頭《がうとう》ノ論評ハ多ク内外諸名士ノ筆ニ係《かか》ルト雖モ憚《はばか》ル所アリテ茲《ここ》ニ其姓名ヲ掲《かか》グル能《あた》ハザルノミ　二八然《しか》レドモ他日《たじつ》必《かならズ》読者ヲシテ之ヲ明知《めいち》セシムルノ時アラン　希《ねがは》クハ二九諒《りやう》セヨ

三〇明治乙酉三月於熱海浴舎東海散士誌

独立閣ヨリ遠眺ノ図

一九 科学者。物理学者。↓一四〇頁注一一。
二〇 頑固で劣っていること。
二一 淫らで汚い事を書いた書物。「鄭声」は淫らで人心を乱すとされる鄭の国の歌曲。「鄭声は淫に、佞人は殆(あや)ふし」(『論語』衛霊公)。
二二 びくびくして怖がること。臆病。
二三 経験豊富で物事をよく知っている人。
二四 天の神は慈しみ深い。
二五 心を落ち着けて何も考えずに。
二六 自身の考えや意志をへりくだって言う語。
二七 「鼇頭」は書物の上の空欄、またはそこに書かれた注解や批評。ここでは八頁以降の本編上欄の漢文の批評を指す(本注釈では「欄外漢文評」と呼ぶ)。槇林滉二は、末広鉄腸『政治小説 雪中梅』(明治十九年)と『政事小説 花間鶯』(明治二十―二十一年)における頭注の批評、解説、解釈、称揚について、三つの機能にまとめ、ストーリー補填、政治啓蒙補填、文学啓蒙補填としているが、この整理は『佳人之奇遇』の漢文評についても有効であると思われる(「『雪中梅』『花間鶯』頭注校―そのストーリー補填状況について」『佐賀大国文』二十六号、一九九八年三月)。
二八 執筆者は結局明らかにされなかったが、慶応義塾図書館蔵『佳人之奇遇』稿本に太華(高橋太華)、鉄(榊原鉄硯)、海南(谷干城か)、穆(一八頁注一二の穆堂仙史)、古奥(詳細不明)、筑海(同上)の名がある。↓補七。
二九 事情を汲んで思いやってほしい。
三〇 明治十八年三月。

絵 「小柴英」印行。石版刷。↓補八。

佳人之奇遇巻一

東海散士著

[一]東海散士一日《いちじつ》[二]費府《ヒラデルヒヤ》ノ[三]独立閣《インデペンデント、ホール》ニ登リ 仰《あふぎ》テ[四]自由ノ破鐘《はしよう》（欧米ノ民大事アル毎《ごと》ニ鐘ヲ撞《つき》テ之《これ》ヲ報ズ 始メ米国ノ独立スルニ当《あたり》テ吉凶必ズ閣上《かくじやう》ノ鐘ヲ撞ク 鐘遂《つひ》ニ裂《さ》ク 後人《こうじん》呼テ自由ノ破鐘ト云フ）ヲ観《み》 俯《ふし》テ[五]独立ノ遺文ヲ読ミ 当時米人ノ[六]義旗ヲ挙《あげ》テ[七]英王ノ虐政ヲ除キ卒《つひ》ニ能《よ》ク独立自主ノ民タルノ[八]高風ヲ追懐シ俯仰《ふぎやう》感慨ニ堪ヘズ [九]慨然《がいぜん》トシテ窓ニ倚《より》テ眺臨《てうりん》ス 会々《たまたま》二姫《にき》アリ 階《かい》ヲ繞《めぐり》テ登リ来《きた》ル [一〇]翠羅《すいら》面《おもて》ヲ覆《おほ》ヒ暗影疎《あんえいそ》香[一一]白羽《かうはくう》ノ春冠ヲ戴《いただ》キ[一二]軽縠《けいこく》ノ短羅《たんら》ヲ衣《き》[一三]文華ノ長裾《ちやうきよ》ヲ曳《ひ》キ[一四]風雅高表《かうへう》実ニ人ヲ驚カス 一[一五]小亭《カーペンター、ホール》ヲ指《ゆびさ》シ相語《あひかたり》テ曰《いは》ク 那《か》ノ処《ところ》ハ即《すなは》チ是《こ》レ[一六]一千七百七十四年十三州ノ名士始メテ相会《あひくわい》シ国家前途ノ[一七]国是《こくぜ》ヲ計画セシ処ナリト

起手奇絶。古人以外更出二機軸一者。開手雄渾壮大。忽一転。写二出孱柔美姫一。更藉二美姫口頭一。説二出許多古事一。筆筆変化極妙。借二翠羅覆面之四字一。為二後段彼知レ我。我不レ知レ彼之伏案一。用意周匝。運筆緻密。

一 何度か添削・推敲された冒頭部。↓補九。
二 Philadelphia. ペンシルヴァニア州南東部、デラウェア川河口の都市。アメリカ独立革命の中心地。一七九〇年から一八〇〇年までワシントン以前の首都。
三 Independence Hall. フィラディルフィア市の独立記念歴史公園にある。一七三二―五七年に建築、ペンシルヴァニア植民地議会議事堂として使用。一七七六年五月の第二回大陸会議（Continental Congress）はここで開催、七月二日には独立宣言が決議、四日に公布された。↓七頁挿絵。
四 Liberty Bell. アメリカの独立を記念する鐘。インデペンデンスホールにあった。鐘に『旧約聖書』レビ記の「国中のすべての住民に自由を与えよ」の銘文が刻まれている。一七七六年七月八日に独立宣言の公表を祝って打ち鳴らされたが、一八四六年のワシントン誕生日に打ち鳴らして大きな亀裂が入り、以後は鳴らさなくなった。命名は一八三九年、奴隷解放論者による。
五 独立宣言。一七八三年九月パリ条約が調印され、イギリスはアメリカ独立を承認した。↓補一〇。
六 正義の戦いのために掲げる旗印。
七 イギリス王ジョージ三世（在位一七六〇―一八二〇）。
八 気高くすぐれた風格。「追懐」は、過去の事柄を懐かしく偲ぶこと。
九 「慨然」に同じ。激情が胸に満ちて嘆息する。
一〇 みどり色の薄衣で顔を隠しているが、ほのかに香が漂う。
一一 白い鳥の羽根をつけた帽子。

当時英王ノ昌披《しやうひ》[一八]ナル　漫《みだり》ニ国憲[一九]ヲ蔑如《べつじよ》シ擅《ほしいまま》ニ賦斂《ふれん》[二〇]ヲ重クシ米人ノ自由ハ全ク地[二一]ニ委《ゐ》シ　哀願途絶《みちた》ヘ愬訴《しうそ》術尽《つ》キ人心激昂干《げきかうかん》[二二]戈《くわ》ノ禍《わざはひ》殆《ほとん》ド将《まさ》ニ潰裂《くわいれつ》セントス　十三州ノ名士大《おほい》ニ之ヲ憂《うれ》ヒ此《この》小亭《せうてい》ニ相会シ其窮厄《そのきゆうやく》[二三]ヲ救済シ内乱ノ禍機《くわき》[二四]ヲ撲滅セントス　時ニ巴士烈義顕理《パトリックヘンリー》[二五]乃《すなは》チ激烈悲壮ノ言ヲ発シテ曰ク　英王戮《りく》[二六]スベシ民政興《おこ》スベシト　此《この》亭今猶存《なほそん》シテ当時ノ旧観ヲ改メズ独立閣ト共ニ費府名区ノ一《いつ》タリ

又遥《またはるか》ニ山河ヲ指《ゆびさ》シテ曰ク　那《か》ノ丘ヲ竈[二七]　谿《ホルヂー、ワーレー》ト呼ビ那《か》ノ河ヲ蹄[二八]水《デラウエーア》ト称ス。噫《ああ》[二九]晩霞丘《バンカヒル》

晩霞丘ハ慕[三〇]士頓《ボストン》府東北一里外《いちりぐわい》ニ在リ　左ハ海湾《かいわん》ヲ控《ひ》キ右ハ群《ぐん》丘《きう》ニ接シ形勢巍然《ぎぜん》[三一]実ニ咽喉《いんこう》[三二]ノ要地ナリ　一千七百七十五年米国忠義ノ士夜窃《ひそか》ニ此要害《このえうがい》ニ占拠シ以テ英軍ノ進路ヲ遮《さへぎ》ル　明朝《みやうてう》敵兵水陸合撃《がふげき》[三三]甚《はなは》ダ鋭《するど》シ　米人善《よ》ク拒《ふせ》ギ再ビ英軍ヲ破ル　敵三《み》タビ

顕理一言。有二疾霆劈レ山之力一。非二至誠之言一。何能如レ此。

米人之始挙レ兵也。英人皆信二将軍霓治等之言一。謂。是

一二 縮緬(ちりめん)の短い衣。「縠」は細かい皺がある絹織物、ちりめん。 一三 模様の美しいスカートの長い裾。 一四 その上品な優美さは驚くほど際立っている。 一五 Carpenters Hall. イギリス植民地政策に対抗するため一七七四年第一回大陸会議が開催された建物。 一六 イギリス領十三植民地による第一回大陸会議を指す。→補一一。 一七 国家の方針。 一八 「猖披」と同じ。勝手気ままに荒れ狂って制止できない様子。 一九 憲法をないがしろにし。 二〇 徴税。 二一 地に墜ちる。 二二 たてとほこ。転じて戦争のこと。 二三 災難や危難にぶつかって苦しむこと。 二四 禍のきざし。 二五 Patrick Henry(一七三六-九九)。アメリカ独立革命の指導者。→補一二。 二六 殺す意。 二七 Vally Forge. フィラデルフィア北西約二六キロメートル。 二八 Delaware River. アメリカ北東部の川。フィラデルフィア東部でデラウェア湾に注ぐ。全長四五一キロメートル。 二九 Bunker Hill. アメリカ独立戦争最初の激戦、いわゆるバンカーヒルの戦いで有名な古戦場。→補一三。次行から一五頁四行まではこれを注解する挿入文。 三〇 Boston. マサチューセッツ州の州都。旧市街地周辺には植民地時代と独立革命期の史跡が点在する。 三一 高くそびえ立派なさま。 三二 のど、転じて要路。要所。以下の戦闘は→補一三。 三三 両方からの攻撃。

烏合之衆。弄二兵於潢池一耳。忽聞二晩霞丘一戦一。上下皆失レ色。而米人則以二此一戦一大固二其志一。華盛頓曰。全国皆兵。我国之独立可レ期矣。乃奮然帯二大将之印一。蓋在二此時一云。

宛然剣南口吻。

米国以二公義一著二於天下一。見下承二認我条約改正一返中還馬関之償金上。可三以知二其一斑一矣。

兵ヲ増《ま》ス　而《しか》シテ丘上《きうじやう》ノ軍外《そと》援兵ナク内《うち》硝薬《せうやく》竭《つ》キ[一]大将窩連《ウオーレン》[二]戦没シ力支《ちからささ》ユル能《あた》ハズ　卒《つひ》ニ敵ノ陥《おとしい》ル所トナル　後人碑《ひ》[三]ヲ此処《ここ》ニ建テ以テ忠死[四]者ノ節《せつ》ヲ表《へう》ス　散士明治十四年暮春晩霞丘《（バンカヒル）》ニ遊ビ古《いにしへ》[五]ヲ吊《とぶら》ヒ今ニ感ジ世ヲ憂ヒ時ヲ悲ミ放翁《はうをう》[六]ガ憤世《ふんせい》ノ慨《がい》アリ　詩ヲ賦《ふ》シテ懐《おもひ》ヲ述《の》ブ　曰ク

孤客登臨ス晩霞丘。芳碑久ク伝フ幾春秋。爰ニ挙ゲテ二義旗ヲ一除キ二虐政ヲ一。誓テ戮シテ二鯨鯢ヲ一報ズ二国仇ヲ一。解キレ兵ヲ放ツレ馬ヲ華山ノ陽。凱歌更ニ盟フ十三州。政重ジテ二公議ヲ一風俗淳ク。策務メテ二保護ヲ一国用優ナリ。」東海不レ競ハ自由ノ風。壮士徒ニ抱ク千載ノ憂。豺狼在リレ野ニ何ゾ問ハンヤレ狐ヲ。外侮未ダレ禦ガ況ンヤ私讐ヲヤ。歎息ス邪説ノ攬スヲ二財政ヲ一。年ニ舶シテ二宝貨ヲ一輸ス二五洲ニ一。感ジレ時ニ慨スレ世ヲ他郷ノ晩。飛絮落花増ス二客愁ヲ一。

（孤客《こかく》[七]登臨《とうりん》す晩霞丘。芳碑《はうひ》[八]久しく伝《つた》ふ幾春秋《いくしゆんじう》[九]。爰《ここ》に義旗を挙《あ》げて虐政を除き。誓《ちかひ》[一〇]て鯨鯢《げいげい》を戮《りく》して国仇《こくきう》を報《はう》ず。兵[一一]を解き馬を放

一 弾丸。「竭」は尽きる、なくなる。

二 Joseph Warren（一七四一-七五）。医師。妻と一男二女を残して六月十七日戦死。

三 バンカーヒル記念塔（Bunker Hill Monument）。一八四二年完成。

四 忠義に殉じた人の志を今の世の人に知らせる。

五 昔を偲んでいたみあわれむ。「吊」は「弔」の俗字。

六 陸游（一一二五-一二一〇）。字は務観。号は放翁。南宋の代表的詩人。満州に起こった女真族の国・金への抵抗を終生主張。一万首を越える作品には、南宋の現状や人民の苦しみを憂える義憤の詩が多く、死も厭わぬ英雄的気概のため、愛国詩人として知られる。

七 一人で旅する人。

八 「芳」は尊称。

九 何年もの間。「春秋」は年月。

一〇 イギリスを倒して仇を討つことを誓った。「鯨」は雄の、「鯢」は雌のくじらで、共に小魚を飲み込んでしまうことから巨悪をたとえる。

一一 戦争が終わり平和になることのたとえ。「偃武修文」とも。「武を偃せ文を修め、馬を華山の南に帰し、牛を桃林の野に放ち、天下に服(もち)ゐざるを示す」（『書経』武政）。華山は中国五岳の一つ。桃林はその東の地。

一二 戦いの勝利を祝う歌。

一三 多くの人が論議すること。ここでは議会制民主主義を指す。

一四 純朴である。「淳」は「純」と同じ。

一五 保護貿易政策に努めて。

一六 国費は豊かである。

つ華山《くわざん》の陽《やう》。[一二]凱歌《がいか》更《さら》に盟《ちか》ふ十三州。[一三]政《せい》公議を重《おも》んじて風俗淳《あつ》く[一四]。[一五]策《さく》保護を務《つと》めて[一六]国用《こくよう》優なり。」[一七]東海競《きそ》はず自由の風《ふう》。壮士徒《いたづら》に抱《いだ》く[一八]千載《せんざい》の憂《うれひ》。[一九]豺狼《さいらう》野に在り何ぞ狐を問はんや。[二〇]外侮《ぐわいぶ》未だ禦《ふせ》がず況《いは》んや[二一]私讐《ししう》をや。歎息す[二二]邪説の財政を攪《みだ》すを。[二三]年に宝貨《はうくわ》を舶《はく》して五洲に輸《いた》す。時に感じ世を慨《がい》す他郷の晩。[二四]飛絮《ひじよ》落花客愁《かくしう》を増す。）

三万里外ノ異郷ニ遊歴シ文ヲ論ズル故郷ノ人ハ只《ただ》[二五]鉄硯子《てつけんし》ノ[二六]佩蘭土《ハイランド》ノ古戦場ニ遊学スルアルノミ　散士晩霞丘ノ詩ヲ似《しめ》ス　鉄硯子即夜《そくや》[二七]長句《ちやうく》ヲ賦《ふ》シテ贈ル　其詩ニ曰ク

長嘯復《タ》長嘯。玻窓対《シテ》レ月《ニ》所レ思《フ》悠《ナリ》。晩霞丘畔君正《ニ》住《シ》。佩蘭士上我倚《ル》レ楼《ニ》。」二丘対峙《シ》呼《ベバ》欲《ス》レ答《ント》。中《ニ》有《リ》二一葦海水《ノ》匝《ル》一。暮潮日落《テ》蒼煙飛《ビ》。丘樹夏中《シテ》緑加合《ス》。此水此丘雖《モ》二相望《ムト》一。会面期少《シテ》空《シク》断腸。」想《ヒ》起《ス》去年桑湾《ノ》曲。館亭《ノ》夜雨《ニ》話《ス》二平生《ヲ》一。当時聴《ク》君《ガ》麤豪《ノ》語。識《ル》君《ガ》胸

米国独立後。大蔵卿歴山波美流頓。論二国家財政一曰。維二持独立一計二富強一者。不レ如二保護政策一也。大統領華盛頓従二其議一。施為二一国之政策一。既而国富民豊。紙幣之価額是以高。億万之負債是以消。遂為二今日富強之基一矣。其後婉美倫為二大統領一。改二旧制一。布二自由貿易之令一。致二農工流離。商賈破産之惨一矣。其後舞雩河南為二大統領一。復二行自由貿易一。

一七 中国から見て東の海にある国、日本をいう。日本は自由の気風をアメリカと競うべくもない、の意。

一八 国内の政情に対する壮士たちの遠い将来にわたる憂い。「千載」は千年、転じて長い年月。

一九 巨悪が政治の重要な地位で権勢を振っているとき、その下の小悪人より先に巨悪を除かねばならない。ここでは、内憂より外患を先に除くべきだ、の意。「豺狼」は、山犬と狼で、欲深くむごい悪人、「狐狸」は小悪人。もとは「豺狼路に当たる、安（いづ）んぞ狐狸を問はんや」（『後漢書』張綱伝）。

二〇 外国からの侮蔑。

二一 個人的な恨み事。

二二 ここでは自由貿易主義をいう。

二三 毎年大切な宝物を船に載せて全世界に捧げてしまっている。当時、日本は連年輸入超過で、外貨が流出していた（柴四朗「保護自由両主義ノ現況ヲ論ズ」『東海経済新報』明治十四年八月五日）。「五洲」は五大洲（アジア・ヨーロッパ・アメリカ・アフリカ・オセアニア）の略。全世界のこと。

二四 風に散る柳絮（柳の綿）や散り落ちる花はますます旅愁を掻きたてる。

二五 榊原鉄硯。→五頁注三三。

二六 Highland. 未詳。

二七 長い句。ここでは長い古体詩。

於レ是乎。貿易失レ鈞。金貨濫出。国庫空乏極矣。自下倫古論為二大統領一。復行中保護政策上。雖レ承二南北戦争後一。而能消二億万之国債一。工業日盛。商賈月繁。遂至三国庫蓄二七億金幣一矣。嗚乎外交之競争。如二今日一。置二保護政策一。豈有下致二富強一道上哉。

詞気流暢。采色爛然。

反想以下八句。作下反思憂逼レ肌。仰レ屋堪二歔欷一。北顧虚二鎖鑰一。西虞在二藩籬一。苟安得且過。大勢日萎微。財度失二其節一。生霊易上レ号レ飢。如何。

間万丈虹気《ノ》横《ルヲ》。」三日又相別《レ》。任意各〻分析。東去我踏《ハム》六鰐山頭《ノ》雪。西留君哦《ハス》太平洋間《ノ》月。月乎雪乎本《ト》無レ情。対《シテ》レ之《ニ》可《シ》レ寓《ス》二相憶《フノ》意《ヲ》一。一別東西三千里。夢魂夜夜繞《ル》二両地《ヲ》一。」君復《タ》蓬頭野服歌《テ》二鴻鵠《ヲ》一来《ル》。相逢《フ》大都《ノ》十字街。街頭《ノ》車馬何《ゾ》喧譁《ナル》。徒《ニ》令下東客《ヲ》一増《サ》中慨歎《ヲ》上。」建国如《ク》レ彼《ガ》僅《ニ》百歳。文物典章日《ニ》済済。生民得《テ》レ業《ヲ》各〻欣欣。六日勤勉一日憩《フ》。食《ニ》有《リ》二美肉一出《ルニ》有《リ》レ車。其室是《レ》石其衣《ハ》毳。家家店頭《ニ》電線織《リ》。処処層楼《ニ》炉煙鬱《ク》。輪船走《テ》レ海《ヲ》魚龍驚《キ》。火車穿《テ》レ山《ヲ》地軸壊《ル》。田間《ノ》老嫗解《キ》二自由《ヲ》一。閭巷《ノ》倉父説《ク》二国勢《ヲ》一。誰《カ》能《ク》令レ如《クナラ》レ此。其基在《リ》二法制《ニ》一。」反《テ》想《フ》我国事。憂患堪《ヘタリ》二歔欷《スルニ》一。彊魯窺《ヘ》二北門《ヲ》一。狡英攬《ス》二藩籬《ヲ》一。諸老事《トシ》二苟且《ヲ》一。大勢日《ニ》萎微。財度失《ヒ》二其《ノ》節《ヲ》一。生霊号《ブ》二凍飢《ニ》一。当《テ》二此《ノ》累卵《ノ》危《キニ》一。邪説乱《ル》二是非《ヲ》一。経国要《ス》二変通《ヲ》一。俗士豈《ニ》易《カランヤ》レ知。一朝誤《レバ》二其道《ヲ》一。毫釐千里差《フ》。可《シ》レ憫《ム》馬服子。死法御《ス》二活機《ヲ》一。海内三千余万《ノ》衆。曾《テ》無《シ》三一人《ノ》策《スル》二一奇《ヲ》一。」欽《ムガリ》君独講《ジテ》二経済《ノ》術《ヲ》一。欲《スルヲ》下

一 声を長く引いて詩を吟じること。
二 ガラス窓。「玻」は玻璃、ガラス。
三 思いは遥かである。
四 「晩霞丘」と「佩蘭士」。
五 一筋の細い海水の流れがめぐっている。「一葦」は幅の狭い水の流れ、「匝」はぐるりと一周してめぐること。
六 暮れ方、潮が満ち日が落ちて青みがかった夕靄が舞い上がり。
七 丘の樹木は夏の盛りを迎えて緑色になり。「夏中」は夏の中頃。陰暦では六月を言う。
八 空しくて悲しみに堪えない。「断腸」は腸がちぎれるほど悲しい思い。子猿を奪われた猿の腸がずたずたにちぎれていたという故事、「其の腹中を視れば、腸皆寸寸断えたり」(『世説新語』黜免)から。
九 「桑湾」はサンフランシスコ湾。「曲」はサ

長短句邦人所二最難一。而此篇或叙事或議論。縦横自在。従レ筆発揮。如二曽不レ経レ意者一。殆有二七縦七擒之妙一。

振テ二長策ヲ一拯ハント中没溺ヲ上。求メテレ道ヲ万里接シ二賢達ニ一。潜メテレ心ヲ夙夕耽ル二群籍ニ一。腹裏ノ文章触レテレ事ニ発シ。往往落セバレ筆ヲ響ク二金石ニ一。」嗚乎壮士古来多シ二杞憂一。感ジレ時ニ慨シテレ世ヲ不二暫クモ休マ一。我有リ二斗酒一君且ツ来レ。欲ス下将テ二百事ヲ一付セント中一甌ニ上。(長嘯《ちやうせう》[一]復《ま》た長嘯。玻窓《はさう》[二]月に対して思ふ所[三]悠《いう》なり。晩霞丘《(バンカヒル)》畔《はん》君《きみ》正《まさ》に住《ちゆう》し。佩蘭土《(ハイランド)》上我楼《われろう》に倚《よ》る。」二《に》[四]丘対峙《きうたいぢ》し呼べば答へんと欲す。中に一葦《いちゐ》[五]海水の匝《めぐ》る有り。暮《ぼ》[六]潮《てう》日《ひ》落《おち》て蒼煙《さうえん》飛び。丘樹《きうじゆ》[七]夏中して緑加《みどりか》合《がふ》す。此水此丘《このみづこのをか》相望《あひ》むと雖《いへど》も。会面期《き》少《すくなく》して空《むな》[八]しく断腸。」想[九]ひ起《おこ》す去年桑湾《さうわん》の曲。館亭《くわんてい》の夜雨《やう》に平生《へいぜい》を話す。当時聴く君が轟《そ》[一〇]豪《がう》の語。識《し》る君が[一一]胸間万丈虹気《きようかんばんぢやうこうき》の横《よこたは》るを。」三日又相《またあひ》別れ。任意各々《おのおの》分析[一二]。東去《とうきよ》[一三]我は踏《ふ》む六歸《(ロッキー)》[一四]山頭《さんとう》の雪。西留《せいりう》[一五]君は哦《が》[一六]す太平洋間の月。月乎《つきか》[一七]雪乎《ゆきか》本《もと》情《じやう》無《な》し。之《これ》[一八]に対して相憶《あひおも》ふの意《い》を寓《ぐう》すべし。一別東西[一九]三千里。夢《む》[二〇]魂《こん》夜《よ》夜《よ》両地を繞《めぐ》る。」君復《ま》た[二一]蓬頭野《ほうとうや》服《ふく》[二二]鴻鵠《こうこく》を歌ひて来《きた》る。相逢《あひ》ふ大都《だいと》の[二三]十字街《じふじがい》。街頭の

ンフランシスコ湾のあちこち湾曲している風景をいったものか。
一〇 荒々しくて強い語。
一一 君の胸には大空にかかる虹のような精神がみなぎっていた。「万丈」は非常に長いさま。
一二 別れていく。
一三 鉄硯(「我」)が散士より先に合衆国の東に去ったこと。
一四 Rocky Mountains. 北アメリカ西部をほぼ北西から南東に連なる大山脈。全長四千五百キロメートル。
一五 散士(「君」)が合衆国の西に残ったこと。
一六 うたう。
一七 月も雪ももともと感情がない。「乎」は文のリズムを整える助字。
一八 月と雪に向かって互いの想いを託そう。
一九 アメリカ大陸東西の意。散士は、先にアメリカ留学をしていた鉄硯子とサンフランシスコで再会し、その後鉄硯子が一足先にフィラデルフィアに行った。↓大沼解説。
二〇 毎夜私(鉄硯子)の魂はサンフランシスコとフィラデルフィアをめぐっている、忘れず夢に君のことを見ていて、互いの友情は厚いの意。「両地」は散士のいるサンフランシスコと鉄硯子のいるフィラデルフィア。
二一 蓬(よもぎ)のようにぼさぼさと伸びた髪の毛。「野服」は粗末な服。
二二 「鴻鵠の歌」は「鴻鵠高く飛び、一挙千里、羽翮已に就り、四海を横絶す、四海を横絶す、当に奈何すべき、矰繳(そうしやく)有りと雖も、尚ほ安(いづく)にか施す所あらん」(『史記』留侯世家)。
二三 十字路。

車馬《しやば》何ぞ喧譁《けんくわん》[一]なる。徒《いたづら》に東客《とうかく》[二]をして慨歎《がいたん》を増さしむ。」建国《けんこく》彼が如く僅《わづか》に百歳。文物典章《ぶんぶつてんしやう》[三] 日に済済《せいせい》[四]。生民《せいみん》[五]業を得て各ゝ《おのおの》欣欣《きんきん》[六]。六日勤勉一日憩《いこ》ふ。食に美肉有り出《いづ》るに車有り。其室是《そのしつこれ》石其衣《そのい》は毳《ぜい》[七]。家家店頭に電線織《お》り。処処層楼《しよしよそうろう》[八]に炉煙靆《ろえんたなび》く。輪船《りんせん》[九]海を走て魚龍《ぎよりゆう》驚き。火車《くわしや》[一〇]山を穿《うが》ちて地軸《ちぢく》壊《やぶ》る。田間《でんかん》[一一]の老嫗《らうう》自由を解《と》き。閭巷《りよかう》[一二]の倉父《さうふ》国勢《こくせい》を説く。誰か能《よ》く此《かく》の如くならしむ。其基《そのもと》は法制に在り。」反《かへり》て想ふ我国事《わがこくじ》。憂患歔欷《いうくわんきよき》[一三]するに堪《た》へたり。彊魯《きやうろ》[一四]北門を窺《うかが》ひ。狡英藩籬《かうえいはんり》[一五]を攬《みだ》す。諸老苟且《しよらうこうしよ》[一六]を事《こと》とし。大勢日に萎《い》[一七]微《び》。財度[一八]其《その》節を失ひ。生霊凍飢《せいれいとうき》[一九]に号《さけ》ぶ。此の累卵《るいらん》[二〇]の危《あやふ》きに当たりて。邪説是非《ぜひ》を乱る。経国変通《けいこくへんつう》[二一]を要《えう》す。俗士[二二]豈《あに》知り易《やす》からんや。一朝其道《いちてうそのみち》を誤れば。毫釐《がうり》[二三]千里差《たが》ふ。憫《あはれ》むべし馬服子《ばふくし》[二四]。死法活機《しほふくわつき》を御《ぎよ》す。海内《かいだい》[二五]三千余万の衆。曾《かつ》て一人の一奇《いつき》[二六]を策《さく》する無し。」欽《うらや》む君が独り経済の術を講《かう》じて。長策《ちやうさく》[二七]を振《ふるひ》て没溺《ぼつでき》を拯《すく》はんと欲

一 騒々しい。 二 日本からの旅人。 三 宗教、芸術、学問、法律など文化に関する営み。「典章」は規則、制度。 四 多くそろっていて盛んなさま。 五 人民、国民。 六 非常に喜ぶさま。 七 毛織物。 八 あちこちの高層建築の煙突から煙が立ちのぼる。 九 外車汽船。外輪船とも。船の中央部両側または船尾に水車をつけて、水蒸気によって回転させて進む船。 一〇 汽車は地が崩れるほど激しい音をたててトンネルをくぐって行く。「地軸」は大地を支えると考えられた軸。 一一 田舎の老婆。 一二 村里。「倉父」は傖父、田舎親爺。 一三 憂え、嘆き悲しむべきことがある。 一四 強いロシアが北から侵略の機会をうかがい。「彊」は「彊」の誤記、強い、の意。「窺ひ」の底本送り仮名「窺へ」は訛。改めた。以下同じ。 一五 狡猾なイギリスが侵略しようとしている。「藩籬」は、ここでは領土。 一六 政治家たちはもっぱらその場しのぎの振る舞いをする。「苟且」は一時の間に合わせ、いいかげんなこと。 一七 しおれて衰える。 一八 財政は節度なく浪費されて。 一九 人民は寒さと飢えの辛さを叫ぶ。 二〇 「累卵」は卵を積み重ねるように極めて危険な状態のたとえ。「秦王の国累卵よりも危うし」(『史記』范雎蔡沢列伝)。 二一 国を治めるには臨機応変が必要である。 二二 見識のない平凡な人間は簡単に知ることができない。 二三 少しの違いが大きな誤りをもたらす。「毫釐」は細い毛、わずかなことのたとえ。「毫釐の違ひは千里の誤り」とも。

するを。道を求めて万里[二八]賢達《けんたつ》に接し。心を潜《ひそ》めて[二九]夙夕《しゆくせき》[三〇]群籍《ぐんせき》に耽《ふけ》る。[三一]腹裏《ふくり》の文章事に触れて発し。往往《わうわう》筆を落せば金石《きんせき》響く。」嗚《あ》乎《あ》壮士《さうし》古来《こらい》[三二]杞憂《きいう》多し。時に感じ世を慨《がい》して暫《しばら》くも休《や》まず。我に[三三]斗酒《としゆ》有り君且《か》つ[三四]来《きた》れ。[三五]百事を将《もつ》て一甌《おう》に付《ふ》せんと欲す。）

[三六]ノ一挙[三七]独立ノ檄文《げきぶん》ヲ此閣ニ草《さう》シ自由ノ大義ヲ天下ニ明表《めいへう》セシニ当《あたり》テヤ　辺郡ノ民耒《すき》ヲ捨テヽ雲集シ[三八]兵ヲ荷《になひ》テ蜂起《ほうき》シ織女《しよくぢよ》ハ布ヲ絶《たち》テ旗トシ倉父《さうふ》ハ粮《りやう》ヲ齎《もたら》シテ饗応シ慈母ハ子ヲ諭《さと》シ涙ヲ揮《ふるひ》テ戦場ニ赴《おもむ》カシメ貞婦ハ夫《をつと》ヲ励マシテ隊伍ニ列セシメ唯《たゞ》後《おく》レンコトヲ是レ恐レ　白刃《はくじん》ニ触レ銃丸ヲ冒《をか》シ傷《きずつき》テ撓《たゆ》マズ死シテ悔イズ　誓テ自由ノ為メニ斃《たふ》レ百万虎狼《こらう》ノ英軍ニ抗シ[三九]兵結《むすび》テ解ケザル七年慕士頓《（ボストン）》府敵ニ委《い》シ新府《ニーヨルク》継《つぎ》テ陥《おちい》リ費都亦《また》其蹂躙《じうりん》スル所トナル　是《ここ》ニ於《おい》テ大将[四〇]華聖頓《ワシントン》疲兵《ひへい》ヲ率《ひき》ヰ退《しりぞい》テ竈　鉛《（ホルヂー、ワーレー）》ニ陣ス。時ニ天寒ク積雪千里堅氷途《けんぴようみち》ニ塞《ふさが》リ援兵《あんぺい》到ラズ糧運《りやううん》継《つ》ガズ[四一]軍気沮喪《そさう》シテ士卒《しそつ》菜色《さいしよく》アリ　諸将《しよしやう》議《ぎ》シテ曰ク　若《も》シ

楚雖二三家一。必滅レ秦。米雖二一人一。不レ立二英政之下一。積怨之所レ発。天下何物能制レ之。

二四 馬服子の役に立たない兵法が人の生死を左右している、の意。日本にすぐれた人物が出ないことを「惆むべし」と言っている。馬服子は中国戦国時代趙の将軍趙奢の子趙括(?-前二六〇)。孝成王七年、秦の将軍白起に包囲されて敗れ、戦死。四十万の軍隊は捕虜となり坑《あな》《うめ》にされた。

二五 本作品刊行年(明治十八年)の日本の人口は約三八三一万人と推計(内閣統計局)。

二六 国の衰弱を救うためのすぐれた政策。

二七 馬に用いる長い鞭、転じて遠大ですぐれたはかりごと。「没溺」は水に落ちて溺れること。

二八 物事の道理を知る賢人。

二九 早朝から夕方まで。

三〇 沢山の書籍。

三一 事あるごとに心中を文章にして表し、筆を執るごとに美しい調べとなる。「金石」は金または石で作った楽器。美しい音を奏でること。

三二 無用な心配をすること。とりこし苦労。『列子』天瑞に拠る。

三三 一斗の酒、沢山の酒。

三四 ひとまずやって来い。

三五 酒を飲みながら延々と語り合おう。「甌」は酒甕《さけ》《がめ》。

三六 九頁九行「噫晩霞丘」から「二姫」の話の続き。「噫晩霞丘ノ一挙」は、ああバンカーヒルの戦いよ、の意。

三七 →八頁注五。「檄文」は、考えや主張を人々に強く訴えてその同意を求める文。

三八 兵はここでは武器の意。

三九 軍隊を組織し、維持しつづけて、独立宣言から七年、すなわち一七八一年。

四〇 一七三二-九九。合衆国初代大統領、アメリカ独立革命時代の大陸軍総司令官。独立戦争と建国を指導した国父として仰がれる。↓補一四。

非ニ以ㇾ義而起者一。

何得ㇾ如ㇾ此。

先ㇾ憂後ㇾ楽。

今ニシテ一戦以テ軍気ヲ励マサズンバ四方忠義ノ師[一]瓦解《ぐわかい》センノミト即夜《そくや》竈鎔《（ホルチー、ワーレー）》ヲ発シ旗[二]ヲ巻キ枚《ばい》ヲ銜《ふく》ミ蹄《（デラウエーア）》水ヲ渡リ英ノ驕兵《けうへい》[三]ヲ襲ヒ大《おほい》ニ之ヲ破リ自由ノ師復振《またふる》フ　此[四]役《えき》ヤ将士《しやうし》貧クシテ履《くつ》ノ足ヲ覆《おほ》フナク衣《ころも》ノ寒ヲ防グナク徒《と》[五]跣氷雪《せんひようせつ》ヲ踏《ふ》ミ脛《けい》[六]足《そく》破レテ流血淋漓《りんり》[七]数里ノ積雪之ガ為《た》メニ赤ク軍中凍死セシモノ亦《また》多シト云フ　噫《ああ》人情誰カ死ヲ楽ミ生ヲ悪《にく》マンヤ　気高ク志遠ク国家ノ難ヲ急ニシテ私身《ししん》ヲ忘レ偏《ひとへ》ニ報国ノ道ヲ尽《つく》サンコトヲ願ヘバナリ　宜《むべ》ナル哉《かな》　米人ノ能《よ》ク頽勢《たいせい》[八]ヲ挽回《ばんくわい》シ凱歌振旅《しんりよ》[九]シテ馬ヲ[一〇]華山《くわざん》ノ陽ニ帰《き》シ牛ヲ桃林《たうりん》ノ野ニ放《はな》チ　而《しか》シテ外ハ欧人ガ隣国犯掠《はんりやく》[一一]ノ政略ニ対スルニ強ヲ挫《くじ》キ弱ヲ護《まも》ルノ公議《こうぎ》ニ拠《よ》リ　内ハ庠序《しやうじよ》[一二]ヲ建テヽ鋒鏑《ほうてき》[一三]ニ換《か》ヘ工商《こうしやう》ヲ励《はげ》マシ農桑《のうさう》[一四]ヲ課シ此富強《このふきやう》文明《ぶんめい》ノ邦国ヲ作《な》シ　人ハ自由ヲ楽ミ民ハ太平《たいへい》ヲ謳《うた》フニ至ル　所謂《いはゆる》凱歌ノ声風雲ノ色ヲ動カシ兵気銷《け》[一五]シテ日月ノ光ト為《な》ルモノナリ　吾党何《いつ》レノ日カ此《かく》ノ如《ごと》キ盛運ニ遭逢《さうほう》スルヲ得ンヤト　長大息之《ちやうたいそくこれ》ヲ久《ひさ》シフス

四二 軍隊の意気がくじけて、兵士は皆顔色が青い。「菜色」は青菜のように顔色が悪いさま。

以上一五頁

一 軍隊。「師」は軍隊。周の時代には一旅を五百人とし、五旅を一師とし、五師を一軍として軍隊を編成した。

二 軍旗を巻き、息をひそめて奇襲攻撃をかけるさま。「枚」は奇襲などの際に声を立てないように人や馬の口にくわえる道具。

三 おごり高ぶった兵士。

四 アメリカ独立戦争の勝利を決定づけたヨークタウンの戦い。↓補一五。

五 裸足で歩くこと。

六 すねや足。

七 したたり落ちる。

八 衰退の形勢。

九 戦いに勝ち兵を整えて帰還すること。

一〇 →一〇頁注一一。

一一 他国を犯しかすめ取る。

一二 学校。

一三 武器。「鋒」はほこさき。「鏑」はやじり。

一四 農耕と養蚕。

一五 戦乱の気は消え失せ輝かしい世界となる。日月は真理や正義などの象徴。「天涯静かなる処征戦無く、兵気銷して日月の光となる」（常建「塞下曲」『唐詩選』巻七）。

一六 しとやかで美しい。「佳人」は美人。

一七 自由の国に住み。ここではアメリカ合衆国を指す。

一八 恩恵。「沐浴」は「沐恩」に同じ。恵みを受けること。

一九 二六七―三三〇（異説二七六―三三六）。東晋の宰相。字は茂弘。西晋の末、異民族の侵入による

真是巾幗而丈夫者。非二若人一。焉得レ奪二散士之鉄石心一。

佳絶。

序事精確緻密。如下見二其地一。接中其事上。敬服。

散士之ヲ聴《きき》テ以為《おもへ》ラク今這《こ》ノ一六嬿婉《えんえん》タル佳人一七自由ノ邦国ニ棲息《せいそく》シ文明ノ一八徳沢《とくたく》ニ沐浴《もくよく》シ而シテ慨歎悲哀此《かく》ノ如ク切《せつ》ナル　恰《あたか》モ晋廷《しんてい》ノ末路《まつろ》一九王導《わうだう》ガ諸人《しょじん》ト新亭《しんてい》ニ会合シ目ヲ挙ゲテ山河ノ異ナルヲ憤《いきどほ》リ空《むな》シク二〇南《なん》冠《くわん》ヲ戴《いただき》テ楚囚《そしう》ノ涙ヲ灑《そそ》グノ情アルガ如キハ何ゾヤ　二一怪訝《くわいが》自《おのづか》ラ禁ズル能《あた》ハズ　時ニ二二倦鳥《けんてう》林ニ帰リ遊客《いうかく》悉《ことごと》ク散ズ　散士亦《また》費（ヒラデルヒヤ）府ノ二三郭門《くわくもん》ヲ出《いで》テ歩《ほ》シテ西費ニ還《かへ》ル　二四軽靄模糊《けいあいもこ》トシテ晩風衣裳ヲ吹キ遥《はるか》ニ竈谿ノ二五依稀《いき》タルヲ望ミ蹄水ノ二六浩蕩《かうたう》タルヲ観《み》テ転《うたた》懐古ノ情ニ堪ヘズ　乃《すなはチ》二七古風《こふう》一篇ヲ賦《ふ》シ行々《ゆくゆく》且ツ吟《ぎん》ズ　曰ク

晩ニ降リ二独立閣ヲ一。行ゝ唫《ぎん》ズ蹄水ノ潯リ。蹄水流レテ滔滔。竈谿煙霏霏。疎

鐘響キ二夕陽ニ一。倦鳥還ル二遠林ニ一。微風吹キ二軽裳ヲ一。新月照ス二素襟ヲ一。対シテ二此ノ

風景ノ好キニ一。何為レゾ独リ傷マシムレ心ヲ。当年汗馬ノ地。桑滄不レ可カラレ尋ヌ。英雄皆ナ

枯骨。鉄戟半バ銷沈。義士建ツルノレ国ヲ檄。百年欽ム二余音ヲ一。成敗有リ二定

数一。白眼睨ム二古今ヲ一。

危機のなかで、晋朝の復興に心を砕き、江南の豪族の協力を引き出し、続々と亡命してくる人々を結集し、東晋の基礎を固め重臣となった。ここは江南に渡った王導らが、新亭（都建康にあった宴会場）で酒宴をしたとき、周侯が溜息をついて「風や太陽の光は中原と変わらないが、建康の山河の風景は中原と違っている」と嘆き、人々が涙を流したのに対し、王導が「今こそ協力して中原を奪回し、晋朝を復興させるべきだ。あの楚の囚人の真似をして、顔を見合わせて悲しんでばかりいられない」と言った逸話による（『世説新語』言語）。

二〇 他国で捕虜となり望郷の念にかられて涙を流す。「南冠」は南方、楚の国の人の冠。「楚囚」は楚の国の囚人。晋に捕らわれた楚の鍾儀が、楚国の冠をつけて祖国を忘れなかった故事による。「南冠して縶（つな）がるる者は誰ぞや。有司対へて曰く鄭人献ぜし所の楚の囚なりと」（『春秋左氏伝』成公九年）。

二一 「佳人」の悲哀の事情や理由がわからずに怪しみいぶかる気持ち。

二二 疲れた鳥は林に帰り、遊覧の客もみな散るように帰って行く。

二三 町や村を囲む城壁の門。

二四 薄いもやがぼんやりと立ちこめて。

二五 ぼんやりとしていてはっきりしない。

二六 広々とした川が波立って流れている。

二七 唐の律詩、絶句を近体詩というのに対して、それ以前の詩を古体詩というが、ここではその古体詩の形式によって詠んだ詩。「行々」は歩きながら。

淡淡着レ筆。更不レ見二次韻之苦一。

（晩《ばん》に独立閣を降《くだ》り。行《ゆく》ゝ唫《ゆくぎん》[一]ず蹄水の潯《ほと》り。蹄水流れて滔滔《たうたう》[二]。竃谿煙《けむり》霏霏《ちんちん》[三]。疎鐘夕陽《そしようせきやう》[四]に響き。倦鳥遠林《けんてうゑんりん》に還《かへ》る。微風軽裳《けいしやう》を吹き。新月素襟《そきん》[五]を照らす。此《この》風景の好《よ》きに対して。何為《なんす》れぞ独り心を傷《いた》ましむ。当年汗馬《たうねんかんば》[六]の地。桑滄《さうさう》尋《たづ》ぬべからず。英雄皆な枯骨《こつ》[七]。鉄戟《てつげき》半《なか》ば銷沈《せうちん》。義士国を建《た》つるの檄《げき》[八]。百年余音《よいん》を欽《うらや》[九]む。成敗定数《せいばいていすう》[一〇]有り。白眼《はくがん》[一一]古今を睨《にら》む。）

穆堂仙史《ぼくだうせんし》[一二]ハ古山[一三]ノ友人新府（ニーヨルク）ニ在ル者ナリ　散士ノ韻《ゐん》[一四]ヲ次シテ曰ク

吊テレ古ヲ不レ堪ヘレ感ニ。徘徊ス水之潯。落花春寂寂。清流雨霏霏。有リレ閣名ケ二独立ト一。巍巍抜ク二晩林ヲ一。有リレ渓呼ビ二蹄水ト一。潺潺洗フ二幽襟ヲ一。美ナル哉山河ノ色。空シク傷マシム二壮士ノ心ヲ一。遺跡長ク可シレ仰グ。古人不レ可カラレ尋ヌ。諸将富ミ二謀略ニ一。元帥称ス二深沈ト一。功業垂レ二青史ニ一。四海伝フ二芳音ヲ一。爾来百余載。自由隆ナリ二於今ニ一。

（古《いにしへ》[一五]を吊《とむらひ》て感に堪《た》へず。徘徊《はいくわい》す水の潯《ほと》り。落花[一六]春寂寂《せきせき》。清流

一「吟ず」と同じ。　二 水が勢いよく盛んに流れるさま。　三 靄が盛んにたちこめている。　四 間を置いて鳴る鐘の音。　五 上の「軽裳」（ふわりとしたスカート類）の対句で、白い襟。　六 独立運動の兵士たちが戦功を立てた地もすっかり変わり果て、その跡を探すこともできない。「当年」は当時。「汗馬」は「汗馬の労」で、馬に汗をかかせ戦場を往来する苦労、戦功。「桑滄」は「滄桑の変」のこと。滄海（青海原）が桑畑に変わるように世の中の変化が激しいこと。　七 死んで朽ち果てた骨、死人。「鉄戟」は鉄製のほこ。「銷沈」は消え失せること。　八 檄文。アメリカ独立宣言を指す。　九 尊敬する、仰ぎ慕う。　一〇 失敗と成功は決まった運命である。「数」は運命。　一一 冷やかに過去現在へ目を向ける。ここでは散士がアメリカ独立の歴史に日本の憂えるべき現状を引き比べる気持ちを示す。「白眼」は、竹林の七賢の一人阮籍（二一〇－二六三）が、世俗的な礼節を尊ぶような人間に対して白目でにらみつけたことによる（『晋書』阮籍伝）。阮籍は三国時代の魏の文人。老荘を好み、清談に耽った。　一二 欄外漢文評執筆者の一人。　一三「故山」に同じ。故郷の山。転じて、ふるさと。ここでは会津を指す。　一四 次韻。他人の漢詩と同じ韻を用いて詠む和韻のうち、特に原詩の韻字や順序をそのまま用いるもの。詩人の才を誇るものとして広く流行。ここでは散士の詩の韻字「潯・霏・林・襟・心・尋・沈・音・今」を使用。　一五 独立戦争の旧事を悼んで。

↓七頁注二八。

雨[一七]霃霃《ちんちん》。閣有り独立と名《なづ》け。巍巍《ぎぎ》[一八]晩林《ばんりん》を抜く。渓《たに》有り蹄水と呼び。潺潺《せんせん》[一九]幽襟《いうきん》を洗ふ。美なる哉山河《かなさんが》の色。空《むな》しく壮士の心を傷《いた》ましむ。遺跡《ゐせき》長く仰《あふ》ぐべし。古人尋《こじんたづ》ぬべからず。諸将謀略に富《と》み。元帥《げんすい》[二〇]深沈と称す。功業青史《こうげふせいし》[二一]に垂《た》れ。四海芳音《しかいはうおん》[二二]を伝《つた》ふ。爾来《じらい》百余載《ひやくよさい》。自由今に隆《さかん》なり。）

春風[二三]駘蕩朝霞《たいたうてうか》烟《けむり》ノ如シ　散士独リ軽舟[二四]ニ棹《さをさ》シ高歌放吟《かうかはうぎん》蹄（デラウエーア）水ノ支流ヲ遡《さかのぼり》テ漸《やうや》ク竃（ホルチー、ワーレー）鎔ノ岸ニ近ヅク　一清流アリ竃鎔ノ幽谷《いうこく》ヨリ出《い》ヅ　両岸ノ碧蘚《へきせん》[二五]数種ノ桜桃《あうたう》ト相掩映《えんえい》[二六]シ水色澄潭《ちようたん》[二七]鮮魚ノ游泳スルヲ数フ可《べ》シ　散士棹《さを》ヲ枉渚《わうしよ》[二八]ニ弭《やす》メ笑テ曰ク　是レ真ニ今世《きんせい》ノ桃源《たうげん》[二九]ナリ　恨《うら》ムラクハ秦《しん》ヲ避クルノ人前朝《ぜんてう》ノ逸事《いつじ》ヲ話スル者ナキヲ　乃吟《すなはチぎん》ジテ曰ク　扁舟来訪武陵《へんしうきたりとフぶりようノ》[三〇]春ト　未ダ[三一]聯《れん》ヲ成《な》サズ　時ニ微風《びふう》遥ニ琴声《きんせい》ヲ送ル　怪《あやしみ》テ耳ヲ欹《そばだ》テ之ヲ聞ク　其《その》声漸《やうや》ク近シ　一小艇《せうてい》アリ上流ヨリ下《くだ》リ来《きた》ル　一妃《いつぴ》棹ヲ操《あやつ》リ一妃風琴《ふうきん》[三二]ヲ弾《だん》ズ　綽約《しやくやく》[三三]タル風《ふう》

[一六] 花は散り春はさびしく静かである。「落花寂寂山に啼く鳥」（王維「寒食汜上作」）。[一七] 雨がしとしと降っている。[一八] 暮れ方の林から突き抜けるように独立閣がそびえ立つ。「巍巍」は大きくて高いさま。[一九] 水がさらさらと流れ、心の奥を洗う。「幽襟」は静かな奥深い心。[二〇] 軍隊全体の総大将。ワシントンを指す。「深沈」は深く思慮を巡らし落ち着いていること。「称す」はここでは名をあげる。[二一] 歴史書、歴史。紙のない昔は歴史を青竹に記したことによる。[二二] 世界中にその名声は広まる。[二三] 春風がのどかにそよぎ、朝の霞が煙のようにたちこめている。[二四] 小さく軽快な舟。[二五] 青々とした苔。[二六] 互いに映り合って美しい。[二七]「澄潭」は水が清らかに澄んだ淵。[二八] 曲がりくねった川岸に止め。「弭」は「止」に同じ。[二九] 理想郷。桃源郷、武陵桃源とも。陶淵明（三六五-四二七）の「桃花源記」に拠る。晋の太元年間（三七六-三九六）、武陵の漁師が谷川を遡っていくうちに桃林に迷い込み、小穴をくぐると、そこには村人が昔秦の世の戦乱から逃れて外界との接触を断ち、楽しそうに平和に暮らす土地があった。次文「前朝ノ逸事ヲ話スル者ナキ」は、秦の戦乱を避けこの絶境に来た経緯を話す村人の不在を言うが、以後の展開の伏線となっている。[三〇] 小舟に乗り武陵の春景色を訪ねてやってきた。西山逸士前掲文（→補九）は『剪燈新話』中の「翠々伝」との類似を「翠々伝の金生が和韻の句に曰く／記得書斎同講習。新人不㆓是他人㆒扁舟来訪武陵春」と指摘している。

読至二於此一。魂飛魄散。神仙之字尤妙。

暗呼二応前段一。

髣髴間情景備至。殆如三侵レ暁行二平安道上一。不レ覚二行歩之労一。唯望二朝暾早昇。奇景早出一耳。

佳人亦同レ願云。

姿《し》之ヲ望メバ宛《あたか》モ神仙《しんせん》[一]ノ如シ　相去ル数武《すうぶ》[二]　二妃散士ヲ凝視《ぎようし》シ耳語《じご》[三]シテ驚《きやう》[四]駭《がい》ノ色アルニ似タリ　散士其《その》何ノ故《ゆゑ》ナルヲ知ラズ　目送《もくそう》スルコト久シ　妃亦《また》顧《かへり》ミルコト二回舟岸ヲ廻《めぐ》リテ終《つひ》ニ其之《そのゆ》ク所ヲ知ラズ　徒《いたづら》ニ河水ノ渺滔《べうたう》[五]微波《びは》ノ揚汨《やういつ》タルヲ観ルノミ　散士常ニ米人ノ風《ふう》[六]流雅致《りうがち》ニ乏《とぼし》ク共ニ花月《くわげつ》[七]ノ韵事《ゐんじ》ヲ談ズルノ友ナキヲ歎ズ　今《いま》残春花間ニ琴ヲ撫《ぶ》シテ吟詠《ぎんえい》スルノ仙妃《せんひ》[八]ニ邂逅《かいこう》シ頻《しきり》ニ其高趣風韵《そのかうしゆふうゐん》[九]ヲ慕《した》ヒ微波《びは》[一〇]ニ托《たく》シテ情ヲ寄セ以テ一片氷心《ひようしん》[一一]ノ彼岸ニ達センコトヲ願フノミ　因《より》テ思フ昔者《むかし》王昭君《わうせうくん》[一二]胡地《こち》万里ノ沙漠ニ飄零《へうれい》シテ漢帝《かんてい》懐《こころ》ヲ傷《いた》マシメ

散士佳人ト蹄水ニ邂逅ノ図

二一 まだ詩の形にならないの意か。「聯」は律詩の聯。
二二「箏」(二三頁七行)、「風箏(中略)大琴小琴相対シ」(二六頁二行)、「汝小琴ヲ奏セヨ我ハ大琴を弾ゼン」(八〇頁二行)などと同一楽器と考えられる。手風琴の略だとすればアコーディオンなども考えられるが、弦の数が五本かどうかは別として、「五弦弾ジテ」(八五頁注一六)ともあり、何らかの弦楽器という設定か。箏(そう)はそのうちの一種で、琴(きん)は本来弦楽器の総称。一般に琴(こと)といわれるもの。
二三 しとやかな姿。

以上一九頁

一 神、仙人。
二「武」は歩(六尺、一八〇センチメートル)の半分の長さ。 三 耳打ち。 四 驚いた様子だった。
五 果てしなくみなぎるさま。「揚汨」は速く流れるさま。 六 風流心に欠けていて。「雅致」はみやびやかな風情。 七 詩文を作るなどの風流な遊び。 八 仙女。
九 すぐれた趣のこと。
一〇 さざ波に乗せて情を交わせ。「良媒の以て懽びを接(ま)じふる無く、微波に託して辞を通ず」(曹植「洛神賦」『文選』巻十九)。
一一 氷のように澄み切った清らかな美しい心。「洛陽の親友もし相問はば、一片の氷心玉壺に在り」(王昌齢「芙蓉楼送辛漸」)。
一二 前漢の宮女。名は嬙、字は昭君。元帝(前七五―前三三)の時宮女となったが、匈奴との融和政策のため撰ばれて呼韓邪単于の皇后となった。呼韓邪の死後その子の妻となり匈奴の地でその生涯を終えた。「胡地」は中国北方の野卑な国の意。ここでは匈奴を

有レ味。

亦是孟嘗雍門之歎。

[一三]楊大真馬嵬《やうだいしんばくわい》ノ露ト消エテ明皇長生殿裡《ちやうせいでんり》ノ旧情ヲ夢ミシモ亦以《ゆゑ》アルナリト　独リ惆悵《ちうちやう》[一四]シテ流ニ遡《さかのぼ》リ舟ヲ揺《ゆるが》ス　百花[一五]翩翩《へんぺん》風ニ随《したがひ》テ飛ビ黄鸝嚶嚶《くわうりあうあう》[一六]樹ヲ繞《めぐり》テ囀《さへづ》ル　水ニ枕シテ一家アリ　広壮《くわうさう》[一七]ナラズト雖モ古《こ》[一八]雅清致塵俗《がせいちちんぞく》ヲ脱シ庭前ノ松柳《しようりう》其自由ニ任《まか》セ門ニ長者[一九]ノ車轍《しやてつ》ヲ見ズト雖モ人ヲシテ偉人ノ居《きよ》タルヲ察セシム　散士舟ヲ門前ノ岸柳《がんりう》ニ維《つな》ギ丘ヲ越ヘ水ヲ渉《わた》リ漸ク竈谿《(ホルヂー、ワーレー)》ニ到レバ極目《きよくもく》[二〇]春草織《お》ルガ如ク菜花《さいくわ》微風ニ揺動《えうどう》シ牧羊《ぼくやう》ノ緑陰ニ倦睡《けんすい》スルヲ見ルノミ　頭《かうべ》ヲ回《めぐら》シテ遥《はるか》ニ瞻《せん》[二一]望《ばう》スレバ汽車黒煙ヲ残シテ平野ヲ馳《は》セ帆檣《はんしやう》[二二]雲ノ如ク蹄《(デラウェーア)》水ヲ往来ス　散士古《いにしへ》ヲ懐《おも》ヒ今ニ感ジ　昔者《むかし》波斯《ペルシヤ》王勢気佐師《ゼーキサス》[二三]ガ百万ノ大軍ヲ提《ひつさ》ゲ欧洲《おうしう》ヲ併呑《へいどん》セント欲シ欧亜《おうあ》ノ境ニ至リ馬ヲ高丘《かうきう》ニ立テ慨然《がいぜん》トシテ嘆ジテ曰ク　嗚乎《ああ》今百万ノ貔貅《ひきう》[二四]我ト共ニ海ヲ渡ルモノ百年ノ後《のち》皆枯骨《ここつ》トナリ一人ノ此世《このよ》ニ生存スルモノナカラン　嗚乎《ああ》世ニ万年ノ天子ナク国ニ不朽《ふきう》ノ雄邦《いうはう》[二五]ナシト　涙下《くだり》テ泠泠《れいれい》[二六]禁ゼザリシヲ思ヒ　又英

指す。「飄零」はおちぶれる、零落する。
一三 楊貴妃(七一九-七五六)。「大真」は正しくは「太真」で、玄宗皇帝から与えられた名。唐の開元二十八年(七四〇)貴妃(女官の位)となり、美貌により玄宗の寵愛を独占、一族も栄えた。楊氏一族排除を旗印とする安禄山の乱(七五五)が起こり玄宗と共に都長安から蜀に落ち延びる際、禍の元は楊貴妃にありとする軍の反乱が起こり、玄宗はやむなく馬嵬で楊貴妃を縊死させた。「明皇」は玄宗皇帝。「長生殿」は唐の華清宮中の殿の名。この一文はその長生殿での楽しかりし日々を追懐する玄宗の情を表す。白居易「長恨歌」で有名な悲恋物語。 一四 嘆く。
一五 色々の花がひらひら風に吹かれて飛び。
一六 朝鮮鶯。「嚶嚶」は鳥が声を合わせてさえずるさま。 一七 大きく立派なこと。
一八 古風で優雅。「清致」は清らかな趣。「塵俗」は俗世間。 一九 裕福さを示す車の轍(わだち)は見えないが、立派な人が住んでいる気配を感じさせる。「負、平に随ひて其の家に至る、家は乃ち負郭に窮巷にして、弊席を以て門と為し、然して門外多く長者の車轍有り」(『史記』陳丞相世家)。
二〇 見渡す限り春草が模様を織りだしたように美しく咲き。
二一 遠く見渡す。 二二 (船の)帆柱。
二三 クセルクセス一世(?-前四六五、在位前四八六-前四六五)。振り仮名は英語読みザークシーズによるか。古代ペルシャの王。父ダリウス一世の業を継ぎ前四八〇年第三回ギリシャ大遠征を行う(ペルシャ戦争)。アテナイを占領しアッティカ地方を焦土化したが、サラミス海戦、プラタイアイの戦いに敗れ

英国之殷盛富饒。非二自作一。而奪二之於印度一。取二之於愛蘭一。即悖入之財。安不二悖出一。麻子炯眼如レ炬。

其喜可レ知也。

有レ韵有レ致。

国文章ノ詞宗《しそう》一歴史ノ大家麻浩冷《マコーレー》二曾《かつ》テ故郷ヲ海天髣髴《かいてんはうふつ》三ノ間ニ望ミ万感《ばんかん》交〻集《こもごもあつま》リテ　千載《せんざい》四ノ後威《ゐ》名《めい》五赫赫《かくかく》文物《ぶんぶつ》粲然《さんぜん》タル大英国ハ衰敝《すゐへい》シ壮麗《さうれい》ノ聖寺《シント、ペートルス、チョルチ》六ハ廃頽《はいたい》シ彩虹《さいこう》ノ西橋《ウエスト、ミニストル、ブレッヂ》七ハ旧観ヲ存セザルニ至ラン　其時《そのとき》ニ至テ墨客文人《ぼくかくぶんじん》八ノ英国ノ盛時《せいじ》ヲ追想シ西橋ノ朽梁《きうりやう》九ニ坐シテ聖寺ノ廃観《はいくわん》ヲ写ス者アラント惨然《さんぜん》一〇トシテ楽マザリシヲ憶《おも》ヒ人ノ来《きたり》テ此自由ノ古戦場ヲ吊《てう》スル無キヲ恨ム　漸《やうや》ク帰路ニ即《つ》キ通谷《つうこく》一一ヲ経《へ》テ景山《けいざん》ヲ渉リ往《ゆ》クコト数十歩　遥《はるか》ニ二妃《にひ》ノ江浜《かうひん》一二ニ翠《すゐ》ヲ拾《ひろ》フヲ見ル　唯良媒《たゞりやうばい》一三ノ歓《くわん》ヲ接スルナキヲ嘆ジ　空《むな》シク眷恋《けんれん》一四ノ情ヲ抱《いだ》キ怏怏《あうあう》一五トシテ彷徨躊躇《はうくわうちゆうちよ》ス　既ニシテ一妃軽裾《けいきよ》ヲ提《かか》ゲ徐歩《じよほ》一六シテ散士ガ傍《かたはら》ニ近《ちか》ク年二十三四　緑眸皓歯《りよくぼうかうし》一七黄金ノ髪ヲ垂《た》レ（西人緑眸ニシテ毛髪ノ金光アルヲ称シテ美人トナス）細腰《さいえう》氷肌遊散《ひようきいうさん》一八ノ文履《ぶんり》ヲ踏ミ繊手《せんしゆ》一九ヲ揚《あ》ゲテ楊柳《やうりう》一枝ヲ折ル　其《その》態度風采《ふうさい》二〇梨花《くわ》ノ露ヲ含ミ紅蓮ノ緑池《りよくち》ニ浴《よく》スルガ如シ　顧《かへり》ミテ散士ヲ揖《いふ》二一シテ曰ク

郎君ハ先キニ河上相見《かじやうあひまみ》ヘシ君子ニ非《あら》ズヤ　此幽谷《このいうこく》ハ牧童漁父《ぼくどうぎよふ》猶《な》ホ来《きた》

て帰国。この逸話はヘロドトス『歴史』巻七に見える。

二四 古代中国で飼い慣らして戦いに使用したという猛獣。勇猛な軍隊や兵士のたとえ。

二五 勢力が盛んな国、強大な国。 二六 「冷冷」に同じく、泣き声があふれるさま。

——以上二二一頁

一 詩宗に同じ。名文家。

二 マコーリー（一八〇〇―五九）。イギリスの政治家、歴史家。ホイッグ党の下院議員。主著『イギリス史』。

三 海の水平線の彼方がぼんやりしている間。

四 →一一頁注一八。

五 威光と名声。「赫赫」は勢いが盛んなさま。「粲然」は盛んなさま。

六 聖ペテロ修道教会。正式名称ウェストミンスター寺院。イギリスの国家的霊廟。歴代の国王、王妃や、有名な文人、軍人、政治家も葬る。国王即位の際は戴冠式を行う。

七 Westminster Bridge. ビッグ・ベンの近く、テムズ川に架かる橋。

八 書画や詩文をよくする人。 九 朽ちた橋。

一〇 いたみ悲しむさま。

一一 「通谷」は本来渓谷の名、「景山」は山の名。共に洛陽近郊の難所。「通谷を経て景山に陵(のぼ)る」(曹植「洛神賦」)。

一二 川のほとりで草の新芽を摘んでいる。「佳人と翠を拾ひて春相問ふ」(杜甫「秋興其八」)。 一三 仲立ちしてくれる者がいないのを嘆いて。「良媒の以て懽を接ふる無く」(「洛神賦」)。 一四 恋い慕う感情。

一五 不平や不満があって楽しめないさま。

一六 静かに歩く。 一七 緑の瞳と白い歯。

一八 散歩用の、模様のある美しい靴を履き。

ル稀《まれ》ナリ　況ヤ[二二]紳縉貴《しんしんき》公子《こうし》ニ於《おい》テオヤ　想フニ郎君頭髪黒ク眼光《がんくわう》鋭シ　西班牙《スペイン》ノ士人ニ非ザル無キヲ得ンヤト　散士答ヘテ曰ク　否《いな》僕ハ[二三]東海ノ遊士《いうし》笈《きふ》ヲ負《おひ》テ茲土《このど》ニ遊学《いうがく》スル者ナリ　今百花盛《ひやくくわさかん》ニ開キ春《しゆん》草《さう》野ニ満チ群鶯乱飛《ぐんあうらんひ》ス　偶ゝ《たまたま》感ズル所アリ　[二四]間《かん》ヲ偸《ぬすみ》テ舟ニ棹《さをさ》シ自由ノ戦場ヲ弔《とぶら》ヒ興《きよう》ニ乗《じよう》ジテ[二五]流連《りうれん》シ俯仰吟詠《ふぎやうぎんえい》帰ルヲ忘ル　[二六]幸《さいはひ》ニ疑慮《ぎりよ》ヲ釈《と》ケト　姫驚テ曰ク　郎君ハ[二七]扶桑日出《ふさうにつしゆつ》ノ帝都ヨリ来《きた》ルカ　山海三万里又《また》故郷ヲ懐《おも》フノ情ナカランヤ　散士曰ク　[二八]嬋妍《せんけん》タル仙姿《せんし》箏《さう》ヲ撫《ぶ》シテ低吟《ていぎん》シ[二九]雲夢《うんぼう》洛川《らくせん》ノ神女《しんによ》モ顔色《がんしよく》ナク[三〇]妃蓮《ヘーレン》（希臘《ギリシヤ》ノ美人）[三一]蘇皇《クエン、スコット》（蘇蘭《スコットランド》ノ女王当時才《さい》美《び》ヲ以テ一世ニ冠《くわん》タリ）モ[三二]舎《しや》ヲ避《さ》クルノ人ニシテ　[三三]冠ヲ南嶽《なんがく》ニ振ヒ足ヲ滄浪《さうらう》ニ濯《あら》ヒ[三四]塵土《ちんど》ヲ遁《のが》レテ隠逸《いんいつ》ス　誰カ[三五]其高表卓操《そのかうへうたくさう》ヲ欽《きん》ジ[三六]其風度瀟洒《そのふうたくせうしや》ヲ慕《した》ハザランヤ　今僕卒然《そつぜん》相逢フヲ得《う》　諺《ことわざ》ニ曰ク　[三七]一樹《いちじゆ》ノ陰《かげ》一河《いちが》ノ流《ながれ》　偶然袖《そで》ヲ交《まじ》ユル亦多少ノ因縁《いんねん》ナリト　[三八]詩ニ曰ク　有《リ》㆓美《ナル》一人㆒。清揚宛《せいやうゑん》兮《タリ》。邂逅相《ヒ》遇《フ》。適《ス》㆓我願《ニ》㆒兮ト　僕ガ幸《さいはひ》何ヲ以テカ能《よ》ク此《かく》ノ

蘇張游㆓説列国㆒。先説㆓其山河之固。兵馬之強㆒。以揄㆓揚之㆒。而後徐徐入㆓縦衡之論㆒。散士説㆓紅蓮㆒。先称㆓揚其風采品格㆒。以求㆓其歓㆒。而後始説㆔一樹陰。一河流。皆有㆓因縁㆒。是種論法。蓋深学㆓戦国策㆒者。孔聖亦誦㆑之。

「遠遊の文履を践み、霧綃の軽裾を曳く」（「洛神賦」）。
一九 女性のかぼそくてしなやかな手。
二〇 梨の花が露を含み蓮の花が池に咲くようにみずみずしい。美人の形容。
二一 会釈して。本来は両手を組み、胸の前で上下させる挨拶。
二二 高官や貴族。「貴公子」は貴族の子弟。
二三 日本を離れて来た男子、の意。
二四 閑をみて。　二五 興にふけって帰らずにそこに居続けること。　二六 疑いをといてください。　二七「扶桑」は中国から見て東方の国にあると言い伝えられる神木で、転じて日本のこと。「日出」も、中国から見て日の昇る東方の国、すなわち日本。
二八 あでやかな仙女のような姿。
二九「雲夢ノ神女」も「洛川ノ神女」も、どちらも絶世の美女。→補一六。
三〇 ヘレネ。トロイア戦争の原因となったギリシャ神話中の絶世の美女。→補一七。
三一 メアリ・ステュアート（一五四二―八七、在位一五四二―六七）のこと。父ジェームズ五世のあと即位、フランソワ二世と結婚してフランス王妃となる。子ジェームズ六世に譲位後、十九年間イングランド各地に幽閉され、エリザベス女王殺害の陰謀に連座して処刑された。美貌で知られ、音楽や詩作に長じ、数ヶ国語を操ったという。　三二 一目置いてへりくだった態度をとる。「舎」は軍隊の一日の行程で三十里。正しくは「三舎を避く」。
三三 乱れた俗世から隠遁すること。「冠を南嶽に振ひ、纓を清川に濯ふ」（曹植「王仲宣誄」『文選』巻五十六）。「足ヲ滄浪ニ濯ヒ」は足を滄浪の川の水で洗うこと、乱れた世か

是此娘子何粋也。英雄心緒。乱如レ麻。

鵲橋一語好諧謔。有二寸鉄殺レ人之妙一。

如キヤ　妃《ひ》柳枝ヲ以テ其半面ヲ掩《おほ》ヒ微笑シテ曰ク　[一]郎君言フ所ノ者ハ彼ノ柳陰ニ立ツノ人ナリ　妾豈敢《せふあにあへ》テ当ランヤ　伏《ふ》シテ問フ　前日費《(ヒラデルヒヤ)》ノ独立閣上窓《まど》ニ倚《よ》ルノ士ハ郎君ニ非《あら》ザルナキ歟《か》　答テ曰ク　然《しか》リ　妃ガ曰ク　妾名《な》ハ紅蓮《コーレン》　故《ゆゑ》有リテ阿嬢《あぢやう》ト世ヲ此《この》地ニ避クル者ナリ　先キニ郎君ヲ河上ニ見ルヤ阿嬢妾ニ謂《いひ》テ曰ク　奇哉《きなるかな》前日費ノ独立閣ニ相見《あひまみえ》今亦《また》竈　谿《(ホルヂー、ワーレー)》ニ相遇《あ》フ　[二]遊跡風流其帰《いうせきふうりうそのき》ヲ同《おなじ》フス　共ニ風流ノ韵事《ゐんじ》ヲ語ルコトヲ得《え》バ胸懐《きようくわい》無限ノ憂鬱ヲ散ズルコトヲ得ント　[三]須臾《しゆゆ》ニシテ又駭《おどろき》テ曰ク　彼《か》ノ士[四]眸髪《ぼうはつ》共ニ黒シ　或《あるい》ハ恐ルハ西班牙《(スペイン)》ノ人ナランカト　妾ヲシテ郎君ノ蹤跡《しようせき》ヲ探《さぐ》ラシム　妾其《その》媒介ノ道ナキニ苦ミ折柳《せつりう》ニ托《たく》シテ敢《あへ》テ郎君ヲ[五]干《かん》シ試《こころ》ム　幸ニ唐突《たうとつ》不敬ノ罪ヲ尤《とがむ》ルコト勿《なか》レ　妾将《まさ》ニ蹄　水《(デラウエーア)》ニ[六]鵲橋《じやくけう》ヲ作リ星客《せいかく》ヲシテ之ヲ渡ラシメント　微笑疾行《しつかう》シテ直《ただち》ニ柳陰ニ至リ一妃ト耳語《じご》シテ乃《すなは》チ共ニ臨《りん》水《すい》ノ一家ニ入《い》ル　暫《しばら》クニシテ又来リ告ゲテ曰ク　阿嬢郎君ヲ待ツ幸

ら隠遁することのたとえ。楚の屈原が追放され、そのほとりをさまよっている時に出会った漁師の歌に拠る。「滄浪の水清ければ以て吾が纓を濯ふべし滄浪の水濁らば以て吾が足を濯ふべし」(『楚辞』「漁父」)。

二四 汚れた俗世から逃れ、隠れ住む。

二五 高くぬきんでた様子、「卓操」はすぐれた節操。 二六 風采、人品。「瀟洒」は俗を脱してすっきりしていること。

二七 ちょっとした出会いもすべて前世からの因縁による。偶然の出会いでも大切にすべきことを言う。成句「一樹の蔭一河の流れ(も他生の縁)」(『説法明眼論』『毛吹草』ほか)、また諺「袖摺り合うも他生の縁」。「多少」は「他生」の誤り。

二八 美しい人がいる。目元がすずやかだ。偶然出会うことができて私の願いは叶えられた。「詩」は「詩経」。「野に蔓草有り、清揚婉たり、邂逅して相遇はば、我が願ひに適はむ」(『詩経』鄭風「野有蔓草」)。

以上二三頁

一 あなたはあの柳の木陰に立つ人のことを言っているのでしょう。私はあなたにふさわしくありません、の意。

二 独立戦争の遺跡めぐりも川遊びも私たちと同じことをしている。「風流」は散士が川に舟を浮かべ、詩を吟じていたことを指す。

三 しばらくして。 四 瞳と頭髪。

五 気を引こうとした。「干」はかかわる、入り込む。

六 自分が散士と幽蘭の仲立ちをしてやろう。「鵲橋」は陰暦七月七日の夜、牽牛星と織女星が逢うときに鵲《かささぎ》がその翼を並べて天の川を渡すという伝説上の橋。「星客」は星

如ㇾ読二神女賦一。

ニ[七]光臨《くわうりん》セヨト　散士頭《かうべ》ヲ挙《あ》ゲテ遠ク之ヲ望メバ一妃已《すで》ニ出《い》デヽ門頭《もんとう》ニ待ツ　髣髴《はうふつ》トシテ[八]軽雲ノ新月ヲ蔽《おほ》フガ如ク近《ちかづき》テ之ヲ見レバ[九]皓《かう》タル白鶴《はくかく》ノ仙堦《せんかい》ニ立ツガ如シ　[一〇]年歯二十許《ばかり》[一一]盛粧《せいしやう》濃飾《のうしよく》セズト雖モ[一二]冷艶《れいえん》全《まつた》ク雪ヲ欺《あざむ》キ[一三]眉ハ遠山ノ翠《みどり》ヲ画《えが》キテ[一四]鳳鬢《ほうびん》雲ヨリ緑ニ　[一五]秋波《しうは》情ヲ凝《こら》セドモ[一六]炯炯《けいけい》人ヲ射テ暗《あん》ニ威儀ヲ備《そな》ヘ紅頬《こうけふ》咲《わらひ》ヲ含ミテ皓歯微《かすか》ニ露《あら》ハレ繊繊《せんせん》タル細腰ニ[一七]軽綺《けいき》ノ長裾《ちやうきよ》ヲ曳《ひ》キ[一八]妍妍《けんけん》タル蓮歩《れんぽ》ニ[一九]綵繍《さいしゆう》ノ軽履《けいり》ヲ践《ふ》ミ余香《よかう》人ヲ襲《おそ》ヒ徐歩《じよほ》階《かい》ヲ下《くだり》テ来リ迎フ　実ニ天上ノ美人降《くだり》テ人間《じんかん》ニ在ルカト疑フ　散士心動キ胸悸《おそ》レ僅ニ一揖《いちいふ》スルノミ　妃ガ曰ク　今郎君此《ここ》ニ光臨ス　妾ノ幸福何《なに》ニカ之ニ加ヘント　自《みづか》ラ起《たち》テ長椅《ちやうい》ヲ薦《すす》ム

情緒満ㇾ胸。不ㇾ知ㇾ所ㇾ言。散士当日之状。可ㇾ見可ㇾ想。

家ハ蹄水ノ支流ニ臨ミ竃谿ノ一丘ニ拠《よ》リ東ハ費府ニ対シ西ハ芳林ニ接シ[二〇]深邃《しんすい》幽閴《いうげき》庭前《ていぜん》ノ桜花《あうくわ》十分ニ開キ楊柳枝《えだ》ヲ垂《た》レテ[二一]翠蔭《すいいん》婆娑《ばさ》タリ　窓外《さうぐわい》ニ[二二]一雕花籠《いちてうくわろう》ヲ掛ケ籠中《ろうちゆう》ニ白鸚鵡《しろあうむ》ヲ畜《たくは》フ　又壁頭《へきとう》ニ[二三]扁額《へんがく》ヲ掲《かか》ゲ題シテ曰ク

風景如ㇾ睹。何等老筆。

一路文字総伏案。

七 相手が来ることの尊敬語。お出まし。
八 わずかばかりの雲、薄雲。
九 「皓」はきらきらと光る白さ。「仙堦」は「仙階」に同じ。仙人が住む宮殿の階段。
一〇 年齢。
一一 化粧は厚くなく着飾りもしない。
一二 冷ややかなあでやかさは雪かと見違えるほどであり。
一三 美人の眉を言う。遠山の眉。遠くに見える翠の山がうっすらとしているのを眉にたとえた表現。「翠」は光沢のあるみどり色。
一四 「鳳」は美称。髪が豊かで美しいさま。「緑」はつやつやとした黒色。
一五 「秋波」は女性の媚びるような色っぽい目つき。流し目。
一六 きらきらと鋭く輝くさま。
一七 薄い綾織りの絹。
一八 あでやかで美しいさま、「娟娟」に同じ。「蓮歩」は斉の東昏侯が妃の藩妃の為に金を彫って蓮の花を作って地面に並べて上を歩かせ、「一歩一歩が蓮の花を生み出したのだ」と言った故事による。美人があでやかに歩くことのたとえ。「金を鑿ちて蓮華を為り以て地に帖り、藩妃をして其の上を行かしめて曰く、此れ歩歩蓮華を生ずるなりと」(『南史』斉、東黄侯紀)。
一九 刺繡をした小さな靴を履いて。
二〇 奥深くて静かなさま。「幽閴」は寂しく静かなさま。
二一 青葉の繁った木陰。「婆娑」は影が乱れ動くさま。
二二 花模様を彫刻した籠。
二三 横に細長い額。

従二離騒一転来。

鳳皇果来。

恐猶置二一藩籬一。

策士亦未レ能レ破。

散士全身皆情。故忖二度他人一。亦不レ外二情一字一。

散士兀坐多時。始吐二此一語一。殆有下痴女決レ意。飛二下清水閣一之想上。

一 幽谷《いうこくノ》蕙蘭《けいらん》空《シク》懐《いだキ》レ香《かヲ》。年年全《まつたくシテ》レ節《せつヲ》待《ッ》二鳳皇《ヲ》一 二 架上《かじやう》ニ一玉簫《ぎよくせう》ヲ横《よこた》ヘ壁間《へきかん》ニ一風箏《ふうさう》三ヲ掛ク 大琴小琴《たいきんせうきん》相対《あひたい》シ皆清楚《せいそ》ヲ極《きは》ム 須臾《しゆゆ》ニシテ坐定《ざさだま》リ談話四温粋謙態遜状《をんすいけんたいそんじやう》 其人《そのひと》ニ接スルヤ豁五然襟懐《くわつぜんきんくわい》ヲ開キ胸中ニ藩籬《はんり》ヲ置カズ 散士六問フニ隠逸《いんいつ》ノ故《ゆゑ》ヲ以《もつ》テス 妃撫然《ぶぜん》トシテ曰ク 妾豈《あ》ニ自《みづか》ラ好《この》テ隠逸ヲ為《な》ス者ナランヤ 時《とき》七我《われ》ト与《とも》ナラズ事願《ねがひ》ト違《たが》フ 故ニ幽谷ニ節ヲ守《まもり》テ茲《こ》ノ沈淪《ちんりん》八ニ逢フノミ 散士窃《ひそか》ニ以為《おもへ》ラク 美人九伉儷《かうれい》願ト違《たが》ヒ世ヲ恨テ隠棲《いんせい》スルニ非《あら》ズンバ情人ヲ亡《うしな》ヒ皇天《くわうてん》ノ無情ヲ悲ミ貞操《ていさう》ヲ此幽境《このいうきやう》ニ守ル人ニ非ザル無《なか》ランヤト 乃チ曰ク 昨《きのふ》(ヒラデルヒヤ)費ノ独立閣ニ相見シ人ハ令嬢ニ非ザルナキカ 妃ガ曰ク 然《しか》リ 散士ガ曰ク 先キニ二妃ノ感慨悲憤《かんがいひふん》禁ゼザリシヲ見テ心窃《こころひそか》ニ之ヲ怪《あやし》メリ 何為《なんすレ》ゾ其《そ》レ然《しか》ルヤ 妃答ヘテ曰ク 一〇世ヲ避《さ》クルノ士難ヲ逃ルヽノ人若《も》シ往事ヲ述ブレバ徒《いたづら》ニ傷感ヲ増スノミト 散士固《かた》ク其故ヲ問フ 妃沈黙シテ答ヘズ 深ク顧慮ノ

一 人知れぬ山奥の深い谷の蕙蘭は空しく香りをその身に秘め、毎年貞節を守って鳳凰の訪れを待っている。「蕙蘭」は蘭の一種である香り草。人知れぬ草深い所でひそかに咲く蘭はもっとも香りがよいという。「鳳皇」は「鳳凰」に同じ。中国の伝説上の鳥で、聖天子出現の前兆として現れるめでたい鳥。「幽谷」「蘭」に幽蘭の名を掛け、散士との出会いを待っていたことを暗示する。↓補一八。 二 棚の上には美しい簫の笛が置かれている。 三 ↓一九頁注三二。

四 話しぶりは穏やかで率直で、態度はへりくだって控えめである。

五 「豁然」はうち開けるさま。「襟懐」は胸のうちの思い。「藩籬」は竹を編んで作った垣根。「藩籬ヲ置カズ」は隔てるものなく打ちとけて接すること。

六 散士は彼女たちが俗世間から隠れ住む理由を尋ねた。 七 時勢は私に味方せず、事態は私の願い通りにならなかった。 八 すっかり落ちぶれること。 九 この美人は夫婦仲がうまく行かず世を恨んで隠棲しているか、あるいは恋人を失い天の無情を恨んで貞操をこの奥深い人知れぬ場所で守るひとではないだろうか。「伉儷」は夫婦、夫婦関係。「皇天」は↓六頁注二四。

一〇 西山逸士前掲文(↓補九)は『剪燈新話』中の「天台訪隠録」との類似を「天台訪隠録の老人の語に/避レ世之士。逃レ難之人。若述二往事一徒増二傷感一耳。/の句と何の異なる所かある」と指摘している。

一一 彼は決して人に話しませんから大丈夫ですの意。 一二 「京城」は国王のいる都。「マドリット」は Madrid. スペインの首都。

読去酸鼻。

念アルガ如シ　紅蓮進テ妃ニ謂《いひ》テ曰ク　妾固《も》ト日本男児ノ心肝《しんかん》ヲ知ル　阿嬢《あぢやう》ノ来歴《らいれき》ヲ談《だん》ズルモ妾[一一]其他《そのた》ナキヲ保《ほ》セント　是《ここ》ニ於《おい》テ妃慨然《がいぜん》トシテ曰ク　妾名ハ幽蘭《ユーラン》西班牙《(スペイン)》ノ[一二]京城麻戸立都《マドリツト》ノ者ナリ　家ハ世《よ》世《よ》西国ノ名族《めいぞく》タリ　昔時《せきじ》[一三]西班牙人ガ剛敢撓《がうかんたゆ》マズ万里ノ鯨波《げいは》ヲ踰《こ》ヘ千百ノ艱難《かんなん》ヲ嘗《な》メ米国ノ大陸ヲ発見シテ我ガ版図《はんと》ニ帰《き》セシヨリ国旗四《し》海《かい》ニ翻《ひるがへ》リ威名《ゐめい》欧洲ニ轟《とどろ》キ富強《ふきやう》天下ニ冠《くわん》タリ　然レドモ[一四]満《まん》ハ損《そん》ヲ招キ盈《えい》ハ虧《き》ヲ生ジ[一五]上下驕傲《しやうかけうがう》風俗壊頽《くわいたい》シ　[一六]先王《せんわう》固《かた》ク旧教ヲ信ジ新教ヲ目《もく》シテ天ニ逆《さから》ヒ人ヲ惑《まど》ハスノ邪教トナシ百万ノ兵ヲ発シテ法王《ほふわう》ヲ助ケ新教ノ徒《と》ヲ[一七]勦滅《さうめつ》セントシ　[一八]四出剽掠《ししゆつへうりやく》残暴《ざんばう》至ラザル所ナク[一九]孩児《がいじ》婦女ヲ合《あは》セテ之ヲ[二〇]刑戮《けいりく》シ僧侶ニ委《ゐ》スルニ法権《ほふけん》ヲ以テス　是《ここ》ニ於《おい》テカ[二一]僧侶権ヲ弄《ろう》シ人ヲ救フノ教法《けふほふ》ハ却《かへり》テ民ヲ苦ムルノ器《うつは》トナリ　僧侶互ニ殺伐《さつばつ》ヲ事《こと》トシ法ヲ敗《やぶ》リ紀《き》ヲ乱《みだ》シ国ヲ汚《けが》シ民ヲ虐《ぎやく》シ[二二]炮烙湯鑊《はうらくたうくわく》人《ひと》ヲ殺スコト百万　其[二三]貪婪酷烈千古《そのどんらんこくれつせんこ》ノ載籍《さいせき》ニ未ダ曾《かつ》テ見ザル所ナリ　[二四]此疾百《このしつひやく》

一三　イタリア人のコロンブスがスペインのカトリック両王フェルナンド二世とイサベル一世との協約・援助により航海に出発、新大陸を発見(一四九二年)。以後、約五十年足らずの間に西インド諸島、南アメリカ、北アメリカの一部がスペイン帝国の植民地となり、莫大な富をもたらした。「剛敢」は勇敢で意志が強いこと。「鯨波」は大波。「版図ニ帰ス」は領土になること。

一四　満ちたものはやがて損なわれ、足りたものはやがて欠けて行く。「満は損を招き、謙は益を受くるは、時(こ)れ乃ち天道なり」(『書経』大禹謨)。「盈つれば則ち必ず虧く」(『呂覧』博志)。

一五　身分の上の者も下の者もおごりたかぶり、風俗は乱れ。

一六　フェリーペ二世(一五二七–九八、在位一五五六–九八)のプロテスタント弾圧を指す。カトリック(旧教)による国家統合を重要視した。

一七　すべて滅ぼし尽くすこと。

一八　四方へ出ること。「剽掠」は人をおびやかして奪うこと。

一九　幼児。

二〇　死刑。

二一　以下スペイン衰退の理由を寵臣政治にもとめて記述。スペイン史上、寵臣政治で知られるのはフェリーペ三世(一五七八–一六二一、在位一五九八–一六二一)ないし四世(一六〇五–六五、在位一六二一–六五)。誤認か。

二二　残酷な刑罰。炮烙の刑は、火あぶりの酷刑。燃えさかる炭火の上に油を塗った銅柱を渡して罪人に歩かせ、足を滑らせ火中に落ちて死なせる刑。湯鑊の刑は、罪人を釜ゆでにして煮殺す酷刑。

二三　強欲と残酷さは遠い昔の書物にも見たことがないほどである。

二四　この病は百年癒えることがない。

学者論二西班牙衰頽之源一。曰。因三于伐木失二其宜一居多矣。蓋班人徒伐二樹木一。而更不レ用三意於種植与二培養一。於レ是山林愈禿。水涸地瘦。遂仰二木材於他邦一。金貨濫出。物産大減。民困俗壊。以致二惨憺之状一矣。可レ謂レ有レ理也。

世瘉《せいい》ヘズ　鉄鎖《てつさ》ヲ以テ民ヲ御《ぎよ》シ鞭笞《べんち》ヲ以テ衆《しゆう》ヲ待チ　民情《みんじやう》ヲ訴《うつた》フル者ハ目《もく》シテ君ヲ譏《そし》リ上ヲ誣《し》ユルトシ自由ヲ説《と》クノ士ハ直《ただち》ニ不忠不義ノ名ヲ負《お》ハシメテ之ヲ刑戮ス　是《ここ》ヲ以テ[一]冤民《ゑんみん》情ヲ訴フル所ナク志士力《ちから》ヲ展《の》ブル所ナク[二]国勢陵遅《りようち》綱維《かうゐ》弛《し》廃《はい》シ[三]内憂外患《ないいうぐわいくわん》並ビ臻《いた》リ海外ノ[四]藩《はん》屏《べい》多ク叛《そむ》キ[五]国内ノ朋党《ほうたう》相軋《あひきし》リ四分五裂《しぶんごれつ》統括《とうくわつ》スル所ナク[六]財度《ざいど》其宜《そのよろ》シキヲ失ヒ　[七]南米年年貢《ねんねんこう》スル所ノ億万ノ金銀ハ徒《いたづら》ニ笑《わらひ》ヲ呈《てい》シ媚《こび》ヲ献ズル後宮《こうきゆう》ノ費《ひ》ニ充《あ》テ或《あるい》ハ貪婪《どんらん》飽《あ》クナキ僧侶貴族ノ奢侈《しやし》ニ供《きよう》シ　[八]金銀濫《らん》出《しゆつ》国力疲弊《ひへい》シ森林荒廃地瘦《ちや》セ民《たみ》貧《まづし》ク人各《ひとおのおの》其生《そのせい》ヲ救フノ急ナル卒《にはか》ニ廉恥《れんち》ヲ顧《かへり》ミルニ暇《いとま》ナク盗賊横行国《わうかうくに》ニ[九]寧歳《ねいさい》ナシ　女皇《ぢよくわう》[一〇]伊佐米刺《イサベラ》皇兄[一一]頓加羅《トンカーロン》ヲ追テ位ヲ窃《ぬす》ミ[一二]寵臣《ちようしん》僧侶権《けん》ヲ専《もつぱら》ニシ賄賂《わいろ》公行《こうかう》[一三]賦《ふ》斂《れん》常《つね》ナク外《そと》隣国ノ侮《あなどり》ヲ受ケ内《うち》人民ノ望《のぞみ》ヲ失フト雖《いへど》モ上下宴安歌舞《しやうかえんあんかぶ》遊猟《いうれふ》馳駆《ちく》ニ耽酔《たんすい》シ[一四]政綱《せいかう》月ニ壊《やぶ》ル　妾ガ父兄日夜《にちや》国勢《こくせい》ノ[一五]凌遅《りようち》ヲ歎ジ人民ノ窮困《きゆうこん》ヲ哀《あはれ》ミ此頽勢《このたいせい》ヲ挽回《ばんくわい》セント欲シ　忠義ノ士ト密謀計画暴君《ばうくん》ヲ廃シ賢主

一　罪もない人民。
二　国の勢いは次第に衰え、法はゆるみすたれた。「陵遅」は丘が次第に低くなるように、物事がだんだん衰え行くこと。陵夷。「綱維」は国家の掟、法度。
三　国内国外の心配事が次々にやって来て。
四　直轄地。ここではスペインの植民地。
五　国内では政党仲間が仲違いをして争い。
六　財政の乱脈状態をいう。
七　スペインは一四九二年から一五五〇年の間に南米を征服、ブラジル、ハイチ以外の土地を約三〇〇年間支配し富を得た。
八　散士は既に「山林ノ材木ヲ伐ルハ国家ノ利害ニ関スルノ論」(『東京日日新聞』明治九年十月二十七日)でスペインの山林伐採が経済悪化をもたらしたことを指摘している。
九　何事もなく安らかで平和な年。
一〇　イサベル二世(一八三〇―一九〇四)。在位一八三三―六八)。スペイン女王。フェルナンド七世とマリア・クリスティーナの娘。皇太后マリアを摂政として三歳で即位したが、これを無効とし、ドン・カルロス(次注)の王位を主張するカルリスタ(Carlists)の勢力との内戦が起こった(第一次カルリスタ戦争)。一八四三年から親政。↓補一九。
一一　ドン・カルロス(一七八八―一八五五)。ここでは「皇兄」とあるが、実際はフェルナンド七世の弟。↓補二〇。
一二　お気に入りの家来。
一三　税のとりたてが一定でない。
一四　政策、公約。
一五　「陵遅」に同じ。↓注二。
一六　自分の居所に安心して住む。安堵(あんど)。
一七　腹鼓を打ち、大地を叩いて歌い楽しむ

ヲ立テ弊政《へいせい》ヲ革《あらた》メ賦斂《ふれん》ヲ薄《うすく》シ人民ヲシテ皆其堵《そのと》[一六]ニ安《やす》ンジ鼓腹撃壌《こふくげきじやう》[一七]太平《たいへい》ヲ謳歌《おうか》スルニ至ラシメント時機ヲ待ツコト久シ　時ニ一千八百六十八年秋九月我ガ女皇仏帝《ぢよくわうふつてい》[一八]拿破倫《ナポレオン》三世ト将《まサ》ニ会盟セントシ車騎《しやき》ヲ従ヘテ行ク　行クコト未《いま》ダ幾里《いくり》ナラズ従騎喧騒皆呼《じゆうきけんさうみなよび》[一九]テ曰ク　我皇《わがくわう》無道《むだう》ニシテ君徳《きみとく》ナク民《たみ》、生《せい》ヲ安《やすん》ズルコト能《あた》ハズ　宜《よろ》シク速《すみやか》ニ位ヲ去リ宝祚《ほうそ》[二〇]ヲ賢主ニ禅《ゆづ》ルベシト　市民之《これ》ヲ聞テ雀躍群至鳳輦《じやくやくぐんしほうれん》[二一]ヲ攀《よ》ヂテ之《これ》ヲ促《うなが》ス　僅《わづか》ニ三日ニシテ全国皆叛《そむ》ク　女皇近臣《ぢよくわうきんしん》[二二]ト仏京ニ遁《のが》レ拿破倫ニ倚《よ》ル　拿破倫髭《ひげ》[二三]ヲ掀《かか》ゲテ曰ク　奇貨《きくわ》[二四]居《お》ク可《べ》シ　時《とき》ナル哉《かな》　時再ビ来《きた》ラズト　廃皇《はいくわう》[二五]ノ王子ヲ擁《よう》シテ兵ヲ境上《きやうじやう》[二六]ニ屯《とん》シ檄《げき》ヲ我民《わがたみ》ニ移シテ曰ク　弊邑《へいいふ》[二七]義ニ拠《よ》リ不腆《ふてん》[二八]ノ兵ヲ提《ひつさ》ゲテ爾友邦《なんぢいうはう》ノ難《なん》ニ赴《おもむ》ク　今爾ガ正統《せいとう》ノ皇子茲《ここ》ニ在《あ》リ　爾何ゾ早ク乱人《らんじん》ノ脅迫《けふはく》ヲ去リテ明主《めいしゆ》ニ帰《き》セザル　皇子至徳誠《しとくまこと》ニ能《よ》ク乱虐《らんぎやく》ヲ戡定《かんてい》[二九]シ爾有衆《いうしゆう》[三〇]ヲ保全スルノ真主《しんしゆ》ナリ　若《も》シ夫《そ》レ図《と》[三一]ヲ改メテ降《くだ》ルモノハ皆許シテ問フナカラント　是時《このとき》ニ当《あたり》テヤ

人称二虬髯一。謂二奈翁髯一。不レ知始二於君奇筆一乎否。

こと。　理想的な政治が行われていることのたとえ(『十八史略』帝尭陶唐氏に拠る)。

一八 ナポレオン三世(Charles Louis Napoléon Bonaparte. 一八〇八-七三)。ナポレオン一世の甥。フランス第二共和制大統領(在職一八五〇-五二)、フランス皇帝(在位一八五二-七〇)。一八三六、四〇年にそれぞれ軍事クーデターを試みて失敗し投獄されるが脱獄してイギリスに逃亡。四八年の二月革命の後、圧倒的多数の票により共和制大統領に選出、さらに五一年にはクーデターにより皇帝になる。七〇年にはレオポルドのスペイン国王即位をめぐってプロシアに宣戦布告(普仏戦争)するも敗北、第二帝政は崩壊した。

一九 騒がしいこと。

二〇 天子の位、ここでは国王の位。

二一 小躍りしてして喜びながら群れ集り、国王イサベル二世の乗り物にとりついて譲位をせまった。「鳳輦」は屋根の上に金の鳳凰を据えた輿。日本では天皇の乗り物。

二二 一八六八年九月十八日、プリム、セラーノ、トーペテ等が軍事クーデターを起こし、十月八日臨時政府樹立(九月革命)、イサベル二世はフランスに亡命。この後第一共和政(一八七三―七四年、クーデターにより十二月王政復古)までスペインの政治は混乱する。

二三 イサベルを手中にして得意になるさま。

二四 与えられた機会を逃さないことをいう。(『史記』呂不韋列伝)に拠る。

二五 アルフォンソ十二世(一八五七-八五、在位一八七四-八五)。後のスペイン国王。イサベル二世の長男。ウィーン、イギリスで学び、一八七四年十二月のカンポス将軍の王政復古

我皇兄《わがくわうけい》[一]頓加羅《(トンカーロン)》ヲ戴《いただ》クモノ檄《げき》ヲ遠近ニ伝ヘテ曰ク

夫《そ》レ婦女ノ天位ニ登リ国政ニ関スルハ我祖《わがそ》[二]宗《そう》大法ノ禁ズル所ナリ　先《さキ》ニ僧侶貴族私利《しり》ヲ営《いとな》ミ其立《そのた》ツ可《べ》カラザルノ婦女ヲ立《た》テヽ社稷《しやしよく》[三]ノ主《しゆ》トシ　聡明雄才ノ皇兄頓加羅ヲ逐《おひ》テ国政ヲ専《もつぱら》ニシ恣《し》[四]横《わう》至ラザルナシ　今ヤ民《たみ》離レ衆《しゆう》散ジ女皇《ぢよくわう》国ヲ逃レ宗廟《そうべう》[五]主ナキヲ致セリ　吾党乃《わがたうすなはチ》[六]皇兄頓加羅ヲ立《た》テヽ王位《わうゐ》ニ即《つ》カシメ以《もつ》テ民心《みんしん》ニ従ヒ弊政《へいせい》ヲ除キ私怨《しあん》ヲ去リ立憲公議ノ政《まつりごと》ヲ建《た》テントス　祖《そ》宗《そう》ノ大法ヲ奉ジ国家ノ安寧ヲ望ム者ハ宜《よろし》ク速《すみやか》ニ来《きたり》テ共ニ力ヲ致《いた》スベシ　躊躇逡巡《しゆんじゆん》[七]風雲ノ会ニ後《おく》レテ悔《くい》ヲ他日ニ取ルコト勿《なか》レト

国民之《これ》ニ応ズルモノ甚《はなは》ダ多シ　時ニ学士書生別ニ自主自由ノ利ヲ説キテ共和ノ民政ヲ呼唱《こしやう》スル者アリ　才ヲ抱テ鬱屈スル者貧困ニ苦《くるしみ》テ乱ヲ思フ者皆相和シテ人心ヲ煽動《せんどう》ス　其勢《そのいきほひ》恰《あたか》モ満岸《まんがん》ノ漲水《ちやうすい》ノ堤《つつみ》ヲ潰《つい》ヤシテ一時ニ決スルガ如ク之ヲ壅塞《ようそく》[八]セントスレバ反動愈ゝ《いよいよ》激烈

有二気勢一。

馴二致此勢一者誰罪。肉食者。不レ可二匆匆看過一処。

寒時寒二殺読者一。熱時熱二殺読者一。聖嘆所謂瘧疾文字。

のクーデター成功により帰国して王位に就く。穏健派で自由主義者。第三次カルリスタ戦争(→補二〇)とキューバ戦争を終結させ、一八七六年新憲法を制定。ただしナポレオン三世がアルフォンソを擁立したという設定は、散士の案出(「佳人之奇遇著述の筋書」。→補七)。二六 国境に駐屯させ。
二七 わが国。「邑」は国、村。
二八 他人に贈る自分の品物の謙譲語。粗品。
二九 敵に勝って乱をしずめること。平定。
三〇 おまえたち人民を保護して安心させる本当の君主である。三一 計画を捨てて。

以上二九頁

一 第一次カルリスタ戦争と第三次のそれが混同されている。ここでの「皇兄頓加羅」は年代から言ってもモンテ・モリン伯(カルロス六世を僭称)の甥カルロス・マリア(カルロス七世を僭称、一八四八―一九〇九)であるべき。→補二〇。
二 歴代の君主、祖先。「大法」は重大な法。ここでは女性の王位継承を禁止したブルボン家の継承法サリカ法のこと。
三 国王のこと。「社稷」は国の守り神(「社」は土地の、「稷」は穀物の神)。転じて国家をいう。四 思うままにふるまった。
五 国家には王がいなくなった。「宗廟」は天子の祖先の霊魂、またそれをまつる宮殿。「社稷」と対になり、国家の祭祀には「宗廟」は左に、「社稷」は右にまつる。転じて国家。
六 カルロス七世を王位に就かせ立憲君主制を建てようとする、幽将軍らカルリスタ派の政治目標。「共和ノ民政」(一一行)との対立的な考え。
七 絶好の機会を逃して後日後悔してはなら

在ㇾ此在ㇾ此。絶奇絶奇。

ナリ、而《しか》シテ共和党又分《わか》レテ二トナリ一ハ急進ヲ説キ一ハ漸進《ぜんしん》ヲ主張シ両党相容《あひい》レズ[九]衆論喧嗷《けんがう》邦内擾擾《ぜうぜう》タリ　国中ノ名士輿論《よろん》ノ遂《つひ》ニ定マル可カラズ人心ノ遂ニ一《いつ》ニ帰《き》ス可カラザルヲ覚《さと》リ相共ニ議院ニ会《くわい》シテ前途ノ国是《こくぜ》ヲ議ス　時相《じしやう》《プライム》[一〇]風雷[一一]豪邁《がうまい》果断《くわだん》ヲ以テ著《あらは》ル　起《たち》テ衆ニ告《つげ》テ曰ク　我国今日《こんにち》ノ勢《いきほひ》ヲ案《あん》ズルニ人心相離レ党派大《おほい》ニ興《おこ》リ二党合《がつ》シテ四派分レ一派滅《げん》ジテ一党起《おこ》リ[一二]上下紛擾《しやうかふんぜう》其底止《そのていし》スルトコロヲ知ラズ　是豈《これあに》[一三]一時ニ激《げき》シテ然《しか》ルモノナランヤ　蓋《けだ》シ[一四]宿怨《しゆくゑん》相積《つ》ミ私怨《しゑん》相結《あひむす》ビ以テ今日ノ不幸ヲ見ルニ至ル　故ニ今ノ計ヲ為スモノ宜《よろし》ク我[一五]党派ニ因《よすが》ナキノ英主ヲ立テヽ　人心ヲ糾合《きうがふ》シ朋党《ほうたう》ヲ離散スルニ如《し》カズ　今夫《そ》レ[一六]普国ハ欧洲ノ強邦《きやうはう》ニシテ[一七]皇子理烏仏《レオポルト》最モ賢ナリ　品ハ[一八]貴冑《きちう》ニ超《こ》ヘ行ヒ宗潢《そうくわう》ニ冠《くわん》タリ　以テ[一九]宗社《そうしや》ヲ苞桑《はうさう》ニ安《やす》ンジ　[二〇]国家ヲ磐石《ばんじやく》ニ奠《さだ》ムルニ足《た》ル　故ニ之ヲ迎《むかへ》テ相共ニ[二一]奉戴《ほうたい》セント欲ス　其計《そのけい》已《すで》ニ熟セリ　満場或《あるい》ハ宰相ノ意ヲ迎ヘテ之ヲ賛《たす》クルモノアリ　或ハ之ヲ排《はい》ス

ない。「風雲ノ会」は竜虎が風雲に勢いを得て天に昇るように、英雄が名君や事変との出会いから才能を発揮して志を遂げることのたとえ。八 ふさぐこと。九 大勢の意見、議論。「喧嗷」はがやがやとやかましいさま。「擾擾」はごたごたと騒ぎ乱れるさま。
一〇 プリム(一八一五-七〇)。スペインの軍人、政治家。当時の首相。→補二一。
一一 意気盛んで決断力があることで有名になった。一二 上も下もごたごたともめて止まる所がない。一三 皆いっせいに争っていてはならない。一四 長年の恨み。
一五 党派に無関係のすぐれた君主を立てて、人心を一つにまとめ、対立する党派を解散させるのが一番よい。
一六 プロイセン王国(一七〇一—一九一八年)、以下脚注では英語名プロシア(Prussia)を使用。一八七一年に成立したドイツ帝国の中心。第一次世界大戦敗戦でドイツ帝国が崩壊、ワイマール共和国が成立して消滅。
一七 レオポルド。プロシア王室の分枝であるホーエンツォレルン家出身。一八六九年、九月革命でイサベル二世が退位してのち空位となっていたスペイン国王の候補者に挙げられ、このことを契機としプロシアとフランスの間に普仏戦争が起こった。
一八 貴族の家柄。「宗潢」はすぐれた人材の意か。
一九 国家をしっかりと安定させ。「宗社」は宗廟と社稷、国家。「苞桑」は桑の木の根。根本が堅くてしっかりしているたとえ。
二〇 「磐石」は大岩。堅固なことのたとえ。「奠ムル」は安定させておくこと。
二一 謹んで仕える。

ルモノアリ　[一]民政党ノ諸人ハ大《おほい》ニ之ニ抗《かう》シテ曰ク　[二]宰相ハ普相[三]比須麦克《ビスマーク》ノ計策《けいさく》ニ陥《おちい》レリ　宰相ハ普王ノ威《ゐ》ヲ恐レテ国ヲ売ルモノナリト　[四]痛責擠排《つうせきせいはい》議論湧《わ》クガ如シ　此時ニ当《あたり》テ[五]妾《せふ》ガ老父徐《おもむろ》ニ起《たち》テ諸士ニ謂《いひ》テ曰ク　女皇《ぢよくわう》ヲ廃スルノ事ハ我実《われじつ》ニ之ガ主《しゆ》タリ　当時将士《しやうし》ト共ニ誓《ちかひ》テ曰ク　暴君ヲ廃シテ[六]正統ノ英主ヲ立テ以テ民望《みんばう》ニ従ハン　私利ヲ営ミ私心ヲ抱《いだ》クモノハ[七]我党ニ非《あら》ザルナリ　又我国民ニ非ザルナリ　若《も》シ夫《そ》レ此《かく》ノ如キモノアラバ力ヲ戮《あは》セテ之ヲ除ク可ク身ヲ殺シテ之ヲ擯《しりぞ》ク可シト　豈《あに》欧洲[八]強国ノ皇子ヲ迎ヘ以テ我国政ヲ委《ゐ》スルヲ思ハンヤ　若《も》シ相公《しやうこう》ノ言ノ如ク今日ニ至リ普ノ皇子ヲ迎ヘテ之ヲ立テバ天下我ヲ目《もく》シテ普相ノ術中ニ陥《おちい》リ国ニ人ナシト云ハン　加フルニ[九]普王ノ豪雄《がういう》ナル普相ノ権謀《けんぼう》ニ富ム　豈黙黙《あにもくもく》トシテ止ム者ナランヤ　今ヤ[一〇]仏帝ハ言ヲ我姻戚《わがいんせき》ニ托《たく》シ兵ヲ境上ニ屯《とん》シ以テ[一一]廃皇《はいくわう》ノ皇子ヲ立テント欲ス　然《しか》レドモ我人民ハ女皇ノ不徳ヲ悪《にく》ミ其[一二]恨《うらみ》骨髄ニ入

筆捲㆓風雨㆒。

至論。

一　前頁「共和党分レテ二トナリ一ハ急進ヲ説キ一ハ漸進ヲ主張」のうち、前者の立場を言うか。
二　プリムを指す。
三　ビスマルク(一八一五―九八)。「鉄血宰相」の名で知られるドイツ帝国初代宰相。プロシアのヴィルヘルム一世のもとで首相兼外相、普墺戦争(一八六六年)でドイツからオーストリアを排除、またスペイン王位継承問題に起因する普仏戦争でフランスに勝利、ドイツを統一してドイツ帝国を成立させ(一八七一年)、国際社会における地位を高めた。
四　相手を厳しく責め、押しのけること。
五　幽蘭の父、幽将軍。
六　血筋の正しいすぐれた君主。
七　カルリスタ党を指す。
八　↓三一頁注一七。
九　「普王」はヴィルヘルム一世(一七九七―一八八八、プロシア王・ドイツ皇帝在位一八六一―八八)。一八六二年にビスマルクを登用し普仏戦争に勝利して一八七一年ドイツ帝国成立とともにドイツ皇帝となる。「豪雄」は豪傑。武勇にすぐれて度胸のある人。「普相」はビスマルク。
一〇　ナポレオン三世。「言ヲ…」は未詳。
一一　イサベル二世の子アルフォンソ十二世。↓二九頁注二五。
一二　激しい恨み。「繆公の此の三人を怨むや、骨髄に入れり」(『史記』秦本紀)。

ル　故ニ廃皇《はいくわう》ノ皇子ヲ立ツト雖《いへど》モ以テ人心《じんしん》ヲ維《つな》ギ難《がた》シ　況《いは》ンヤ仏帝ノ心事《しんじ》亦計《またはか》ル可カラザル者アルニ於《おい》テヲヤ　頃《このご》ロ[一三]南方ノ諸州皇兄《しよしゆうくわうけい》頓加羅《トンカーロン》ヲ推《お》シテ王位ニ即《つ》カシメ立君公議ノ政ヲ組織セント欲ス　抑《そもそ》モ皇兄《くわうけい》ハ正統ノ皇子　立君公議ハ天下ノ美政ナリ　若《し》カズ諸士《しよし》共ニ力ヲ此《ここ》ニ尽《つく》サンニハト　満場ノ議論之ガ為メニ愈〻《いよいよ》激シ　各相[一四]搏撃《あひはくげき》セントスルノ勢《いきほひ》アリテ議論何《いづ》レニ定マルヲ知ラザリシガ　其《その》宰相ハ意ヲ迎フルモノハ半《なかば》ニ過ギタルヲ以テ議遂《つひ》ニ決ス　是《ここ》ニ於《おい》テ使《つかひ》ヲ普国ニ遣《つか》ハシテ[一五]推戴《すいたい》ノ意ヲ表《あらは》シ皇子ノ即位ヲ乞《こ》フ　皇子之ヲ諾《だく》ス　仏ノ君臣《くんしん》之ヲ聞テ大ニ憤《いきどほ》リ直《ただち》ニ書ヲ飛《とば》シテ皇子即位ノ挙《きよ》ヲ止《や》メンコトヲ乞《こひ》テ止《や》マズ　皇子遂《つひ》ニ之ヲ許ス　而《しか》シテ[一六]仏帝猶厭《なほあ》カズ傲慢不敬《がうまんふけい》普帝ヲ犯《おか》シテ戦《たたかひ》ヲ促《うなが》ス　蓋《けだシ》仏ハ君臣普国ノ日ニ富強ノ術ヲ講ジ欧洲ニ雄飛スルヲ見テ心平《こころたひらか》ナルコト能《あた》ハズ　[一七]普ノ羽毛未《うもういまダ》豊満セザルニ乗《じよう》ジテ之ヲ挫折シ復振《まタふる》フコト能《あた》ハザラシメント欲ス　何ゾ料《はか》ラン[一八]普国ノ

此等代議士。負㆑己負㆑人。負㆓天下後世㆒者。吾欲㆘得㆓此輩之頭㆒。醢㆑之。而集㆓天下慷慨之士㆒。快飲三日夜㆖。

三国興敗之顚末。瞭如㆑指㆑掌。

以㆓叙事㆒為㆑経。以㆓論断㆒為㆑緯。是作者最得意処。

一三　アンダルシア地方など。史実は未詳。

一四　格闘すること。

一五　レオポルド(→三一頁注一七)を迎えるということ。以下、そのスペイン王位継承に危惧を抱くフランスが、ヴィルヘルム一世に候補辞退を求め、レオポルドが自発的に辞退した史実をなぞる。

一六　ナポレオン三世はなおも不満で、の意。その後フランスは、ホーエンツォレルン家が今後永続的にスペイン王位の継承をしないことを求めた。ヴィルヘルム一世はこの経緯をビスマルクに伝えたが、ビスマルクは国王からの電報を改竄、フランス大使から非礼な要求を突きつけられて怒った国王がそれを追い返したように変え(エムス電報事件)、両国の敵愾心をあおって普仏戦争へとなだれ込んだ。

一七　プロシアの国力が未熟な状態を鳥の羽毛が十分に生えていない状態にたとえる。

一八　鳥が双翼を収めて空高く舞い上がる機会を待つように、プロシアは密かに国力を蓄えて雄飛の機会を窺っている。「一飛沖天」は鳥が一度飛ぶと高い空に達するように、ひとたび奮起して大業を成し遂げるたとえ。「此の鳥飛ばざれば則ち已み、一たび飛ばば天に沖(あが)る」(『史記』滑稽列伝)。

先レ是。普人創ニ製句妻布砲一。致ニ之巴里博物館一。仏人哂笑曰。此長物何能為。而及ニ普仏交戦一。句妻布之所レ向。堅城鉄艦皆砕破。仏人大悔云。当時仏人驕傲之状。可ニ推想一也。使ヲ人追ニ懐故内務卿一。慨然不レ能ニ卒読一。有司為レ政。欠ニ頭領一者。皆如レ此。何可レ不レ鑑哉。

隠然双翼《さうよく》ヲ収メテ以テ一飛《いつぴ》冲天《ちゆうてん》ノ機ヲ待チ仏ハ則《すなはチ》君臣乖離《くわいり》シ将驕《しやうおご》リ卒怠《そつおこた》ルヲ　是《この》故ニ一敗地《いつぱいち》[一]ニ塗《まみ》レ地ヲ割《さ》キ城下[二]ノ盟《めい》ヲナシ仏帝降虜《かうりよ》[三]トナリ遂ニ他郷《たきやう》[四]ニ流寓《りうぐう》シテ終《をは》ルニ至レリ　是《ここ》ニ至リ我民《わがたみ》ハ伊《イタリー》[五]国ノ皇子ヲ迎ヘテ王位ニ即《つ》カシム　是《これ》ヨリ先キ[六]大宰相《だいさいしやう(プライム)》風雷夢刺客《しかく》ノ為メニ斃《たふ》レ党派ノ争《あらそひ》日ニ甚《はなはだ》シ　皇子国歩《こくほ》[七]ノ艱難《かんなん》ヲ受ケ朋党《ほうたう》ノ分裂ヲ結ビ以テ民心ヲ定メント欲ス　然《しか》レドモ風雷夢ノ斃《たふ》レテヨリ各党ノ主領《しゆりやう》各《おのおの》ゝ自立ノ志ヲ抱《いだき》テ相下《あひくだ》ラズ　其智略《そのちりやく》亦互《またたがひ》ニ匹敵シ之ヲ統結《とうけつ》スルノ俊傑《しゆんけつ》ナシ　而《しか》シテ共和党最モ激烈ノ論ヲ唱《とな》ヘ時好《じかう》ニ投《とう》ジ放談《はうだん》横議《わうぎ》以テ民政ヲ建テントシ是非《ぜひ》混合《こんがふ》　朝廷[八]ノ紛擾《ふんぜう》干戈《かんくわ》ノ乱ヨリモ甚シク政権日ニ傾ケリ　王之《わうこれ》ヲ憤懣《ふんまん》[九]シ意ヲ決シテ四民《しみん》ニ告ゲテ曰ク　人生誰カ富貴《ふうき》ヲ希《ねが》ハザラン　誰カ功名《こうみやう》ヲ慕《した》ハザラン　初メ爾《なんぢ》有衆《いうしゆう》[一〇]寡人《くわじん》[一一]ガ不明ヲ棄テズ一国推戴《すいたい》シ国政ヲ挙《あ》ゲテ之ヲ寡人ニ委《ゆだ》ネンコトヲ乞《こ》フ　寡人不明ニシテ自《みづか》ラ計《はか》ラズ漫《みだ》リニ以為《おもへ》ラク

一　再起できないほどの大敗。普仏戦争におけるフランスの敗北を言う。「地ニ塗ル」は戦死者の散らばった腸や脳みそに土がついて汚れること。「天下方に擾れ、諸侯並び起こる、今将を置くこと善からずんば、壱敗地に塗れん」(『史記』高祖本紀)。
二　敵に首都の城下にまで攻め入られて講和を結ぶ、屈辱的な敗北。「楚人其の北門を坐(まも)りて、諸(これ)を山下に覆(おお)ひ、大に之を敗り、城下の盟を為して還る」(『春秋左氏伝』桓公十二年)。
三　降参して捕虜になること。
四　「流寓」はあちらこちらをさすらうこと。普仏戦争に敗北したナポレオン三世はイギリスのチスルハーストに亡命し、一八七三年死去。
五　アマデオ一世(一八四五-九〇、在位一八七〇-七三)。イタリア国王ビットリオ・エマヌエレ二世の次男。スペインの九月革命(→二九頁注二二)後、立憲君主制をめざす新政権の指導者たちはプリム将軍の提議によりアマデオをスペイン国王に擁立、議会が承認して、一八七〇年十一月即位(在位一八七〇-七三)。しかし以下の本文にもあるように、プリム将軍暗殺、政府内の急進派や共和派の反対にあい、また財政危機を解決できずに、自身で退位を表明し一八七三年二月イタリアに帰国した。アマデオ帰国後にスペインでは第一共和政が成立。
六　一八七〇年十二月三十日暗殺。
七　国の前途の苦労。
八　政府の乱れることは戦争よりも甚だしい。「朝廷」は国王が政治を行う所。
九　胸につかえて発散できない怒り、不平。

衰老素餐之人。宜レ熟二読之一也。

幸《さいはひ》ニ此重任《このぢゆうにん》ヲ負《お》フテ大過《たいくわ》[一二]ナカルベシト　是《ここ》ニ於《おい》テ父母ヲ辞《じ》シ群臣ノ諫《いさめ》ヲ納《い》レズ死生[一三]栄辱爾《なんぢ》ガ国家ト共ニセント誓《ちか》ヒ　爾《なんぢ》群臣ノ助《たすけ》ニ頼リ爾《なんぢ》人民ノ力ニ倚《よ》リ功業[一四]ヲ千載《せんざい》ニ垂《た》レ爾《なんぢ》衆庶[一五]ト共ニ其《その》慶《よろこび》ニ頼ラント欲セリ　恨《うら》ムラクハ爾《なんぢ》有衆浮薄[一六]軽動私怨《しゑん》[一七]ヲ以テ公道ヲ忘レ朋党《ほうたう》ノ為メニ是非ヲ顧《かへり》ミズ終日嗷嗷《がうがう》[一八]政路《せいろ》ヲ紛擾《ふんぜう》シテ国勢ノ衰頽ヲ致《いた》ス　寡人《くわじん》之ヲ告諭《こくゆ》[一九]スルコト幾回《いくくわい》ナルヲ知ラズ而《しか》シテ爾《なんぢ》有衆其行《そのおこなひ》ヲ悛《あらた》[二〇]メズ　今ヤ寡人術《じゆつ》尽キ智《ち》窮《きはま》リ亦之《またこれ》ヲ奈何《いかん》トモスルコトナシ　其為《そのな》[二一]ス可カラザルヲ知リテ王位ヲ偸《ぬす》ミ人望ニ違《たが》フハ寡人ノ一日モ安《やすん》ゼザル所ナリ　茲《ここ》ニ王位ヲ辞シ将《まさ》ニ故郷ニ帰ラントス　古人云フ錦《にしき》[二二]ヲ衣《き》テ故郷ニ還《かへ》ルハ人情ノ栄トスル所ナリト　今寡人不明《ふめい》憾《うらみ》ヲ呑《のみ》テ位ヲ去リ憂心《いうしん》[二三]悄悄《せうせう》恥《はぢ》ヲ懐《いだき》テ再ビ故郷ノ父老《ふらう》ヲ見ル其衷情《そのちゆうじやう》[二四]果シテ如何《いかん》ゾヤ　然《しか》リト雖《いへど》モ爾《なんぢ》ト一タビ君臣ノ義ヲ結ベリ　今此《ここ》ヲ去ル猶《なほ》故山《こざん》[二五]ヲ去ルノ思《おもひ》ア

なお、以下「四民ニ告ゲ」た言は、散士による案出とされる(「佳人之奇遇著述の筋書」。→補七)。

一〇 国民。人民。

一一 王侯が自分自身をへりくだって言う言葉。徳の寡ない人間の意。

一二 おおきな過ちはないだろう。

一三 死ぬことと生きること、栄誉と恥辱。

一四 千年も残るような優れた功績をたて。

一五 庶民、人民。

一六 軽薄で軽率なこと。

一七 個人的な恨みで正しい道理を忘れ。

一八 大勢でがやがや騒ぎ、うるさいさま。

一九 目下の者に言い聞かせる。

二〇 「悛ム」は過ちを悔い改めること。

二一 自分が出来ないことを知っていながら王位をかすめとり、人々の期待に背くのでは自分の心が落ち着かない。

二二 成功し、立身出世をして故郷に帰ること。「錦」は美しい模様を織りだした高級な織物。

二三 国の将来を思うと心配で心もしおれる。

二四 その私の本心は果たしてどんなものか(言い尽くせないほど恥ずかしい)。

二五 →一八頁注一三。

意思委曲。而詞気謙遜。酷肖㆘楽毅報㆓燕恵王㆒書㆖。

リ願クハ爾《なんぢ》有衆旧怨《きうゑん》ヲ解《と》キテ[一]国勢ノ陵夷《りようい》ヲ挽回《ばんくわい》センコトヲ
涙ヲ揮《ふるひ》テ茲《ここ》ニ訣別《けつべつ》ヲ告グ

ト遂ニ去リテ伊国ニ還《かへ》ル　是《これ》ヨリ[二]宗廟《そうべう》復《ま》タ主ナク　民政党機ニ乗ジ勢《いきほひ》益ゝ《ますます》振《ふる》ヒ国勢如何《いかん》トモス可カラザルニ至ル　[三]妾ガ老父之ヲ憂《いう》悶《もん》シ衆《しゆう》ヲ会《くわい》シテ説《とき》テ曰ク　聞ク我士《わがし》民《みん》王政ヲ厭《いと》ヒ民政ヲ希《ねが》フテ已《やマ》ズ

ト[四]其気《そのき》風好《ふうよみ》スベキガ如キモ全局《ぜんきよく》ヨリ之ヲ見レバ其非《そのひ》計《けい》タルヲ奈何《いかん》セン　諸君見ズヤ　共和ヲ以テ民政ヲ建テ[五]文物《ぶんぶつ》粲然《さんぜん》富強《ふきやう》駸駸《しんしん》トシテ見ル可キモノ只《ただ》北米合衆国アル而已《のみ》　抑ゝ《そもそも》北米ノ人民ヤ本《もト》自主自由ノ風ニ生長シ　[六]明教良法ノ雨ニ沐浴《もくよく》シ能《よ》ク私心ヲ捨テ、公議ヲ執《と》リ[七]論理ニ泥《なつ》マズシテ実業ヲ務《つと》ム　是レ能ク民政ヲ建《た》テ、[八]宇内《うだい》ニ冠《くわん》タル所以《ゆゑん》ナリ　我民《わがたみ》ハ則《すなは》チ然《しか》ラズ　論理ニ泥《なつみ》テ実業ヲ務メズ[九]軽跳《けいてう》ニシテ[一〇]鋭進《えいしん》シ亦忽《またたちま》チ挫折ス　[一一]墨西哥《メキシコ》国ハ米国ト境《さかひ》ヲ接シ斉《ひとし》ク共和ノ民政ヲ建《た》ツルノ国ナリ　然《しか》レドモ朋党相忌《あひい》ミ首領相仇《あひきう》シ爾来《じらい》五十有三年間

冷汗透㆑背。

引証的切。

迷㆓民政之理論㆒。

一　国の勢いの衰え。

二　国家にはまた王がいなくなった。一八七三年二月十一日アマデオ一世退位、第一共和政成立。

三　→三二頁注五。

四　士民が民政を願う気持ちはほめるべきだが、全体の局面から見るとよくない考えであるのはどうしようもない。

五　文化は盛んになり、国の富力と兵力は日に日に増大する。

六　りっぱな教え、りっぱな法律をその身に受けて。「雨ニ沐浴シ」は雨を浴びるように、教えなどを受けること。

七　理屈ばかりに拘らずに実業に励んでいる。

八　世界で一番となる。

九　思慮や落ち着きに欠け軽はずみなこと。「軽佻」の誤り。

一〇　勢いよく進むさま。

一一　メキシコ。一五二一年、スペインの征服者コルテス(一四八五―一五四八)によりアステカ王国が滅ぼされスペインの植民地となる。一八二一年に独立し、一八二五年憲法制定、連邦共和制を採用。しかし連邦政府が弱体だったため地方軍閥を抑えられず、のち約五十年間政治的混乱が続く。

一二　閣僚の交代が速いさま。政治的不安定を示す状態。

一三　メキシコ人はわがスペインの子孫であって風俗人情は同じである。スペイン植民地以来メキシコにはスペイン人(ペニンス

而誤レ国者。如ニ南米共和諸邦一。歴歴可レ徴矣。豈可レ不ニ深鑑一哉。

有司為レ政。誤レ国傷レ民者。何限ニ西班牙一。豈可レ不レ鑑哉。豈可レ不レ戒哉。

ニシテ一《いち》帝一摂政《せつしやう》統領五十三人ヲ更《か》ヘタリ　此《かく》ノ如《ごと》キ朝迭暮更《てうてつぼかう》ノ[一二]政府ノ下ニ棲息《せいそく》スル生民焉《せいみんいづくん》ゾ能ク進路ヲ文明ノ境《さかひ》ニ尋《たづ》ネ生路《せいろ》ヲ自由ノ郷ニ求ムルヲ得《う》ベケンヤ　墨西哥人[一三]ハ我西班牙《スペイン》ノ後裔ニシテ風《ふう》[一四]教《けう》人情亦相同《またあひおな》ジ　亦以テ自《おのづか》ラ鑑《かんが》ム[一五]ルニ足《た》ルベシ　殊《こと》ニ我文物典章《ぶんぶつてんしやう》ヨリ国民ノ志操《しさう》ニ至ルマデ遠ク米人ニ及バズ　而《しか》シテ今此軽佻《このけいてう》未開ノ民ヲ駆《かり》テ民政ノ界ニ馳騁《ちてい》[一六]セント欲ス　余《よ》其害《そのがい》ヲ知レドモ未ダ其利《そのり》ヲ識《し》ラザルナリ　好《よ》シ暫《しばら》ク奮《ふるひ》テ之《これ》ニ当ルモ政党[一七]相閲《あひせめ》ギ国政迭《たがひ》ニ乱人[一八]ニ移リ内[一九]外混淆庶官《こんかうしよくわん》職ヲ失ヒ遂ニ朝令暮改《てうれいぼかい》ノ弊政《へいせい》ニ陥《おちい》リ政権ハ姦雄《かんいう》[二〇]ノ掌中《しやうちゆう》ニ帰《き》シ軍[二一]人為政《ゐせい》ノ端《たん》ヲ開キ干戈紛擾《かんくわふんぜう》止《や》ム時ナカラン　一[二二]千八百三十年仏国革命ノ乱ニ人民王政ヲ厭《いと》ヒ将軍鑼[二三]柄斗《ラヘート》ニ被《き》[二四]スルニ紫袍《しはう》ヲ以《もつ》テシ立テヽ民政ノ首領トナサント欲セシガ　将軍固辞《こじ》衆《しゆう》ヲ諭《さと》シテ曰ク　余《よ》十八歳ノ時米国独立ノ檄文《げきぶん》ヲ読ミ　覚《おぼ》ヘズ髪竪《かみた》チ涙下《くだ》リ直《ただち》ニ袂《たもと》ヲ揮《ふるひ》テ奮起《ふんき》シ　孤《こ》剣《けん》救援ヲ誓ヒ孤《こ》舟《しう》大洋ニ漂《ただよ》ヒ孤《こ》軍重囲《ぐんぢゆうゐ》ニ陥《おちい》

真成英雄。真成政事家。

ラール)、スペイン人とインディオの混血(メスティソ)が多数いたことによる。
一四 風習。　一五 自らに照らして考える価値は十分にある。　一六 馬をかけまわすように(民政の世界に)走り回らせる。以下、未開の人民に民権を与えることの危さを言う。
一七 政党がいがみあう。「閲ぐ」は恨み争うこと。　一八 国家を乱す人間。反逆者。
一九 本国人と外国人が入り交じって多くの役人は職を失い。
二〇 悪知恵に長けた英雄。
二一 軍政の端緒となり、戦いが起こって国内が乱れる。
二二 フランス七月革命。シャルル十世の復古王政を打倒。共和政の成立を恐れた自由主義王党の人々はラファイエットの協力によってルイ・フィリップを国王に即位させて革命を収束させた。
二三 ラファイエット(Marquis de Lafayette. 一七五七―一八三四)。フランスの軍人、政治家。自由思想の持ち主でアメリカ独立戦争に参加、イギリス軍と戦い英雄となった。フランス革命に際してはパリ国民軍を指揮。立憲君主制を支持し、ジャコバン派に反対したため、共和政に対する反逆者とされ一七九二年投獄。九七年ナポレオンによって釈放。王政復古の時代に政界に返り咲き、一八三〇年のパリ七月革命では国民軍司令官となり、指導者として活躍。
二四 政治の中枢につけようとした。「袍」は表衣(うえのきぬ)。貴人の男子が衣冠束帯の際に着る上着で、位階により色が異なる。紫は四位以上が着る。

リ将士《しやうし》ト食ヲ分《わか》チ[一]衣《ころも》ヲ推《お》シ戈《ほこ》ヲ枕シ辛酸《しんさん》ヲ同《おなじく》スルコト七年　其間《そのかん》米人ガ独立自治ノ誠心確乎《せいしんかくこ》トシテ動《うごか》ス可カラザルノ気風《きふう》ヲ慕《した》ヒ　取テ以テ之ヲ我民《わがたみ》ニ教フルコト久《ひさ》シ　然《しか》レドモ我民ノ[二]気象風教《きしやうふうけう》自治ノ民政ニ適《てき》セザルヲ奈何《いかん》セン　[三]宜《よろし》ク賢主ヲ迎ヘテ立君公議ノ明政《めいせい》ヲ起《おこ》スベシ　是《こ》レ我仏国ノ良計《りやうけい》ナリ　是レ我民人ノ幸福ナリト　将軍ノ言《げん》以テ[四]殷鑑《いんかん》トナスベシト　[五]意気懇到声涙共《いきこんたうせいるいとも》ニ下《くだ》ル　嗚乎《ああ》[六]忠言《ちゆうげん》ノ耳ニ逆《さから》ヒ[七]大声ノ里耳《りじ》ニ入リ難《がた》キ[八]古今《ここん》ノ常患《じやうくわん》ナリ　党人等却《かへり》テ老父ヲ目《もく》シテ自由ノ公敵ト為シ民権ノ偽党《ぎたう》ナリト誣《し》ヒ　[九]一犬虚《きよ》ヲ吠《ほ》ヘテ万犬実《じつ》ヲ伝《つた》ヒ[一〇]清議《せいぎ》容《い》レラレズ　[一一]詬詈《こうり》唾《だ》斥其肉《せきそのにく》ヲ食《くら》ヒ其皮《そのかは》ニ寝処セント欲シ遂ニ命《めい》ヲ下《くだ》シ父兄ヲ誣《し》[一二]ユルニ反逆ノ罪ヲ以テシ将《まさ》ニ死刑ニ処《しよ》セントセリ　是《ここ》ニ於《おい》テ父兄[一三]間行《かんかう》シテ難ヲ避ケ誠忠《せいちゆう》ノ士亦《また》多ク国ヲ去ル　是《これ》ヨリ党人益〻《ますます》憚《はばか》ル所ナク民[一四]政ノ空理《くうり》ニ迷ヒ自由ノ楽境《らくきやう》ヲ夢ミ遂ニ民政ヲ天下ニ布告《ふこく》スルニ至レリ　時ニ[一五]京城《けいじやう》ノ市民酔《ゑ》フガ如ク狂フガ如

後人宜レ服ニ朧将軍之忠言一。

一　自分の衣を他人に譲り。
二　気性や風俗。政治形態は民族性や風土に規定されるという考え方。
三　賢明な君主を迎えてすぐれた立憲君主制を起こすのがよろしい。
四　自分を反省して戒めとすべき他人の失敗の実例をいう。「殷鑑遠からず」(殷の国の戒めとなる実例は遥か遠くにあるのではなく、すぐ目の前の夏の滅亡である)。『詩経』「大雅」「蕩」に拠る。
五　心意気がしみわたり。
六　自分を諫める言葉は素直には聞き入れにくい。「良薬は口に苦けれども病に利あり、忠言は耳に逆らへども行ひに利あり」(『孔子家語』六本)。
七　高尚な言論は俗人には理解されない。もとは高尚な音楽は俗人には理解されないの意。「大声は里耳に入らず」(『荘子』天地)。
八　昔も今も変わらぬ悩みである。
九　一人が嘘を言うと、他の人々がそれを事実として言いふらす。「一犬形に吠ゆれば百犬声に吠ゆ」(『潜夫論』賢難)とも。
一〇　「老父」の正論はうけいれられず。
一一　「詬詈」は辱め罵ること。「唾斥」は唾を吐きかけるばかりに忌み嫌って追い払うこと。
一二　反逆罪という無実の罪にこじつけて。「誣ユル」は事実をねじ曲げていうこと。
一三　こっそりと隠れて行く。
一四　スペイン第一共和政成立(一八七三—七四年)。
一五　→二七頁注一二。

頂門一針。

為レ政者。頂門砭針。

ク寺院ニ会《くわい》シ道路ニ集リ皆共《みなとも》ニ共和万歳《きようわばんざい》ヲ唱《とな》ヘ　既《すで》ニ已《すで》ニ自主自由ノ楽土《らくど》ニ棲息《せいそく》スルノ空想ヲナシ　所在《しよざい》争《あらそひ》テ僧侶ヲ殺シ貴族ヲ追フ所謂《いはゆる》暴《ぼう》[一六]ヲ以テ暴ニ易《か》ヘ其非《そのひ》ヲ知ラザルモノナリ　而《しか》シテ其党領《そのたうりやう》憲法ヲ組織シ政令《せいれい》ヲ施《ほどこ》スニ当《あたり》テヤ政党相軋《あひきし》リ首領相忌《あひい》ミ議士ハ徒《いたづら》ニ口《こう》舌《ぜつ》ノ末端ヲ議場ニ争テ実用ニ益《えき》ナク　人民ハ徒ニ賦斂《ふれん》ノ軽カランコトヲ傲傲《がうがう》[一七]シ　以テ政令ノ遅滞《ちたい》ヲ致《いた》シ僅僅《きんきん》[一八]歳余《さいよ》ニシテ統領《とうりやう》内閣ノ更迭《かうてつ》スル五回　民其途《たみそのと》ニ迷ヒ商其令《しやうそのれい》ヲ厭《いと》ヒ士《し》其行《そのかう》ヲ悪《にく》ミ兵其律《へいそのりつ》[一九]ヲ侮《あなど》リ自由楽境《らくきやう》ノ迷夢ハ変ジテ寡人為政《くわじんゐせい》[二〇]ノ苦境ト作《な》リ各党軋轢《あつれき》ノ極《きよく》　遂ニ互ニ干戈《かんくわ》[二一]ヲ弄《ろう》シ枉殺《わうさつ》ヲ逞《たくまし》フスルニ至《いた》レリ　是《ここ》ニ至テ老父ノ言[二二]尽《ことごと》ク験《しるし》アリ　人窃《ひそか》ニ其明《そのめい》[二三]ニ服ス　父兄他郷《たきやう》ニ在《あ》リテ故国ノ難ヲ傍観《ばうくわん》スルニ忍ビズ義旅《ぎりよ》[二四]ヲ糾合《きうがふ》シ皇兄《くわうけい》[二五]頓加羅《（トンカーロン）》ヲ推《お》シテ盟主《めいしゆ》トナシ　弊政《へいせい》ヲ除キ私怨《しゑん》ヲ去リ分裂ノ政党ヲ結合シ偽党《ぎたう》ノ首領ヲ退《しりぞ》ケ立憲公議ノ政ヲ建テ　以テ内乱ヲ治《をさ》メ外侮《ぐわいぶ》ヲ禦《ふせ》ギ僧侶貴族ノ陋習《ろうしふ》ヲ破リ此民《このたみ》ヲシテ

一六 武王の暴挙を諫めた伯夷叔斉の臨終の歌の句。殷・周の革命は、周の武王が武力という乱暴な手段で、殷の王の暴政に取って代わっただけだ、の意。「暴を以て暴に易へ、其の非を知らず」(『史記』伯夷列伝「採薇歌」)。

一七 「嗷嗷」と同じ。大勢でうるさく騒ぐ。

一八 わずか一年あまり。

一九 掟、法律。

二〇 少数の人間が政治を執るひどい状況になり。

二一 武器をもてあそぶ。戦いを始めること。「枉殺」は無実の人を殺すこと。

二二 私の父の予想がすべて当たった。「験」は前触れ、前兆。

二三 先を見通す見識。先見の明。

二四 義勇軍。「旅」は旅団、軍隊。

二五 カルロス・マリア(カルロス七世を僭称。→三〇頁注一、補二〇)を推薦して同盟の中心人物(首領)とし。

自由ノ真郷《しんきやう》ニ棲息《せいそく》セシメント誓ヒ　其檄《そのげき》ヲ伝ヘシニ　天下皇兄ノ賢《けん》名《めい》ヲ慕《した》ヒ四民《しみん》雲ノ如ク集リ景《かげ》ノ如ク従ヒ旌旗《せいき》[一]空《そら》ヲ蔽《おほ》ヒ舳艫《ぢくろ》相望《あひのぞ》ミ歌《か》[二]吹耳《すいみみ》ニ盈《み》チ庶民《しよみん》悦服《えつぷく》[三]シ士卒《しそつ》奔馳《ほんち》[四]シ相会《あひくわい》スルモノ林ノ如ク兵勢《へいせい》大《おほい》ニ振《ふる》フ　党人毎戦《まいせん》皆《みな》敗《やぶ》[五]レ漸《やうや》ク将《まさ》ニ潰《つひ》エントセリ　此時《このとき》ニ当リテ普相陰謀《いんぼう》[六]ヲ逞《たくまし》フシ窃《ひそか》ニ兵饟《へいじやう》ヲ贈リテ党人ヲ援《たす》ク　是《ここ》ヲ以《もつ》テ死灰《しくわい》[七]復《また》燃ヘ兵鋒《へいほう》[八]頗《すこぶル》鋭《するど》ク両虎《りやうこ》互ニ傷《きずつ》キ彼我《ひが》智《ち》[九]勇《ゆう》共ニ困《くるし》ム　時ニ廃皇《はいくわう》[一〇]ノ皇子猶《なほ》境上《きやうじやう》ニ在リ　機《き》ニ乗《じよう》ジテ国都《こくと》ニ入リ誘《さそ》フニ利《り》ヲ以テス　士民《しみん》已《すで》ニ争乱ヲ厭《いと》ヒ兵士ノ剽掠《へうりやく》[一一]ニ苦《くるし》ミ争《あらそひ》テ之ニ帰《き》スルコト水ノ下流ニ就《つ》クガ如シ　民政党ノ首領モ亦《また》締盟《ていめい》[一二]ヲ変ジ降《かう》ヲ馬前《ばぜん》ニ献《けん》ジ質《ち》ヲ致《いた》シテ臣ト称《しよう》シ　新王ノ為メニ先駆[一三]ス　新王乃《すなはチ》妾《せふ》ガ老父ト旧交《きうかう》アル者ニ命ジ書ヲ作《つくり》テ老父ヲ招《まね》カシム　老父復書《ふくしよ》シテ其《その》変節《へんせつ》反覆《はんぷく》ヲ責《せ》メテ曰ク

夫《そ》レ士ノ貴《たふと》ブ所ハ節義《せつぎ》ノミ　苟《いやしく》モ士ニシテ節ナクンバ亦何ゾ云フニ足ランヤ　先キニ足下《そくか》共和ノ民政ヲ主唱《しゆしやう》セシニ当《あたり》テヤ僕

強国慣用之策。

写ニ尽三国之大乱於数片紙裡一。不レ疎不レ密。不ニ一片一不ニ煩瑣一。有ニ節次一有ニ方法一。有ニ波折一有ニ間架一。蓋所謂鬼ニ於文一者。抑聖ニ於文一者也。

一 旗が並び立ち、船が連なる。軍容の盛んなさま。「舳艫」は船の舳先(へさき)と艫(とも)、転じて船。「舳艫千里、旌旗空を蔽ふ」(蘇軾「前赤壁賦」)。
二 歌や音楽。
三 心から喜んで服従する。
四 「奔走」に同じ。
五 兵隊の食糧。
六 反カルリスタの共和主義勢力を指すか。
七 一度衰えたものが再び盛んになるたとえ。「死灰独り復た燃えざらんや」(『史記』韓安国列伝)。
八 戦いが激しいこと。「兵鋒」は軍勢のほこさき。転じて軍隊の攻め寄せる勢い。
九 知恵と勇気、またそれを備えた人物。
10 アルフォンソ十二世(→二九頁注二五)。一〇行「新王」も同じ。
一一 掠奪。
一二 同盟を破って敵に降伏し、礼物を贈って臣下になり。
一三 先導すること。

彼去就無レ常者。
将ニ慚死一。

魯仲連再生。

立憲公議ノ良政ヲ説《とき》テ之《これ》ニ抗《かう》ス　忠言耳ニ逆《さから》ヒ衆口金《しゆうこうきん》[一四]ヲ鑠《とか》シ僕ヲ目《もく》シテ自由ノ公敵《こうてき》ト為シ国家ノ反賊《はんぞく》ト誣《し》ユ　語猶《なホ》耳ニ在リ足下亦当《またまさ》ニ忘レザルベシ　且《か》ツ足下某日《ぼうじつ》ヲ以テ衆ト誓テ曰ク此身《このみ》民政ト共ニ斃《たふ》レント　其舌未《そのしたいま》ダ乾《かわ》カザルニ厚顔鉄面膝行面《しつかうめん》[一五]縛降《ばくかう》ヲ馬前《ばぜん》ニ売テ唯後《たダおく》レンコトヲ是レ恐ル　嗚乎《ああ》是レ果シテ何ノ心ゾヤ　苟《いやしく》モ略節義《ほボせつぎ》ヲ解《かい》シ廉恥《れんち》[一六]ノ心ヲ抱《いだ》クモノヽ為《な》ス所ナランヤ　前《さ》キニ拿破倫（ナポレオン）[一七]三世ノ民政ノ組織ヲ破《やぶり》テ帝位ニ上ルニ当テヤ　仏国ノ名士威区士留《ウエクトル》[一八]飛　豪《ヒウーゴー》慨然《がいぜん》臂《ひぢ》[一九]ヲ揮《ふるひ》テ之ニ抗《かう》シ　其奈何《そのいかん》トモス可カラザルニ至リ　憤然一孤島《いちこたう》ニ退隠セリ　是ヲ真《しん》ノ大《だい》丈夫《ぢやうぶ》ト云フ　夫《そ》レ[二〇]海ヲ踏ムノ高節ハ万乗《ばんじよう》モ其情ヲ屈スルコト能《あた》ハザルナリ　今足下《いまそくか》自《みづから》潔《いさぎよく》スル能ハザルノミナラズ覥然《てんぜん》[二一]封《ほう》[二二]爵《しやく》ヲ受ケテ恥《はつ》ル色ナク更ニ其交友ヲ幷《あは》セテ不義変節ノ徒《と》タラシメントス　足下《そくか》其レ何ノ面目《めんぼく》アリテ天下ニ対《たい》セントスルヤ　嗚《あ》

一四　多勢が私の主張を間違いだといい、それが信じられた。多くの人の言う讒言や、無責任な世評が持つ力の恐ろしさをたとえる言葉。「衆心城を成し、衆口金を鑠かす」(『国語』周語)。

一五　「膝行」は神前または高官の前で膝をついて進退する室内の作法。「面縛」は両手を後ろで縛り顔を前にさらし出すこと。

一六　恥を知る気持ちを持っている。

一七　→二九頁注一八。ここでは一八五一年のクーデターを指す。

一八　ヴィクトル・ユゴー(Victor Marie Hugo. 一八〇二―八五)。一八四八年二月革命以後代議士となったユゴーは、五一年、ナポレオン三世のクーデターと帝政に反対し、ベルギーのブリュッセルに脱出、その後国外追放処分になり、ドーバー海峡のジャージー島、さらにガーンジ島へ逃れ、約二十年間の亡命生活を送った。七〇年、ナポレオン三世の帝政が倒れ共和政が宣言された翌日に帰国、熱烈な歓迎を受けた。

一九　勇気をふるい示す。

二〇　高い節義を守って海を渡った志は、ナポレオンでさえも屈服させられない、の意か。「万乗」は天子、天位。

二一　恥じる様子のないさま。

二二　領地と官爵。

諷意深遠。不レ覚改レ容。

余欲下写二此書一。而贈二之于本邦一派論者一。以見中其熱汗溢上レ背也。

散士会人。逢二戊辰之変一。全家陸沈。与二幽蘭境遇一略似者。可レ想其感慨比二吾輩一更加二幾百倍一。

散士不レ覚動レ容。可レ知胸中鬱勃之気。殆欲二決出一。

[一]乎《あ》疾風《しつぷう》ニ勁草《けいさう》ヲ知リ板蕩《はんたう》ニ誠臣《せいしん》ヲ見ル　[二]是非棺《くわん》ヲ蓋《おほ》テ定《さだ》マル[三]待ツ所ハ千載《せんざい》ノ定論《ていろん》ナリ　[四]兵馬《へいば》倥偬意《こうそうい》ヲ尽《つく》スコト能《あた》ハズ[五]敵将之《これ》ヲ見テ大《おほい》ニ怒リ兵ヲ進メテ攻戦《こうせん》ス　我《わが》将士大小百余戦《ひやくよせん》　多ク命ヲ[六]鋒鏑《ほうてき》ニ損《そん》シ前功悉《ぜんこうことごと》ク廃《はい》シ家兄亦戦没《かけいまたせんぼつ》ス　老父《らうふ》皇兄《くわうけい》ト[七]飲泣訣《いんきふけつ》別《べつ》シ恢復《くわいふく》ヲ誓ヒ妾《せふ》ヲ携《たづさ》ヘ逃《のが》レテ此地《このち》ニ匿《かく》ル　老父年[八]古稀《としこき》ヲ過ギ欧米万里《ばんり》ノ山海《さんかい》ヲ跋渉《ばつせふ》シ有為《いうゐ》ノ士ト結ビ[九]果敢《くわかん》ノ気《き》剛直ノ節老《せつおい》テ愈ゝ堅《いよいよかた》シ況《いは》ンヤ妾[一〇]年尚壮《せふとしなほさう》ナリ　[一一]豈死《あにし》生窮達《せいきゆうたつ》ヲ以テ父兄ノ宿志《しゆくし》ヲ空《むな》フセンヤ国破《くにやぶ》レ家亡《いへほろ》ビ親戚[一二]凋残《てうざん》ス　月ヲ望《のぞ》ミ独坐《どくざ》スレバ則悲《すなはチひ》憤両《ふんふたつ》ナガラ集リ　花ニ対シテ行吟《かうぎん》スレバ則憂愁交《チいうしうこもごも》ゝ至ル　東故国《ひがしここく》ヲ望メバ憤気《ふんき》雲ノ如ク踊リ激情風ノ如ク烈《はげし》ク　之《これ》ヲ思フ毎《ごと》ニ[一三]寝食倶《とも》ニ廃ス　冀《こひねがは》クハ妾ガ苦心ヲ[一四]憐察《れんさつ》セヨト　言ヒ畢《をはり》テ[一五]惨惨《さんさん》トシテ涙下《くだ》ル　散士亦之《またこれ》ガ為メニ[一六]感動容《かたち》ヲ動カス　幽蘭漸《やうや》ク涙ヲ収《をさ》メ襟《えり》ヲ正《ただ》シ更ニ散士ニ謂《いひ》テ曰ク　妾奇遇ニ感ジ深ク紅蓮女史ガ言《げん》ヲ信ジ僅《わづか》ニ[一七]一会ノ邂逅《かいこう》ヲ以テ

一　激しい風によってはじめて屈強な草の存在を知り、国が乱れて忠臣の存在を知る。「板」「蕩」はともに『詩経』大雅の篇名で周の厲王の非道な政治のやり方を歌ったもの。ここでは国の乱れを言う。「疾風に勁草を知り、板蕩に誠臣を識る」(『新唐書』蕭瑀伝)。

二　死ぬまではその人の正邪を判断できないことを言う。「丈夫は棺を蓋ひて事定まる」(杜甫「君不見簡蘇徯」)。

三　私が期待しているのは千年後の動かない評価である。

四　手紙の結文。「兵馬倥偬」は、戦争のために忙しく落ちつかないこと。底本「腔臆」を訂した。

五　「民政党ノ首領」(四〇頁九行)。

六　武器または戦争を言う。→一六頁注一三。

七　すすり泣いて別れる。

八　七十歳。「人生七十古来稀なり」(杜甫「曲江」詩)。

九　決断の精神と堅い意志。

一〇　年齢はまだ盛りである。

一一　父や兄の長年の志を果たすためには生死や貧富などは問題にならない。

一二　おちぶれて勢いがなくなる。

一三　憂国の情の激しい状態。

一四　憐れんで思いやる。

一五　悲しみ嘆く。

一六　心を打たれて威儀を正した。「容」は容貌態度。「孔子容を動かす」(『列子』仲尼)。

一七　ただ一度だけのめぐり会い。

是時散士。愛慕之情。既化二感憤之情一。眼中唯看二一個亡国忠臣一。而不三復看二美姫一。散士打問語気。頗似二朝顔日記旅亭之一齣一。呵呵。筆鋒鋭邁。序事清暢。慷慨之気。不レ覚溢二于指端一。

一生ノ来歴《らいれき》ヲ説《と》キ終生《しゆうせい》ノ大事《だいじ》ヲ語ル　自《みづから》恥《はづ》ルニ堪《た》ヘタリ　然《しか》リト雖《いへど》モ是《こ》レ多年沈鬱《ちんうつ》スル所ノ精神覚《おぼ》ヘズ発露《はつろ》シテ是《ここ》ニ至ルモノナリ　幸《さいはひ》ニ笑フコト勿《なか》レ　又漫《またみだり》ニ[一八]幽愁《いうしう》ノ語ヲナシ郎君《らうくん》ヲシテ厭倦《えんけん》セシムルヲ恐《おそ》ルト　散士答テ曰ク　令嬢[一九]胸宇《きようう》快闊《くわいくわつ》毫《がう》モ挿《さしはさ》ム所ナシ　所謂《いはゆる》[二〇]青天白日《せいてんはくじつ》ノ談ナリ　僕豈其情《ぼくあにそのじやう》ニ感ゼザランヤ　唯其語《ただそのご》ノ尽《つ》クルヲ惜《をし》ムノミト　顧《かへり》ミテ紅蓮ニ謂《いひ》テ曰ク　阿娘《あぢやう》モ亦西班牙《スペイン》ノ人ナル歟《か》ト　紅蓮ガ曰ク　否妾《いなせふ》ハ愛蘭《アイルランド》ノ産ナリト　散士曰ク　阿娘幽蘭女史ト此処《ここ》ニ退隠《たいいん》ス　思フニ又《また》必故《ずゆゑ》アラン　希《ねがは》クハ其詳《そのつまびらか》ナルコトヲ聞クヲ得《え》ント　紅蓮曰ク　妾ノ父ハ[二一]奇贏《きえい》ノ術ニ長《ちやう》ジ[二二]牙籌《がちう》ヲ執《とり》テ計画シ[二三]貨《くわ》ヲ販《さば》キテ米国ニ[二四]貿遷《ぼうせん》シ又《また》[二五]貲《し》ヲ估《う》リテ東洋ニ輸出シ[二六]需用世《よ》ニ投《とう》ジ計画[二七]算《さん》ヲ超《こ》ヘ富一世《とみいつせい》ニ冠《くわん》タリ　初メ[二八]英王詐術《さじゆつ》ヲ用《もち》ヰテ我王《わがわう》ヲ欺《あざむ》キ我民《わがたみ》ヲ詐《いつは》リ陽《やう》ニ聯邦《れんぱう》相助《あひたす》クルヲ約シテ陰《いん》ニ之《これ》ヲ併呑《へいどん》シ　名ハ聯邦《れんぱう》タリト雖《いへど》モ実《じつ》ハ[二九]臣妾《しんせふ》タルニ過《す》ギズ　[三〇]爾来《じらい》英蘇相謀《あひはか》リテ我国《わがくに》ノ繁盛《はんじやう》ヲ嫉《ねた》ミ我《わが》

一八　憂いの深い言葉。
一九　(あなたは)気性がさっぱりとしていて度量が広く、すこしも内に悪意を隠していない。
二〇　よく晴れ渡った空の太陽で、澄み切ったことのたとえ。
二一　商才が秀でている、の意。「奇」は普通と異なるさま、「贏」は儲けること。
二二　中国で古く、計算に用いた象牙または獣骨製の棒。
二三　品物を売って。
二四　交易につとめはげむ。「懋遷」と同義。「貿」は求めること、「懋」に通じる。「遷」は物を運ぶ。
二五　「貲」は、ここでは「資」に通じて用いられる。品物。
二六　その必要が世に受けいれられ。
二七　予測を超え、財産は当時一番となった。
二八　一八〇〇年、アイルランド議会を英国議会に吸収する合同法(Act of Union)を成立させる。→補二二。
二九　主君に隷属する存在に過ぎない。
三〇　それ以来。「英蘇」は、イングランドとスコットランド。

一国的経済論。従二美姫舌頭一露出。

英国不レ衊二一兵一。不レ汗二一馬一。而克制二愛蘭激昂之民一。可レ見資力強二於兵力一万万。

富強《ふきやう》ヲ忌《い》ミ苛《か》法《はふ》虐制《ぎやくせい》到ラザル所ナク我工業ヲ窘《くるし》メ我製造ヲ蹙《ちぢ》メ我貿易ヲ害シ我結会《けつくわい》ヲ妨《さまた》ゲ我教法《けふほふ》ノ自由ヲ奪ヒ我出版ノ自由ヲ禁《きん》ゼリ是《ここ》ニ於《おい》テ工業ハ頽廃《たいはい》シ商業ハ疲弊《ひへい》シ黎民顚沛《れいみんてんばい》ノ艱《かん》ヲ踏《ふ》ム　吏人機《りじんき》ニ乗ジテ良民ノ田畝《でんぼ》ヲ掠奪《りやくだつ》シ急征暴斂《きふせいぼうれん》下民《げみん》ヲ鞭撻《べんたつ》シ地主（多ク英ノ貴族）ハ苛《か》徴《ちよう》ヲ務《つと》メテ更ニ民力ヲ計《はか》ラズ斗升未輸《としようまダゆ》セザレバ忽《たちまチ》酷罰《こくばつ》ニ遭《あ》フ　膏《かう》血已《けつすで》ニ竭《つ》キテ搒掠猶未《はうりやうなホいまダや》止マズ　毒ハ永野ノ蛇ニ逾《こ》ヘ猛《まう》ハ泰山ノ虎ニ過《す》グ　五穀《ごこく》登《みの》ラズ餓莩《がへう》道ニ横《よこた》ハルニ至レリ　今ヲ距《さ》ルコト僅《わづか》ニ数十載《さい》愛蘭《（アイルランド）》ノ志士奮《ふるひ》テ英政立法ノ羈絆《きはん》ヲ脱シ独立保護ノ政策ヲ施《し》行《かう》セシニ当《あたり》テヤ工業振起《しんき》シ士風《しふう》再盛《びさかん》ニ四海中興《しかいちゆうこう》ノ美群生来蘇《ぐんせいらいそ》ノ望《のぞみ》ヲ懐《いだ》ケリ　図《はか》ラザリキ昊天《かうてん》禍《くわ》ヲ悔《く》ヒズ大災《たいさい》荐《しきり》ニ臻《いた》リ再《ふたたビ》英国ノ虐政ニ窘《くるし》メラレ国権憲法ノ自由ヲ殺《そ》ガレ貴族汚吏《をり》ノ為メニ全国ノ田畝《でんぼ》ヲ掠《りやく》奪《だつ》セラル　英王ノ暴戻《ぼうれい》残酷ナル英民ノ奸黠貪縦《かんかつたんしよう》ナル我国《わがくに》ノ孤ニシテ援《あん》ナキヲ欺《あざむ》キ価《あたひ》ヲ賤《ひくう》シテ田地《でんち》ヲ售《あがな》ヒ卒《つひ》ニ其直《そのあたひ》ヲ還《かへ》サズ　或《あるい》ハ息《そく》ヲ倍《ばい》

一　民を苦しめる法や制度。
二　association の訳語か。イギリスの勢力下にあったアイルランドは、信仰や政治・経済・社会的な諸権利の制約を受けていた。合同法成立の際、その制約の撤廃が公約されたが、国王ジョージ三世の反対で実現されず、烈しい解放運動を惹起する。解放令が出されるのは一八二九年。
三　庶民は危機にさらされる。「顚沛」は、つまづき倒れること。
四　役人。↓補二三。
五　税を激しく荒々しく収奪する。
六　下々の民を鞭で打ち。
七　苛酷な徴収。
八　ほんの少しでも税を納めていなければ。
九　苦労して得た利益・財産などが無くなってもなお厳しい罰を与えた。「搒掠」は左右両側から鞭で打つ刑。
一〇　「永野」は「永州」のことで中国湖南省の府名。猛毒を持つ蛇がいるとされる。「泰山」は中国山東省にある名山、猛虎が棲むとされる。↓補二四。
一一　餓死した屍。
一二　イギリスは一七八二年、アイルランド議会の独立と地方自治を認めた。↓補二二。「羈絆」は牛馬などを綱などでつなぎとめること。転じて束縛。
一三　立派な気風。
一四　世の中は再び盛んになり、人も増え国もよみがえるという希望。
一五　天は禍を与えたことを悔いず。底本「悔へズ」。
一六　頻繁に到来する。
一七　合同法下の措置を言う。↓補二二。「国

引二用家語一。而暗攻二撃英国経済学者麻留佐師之邪説一。更不レ遺二余力一。殆如二大陽始昇。而迷霧忽散一。何等婉曲。

シテ之《これ》ヲ貧人《ひんじん》ニ貸《か》シ以《もつ》テ其利《そのり》[二一]ヲ罔《なみ》ス　我民其弊《わがたみそのへい》ニ堪《た》ヘズ餓死《がし》スル者八十万ヲ超《こ》ユルニ至レリ　妾《せふ》聞ク　胎《たい》[二二]ヲ刳《さ》キ夭《えう》ヲ殺セバ則《すなはち》麒麟《きりん》其《その》郊《かう》ニ至ラズ　巣ヲ覆《くつがへ》シ卵ヲ破レバ則《すなはチ》鳳皇《ほうわう》其邑《そのいふ》ニ翔《かけ》ラズ　何《なに》トナレバ其類《そのるい》ヲ傷《や》ブル者ヲ悪《にく》メバナリト　鳥獣ノ不義《ふぎ》ニ於《お》ケル尚之《なホこれ》ヲ避《さ》クルヲ知ル　況《いはん》ヤ人ニ於《おい》テオヤ　怪哉《あやしきかな》[二三]対岸ノ英民傍観《ばうくわん》救ハザルノミナラズ却《かへり》テ欣然喜色《きんぜんきしよく》[二四]ヲ顕《あらは》シテ曰ク　愛国ノ窮厄《きゆうやく》[二五]ハ人民過多ノ致《いた》ス所ナリ禍災荐《くわさいしきり》ニ至リ生民《せいみん》[二六]死亡相《あひ》続《つづ》キ然《しか》ル後《のち》以《もつ》テ富強ヲ謀《はか》ルベシト　諺《ことわざ》ニ曰ク　非[二七]道行《おこな》ハルヽトキハ正理《せいり》退《しりぞ》クト　宜《むべ》ナル哉《かな》　彼邪《かのじや》

愛蘭惨状ノ図

権」は、国家の主権、統治権。その重要性を説く国権論は、明治期、民権論との調和や競合の関係をもちつつ、対外的な拡張論ともつながり盛んに議論された。

一八 乱暴で道理に反すること。

一九 悪賢く勝手気ままなさま。「奸黠」は「姦黠」「奸猾」に、「貪縦」は「誕縦」に通じる。

二〇 利息。

二一 利息を有無を言わせず取りたてる。

二二 胎内の子や生まれたばかりの赤子を殺すと、麒麟はそこに近寄らない。また巣をこわし卵を割れば鳳凰はそこに近づかない。仲間を傷つけた者を憎む故である。鳥獣ですら不義を避けようとするのだから、人間はなおさらのことである。「刳胎殺夭、則麒麟不至郊（中略）覆巣毀卵、則鳳皇不翔、何則君子諱傷其類也。夫鳥獣之於不義也、尚知辟之、況乎丘哉」（『史記』孔子世家。『孔子家語』困誓にも）。「麒麟」は聖人が世に現れる前に出現するとされる想像上の動物。「鳳皇」（鳳凰）は、ここでは世を救うような人物を言う。「郊」は都市の周辺の地域。「邑」は村。

二三 不思議なことには。

二四 いかにもうれしそうな顔色をして。

二五 アイルランドが苦しむのは人口の多さが原因である。以下の「邪説」（一三行）は、上欄漢文評にあるように、「麻留佐師」（マルサス）の『人口論』（一七九八年第一版）を踏まえている。↓補二五。

二六 人民、国民。

二七 When might comes in, justice goes out.（無理が通れば道理が引っこむ）に同じ。

圭礼聚団之説。果不レ誣。

読至レ此。有下誰不二悚然而懼。憤然而怒。惨然而悲。釈然而悟一者上哉。

放任主義者。英人欺瞞之秘法。

説《せつ》ノ人聴《じんちやう》[一]ヲ惑《まどは》シテヨリ老幼《らうえう》ハ溝瀆《こうとく》[二]ニ斃《たふ》レ壮者《さうしや》ハ散ジテ四邦《しはう》ニ流離スル者毎年幾万人《いくまんにん》ナルヲ知ラズ　国内ノ生歯減《せいしげん》[三]ズルニ従テ人民結合ノ力《ちから》愈ゝ《いよいよ》衰《おとろ》ヘ生民《せいみん》ノ艱《かん》年ニ増《ま》シ日ニ加《くは》ハル　是《ここ》ニ於《おい》テ彼《かの》人口過多弊《へい》害《がい》ノ誣《ふ》[四]説邪言《せつじやげん》益ゝ《ますます》[五]其妖言《そのえうげん》タルヲ証スルニ足《た》ル　蓋《けだ》シ英人ノ外交政略タル談笑ノ間ニ剣《けん》ヲ含《ふく》ミ杯酒《はいしゆ》ノ中ニ鴆《ちん》[六]ヲ灑《そそ》ギ狠《もと》[七]レルコト山羊《やぎ》ノ如ク貪《むさぼ》ルコト豺狼《さいらう》ノ如シ　親《したし》ム可《べ》カラザルナリ　若《も》シ一タビ彼《かの》四海《しかい》兄弟《けいてい》自由交通ノ甘言《かんげん》ニ欺《あざむ》カレ彼《かれ》ト自由ニ貿易シ彼《かの》干渉ヲ招クトキハ其邦《そのはう》国《こく》（土耳其《トルコ》、印度《インド》、埃及《エジプト》、諸邦《しよはう》）ハ漸次《ぜんじ》ニ生歯減《せいしげん》ジ国力疲レ国ニ独立ノ名称アルモ独立ノ実力ヲ欠《か》キ年年歳歳貿易鈞《きん》[八]ヲ失ヒ金宝《きんぽう》ヲ輸出スル　名ハ入貢《にふこう》[九]ニ非《あら》ズト雖《いへど》モ実ハ国民ノ膏血《かうけつ》ヲ絞《しぼり》テ以テ英国ニ貢《こう》スルニ異《こと》ナラザルナリ　然《しか》ルニ世ニ空理《くうり》ニ迷ヒ英人ノ術中《じゆつちゆう》ニ陥《おちいり》テ之《これ》ヲ暁《さと》ラザル者少カラズ　真《まこと》ニ浩歎《かうたん》[一〇]ニ堪《た》ヘザルナリ　誰カ謂《い》フ　英皇ハ仁慈《じんじ》[一一]恤愛《じゆつあい》ナリト　今英女皇《クエン、ウエクトリア》[一二]ノ即位《そくゐ》以来英領印度人民ノ飢死《きし》セル者五百万

一　人心を惑わして。
二　どぶ、みぞ。
三　人口が減る。「生歯」は人民。
四　事実をいつわった噂や邪《よこしま》な言葉。
五　人を惑わす言葉。
六　「鴆」は羽に毒を持ち、それを浸した酒はよく人を殺すとされた鳥。
七　「猛きこと虎の如く、很ること羊の如く、貪ること狼の如し」（『史記』項羽本紀）による。ただし「山羊《やぎ》」は日本特有の語。「很る」は心がねじけていること。「豺狼」は↓一一頁注一九。
八　バランスを失い。
九　外国の使者が貢物をもって入朝すること。
一〇　深いため息をつく。大いに嘆く。
一一　「仁慈」はいつくしみめぐむこと。「恤」はあわれむこと。
一二　ヴィクトリア女王（一八一九―一九〇一、在位一八三七―一九〇一）。その治世にイギリスは憲政が発達し、世界商工業の覇権を握るとともに、植民地は全世界に及んだ。
一三　気性が激しく節操の固い女子。烈婦。
一四　ナイティンゲール（Florence Nightingale. 一八二〇―一九一〇）。看護師。「暁鶯」は明け方の鶯の意で、Nightingale を直訳したもの。ヨナキウグイス。↓補二六。
一五　多くの人のための正義。
一六　「インドの病院における看護」（一八六五年）、「インドにおける生と死」（一八七四年）、「インドの人々」（一八七七年）などの論文がある。
一七　クリミア戦争（一八五四―五六年）。↓補二七。
一八　陣中ではコレラが蔓延した。
一九　軍隊の志気が失われ。
二〇　ナイティン

真誠女丈夫。芳名垂㆓千載㆒。

英国烈女《れつぢよ》[一三]暁鶯《ナイテンガル》[一四]女史ノ言《げん》ニ拠《よ》ル　女史ハ公義《こうぎ》[一五]ヲ以テ一世《いつせい》ニ著《あらは》ル　嘗《かつ》テ一書[一六]ヲ著《あらは》シテ英領印度ノ惨状《さんじやう》ヲ痛論セリ　又区利美亜《クリミア》[一七]ノ役《えき》軍中悪疫《あくえき》[一八]流行死亡相継《あひつ》ギ　看護其人《そのひと》ニ乏《とぼし》ク軍気沮喪《そさう》[一九]セリ　女史之ヲ聞テ慨然《がいぜん》国ノ為メニ身命《しんめい》ヲ犠牲ニ供《きよう》スルヲ誓ヒ烈女[二〇]ヲ召集シテ戦場ニ赴《おもむ》キ湯薬《たうやく》[二一]自《みづか》ラ嘗《な》メ奨励《しやうれい》[二二]看護至ラザル所ナシ　士《し》卒《そつ》義ニ感ジ軍気復振《まタふる》ヒ遂《つひ》ニ凱旋《がいせん》ノ功ヲ奏《そう》セリ　天下伝ヘテ以テ美談トセリ

兵ヲ起《おこ》シ武ヲ瀆《けが》ス[二三]二十五回　財ヲ費《つひや》ス七億五千万

英ノ賢相《けんしやう》武頼土《ブライト》[二四]ノ言《げん》ニ拠《よ》ル　一千八百八十二年[二五]英国無名《むめい》ノ師[二六]ヲ起《おこ》シテ埃及《エジプト》ヲ伐《う》ツ　君其非《きみそのひ》[二七]計《けい》ヲ廷争《ていさう》シテ曰ク　抑々《そもそも》我《わが》[二八]自由党ノ主義トスル所ハ保守党[二九]ガ功名《こうみやう》ヲ喜ビ威福《ゐふく》[三〇]ヲ弄《もてあそ》ブガ如《ごと》キニ非《あら》ズシテ外国ト兵馬ノ交渉ヲ薄《うす》クシ通商ヲ繁《しげ》クシ友義ヲ厚《あつ》スルニ在《あ》リ　悲哉《かなしきかな》我女皇即位《そくゐ》以来四十五年我自由党執政《しつせい》間ニ干戈《かんくわ》ヲ

ゲールは、クリミア戦争中、三十八名の看護婦を率いてトルコのスクタリに赴き看護部を組織、病院の死亡率を四二パーセントから二パーセントに引き下げるなど成果を上げた。
二一 投薬する前に自分で煎じ薬をたしかめる。「嘗」は試みる、確かめる。嘗薬。
二二 傷病者を励まし介抱すること。
二三 道理にはずれた戦争をして武徳をけがす。「瀆」は「黷」に通じる。黷武。「虞《ぐ》、其の武を黷さんことを患《うれ》ふ」(『後漢書』劉虞伝)。
二四 John Bright(一八一一―八九)。イギリスの政治家。社会運動家をへて一八四三年自由党から下院に入る。自由貿易主義者であり、またクエーカー教徒として終始反戦の立場を取り、クリミヤ戦争にも反対する。
二五 エジプトではアラービー・パシャ(→二八一頁注一八)による反乱(一八八一―八二年)により民族主義的な政府が樹立されるが、スエズ運河の権益を守るためにイギリス軍が介入し、エジプトを事実上植民地化した。
二六 大義名分の立たない出兵。「師」は軍隊。「今、万安の術を棄て、而して無名の師を興す」(『後漢書』袁紹伝)。
二七 以下、一八八一年復職し第二次グラッドストン内閣のランカスター公領相だったブライトが、八二年七月エジプト派兵に反対して辞職した時の議会演説。ここでの「廷争」は国会での論戦を指すか。
二八 Liberal Party. →補二八。
二九 Conservative Party. →補二九。
三〇 威圧と恩恵とで人を服従させること。

動《うごか》ス二十回ニシテ保守党ハ僅《わづか》ニ五回ニ過ギザルナリ　豈《あに》自《みづから》省《かへり》ミテ恥ヂザランヤ　況《いはん》ヤ此《この》遠征ノ如《ごと》キ無名ノ師ニ於《おい》テオヤト　然《しか》レドモ其言《そのげん》聴カレズ其謀《そのぼう》用キラレザルニ至リ　断然冠《くわん》[一]ヲ掛ケテ退隠セリ

[二]二タビ日本ヲ犯シ[三]三タビ清国《しんこく》ヲ攻《せ》メ兵威ニ拠《より》テ清人ヲ劫《おびやか》シ[四]鴉《あ》片《へん》ヲ輸入ス　清人ノ鴉片ノ[五]蠹毒《とどく》ニ斃《たふ》ルヽ者千万ヲ以テ数《かぞ》フベシ　其責其罪《そのせきそのつみ》果《はた》シテ誰ニカ帰《き》セン　独《ひと》リ怪《あやし》ム　英ノ君臣放言シテ曰ク　我ニ敵スル者モ猶之《なほこれ》ヲ愛ス　[六]四海皆兄弟《しかいみなけいてい》ナリ　汝《なんち》ト永《なが》ク天ノ[七]福禄《ふくろく》ヲ享《う》ケント　是《これ》ヲ以テ之《これ》ヲ見レバ文明ヲ以テ誇《ほこ》リ慈愛ヲ以テ教《をしへ》トスル邪蘇《やそ》教国《けうこく》モ亦頼《またたの》ムニ足《た》ラザルガ如シ　妾《せふ》聞ク　[八]洪波《こうは》壑《たに》ニ振《ふる》ヘバ川ニ恬鱗《てんりん》ナク[九]驚《きやう》颸《へう》野ヲ払ヘバ林ニ静柯《せいか》ナシト　如何《いかん》トナレバ[一〇]勢《いきほひ》弱ケレバ則《すなはチ》制《せい》ヲ巨制ニ受クレバナリ　妾実《じつ》ニ以《もつ》テ然《しか》リトス　愛蘭（アイルランド）ノ議士皆奮《ふるひ》テ[一一]信向《しんかう》ノ自由ヲ称シ独立立法ノ正理《せいり》ヲ唱《とな》フルト雖《いへど》モ常ニ少数ノ故《ゆゑ》ヲ以テ大[一二]

罵得無㆓余蘊㆒。快甚快甚。

一　辞職する。後漢の逢萌（ほうぼう）が、わが子を殺した王莽（おうもう）に仕えることを好まず、役人のしるしである冠を脱いで城門に掛け、辞職した故事（『後漢書』逸民伝、逢萌）に拠る。

二　生麦事件の報復として一八六三年（文久三）薩摩藩を攻めた薩英戦争と、翌年アメリカ・オランダ・フランスとともに下関砲台を攻撃し攘夷派を屈服させた馬関戦争を指す。

三　アヘン戦争とアロー戦争を指すか。→補三〇。

四　「阿片」とも表記する。→補三一。

五　シミ（蠹魚）が衣服や書物を食い破る害のこと。転じて物事を害すること。

六　人間はだれでも兄弟のように愛しあうべきである。「四海の内、みな兄弟なり」（『論語』顔淵）。

七　幸い。「禄」も、幸い。

八　大波が谷の水を烈しく揺すって動かせば、川には心安らかに落ち着く魚は居なくなる。「洪波振壑、川無恬鱗」（殷仲文「解尚書表」『文選』巻三十八）。

九　つむじかぜが野を吹き払えば静かな枝はない。「驚颸払野、林無静柯」「解尚書表」）。「颸」は「飆（へう）」に同じ。

一〇　勢力が弱いと大きな力に制されてしまう。「勢弱則受制於巨力」（「解尚書表」）。本文「巨制」は「巨力」の誤り。

一一　「信仰」と同じ。

一二　クロムウェルのアイルランド侵攻（一六四九年）以来の対英関係を言うか。

英国議院ニ敗《はい》ヲ取ルコト茲《ここニ》二百有余年　嗟乎《ああ》権威太峻《はなはダしゆん》[一三]ニシテ民《みん》命《めい》何ゾ堪《た》ヘン　又曾《かつ》テ飢餓天災ヲ恤《をさむ》[一四]ルコト莫《な》ク却《かへり》テ之[一五]ヲ助ケテ虐《ぎやく》ヲ為シ掊克衆怒《はうこくしゆうど》[一六]ヲ干《をか》シ能《よ》ク衆ヲ結《むすび》テ仇《あだ》ヲ為ス　向《さ》[一七]キニハ死ヲ畏《おそ》ルヽノ心ヲ存《そん》シテ尚法紀《なホはふき》ヲ知ル　今ハ生《せい》ヲ求ムルノ路ヲ絶ツ　豈《あに》身《み》家ヲ顧《かへり》ミルニ暇《いとま》アランヤ　闔国《かふこく》[一八]ノ士民切歯《せつし》[一九]扼腕《やくわん》謀《はかりごと》ノ出《い》ヅベキナシ　然《しか》ルニ妾《せふ》ガ父自《みづから》[二〇]任《にん》ジテ茲《この》[二一]厄運ヲ挽回《ばんくわい》セント欲シ田畝《でんぼ》ヲ貧民ニ配与シ産ヲ傾ケテ英傑ニ結ビ愛国ノ独立ヲ計画シ機謀《きぼう》[二二]已《すで》ニ熟《じゆく》シ将《まさ》ニ成功ニ垂《なんなん》トシ不幸ニシテ反者《はんしや》[二三]アリ　其《その》謀《はかりごと》洩《も》レテ我父囚《しう》[二四]ニ就《つ》キ憂憤病《いうふんやまひ》ヲ醸《かも》シ遂《つひ》ニ獄中ニ没セリ　妾《せふ》時ニ尚幼《なホえう》ナリ　家財ハ没セラレ親戚ハ罪セラレ煢煢《けいけい》[二五]依《よ》ル所ナシ　刺史《しし》暴留苦《ボルク》[二六]（一千八百八十二年公園ニ於テ暗殺セラル）ハ愛蘭ノ人ナリ　人トナリ節操ニ乏《とぼ》シク英王ニ媚《こ》ビ権勢[二七]赫赫《かくかく》タリ　彼《かレ》妾ガ幼ニシテ孤弱[二八]ナルヲ奇貨トシ甘言ヲ以テ妾ヲ誘ヒ黄金[二九]ヲ餌《ゑ》トシ納《い》レテ侍《じ》妾《せふ》ト為サント欲セリ　妾幽懐《いうくわい》[三〇]憤悶《ふんもん》遣《や》ル所ナク彼《かれ》ガ生国《しやうこく》ニ不忠不義

能尽二人情一。是文之至者。読レ之而不レ泣者。非レ人。読レ之而不二感憤一。非二愛国之士一。

一三　厳しい。
一四　あわれむ。いろいろと心配する。
一五　飢餓天災に力を貸して残虐なことをする。
一六　苛酷な税のとりたて。
一七　以前は刑死を考えて法律を守ろうとしたが、今はそれどころではなく生きてゆく手段さえなくなった。
一八　国じゅう。
一九　歯ぎしりをして自分の腕を握りしめ、ひどく憤り悔しがること。
二〇　自分自身が、その役割を引き受けて。
二一　行きづまった不幸。
二二　はかりごと。
二三　裏切り者。
二四　囚われ人になる。
二五　「煢」は「焭」と同じ。「焭焭」で孤独で頼るところのないさまを言う。
二六　バーク（Thomas Henry Burke. 一八二九–八二）。イギリスのアイルランド省次官。一八八二年フェニックス公園で新任のアイルランド相チャールズ・キャヴェンディッシュ（→五〇頁注一五）とともに解放運動過激派によって惨殺された。「刺史」は漢代には郡国を督察する役職。隋・唐代では州または郡の長官。宋代以降は実職のない位階名。また日本では国司の唐名。
二七　権力・勢力が盛んである。
二八　頼る者がなく弱いことにつけこんで。
二九　金銭で妾(めかけ)にしようとした。
三〇　「幽懐」は心の深いところ。

何啻不レ食二周粟一。即不レ踏二周土一。比二夷斉一更清。

糾二合志士一。謀二図回復一。与二夷斉餓死一。霄壌不レ啻。

痛二斥詭激手段一。以明三以レ暴易レ暴。非二愛蘭之本意一。紅蓮見識卓出之処。即在レ此。

ナルヲ責《せ》メ汚《を》行醜状《かうしうじやう》ヲ罵《ののし》ル　彼大《おほい》ニ怒《いかり》テ妾ニ冤枉《ゑんわう》[一]ノ罪ヲ誣《し》ヒ愛国ニ住《ぢゆう》スルヲ禁ゼリ　妾故国《ここく》ヲ放追《はうつい》セラレテ憤恨《ふんこん》深ク骨髄《こつずい》ニ入リ　去ルニ臨ミ誓テ曰ク　妾終身又英王ノ臣民[二]タラズ　愛《(アイルランド)》蘭[三]ヲ独立シ以テ英国ノ虐政ニ報ゼント　遂《つひ》ニ跡《あと》ヲ晦《くら》マシ欧洲ニ飄零《へうれい》シ今又米国ニ来《きた》リ時機ノ到ルヲ待ツ　曾《かつ》テ幽蘭女史ニ邂逅《かいこう》シ断金《だんきん》[四]ノ交《まじはり》ヲ結ベリ　妾今《いま》我義士《わがぎし》波寧《パルネル》[五]流ノ妹姪《まいてつ》[六]等ト密《ひそか》ニ声援[七]ヲ通ジ在米ノ同胞[八]ヲ糾合《きうがふ》シ軽卒《けいそつ》[九]急成《きふせい》ヲ戒《いまし》メ内《うち》[一〇]ハ威力ヲ養生《やうせい》シ外《そと》ハ正理《せいり》ヲ明表《めいへう》シ他日《たじつ》大《おほい》ニ為《な》スコトアラントス　惜哉《をしきかな》　浅謀軽挙《せんぼうけいきよ》[一一]ノ徒《と》狂暴是《きやうぼうこ》レ勉《つと》メ無智妄作《むちばうさく》是レ喜ビ頑《ぐわん》[一二]民《みん》ヲ煽動《せんどう》シ独立自治ノ大計《たいけい》ヲ忘レ法紀《はふき》ヲ乱《みだ》リ道義ヲ壊《やぶ》リ暗殺[一三]ヲ逞《たくまし》クシ爆裂《ばくれつ》ヲ試《こころ》ミ遂ニ怠[一四]武林府《ダブリン》ニ於テ賢刺史《けんしし》加腕跎《カワンダー》[一五]ヲ殺シテヨリ天下愛国ヲ目《もく》シテ兇悪《きようあく》ノ巣窟《さうくつ》爆烈党ノ淵叢《ゑんそう》[一六]トナスニ至レリ　是レ常ニ波寧流諸士ノ深ク浩歎恨惜《かうたんこんせき》[一七]スル所ナリ　抑ゝ《そもそも》愛国志士ノ期《き》スル所ハ他《た》ナシ　将《まさ》ニ天ノ一国ニ賦与《ふよ》スルノ大義ニ拠《よ》リ英人ノ羈絆《きはん》ヲ脱シ我民人《わがみんじん》

一 無実の罪をでっちあげて。
二 君主に従属する民。
三 →二〇頁注一二。
四 友情が強いことのたとえ。「二人心を同じうすれば、其の利(と)きこと金を断つ」(『易経』繋辞上)による故事成語。
五 パーネル(Charles Stewart Parnell. 一八四六-九一)。アイルランドの民族主義的政治家。ケンブリッジ大学に学ぶ。一八七五年に下院議員。アイルランド党の指導者となる。七九年に全アイルランド土地同盟の会長に選出され、非暴力的な戦術による抵抗を進めた。またグラッドストンと結び八六年には自治法案(Home Rule Bill)をまとめる。九〇年、友人の妻との関係を非難され政界での信用も失墜、アイルランド党首を辞任。巻十五に「淫行ニ敗レ」たと語られる。
六 妹と姪。ファニー・パーネル(Fanny P. 一八四九-八二)、アンナ(Anna P. 一八五二-一九一一)姉妹を指す。姪は未詳。→一二七頁注二四。
七 声をかけ合って。 八 在米アイルランド人をまとめて。 九 軽々しく事の成就を急ぐこと。 一〇 内部では力を蓄え、対外的には正しい道理を主張し。
一一 浅はかな計画で軽はずみな行動をする仲間。急進的民族主義者の結社フェニアン団(Fenian Society)を指す。→補三二。
一二 かたくなで、事理をわきまえぬ人民。
一三 やりたい放題に暗殺する。
一四 Dublin. アイルランドの首都。
一五 キャヴェンディッシュ(Frederick Charles Cavendish Lord. ?-一八八二)が歴史的には該当する。この人物はアイルラン

至誠何事不レ就。

ノ掠奪《りやくだつ》セラレタル権理ト財産田土《でんど》ヲ回復シ急征暴斂《きふせいぼうれん》ノ弊《へい》ヲ矯正《けうせい》シ下民塗炭《げみんとたん》[一八]ノ苦厄《くやく》ヲ救助セント欲スルニ在ルノミ　苟《いやしく》モ妾ガ心ノ是《ぜ》トスル所ハ九死[一九]モ猶《なホ》避ケズ　豈《あに》[二〇]水火ヲ恐レ殃禍《あうくわ》ヲ憚《はばか》ランヤ　妾史籍《しせき》[二一]ヲ閲《けみ》シ之ヲ前代ニ徴《ちよう》スルニ我国ノ如キ厄運ノ極《きよく》ハ古今未《いまダ》曾《かつ》テ有ラザル所　之《これ》ヲ思フ毎《ごと》ニ憤悶憂鬱　自《みづか》ラ禁ズル能《あた》ハザルナリ　今夫《いまそ》レ強ハ弱ヲ窘《くるし》メ　狡《かう》[二二]ハ朴《ぼく》ヲ欺《あざむ》キ　世人《せじん》見テ怪ムコトナシ　豈之《あにこれ》ヲ開明[二三]ノ域《ゐき》人文《じんぶん》[二四]ノ世ト称ス可ケンヤ　是レ天下義《ぎ》ヲ慕《した》フノ士ノ夙夜痛歎《しゆくやつうたん》[二五]スル所ニシテ愛国ノ独立ヲ奨励スル所以《ゆゑん》ナリト　語語《ごご》肺腑《はいふ》[二六]中《ちゆう》ヨリ出《い》デ、声《せい》声憤怨《せいふんゑん》ヲ帯《お》ブ　散士腕ヲ扼《やく》シ　聞キ了《をはり》テ覚《おぼ》ヘズ三歎《さんたん》[二七]ス　既《すで》[二八]ニシテ

至論至論。罵ニ尽英国幾千万生霊一。不レ遺ニ余力一。

紅蓮更ニ散士ニ問テ曰ク　妾昨《きのふ》新報《しんぽう》[二九]ヲ閲《けみ》セシニ曰ク　日本ノ三士《さんし》[三〇]新府《(ニーヨルク)》某《なにがし》ノ楼《ろう》ニ会シ時事ヲ論ジ英人ノ専恣《せんし》[三一]ヲ憤《いきどほ》リ一士《いつし》ガ曰ク　愛蘭若《も》シ義兵ヲ挙《あ》ゲ英人ニ抗《かう》セバ何如《いか》ント　二士直《ただち》ニ答ヘテ曰ク　剣《けん》[三二]ヲ杖《つゑつき》テ直《ただち》ニ航《かう》シ彼《かノ》独立ヲ救援セント　其高風義烈《そのかうふうぎれつ》[三三]妾ガ窃《ひそか》ニ慕フ所ナ

従ニ美人口頭一。写ニ出自家義侠一。黠甚。

ド民族解放運動との妥協のために任命され、任務を果たそうとしていた。その意味で「賢刺史」だが、副官バーク（→四九頁注二六）と共に暗殺されていること、そしてその副官を本文では「悪」として設定したため、「加腕跎」とあえて別の人物として設定したものと考えられる。この暗殺事件があったとき、散士はフィラデルフィア滞在中であり、迅速に知り得たはずで、単なる誤認とは考えにくい。

一六 多く集まる所。 一七 「浩歎」は→四六頁注一〇。「恨惜」はうらみ遺憾に思うこと。

一八 泥にまみれ、炭火に焼かれる苦しみ。非常な苦しみのたとえ。

一九 九分通り死ぬような危険でも避けようとはしない。

二〇 おぼれ、火に焼かれることをこわがり、災難を恐れ避けることがあろうか。

二一 歴史書を調べてわが国の不運を前の時代と見比べて考えてみると。

二二 悪賢い者は素朴な者をだまし。

二三 ここでは「開化文明」の略語。

二四 「人文」は、天文・地文に対して人間社会の文化・倫理。 二五 朝はやくから夜おそくまで。 二六 肺臓。また、体内の五臓六腑。心の奥底のたとえ。 二七 いくたびもなげくこと。 二八 そうこうしているうちに。

二九 新聞。

三〇 榊原鉄硯（→五頁注三三）、穆堂仙史（→一八頁注一二）、散士の三人。

三一 自分の思う通りに勝手気ままに行うこと。 三二 闘いに参加するということ。

三三 「高風」は、気高い風格。「義烈」は正義の心が非常に強いこと。

リ　郎君ハ元《もト》同邦ノ人彼《かノ》義士ノ名氏ヲ知ラバ妾ガ為メニ之ヲ告ゲヨト　散士答ヘテ曰ク　其一士《そのいつし》ハ則《すなはチ》[一]不肖《ふせう》是ナリト　紅蓮急ニ立テ散士ガ手ヲ執《と》リ涙ヲ揮《ふるひ》テ曰ク　幸ニ今其人《そのひと》ヲ見ルコトヲ得《え》タリ　妾唯《たダ》恨ム我邦人《わがはうじん》義旗ヲ挙《あ》グル果《はた》シテ何《いづれ》ノ日ニアルヲ知ラザルコトヲ　嗟《あ》乎《あ》[二]世事《せじ》已矣《やんぬるかな》ト　[三]潸然涙下《さんぜんなみだくだり》テ又言フコト能《あた》ハズ　清人アリ[四]杯盤《はいばん》ヲ周旋《しうせん》ス　[五]其応対挙止《そのおうたいきよし》ノ凡《ぼん》ナラズシテ尋常ニ異ナルヲ観ル　齢大凡五《よはひおほよそご》[六]旬《じゆん》ヲ超《こ》ユ　幽蘭紅蓮ノ談ヲ聞キ[七]眉宇《びう》激スルガ如ク傷《いた》ムガ如ク[八]襟《えり》ヲ正《ただ》シテ進ミ幽蘭ヲ[九]揖《いふ》シテ曰ク　今ニシテ初メテ両嬢ハ国家ノ忠臣烈女ナルコトヲ知レリ　[一〇]老奴《らうど》モ[一一]亦亡朝《またばうてう》ノ孤臣　[一二]漫《みだり》ニ自《みづから》料《はか》ラズ前朝《ぜんてう》ノ恢復《くわいふく》ヲ志スモノナリ　特《とく》ニ怪《あやし》ム今者《いま》忠義ノ人期《き》セズシテ此《ここ》ニ会合スルヲト　幽蘭驚《おどろき》テ席ヲ命ジテ曰ク　噫子《ああし》モ亦亡朝ノ遺臣ナルカ真《しん》ニ奇遇ト謂《い》フ可キノミ　願クハ詳《つまびらか》ニ之《これ》ヲ語レト

佳人之奇遇 巻一畢

其一士即不肖是一語。将㆑発而猶在㆑喉者久。今及㆓紅蓮一打問㆒急遽洩出。散士之喜可㆑知可㆑想。

悲壮之談尽。而忽入㆓清人一段㆒。瀾回波涌。動㆓盪天地㆒。

点㆓奇遇二字㆒。留㆓後篇之余地㆒。奇思佳構。耐庵馬琴。何足㆑謂哉。

一 自分の謙称。
二 現実は絶望的です。
三 さめざめと涙を流すさま。底本「潜然」を訂した。以下同じ。
四 杯と皿鉢。宴席の道具。「周旋」は、仲に入って世話をすること。ここでは食器類の上げ下げ。
五 受け答えや振る舞い。
六 五十。
七 まゆのあたりに感激と感傷を表して。
八 真面目な態度で。直接には姿勢・服装の乱れを整えること。
九 挨拶して。
一〇 年老いた私めも。「奴」は他人または自分をいやしめて言う語。
一一 滅びた王朝。ここでは明朝(一六四四年滅亡)を指す。具体的には巻二で詳しく語られる。
一二 むやみに自分の地位・力量もわきまえないで、という謙遜の言葉。「料」は推しはかる、くらべる。

佳[一三]人之奇遇　巻二

東海散士著

婦女自有二婦女口気一。男子自有二男子口気一。西人自有二西人口気一。清人自有二清人口気一。日本人自有二日本人口気一。以二一様文字一為二幾様叙法一。是作者最苦心処。則可三以見二其筆力才力一矣。

清人ガ曰《いは》ク　僕《ぼく》姓ハ鼎《てい》名ハ泰璉《たいれん》范卿《はんけい》ハ其字《そのあざな》ナリ　明《みん》ノ名臣瞿式耜《くしきし》[一四]ガ将《しやう》[一五]鼎璉ノ後《のち》[一六]ナリ　明[一七]ノ末造《ばつざう》清兵大挙《たいきよ》シテ西ニ下《くだ》ル　向《むか》フ所瓦解《ぐわかい》シ過《すぐ》ル所風靡《ふうび》ス　明ノ名将《めいしやう》[一八]史可法揚州《やうしう》[一九]ニ戦没セシヨリ江淮《かうわい》[二〇]復《まタ》勤王ノ師ナシ　式耜何騰蛟《かとうこう》[二一]孤軍ヲ提《ひつさ》ゲテ僅《わづか》ニ粤西《あつせい》[二二]ヲ保ツ　璉久《ひさし》ク桂《けい》[二三]ニ将トシテ大《おほい》ニ桂人ノ心ヲ得タリ　会《たまたま》ゝ清兵桂ヲ攻《せ》ム　璉式耜ト奮戦シテ遂《つひ》ニ清ノ大軍ヲ退《しりぞ》ク　始メ璉粤東[二四]ノ李成棟[二五]ト旧《きう》アリ　書ヲ寄セテ責ムルニ大義ヲ以《もつ》テス　時ニ成棟我《わが》広州ヲ下《くだ》シ印信《いんしん》[二六]凡《およソ》五十余《よ》顆《くわ》ヲ収ム　中ニ於《おい》テ独リ総督ノ印《いん》ヲ取テ之《これ》ヲ蔵《をさ》ム　意疑惧《ぎく》[二七]シテ未《いま》ダ決セズ　愛《あい》妾《せふ》緑雲ナルモノアリ　其意《そのい》[二八]ヲ揣《はか》リ知リ因《より》テ朝夕《てうせき》ニ慫慂《しようよう》ス　成棟几《き》[二九]ヲ

一三 奥付は→三頁注一。
一四 一五九〇―一六五〇。南明（なんみん＝一六四四年明朝滅亡後の明一族の政権）の皇帝に仕えた。→補三三。
一五 架空の人物か。瞿式耜の組織した十三鎮の一つを任されていた部将盧鼎と永暦帝政権（→補三四）下の武将焦璉の二人を下敷きとするか。 一六 子孫。
一七 「末造」は末世。→補三四。
一八 一六〇一―四五。対清戦の英雄。→補三五。
一九 江蘇省の都市。長江（揚子江）北岸の要地。底本「楊州」を訂正。
二〇 長江と淮水の流域。今の江蘇・安徽省地方。「師」は軍隊。
二一 底本「何蛟騰」を訂正。一五九二―一六四九。明の武将。→補三六。
二二 中国南部、広西省の別称（現、広西チワン族自治区）。南西はベトナムに接する。
二三 粤西の別称。省都が桂林にあったことから。
二四 広東省の別称。
二五 ?―一六四九。明の遼東（一説に陝西）の人。初め明朝の武将として徐州を守っていたが、清軍が南征すると寝返る。恩賞に不満を持ち、一六四八年（永暦二）再度永暦帝に帰順する。翌年江西で敗戦。→補三七。
二六 官吏の身に帯びる印。「顆」は、粒や丸い物などを数える単位。
二七 おそれ戸惑い、未だにどう処置するか決めかねていた。
二八 成棟の思いを察し、いつも総督の印を永暦帝に返すことを勧めた。「慫慂」は傍らから誘いすすめること。
二九 肘掛けをなでて。

撫《ぶ》シテ曰ク　[一]憐《あはれ》ム此雲間《このうんかん》ノ眷族《けんぞく》ナリト　緑雲ガ曰ク　我独リ富貴ヲ取ランヤ　先《ま》ヅ[二]尊前《そんぜん》ニ死シテ以テ君子ノ志《こころざし》ヲ成サント　遂ニ[三]自刎《じふん》ス　成棟[四]尸《し》ヲ抱《いだき》テ大哭《たいこく》シテ曰ク　嗚乎《ああ》美人尚能《なほよ》ク生ヲ棄テ[五]引決《いんけつ》ス大丈夫豈《あに》奮励スル能《あた》ハザランヤト　即日[六]衣冠ヲ即《つ》ケ[七]総督ノ印《いん》ヲ以テ具疏《ぐそ》シテ駕《が》ヲ迎ヒ[八]王師再ビ振《ふる》フ　然《しか》リト雖モ[九]大廈《たいか》ノ将《まさ》ニ傾カントスル一木《いちぼく》ノ能《よ》ク支《ささ》ユ可《べ》キニ非《あら》ズ　何騰蛟[一〇]擒《きん》ニ就キ　続《つづき》テ李成棟[一一]戦没シ[一二]落日《らくじつ》西ニ傾キ残月《ざんげつ》光ヲ失ヒ　四方《しはう》勤王ノ師土《ど》崩瓦解《ほうぐわかい》シ[一三]諸城卒《つひ》ニ陥《おちい》リ清兵来《きた》リ迫《せま》ルコト甚《はなは》ダ急ナリ　或人《あるひと》式耜ヲ促《うなが》シ境《きやう》ヲ超《こえ》テ速《すみやか》ニ去ラシム　式耜肯《がへん》ゼズシテ曰ク　[一四]封疆《ほうきやう》ノ臣ハ宜《よろし》ク封疆ニ死スベシ　是我《これわが》忠《ちゆう》ヲ尽《つく》シ国ニ報ジ死シテ[一五]弐心《にしん》ナキヲ明《あきらか》ニシ以テ堂堂タル明朝大臣ノ節操ヲ後世ニ垂《た》ルヽノ秋《とき》ナリト　叱咤《しつた》兵ヲ督《とく》シ軍破レ城陥《おちい》リ[一六]従容《しようよう》トシテ擒《きん》ニ就《つ》キ身ヲ以テ社稷《しやしよく》ニ徇《したが》ヘリ　[一七]暦王僅《わづか》ニ身ヲ以テ免《まぬ》カレ　奔《はしり》テ緬甸《(ビルマ)》王ニ倚《よ》ル　璉猶《なほ》王ニ従ヒ残兵ヲ集メテ遥《はるか》ニ[一八]鄭成功《ていせいこう》ト声援ヲ通

一 自分が総督の印を返して明朝側につくと、清朝側にいた緑雲の親族に危害が及ぶことを気の毒に思う。「眷族」は一族、親族。 二 あなたの目の前で。 三 自ら首をはねて死ぬこと。 四 しかばねを抱いて大声を上げて泣き。 五 責任を引き受けて自決する。 六 正式な礼装で。 七 総督の印を押した上奏文を書いて、帝王のお出ましを迎え。「迎ヒ」は「迎ヘ」の訛。 八 王の軍隊が再び勢いをとりもどす。 九 国家がくつがえろうとする時、一人の力ではどうしようもない。「大廈将顚非一木所支也」(『文中子』事君)。 一〇「擒」は捕虜。↓補三六。 一一 一六四九年信豊において清軍に敗れ殺される。 一二 明朝の衰滅を言う。 一三 明朝方の城々。「卒ニ」は底本「萃ニ」を訂した。 一四 国境を守る将軍は国境で死ぬがよい。 一五 主や味方にそむく心。ふたごころ。 一六 動じることなく捕らえられ、みずから清国に投降した。「社稷」は国家、朝廷。 一七 雲南省昆明に逃れていた永暦帝は、一六五八年(永暦十二年＝順治十五年)に清軍の大挙侵入に際し緬甸へ逃げ、軟禁される。緬《(めん)》甸《(でん)》はビルマ(現ミャンマー)の漢字表記。当時はトゥングー朝ビルマ。 一八 一六二四‐六二。明朝の遺臣。↓補三八。 一九 一六二一‐七八。山海関の守将。↓補三九。 二〇 正統でない朝廷。ここでは清朝。 二一 諸侯に封じ官爵を授けること。 二二 わが身、自身。 二三 先導する。さきがける。 二四 死んでも決して清には屈服しない。「北

ジテ恢復《くわいふく》ヲ謀《はか》ル　豈料《あにはか》ランヤ　呉三桂《ごさんけい》[一九]飜《ひるがへ》リテ賊ニ降《くだ》リ偽朝《ぎてう》[二〇]ノ封爵《ほうしやく》[二一]ヲ受ケ躬《み》[二二]親《づか》ラ清兵ノ為メニ前駆《ぜんく》[二三]ス　緬甸王恐レテ暦王及ビ従臣ヲ執《とら》ヘテ清兵ニ送ル　璉呼《よび》テ曰ク　身《み》中華[二四]ノ鬼《おに》ト為《な》ルトモ豈敢《あにあへ》テ北虜《ほくりよ》ニ膝ヲ屈センヤ　李侍郎《りじらう》[二五]ハ我友《わがとも》ナリト　奮《ふる》ヒ罵《ののし》リテ王ヲ抱持《はうじ》シ遂《つひ》ニ殺サル　是《ここ》ニ於《おい》テ家《か》[二六]国傾覆《こくけいふく》シ四百[二七]余州《よしう》又明兵ナク　鄭成功ノ台湾ニ拠《より》テ弾丸《だんぐわん》[二八]黒子《こくし》ノ小塁《せうるい》[二九]ヲ保チ僅《わづか》ニ明朝ノ正朔《せいさく》[三〇]ヲ奉ズル有リシノミ　此時《このとき》ニ当《あたり》テ[三一]満清薙髪《ちはつ》ノ令ヲ下《くだ》シ中華ノ文物衣冠尽《ことごと》ク変ジテ夷狄《いてき》ノ俗ト為リ　満人乗勝《じようしよう》ノ勢《いきほひ》ヲ以テ老幼《らうえう》ヲ殺シ婦女ヲ辱《はづか》シメ処士《しよし》[三二]ヲ坑《あな》ニシ書生ヲ謫《たく》シ苛虐暴戻獰虎《かぎやくぼうれいだうこ》[三三]ヨリモ猛《たけ》ク　間々《まま》忠義ノ士アリト雖《いへど》モ姦臣ノ為《た》メニ脅《おびやか》サレテ力ヲ展《の》ブル所ナク徒《いたづら》ニ言《げん》ヲ為《な》シテ曰ク　暫《しばら》ク恨《うらみ》ヲ飲ミ恥ヲ忍《しのび》テ時機ノ到ルヲ待《まつ》ベキナリト　然《しか》リト雖モ時《とき》去リ日《ひ》逝キ前志挫折シ士心衰縮《すいしゆく》シ遷延陵替《せんえんりようてい》[三四]見テ以テ常《つね》トシ廉恥《れんち》[三五]地ヲ払ヒ義声[三六]久《ひさし》ク聞《きこ》ヘズ　甚《はなはだ》シキハ楚《そ》[三七]姫《き》鄭《てい》女《ぢよ》蓮《れん》[三八]趾《し》ヲ短縮シテ北夷《ほくい》ノ俗ニ媚《こ》ビ　燕[三九]趙悲《ひ》歌《か》

字鍛句錬。読ㇾ之鏗爾有㆓金石之響㆒。

虜」は北方の野蛮人である北狄の満洲人の意。「虜」は野蛮人や奴隷をののしる語。

二五 李若水(一〇九三―一一二七)のこと。宋、曲州の人。字は清卿。「侍郎」は中国の官名。金によって宋が攻められ都を包囲されたとき、投降を迫る金軍に、王を抱きながら烈しくののしり投降を拒絶し、殺された(『宋史』三八)。ここでは璉が自らを李侍郎に擬している。　二六 国家が滅亡し。　二七 中国全土の異称。　二八 弾丸とほくろ。狭い土地のたとえ。　二九 小さな砦(とりで)。

三〇 臣下となって服従すること。「正朔」は暦のことで、古代中国では天子が変わるごとに改まる暦に従ったことから。

三一 満洲民族の清朝の意。以下、一六四四年(順治元)の薙髪(弁髪)令など、清朝への恭順を示させる政策。→補四〇。

三二 官に仕えない有能な知識人。「坑」は生き埋め。「書生」は学問する人。「謫シ」は罪を責めて罰すること。

三三 獰猛な虎よりも荒々しく。

三四 「遷延」は尻込みすること。「陵替」は下の者が上の者を制し、上位者の権威がすたれること。　三五 恥を知る心は少しもなくなった。　三六 正しい言葉。

三七 「楚姫」は虞美人、「鄭女」は夏姫。ともに国を危くする美女。

三八 美人のほっそりした足。「趾」は足。ここは纏足(てんそく)を言う。漢民族の風習であり、「北夷ノ俗」ではない。清はたびたび禁止令を出すが、流行はやまなかった。

三九 「燕趙悲歌ノ士」は憂国の志士。古来、燕や趙の国には悲憤慷慨する憂国の志士が多いことから(韓愈「送董邵南序」)。

ノ士弁髪《べんぱつ》[一]左衽《さじん》ヲ以テ[二]揚揚得色《やうやうとくしよく》アルニ至レリ　[三]道光《だうくわう》二十年鴉片《あへん》ノ乱起リ英軍入寇《にふこう》ス　時ニ我父《わがちち》[四]白雲山（広東省、増城ノ西八十里ニ在リ）ニ退隠《たいいん》ス　[五]警《けい》ヲ聞キ奮《ふるひ》テ人ニ謂《いひ》テ曰ク　清朝ハ我ガ仇《あだ》ナリト雖《いへど》モ今ヤ[六]兄弟牆《けいていかき》ニ鬩《せめ》グノ秋《とき》ニ非ズト　[七]即《すなはチ》勇丁《ゆうてい》ヲ募《つの》リ舟師《しうし》ヲ督《とく》シ大ニ[八]舟山ニ戦テ之ニ死ス　[九]清将尫弱《わうじやく》ニシテ戦闘児戯《じぎ》ニ斉《ひとし》シク大臣権《けん》ヲ争ヒ命令一《いつ》ナラズ　此《この》国家存亡ノ秋《とき》ニ当リ[一〇]衣《ころも》ヲ解キ食ヲ推《お》シテ士心ヲ得《う》ルコトヲ務メズ　[一一]粮《りやう》ヲ盗ミ金《きん》ヲ窃《ぬす》ミ以テ[一二]士卒ノ飢寒《きかん》ヲ致《いた》ス　是《これ》ヲ以テ士怠《おこた》リ卒怨《そつうら》ミ一戦支《ささ》ユル能《あた》ハズ　[一三]北京遂ニ陥《おちい》リ卒《つひ》ニ[一四]地ヲ割《さき》テ城下ノ盟《めい》ヲ為《な》シ汚辱千載《せんざい》ニ流レ[一五]帝命《ていめい》軽クシテ遠キニ及バズ　諸省《しよしやう》ノ[一六]吏人《りじん》互ニ上ヲ欺《あざむ》キ下ヲ虐《ぎやく》シ租税ヲ私《わたくし》シ[一七]威福ヲ弄ビ[一八]尾大掉《びだいふる》ハズシテ漸ク[一九]封建ノ勢《いきほひ》ヲナシ四百余州復《また》一帝国ノ下《もと》ニ糾合《きうがふ》ス可カラザルニ至ラントス　抑〻《そもそも》清人ノ政略タル[二〇]黠首《けんしゆ》ヲ愚《ぐ》ニシ[二一]一日ノ安ヲ偸《ぬす》ミ[二二]詐言《さげん》以テ非ヲ掩《おほ》ヒ[二三]虚喝《きよかつ》以テ人ヲ嚇《おど》シ外交ニ信ナク内治ニ実《じつ》ナク尊大ニシテ漫《みだり》ニ人ヲ侮《あなど》リ頑陋《ぐわんろう》ニシテ独《ひと》リ

鑿鑿中ㇾ緻。是射㆓柳葉㆒之手。

一　衣服を左前に着ること。中国では右衽は中華の風、左衽は北方の蛮習とされた。
二　得意な顔付き。
三　西暦一八四〇年。アヘン戦争は↓補四一。「入寇」は攻め入ること。
四　風光明媚で知られる。「増城」は県名。現在の番禺県の東北。
五　危急を告げて用心させるしらせ。
六　「鬩牆」は内輪で争うこと。「兄弟牆に鬩ぐも、外その務(あなどり)を禦ぐ」(兄弟喧嘩をしていても、外敵には協力してそれを防ぐものだ。『詩経』小雅「常棣」)。
七　すぐに勇敢な男を集め、水軍を指揮し。
八　浙江省定海県にある山の名。ここでは、それを含む杭州湾の舟山群島。
九　定海総兵(部隊長)張朝発。「尫弱」は、ひよわいこと。
一〇　自分の衣服を脱いで差し出したり、食事をさせたりすること。転じて人を重用する意。解衣推食。
一一　食糧。
一二　士官と兵卒を飢えこごえさせる。
一三　一八六〇年英仏両国は北京を占領。↓補三〇。
一四　九龍の一部をイギリスが占有することになった北京条約を言う。「城下ノ盟」は↓三四頁注二。
一五　天子の命令。勅命。
一六　役人。官吏。
一七　↓四七頁注三〇。
一八　尾が大き過ぎると自由に動かすことができない。上に立つ者の力が弱いと制御しにくいことのたとえ(『春秋左氏伝』昭公十一年)。
一九　ここでは各地に軍事勢力が割拠し、国家が分裂状態を呈するようになったこと。
二〇　愚民政治を言う。「黠首」は人民。
二一　目前の安楽を貪り。
二二　嘘をついて誤

儒者居ニ下僚一。猶
幸矣。

自《みづか》ラ智ナリトシ　[二四]下ヲ御《ぎよ》スルコト湿薪《しつしん》ヲ束《たば》ヌルガ如《ごと》ク[二五]権勢ニ趨《おもむ》クコト市《いち》ニ帰スルガ如ク　[二六]廉潔《れんけつ》ノ士ハ意ヲ失《しつ》シテ[二七]林壑《りんがく》ニ隠レ[二八]道義ノ儒《じゆ》ハ悉《ことごと》ク下僚《かれう》ニ沈ミ[二九]斗筲《とさう》ノ輩《はいひと》独リ志《こころざし》ヲ得テ[三〇]顕要《けんえふ》ニ上《のぼ》リ枢機ヲ執《と》リ[三一]上《うへ》替《すた》レ下凌《したしの》ギ[三二]彗星流隕《すいせいりうゐん》上ニ怒リ山岳崩裂《ほうれつ》下ニ怨《うら》ム　[三三]時ニ明ノ遺臣十八人其機《そのき》已《すで》ニ熟スルヲ察シ　[三四]檄《げき》ヲ四百余州ニ伝ヘテ清朝ノ罪悪ヲ[三五]鳴ラシ明朝ヲ恢復《くわいふく》シ[三六]蒼生《さうせい》ノ塗炭《とたん》ヲ救ヒ姦臣ヲ[三七]誅戮《ちゆうりく》シ[三八]弊政《へいせい》ヲ改革センコトヲ誓フ　維《こ》レ実《じつ》ニ[三九]道光《だうくわう》二十八年ナリ　[四〇]海内響応《かいだいきやうおう》シ[四一]旌《せい》ヲ揚《あ》ゲ甲《かふ》ヲ擐《くわん》シ[四二]蜂起蟻集《ほうきぎしふ》鼓鼙《こへい》地ニ振《ふる》フ　是《ここ》ニ於《おい》テ[四三]謀臣計議《ぼうしんけいぎ》都《みやこ》ヲ[四四]金陵ニ建《た》テ兵ヲ率《ひき》ヰテ東下《とうか》シ清ノ[四五]胥吏《しより》ヲ殺シ[四六]旬月《じゆんげつ》ニシテ諸省《しよしやう》ヲ徇《したが》ヒ進デ北京ニ迫《せま》ル　[四七]清朝挙《あげ》テ震慴《しんせふ》シ都ヲ[四八]吉林ニ遷《うつ》シ兵鋒《へいほう》ヲ避ケントス　或人《あるひと》説《と》クニ[四九]石敬塘《せつけいたう》ガ兵ヲ契丹《きつたん》ニ借ルノ権謀《けんぼう》ヲ以テス　廷議《ていぎ》之《これ》ヲ[五〇]嘉納《かなう》シ　[五一]重賞《ちようしやう》ヲ以テ東洋ニ在《あ》ル西人《せいじん》ニ賂《まひな》フ　夫《そ》レ東洋ニ在ル外人ハ多ク亡命無頼《ぶらい》ノ徒《と》ニシテ乱ヲ好ミ利ヲ貪《むさぼ》ルノ輩ナリ　故《ゆゑ》ニ争テ募《ぼ》ニ応ジ[五二]戈《くわ》ヲ荷《にな》ヒ刀ヲ

二四 湿った薪は束ねやすいことから、厳しく取り締まること(『史記』酷吏伝)。 二五 権力にすり寄るさまは、市に大勢の人が集まるようである。「市ニ帰スルガ如シ」は『孟子』梁恵王下の語。 二六 清廉で潔白な。
二七 山林の奥深いところ。遁世の場。
二八 道義ある学者はみな下級役人に身を落とし。 二九 器量の小さいことを言う。「斗」は一斗を容れる量器、「筲」は一斗二升をいれる竹器のこと。 三〇 重要な地位につき、国家の大切な政務を執行し。
三一 支配階級は衰え、庶民は耐え忍ぶ。
三二 天は彗星や隕石で怒りを表し、下々のうらみは険しい山を崩すほどである。天人共に許さざる悪政。「彗星」は凶兆。
三三 以下は太平天国運動の史実を踏まえている。→補四二。 三四 触文(ふれぶみ)を中国全土に伝えて。 三五 周知させ。
三六 人民の苦境を救い。「蒼生」は人民。「塗炭」は→五一頁注一八。
三七 罪をただして殺すこと。 三八 悪政。
三九 道光二十八年は一八四八年だが、史実では太平天国の蜂起は道光三十年。→補四二。
四〇 国中が反応して速やかに行動し。
四一 旗をあげ、かぶとを身につけた。
四二 人が多勢集まり、攻太鼓の音が地を振るわせる。「鼙」は馬乗り鼓。
四三 智謀にたけた臣。 四四 南京の異称。
四五 地位の低い役人。小役人。
四六 十日間、または一ヶ月。転じてわずかの月日。「徇」は「殉」と同じで、従えること。
四七 清朝の人は皆恐れおののき。

清人米人ニ軽侮セラル図
提《ひっさ》ゲ海陸並ビ進ム　清兵援《あん》ヲ得テ頻《しきり》ニ進戦《しんせん》ス　我《わが》軍《ぐん》利アラズ死傷相継《あひつ》グ　清兵勢《いきほひ》ニ乗ジ殺戮侵掠《さつりくしんりやく》至ラザル所ナシ　僕[一]ノ家《か》姉《し》亦《また》囚《しう》ニ就《つ》ク　敵遇《ぐう》スルコト無礼ナリ　姉怒リ敵将ノ面《おもて》ニ唾《つば》シテ曰ク　奴《ど》[二]輩《はい》何ゾ無状《むじやう》ナル　我必《かならズ》怨《うらみ》ヲ清朝ニ報ヒ鼠輩《そはい》[三]ヲシテ又《また》遺《ゐ》類《るい》ナカラシメント　遂《つひ》ニ敵ノ為《た》メニ殺サル　僕時ニ金陵ニ潜匿《せんとく》[四]シ以テ復讐ヲ謀《はか》ル　吏《り》[五]物色《ぶつしよく》太《はなは》ダ急《きふ》ナリ　殆《ほとん》ド免《まぬか》レザルヲ知リ乃《すなは》チ姓名ヲ変《へん》ジ賤夫《せんぷ》[六]ニ混《こん》ジテ纔《わづか》ニ此地《このち》ニ逃《のが》ルヽコトヲ得タリ　[七]嗚乎《ああ》英雄路《みち》ヲ失《うしなひ》テ足ヲ托スルニ門ナク豪傑名ヲ埋《うづ》メ

四八　中国東北地方中部の都市。
四九　八九二‐九四二。五代の後晋の高祖。→補四三。
五〇　喜んでこれを受け入れて。　五一　高額の褒美。→補四四。　五二「戈」は矛(ほこ)。

——以上五七頁

一　私の姉もとらわれの身となった。「家姉」は自分の姉を言う語。太平天国軍には女性部隊「女営」があった。
二　人をいやしんで言う称。ここでは二人称。「無状」は無礼。
三　おまえらを皆殺しにしてやる。「鼠輩」は、とるにたりない者ども(人をののしって言う語)。「遺類」は生き残り。
四　潜み隠れて。
五　役人の捜索の手が切迫していた。「物色」は人相書で人をさがすこと。
六　十九世紀中頃、黒人奴隷貿易が廃止されて以後、世界の鉱山や鉄道建設に苦力(クーリー)と呼ばれる中国人労働者が過酷な条件のもとで広範に雇われ、香港、マカオなどの港から劣悪な状態で送り出された。ここではそうした船に紛れて脱出したことを言う。
七　英雄であっても道に迷えば寄留する家もなく、豪傑であっても名を知られなければ生計を立てるすべもない。
八「虺」はマムシ。「蚺」はニシキヘビ。「蛇蝎」は蛇と蠍(さそり)。
九　黒人奴隷。
一〇　近ごろ。「米政府」の「令」は、不況と中国人差別を背景に一八八二年合衆国議会が制定した中国人排斥法 Chinese Exclusion

殊設二疑詞一。明二天道靡レ常人心無レ定。求レ死而不レ得。英雄末路尤可レ憫者。

テ生ヲ計《はか》ルニ術《すべ》ナシ　今ヤ米人ノ我ヲ嫌悪スル虺《き》[八]蚺《ぜん》蛇《だ》蝎《かつ》ノ如《ごと》ク我ヲ蔑視スルコト黒奴《こくど》[九]ヨリモ甚《はなはだ》シ　是《こ》レ諸君ノ熟知スル所ナリ　加之《しかのみ》ナラズ輓近《ばんきん》[一〇]米政府令《れい》ヲ発シテ清人ノ来航ヲ禁止スルニ至レリ　是レ蓋《けだ》シ清人[一一]ガ痴愚《ちぐ》自《みづか》ラ取ルノ罪禍ナリト雖《いへど》モ　豈《あに》人間ノ自由ヲ貴《たふと》ビ平等ノ権利ヲ重ズル米人ノ施行《しかう》スル政策ナリト称誉[一二]スルコトヲ得ンヤ　世《よ》言フ天道[一三]ハ善ニ福《さいはひ》シ欧米ハ義ニ与《く》[一四]ミスト　然《しか》レドモ僕疑《うたが》[一五]ヒナキ能《あた》ハズ　窮達《きゆうたつ》[一六]ハ命《めい》ナリ　吾独《われひと》リ何ノ罪ゾ茲《こ》ノ窮厄《きゆうやく》ニ遭《あ》フ　寧《むしロ》溘死《かふし》[一七]流亡スルモ志ヲ渝《か》ヘザル而已《のみ》　嗚乎《ああ》呉ヲ沼[一八]ニスルノ志空《むな》シク蹉跎《さだ》[一九]シ悠悠タル[二〇]日月《じつげつ》留《とど》ム可カラズ　我老《わがおい》将《まさ》ニ到ラントス　嗚乎哀《かなし》イ哉《かな》ト　散士聞ク毎《ごと》ニ激昂《げきかう》悲痛胸臆《きようおく》ヲ攪《みだ》シ　黙然トシテ語ナク長太息《ちやうたいそく》シテ涙ヲ掩《おほ》ヒ人生ノ艱多《かんおほ》キヲ哀《かなし》ム　幽蘭謝《しや》シテ曰ク　郎君[二一]幸《さいはひ》ニ恕《じよ》セヨ　春風台《たい》[二二]蕩《たう》快楽ノ陽場《やうぢやう》ヲ変ジテ秋風蕭殺《せうさつ》悲哀ノ陰観ト為《な》シ郎君ヲシテ快快《あうあう》トシテ楽マザラシム　是レ妾《せふ》ガ罪ナリ　今ヤ貴国旧政《きうせい》[二三]ヲ釐革《りかく》シ欧ノ長《ちやう》

Act を指す。中国人未熟練労働者の入国を禁じ、在米中国人は登録証の所持を義務づけられ、一旦出国すると再入国ができなくなった。一九四三年まで有効。

一一 清人の愚かさから自然にそうなっても仕方がない罪と禍なのですが。清人への蔑視のある叙述。

一二 ほめたたえる。

一三 天は善の味方をする（『書経』湯誥に拠る）。「天道」は天地を主宰する神。

一四 味方する。

一五 疑わずにはいられない。

一六 困窮と栄達は運命による。李康「運命論」（『文選』巻五十三）の「夫（そ）れ治乱は運也（なり）、窮達は命也、貴賤は時也」に拠る。

一七 「溘死」はにわかに死ぬこと。また一般に人の死を言う。「流亡」は故郷を離れてさまようこと。

一八 呉の都を水攻めにして滅ぼそうとする志。「越の十年生聚し、而して十年教訓すれば、二十年の外、呉其れ沼と為るか」（『春秋左氏伝』哀公元年）。呉に敗れた越王の勾践が苦難を忍んで十数年の後、ついに呉王夫差を滅ぼしたという故事による。呉を清国になぞらえている。

一九 ぐずぐずして時機を失うこと。

二〇 時の流れ。

二一 あなたどうかお許し下さい。「幸ニ…セヨ」は「どうか…して下さい」の意。

二二 本来楽しいはずの宴席で二人の悲痛な経歴を語って雰囲気を暗くしたことを言う。「台蕩」は普通「駘蕩」と書く（↓一九頁注二三）。

二三 古い政治を改革し。

方今則隆替盛衰之所レ分。読者勿二匆匆看過一也。

ヲ取テ其短《そのたん》ヲ舎《す》テ米ノ実《じつ》ヲ摭《とり》テ其花《そのくわ》ヲ去リ　文化月《つき》ニ新《あらた》ニ富強《ふきやう》日ニ進ミ[一]旧邦《きうはう》維《こ》レ新ニ[二]柔《じう》ヲ守《まもり》テ競《きやう》ヲ執《と》リ　見ル者ハ駭《おどろき》テ目ヲ拭《ぬぐ》ヒ聞ク者

頌中有レ規。

ハ驚テ耳ヲ傾ク　其勢《そのいきほひ》方《まさ》ニ旭日《きよくじつ》ノ東天ニ昇ルガ如ク東洋ニ屹立《きつりつ》シ[三]聖帝《せいてい》与フルニ自由ノ政憲ヲ以テシ人民誓《ちかひ》テ[四]聖明《せいめい》ニ報《ほう》ゼンコトヲ期シ[五]干戈《かんくわ》已《すで》ニ定マリ天下安楽[六]五穀《ごこく》年ニ豊《ゆたか》ニ四民業《げふ》ヲ楽《たのし》ミ[七]朝鮮使《し》ヲ通ジ[八]琉球内附《ないふ》ス　[九]方今《はうこん》東洋大《おほい》ニ為《な》スベキノ秋《とき》ニ当リ　[一〇]牛耳《ぎうじ》ヲ執《とり》テ亜細亜ノ

不レ知何日能如レ此。

盟主ト為《な》リ　[一一]東生民《せいみん》倒懸《たうけん》ノ難ヲ解キ　西、英仏ノ[一二]跋扈《ばつこ》ヲ制シ　南、清人ガ[一三]陋習《ろうしふ》ヲ壊《やぶ》リ　北、[一四]俄人ノ覬覦《きゆ》ヲ絶《た》チ　欧洲諸邦ガ東洋ヲ蔑視シ内治ニ干渉シ遂《つひ》ニ之《これ》ヲ[一五]内属ト為《な》サントスルノ政略ヲ拒《ふせ》ギ　彼《かの》億兆ノ蒼生ヲシテ初《はじめ》テ自主独立ノ真味《しんみ》ヲ嘗《な》メ文物典章《ぶんぶつてんしやう》ノ光輝ヲ発セシム

三寸舌頭。弄二過頭髪漆黒眼光如レ射之日本男児一。殆如二掌上転一レ丸。何等快弁。

ル者ハ貴国ニ非《あら》ズシテ其《そ》レ誰カ之《これ》ニ当ラン　想《おも》フニ郎君能《よ》ク東西ノ[一六]群籍《ぐんせき》ニ猟渉《れふせふ》シ[一七]古《こ》今《こん》成敗《せいばい》ノ数《すう》ニ熟《じゆく》スト雖《いへど》モ　恐ラクハ未《いま》ダ干戈ノ惨状戦場ノ苦艱《くかん》[一八]放謫《はうたく》ノ辛酸[一九]幽囚ノ憤憂《ふんいう》ハ曾《かつ》テ知ラザル所ナル可シ　妾等《せふら》

一 古い国は新しくなり。「周は旧邦なりと雖も　其の命維れ新たなり」(『詩経』大雅「文王」)。
二 柔弱な態度。「柔を守るを強と曰ふ」(『老子』五十二章)。「競ヲ執リ」は荒々しく強いこと。「競(よっ)きを執る武王、競きこと無からんや維(こ)れ烈」(『詩経』周頌「執競」)。
三 明治天皇のもと、国会開設と憲法制定が約された(明治十四年)ことを指す。
四 知徳のすぐれた天子。
五 ここでは戊辰戦争(→五頁注七)を指す。「干戈」は→九頁注二二。
六 一年中豊作で。「五穀」は穀物の総称。「四民」は士農工商。国民全体。
七 朝鮮は明治三年に日本との国交を拒絶した後、征韓論論争・江華島事件を経て明治九年日朝修好条規に調印した。→補一〇九。
八 「内附」は服従。琉球は慶長十四年(一六〇九)征服されて薩摩藩の治下に入り、日清両国に朝貢関係を保つが、明治政府は明治五年(一八七二)琉球藩を設置して尚氏を藩主とし、明治十二年沖縄県を設置。琉球王国は解体、日本に併合される。
九 今、現在。
一〇 同盟の盟主、中心になること。諸侯が同盟を結ぶ際、その中心となる者が牛の左耳を切り取って他の同盟者と血をすすりあったことから(『春秋左氏伝』定公八年)。
一一 東においては人民の苦しみを解き。「倒懸ノ難」は手足を縛り逆さ吊りにする拷問で、非常な苦しみのたとえ。「今の時に当たり万乗の国仁政を行はば、民の之を悦ぶこと、猶ほ倒懸を解くがごときなり」(『孟子』公孫丑上)。

国亡《ほろ》ビ家破《やぶ》レ辛苦万状《しんくばんじやう》他邦ニ流寓《りうぐう》シ故郷ヲ懐望《くわいばう》シテ寤寐《ごび》[二〇]忘ルヽコト能《あた》ハズ　知ラズ識《し》ラズ言談《げんだん》悲痛ノ事ニ度《わた》リ以テ郎君ヲ待ツノ礼ヲ失フ　今ヤ郎君笈《きふ》ヲ負《お》ヒ良師《りやうし》[二一]ニ従ヒ賢達《けんたつ》ニ接シ且《か》ツ有為《いうゐ》[二二]ノ邦国ニ生レ年壮《としさかん》ニ気盛《さかん》ナリ　功業《こうげふ》[二三]期シテ待ツ可キナリ　嗚乎《ああ》幸福[二四]祥慶《しやうけい》ハ郎君ノ身ニ輻湊《ふくそう》シ艱難憂戚《かんなんいうせき》ハ妾等ガ身ニ蝟《ゐ》集《しふ》ス　蓋《けだ》シ吉凶禍福ハ皇天《くわうてん》ノ命ズル所人力《じんりよく》ノ奈何《いかん》トモスル所ニ非《あら》ズ　窮達《きゆうたつ》[二五]ハ命《めい》ナリ亦何《またなん》ゾ悲マン郎君郎君猶何為《なほなんす》レゾ悲憤ノ色ヲ帯《お》ビ眉宇《びう》[二六]ヲ開カザル　妾等ノ過《くわ》[二七]、実《じつ》ニ深シ　郎君幸《さいはひ》ニ寛容セヨト　慰諭《ゐゆ》[二八]懇到情義《こんたうじやうぎ》色ニ溢《あふ》ル　紅蓮范卿モ亦進《すすみ》テ罪ヲ乞《こ》フ　時ニ散士涕涙睫《ているいまつげ》ニ満チ掩《おほ》ハント欲シテ禁ズル能ハズ　簌簌《そくそく》[二九]トシテ幽蘭ガ衣《ころも》ニ灑《そそ》グ　起《たち》テ謝《しや》シテ曰ク　令嬢幸《さいはひ》ニ寛恕《くわんじよ》セヨト　巾《きん》[三〇]ヲ執《とり》テ之《これ》ヲ拭《ぬぐ》ハント欲ス　幽蘭急ニ之《これ》ヲ止《とど》メテ曰ク郎君ノ涙賤妾《せんせふ》ガ衣裳ニ落ツ　実《じつ》ニ千金ノ賜《たまもの》婕妤《せふよ》[三一]ガ唾花《だくわ》ニ勝ル　感謝何ニカ譬《たと》ヘン　却《かへり》テ怪《あやし》ム郎君悲哀《ひあい》スル何ゾ其《そ》レ切《せつ》ナルヤ　日本ノ

一二　勝手気ままにふるまうこと。
一三　いやしい習慣。
一四　ロシア人。「俄羅斯(オロス)」の略。「覬覦」は身分に不相応な望みを抱くこと。明治期により強まったロシア南下脅威論が背景にある。
一五　属国。
一六　多くの書物を読みあさり。
一七　過去現在における政治的術数にはよく通じていても。
一八　「放逐(ほうちく)」に同じ。
一九　罰して牢屋に閉じこめること。
二〇　寝ても覚めても。
二一　良い先生に従い、賢人に接し。
二二　才能があって将来の見込みがあること。
二三　功績を期待して待つことができる。
二四　幸福や慶事はあなたに、苦しみや憂い悲しみは私たちの身に集まる。
二五　→五九頁注一六。
二六　眉・額のあたりを言い、「眉宇を開く」は愁いを解く、安心すること。
二七　過ちは実に深いものがあります。読点は底本のまま。
二八　相手の気を落ち着かせるように言い聞かせること。「懇到」は心づかいが行き届いていること。「情義」は人情と義理。「色」は顔色。
二九　涙がはらはらと落ちるさま。
三〇　ハンカチ。
三一　班婕妤。漢の成帝に寵愛された美人。「唾花」は美人の唾をほめる言葉。

孔子陳蔡ノ野ニ饑エルノ図

士《し》風《ふう》強ヲ挫《くじ》キ弱ヲ助ケ人ノ為メニ[一]急難ニ趨《おもむ》キ往往囚繫《しうけい》ニ陥《おちい》ルモ猶且《なホかツじ》辞セズ情《じやう》ヲ撓《たわ》メ意《い》ヲ抑《おさ》ヘ児女《じちよ》[二]ノ泣《きふ》ヲ為サヾルコト天下ノ称賛スル所ナリ　抑ゝ《そもそも》忠孝仁義ハ情ヨリ発スト　今《いま》郎君ノ義《ぎ》[三]烈《れつ》高風《かうふう》妾等ノ苦節ヲ憐《あはれ》ミ為《た》メニ涕涙《ているい》[四]潸潸《さんさん》下《くだり》テ禁ゼザルニ至ル歟《か》　妾死ストモ忘レザルナリ　[五]若《も》シ天道果《はた》シテ善ニ幸《さいはひ》セバ禍福循環シ卒《つひ》ニ能《よ》ク志ヲ達スルノ時アラン　不幸ニシテ時機到ラズンバ節ヲ守テ道義ノ為メニ死スルモ亦好《またよ》カラズヤ　是レ命運ノ常《つね》亦何ゾ怨《うら》マンヤ　古《いにしへ》ヨリ死スル者一《いつ》ニアラズ　草木ト同《おなじ》ク朽《く》チ混混[六]世ト倶《とも》ニ濁ルハ妾ガ志ニ非ザル

絵　再版本では絵の全く異なる「散士佳人ト対話ノ図」が入っている。

一 差し迫った災難。「囚繫」は、とらわれの身になること。**二** 女子供のように泣かない。**三** 堅く義を守る心と気品高い風格。**四** 涙が流れるさま。**五** もし天が本当に善に味方するものならば、禍福が巡り巡っていずれ志を遂げる時があるでしょう。「天道」は↓五九頁注一三。**六** 混じるさま。**七** 満身の熱い思いをそそぎ命を犠牲にして死ぬまで屈しないだけです。「斃レテ後ニ止マン」は「死して後已む」に同じ。「俛焉として日に孳孳たる有り、斃れて后已む」(『礼記』表記)。**八** 功業は偽りによって成しとげることはできず、名声は他人を欺くやり方では高められないものである。班固「答賓戯」(『文選』巻四十五)の語。**九** 香木はよい香りがあるがために焚かれ、カワセミは美しい羽があるから殺される(まるで自分の美しさで自分を殺しているようなものである)。元は「薫は香を以て自ら焼く」(『漢書』両龔伝)で、香と薫が逆。「薫」は薫草で、香草の一種。「翠」はカワセミの雌。「翠は羽を以て自ら残(そこな)ふ、亀は智を以て自ら害す」(桓譚『新論』韜光)。**一〇** なんの価値もなく生き延びることはしない。死処を得るたとえ。「大丈夫寧ろ玉砕すべきも、瓦全すること能はず」(『北斉書』元景安伝)。**一一** 前注と同じ意。「蘭桂」は蘭と桂の木で、賢人君子のたとえ。「摧クル」は折れて崩れ落ちること。ここでは、名誉や忠義を重んじていさぎよく死ぬこと。

意気横溢。文辞勁健。肆レ筆成。自不レ可レ及。

ナリ　願フ所ハ邦《くに》ノ為メ世ノ為メニ満腔《まんかう》[七]ノ熱腸《ねつちやう》ヲ灑《そそ》ギ身命ヲ犠牲ニ供《きよう》シ斃《たふ》レテ後《のち》ニ止《や》マンノミ　聞ク　功[八]ハ虚ヲ以テ成ル可カラズ名ハ偽《ぎ》ヲ以テ立ツ可カラズト　妾常《つね》ニ以テ然《しか》リトス　夫《そ》レ香《かう》[九]ハ薫《かをり》ヲ以テ自《みづか》ラ焼ケ翠《すい》ハ羽《はね》ヲ以テ自ラ傷《やぶ》ル　志士ノ世ニ処《を》ル　寧《むしろ》[一〇]玉《ぎよく》ト為《なり》テ砕《くだ》クルモ瓦《かはら》ト為テ全《まつた》キヲ恥ヅ　寧《むしろ》[一一]蘭桂ト為テ摧《くだ》クルモ蕭艾《せうがい》ト為テ存スルヲ厭《いと》フ　況《いはん》ヤ生キテ世ニ益スルコトナク死シテ後世ニ聞ユルコト莫《な》クンバ　螻蟻《ろうぎ》[一二]ト何ゾ択《えら》バン　設使《たと》[一三]ヒ天地ト寿《じゆ》ヲ等《ひとしく》スルモ亦復《またまタ》何ノ益アラン　是レ前聖[一四]ノ禍機ヲ踏《ふみ》テ顧ミズ災害ヲ犯シテ悔イザル所以《ゆゑん》ナリ

夫《そ》レ道[一五]以テ天下ヲ済《すく》フニ足リ而《しか》シテ人ニ貴《たふと》バルヽコトヲ得ズ言《げん》以テ万世ヲ経《けい》スルニ足リ而シテ時ニ信ゼラレズ　陳蔡《ちんさい》[一六]ノ間ニ餓《うゑ》ヲ救フコト能ハザリシハ闕里《けつり》ノ孔聖是レナリ　徳行神明《とくかうしんめい》[一七]ニ応ジ風教《ふうけう》万世ニ垂《た》レ今ニ至《いたり》テ王公大人《たいじん》称シテ忘レザルモ猶《なホ》群小ノ慍《うらみ》ニ逢ヒ終《つひ》ニ惨酷《さんこく》ノ磔戮《たくりく》ヲ免ルヽコト能ハザリシハ我《わが》救世主即《すなはチ》是レナリ　立言正大《りつげんせいだい》[一八]千

「蕭艾」はよもぎ、雑草で、いやしい人間、小人のたとえ。「寧ろ蘭摧玉折と為るも蕭敷(しようぶ)艾栄(がいえい)とは作(な)らず」(『世説新語』言語)。

一二　アリとケラ。つまらぬもののたとえ。そんなふうに生きていても価値がない。

一三　たとえ天地と寿命を同じくしようとも。「設使」は譲歩の条件節を示す語。「たとえ……だとしても」。

一四　前の世の聖人。ここでは、以下の孔子、キリスト、ソクラテスを指す。

一五　道は天下を救うに十分でも人に貴ばれず、言葉は不朽の価値があっても時として信じられない。高貴なものは時として世間には理解されないことがある、の意。李康「運命論」(『文選』巻五十三)に拠る。

一六　「陳蔡の厄」。楚へ向かう孔子の一行が陳・蔡の大夫による共謀で食糧を絶たれ、危機に陥った故事(『史記』孔子世家)。すぐれた人物でも運命が味方しなければ志は受け入れられないことを言う。「仲尼の智を以てするも、厄に陳蔡に屈す」(李康「運命論」)。「闕里」は現、山東省曲阜の地名で、孔子廟がある。

一七　徳ある行為は神たるにふさわしく、その教え導くところは永遠に伝わり、身分や徳の高い人は称賛して忘れないが、凡人の恨みを買い残酷なはりつけの刑を免れなかったのはわが救世主(キリスト)である。「大人」は徳の高い人、「小人」の反意語。

一八　言葉は立派で永遠に朽ちず、聖人賢人に肩を並べるにもかかわらず、俗人から異端視されデマや悪計により毒杯をあおるはめになったのは、ギリシャの哲人ソクラテ

古ヲ凌励《りようれい》シ聖賢ト斉《ひとし》ク駕《が》シ並ビ駆《く》スルモ俗人ノ為メニ異端視セラレ誣《ふ》言《げん》邪構《じやこう》遂ニ鴆毒《ちんどく》ノ禍《くわ》ニ遇《あ》ヒシハ希臘ノ名儒叟虜刺鉄《ソクラテス》其人《そのひと》ナリ　故《ゆゑ》ニ知ル[一]忠直ノ主ニ迕《さから》ヒ独行ノ俗ニ負《そむ》クハ理勢ノ然《しか》ラシムル所　是《この》故《ゆゑ》ニ[二]木、林ニ秀《ひい》ヅレバ風必《かぜかならズ》之ヲ摧《くだ》キ　行《おこなひ》、人《ひと》ヨリ高ケレバ衆必《かならズ》之ヲ非《そし》ル　[三]前鑑《ぜんかん》遠カラズ[四]覆車軌《ふくしやき》ヲ継《つ》ギ而《しか》シテ志士仁人猶《なホ》[五]之ヲ踏《ふみ》テ悔イザルモノハ何ゾヤ　将《まさ》ニ以テ志ヲ遂《と》ゲ道ヲ行ヒ名ヲ成サント欲スレバナリ　其《その》志ヲ遂ゲンコトヲ求メテ[六]風波ヲ嶮塗《けんと》ニ犯シ其名ヲ成サンコトヲ求メテ[七]謗議《ばうぎ》ヲ当世ニ避ケズ　[八]精ヲ勉メ操ヲ励マシ晨《あした》ニ興《お》キ夜ニ寐《い》ネ寧息《ねいそく》スルニ遑《いとま》アラズ　豈《あに》[九]煖衣《だんい》飽食《はうしよく》独《ひと》リ楽ミ歌舞酔倒自《みづか》ラ甘《あまん》ズルニ忍ビンヤ　憶《ああ》彼ノ[一〇]希《き》世苟合《せいこうがふ》ノ士[一一]尊貴ノ顔ヲ俛仰《ふぎやう》シ勢利《せいり》ノ間ニ逶迤《ゐい》シ　[一二]意ニ是非ナクシテ之ヲ讃《ほ》ムルコト流ルヽガ如ク　[一三]言《げん》ニ可否ナクシテ之ニ応ズルコト[一四]市《いち》ニ帰スルガ如ク　権《けん》重キ所ハ之ヲ戴《いただ》クコト玉冠ヨリ尊《たふと》ク　勢《せい》ノ去ル所ハ之ヲ棄ツルコト[一五]弊履《へいり》ヨリ易《やす》シ　其《その》

詞気豪邁。睥ニ睨古今一。

犯レ嶮不レ難。不レ避ニ謗議一為ニ極難一。

知ニ廉恥一者。当ニ奮然起一。不レ知ニ廉恥一者。当ニ翻然悟一。

スである。ソクラテス(Sōkratēs. 前四六九－前三九九)は、対話術や言論がアテネ市民の反発を買い、死刑判決を受け、毒杯を飲み干して死んだ。

――以上六三頁

一 忠実や正直さが主君にそむき、信念による行動が俗に反することになるのは、世の情勢がそうさせるところである。以下「謗議ヲ当世ニ避ケズ」までは、前出の李康「運命論」の引用。→補四五。

二 木が林より高ければ風で折れ、行いが人よりすぐれていると却って非難される。

三 →三八頁注四。

四 前人の失敗を教訓として受け継ぎ。「鄙諺に曰く、…前車の覆(くつがへ)るは、後車の戒め」(『漢書』賈誼伝)。「軌ヲ継グ」は前人の道を受け継ぐこと(『晋書』元帝紀)。

五 前述の、聖人賢人が世に容れられず弾圧される例を承ける。彼らがなぜ同じ轍を踏んでも後悔しないのか、の意。

六 波風が激しく険しい道を突き進む。

七 今の世でそしられることをも厭わない。

八 精神と志操を奮い立たせ、夜明けに起き夜に寝ても安らかに休むひまがない。「精を勉め操を励まし、晨に興き夜に寐ぬ」(韋昭「博奕論」『文選』巻五十二)。

九 「暖衣」に同じ。

一〇 世俗的な名誉、利益を求める。「苟合」はへつらい迎合すること。以下、「脈脈然トシテ自以テ志ヲ得タリ」まで、「運命論」(注一)による。→補四六。

一一 権力者に気に入られようとうまく立ち回るさま。「勢利」は権勢と利欲。「逶迤」はふらふらと歩くこと。

議論風生。文章泉涌。何等雄弁。何等老筆。可レ謂二双玉一矣。

転接妙。

言《げん》ニ曰ク　名[一六]ト身ト孰《いづ》レカ親シキ　得[一七]ト失ト孰《いづ》レカ賢《まさ》レル　栄《えい》[一八]ト辱《じよく》ト孰《いづ》レカ貴《たふと》キ　飽《はう》[一九]ト飢《き》ト孰《いづ》レカ重キト　故《ゆゑ》ニ其《その》衣服ヲ燁《はなやか》ニシテ其車《そのしや》馬《ば》ヲ矜《ほこ》リ　其貨賄《そのくわわい》[二〇]ヲ冒《をか》シテ其声色《そのせいしよく》[二一]ヲ淫《みだら》ニシ　脈脈[二二]然トシテ自《みづか》ラ以テ志ヲ得タリトスル者　豈《あに》共ニ天下ノ大計ヲ談ジ共ニ憂楽ヲ同《おなじ》フスルニ足《た》ランヤト　議論縦横《じゆうわう》義気秋霜《しうさう》[二三]ヨリ烈《れつ》ナリ　散士初メ幽蘭ガ風《ふう》采閑雅《さいかんが》ニシテ容色秀麗ナルヲ慕《した》ヒ　高才節義[二四]ノ以テ人ヲ感動スルコト此《かく》ノ如《ごと》ク其《そ》レ卓然タルヲ思ハザリシ　今幽蘭ガ言《げん》ヲ聞クニ及《および》テ敬慕ノ念愈ゝ《いよいよ》切《せつ》ナリ　散士幽蘭ヲ熟視シテ曰ク　今日ハ是《こ》レ如何《いか》ナル日ゾヤ　実《じつ》ニ明良相遇《めいりやうあひあ》[二五]フ千載《せんざい》ノ一事　令嬢紅蓮范卿諸君ノ義風忠烈聞ク者ヲシテ頑夫《ぐわんぷ》[二六]モ廉《れん》ニ懦夫《だふ》モ志ヲ立テシムベシ　況《いはん》ヤ書ヲ読ミ理ヲ解スル者オヤ　徒《いたづら》ニ散士ノ涙ヲ以テ婦女ノ泣《きふ》ヲナス者ト怪《あやし》ムコト勿《なか》レ　散士モ亦《また》[二七]亡国ノ遺臣　弾雨砲煙ノ間ニ起臥《きぐわ》シ生ヲ孤城重囲《こじやうちゆうゐ》ノ中ニ偸《ぬす》ミ国破レ家壊レ窮厄[二八]万状《ばんじやう》辛酸ヲ嘗《な》メ尽《つく》ス　何ゾ令嬢等ニ譲

一二 貴人の考えの正邪を問わず。
一三 貴人の言葉のよしあしを問わず応じる。
一四 →五七頁注二五。
一五 履き古してぼろぼろになった草履。「舜の天下を棄つるを視ること、猶ほ弊(やぶ)れたる蹝(ぐつ)を棄つるがごとし」(『孟子』尽心上)。
一六 名誉と身体とどちらが大切か。「名と身と孰れか親しき。身と貨と孰れか多(まさ)れる。得ると亡(うしな)ふと孰れか病(うれひ)ある」(『老子』四十四章)。
一七 成功と失敗。
一八 栄誉と恥辱。
一九 満腹と飢え。
二〇 わいろをむさぼる(『春秋左氏伝』文公十八年)。
二一 音楽や女色に溺れること。
二二 おごりたかぶって、自分の思いのままになったとする者。
二三 「秋霜」は秋の霜が草を枯らすことから、非常に厳しく激しいこと。
二四 すぐれた人格と正義心の堅さが人をこのように強く感動させるとは思わなかった。
二五 名君と良臣が同じ世にであうこと。
二六 かたくなに利をむさぼる者も無欲で恥を知るようになり、気弱な者も何かを成し遂げようという気持ちにさせるだろう(『孟子』万章下)。
二七 以下、会津藩が明治政府軍に敗北、滅亡し、柴家一族が離散したことを言う。↓補四七。
二八 多くの困難を味わう。

題目所ニ由起一。

僅僅数十字。叙ニ尽幕府末造光景一。幾無レ遺。筆力遒勁可レ喜。

ランヤ　料《はか》ラザリキ今日《こんにち》[一]天涯万里《てんがいばんり》参商《しんしやう》隔絶ノ人他郷《たきやう》ノ客舎《かくしや》ニ邂逅《かいこう》シ[二]経歴ノ難《なん》前途ノ艱《かん》殆《ほとんド》一《いつ》ニ出《い》ヅルガ如《ごと》シ　因《より》テ往事ヲ懐《おも》ヒ時事ヲ慨《がい》シテ万感心《こころ》ニ攅《あつま》リ悲喜《ひき》交々《こもごも》集リ涙堕《おち》テ禁ズルコト能《あた》ハズ　遂《つひ》ニ令嬢ノ衣裳ヲ穢《けが》スニ至レリト　言未《げんいま》ダ終《をは》ラザルニ三人斉《ひと》シク驚歎シテ曰ク　郎君ノ言果《はた》シテ信《しん》ナルカ　若《も》シ果シテ然《しか》ラバ真《しん》ニ[三]奇中ノ奇遇ト云《い》フ可《べ》キノミ　願《ねがは》クハ幸《さいはひ》ニ聞クコトヲ得《う》ベキカト　散士慨然《がいぜん》トシテ曰ク　[四]僕モ亦《また》日本良族ノ子ナリ　屈指回顧スレバ[五]二十年前我国欧米各邦ト締盟セシニ当《あたり》テヤ[六]尊王攘夷《そんわうじやうい》ノ説紛《ふん》トシテ起《おこ》リ慷慨悲歌《かうがいひか》ノ士《し》幕府ノ専横ヲ憤《いきどほ》リ俗吏ノ[七]偸安《とうあん》ヲ慨《がい》シ[八]一死邦《くに》ニ報《むく》ヒント臂《ひぢ》ヲ揮《ふる》ヒ呼号スルニ当《あたり》テヤ　恨《うらみ》ヲ幕府ニ抱クノ士　乱ヲ好《このみ》テ無為ニ苦《くるし》ムノ徒　機ニ乗ジテ良民ヲ煽動シ[九]公卿ヲ誘惑シ　[一〇]深謀遠識ナク宇内ノ大勢ヲ知ラズ　徒《いたづら》ニ[一一]蟷螂《たうらう》ノ斧《をの》ヲ以テ欧米ノ兵ヲ攘《はら》ハント擬《ぎ》シ　[一二]深夜外館《ぐわいくわん》ヲ襲《おそ》ヒ火ヲ放《はなち》テ剽掠《へうりやく》ヲ極《きは》メ[一三]白日《はくじつ》路上不意《ふい》ニ起《たち》テ無辜《むこ》ノ外客ヲ枉殺《わうさつ》シ　以

一「天涯」は空の果て、極めて遠い所。「参商」はともに星の名で、西にある参星と東にある商星のこと。互いに隔たっているたとえ。二 過去の苦労と前途の困難はほとんど同じようなものです。三 不思議に思える中にも、本当に不思議な出会い。四「家ハ世世西国ノ名族タリ」(二七頁三―四行)と呼応。五 安政五年(一八五八)幕府がアメリカ・オランダ・ロシア・イギリス・フランスとの間に結んだ修好通商条約、いわゆる安政五ヶ国条約を指す。自由貿易と開港に踏み切った歴史的な条約で、典型的な不平等条約。六 嘉永六年(一八五三)のペリーの黒船来航以来、幕府が欧米諸国の開国圧力に屈すると、天皇を政治的中心とする尊王論と、排外鎖国主義の攘夷論が結びつき一大政治的スローガンとなる。特にその契機になったのは井伊直弼が勅許を得ずに締結した日米修好通商条約。七 目先の安楽をむさぼって将来のことを考えないこと。八 命を投げうって国の危機に報いようと。九 三条実美(一八三七―九一)ら尊王攘夷派の公卿を指す。一〇 遠い将来を見通す深い見識。一一 カマキリの前足。力の弱い者が身の程知らずにも強敵に挑むたとえ。「蟷螂の斧を以て、隆車の隧を禦がんと欲す」(陳琳「為袁紹檄予州」『文選』巻四十四、「蟷螂」は「螳螂」に同じ)。一三 文久元年(一八六一)イギリス公使館を尊王攘夷派の水戸藩士十数名が襲撃焼き討ちにした事件(第一次東禅寺事件)、翌年に同公使館を警備していた松本藩士が襲撃した事件(第二次東禅寺事件)などを指す。「剽掠」は強奪すること。

如㆓老吏断㆒㆑獄。毫無㆑匿㆑情。自㆓当時我主君㆒以下至㆓会城陥亡。父兄殉難㆒。皆散士身上経歴之事。而憤悶不平之所㆑由。故不㆑須㆓一字修飾㆒。而辞気壮厲悲憤。使㆓読者不㆒㆑禁㆓泣涕㆒。蓋以㆑余見㆑之。是書之主脳在㆑此。読者可㆓仔細翫味㆒之処。亦在㆑此。

テ匹夫《ひつぷ》[一四]ノ勇《ゆう》ニ誇リ以テ神州《しんしう》[一五]ノ恥ヲ雪《きよ》ムルトシ　児戯軽佻怯弱残暴《けふじやくざんぼう》言フニ忍ビザルモノアリ　井伊大老[一六]ハ前《さき》ニ斃《たふ》レ安藤侯ハ後《のち》ニ傷《きずつ》キ[一七]開港ヲ唱フル者ハ人目《もく》スルニ秦檜《しんくわい》ヲ以テシ鎖港ヲ云フ者ハ自《みづか》ラ韓岳[一九]ニ比ス　是《ここ》ニ於《おい》テ外人憤怒シ兵[一八]威ヲ以テ相劫《あひおびや》カシ我《わが》海岸ニ寇《あだ》シ我藩《はん》籬《り》ヲ乱《みだ》シ　我国権ハ彼《かれ》ノ殺《そ》グ所トナリ我威力ハ彼ノ凌《しの》グ所トナリ[二〇]神州ノ陸沈命脈ノ絶ヘザル一線ノ千鈞《せんきん》ヲ懸《か》クルガ如シ　外人ノ跋扈《ばつこ》跳梁《てうりやう》殆《ほとんド》復制ス可カラザルニ至ル　然シテ其原《そのみなもと》ヲ尋ヌレバ幕府ノ失体ヨリ起ルト雖モ当時[二一]慷慨《かうがい》自《みづから》任ゼシ士人ノ躬《み》親《みづから》招ク所ノモノ多キニ居《を》ル　其瘡《そのさう》[二二]ヤ深ク其痍《そのい》ヤ大《おほい》ニ　瘡痍《さうい》未《いまダ》全《まつた》ク癒《い》ヘズ国辱未《いまダ》全ク雪《きよ》メズ　慷慨《かうがい》有志ノ士ノ深ク当年ヲ浩歎《かうたん》スル所ナリ　当[二三]時我主《わがしゆ》君《くん》京師ヲ護衛シ先帝ノ殊遇《しゆぐう》ヲ蒙《かう》ムリ佐[二四]久間象山横[二五]井沼山諸名士ノ言《げん》ヲ納《い》レ　上《かみ》[二六]攘夷ノ非計ヲ諫《いさ》メ下《しも》狂暴ノ軽挙ヲ戒《いまし》ム　然《しか》ルニ朝[二七]臣[redacted]

一三　万延元年(一八六〇)にアメリカ公使館のオランダ語通訳ヒュースケンが攘夷派の薩摩藩士に襲撃惨殺された事件や、文久二年(一八六二)島津久光の行列を横切ろうとしたイギリス商人四人に殺傷を負わせた生麦事件などを指す。「無辜」は無実。「枉殺」は無実の罪で殺すこと。　一四　思慮もなくただ血気にはやるだけの勇気(『孟子』梁恵王下)。

一五　自国を誇る美称。「雪ムル」は洗い清める、ぬぐう。　一六　桜田門外の変(万延元年)と坂下門外の変(文久二年)。→補四八。

一七　開港を唱える者に対して人は国を売った奸臣秦檜とみなし、鎖国を主張する者は自分自身を主戦派の英雄韓世忠と岳飛になぞらえる。「鎖港」は鎖国と同じ。→補四九。

一八　四国艦隊下関砲撃事件を指す。→補五〇。　一九　→一五頁注一五。

二〇　日本が滅亡に瀕し、その命がかろうじて絶えずにいるさまは、一本の細い糸に極めて重いものを懸けるように危うい。

二一　当時攘夷を主張して幕政を憤り嘆いた士人自身が招いたところが大きい、の意。

二二　外人が跋扈(ばっこ)する状況を傷にたとえる。　二三　会津藩主松平容保(一八三五—九三)が孝明天皇(一八三一—六六)から京都守護職を拝命し、特別な待遇を受けたこと。→補五一。

二四　一八一一—六四。信濃松代藩士。幕末の儒学者、兵法学者。→補五二。

二五　横井小楠(一八〇九—六九)。小楠、沼山はともに号。肥後熊本藩士。幕末維新期の儒学者、政治家。→補五三。

二六　上の者には攘夷が得策でないことを、下の者には乱暴で軽々しい行動を戒めた。

二七　以下の塗抹部分については→補五四。

米使信義。百世勿レ忘也。

良史断。

[redacted]

抑《そもそも》ゝ而《しか》シテ外ハ各国兵威ヲ恃《たのみ》テ約[一]ヲ責ムルコト秋霜《しうさう》ヨリモ厳《げん》ナリ　英人ノ禍心[二]ニ出ヅルモノ多シ　当時若《も》シ米国[三]公使巴理斯《ハリス》君ガ公平無私ノ心ヲ以テ其間《そのかん》ニ周旋弥縫《しうせんびほう》スル無カリセバ我《わが》神州ハ印度《インド》[四]タラズンバ安南[五]タランノミ　外虞《ぐわいぐ》[六]此《かく》ノ如《ごと》ク殷《しきり》ニ内難《ないなん》亦《また》此ノ如ク荐《しきり》ナリ　而《しか》シテ幕府[七]三百年承平《しようへい》ノ後《のち》ヲ受ケ政《まつりごと》苟且《こうしよ》ニ流レ兵勢振《ふる》ハズ財政乱《みだ》レ大勢已《すで》ニ去リ亦挽回《ばんくわい》スベカラザルニ至レリ　是《この》国家存亡ノ関《くわん》スル時ニ当《あた》リ　豈《あに》毀誉《きよ》成敗《せいはい》ヲ顧《かへり》ミルニ遑《いとま》アランヤ　故《ゆゑ》ニ我公《わがこう》[八]決意京師ヲ以テ墳墓ノ地ト定メ上《かみ》ハ公武《こうぶ》[九]ノ軋轢《あつれき》ヲ調和シ下《しも》ハ内乱ノ禍機ヲ撲滅セントシ　奮《ふるひ》テ之《これ》ニ当ルモ臂《ひ》弱ク負荷ノ重キニ堪《た》ヘズ　且《かつ》州人勇《ゆう》[一〇]アレドモ謀《ぼう》寡《すくな》ク剛直ニシテ変通《へんつう》ニ暗ク孤忠[一一]公武ノ間ニ介立《かいりつ》シ事違《ことたが》ヒ志空《むな》シク徒《いたづら》ニ天下ノ憫笑《びんせう》スル所トナル　慨《なげき》ニ勝《た》ユ可ケンヤ　偶《たまたま》ゝ[一二]先帝崩御

一　条約締結（→六六頁注五）を責め立てる勢いは秋の霜よりも激しい。
二　ここでは侵略の意図。　三　ハリス（一八〇四–七八）。アメリカの初代駐日総領事、公使。安政三年（一八五六）伊豆下田に来航し総領事館を開く。同四年下田条約締結、同五年日米修好通商条約締結など対日外交に活躍、各国の外交団の中で最も古い人物として幕府の信頼を得た。「弥縫」はとりつくろうこと。
四　当時イギリスの植民地（一八五八年以来）。
五　現在のベトナム。当時フランスの支配下。
六　国外の恐れ。心配。「殷ニ」は多くて盛んなこと。
七　徳川幕府が三百年続くうちに政治、軍事、財政が衰亡に向かったことを言う。「承平」は平和が長く続くこと。「苟且」は間に合わせ。「大勢」は、ここでは幕府の権勢。
八　→六七頁注二三。　九　公武合体論を言う。
一〇　会津人は勇気があるが、策略にうとい。
一一　「孤忠」は、たった一人で尽くす忠義。
一二　孝明天皇死去は慶応二年（一八六六）十二月二十五日で、「大樹」＝十四代将軍家茂の死去は同年七月二十日（発喪は八月二十日）だが、天皇を敬って上に置いたものと思われる。「薨ズ」は皇族もしくは三位以上の人の死を言う。家茂は、従一位右大臣に叙せられている。
一三　徳川慶喜（一八三七–一九一三）は十五代将軍。水戸藩主徳川斉昭の子。後に一橋家を相続。慶応二年（一八六六）十二月五日死去した家茂の跡を継いで将軍となる。在職（一八六六–六七）は短期間だがその間に幕政改革に着手。
一四　諸大名。　一五　悪政。弊害の多い政治。
一六　病気が重くて治る見込みがないこと。

シ大樹亦《また》継《つぎ》テ薨《こう》ズ　将[一三]軍慶喜《よしのぶ》公英才《えいさい》ヲ以テ国歩《こくほ》ノ艱難《かんなん》ニ当リ侯伯《こうはく》[一四]ト旧怨《きうゑん》ヲ解《と》キ弊政《へいせい》[一五]ヲ除キ国権ヲ復シ以テ大《おほい》ニ為《な》ス所アラント欲ス　然レドモ病膏肓《やまひかうくわう》[一六]ニ入《い》リ復之《まタこれ》ヲ如何《いかん》トモスル能《あた》ハズ　遂《つひ》ニ大政[一七]ヲ奉還セラレ継《つぎ》[一八]テ我公亦《わがこうまた》職ヲ失ヒ京師ヲ退《しりぞ》クニ至ル　而シテ当時世人《せじん》却《かへり》テ我《われ》ヲ責ムルニ覇府《はふ》[一九]ヲ保庇《ほひ》シ維新ノ帝業《ていげふ》ヲ妨《さまた》グルモノトナシ　朝[二〇]廷我《われ》ヲ罪スルニ禍心ヲ包蔵《はうざう》シテ帝命ニ抗スルモノトナシ　哀願途《みち》絶《た》ヘ愁訴計究《けいきはま》リ錦旗《きんき》[二一]東征大軍我境《わがきやう》ヲ圧ス　時ニ一二兇奸《きようかん》ノ輩《やから》アリ　我《わが》家財ヲ掠《かす》メ我婦女ヲ残《ざん》シ降人《かうじん》ヲ屠戮《とりく》シテ　殆《ほとんド》王師《わうし》[二二]民《たみ》ヲ吊《てう》スルノ意ヲ失フガ如シ　是《ここ》ニ於《おい》テ我《わが》君臣皆以為《おもへ》ラク此《これ》一二[二三]雄藩ノ陽《やう》ニ幼主ヲ擁シテ陰《いん》ニ私怨ヲ報ズルノミト　闔国捍禦《かふこくかんぎよ》[二四]春ヨリ秋ニ至リ孤軍百戦《こぐんひやくせん》刀折レ矢尽キ敵兵遂《つひ》ニ城下ニ迫ル　我《わが》将士枕藉《ちんしや》[二五]死スルモノ麻《あさ》ノ如ク　瘡者《さうしや》[二六]空拳《くうけん》ヲ揮《ふるひ》テ敵兵ニ抗《かう》シ　手《て》断《た》チ足《あし》砕《くだ》ケテ地《ち》ニ斃《たふ》ルレドモ目[二七]ヲ瞋《いか》ラシ歯ヲ切《せつ》シ敵兵ノ進路ヲ遮《さへ》ギリ　頭足処《とうそくところ》[二八]ヲ異《こと》ニシ血流レテ杵《たて》ヲ漂《ただよは》スニ

非ニ教養有一レ素何得レ至レ此。

重態。「病」は幕府の衰亡を指す。

一七　慶応三年（一八六七）徳川慶喜が朝廷へ政権の返上を申し出たこと。↓補五五。

一八　慶応三年十二月九日の王政復古大号令により京都守護職廃止、松平容保が京都を去る。

一九　幕府。「保庇」はかばい守ること。

二〇　朝廷は会津藩を、害を加える意図を包み隠し帝の命令に抵抗するものとして責め。

二一　錦の御旗を立てた東北征伐軍が我が会津藩国境に激しく攻め寄せた。以下、会津戦争の状況を言う。この時の東征大総督兼会津征討大総督は有栖川宮熾仁（たるひと）親王（一八三五-九五）。征討軍が国境母成峠を破ったのは明治元年（一八六八）八月二十一日。↓補三。

二二　王者の軍勢。官軍。会津征討軍を言う。「吊」は憐れむ（↓一〇頁注五）。

二三　薩摩藩、長州藩を指す。両藩とも外様大名。「幼主」は明治天皇（一八五二-一九一二）で、当時十五歳。明治維新の原因を徳川幕府に対する私的な怨恨ととらえる考え方。

二四　「闔国」は全国。「捍禦」は「扞禦」に同じ。守りふせぐこと。慶応四年（明治元年）二月三日、天皇は親征の詔を発布。これに対して五月三日奥羽越列藩同盟が結成され新政府に抵抗したが、八月二十三日、征討軍が城下に侵入、会津藩士たちが籠城し、多くの人々が自刃した。九月二十三日降伏。

二五　死者が沢山折り重なって死んでいるさま。「枕藉」は互いを枕にして寝る、重なり合う。「皆相枕藉して死す」（『漢書』酷吏伝）。

二六　負傷した者は素手で敵兵に抵抗し。

二七　怒って目をむき歯を食いしばって。

説二閩藩殉難之状一。第一。

説二白虎隊殉難之状一。第二。

此亦壮語。

至ルモ猶《なホ》敵ニ抗スルノ状ヲ為《な》サヾルモノナシ　当時年少ノ一隊アリ[一]白虎隊《びやくこたい》ト云《い》フ　年《とし》約十六七皆《みな》良家ノ子弟ナリ　此日《このひ》初《はじメ》テ陣ニ臨ミ驕《けう》[二]勝《しよう》ノ兵ト戦ヒ衆寡敵《しゆうくわてき》セズ死傷略《ほボつ》尽キ余《あま》ス所《ところ》僅《わづか》ニ十六人　奔《はしり》テ一丘《いちきう》[三]ニ上《のぼ》リ瘡《さう》ヲ裹《つつ》ミ血ヲ歠《すすり》テ憩《いこ》フ　少焉《しばらく》アリテ城市火《ひ》四《よも》ニ起《おこ》リ砲丸櫓楼《ろろう》[四]ヲ焚《や》ク　皆以為《みなおもへ》ラク　[五]城陥《おちい》リ大事去矣《されり》ト　乃《すなはチ》西向《せいかう》再拝シテ曰ク　今ヤ刀折レ弦絶《つるぜつ》シ臣等《しんら》ガ事終《ことをは》ル　苟《いやしく》モ生ヲ偸《ぬすみ》テ以テ君ニ背カズト　相《あひ》訣別《けつべつ》シ刃《やいば》ヲ引《ひき》テ自殺ス　真《しん》ニ憐《あは》レム可キナリ　然《しか》レドモ大丈夫尸《し》[六]ヲ馬革《ばかく》ニ裹《つつ》ムハ伏波ノ壮語亦《また》壮士ノ常ノミ　何《なん》ゾ之《これ》ヲ嗟《なげ》カンヤ　唯《ただ》ゝ[七]酸鼻《さんび》心ヲ刺シ目《め》見ルニ忍ビズ耳聞クニ堪《た》ヘザルモノハ　[八]婦女ノ操烈国家ト共ニ亡ブル者挙《あ》ゲテ数《かぞ》フ可カラザルナリ　今ニシテ其惨状ヲ懐《おも》ヘバ茫《ばう》トシテ夢ノ如ク恍《くわう》トシテ幻ノ若《ごと》ク覚ヘズ涙下《くだ》ルナリト　紅蓮忍《しの》ビズ傍《かたはら》ヨリ悲声ヲ発シ問《とひ》テ曰ク　郎君ノ家幸《さいはひ》ニ其惨禍ヲ免《まぬか》レシカト　散士涙ヲ飲ミ更《さら》ニ語ラント欲シテ語ル能《あた》ハザルモノ数回

二六 首を斬られること(『史記』淮蔭侯伝)。徹底抗戦のさま。「血流レテ杵ヲ漂ス」は戦死者が沢山出て、流血が杵のような重い物までも押し流すほどひどいさま。「血流れて杵を漂はす」(『書経』武成)。

以上六九頁

一 戊辰戦争時に会津藩が編成した少年兵士隊。→補五六。 二 勝ち誇る敵兵。 三 自刃の地として有名な飯盛山。 四 城のやぐらを焼く。 五 実は会津鶴ヶ城はまだ落城しておらず、白虎隊士の誤認であった。「大事」は、ここでは戦いのこと。 六 戦死者の体を馬の革で包むこと。兵士が戦場で討ち死にするのを本望とすること。「伏波」は前漢武帝以来功績のある将軍に与えられた位、ここでは後漢の馬援のこと。「援けて匈奴を撃たんことを請ひて曰く、男児当に死を辺野に効し、馬革を以て尸を裹み還りて葬むるべきのみ」(『後漢書』馬援伝)。 七 むごたらしくていたましいさま。 八 敵の手にかかる前に自刃する女性が多かったことを言う。「操烈」は貞操をしっかりとかたく守ること。ここでは「藩」ではなく「国家」とすることにより、会津の婦道を日本国民が守るべき「国民精神」として示そうという意味があるか。→補五七。 九 感極まって胸がいっぱいになる。 一〇 ぬぐう。 一一 慶応四年(一八六八)。「要害」は険しい地形で敵を防ぐのに便利な地。 一二 柴太一郎(長男)、謙介(次男)、五三郎(三男)、五郎(五男)。東海散士柴四朗(幼名茂四郎)は四男。→大沼解説。 一三 柴五郎(一八五九―一九四五)。陸軍軍人。日清、日露戦争に出征。大正八年に陸軍大臣。回

第三説至二自家父母兄弟殉難之事一。層層進二入悲境一。文法秩然井然。然唯是直情直写。不レ用レ意而自至者。雖二作者其人一。亦自不レ知レ至レ此也。

惨景如レ睹。

髣髴聞二其声一。

一字一涙。不レ能二読了一。字字血涙。

胸《むね》[九]結ビ心塞《ふさが》ル　稍《やうや》クニシテ涙ヲ攬《みだ》[一〇]シ告《つげ》テ曰ク　其年《そのとし》[一一]八月廿二日勝軍山（会城ノ東七里ニ在リ　要害ノ地ナリ）ノ敗報到《いた》リ士民呼《よび》テ曰ク　敵軍飛来《ひらい》城下ニ迫ルト　時[一二]ニ散士三兄一弟《さんけいいってい》アリ　慈母[一三]小弟ヲ一僕《いちぼく》ニ托シ涙ヲ揮《ふるひ》テ遠ク去ラシム　蓋《けだ》シ深意ノ存スル有リ　大兄[一四]ハ軍ヲ監シテ越之後州ニ戦ヒ転戦シテ城下ニ傷《きずつ》キ　仲兄[一五]ハ野州ニ戦没シ　小兄[一六]ハ兵ヲ督《とく》シテ境上ニ拒《ふせ》グ　家翁《かをう》[一七]疲兵ヲ励マシテ郭門ニ戦テ傷キ叔父[一八]亦客兵《またかくへい》ヲ督シ瘡痍《さうい》ヲ裹《つつ》ミテ猶《なほ》激戦ス　暁雨《げうう》[一九]濛濛《もうもう》日色《につしよく》光ナク砲声轟轟《ぐわうぐわう》叫声《けうせい》天ニ震《ふる》フ　[二〇]散士時ニ尚幼《なほえう》ナリ　猶《なほ》[二一]一矢ヲ敵ニ放《はなち》テ死セント欲シ　跪《ひざまづき》テ家人ニ訣別シ覚ヘズ顔色凄愴タリ　慈母[二二]叱《しつ》シテ曰ク　汝幼《なんぢえう》ナリト雖モ武門ノ子ナリ　能《よ》ク一敵将ヲ斬リテ潔《いさぎよ》ク尸《し》ヲ戦場ニ暴《さら》シ家声《かせい》ヲ損スコト勿《なか》レト　散士奮《ふるひ》テ蹶起《けつき》ス　家人《かじん》送テ門ニ至ル　祖母[二三]呼《よび》テ曰ク　汝ヲ泉下《せんか》ニ待タント　姉妹[二四]呼テ曰ク　努力セヨト　涙ヲ掩《ふる》フ　嗚乎《ああ》[二五]痛《いたき》哉《かな》百年ノ恩情永訣言茲《えいけつげんここ》ニ尽矣《つきたり》　家人[二六]神前《しんぜん》ニ聚《あつま》リ香《かう》ヲ焼キ祖先ノ霊ニ

想録に石光真人編著『ある明治人の記録——会津人柴五郎の遺書』（中公新書、昭和四十六年）がある。

一四 柴太一郎（一八三九―一九二三）。「大兄」は一番上の兄、長兄。

一五 柴謙介。「仲兄」は次兄。　一六 柴五三郎。

一七 父柴佐多蔵。「郭門」は城の外郭の門。

一八 柴守三。「客兵」は援軍の兵。

一九 明け方の雨がけぶって日光を遮り。

二〇 散士はこの時十六歳。

二一 柴五郎の回想では、この時、「母はまず病床の茂四郎を無理に起床せしめ激励し、衣服を整え大小を腰にたばさみて城中に行けと命ぜらる。茂四郎蒼白の面持にて歩行もおぼつかなき病状なり。母その手を引きて門前にいたり、家族居並びて送れども、茂四郎呆然としてなすところを知らず」（『ある明治人の記録』）とあり、病弱であったと伝えられる。

二二「母大声にて叱責す。『柴家の男子なるぞ。父はすでに城中にあり、急ぎ父のもとに参じて、家の名を辱しむるなかれ』と」「茂四郎、家族に一礼して去るも、おぼつかなき足取りなり」（『ある明治人の記録』）。

二三 ツネ、八十歳。「祖母また『われはひと足先に逝きて黄泉（よみ）にて待つべし』と激励さる」（『ある明治人の記録』）。

二四 姉そい、妹さつ。

二五 ああたえがたいことだ、長い間受けた家族の暖かい情けと永遠に別れを告げることになり、言うべき言葉もない。　二六 会津藩は藩祖保科正之（一六一一―七二）が吉川惟足（きっかわこれたる）に神道を学び、土津霊神（はにつれいしん）の神号を贈られて以来、代々の藩主は神道である。

告ゲテ曰ク　[一]事已《ことすで》ニ此《ここ》ニ至ル亦《また》言フベキナシ　[二]苟《いやしく》モ余生ヲ乱離ノ間ニ偸《ぬすみ》テ悔《く》ヒンヨリ寧《むしロ》潔ク国家ニ殉ジ死シテ父兄ヲシテ顧慮ノ累《るい》ヲ絶《た》タシメ　[三]以テ三百年来養生セシ士風ヲ表明スル真《しん》ニ此時ニ存ス　只《たダ》恨ムラクハ我公《わがこう》多年ノ孤忠空《むなし》ク水泡ニ属シ反賊ノ臭名《しうめい》ヲ負フヲ　是《こレ》[四]終天ノ憾《うら》ミ海枯《うみか》レ山翻《やまひるがへ》ルモ消シ難シト　[五]妹時ニ五歳ナリ　慈母謂《いひ》テ曰ク　敵兵已《すで》ニ我家《わがいへ》ニ迫ル　今汝《いまなんぢ》ト泉下ニ趣《おもむ》キ以テ父兄ヲ待タントス　聞ク地下《ちか》途《みち》暗シト　今我《わが》一族皆《みナ》亡ブ　人ノ又[六]香火《かうくわ》ヲ供スルナシ　[七]汝相抱持《あひはうぢ》シテ其途《そのみち》ニ迷離スル勿《なか》レト　[八]火ヲ放《はなち》テ従容《しようよう》義ニ就《つ》ケリ　[九]憶《ああ》悲《かなしき》哉《かな》ト　坐人《ざじん》皆歔欷《きよき》嗚咽《をえつ》ス　散士言《げん》ヲ続《つぎ》テ曰ク　孤軍重囲《こぐんちゆうゐ》ノ中《うち》ニ陥《おちい》リ　[一〇]硝焔《せうえん》空ヲ覆《おほ》フテ日光ナク　風雪膚《はだ》ヲ刺《さ》シテ[一一]糧饟《りやうじやう》已《すで》ニ尽《つ》キ　士卒《しそつ》日ニ傷亡《しやうばう》シテ外《ほか》ニ援兵ナク　[一二]孤城ヲ以テ天下ノ大軍ニ抗スル三旬《さんじゆん》遂《つひ》ニ降旗《かうき》ヲ建《た》ツ　是役《このえき》ヤ婦女ノ窃《ひそか》ニ軍ニ従ヒ死傷スルモノハ多シ　[一三]一婦アリ其良人《そのりやうじん》父兄ト皆戦没スルヲ聞キ手《てツ》カラ老母ト一子

恍乎如㆘接㆓其人㆒聞㆗其声㆖。

悲愴。出㆓至情㆒者。文章自然流暢。使㆘読者不㆑覚毛髪竪涕涙不㆖㆑可㆑禁。

散士果有㆓此胎教㆒。誰謂王侯将相無㆑種。

幽蘭紅蓮。何啻二人。

一　敗北が明白になったこと。
二　敗戦による離散のなか、生きながらえて後悔するよりは、むしろ潔く国家に殉じて、父兄にあれこれと心配させず、三百年来守ってきた武士の気風を表す時である。「三百年来養生セシ士風」は藩祖保科正之以来養ってきた武士の気風。保科正之は寛文八年(一六六八)、家訓十五箇条を制定、その第一条に次のように述べる。「大君の儀、一心大切に忠勤を存ずべし。列国の例を以て自ら処るべからず。もし二心を懐かば則ち我が子孫にあらず。面々決して従ふべからざる旨」。「大君」は将軍のこと。ここで将軍に対する絶対的忠誠を命じている。
三　会津藩主松平容保。
四　この世が続く限り消えない恨み。永遠の恨み。「海枯レ山翻ルモ」はあり得ぬことのたとえ。
五　妹さつ。
六　焼香の火を供えてくれる人もいない。
七　お前はしっかりと香火を持って、あの世へ行く道に迷ってはいけません。
八　柴家の自害の様子については→補五八。
九　すすりなく。
一〇　砲弾の煙。
一一　食料。
一二　籠城は九月二十二日まで続き、この日に落城。→六九頁注二四。「旬」は十日。
一三　未詳。慶応義塾図書館蔵稿本によれば、その「才美」が藩内で有名であった姉妹の姉が重傷を蒙った時の歌で、母が姉の首を落したとある。
一四　世間の人は知っているか、一生懸命守ってきた家も身も今こうして火を放って燃

トヲ刃《やいば》シ辞世一首ヲ詠ジテ曰ク
一四 識《し》るや人まもるにたえて家も身も
やくやほのほの赤きこゝろを
ト 火ヲ放《はなち》テ自殺ス 一五 一姫《いっき》アリ 一六 一藩降《くだ》ルト聞キ憂憤《ゆうふん》指ヲ嚙《かみ》テ壁上ニ
血書《けっしょ》シテ曰ク

一七 君王城上建ツ二降旗ヲ一。
妾ハ在テ二深宮ニ一何ゾ得ンレ知ヲ。

ト 一八 宮前《きゅうぜん》ノ松樹《しょうじゅ》ニ縊《くび》ル
又 一九 一婦アリ月明《げつめい》ニ乗ジ
笄《こうがい》ヲ以テ国歌 二〇 ヲ城中ノ
白壁ニ刻《こく》シテ曰ク
二一 明日よりはいづくの
人かながむらん

余不レ解二和歌一者。而読二此二首一不レ覚悲気涌生。非二至誠動一レ人。何以至レ此哉。

会津城中烈婦和歌ヲ遺スノ図

えているが、その赤い炎のような私の心を。「赤き」は炎の「赤」と「赤心」（誠心）との掛詞。ここでは会津藩に対する誠心。慶応義塾図書館蔵稿本では「武士のたけき心にくらぶれば数にはあらぬこの身ながらも」。

一五 未詳。照姫の侍女か。照姫（一八三三－八四）は藩主容保の義姉。中津藩主（奥平氏）と離婚して会津に帰っていた。傷病兵の看護などに働いたが、降伏。実家預け（下総保科家）となったので、戦没してはいない。

一六 藩全体が降伏した。

一七 わが主君は城の上に降参旗を建てた。私は奥深い宮殿にいてどうしてそんなことを知ることが出来ようか、いや、出来ない。唐末・五代の花蕊夫人（徐氏）の作「述国亡詩」の前半（『全唐詩』第十一函第十冊）。原詩では「建」は「竪」、「何」は「那」。九二五年前蜀が後唐に滅ぼされた時の詩という。後半は「十四万人斉解甲、寧無一箇是男児」。

一八 宮殿の前の松の木で縊死してしまった。

一九 山本八重子（一八四五－一九三二）。会津藩砲術師範山本権八の娘。兄は山本覚馬（のち京都府府会議長）。同志社を創立した新島襄と結婚、キリスト教の伝道と女子教育にその半生を捧げた。会津戦争の際には男装してスペンサー銃を持って参戦、落城の際に三の丸の雑物庫の白壁に書き付けたのが次の歌である。

二〇 和歌。

二一 明日からはいったいどこの人が物思いに耽りながら見るのだろう、私が住み慣れたこの城を照らす月光を。慶応義塾図書館蔵稿本では「けふよりは何所のたれやながむらんなれし大城の秋の夜の月」。

一段叙㆓去生苦之光景㆒。悲痛不㆘甚遜㆗于説㆓死苦㆒一段㆖。吾亦奥人。読至㆑此。悲歎既極。而欲㆓眦裂髪竪㆒。

説㆓死苦㆒説㆓生苦㆒。使㆓人憤悶不㆑能㆓自禁㆒。而忽一転。説㆓入国権廃弛外人暴慢之状㆒。更使㆔人挙㆓其憤悶無聊之熱情㆒。以洩㆓出之于外事㆒。何等手段。何等筆力。

なれし大城《おほき》にのこる月影

ト　[一]髪ヲ薙《きり》テ死者ノ冥福ヲ祈《いの》レリ　士《し》卒《そつ》モ[二]憤恚《ふんい》自殺スルモノアリ　主将諭《さと》シテ曰ク　空《むな》シク死シテ名ヲ滅《めつ》センヨリハ恥ヲ忍ビ生ヲ全《まった》フシテ[三]一旦外患アルノ日誓《ちかひ》テ神州ノ為メニ生命ヲ鋒鏑《ほうてき》ニ委《ゐ》シ而《しか》シテ是非正邪ヲ死後ニ定メンニハ若《し》カズト　是《ここ》ニ於《おい》テ一藩恨《うらみ》ヲ忍ビ涙ヲ呑ミ[四]轅門《ゑんもん》ニ降《くだ》ル　[五]我公《わがこう》ハ檻車《かんしや》京ニ送ラレ将士ハ東西ニ虜《とりこ》トナリ幽囚数《すう》歳《さい》俗吏ニ罵《ののし》ラレ獄卒ニ辱《はづかし》メラレ[六]後又《のちまた》極北ノ荒野ニ放謫《はうたく》セラレ[七]悲風蕭《せう》殺《さつ》牧馬《ぼくば》夜嘶《よるいなな》キ[八]飢《うゑ》テ山下《さんか》ニ蕨薇《けつび》ヲ掘リ窮《きゆう》シテ海浜ニ海藻《かいさう》ヲ拾ヒ　以テ余生ヲ保チ[九]迍邅竄斥《ちゆんてんざんせき》猶《なホ》悔ヒザル所以《ゆゑん》ノモノハ　[一〇]他日我《わが》帝国ノ為メニ鞠躬命《きくきゆうめい》ヲ致《いた》シ往年ノ志ヲ天下後世ニ伸ベ死者ニ泉下ニ謝セント欲スルノミ　[一一]今ヤ外人禍心ヲ包蔵《はうざう》シ神州ヲ蔑視シ　清ハ猥《みだり》ニ自《みづかラ》尊大我《われ》ヲ軽《かろん》ジテ隣交《りんかう》ニ信ナク　[一二]俄独ハ勢威《せいゐ》ヲ頼《たの》ンデ驕傲シ　英仏ハ狡智ニ老《た》ケテ[一三]蕩逸《たういつ》シ　我ニ飲マシムルニ美酒ヲ以テシ我ニ贈ルニ[一四]翠羽《すいう》ヲ

一　剃髪して出家すること。薙髪(ちはつ)。

二　「憤怒」に同じ。怒りいきどおること。

三　ひとたび外国の脅威にさらされた時に、日本のために命を戦場に投げ出すことを誓い、そのことで自らの善か悪か、正義か邪悪かを死後の評価にまかせるのがよい。の意。

四　敵に降参する。「轅門」は軍門。昔中国で車の轅を向かい合わせて陣地の門としたことから。

五　「檻車」は罪人や捕虜を護送する檻の形をした車。松平容保は降伏後、東京に護送され、因幡鳥取藩池田慶徳藩邸に永久お預けとなった。謹慎を解かれたのは明治五年。

六　敗戦後の明治二年十一月、容保の子容大(一八六九―一九一〇)に家名再興が認められ、翌月三万石が与えられ、旧南部藩領の斗南(現青森県むつ市)に移住。「放謫」は放逐、罰して遠方に追い払うこと。

七　寂しい秋風。「蕭殺」は秋のもの寂しいさま。

八　「蕨薇」はわらびとぜんまい。斗南での生活を柴五郎は、「斗南藩たちまち糧米に窮し、藩士を養う能わず。三万石は名のみにて七千石ようやくなり」(『ある明治人の記録』)と回想し、食料に困り、犬の肉を食べて飢えを凌いだともある。

九　行きなやんで進めないさま。「竄斥」は流罪。罪によって遠く流されること。「迍邅困躓、竄斥流離すと雖も、終に掩ふべからざる者」(王安石「祭欧陽文忠公文」)。

一〇　将来いつかわが帝国日本のために慎しんで命を捧げ、昔の志を天下後世に伝え、あの世にいる人々に謝罪しようと思うばかりである。「鞠躬」は腰を曲げる礼。慎しむ

文勢如㆓破竹㆒。

一転更放㆓開眼界㆒。説㆓亜細亜之危勢㆒。一層大㆓一層㆒。至㆑此会藩亡国之怨。既化為㆓亜洲屈辱之怨㆒。作者把㆓人眼目㆒。自在弄過。宛似㆓環灯光景㆒。倏忽変化。奇極妙極。

徒称㆓欧洲之自由㆒者。何不㆑見㆘英国掠㆓奪朝鮮巨文島㆒之活劇㆖哉。

以テス 其酒《そのさけ》其羽《そのはね》往往鴆毒《ちんどく》[一五]ノ製スル所 我《わが》士民之《これ》ヲ受ケテ而《しか》シテ未《いまダ》疑ハズ 所謂《いはゆる》此《これ》[一六]毒薬ヲ甘餐《かんさん》シ猛獣ノ爪牙《さうが》ニ戯《たはむ》ルモノナリ 只《たダ》恐ル邦《くに》ノ為メニ侮《あなどり》ヲ取ランコトヲ 且《かツ》彼《かれ》口ニ仁義ヲ誦《しよう》シテ而シテ桀虜《けつりよ》[一七]ノ行《おこなひ》アリ 表《おもて》ニ天道ヲ説《とき》テ裏ニ豺狼《さいらう》[一八]ノ慾ヲ懐《いだ》ク 亜細亜北部ハ彊俄《きやうが》[一九]ノ為メニ幷《へい》セラレ 南方印度ハ英王ノ臣妾《しんせふ》[二〇]トナリ 安南[二一]ハ仏国ニ隷属シ 土耳其《トルコ》清国モ亦《また》萎微《いび》[二二]既ニ已《すで》ニ亡滅ノ運ニ傾ケリ 嗚乎《ああ》鯨鯢《げいげい》[二三]浪ヲ蹴《けり》テ東洋ヲ縦横シ豺狼《さいらう》食ヲ求メテ戸外ヲ窺《うかが》フ 仰《あふぎ》テ殷鑑《いんかん》ヲ覧《み》テ千《せん》歳《ざい》ノ憂《うれひ》ニ堪《た》ヘザルナリ 加之《しかのみ》ナラズ我《わが》人民開明ノ域ヲ愛シ自由ノ里ヲ慕《した》ヘドモ之《これ》ニ達スルノ道ニ迷ヒ腐《ふ》言邪説《げんじやせつ》取捨スル所ナク 枉《わう》[二四]ヲ矯《た》メ却《かへり》テ直《ちよく》ニ過ギ 祖宗《そそう》[二五]百年ノ良法ヲ破毀《はき》シ工農数世《すうせい》ノ組織ヲ撲滅シテ顧慮スル所ナク 軽佻《けいてう》浮薄《ふはく》強弁ニシテ能《よ》ク談ジ 米[二六]ヲ摸《も》シ欧ヲ擬《ぎ》シ徒《いたづら》ニ理論ニ奔《はしり》テ実業ヲ勉メズ 政令[二七]ニ抗シテ自由ノ伸暢《しんちやう》ト誤リ [二八]横議《わうぎ》罵詈《ばり》シテ民権ノ朋党ト誇リ以テ世俗ノ好《このみ》ニ投ジ 誉《ほまれ》ヲ当世ニ求

さま。「往年ノ志」は天皇の親任を得て、会津藩が日本のために尽くそうとしたこと。「泉下」は死後の世界。

一一 慶応義塾図書館蔵の巻二初稿欄外に、「此一段ハ外交上ニ関係シテ甚ダ不可ナリ若シ此儘上梓セバ必ズ罰セラルヽノ上ニ絶板ニセラレン／以下ニモ往々海外交際国ノ悪シキコトヲ説キタル所アリ皆改メザルベカラズ」とある。

一二 ロシアとドイツ。 一三 しまりもなく身勝手なさま。 一四 カワセミの羽。

一五 「鴆毒」は鴆という毒鳥の羽を酒に浸した毒酒。鴆酒。カワセミの羽を浸した美酒と偽って実は毒酒を飲ませること。

一六 毒薬を美味いと思って飲み、猛獣の爪牙と戯れるようなものである。枚乗（ばいじよう）「七発」（『文選』巻三十四）の語句。

一七 悪人。 一八 ヤマイヌとオオカミ。貪欲なたとえ。 一九 強いロシアに併合され。

二〇 臣下や妾。力のあるものの従属物。ここでは植民地となったことを言う。

二一 「安南」は今のベトナム。↓六八頁注五。

二二 「萎靡」に同じ。衰弱すること。

二三 侵略しようと欧米やロシアがアジアに近づいている。「鯨鯢」は↓一〇頁注一〇。

二四 欠点を正しく直そうとして却ってその長所をも殺してしまうこと。

二五 代々の君主が長年踏襲してきた良法を壊し、工業農業の何代かにわたる組織を撲滅して気にもとめず。「祖宗」は、ここでは徳川将軍。 二六 アメリカやヨーロッパの真似をする。欧化主義に対する批判。

二七 政府の方針に抵抗することを自由思想とはき違えて。自由民権運動に対する批判。

二八 勝手気ままに議論してののしり合い。

吹レ虚逐レ臭四字。最有力。

一頓妙。

無二常操一無二定説一数語。遥与二前段西班牙乱時一相対。

益覚二議論切実一。

メンコトヲ務メ　後世識者ノ譏《そしり》ヲ顧ミズ[一]虚《きよ》ニ吹《ほ》ヘ臭《しう》ヲ逐《お》フノ徒靡然《びぜん》響応シ　士風壊頽《くわいたい》徳義地ヲ払ヒ朝《あした》ニ民権ヲ主唱セシ者夕《ゆふべ》ニ官権ヲ呼号シ　甘《あまん》ジテ[二]轅下《あんか》ノ駒《こま》トナリ[三]士ニ常操ナク議ニ確論ナシ　甚《はなはだしき》矣哉《かな》士ノ節義ヲ失フヤ　黄金ノ為メニ其説ヲ変ジ[四]詐術権謀互ニ相傷《あひきずつ》ケ[五]忌嫌《きけん》姦計《かんけい》徒《いたづら》ニ相仇《あひきう》シ　[六]善悪成敗ニ陥《おちい》リ毀誉勢利ニ脅《おびや》カサル　是《ここ》ニ於テ軽薄[七]干紀ノ輩姦智ヲ役《えき》シテ以テ之ニ乗ジ　良民困頓《こんとん》シテ姦徒《かんと》蕩逸《たういつ》シ　[八]礼教彫衰《れいけうてうすい》士民[九]其所ヲ失ヒ[一〇]生ヲ救フノ急ナル卑利《ひり》是《これ》務メ廉恥ノ心月《つき》ニ消シテ貪婪《どんらん》ノ慾日《よく》ニ増シ　[一一]遂ニ護国ノ大義ヲ忘レ体《たい》ヲ毀《やぶ》リ身ヲ傷《きずつ》ケ以テ兵役ヲ避《さ》ク　数百年来薫陶《くんたう》セシ[一二]埋輪《まいりん》（東漢ノ末路権臣《けんしん》冀不疑等政《まつりごと》ヲ専《もつぱら》ニシ使者八人ヲ遣《つかは》シテ州郡ヲ分行《ぶんかう》シ以テ民情ヲ視察セシム　張綱独リ其車輪ヲ洛陽ノ都亭ニ埋メテ曰ク　豺狼《さいらう》道ニ当ル　安《いづくん》ゾ狐狸《こり》ヲ問ハント）ノ士風数年ニシテ地ヲ払ヒ[一三]王門ノ伶人《れいじん》（戴逵字《あざな》ハ安道少《わかく》シテ文芸アリ琴ヲ善クス　大宰《たいさい》武陵王人ヲシテ之ヲ召サシム　逵使者ニ対シテ琴ヲ破テ曰ク　戴安道ハ王門ノ伶人ト為ルコト能ハズト）タルモノ比比《ひひ》皆然《みなしか》リ　是ニ於テ[一四]風憲愈《いよいよ》薄ク賄賂漸《やうや》ク風《ふう》ヲ為《な》シ　富者ハ妾《せふ》ヲ買ヒ[一五]媵《よう》ヲ納《い》レ貧者ノ子女醜行《しうかう》ヲ愧《は》ヂズ

一 民権派の主張のいい加減さや付和雷同のさまを批判した言葉。「虚ニ吹ヘ」は↓三八頁注九。「臭ヲ逐フ」は臭い物を好む。好みが偏っていることのたとえ。「靡然」は、なびき従うさま。
二 幼馬は車の轅《ながえ》にかけられても未だ車を引く力がないことから、束縛を受けて自由にならないことのたとえ（『史記』魏其武安侯列伝）。ここでは官吏になること。
三 人に一貫した節操はなく、議論に確固とした根拠がない。
四 「権謀術数」に同じ。
五 忌み嫌い悪巧みを用いて互いに敵対し。
六 正義の問題は成功や失敗に、名誉の問題は権力や富によって影響されること。
七 規律を犯すこと。
八 礼儀は衰微した。「彫衰」は「凋衰」に同じ。
九 「所を得る」の反対。自分に適した仕事や地位につけないこと。
一〇 生きて行くために早急に必要ないやしい利益の追求ばかりにはげんで。
一一 明治六年（一八七三）の徴兵令は満十七歳から四十歳までの男子全員に兵役を課したが、戸主を免除したため、養子縁組による合法的忌避のほかに、国外移住、逃亡、自傷などで兵役を忌避する者もいた。
一二 「埋輪」は後漢の張綱が地方の風俗を視察せよと命じられたとき、先に宮廷の奸臣を除くべきだといって車の車輪を地中に埋めて行かなかった故事（『後漢書』張綱伝）。「冀不疑」は梁冀と弟の梁不疑。
一三 人に使われる者はみな士風を失っていることをいう。「伶人」は音楽を奏する人。琴の名人だった晋の戴逵（?-三九六）が、武陵

議論正大。令ニ人慙服一。

[16]鄙《ひ》情《じやう》贅《ぜい》行《かう》世《せい》教《けう》ヲ壊《やぶ》リ家声[17]ヲ汚《けが》ス　志士之ヲ見テ心ヲ傷《いた》メ旧[18]老之ガ為メニ流涕《りうてい》ス　賦《ふ》税《ぜい》年ニ多キヲ加ヘ而《しか》シテ民力未《いまダ》伸《の》ビズ　中央集権重キニ過ギ地方其鈞《そのきん》ヲ失ヒ帝京[19]ニ非《あら》ザレバ事ヲ起《おこ》シ名ヲ挙《あ》グル能《あた》ハズ　[20]悠悠タル奔競《ほんきやう》ノ士政府場外ニ別ニ名利《みやうり》ノ余地アルヲ覚《さと》ラズ皆官途[21]ニ狂奔シテ偏《ひとへ》ニ租税ニ衣食センコトヲ願フ　[22]其弊《そのへい》ヤ限リナキ饕餮《たうさん》ノ徒限リアルノ官途ヲ哮望《かうばう》シテ已《や》マズ　[23]恒産ナキノ民ハ窮路ニ怨泣《あんきふ》シテ適従《てきじゆう》[24]スル所ナク　禍機《くわき》陰伏《いんぷく》病《やまひ》肺腑《はいふ》ニ入《い》リ浮[25]言相動《あひどう》ジ漸ク[26]大計ヲ遺《わす》レントス　殊《こと》ニ知ラズ日本固有ノ国権ハ欧人ノ為メニ奪ハレ吾人幸福ノ利ハ外商ノ為メニ殺《そ》ガルヽヲ　散士ヲ以テ之ヲ見レバ[27]方今《はうこん》焦眉ノ急務ハ十尺ノ自由ヲ内ニ伸バサンヨリ寧《むしロ》一尺ノ国権ヲ外ニ暢《の》ブルニ在リ　噫《ああ》[28][redacted]

安子順曰読ニ孔明出師表一。不レ堕レ涙者。其人必不忠。嗚乎吾邦人読ニ此章一而不レ堕レ涙者。其宜レ謂ニ之何一乎。

王晞に宮中に呼ばれたとき、王門の伶人とはならないと答えた故事に拠る(『晋書』戴逵伝)。「比比」はどれもこれも皆同じ状態であるさま。

一四 風紀を取り締まる規則は弱まり、賄賂が流行し始め。「風憲逾〻薄し」(『後漢書』皇后紀論)。

一五 「妾」に同じ。側妻。本妻以外の女性。

一六 いやしい気持ち。「贅行」は無駄な行い。「世教」は社会の教え。

一七 家の名誉を汚す。

一八 昔のことに通じている老人。

一九 帝のいる都。東京のこと。極端な中央集権・東京中心主義を批判した言葉。

二〇 延々と競争に駆り立てられる男子は、政府という場所の外に名誉や利益を手に入れられる余地があることを知らない。

二一 官僚の地位に就く道。

二二 その弊害は、限りなく金銭や飲食をむさぼる多数の輩が、限りある官僚の地位を激しく求めてやまないことにある。

二三 財産や生業。

二四 頼り従う対象。

二五 根拠のない噂。流言。

二六 ここでは国家の大計。「遺」は「忘」と同じ。

二七 今現在の差し迫った急務。ここは、自由主義よりも国権を重視する『佳人之奇遇』の根幹のテーゼ。「方今」は今、現在。なお、再版本では、この箇所の欄外漢文評に、「一篇精神。全在レ此」とある。

二八 ここは、六七頁注二七と同様の塗抹部分。→補五四。

[redacted]
[一]悠悠《いういう》不断《ふだん》歳月ヲ経過セバ必ズヤ今ヲ以テ旧幕ノ末路ヲ見ルノ恨《うらみ》アラシメン　嗚乎《ああ》此大難《だいなん》ヲ救済挽回スルノ策果《はた》シテ如何《いかん》セン　上下小怨《しやうかせうゑん》ヲ棄《す》テ旧悪ヲ捨テ私心ヲ去《さり》テ公議ニ従ヒ[二]游員《いうゐん》ヲ去リ冗費ヲ減ジ[三]内結外競ノ志操ヲ励マシ　[四]国権恢復ヲ以テ各《おのおの》自《みづか》ラ任ジ国家ノ盛運ヲ以テ自《みづか》ラ期シ　外人ノ移住ヲ奨励シ外国ノ資本ヲ利用シ　[五]古来《こらい》国人ガ漫《みだり》ニ官爵ヲ重《おも》ンジテ天爵《てんしやく》ヲ軽《かろ》ンジ清貧ニ傲《おごり》テ商利ヲ賤《いやし》ムノ陋習《ろうしふ》ヲ破リ　[六]農桑《のうさう》ヲ課シ工商ヲ進メ　海運ヲ隆盛ニシ以テ沿海ノ航権ヲ保護シ　鉄路ヲ縦横ニシ以テ内地ノ交通ヲ便《べん》ニシ　[七]四民《しみん》心ヲ一《いっ》ニシ耐久努力セバ　厄運漸ク去リ自由始メテ

自由一伸。何事不レ成。冀執レ鈞者。反二其本一。

字字千金。

一　延々と続くさま。
二　無駄な人員。
三　国内は団結し外国と競争すること。
四　ここでは不平等条約の改正を指す。↓二六六頁注四。
五　昔から日本人は、わけもなく官爵を重んじて天爵を軽んじ、清貧に甘んじて、商売で得た利益を卑しんできたが、そうした悪い習慣を破り。「官爵」はここでは人間社会で制定した人為官爵。人爵。「天爵」は生まれつき備わっているすぐれた徳。重商主義の考え方の表明。商業は天賦の徳と考えている。柴五郎の回想では「金銭につきても、きびしき心得ありて、自ら手にすることを許されず。年に一回盛夏のころ、鎮守諏訪神社の祭礼の日にかぎり銭を使うことを許され、白玉の買い食いもできたりとはいえ、銭の支払いは自ら勘定して渡すを禁ぜらる。かならず銭入れのまま商人に渡し、彼をして取らしむる習慣なり」(『ある明治人の記録』)とあるが、ここでは、商業は国権拡張の手段であり士風の発露であって矛盾していない。なお、再版本ではこの箇所の欄外漢文評に「米国従三華聖頓施二行保護政策一以来。雖三合衆共和之両党更握二政権一。未三曾許二沿海之航権於外人一也。故自国得レ保二其利一。而外人不レ得レ専二其欲一。亜細亜諸国則不レ然。是以沿海之航路。為二外人所一レ網。為二欧人所一レ侵。自国之大利。為二外人所一レ網。豈可レ不レ鑑哉。」とある。
六　農業と養蚕業。
七　国民全体。↓六〇頁注六。

言者無レ罪。聞者足二以戒一。

読至レ此。我邦人三千余万。無二復顔色一。

論レ古以及レ今。豈啻一坐歎息久レ之哉。今読レ之。亦慨歎不レ能レ措也。

一段転入二風流儒雅之境一。即是環燈一転之妙処。

伸ビ国家ノ富強文明ハ期シテ待ツベキナリ　然《しか》リト雖モ今日《こんにち》ノ域中《ゐきちゆう》ヲ看ルニ我国《わがくに》ノ士人　志《こころざし》遠大ナラズ　多クハ[八]小成《せうせい》ニ安《やすん》ジテ歌舞遊蕩囲碁抹茶ニ耽リ書画骨董ヲ玩《もてあそ》ビ以テ一日《いちじつ》ノ富貴ヲ偸《ぬす》ミ　唯《ただ》ゝ[九]一二州人ノ歓心ヲ得ルヲ務メ私怨ノ為メニ公道ヲ忘レ[一〇]情義ノ為メニ庸人ニ任《まか》ス　[一一]米人ガ能《よ》ク私心ヲ捨テ公議ニ拠《よ》リ国家ノ為メニ尽スノ心肝《しんかん》ニ照《てら》セバ天淵《てんゑん》モ啻《ただ》ナラズ　吾人実《ごじんじつ》ニ[一二]忸怩《ぢくぢ》スルニ堪《た》ヘザルナリ　是レ散士ガ日夜《にちや》胸臆《きようおく》ニ積《つみ》テ国家前途ノ大計ノ為メニ[一三]悁悒憤懣《ゑんいふふんまん》スル所以《ゆゑん》ナリ　[一四]天道ハ果《はた》シテ是《ぜ》カ非《ひ》カ散士深ク之ヲ疑フト　一坐《いちざ》歎息《たんそく》之ヲ久《ひさし》フス

[一五]時ニ金烏《きんう》既ニ西岳《せいがく》ニ沈ミ新月樹《じゆ》ニ在リ　[一六]夜色朦朧《やしよくもうろう》タリ　少焉《しばらく》アリテ[一七]皓彩《かうさい》庭ヲ照シ清光《せいくわう》戸《と》ニ入ル　幽蘭静《しづか》ニ起《た》チ窓ヲ開《ひらき》テ曰ク　光景画《ゑが》クガ如ク郎君幸臨[一八]ス　欄外風清《らんぐわいかぜきよ》ク花香人《くわかうひと》ヲ襲フ　[一九]良夜空《りやうやむなし》ク度《わた》リ難《がた》ク盛会再ビ期ス可カラズ　[二〇]徒《いたづら》ニ相対泣《あひたいきふ》スル亦《また》何ノ益アランヤ　気ヲ

八 取るに足りない小さな成功。国家のことを忘れて個人的な快楽に耽るさまを言う。
九 暗に薩摩藩、長州藩を指す。「歓心ヲ得ル」は人の気に入られようとすること。
一〇 人情と義理のために凡人に政治を任せている。「庸人」は普通の人。凡人。以上は、薩長藩閥政府の人々が旧幕府側の人間を冷遇し、縁故で自藩の人々を登用していることへの批判を込める。
一一 アメリカ人が利己心を捨て、議会の議決に従って国家のために尽くす気持ちに較べれば、その隔たりは大変なものだ。アメリカと日本の民権を比較して言う。「天淵」は天と地。激しく差のあること。雲泥の差。「啻ナラズ」は、そんな程度ではない、の意。
一二 恥じ入るさま。
一三 憂い憤る。柳田泉は以上の主張を簡約して、「内争を避け、国権を張り、財政を整うの三項目になる」(『政治小説研究』上巻、春秋社、昭和四十二年)としている。
一四 この世に正しい道理があるのかどうか。↓六頁注一八。
一五 太陽の別名。太陽の中には三本足の烏がいるという中国の伝説による。「新月」はここでは東の空に出る十五夜の満月の意。
一六 夜の景色がぼんやりとかすむさま。
一七 白い月の光。「清光」は冴えた清らかな月光。
一八 他人の来訪の尊敬語。お出かけ。お出まし。
一九 こんな良い夜に何もせずに空しく過ごし難く、こんなに盛大な宴会はもう二度と期待できない。
二〇 むなしく泣いていても仕方ない、の意。

鼓《こ》シ勇ヲ奮《ふる》ヒ歌舞《かぶ》吟詠《ぎんえい》[一] 自《みづから》寛《くわん》ニスベシト　顧《かへり》ミテ紅蓮ニ謂《いひ》テ曰ク
汝《なんぢ》[二]小琴ヲ奏セヨ我ハ大琴ヲ弾《だん》ゼント　散士ガ曰ク　[三]麦須児《マルセール》ノ嗷詩《けうし》
[四]仏国報国ノ詩ニシテ歌フ者気躍リ心激ス　今清人王紫詮[五]ガ訳スル所ヲ記ス

法国ノ栄光自レ民著ル。爰ニ挙テ二義旗ヲ一宏ニ建樹ス。母号ビ妻啼キ家不レ完カラ。涙尽キ詞窮テ何ノ処ニカ訴ヘン。吁王ノ虐政猛ク二於虎ヨリモ一。烏合ノ爪牙広ク招募ス。豈ニ能ク復タ覩ンヤ二太平ノ年ヲ一。四出捜羅困メン二奸蠹ヲ一。奮ヘレ勇ヲ興スレ師ヲ一世ノ豪。報ユルノレ仇ヲ宝剣已ニ離ルレ鞘ヲ。進レ兵ヲ須クレ結ブ二同心ノ誓ヲ一。不レ勝損レ軀ヲ義並ニ高シ。維レ今暴風已ニ四播シ。孱王相継テ民悲咤ス。荒郊犬吠テ戦声哀ク。田野蒼涼城闕破ル。悪物安ゾ能ク著ン二眼中ニ一。募テレ兵ヲ来往同ク相佐ク。禍流テ二遠近ニ一悪貫盈。罪ハ参テ在リレ上ニ何ニ従テ赦ン。奮ヘレ勇ヲ興スレ師ヲ一世ノ豪。報ユルノレ仇ヲ宝剣已ニ離ルレ鞘ヲ。進メレ兵ヲ須クレ結ブ二同心ノ誓ヲ一。不レ勝損ジレ軀ヲ義並ニ高シ。維レ王泰侈弗レ可レ説ク。貪婪不レ足ラ為ル二残賊ニ一。攬リレ権ヲ怙テレ勢ヲ谿壑張リ。如シ下納テ二象軀ヲ一入ルガ中鼠

一 ゆったりとさせる、の意。
二 →一九頁注三二。
三 フランス国歌「ラ・マルセイエーズ(La Marseillaise)」。作詞・作曲は将校ルージェ・ド・リール(Claude Joseph Rouget de Lisle. 一七六〇–一八三〇)。初めは「ライン軍のための軍歌」といい、フランス革命の義勇軍がマルセイユからパリに進軍する際に歌い続けて有名になり、またそれによって現在の曲名になった。一七九五年国歌に制定。「嗷詩」は大声をだして叫ぶ詩。「嗷」は「叫」に同じ。→補五九。
四 以下、八三頁五行まで、「麦須児」についての説明。「報国ノ詩」はここでは国歌の意。
五 王韜(一八二八–一八九七)。紫銓(紫詮)はその号。中国清末の洋務派の代表的人物。上海でイギリス人宣教師から西洋自然科学を学ぶ。太平天国の乱で太平軍に軍事上の建策を行なったことが清朝政府に知れ、イギリス保護下の香港に逃れる。同地で外国事情や近代自然科学の研究に従事、また経書の英訳や『火器説略』『普法戦紀』などの漢訳書を出し、特に後者は日本でも広く読まれて陸軍の教科書にも採用された。明治十二年来日、政府の要人や文人と交遊。詩や駢文をよくし、その文名も高かった。この「ラ・マルセイエーズ」の漢訳は『普法戦紀(戦記とも)』(陸軍文庫、明治十一年十月)から引用したもの。張宗良(号は芝軒)が漢訳し、王紫詮が輯撰(編集)。

穴ニ上。駆二使スルコト我民ヲ一若ク二牛馬ノ一。瞻二仰スル我王ヲ一逾ユ二日月ニ一。維レ人含ミレ霊ヲ歯髪儔シ。詎カ可ケンヤ二鞭笞シテ日ニ摧欠ス一。奮ヒレ勇ヲ興スレ師ヲ一世ノ豪。報ユルノレ仇ヲ宝剣已ニ離ルレ鞘ヲ。進レ兵ヲ須クレ結ブ二同心ノ誓ヲ一。不レ勝タ損レ軀ヲ義並ニ高シ。我民秉ルレ政ヲ貴ブ二自主ヲ一。相二聯シテ肢体ヲ一結ブ二心膂ヲ一。脱スル二身ノ束縛ヲ一在リ二斯時ニ一。奮二発シテ英霊ヲ一振ハン二威武ヲ一。天下久ク已ニ厭ヒ二乱離ヲ一。詐欺相承テ徒ニ自ラ苦ム。自主ノ刀鋒正ニ犀利。安ソ得ン二智駆テ而術取ルヲ一。奮ヒレ勇ヲ興スレ師ヲ一世ノ豪。報ユルノレ仇ヲ宝剣已ニ離ルレ鞘ヲ。進レ兵ヲ須クレ結ブ二同心ノ誓ヲ一。不レ勝タ損レ軀ヲ義並ニ高シ。

（法国《ほふこく》の栄光民《たみ》より著《あら》はる。爰《ここ》に義旗を挙《あげ》て宏《おほき》に建樹《けんじゅ》す。母号《さけ》び妻啼《な》き家完《まった》からず[六]。涙尽《つ》き詞《ことばきはまり》窮て何《いづれ》の処《ところ》にか訴へん。吁《ああ》[七]王の虐政《ぎやくせい》虎よりも猛《たけ》く。烏合《うがふ》[八]の爪牙《さうが》広く招募す。豈《あ》[九]に能《よ》く復《ま》た太平の年を覩《み》んや。四出捜羅奸蠹《ししゆつさうらかんと》[一〇]を困《くるし》めん。勇を奮《ふる》ひ師[一一]を興《おこ》す一世の豪。仇《あだ》を報ゆるの宝剣已《すで》に鞘《さや》を離る。兵を進め須《すべから》く同心の誓《ちかひ》を結ぶべし。勝[一二]たず軀《く》を損じ義並《ならび》に高し。維《こ》[一三]

六 「家完からず」は重税などで家計が逼迫しているさま。
七 「吁」は嘆きや憂いを示す感動詞。「苛政は虎よりも猛なり」(『礼記』檀弓上)。
八 頼りにならない護衛の臣を広く集めている。「烏合」は烏が集まるように、統一がなく頼りにならないこと。「爪牙」は「爪牙の士」。つめとなり、牙となって君主を護衛する臣。
九 これでどうして再び平和な世の中をみられようか、いや、見られない。「覩」はしっかりとみる。
一〇 あちこちから悪者を捜し出し苦しめてやろう。「捜羅」は捜し集めること。「奸蠹」は悪者。「蠹」は木や紙を犯す虫。悪者のたとえ。
一一 「師」は軍隊。「一世」は世のすべての人。挙世。
一二 敵に打ち勝てず戦死者が出ても正義はまた高くそびえている。「損」は「捐」の誤り。「捐軀」は身を捨てる。命を捨てる。
一三 今虐政の嵐はすでに四方に伝播し。「維れ」は文頭に置いて語調を変え強調する語。

れ今《いま》暴風已《すで》に四播《しは》し。[一]孱王《せんわう》相継《あひつぎ》て民悲咤《ひた》す。[二]荒郊《くわうかう》犬吠《ほえ》て戦声《せんせい》哀《かなし》く。[三]田野《でんや》蒼涼《さうりやう》城闕《じやうけつ》破《やぶ》る。[四]悪物《あくぶつ》安《いづくん》ぞ能《よ》く眼中に著《つか》ん。[五]兵を募《つのり》て来往《らいわう》同《おなじ》く相佐《あひたす》く。[六]禍《わざわひ》遠近に流《ながれ》て悪貫《あくくわん》盈《み》つ。[七]罪は参《かね》て上《しやう》に在り何に従《したがひ》て赦《ゆるさ》ん。勇を奮《ふる》ひ師を興《おこ》す一世の豪。仇《あだ》を報ゆるの宝剣已《すで》に鞘《さや》を離る。兵を進め須《すべから》く同心の誓《ちかひ》を結ぶべし。勝たず軀《く》を損じ義並《ならび》に高し。[八]維《こ》れ王泰侈《わうたいし》説くべからず。[九]貪婪《どんらん》足《た》らず残賊と為《な》る。[一〇]権《けん》を攬《と》り勢《せい》を怙《たのみ》て谿壑《けいがく》張《は》り。[一一]象軀《ざうく》を納《をさ》めて鼠穴《そけつ》に入《い》るが如《ごと》し。我《わ》が民を駆使《くし》すること牛馬の若《ごと》く。[一二]我王《わがわう》を瞻仰《せんぎやう》する日月《じつげつ》に逾《こ》ゆ。[一三]維《こ》れ人霊《ひとれい》を含《ふく》み歯髪《しはつ》儔《ひと》し。[一四]詎《た》れか鞭笞《べんち》して日《ひ》に摧欠《さいけつ》すべけんや。勇を奮《ふる》ひ師を興《おこ》す一世の豪。仇を報ゆるの宝剣已《すで》に鞘《さや》を離る。兵を進め須《すべから》く同心の誓《ちかひ》を結ぶべし。勝たず軀《く》を損《そん》じ義並《ならび》に高し。[一五]我民政《わがたみせい》を秉《と》る自主を貴《たふと》ぶ。[一六]肢体《したい》を相聯《あひれん》して心膂《しんりよ》を結ぶ。身の束縛を脱する斯《こ》の時に

一 貧弱な国王が次々と王位を継承することを人民は悲しみ嘆いている。
二 荒れ果てた郊外に犬が吠えて戦いの声は哀しく、城の門は壊れている。 三 田や野原はものさびしく、城の門は壊れている。
四 革命の軍の前などでは悪人などは物の数ではない。
五 兵士を広く集めて同じように互いに助け合う。
六 苛政の災禍はあちこちに流れ広がり、その罪悪が満ちあふれている。
七 罪はすべて上の者にあるのだ、どうして許せよう、いや許せない。「参て」はくわえる。あわせる。
八 国王の奢侈は言い表せないほどひどい。
九 強欲さは限りなく、国を害する残賊である。「残賊」は道義を破るほど世の中を害すること。また、その人。
一〇 権力を手に入れ勢力を笠に着て、強欲を張り。「谿壑」は「谿壑の欲」のこと。深い谷は水を受けても尽きることがないから、強欲にたとえる。
一一 強引なさまのたとえ。
一二 わが国王を仰ぎ敬わせることは太陽や月以上だ。国王が人民を絶対的に服従させていることを言う。「瞻仰せしむること」と、使役の意で訓むべきところ。
一三 すべて人間には精神と肉体とが平等に備わっている、の意。
一四 (その人間を)毎日鞭打ってくだき損なうことはできない。
一五 わが国の人民が政治をとり自主を貴ぶ。
一六 身体を寄せ合い力を一つにする。「心膂」は胸と背骨。転じて全身の力。人民の

在り。[一七]英霊《えいれい》を奮発して威武《いぶ》を振《ふる》はん。[一八]天下久《ひさし》く已《すで》に乱離を厭《いと》ひ。[一九]詐欺相承《あひうけ》て徒《いたづら》に自《みづか》ら苦《くるし》む。[二〇]自主の刀鋒正《とうほうまさ》に犀利《さいり》。[二一]安《いづくん》ぞ智《ち》駆《かけ》て術取るを得ん。勇を奮《ふる》ひ師を興《おこ》す一世の豪。仇《あだ》を報ゆるの宝剣已《すで》に鞘《さや》を離る。兵を進め須《すべから》く同心の誓《ちかひ》を結ぶべし。勝たず軀《く》を損じ義並《ならび》に高し。）

前以二談論一洩二出不平一。今以二琴音一激二発感情一。異味異趣。益見レ妙。

[二二]可《か》ナランカ　妃《ひ》ガ曰ク　諸哉《よきかな》　願《ねがは》クハ郎君之《これ》ヲ和セヨト　[二三]妙音丹唇《めうおんたんしん》ニ発シ哀声皓歯《あいせいかうし》ニ激《げき》シ[二四]二八迭《たがひ》ニ奏シ[二五]心激シテ手《て》敏《さと》ク繊指《せんし》ヲ飛バシテ以テ馳《は》セ騖《は》セ[二六]琴声瀏亮《りうりやう》怨《うら》ムガ如ク訴《うつたふ》ルガ如シ　[二七]清響《せいきやう》忽《たちまチ》変《へん》ジテ牢《らう》落凌厲《らくりようれい》逸気《いつき》奮湧《ふんゆう》繽紛《ひんぷん》交錯《かうさく》ス　[二八]四坐《しざ》唱和スル数回　‖范卿更ニ[二九]古詩ヲ朗吟ス　散士之《これ》ニ和ス　其詩《そのし》ニ曰ク　今日良宴会《ノ》。歓楽難《シ》二具《ニ》陳《ジ》一。弾《ジテ》レ箏《ヲ》奮《ヒ》二逸響《ヲ》一。新声妙入《ル》レ神《ニ》。令徳唱《ヒ》二高言《ヲ》一。識《テ》レ曲《ヲ》聴《ク》二其《ノ》真《ヲ》一。斉心同《フシ》レ所《ロヲ》レ願《フ》。含意倶《ニ》未《ダ》レ申《ビ》。人生寄《ス》二一世《ニ》一。奄忽《トシテ》若《シ》二飆塵《ノ》一。何《ゾ》不《ズシテ》下策《チ》二高足《ニ》一。先《ヅ》拠《ラ》中要路《ノ》津《ニ》上。無為守《リ》二窮賤《ヲ》一。轗軻長《ニ》苦辛《スル》。

連帯を言う。
一七 すぐれた人物を奮い立たせて武力の威勢を振るおう。
一八 天下はすでに長い間国がばらばらに乱れ、その状態に倦んでいる。
一九 互いにだまし合って苦しんでいる。
二〇 自主を求める革命の刀の切っ先は鋭い。
二一 どうしてあれこれ知恵を使って革命を起こす方法を手に入れられよう。武力で打倒する、の意。
二二 八〇頁二行目から続き、「散士ガ曰ク麦須児ノ嗷詩可ナランカ」となる。マルセイエーズの嗷詩はどうでしょう。
二三 美しい声が赤い唇から発せられ、哀しい声が白い歯にぶつかり。成公綏「嘯賦」(『文選』巻十八)の語句による。
二四 「二八」は十六歳。妙齢の女性。ここでは幽蘭と紅蓮を指す。
二五 心は激しく昂揚して琴を弾く手の動きは速く、細くしなやかな美しい指を飛ばすようにして走らせ。
二六 琴の音は清らかに冴え渡り、怨むようでもあり訴えるようでもある。
二七 琴の清らかな響きは突然調子を変え、寂しく途切れがちになるかと思えば勢いが激しくなり、血気は奮い立ちさまざまな音が入り乱れる。「牢落」は、まばらなさま。「凌厲」は勢いが勇み立つさま。「闔爾として奮逸し、風駭(おど)き雲乱る。牢落凌厲して、布濩(ふご)半散たり」(嵇康〈けいこう〉「琴賦」『文選』巻十八)。
二八 全員が声を合わせて歌うこと数回。
二九 古体詩を声高く吟じる。次行以下、「古詩十九首」(『文選』巻二十九)第四首の引用。

（[一]今日《こんにち》良宴の会。歓楽具《つぶさ》に陳《ちん》じ難《がた》し。[二]箏《さう》を弾じて逸響《いつきやう》を奮《ふる》ひ。新声妙神《めうしん》に入《い》る。[三]令徳高言《れいとくかうげん》を唱ひ。曲を識《しり》て其《そ》の真《しん》を聴く。[四]斉心《せいしん》願ふ所を同《おなじ》ふし。含意倶《とも》に未《いま》だ申《の》びず。[五]人生一世《いつせい》に寄《よ》す。奄忽《えんこつ》として飇塵《へうちん》の若《ごと》し。[六]何《なん》ぞ高足《かうそく》に策《むちう》ち。先《ま》づ要路《えうろ》の津《しん》に拠らずして。無為窮賤《きゆうせん》を守り。轗軻《かんか》長《とこしへ》に苦辛《くしん》する。）

[七]義気《ぎき》紛紛《ふんぷん》雄心《いうしん》四《よも》ニ満《み》ツ。　‖幽蘭弾《だん》ヲ止《や》メ散士ノ手ヲ執《と》リ起《たち》テ舞踏《ぶたふ》ス　歌舞相罷《あひやみ》テ各〻《おのおの》[八]玉觴《ぎよくしやう》ヲ挙《あ》ゲ成功ヲ禱《いの》リ而《しか》シテ寿《じゆ》ヲ賀《が》ス　悲愴《ひさう》ノ念稍〻《やや》散ジテ豪慨《がうがい》ノ情眉宇《びう》ニ溢《あふ》ル　散士ガ曰ク　[九]古人《こじん》云フ　良辰佳景《りやうしんかけい》賞心楽事《しやうしんらくじ》四《よつ》ノモノ並《なら》ビ得《え》難《がた》シト　今《いま》尽《ことごと》ク期セズシテ偕《とも》ニ至ル　[一〇]意気初《はじメ》テ壮《さかん》ニ胸襟豁如《きようきんくわつじよ》タリト　‖幽蘭ガ曰ク　肝胆相照《かんたんあひてら》シ気概相投《きがいあひとう》ズ　各〻《おのおの》新《あらた》ニ[一一]一賦《いつぷ》ヲ製《せい》シ懐《おも》フ所《ところ》ヲ歌《うた》フテ以テ懐抱《くわいはう》ヲ写《うつ》サバ如何《いかん》ト　皆《みナ》曰ク　善《よ》シト　是《ここ》ニ於テ思《おもひ》ヲ籌《めぐら》シ時ヲ移ス　‖幽蘭ガ賦《ふ》先《まツ》成《な》ル　徐《おもむろ》ニ琴《きん》ヲ撫《ぶ》シ歌《うたひ》テ曰ク

一　今日のすばらしい宴会の楽しさは詳しくは述べがたい。
二　宴席上、弾き鳴らす箏のすぐれた響きを聞くと、その新曲のすばらしさは人間わざとは思えぬ位である。
三　高い徳を備えた人が立派な歌詞を歌えば、その曲を通じて真意が伝わる。
四　この宴席の人々はみな同じ志を抱いているが、その志はなかなか遂げられない。
五　人生ははかなく、あっという間に風に吹きとばされる塵のようなものだ。
六　どうして自己のすぐれた才能を発揮し、要職にある人物に伝(て)を求めることをしないで、なす事もなく貧乏に甘んじ、このままずっと不遇の苦しみを続けることがあろうか。
七　義侠心と雄々しい心が交わされ、四方に満ちる。
八　杯の美称。
九　吉日、良い景色、風流心、楽しいこと、この四つは同時に得がたいものだと昔から言われているが、今は思いがけずすべてがそろった。謝霊運「擬魏太子鄴中集詩序」(『文選』巻三十)に見える。
一〇　気力ははじめて盛んになり、胸の思いはさっぱりとした。
一一　「賦」は韻文の一種で、事物、心情などをそのままに述べるもの。対句を多用し、句末には押韻する。

調高趣長。酷類二漢魏之風一。

結句。諷意無量。此句在焉。全篇活動。乃知三是固非二愛レ花弄レ月之作一。

柔中有レ剛。英雄之本色。

読至二九十一。使三頑夫廉懦夫立二志。

春風吹テ兮水孱孱。白雲散ジテ兮月団団。室ニ有リレ賓兮臭如クレ蘭ノ。坐ニ有リレ朋兮吐ク二心丹ヲ一。五弦弾ジテ兮中情歓ビ。悲歌唱テ兮髪衝クレ冠ヲ。乗ジテ二風雲ニ一兮沖リ二九天ニ一。潜龍躍テ兮還ル二胡淵ニ一。

（春風吹《ふき》て水孱孱《みづせんせん》[一二]。白雲散じて月団団《だんだん》[一三]。室《しつ》に賓有《ひんあ》り臭蘭《しうらん》[一四]の如く。坐《ざ》に朋有《ともあ》り心丹《しんたん》[一五]を吐く。五弦《ごげん》[一六]弾じて中情歓《ちゆうじやうよろこ》び。悲歌唱ひて髪[一七]冠《かんむり》を衝《つ》く。風雲に乗じて九天《きうてん》[一八]に冲《あが》り。潜龍躍《せんりようをどり》て胡淵《こゑん》に還《かへ》る。）

紅蓮亦琴《またきん》ヲ弾ジテ歌《うたひ》テ曰ク

清夜会シ二良友ヲ一。花下酌ム二芳罇ヲ一。春雁向テレ北ニ翔ケリ。遥遥トシテ煙樹昏シ。落花随テレ風ニ摧ケ。翩翩トシテ敷ク二庭園ニ一。残春看ス〳〵将ニレ尽ント。難シレ挽キ日月ノ奔ルヲ。臂ハ弱ク不レ堪ヘレ戈ニ。幽憤空ク含ムレ冤ヲ。国仇未ダ二全ク雪ガ一。甘心思フレ喪フヲレ元ヲ。情ハ悲シテ絃声急ニ。和ス二我ガ慷慨ノ言ニ一。

（清夜《せいや》良友を会し。花下《くわか》芳罇《はうそん》[一九]を酌《く》む。春雁《しゆんがん》[二〇]北に向《むかひ》て翔《か》けり。遥《えう》[二一]遥として煙樹昏《えんじゆくら》し。落花《らくくわ》風に随《したがひ》て摧《くだ》け。翩翩《へんぺん》[二二]として庭園に敷《し》く。

一二 さらさらと流れるさま。
一三 月はまるい。
一四 においは蘭のようにかぐわしい。心が通い合った人同士の言葉は鋭く、また聞いて楽しいことのたとえ。「二人心を同じくすれば、其の利なること金を断ち、同心の言は、其の臭は蘭の如し」（『易経』繋辞伝上）。
一五 偽りのない気持ち。
一六 「琴」（→八〇頁注二）を指す。古くは五弦または十三弦。「中情」は心の中。
一七 怒りのあまりに髪の毛が逆立って冠を突き上げること（『史記』廉頗藺相如伝）。激怒するさま。
一八 高い空。「冲り」は高く飛び上がる（→三三頁注一八）。「潜龍躍て胡淵に還る」は潜んでまだ天に昇らない龍がもとの淵に還る。「潜龍」はまだ活躍の機会を得ていない英雄などのたとえ。末二句はスペインに再び帰国して政権に復帰する決意を示す。
一九 美味しい酒を酌む。
二〇 春になって故郷の北方に飛んでゆき。
二一 遥か遠く、樹々が春霞にかすんで見える。
二二 軽く翻えるさま。

以下八六頁

二三 残り少ない春はみるみるうちに過ぎようとしている。
二四 月日の早く経つのは引き止めがたい。
二五 わが肘は弱くほこを持つにたえない。
二六 心中の憤りは空しく怨みを抱いたままである。

残春[一]看《みすみす》将《まさ》に尽《つき》んとし。挽《ひ》[二]き難《がた》し日月《じつげつ》の奔《はし》るを。臂《ひ》[三]は弱く戈《くわ》に堪《た》へず。幽憤《いうふん》[四]空《むなし》く寃《あん》を含む。国仇《こくきう》[五]未《いま》だ全《まつた》く雪《そそ》がず。甘心元《かんしんかうべ》を喪《うしな》ふを思ふ。情《じやう》[六]は悲しくして絃声《げんせい》急に。我《わ》が慷慨《かうがい》の言《げん》に和す。)

范卿包丁《はうちやう》ヲ揮《ふる》ヒ朗朗トシテ歌テ曰ク

二十年前跨リ二征鞍ニ一。鉄衣ノ血痕猶ホ未ダレ乾カ。当時私ニ期ス淮陰ノ印。今日翻テ受ク漂母ノ餐。市井ノ年少軽二侮シ我ヲ一。来往指辱シテ呼ブ二髡頑ト一。胸中ノ奇計向テレ誰レニ語ラン。髀裏肉生ジテ髩将サニレ班ナラン。聞説ク范増年七十。猶ホ会シテ二風雲ニ一済フ二時艱ヲ一。王侯将相何ゾ有ランヤレ種。大沢豈ニ無カランヤ二蟄龍ノ蟠ル一。悲歌慷慨起テ剣舞ス。落花紛紛撲ツ二欄干ヲ一。

(二十年前征鞍に跨《また》[七]がり。鉄衣《てつい》[八]の血痕《けつこん》猶《な》ほ未《いま》だ乾かず。当時私《ひそか》[九]に期す淮陰《わいいん》の印《しるし》。今日《こんにちひるがへり》[一〇]翻て受く漂母《へうぼ》の餐《さん》。市井《しせい》の年少我《ねんせうわれ》を軽侮《けいぶ》し。来往指辱《らいわうしじよく》[一一]して髡頑《こんぐわん》と呼ぶ。胸中の奇計[一二]誰《たれ》に向《むかつ》て語らん。髀《ひ》[一三]裏肉《りにく》生じて髩将《びんまさ》に班《まだら》ならんとす。聞説《きくなら》[一四]く范増《はんぞう》年七十《しちじふ》。猶《な》ほ風雲

引二用典故一。老手自在。読来快甚快甚。写二得壮士口気一妙。起四句最雋。有下四十年前馬上飛。鉄衣脱尽着二僧衣一之趣上。

五 いまだに祖国(アイルランド)の仇は滅びていない、(その敵を滅ぼすためには)進んで一命を投げすてることを心から願っている。「甘心」は肝に銘じること。「元」は首。「国讎(こくしゆう)亮(まこと)に塞(っ)きず、心に甘んじて元(こうべ)を喪はんことを思ふ」(曹植「雑詩六首」六、『文選』巻二十九)。
六 悲しい気持ちでいると琴の音が急き立ち、私の憤りに合わせてくれる。
七 出征の途にある鞍を置いた馬。戦いに出た、の意。 八 よろい。
九 当時は淮陰侯(韓信のこと)のように自分も苦しみに耐えて出世しようと決意した。「淮陰の印」は漢の高祖の臣韓信が極貧の青春時代を耐え、後に出世して楚王になったこと。
一〇 「漂母の餐」は韓信がまだ極貧だったころ、漂母(川で布をさらす女性)に飯を食べさせてもらったこと。後に楚王に出世した韓信はこの漂母に千金を与えてその恩に感謝した(『史記』淮陰侯列伝)。
一一 往来で指さしては馬鹿にして髡頑と呼ぶ。韓信が町中でならず者に囲まれて、股くぐりを強いられ恥をかかされた故事を踏まえる(『史記』淮陰侯列伝)。「髡頑」は弁髪のこと。中国人を蔑視した言い方。当時の中国人の米国での地位を示す。
一二 范卿の明朝復興策を指す。
一三 「髀肉の嘆」(平和が続くため、馬に乗って戦場を駆けめぐる機会に恵まれず、股に肉がついてしまった嘆き)。腕のふるいどころのない嘆きをいう。「吾常に身鞍を離れず、髀肉皆消ゆ、今復た騎せずして、髀裏肉生ず」(『三国志』蜀書、先主伝注)。

に会して時艱《じかん》を済《すく》ふ。一五王侯将相何ぞ種有らんや。一六大沢《だいたく》豈《あ》に蟄龍《ちつりよう》の蟠《わだかま》る無からんや。悲歌慷慨《かうがい》起《たち》て剣舞《けんぶ》す。落花紛紛《ふんぷん》欄干《らんかん》を撲《う》つ。)

妙在ニ有意無意間一。

悲壮。

結意遒長。

散士花瓶《くわへい》ノ坐隅《ざぐう》ニ在ルヲ執《と》リ撃《うち》テ歌テ曰ク

討テレ閑ヲ棹シ二滄浪ニ一。飄然トシテ入ル二仙郷ニ一。幽蘭秀デ二通谷ニ一。清香引ク二鳳凰ヲ一。

紅蓮映ジ二緑池ニ一。淡影鎖ス二鴛鴦ヲ一。仙妃撫シ二鳴琴ヲ一。余音空シク断腸。

客撃ハツ漸離ノ筑。哀響涙霑スレ裳ヲ。意気談ジ二平生ヲ一。慷慨説ク二興亡ヲ一。

功業未ダレ及バレ建ツルニ。雄心転タ悲傷ス。好シ取テ二万斛ノ憂ヲ一。清酌付セン二一觴ニ一。

(一七閑《かん》を討《たづね》て滄浪《さうらう》に棹《さをさ》し。一八飄然《へうぜん》として仙郷《せんきやう》に入《い》る。一九幽蘭《いうらん》通谷に秀《ひい》で。清香鳳凰《せいかうほうわう》を引《ひ》く。二〇紅蓮《こうれん》緑池に映じ。淡影鴛鴦《あんあう》を鎖《とざ》す。仙妃《せんひ》鳴琴《めいきん》を撫《ぶ》し。二一余音《よいん》空しく断腸《だんちやう》。二二客《かく》は撃《う》つ漸離《ぜんり》の筑《ちく》。哀響《あいきやう》涙裳《しやう》を霑《うるほ》す。意気平生《へいぜい》を談じ。慷慨《かうがい》興亡を説く。功業未《いま》だ建《た》つるに及ばず。二三雄心転《うた》た悲傷《ひしやう》す。二四好《よ》し万斛《ばんこく》の憂《うれひ》を取《とり》て。清酌一觴《せいしやくいつしやう》に付《ふ》

「鬂」は「鬢」の異体字。頭の左右側面の頭髪。「鬂斑」はびんが白髪まじりになること、半白。「斑」は「斑」に通じ、まだらの意。

一四 聞くところによると范増は齢七十で激動の時勢に出会い困難を救った。范増(前二七七―前二〇四)は七十歳になって項羽に仕えた謀臣。鴻門の会で劉邦の暗殺を示唆した。「風雲に会し」は↓三〇頁注七。

一五 王や諸侯、将軍や大臣に出世するには血筋、家柄などは関係なく、努力や才能によるということ(『史記』陳渉世家)。

一六 大きな沢にはきっと隠れた龍がうずくまっている。世の中には時を得ず活躍できない英雄がいる、の意。

一七 閑にまかせてあおあおとした流れに船をすすめる。

一八 ふらりと。「仙郷」は俗世間を離れた仙人の住むところ。幽蘭たちのすみかをたとえる。

一九 深い谷には蕙蘭がひときわ美しく咲き、清らかな香りで鳳凰を呼び寄せる。「幽蘭」は人知れぬ山奥に咲く蕙蘭。↓二六頁注一。「通谷」は↓二二頁注一一。

二〇 紅い蓮の花は緑の池に映り、淡い日の光がオシドリを閉じこめる。

二一 その余韻は腸を断つほど悲しい。

二二 花瓶を撃つ(四行目)散士自身を表す。「漸離」は戦国時代の燕の人高漸離。筑(琴の一種)の名人で、荊軻の後を継いで秦の始皇帝を暗殺しようとして失敗し殺された。酔って興に乗ると高漸離が筑を弾き、荊軻が歌って、共に泣き出した故事を踏まえる(『史記』刺客列伝)。

二三 雄壮な心は一転して悲しみに染まる。

二四 よし、多くの憂いを一杯のうまい酒で飲み干してやろう。

せん。）

紅蓮杯《はい》ヲ挙《あ》ゲ散士ニ謂《いひ》テ曰ク　好作《かうさく》　郎君更《さら》ニ一杯ヲ重《かさ》ネヨト

散士辞《じ》セズ之《これ》ヲ受ケ笑《わらひ》テ范卿ニ謂テ曰ク　僕ノ詩尤《もつと》モ悪《あし》ク尤モ後《のち》ニ成ル　一罰杯甘《ばつぱいあまん》ズル所ナリト　紅蓮ガ曰ク　郎君ノ至情　自《おのづから》　詩賦《しふ》ニ顕《あらは》ル　故《ゆゑ》ニ之ヲ賀《が》スルノミト　散士敢《あへ》テ其故《そのゆゑ》ヲ問フ　紅蓮微笑シテ壁上《へきじやう》ノ扁額《へんがく》ヲ指《さ》シテ曰ク　二幽蘭ノ清香《せいかう》能ク鳳皇《ほうわう》ヲ引ケドモ紅蓮ハ空《むなし》ク淡影《たんえい》ノ中ニ鎖《とざ》サレテ顧《かへり》ミルモノナシト　三散士云フ所アラントス

紅蓮聞カザルマネシテ急《きふ》ニ大琴《たいきん》ヲ奏シ以テ散士ノ語ヲ乱《みだ》シ高ク四終命《しゆうめい》ノ詩

五魯国大学ノ諸生書《しよ》ヲ魯帝ニ奉《ほう》ジテ立憲公議《りつけんこうぎ》ノ政《まつりごと》ヲ促《うなが》ス　六魯ノ君相事《くんしやうこと》ヲ左右ニ托シ以テ書生ノ政談ヲ禁圧ス　是《ここ》ニ於《おい》テ彼《かレ》七激昂《げきかう》言語　頗《すこぶル》魯帝ヲ犯《をか》シ為メニ獄中ニ繫《つな》ガレ僅《わづか》ニ二十三年ノ星霜ヲ以テ空《むなし》ク朝露《てうろ》ト消ユ。其刑場ニ臨ムノ前終命《しゆうめい》ノ長篇ヲ牢壁《らうへき》

一 何かの罰として無理矢理飲ませる酒。
二 幽蘭の清らかな香りは鳳凰を引きつけるけれど、紅蓮は空しく淡い光の中に閉じこめられて振り返る者もいない。散士が紅蓮よりも幽蘭に恋慕の情があることを察して言った言葉。「鳳皇」は「鳳凰」に同じ。散士を暗示している。
三 紅蓮の言葉に反論し、言いわけしようとしたこと。四 辞世の詩。
五 ロシアの学生たちは書をロシア皇帝に差し上げて立憲公議の政治を促した。「魯帝」はアレクサンドル二世（一八一八―八一、在位一八五五―八一）。農奴解放令などを発し、ロシア社会の近代化を図る司法、軍政、教育一連の改革を上から行い、後に解放皇帝と呼ばれた。しかし立憲制には反対し、これを要求するナロードニキを弾圧し、一八八一年三月一日、ナロードニキの「人民の意志」派の爆弾テロにより暗殺された。六 ロシア皇帝や宰相は立憲公議の申し出をあいまいにして、学生の政治的言論を禁圧した。
七 学生はいきり立ってロシア皇帝に背く言葉を吐き、そのために投獄され、二十三歳の若さで空しく死んでしまった。
八 静かな夜に漏刻（水時計）の音が響き、窓は暗く月の光は青い。正しいか否かは死んで後決まるのだ。だから笑って自由のために死のう。九 初めは鶯の声が深い谷から聞こえるように明るく朗らかで、最後は秋の雁が砂漠の北で叫ぶように哀しく。
一〇 調子は切迫していて、悲しげに歌う歌は高い空に届き。「宮商」は音楽の調子。
一一 鬱結した思いを述べ、長い間心にまつわって離れない思いを奮う（成公綏「嘯賦」

読レ之。紙上覚二陰風鬼火一。

字字悽又壮。

俄国形勢。却借二清人口頭一説去。文格一変。

字句精鍛。意気慷慨。状二得漢人之口気一。妙甚。

履レ霜堅氷至。

ニ血書《けつしよ》ス　其唱歌ニ曰ク

夜静ニシテ　漏声響キ。窓暗シテ　月色青シ。是非蓋テレ棺ヲ定ル。笑テ為メニ二自由ノ一瞑ス。

（八夜静かにして漏声《ろうせい》響き。窓暗くして月色青し。是非は棺を蓋《おほ》ひて定まる。笑つて自由の為めに瞑《めい》す。）

ヲ歌フ　九初《はじメ》ハ鶯音《あうおん》ノ幽谷《いうこく》ヨリ発スルガ如ク終リハ秋雁《しうがん》ノ沙北《さほく》ニ叫ブガ若《ごと》ク一〇宮商響切《きうしやうひびきせつ》ニシテ悲歌《ひか》雲際《うんさい》ニ徹《てつ》シ一一蓄思《ちくし》ノ悱憤《ひふん》ヲ舒《の》ベ久結《きうけつ》ノ纏《てん》綿《めん》ヲ奮《ふる》フ　范卿歌ヲ聴キ慷慨案《かうがいあん》一二ヲ拍《うち》テ曰ク　一三俄国ハ礼義ヲ棄テ首功《しゆこう》ヲ尊《たふと》ブノ国ナリ　一四獰虎《だうこ》ノ嵎《ぐう》ヲ負《お》ヒ餓鷲《がしう》ノ雲間《うんかん》ニ翔《かけ》ルガ如シ　一五六国《りつこく》曾《かつ》テ合従《がつしよう》黒海ヲ踰《こ》ヘ済《ゼハストボール》城ヲ陥《おとしい》レ大《おほい》ニ彼《か》ノ驕鋒《けうほう》ヲ挫《くじ》クモ　久シカラズシテ彼《カレ》一六黒海ノ盟《めい》ヲ破《やぶ》リ驕傲陸梁《けうがうりくりやう》　一七控弦《こうげん》百万騎卒雲《くも》ノ如ク一八教法ヲ権《かり》テ以テ呑噬《どんぜい》ノ助トナシ　西一九波蘭《（ポーランド）》ヲ滅《ほろぼ》シ　南二〇燕趙ヲ窺《うかが》ヒ旗ヲ五天竺ノ境《さかひ》ニ飜《ひるが》ヘシ　北二一樺太ヲ併《あは》セ　東馬《うま》ヲ二二鴨緑江ニ飲《のま》シ高麗ノ半島ヲ呑マントシ　外ハ列国ヲ侮《あなど》リ内ハ二三帝命ニ傲《おご》リ　二四憑陵険遠《ひようりようけんゑん》兵ヲ弄《ろう》シテ

『文選』巻十八）。

一二 テーブルをたたく。激情のさま。

一三 ロシアは礼儀よりも戦功を貴ぶ国である。「首功」は戦場で敵の首を討ち取った手柄。「彼の秦は、礼儀を棄て首功を上ぶ国なり」（『史記』魯仲連伝）。

一四 獰猛な虎が山道の隅を背にして立ち、餓えた鷲が雲間に飛び巡るようなものだ。虎視眈々と獲物を狙うたとえ。「虎嵎を負ふ」（『孟子』尽心下）。

一五 クリミア戦争（一八五三―五六）でイギリス、フランス、オーストリア、トルコ、プロシア、サルデーニャの六ヶ国がクリミア半島南端にあるロシアのセヴァストーポリ要塞を攻撃し、一年近くで陥落させたこと。戦後一八五六年三月にはパリ講和条約が締結され、ロシアはベッサラビアを放棄し、モルダビア等の自治を承認、黒海に艦隊や基地を維持するのを禁じられた。黒海はロシア・トルコ両国から中立の地域とされた。「合従」は国と国同士の連合を結ぶこと。「驕鋒」は強い軍隊の戦列。

一六 一八七一年の普仏戦争後フランスが弱体化すると、ロシアはパリ条約の黒海中立条項を破棄。ロシア―トルコ戦争の原因となる。

一七 弓を引く兵士百万人、騎馬兵は雲が湧きあがるように限りなく。孫楚「為石仲容与孫皓書」（『文選』巻四十三）に「控弦十万」とある。

一八 宗教を侵略の名目として。

一九 プロシア、オーストリアと共に一七七二年、九三年、九五年の三回にわたりポーランドを分割、滅亡させた。

二〇 「燕趙」は戦国時代に燕と趙の国があった所、河北省北部と山西省西部。一八七一

盤桓《ばんくわん》シ寒帯ノ地ニ拠リ氷雪ヲ頼《たのみ》テ以テ固トナシ以テ万世ニ帝《てい》タラント欲ス　是猶《これなホ》魏一ノ武侯ガ却《かへり》テ河山《かさん》ヲ指シ以テ自《みづから》強大ナリトシ　殊《こと》ニ物ニ興亡アリテ毛羽零落二ノ漸《ぜん》アルヲ知ラザルガ如シ　彼《かれ》未《いまダ》覚《さと》ラズ猶《なホ》三朝権ヲ制シ威福己《おのレ》ニ由《よ》リ刑戮口《けいりくくち》ニ在リ　愛スル所ハ五宗《ごそう》四ヲ光《ひか》ラシ悪《にく》ム所ハ三族ヲ滅《ほろぼ》シ公談五スル者ハ顕誅《けんちゆう》ヲ受ケ腹議《ふくぎ》スル者ハ隠戮《いんりく》ヲ蒙《かうむ》リ百六寮《ひやくれう》口ヲ鉗《つぐ》ミ道路目《め》ヲ以《もつ》テス　八志士悲憤ノ声貧民怨嗟《ひんみんゑんさ》ノ色アレバ酷刑假《こくけいいとま》ナク連累七極《きはま》リナク　胥繳蹊《そうしやくみち》ニ充《み》チ坑穽路《かうせいみち》ニ塞《ふさが》リ手ヲ挙グレバ網羅《まうら》ニ挂《かか》リ足ヲ動《うごか》セバ機陥《きかん》ニ触レ　九忠臣名士ノ罪ナクシテ極北ノ氷野《ひようや》ニ放謫《はうたく》セラレ幽暗ノ鉱獄《くわうごく》ニ鞭役《べんえき》セラレ悲痛憤憂恨《ふんいううらみ》ヲ呑《のみ》テ霜雪《さうせつ》ト共ニ滅没スル者其《その》幾千万ナルヲ知ラズ　天下為メニ寒心《かんしん》ス　是《ここ》ニ於《おい》テ一〇海内無聊《かいだいぶれう》ノ民《たみ》魯都怨嗟《あんさ》ノ士蜂《はち》ノ如ク起《おこ》リ蟻《あり》ノ如ク群《むらが》リ遂《つひ》ニ惨逆《さんぎやく》ノ敗《はい》アリ永ク世《よ》ノ鑑《かがみ》ト為ル　一一新王即位《しんわうそくゐ》猶未《なホいまダ》悟ラズ侍臣正言《せいげん》セズ　苛政惨刑《かせいさんけい》全ク其禁《そのきん》ヲ解カズ　君見ズヤ一二如今《じよこん》俄人ノ悪虐暴戻《ぼうれい》ナル無辜《むこ》

腹議隠戮。四字。斬新而絶妙。漢有二腹誹之法一。俄有二隠戮之刑一。古今好対。

豈特魯国為レ然。

年イリ地方を占領。「五天竺」は古代インドを東西中南北に分けた総称。ここではインド。一八八五年アフガニスタンに進出。

二一 一八七五年日本と千島・樺太交換条約を結び、樺太(サハリン)に進出。

二二 中国と朝鮮の国境を流れる川。「高麗ノ半島」は朝鮮半島。一八八五年六月朝鮮にロシア人軍事顧問採用を要求し、勢力を扶植。

二三 皇帝の命令を頼みにして威張り散らし。前掲(注一七)孫楚の書に「内は帝命に傲り」とある。

二四 険しく遠い所まで侵略し軍隊をむやみに動員して、寒帯の地に拠り、氷雪を頼んで固い守りとし、永遠に皇帝であろうとする。前掲(注一七)孫楚の書に「馮凌険遠、講武盤桓」とある。

以上八九頁

一 魏の武侯が西河に船を浮かべ、「この山河の険固な姿はすばらしい。魏国の宝だ」といった故事による。「魏武侯西河に浮かびて下り、中流にして顧みて呉起に謂ひて曰く、美なるかな山河の固、此れ魏国の宝なりと」(『史記』孫子呉起列伝)。

二 羽や毛がだんだん抜け落ちるように衰えること。「外は輔車唇歯の援を失ひ、内は毛羽零落の漸有り」(前掲孫楚書)。

三 朝廷の権力をほしいままにした。「威福」は威圧したり恩を着せて服従させること。「刑戮口ニ在リ」は法令によらず勝手に刑に処すること。以下、「執柄専制朝権、威福由己…専制朝政、爵賞由心、刑戮在口、所愛光五宗、所悪滅三族、群談者受顕誅、腹議者蒙隠戮、百寮鉗口、道路以目」(陳琳「為袁紹檄予州」『文選』巻四十四)による。

ノ猶太人《(ユダヤ)》ヲ殺戮《さつりく》スル十万　火ヲ放《はなち》テ其家《そのいへ》ヲ焼キ人ヲ殺シテ其財《そのざい》ヲ奪《うば》ヒ白日《はくじつ》路上其《その》父兄ヲ屠殺シ其妻女《そのさいぢょ》ヲ淫姦シ　[一三]妖孽暴戻《えうげつぼうれい》　逆賊李[一四]自成以来曾《かつ》テ聞カザル所ナリ　俄帝之《これ》[一五]ヲ知《しり》テ禁ゼズ鎮台《ちんだい》兵ヲ擁《よう》シテ救ハズ県吏《けんり》傍観坐視《ざし》ス　[一六]無道《むだう》ノ帝元悪《げんあく》ノ臣ト　語《ご》益《ますます》ゝ将《まさ》ニ激セントス

幽蘭急ニ之《これ》ヲ止《とど》メテ曰ク　范卿復《また》感慨ノ談《だん》ヲナシ一坐ヲシテ再《ふたたび》悲愴ノ情ヲ起《おこ》サシムルコト勿《なか》レ　故国ヲ追ハレ父母ヲ亡《うしな》ヒ兄妹《けいまい》ニ別レ山河万里ノ客土《かくど》ニ飄流《へうりう》シ米人ノ仁憐《じんれん》ニ頼リ[一七]西費ノ橋畔《けうはん》ニ寓《ぐう》スル窮艱《きゆうかん》ノ猶太人ヲ見ルモノ誰カ断腸ノ憾《うらみ》ナカラン　俄人ノ暴戻[一八]虚無党ノ悖《はい》逆天人《ぎやくてんひと》共ニ怒《いか》ル所　若《も》シ其非《そのひ》ヲ改メズンバ　必《かならズ》共ニ[一九]天殃《てんあう》ヲ受ケント　首《かうべ》ヲ回《めぐら》シ遥《はるか》ニ費《(ヒラデルヒヤ)》府ヲ指シテ散士ニ謂テ曰ク　[二〇]一湾《いちわんあが》描クガ如ク万家《ばんか》煙ノ如ク風清ク月白ク庭柯《ていか》霜ヲ帯ブルガ若《ごと》シ　恰《あたかモ》秋夜《しうや》観月ノ景色ニ殊《こと》ナラズト　散士一詩ヲ微吟《びぎん》[二一]シテ曰ク

抛《リ》レ丘臨《ニム》レ水《ニ》一層楼。中有《ニリ》三東人学《ノブ》二楚囚《ヲ》一。夜冷《ニシテ》虫声声断続。月《ハ》

拭二了范卿話頭惨景一。更現二此画様風趣一。幽蘭舌頭。殆有レ神。

字字悲壮。清絶。

四「五宗」は高祖、曾祖、祖、子、孫の五つの親族。「三族」は、父・母・妻の親族(『大戴礼』)や父・子・孫(『礼記』)など諸説がある。
五 公然と政治を批判する者はおおっぴらに、心に不平を抱く者は密に殺された。
六 多くの官吏は口を閉ざして、道で会えば目くばせで合図した。周の厲王の圧制下、密告を避けるために人々が目くばせで非難した故事による(『史記』周本紀)。 七 連座。
八 法や監視の徹底ぶりを言う。「罾繳」は四つ手網と弋《いぐるみ》。どちらも捕獲道具。「網羅」は魚や鳥を捕る網。「機陥」は落とし穴。出典は「…機陥ニ触レ」まで、前掲(注三)の陳琳「為袁紹檄予州」。
九 シベリア流刑を言う一文。十八世紀に資源開発の必要性からシベリア地方の流刑が増加し、政治犯、刑事犯に強制労働が科せられた。一八四五年にはもっとも重要な刑罰となり、裁判によらず勅命によって行われた。ナロードニキの革命家にもこの刑が科せられた。二十世紀初めにはサハリンを含めて約三十万人近く服役していたという。
一〇 国中の鬱屈した人々。ナロードニキによる皇帝・政府高官の暗殺などを指す。「是以兗予有無聊之民、帝都有吁嗟之怨」(前掲陳琳文)を踏まえる。
一一 アレクサンドル三世(一八四五-九五)。父帝暗殺(→八八頁注五)後即位、改革を後退させ、専制政治を強化、革命運動を弾圧した。
一二 今現在。「無辜」は無実。ここではロシアのポーランド弾圧、特にユダヤ系住民の弾圧について述べている。アレクサンドル二世を暗殺したのがユダヤ人とされ、迫害・虐殺(ポグロム)が頻発した。

高費《シ》府万家《ノ》秋。

（丘に拠り水に臨む一層楼。中に東人[一]の楚囚を学ぶ有り。夜冷にして虫声声断続。月は高し費府万家の秋。）

ト　是《コレ》[二]僕ガ昨秋《さくしう》作ル所ナリ　時ニ僕費《（ヒラデルヒヤ）》府外ノ一江村《いちかうそん》ニ僑居《けうきよ》[三]シ世務《せむ》[四]ノ風塵《ふうぢん》ヲ避ケテ読書ニ汲汲《きふきふ》タリ　一夜風静《かぜしづか》ニ霜寒《しもさむ》ク明月清冷江水《せいれいかうすい》ト相映《あひえい》ジ旅寓荒涼実《りよぐうくわうりやうじつ》ニ秋感《しうかん》ニ堪《た》ヘズ　聊《いささか》賦《ふ》シテ以テ懐《おもひ》ヲ述《の》ブルノミ　却《かへり》[五]テ君ガ当時ノ状ヲ写《うつ》スニ似タリト　皆《みナ》曰ク　何ゾ郎君ト相見《あひまみゆ》ルノ遅《おそ》キヤト　范卿ガ曰ク　僕希《ぼくねがは》クハ瑶韻《えういん》[六]ヲ次《つ》ガント　即吟《そくぎん》[七]シテ曰ク

万里[八]沈淪老《ユ》㆓客楼《ニ》㆒。国亡《ビ》家滅《ビ》恰《モ》幽囚。相逢《ヘ》相語《ル》当年《ノ》事。春月朦朧恨似《タリ》㆑秋。

沈痛情見㆓乎辞㆒。

（[八]万里沈淪して客楼に老ゆ。国亡び家滅び恰《あたか》も幽囚。相逢ひ相語る当年の事。春月朦朧として恨秋[九]に似たり。）

一三　わざわいとひどい行い。
一四　→補三四。明末の農民反乱の中心人物。明朝を滅ぼすが、満州族の清と組んだ呉三桂に攻められ自殺した。ここでは明朝を滅ぼした李自成を逆賊と位置づけている。
一五　ユダヤ人に対する暴行や掠奪を指す。
一六　人の道に外れたひどい行いをする皇帝と大悪人の臣下め、と、語る范卿の語調が激しくなってきた。
一七　西フィラデルフィア。西部地区のスクールキル川沿いにユダヤ人街があったか。ちなみに合衆国におけるユダヤ人口は一八五〇年五万人、八〇年二七万五千人、一九〇〇年一一〇万人（ポリアコフ『反ユダヤ主義の歴史』三、筑摩書房、二〇〇五年）。
一八　「虚無党」はロシア・ナロードニキのこと。→補六〇。
一九　天罰。
二〇　湾の景色は絵のように美しく、家という家は靄でかすみ、風は清らかで涼しく、白い月の光に照らされた庭木は霜を帯びたようだ。
二一　小声で詩歌を口ずさむ。

以上九一頁

一　ここでは日本人である散士自身を指す。「楚囚」→一七頁注二〇。
二　「（散士が）十三年秋桑港にまだいたことは、巻一、三丁以後の鉄硯子の詩（一一頁一〇行以下）で明白に推されるから、この昨秋は十四年秋でなければならぬ」（柳田『政治小説の研究』上巻、傍線は原文傍点）。なお、再版本ではこの箇所の欄外漢文評に「余家蔵㆓一古画㆒。雲靄月寒。草折風白。一人孤㆓坐破庵中㆒。延㆑頸横㆓琵琶㆒。如㆑歌如㆑弾。檐下有㆓一長袖㆒。傾㆑首欹㆑耳。如㆑喜如㆑憾。蓋為㆘蟬丸高㆓棲逢阪山㆒。而源博雅。

於㆓姫秋波一点之上㆒。散士感憤之情。再化㆓愛慕之情㆒。

散士一世快楽。在㆓此時㆒歟。呵呵。

如㆑読㆓赤壁賦㆒。

伏案。

坐人《ざじん》感歎之《これ》ヲ唱和ス　[一〇]逸興《いつきよう》愈《いよいよ》々加ハリ夜色《やしよく》殊《こと》ニ静《しづか》ニ[一一]湘妃漢女《しやうひかんぢよ》更《こもごも》々杯《はい》ヲ勧《すす》メ[一二]金樽翠爵《きんそんすいしやく》散士ガ為《た》メニ斟酌《しんしやく》シ紅蓮[一三]玉簫《ぎよくせう》ヲ吹キ范卿風箏《ふうさう》ヲ鼓《こ》ス　散士盤ヲ撃《うち》テ之《これ》ニ和シ幽蘭起《たち》テ舞フ　[一四]翩兮《へんとして》驚鴻《きやうこう》ノ若《ごと》ク嬌兮《けうとして》游《いう》龍《りよう》ノ如ク軽塵羅襪《けいぢんらべつ》ニ生《しよう》ジ鳳鬢鬖髿《ほうびんさんさ》タリ　心揺揺トシテ酔《ゑ》ヒ易ク酔眼《すいがん》花ヲ生《しやう》ジ顔《かほ》赤ク耳熟《じゆく》シ　幽蘭紅蓮モ亦《また》微《び》酔《すい》シ[一五]咲語《せうご》情調殊ニ濃《こまやか》ニ[一六]秋波《しうは》斜《ななめ》ニ通《とほ》シ美靨《びえふ》花ヲ凝《こ》ラシ　[一七]玄眉《げんび》弛《ゆるみ》テ鉛華《えんくわ》落チ乱髪《らんぱつ》ヲ収《をさ》メ華裳《くわしやう》ヲ褰《かか》ゲ　幽蘭散士ガ右ヲ執《と》リ紅蘭散士ガ左ヲ携《たづさ》ヘ　階《かい》ヲ下《おり》テ共ニ庭園ニ歩《ほ》ス　紅露《こうろ》衣《ころも》ヲ沾《うるほ》シ芳香《はうかう》人ヲ襲《おそ》ヒ　落花狼藉[一八]柳影織ルガ如ク　明[一九]月澄清列宿参差《しんしたり》　雲無ク風静《しづか》ニシテ渓水《けいすい》煙ノ如シ　[二〇]漢皇ガ城ヲ傾ケ楚王ガ雲トナル愛恋ノ情人《ひと》ヲ悩《なやま》ス何《なん》ゾ夫《そ》レ深キヤ　是《ここ》ニ至《いたり》テ益《ますます》々古人ノ我ヲ欺《あざむ》カザルヲ知リ　仰《あふぎ》テ[二一]雲漢ヲ窺《うかが》ヒ伏シテ人事ヲ顧《かへり》ミ天地[二二]盈虧《えいき》ノ数《すう》人生盛衰《せいすい》ノ理《ことわり》ニ感ジ二妃ニ謂《いひ》テ曰ク　[二三]鈞天《きんてん》ノ広楽《くわうがく》再《ふたたび》シ難《がた》シ　試《こころみ》ニ見ヨ　茫茫タル宇宙ノ大煌煌《くわうくわう》タル星辰《せいしん》ノ限リナキ[二四]造化ノ妙《めう》

窺㆓聴流水啄木之秘曲㆒図㆖矣。余常愛㆑之。以為風致清韻。無㆓或及焉者㆒。今忽読㆓散士僑居一節㆒。更有㆓余清㆒。更有㆓余韻㆒。可㆑謂㆓真箇有声画㆒矣。」とある。 三 仮住まい。

四 俗世の煩わしい営みを避けて。

五 かえってあなたの現在の状況を写すようです。「君」は幽蘭、紅蓮を指す。

六 「瑶」(玉のような)は美称。玉のように美しい。散士の詩の韻に合わせて漢詩を詠む。次韻。左の詩は韻は「楼」「囚」「秋」が共通。

七 その場ですぐに詩歌を詠むこと。

八 故郷から遥か遠く離れた私はすっかり落ちぶれ、身を寄せている異国の家で年老いてしまった。 九 秋の夜の長さに託して恨みの長さを言う。 一〇 格別な趣。

一一 「湘妃」は湘水の神女、「漢女」は漢水の神女。幽蘭と紅蓮をそれぞれたとえる。

一二 酒樽の酒を翡翠の杯に注いで、散士のために酌み交わし。 一三 簫(縦笛)の美称。「風箏」は→一九頁注三二。

一四 ひらひらと軽やかな様子は驚いて飛び立つ白鳥のようで、身をくねらせる様子は空に昇る龍のようで、舞うにつれて薄絹製の靴は塵を生じ、鳳の形のような鬢が揺れる。「兮」は音調を整える助字。曹植「洛神賦」(『文選』巻十九)に「翩兮若驚鴻、婉兮若游龍…羅韈生塵」とある。西山逸士前掲文(→補九)は『剪燈新話』中の「水宮慶会録」に「衣翩々兮若㆓驚鴻㆒。身嬌々兮如㆓游龍㆒。軽塵㆓生兮羅襪㆒。／の詞あり」とするが、「水宮慶会録」が『文選』に拠っているともいえる。「鬖髿」は髪の乱れるさま。 一五 笑いながら話すこと。「咲」は「笑」の本字。「情調」は感情。心の様子。 一六 流し目を斜めに送り、

散士口唱二色即是空一。心未レ及レ之者。吾呼二之半悟禅一。

之ヲ中空《ちゆうくう》ニ懸《か》ク　聞ク光線ノ速《すみやか》ナル一時数百万里ヲ奔《はし》ルモ猶《なほ》星光《せいくわう》ノ我《われ》ニ達スルノ日月《じつげつ》三歳ヲ経《ふ》ルモノアリト　[一]漫漫《まんまん》タル南溟《なんめい》八千里天高ク地《ち》厚《あつ》ク後世《こうせい》億万年ニ垂《た》ルヽモ　猶此《なほこの》世界ノ命数《めいすう》ヲ以テ彼茫茫《かのばうばう》限リナキ宇宙ニ比セバ滄海《さうかい》ノ一滴ニ斉《ひと》シ　[二]吾人ヲ以テ天地ノ大ニ比セバ其数果《そのすうはた》シテ如何《いかん》ゾヤ　故《ゆゑ》ニ[三]天文ノ数ヲ窮《きは》メ玄玄《げんげん》ノ理《ことわり》ヲ講《かう》ゼバ吾人ヲシテ茫然失フ所アラシム　[四]況《いはん》ヤ造化ヨリ之ヲ見レバ各国兵ヲ搆《かま》ヒ功名相競《あひきそ》フハ真《しん》ニ蝸牛角上《くわぎうかくじやう》ノ争《あらそひ》ニ異《こと》ナラザルベシ　[五]老子ノ玄道《げんだう》[六]釈氏ノ寂滅《じやくめつ》[七]至微《び》玄妙《げんめう》　吾人ヲシテ迷ハシムルモ故ナキニ非ズ　[八]古人燭《しよく》ヲ秉《とり》テ夜《よる》遊ブ良《まこと》ニ故アルナリト　幽蘭ガ曰ク　[九]悲極《かなしみきはまり》テ歓楽生《しやう》ジ歓楽極テ哀情《あいじやう》多シト　今《いま》歓楽将《まさ》ニ尽キントス　亦《また》悲哀ヲ生ズル勿《なか》ランカ　且夜将《かツよるまさ》ニ[一〇]五更《ごかう》ナラントス　郎君須《すべから》ク眠《ねむり》ニ就《つ》ク可シト　散士ヲ誘《いざな》ヘ西楼《せいろう》ニ登《のぼり》テ曰ク　是《これ》郎君ノ好夢《かうむ》ヲ結ブ処《ところ》ナリ　明朝復相見《まタあひみ》ント握手ノ礼ヲ行《おこな》ヘ微笑シ去ル　散士乃《すなはチ》独房《ひとりばう》ニ入《い》ル　[一一]軽衾空床《けいきんくうしやう》ヲ覆《おほ》

美しいえくぼは花が咲くかのようだ。

一七 黒い眉は薄くなり、白粉は落ち、乱れた髪を整え、美しい下袴の裾を持ち上げ。「玄眉弛兮鉛華落、収乱髪兮払蘭沢」(曹植「七啓」『文選』巻三十四)。

一八 柳の映った影は織物のように美しく。

一九 明月が澄みわたり、天空には星々がちりばめられている。「明月澄清景、列宿正参差」(曹植「公讌詩」『文選』巻二十)。

二〇 漢皇が城を傾けるほど寵愛し、楚王が夢の中でちぎった神女のように、愛情が人を悩ますことのなんと深いことよ。「楚王ガ雲トナル」は→補一六。→補六一。

二一 天の川。以下、宇宙の広大、悠久に較べて人間の営みのはかなさを述べる。

二二 「盈虧」は満ち欠け。盛衰に同じ。「数」は運命。命数。

二三 天上の音楽。ここでは散士ら四人が奏した音楽のこと。こんな楽しい機会は二度とありません、の意。「張鈞天之広楽」(潘岳「閑居賦」『文選』巻十六)。

二四 人知でははかれない自然の不可思議な力。「中空」は空のなかほど。

以上九三頁

一 南方に遥か遠く広がる海、高い空、厚い地は後の世まで長く続くが、この世界の運命をはるか限りない宇宙に較べればわずかなものである。「滄海ノ一滴」は大海の一滴の海水。極めて微小なたとえ。

二 私の一生を天地自然のそれと較べたら、果たしてどんなものか、極めて短いものだろう。 三 「天文」は自然の現象。「玄玄ノ理」は奥深い道理。

四 まして自然から見れば各国が戦争をし功

散士平生不レ語ニ怪事一。而忽挿ニ入一大怪夢一。使ニ読者怪訝不レ止。蓋暗暗裏成ニ後篇之伏案一。予発ニ其意之所レ存也。謂ニ之草蛇灰線之法一。

巧妙。

曰白鸚鵡。曰玉簫。曰大琴。曰小琴。曰扁額。前段叙法。

ヒ残月幽房《いうばう》ヲ照《てら》シ　枕ニ就《つき》テ眠ル能《あた》ハズ恍惚[一二]之《これ》ヲ久《ひさし》フス　既《すで》ニシテ羽檄《うげき》[一三]ノ馳《は》スコト星ノ如ク鞞鼓《へいこ》[一四]ノ声雷ノ如ク烽火辺亭《ほうくわへんてい》[一五]ニ列シ旗幟《きし》原野ニ連《つらな》リ千軍万馬馳駆《ちく》奔走《ほんそう》砲煙天《てん》ニ漲《みなぎ》リ剣花《けんくわ》[一六]地ニ閃《ひらめ》キ槍銃《さうじゆう》交〻《こもごも》接シ喊叫《かんけう》[一七]互《たがひ》ニ振《ふる》フ　我《わが》軍利《り》ヲ失ヒ敵軍勢《いきほひ》ニ乗ジ水陸京城《けいじやう》ニ迫《せま》ル　我将《わがしやう》士《し》殊死《しゆし》シテ戦《たたか》ヒ呼《こ》声山嶽《せいさんがく》ニ震《ふる》フ　敵旗《てきき》動キ全軍乱《みだ》ル　忽《たちまチ》流弾アリ来《きたり》テ散士ガ胸ヲ洞《どう》[一八]シ　流血淋漓《りんり》地ニ仆《たふ》レ気息奄奄《きそくえんえん》[一九]水ヲ求メテ得ズ須臾《しゆゆ》ニシテ美人アリ　博愛ノ旗《はた》ヲ揮《ふる》ヒ矢石《しせき》[二〇]ノ間《かん》ヲ犯シ急ニ車ヲ下《お》リ散士ヲ抱起《いだきおこ》シ呼《よび》テ曰ク　郎君心《こころ》ヲ安《やすん》ゼヨ　敵軍敗《やぶ》レ幽蘭侍《じ》焉《す》ト　忽《こつ》[二一]然《ぜん》トシテ目ヲ開《ひら》ケバ正《まさ》ニ是《これ》一場《いちぢやう》[二二]ノ怪夢　冷汗《れいかん》背《そびら》ヲ湿《うるほ》シ胸中《きようちゆう》激動シテ猶未《なホいまダや》止マズ　頭《かうべ》ヲ挙《あ》グレバ日《ひ》已《すで》ニ高シ　乃《すなはチ》衣裳《いしやう》ヲ粧《よそほ》ヒ幽蘭ト相対《あひたい》シテ食ヲ執《と》ル　背上《はいじやう》散士ヲ連呼スルモノアリ　曰ク　郎君妾《せふ》ヲ捨テ去ル勿《なか》レト　驚《おどろき》テ顧《かへり》ミレバ籠中《ろうちゆう》ノ白鸚鵡《しろあうむ》ナリ　二妃《にひ》相見テ咲《わら》フ　紅蓮ガ曰ク　誰《だれ》カ窃《ひそか》ニ鸚鵡《あうむ》ニ教ヘテ此語《このご》ヲ為《な》サシムルモノゾト　幽[二三]

名を争っているのはつまらぬことである。「蝸牛角上ノ争」はちっぽけなつまらぬ争い。カタツムリの角の上で争うのにたとえた言葉。「蝸の左角に国する者有り、触氏と曰ふ、蝸の右角に国する者有り、蛮氏と曰ふ、時に相与に地を争ひて戦ひ、伏尸数万、北（に）ぐるを逐ふこと旬有五日にして後反（かえ）る」（『荘子』則陽）。

五 道教の祖とされる中国古代の思想家。「玄道」は万物を生み出す根源である、五官を超越した表現し難いもの。道教で言う「道」。

六 釈迦。仏教の祖とされるインドの思想家（前四六三－前三八三）。「寂滅」は仏教で、あらゆる苦悩を脱した悟りの境地。

七 極めてかすかで奥深い道理。

八 人生は夢のようにはかなく、楽しめる時間も少ない。だから古人が明かりを手にとり夜遊んだのももっともである。短くはかない人生を大いに楽しむべきだの意。「夫れ天地は万物の逆旅にして、月日は百代の過客なり、而して浮生は夢の若し、歓を為すこと幾何（いくばく）ぞ、古人燭を乗りて夜遊ぶ、良（まこと）に以（ゆえ）有るなり」（李白「春夜宴桃李園序」）。

九 悲しみが極まるとかえって楽しみの気持ちが生まれ、楽しみが極まるとかえって悲しみが生まれてくる。喜怒哀楽の感情をめぐる無常観をいう。「歓楽極まりて哀情多し、少壮幾時ぞ老を奈何せん」（漢武帝「秋風辞」『文選』巻四十五）。

一〇 午前三時から五時頃。一一 軽い布団が誰もいないベッドを覆い、残月が暗い部屋を照らす。「晨月照幽房…軽衾覆空牀」（張

総如レ無レ意。而至二後段一。為二幾多照応一。為二幾多波瀾一。是作者最彫心処。

情極落レ痴。非下践二此境一者上。不レ知二此味一。

照二応前篇一樹陰一河流之語一。

蘭俯《ふ》シテ語ラズ満顔《まんがん》紅《くれなゐ》ヲ潮《てう》シ眉間《びかん》羞《しう》ヲ帯ブ　流波《りうは》[一]ノ将《まさ》ニ瀾《なみ》タヽントシ露花《ろくわ》ノ風ニ悩ムガ如ク躑躅《てきちよく》トシテ安《やす》カラズ　紅蓮銀瓶《ぎんへい》[二]茶ヲ煮テ茗《めい》ヲ捧《ほう》ジ祝シテ曰ク　茗花吉兆《めいくわきつてう》[三]アリ　両賢《りやうけん》ノ為《た》メニ之《これ》ヲ賀《が》スト　散士ガ曰ク　昨夜悪夢ヲ結ビ今朝吉祥《こんてうきつしやう》ニ逢《あ》フ　知ラズ[四]其孰《そのいづ》レカ是《ぜ》孰《いづ》レカ非《ひ》ナランヲ　人間万事塞翁《にんげんばんじさいをう》ガ馬《うま》[五]（塞上翁《さいじやうをう》馬ヲ失フ　人之ヲ弔《てう》ス　翁《をう》ガ曰ク　詎《なん》ゾ福ト為《な》ラザルヲ知ラントト　数月ニシテ馬、胡《こ》ノ駿馬《しゆんめ》ヲ将《ひき》ヰテ至ル　是《ここ》ニ於《お》イテ人之ヲ賀ス　翁ガ曰ク　詎ゾ禍《くわ》ト為ラザルヲ知ラント　其子《そのこ》馬ヨリ堕《おち》テ髀《ひ》ヲ折ル　人又之ヲ弔《てう》ス　翁ガ曰ク　詎ゾ福ト為ラザルヲ知ラント　後ニ胡兵大《こへいおほい》ニ入《い》ル　丁壮《ていさう》ノ者戦《たたかひ》テ死ス　此子《このこ》独リ跛《は》ノ故ヲ以テ父子相保《あひたも》テリ）ナリ　後事《こうじ》[六]予《あらかじ》メ期ス可カラズト　幽蘭散士ガ言《げん》ヲ聞《きき》テ於邑《をいふ》[七]嗟歎《たん》シ沈黙不楽《ふらく》ノ色アリ　散士辞《じ》シテ曰ク　迷《まよひ》テ而《しか》シテ桃源《たうげん》[八]ノ仙妃《せんぴ》ト游《あそ》ビ　約《やく》セズシテ而シテ洛川[九]ノ神女《しんによ》ニ遇《あ》ヒ　期セズシテ而シテ桃園《たうゑん》[一〇]ノ知己《ちき》ニ会《くわい》シ　歓楽叙情胸《きよう》襟《きん》ノ快活殆《ほとんド》言フ可カラズ　知己《ちき》ノ遇《あ》ヒ難《がた》キ古人ノ歎息《たんそく》スル所ナリ　今《いま》ヤ萍水相逢《へいすいあひあ》[一一]フ尽《ことごと》ク他郷《たきやう》流離ノ人ニシテ一朝[一二]蓋《がい》ヲ傾ケ兄弟姉妹ノ情アリ　豈《あに》奇遇ニ非《あら》ズ哉《や》　仮令《たとひ》[一三]世路多《た》艱《かん》天涯離別音耗《おんかう》久《ひさし》ク絶《た》ヘ死《し》生《せい》知

華「情詩」『文選』巻二十九）による。
一二 長い時間ぼんやりとしていた。
一三 急を要する檄文。　一四 攻め太鼓。
一五 戦いのろしが国境地帯の物見台に並んであがり、軍旗が野原に連なって。
一六 刀と刀が散らす火花がひらめき、銃剣が互いに交わる。「槍銃」は先端に剣をつけた小銃。銃剣。
一七 「喊叫」は吶喊の声。戦いの時の鬨の声。
一八 貫通する。　一九 息も絶えだえに。
二〇 矢玉の間。　二一 突然。　二二 ほんの短い間の不思議な夢。　二三 鸚鵡に言葉を教えたのが幽蘭であることを暗示する。

以上九五頁

一 今しも川の水が波立とうとし、花が風に吹かれて露が飛ばされないかと思いわずらうようにためらって心が落ち着かない。幽蘭が散士に流し目を送ろうとする意を含めた表現。
二 銀色の瓶。新茶を「茶」というのに対して、「茗」は遅摘みの茶をいう。
三 茶柱が立った、の意。良いことの前触れという俗信。「両賢」は、ここでは尊敬表現。散士、幽蘭を指す。お二人。二人の愛情が通じていることを含んでいう。　四 悪夢と吉兆とどちらが正しいか分からない。
五 人の世の幸不幸は予測できないので、幸福も喜ぶにはあたらず、不幸も悲しむにはあたらない意の諺(『淮南子』人間訓)。
六 後に起こることは前もって予測できない。
七 悲しみに沈むさま。「嗟歎」は嘆くさま。
八 →一九頁注二九。　九 →二三頁注二九。
一〇 三国時代に蜀の劉備、関羽、張飛が桃園で義兄弟のちぎりをしたという話に基づ

説㆔河流樹陰皆有㆓因縁㆒。而不㆑足。更説㆘自家最重㆓信義㆒之一事㆖。以欲㆓到底固㆒㆑交。可㆑謂㆔散士畢生之心力尽㆓于此㆒。

翻訳妥帖。

リ難キモ此交情《このかうじやう》ハ泯《ほろ》ブ可カラザルナリ[一四]　豈彼《あにかノ》富貴軽薄ノ徒ガ生死ヲ誓ヒ黄金已《すで》ニ尽キテ反目ノ人ト為《な》リ質《ち》ヲ委《ゆだ》ネ臣ト称シ人ノ爵禄《しやくろく》ヲ受ケ厄運艱難《かんなん》ニ臨ミ君《きみ》ヲ離レ国ニ負《そむ》クノ輩《やから》一場《いちぢやう》ノ快楽ヲ貪《むさぼ》リ偕老《かいらう》[一五]ヲ誓ヒ色衰《おとろ》ヘテ相捨《あひす》テ背《そむ》クガ如キ徒ナラン哉　人情ノ尊《たふと》ブ所ハ信義ニ在リ。　苟《いやしく》モ実無《じつな》クンバ其孰《それた》レカ之ヲ信ゼン　重《かさ》ネテ相見ン　幸《さいはひ》[一六]ニ珍重セヨト　幽蘭漸《やうや》ク愁顔《しうがん》ヲ擡《もた》ゲテ曰ク　郎君昨夜《さくや》夢ニ凶兆アリト聞ク　恐《おそラ》クハ復《まタ》相見ルノ期ナカラント　一滴ノ紅涙睫《まつげ》ニ満ツ　急ニ笑《わらひ》ニ託《たく》シ　紅蓮ヲ顧《かへりみ》テ曰ク　我心《わがこころ》惨《さん》[一七]トシテ悲傷《ひしやう》シ惕《てき》トシテ憂鬱ス　何為《なんす》レゾ其此《それかく》ノ如《ごと》クナルヤト　紅蓮　幽蘭ノ背《せ》[一八]ヲ拊《ふ》シ笑《わらひ》テ曰ク　欧人ノ諺《ことわざ》ニ曰ク　愛[一九]ニ溺ルヽ者ハ心神《しんしん》迷フト　今両賢《いまりやうけん》[二〇]ノ才ヲ以テ痴人《ちじん》ノ夢ヲ説《と》キ他日《たじつ》ノ吉凶ヲト《ぼく》スル両情ノ意気相投《あひとう》ズルノ深浅《しんせん》ヲ測《はか》ルニ足ルト　散士語ノ出《いだ》ス所ヲ知ラズ　幽蘭亦咲《またわらひ》ヲ含《ふくみ》テ未《いまダ》答フルアラズ　紅蓮ガ曰ク　郎君速《すみやか》ニ来臨《らいりん》[二一]セヨ　蓋《けだシ》郎君ノ交《まじはり》ハ風流ヲ以テ合ヒ義気ニ拠《より》

く(『三国志演義』第一回)。桃園結義、桃園の誓い。「知己」は自分を一番よく知ってくれる真の友人。次行は「知音に遇ひ難きを痛む」(魏文帝〈曹丕〉「呉質に与ふる書」『文選』巻四十二)に拠るか。「知音」は「知己」と同義。 一一 「萍水」は、浮き草と水。すなわち流浪するもの。

一二 ちょっと出会っただけで親友のように仲良くなること。「傾蓋故の如し」とも。「白頭新の如く、傾蓋故の如き有り」(『史記』魯仲連鄒陽列伝)。もとは程子と出会った孔子が車の天蓋を傾けて長時間話しこんだ故事(『孔子家語』致思)から。「程孔傾蓋」。

一三 「世路多艱」は世を渡って行く上で困難が多いこと。「天涯離別」は遥か遠くに隔たること。「音耗」は音信。便り。

一四 「質ヲ委ネ」は初めて仕官する者が君主の前に礼物を置くこと。 一五 夫婦が最後まで仲良く連れ添うこと。「偕老同穴」。

一六 どうかご自愛ください。「珍重」は自分を大切にする。自愛。「幸ニ」→五九頁注二一。 一七 いたましいさま。「惕」は、おそれ憂えること。

一八 背中をぽんとたたき。

一九 愛は理性を失わせる。「恋は思案の外」「恋は盲目」(Love is blind)。

二〇 私(紅蓮)には分からない夢の話や占いが散士、幽蘭の二人の間では通じるのだから、二人の愛情はとても深いという意。「痴人ノ夢ヲ説キ」は「痴人の前に夢を説く」に同じく、愚かな者に夢の話をする、話しても通じないこと。

二一 おでかけください。「来臨」は他人の来訪の尊敬語。お出かけ、おでまし。

散士畢生所レ願。

不レ外二交一字一。

写二得西洋婦人情態一妙。

況此不二凋残者一。

劉郎欲レ棄而万不レ可レ得。

好諧謔。

在下吾輩不レ解二西語一者上。即花亦不解語花耳。

テ厚ク　談ズル所ハ[一]聖賢ノ遺訓ニ非《あら》ザレバ忠臣義士ノ遺《ゐ》行《かう》苦節ナリ　吟詠《ぎんえい》スル所ハ慷慨悲歌《かうがいひか》ニ非ザレバ古賢《こけん》ノ[二]遺音《ゐいん》ナリ　[三]淑女君子ハ楽《たのしみ》テ淫《いん》セズト　[四]是《これ》明哲ノ遺訓ナリ　願《ねがは》クハ屢〻《しばしば》往来シテ[五]懐抱《くわいはう》ヲ叙《じよ》シ吾人ヲシテ[六]悵然《ちやうぜん》別離ノ歎《たん》ヲ抱《いだ》カシムル勿《なか》レト　散士ガ曰ク　[七]淑女ノ言過《げんくわ》褒《ほう》　散士敢《あへ》テ当《あた》ル能《あた》ハズト雖モ　屢〻《しばしば》来往シテ[八]清誨《せいくわい》ニ接シ交義《かうぎ》ヲ厚《あつ》フスルニ至《いたり》テハ散士ノ願フ所ナリト　[九]後《のち》七日ヲ約シ慇懃《いんぎん》ニ手ヲ握《にぎり》テ訣別シ将《まさ》ニ門《もん》ヲ出《い》デントス　幽蘭呼《よび》テ白薔薇一朶《いちだ》ヲ折リ散士ノ襟《えり》ニ挟《さしはさみ》テ曰ク　郎君此花《このはな》凋残《てうざん》スト雖モ相棄《あひす》テ去ル勿レト　散士笑《わらひ》テ対《こた》テ曰ク　[一〇]只《たダ》恐《おそ》ル死花余《よ》ガ手ニ残リ解語《かいご》ノ花ハ飛《とび》テ誰家《たがいへ》ニカ向《むか》ハント　幽蘭頭《かうべ》ヲ掉《ふり》テ微笑スルノミ　范卿舟ヲ[一一]艤《ぎ》シテ待ツ久シ　散士礼《れい》シテ而《しか》シテ舟ニ上《のぼ》ル　二妃《にひ》呼《よび》テ曰ク　郎君[一二]珍重《ちんちよう》　必《かならズ》再訪セヨト　散士帽《ばう》ヲ脱シテ曰ク　必《かならズ》重《かさネ》テ相見《あひまみえ》ント　范卿[一三]纜《ともづな》ヲ解《と》キ棹《さを》ヲ執《と》ル　散士回顧スルモノ数回　遥《はるか》ニ二妃《にひ》ノ白巾《はくきん》ヲ揮《ふるひ》テ遠ク相招《あひまね》キ空《むな》シク柳樹《りうじゆ》

一　聖人賢人が残した教訓。「遺行」はその人が残した行い。
二　昔の賢者の言葉。
三　淑女君子は楽しんでも乱れることがない。「楽テ淫セズ」は「関雎は楽しみて淫せず、哀しみて傷らず」(『論語』八佾)。
四　賢明で物事の道理に通じた人の残した教訓。「明哲」は、ここでは孔子を指す。
五　心中の思いを述べる。
六　悲しみ嘆くさま。
七　あなたのお言葉は身に余ります。
八　あなたの立派な教えに接して道義の交わりを厚くする。
九　七日後の再会を約束して。
一〇　ただこの凋んだ花だけが私の手に残り、言葉のわかる花が飛んで誰かの家に向かうことを恐れる。むしろ幽蘭の心がわりが心配だ、の意。「解語ノ花」は言葉を解する花、すなわち美人のこと。唐の玄宗皇帝が楊貴妃を指して、池に咲く蓮の花より私の言葉を理解する花のほうが美しいと言った故事による。「明皇秋八月、太液池に千葉の白蓮有り、数枝盛んに開く、帝貴戚と宴賞す、左右皆歎羨すること之を久しくす、帝貴妃を指さし左右に示して曰く、争(いか)でか我が解語の花に如(し)かん」(『開元天宝遺事』)。
一一　出船の準備をする。
一二　「珍重」は辞去の挨拶。
一三　「纜」は、艫(とも)＝船尾)の方にあって船をつなぎとめる綱。
一四　欧米の植民地、半植民地状態にあるアジアの国力を盛んにし、欧米の侵略を阻止

志大気豪。

ノ下《もと》ニ立ツヲ見ルノミ　范卿棹《さを》ヲ休メ流《ながれ》ニ任《まか》シ蹄水《(デラウェーア)》ヲ下《くだ》リ共《とも》ニ東
洋ノ衰頽《すいたい》ヲ憤《いきどほ》リ[一四]興亜ノ策ヲ論ズ　范卿曰ク　僕《ぼく》曾《かつ》テ一良朋《いちりやうほう》アリ　文《ぶん》
ヲ巧《たくみ》ニシ詩ヲ能《よ》クシ清国ノ不振ヲ慨《がい》シ朝庭《てうてい》ノ弊政《へいせい》ヲ憤《いきどほ》リ正言《せいげん》憚《はばか》ラズ
隠然《いんぜん》改進ノ首唱《しゆしやう》タリ　遂《つひ》ニ朝吏《てうり》ノ為メニ忌《い》マレ禍ヲ恐レテ難《なん》ヲ米国
ニ避ケ曾《かつ》テ[一五]賢武律地《ケンブリッチ》大学ノ博士タリ　惜哉《をしいかな》其人《そのひと》一朝病《やまひ》ニ臥《ふ》シテ而《しか》
シテ起《お》キズ　[一六]溘然《かふぜん》黄泉《くわうせん》ノ客《かく》ト為《な》レリト　散士ガ曰ク　[一七]戈彦先生歟《か》
僕《ぼく》モ亦数々《しばしば》[一八]謦咳《けいがい》ニ接シ結交《けつかう》ヲ約シ他日大《おほい》ニ東洋ノ為メニ力ヲ尽サン
コトヲ盟《ちか》ヘリ　今《いま》良友ヲ失《うしな》ヘリ　哀哉《かなしいかな》　余清朝ヲ東ニ遷《うつ》シ四百余州
ヲ三分《さんぶん》シ競争ノ志気ヲ振起《しんき》シ鴉片《あへん》ノ鴆毒《ちんどく》ヲ禁絶セバ清人ノ元気ハ
[一九]攫揮《くわくき》シ英人ガ兵威ヲ頼《たのみ》テ印度ヲ圧制スルノ財源ハ涸《か》レン　是《これ》興亜ノ
端緒ナルベシト　而シテ其之ヲ為《な》スノ策ヲ語ル　范卿驚《おどろき》テ曰ク
[二〇]是《これ》僕ガ胸中ノ密計　先生ト符合ス　[二一]噫《ああ》世《よ》豈《あに》臥龍鳳雛《ぐわりようほうすう》無カランヤ
[二二]只《ただ》草盧《さうろ》三顧《さんこ》ノ先主《せんしゆ》ニ遇《あ》ヒ難キヲ奈何《いかん》セント　[二三]范卿ガ計謀《けいぼう》奇策歴歴《れきれき》聴

し、独立を維持しようとする政策。

一五 マサチューセッツ州ケンブリッジ(ボストンの近く)にはハーヴァード大学などがあるが、それを指すか。

一六 急死してしまった。「溘然」は突然、にわかに。「黄泉」はあの世、冥土。

一七 未詳。

一八 「謦咳ニ接シ」は高貴な人にお目かかる。「謦咳」は咳払い。「結交」は親交を結ぶこと。

一九 奮い立つ意か。「攫揮」は「揮霍」と同じ意で、速いさま、勢いが激しいさま、変わるさま。

二〇 これは私の胸の中のひそかな計画ですが、先生とぴったり一致します。

二一 世の中には隠れた人材がいるはずだ。「臥龍鳳雛」は淵に潜む龍と鳳の雛。まだ世に出ない英雄のたとえ。諸葛孔明と龐士元の故事による。「孔明を臥龍と為し、士元を鳳雛と為す」(『資治通鑑』漢紀)。

二二 草の庵を三度も訪ねて自分を見いだしてくれる劉備のような人がいないのをどうしよう。「草盧三顧ノ先主」は劉備が草葺きの廬を三度も訪問し、諸葛孔明に当面の問題について相談したこと(三顧の礼)。ここではその劉備に相当する、自分を見いだしてくれる眼力のある人を言う。「先帝臣の卑鄙なるを以てせず、猥りに自ら枉屈して、臣を草盧の中に三顧す、是に由りて感激し、遂に先帝に許すに駆馳を以てす」(諸葛孔明「前出師表」『文選』巻三十七)。

二三 范卿の奇抜な計略はいずれも傾聴に値し、その討論密議は延々と続けても飽きない。「歴歴」は次々とつらなるさま。「亹亹トシテ」は延々と話すさま。

ク可シ　討論密議亹亹《びび》トシテ倦《う》マズ　実《じつ》ニ東洋得《え》易《やす》カラザルノ俊才ナリ　薄暮《はくぼ》舟費府《（ヒラデルヒヤ）》府ノ東岸ニ着《ちやく》ス　他日ヲ約シテ相別《あひわか》ル矣

以三二姫登二独立閣一起。以三両雄談二論舟中一結。篇法井然。所謂常山蛇勢者。

一 本当に東洋では得がたいすぐれた才人である。

佳人之奇遇　巻二畢

書佳人之奇遇後

柴君四朗少有偉才奇志游米理堅之合衆国其文物法度之盛深有得以充然于才与志者経六載而帰瀏手掇録目入耳到者名佳人奇遇読之洵覚裨世之有用文字其如諷咏而為詩与歌者翩ゝ珠璣若又泛文瀾而上詞壇柴君真才而志者也一日訪余于鎗屋旅舎示以此篇索余一言志之余遂書其下曰子曰才難才而学尤難君既才而志于学ゝ既有成焉則宜復曠其学勉其志以需他日需世之用即亦余之志願也柴君志哉乙酉仲秋朝鮮逸士金玉均謹題

（佳人之奇遇の後に書す[二]

柴君《しばくん》四朗少《わか》くして偉才奇志《きし》[三]有り。米理堅《めりけん》[四]の合衆国に游び、其《そ》[五]の文物法度《ぶんぶつはふど》の盛深《せいしん》、以《もっ》て才《さい》と志《こころざし》とに充然たる者を得《う》ること有り。六載《ろくさい》[六]を経《へ》て帰る。瀏手《りうしゅ》[七]目に入《い》り耳に到る者を掇録《てつろく》し佳人の奇遇と名づく。之《これ》を読めば洵《まこと》[八]に裨世《ひせい》の有用文字なるを覚《おぼ》ゆ。其[九]の諷咏《ふうえい》して詩と歌とに為《な》る者の如《ごと》きは翩ゝ《へんぺん》たる珠璣《しゅき》、又文瀾《またぶんらん》に泛《うか》び詞壇《しだん》に上《のぼ》るが若《ごと》し。柴君《しばくん》真に才ありて志《こころざ》す者なり。一日《いちじつ》[一〇]余を鎗屋旅舎に訪《とぶら》ひ、示すに此の篇を以

二 書の最後に書き記す跋文、書後。
三 すぐれた才能と並みはずれた志。
四 アメリカ合衆国に遊学して。「米理堅」は英語 **American** から出た言葉。
五 「法度」は法律、制度。アメリカ合衆国は文化や法律や制度が盛んで深く、才能と志を十分に広げることができた。「充然」は十分に満ち足りるさま。
六 六年経過して日本に帰ってきた。↓四頁注一。
七 見聞したことをその手で整理して記し、佳人之奇遇と名付ける。「瀏手」は清らかな手。「掇録」は取捨して記録する。
八 本当に世の中の役に立つ有用なものであると思う。
九 その口に吟じて詩と歌になったものは、才気に満ちた珠玉が文の波に浮かび詞の壇に上るようなものだ。詩文のすぐれたさまをいう。
一〇 この作品を示し、跋文を依頼したことを言う。「鎗屋旅舎」は金玉均(↓次頁注六)が居住していた東京府京橋区鎗屋町(現中央区銀座四丁目)の旅館(琴秉洞『金玉均と日本――その滞日の軌跡』緑蔭書房、一九九一年)。巻十に散士が金の「寓ニ訪フ」(四八九頁)場面がある。

てし、余の一言《いちごん》之を志すところを索《もと》む。余遂《つひ》に其の下に書して曰《いは》く、一子曰く才難《かた》しと。二才ありて学ぶ尤《もつと》も難《かた》し。君《きみ》既に才ありて学に志《こころざ》す。学既に成る有り。三則《すなは》ち宜《よろ》しく復《ま》た其の学を曠め其の志を勉め以て他日を需《ま》つべし。四需世《じゆせい》の用《よう》即《すなは》ち亦《また》余の志願にして柴君《しばくん》の志なる哉《かな》。五乙酉《おついう》仲秋《ちゆうしう》朝鮮《てうせん》逸士《いつし》金玉均六 謹《つつしみ》て題《だい》す。印 印）

一 先生が言うには、人材は得がたいと。「舜、臣五人有りて天下治まる、武王曰く、予に乱臣十人有りと、孔子曰く、才難しと、其れ然らずや」(『論語』泰伯)。
二 才能があってなおかつ学ぶのはもっとも難しい。
三 そこでその学問を広め、その志を励まし将来の好機を待つのがよい。「曠」は「広」と同じ。広げる。「需」は待つ。
四 世の中の役に立つこと。
五 明治十八年(一八八五)八月。→四頁注五。
六 一八五一-九四。号は古筠。朝鮮王朝末期の開化派(独立党)の指導者。日本の近代化に影響を受けた金ら開化派は、日本の武力をかりて親清派の閔妃(ビミン)→四九四頁注六)一派(事大党)を打倒するため一八八四年十二月四日クーデター(甲申政変→四五四頁注二)を起こすも、清軍の介入と日本軍の撤退で失敗し、金ら独立党の志士は日本に亡命。閔氏政府による再三の引き渡し要求により事態の紛糾を恐れた日本政府は、一八八六年に金を小笠原島、さらに北海道に移送した。一八九〇年東京に帰り、福沢諭吉、後藤象二郎らの援助を受けていたが、刺客に誘い出されて清国に行き、一八九四年三月二十八日上海で暗殺された。この跋文は日本亡命時のもの。「逸士」は俗世を離れて暮らす隠者。下の印文は「金玉均印」「古筠」。

佳人之奇遇弐編[七]

佳人之奇遇序

曾観釈迦涅槃像日月星宿至焉鬼畜鳥獣輪焉凡天地之間森羅之物一時咸侍莫不来集矣然是唯以悲泣号哭而相遇已未聞有天地之間森羅之物以歓喜快楽而一時相遇之日嗚呼奇遇之遠何其知也太古蓋有無君無政之国人民各不相遇至有君有政之頃人民与政府亦各不相遇則宜於何之時用何之徳能令国家遇歓喜快楽之妙境邪北米合衆国世称以為世界之黄金浄土頃者五大洲中之佳人偶然至於是地焉然亦唯以悲泣号哭者何邪抑歓喜快楽之果有伝於来世之後而然邪嗚呼奇遇之遠何其知也然吾亦聞之釈迦之所証在摩訶衍之妙理善悪不二邪正一如是也何物悲泣号哭何物歓喜快楽自宇宙荒落之外観之莫一之可是非者也吾友東海散士慷慨奇傑之士而佳人之一也自記北米奇遇之事要序予〻一読殆有不堪悲泣号哭者焉而散士則以為歓喜快楽也邪予再読亦有不堪歓喜快楽者焉而散士則以為悲泣号哭也邪請唯以心伝心矣

明治乙酉歳晩

七　二編巻三は、明治十八年八月一日版権免許、明治十九年一月十三日刻成出版。同年四月二十六日再版御届。

佳人之奇遇序

暘谷居士后日華撰并書

曾《かつ》て釈迦《しやくか》[一]の涅槃像《ねはんざう》を観《み》る。日月星宿《じつげつせいしゆく》至り、鬼畜鳥獣輪《わ》となれり。凡《およ》そ天地の間森《しん》羅《ら》の物一時《ひととき》に咸《ことごと》く侍《じ》し、来集せざるは莫《な》し。然《しか》るに是《こ》れ唯《た》だ悲泣号哭《ひきふがうこく》を以《もつ》て而《し》て相《あ》ひ遇《あ》ふのみ。[二]未《いま》だ天地の間森羅の物歓喜快楽《くわんぎけらく》を以《もつ》て而《し》て一時《ひととき》に相《あ》ひ遇《あ》ふの日有るを聞かず。嗚呼《ああ》奇遇の遠き、何ぞ其れ知らんや。[三]太古には蓋《けだ》し君《きみ》無く政《まつりごと》無きの国、人民各相《おのおのあ》ひ遇《あ》はざる有り。[四]君有り政有るの頃に至りても人民と政府と亦各相《またおのおのあ》ひ遇《あ》はず。[五]則《すなは》ち宜《よろ》しく何の時に何の徳を用《も》つて、能《よ》く国家をして歓喜快楽の妙境に遇《あ》はしむべきや。[六]北米合衆国は世《よ》称して以て世界の黄金浄土と為す。[七]頃者《このごろ》五大洲中の佳人偶然是《こ》の地に至る。[八]然るに亦唯《またた》だ以《もつ》て悲泣号哭するは何ぞや。抑《そもそ》も歓喜快楽の果《はた》して来世の後に伝ふる有りて然るや。嗚呼《ああ》奇遇の遠き、何ぞ其れ知らんや。然るに吾亦《われまた》これを聞く。[九]釈迦の証する所は摩訶衍《まかえん》の妙理に在《あ》り。[一〇]善悪不二邪正一如是《ぜんあくふにじやしやういちによこれ》なり。[一一]何物《なにもの》ぞ悲泣号哭、何物ぞ歓喜快楽、[一二]宇宙荒落《くわうらく》の外観の一ならざるよりこれ是

一「涅槃」は煩悩を消し智慧の完成した悟りの境地。また釈迦の入滅、死を言う。「涅槃像」は釈迦が涅槃に入った様子を写した絵画や彫像。沙羅双樹に囲まれた宝台に釈迦が北枕で右脇を下にして眠り、周囲には諸菩薩、仏弟子、国王、大臣、天部、大臣、優婆塞、鬼神、畜類が集まり、釈迦の死を悲しみ、涕泣する様子が描かれる。

二 この世のすべてのものが喜びに満ちて一度に寄り集まった日があったということをいまだ聞いたことがない。

三 大昔には、思うに国土には君主も政府もなく、人民はめいめいがばらばらの状態で一度に寄り集まることはなかった。

四 君主が出現し政府が存在する時代。

五 それではいつどのような徳をもって国家を歓喜快楽のすばらしい境地に巡り合わせたらよいのだろうか。

六 例えば『米欧回覧実記』第一巻「米利堅合衆国ノ総説」には「此ノ国ノ人ハ、ミナ民主ノ風ニ生長シ、一視同仁ノ懐(おもい)アリ、人ニ接スル真率親ミ易ク、事ニ当リ従容羈(ダホサ)レス、真ニ天地ノ公民ナリ」とある。

七「頃者」は近頃。「五大洲」は五大陸、ここでは全世界。

八(本来は楽しいはずなのに)ただ悲しんで激しく泣くのはどうしてか。

九 釈迦が示したのは摩訶衍の奥深い道理である。「摩訶衍」は大乗(仏教)の意。

一〇(釈迦が示したのは)善と悪、正と邪という正反対のことも、大乗仏教の平等無差別の教理では別物ではない、ということ。「善悪不二邪正一如の妙理を以て緯と為す」(『仏心法要』)。

非すべき者なり。吾友《わがとも》東海散士は一三慷慨《かうがい》奇《き》傑《けつ》の士にして佳人の一なり。一四自《みづか》ら北米奇遇の事を記し、予に序を要《もと》む。予一読、殆《ほと》んど悲泣号哭に堪《た》へざる者有り。而《しか》るに散士則《すなは》ち以《もつ》て歓喜快楽と為《な》すや。予再読し亦《また》歓喜快楽に堪へざる者有り。而《しか》るに散士則ち以て悲泣号哭と為すや。一五請《こ》ふ唯《た》だ以心伝心なるを。

一六明治乙酉歳晩

一七暘谷《やうこく》居士《こじ》后《ご》日華《につくわ》撰幷《ならび》に書す

一八（印 印）

一一 悲泣号哭とは、歓喜快楽とは、いったい何ものか。これらも対立しているように見えるだけではないのか、の意。

一二 宇宙の広大でとりとめのない、その外観の一様でないありようから是非を考えるべきものだ。

一三 世を憤り嘆くすぐれた人物の一人である。

一四 散士自身の北アメリカでの奇遇を文章に表して、私に序文を依頼してきた。

一五 散士の意図が心から心に伝わることを願うだけである。「以心伝心」は、禅宗で悟りの極致を、言葉や文字を介さないで他人に伝えること。

一六 明治十八年(一八八五)の年末。

一七 後藤象二郎(一八三八―九七)。暘谷はその号(居士は在家の修行者、また在野の隠者の意)。「后日華」の后は後藤の略、日華は諱(いみな)の元曄の曄(よう)を二字に分けたもの。後藤暘谷がこの序文を作り、自ら書した、の意。後藤は幕末明治期の政治家。旧土佐藩士で、大政奉還を実現するのに重要な役割を果たした。維新後、明治政府の参議などを歴任。明治六年(一八七三)征韓論に敗れて下野し、翌年板垣退助らと民撰議院設立建白書を提出して自由民権運動に参加。のち板垣らと洋行し、帰国後朝鮮の金玉均を援助する。明治二十年政府の条約改正案に反対して大同団結運動を提唱したが、同二十二年黒田清隆内閣に逓信大臣として入閣し、運動は分裂した。山県有朋、松方正義の各内閣で逓信大臣、第二次伊藤博文内閣では農商務大臣を歴任した。

一八 印文は「后日華之印」「暘谷」。

佳人之奇遇巻三

東海散士著

極レ力写ニ罡煞雨之状一。引ニ起下文許多生別死別之悲惨一。妙妙。

期日[一]ニ至リ散士盛服粧飾《せいふくしやうしよく》[二]シテ車ヲ駆《か》リ蹄水《(デラウエーア)》ノ浜ニ至ル　時ニ密雲雨《みつうん》[三]ヲ帯ビ西風面《おもて》ヲ払《はら》ヒ　河伯躍《かはくをど》リ憑夷《ひようい》[四]叫ビ波浪飄蕩《はらうへうたう》[五]舟ノ渡ル可《べ》キナシ　怏怏《あうあう》[六]トシテ岸上ヲ徘徊《はいくわい》ス　忽《たちまチ》ニシテ黒雲四《よも》ニ塞《ふさが》リ急雨盆《ぼん》ヲ覆《くつがへ》スガ如《ごと》ク転瞬[七]ノ間衣裳尽《いしやうことごと》ク沾《うるほ》フ　乃《すなはチ》轅《ゑん》[八]ヲ回《めぐ》ラシテ寓居《ぐうきよ》ニ帰ル

此夜病《やまひ》ニ感ジ終宵《しゆうせう》眠ル能《あた》ハズ　偏《ひとへ》ニ昊天《かうてん》[九]ノ無情ヲ怨《うら》ミ寂寞《せきばく》タル客舎《かくしや》ニ愁人《しうじん》夜ノ長キヲ苦《くるし》ミ人[一〇]ヲ懐《おも》フ三秋《さんしう》ノ如《ごと》シ　魚腹《ぎよふく》[一一]ニ托《たく》シテ眷恋《けんれん》ノ情ヲ通ゼン乎《か》　遺臣[一二]ノ跡顕《あとあらは》レ謀《はかりごと》洩レンコト是《これ》幽蘭ノ深ク消息ヲ戒《いまし》ムル所ナリ　越《こえ》[一三]テ十有七日病少《すこし》ク間《かん》ナリ　即《すなはち》病痾《びやうあ》[一四]ヲ勉《つと》メテ蹄水ニ臨メバ[一五]水鏡《すいきやう》覚《おぼ》ヘズ顔色ノ枯槁《こかう》ヲ照ス　歎《たん》ジテ曰ク　噫《ああ》他ノ為メニ憔悴《せうすい》

一　九八頁五行「後七日ヲ約シ」を承ける。
二　立派に着飾る。　三　分厚い雨雲が出て、西から吹く風が顔に吹き付け。豪雨の前兆を示す天気。　四　「河伯」「憑夷」(「冰夷」に同じ)は共に水神、河神の名。ここでは悪天候のために川面が荒れるさま。
五　波が風で揺れ動き。
六　いらいらしながら岸辺をぶらつく。
七　あっという間に衣服が皆濡れてしまった。
八　車の方向を変えて。「轅」は車を引くために乗車台の横から平行に出た二本の棒。
九　天の無情を怨み、寂しい旅の宿で憂いに沈む身に夜が長いことに苦しみ。
一〇　幽蘭との再会が頻りに待ち遠しく思われる。いわゆる「一日三秋の思い」。
一一　手紙。『史記』陳渉世家の故事による。→補六二。「眷恋ノ情」は耐えられぬほどの激しい恋心。　一二　旧臣の足跡が露呈し、計画が敵に洩れてしまうこと、これを恐れて幽蘭は連絡をとらずにいる。「消息」は手紙。
一三　十七日の後、病気が少し良くなった。
一四　長い病をおして。　一五　水面をふと見れば、やせ衰えた表情を写している。
一六　(幽蘭を思って憔悴してしまったので)再会するのが恥ずかしい。
一七　眺める風景はすっかり変わり。
一八　すべての花が枯れて落ちた。「兎麦」「燕葵」は兎葵(セツブンソウ、ウサギアオイ)、燕麦(オートムギ、マカラスムギ)の誤りか、またはその類の雑草。「叢叢」は群がるさま。荒れ果てた景色の形容。西山逸士「佳人之奇遇批難」(→補九)に以下の指摘がある。「余は又天台訪隠録に『兎麦燕葵盈レ目』の句あるを見て他書には見当たらぬ字故《ゆえ》兎

状形如レ画。

此《ここ》ニ至ルカ　豈《あに》[一六]再《ふたたビ》相見《あひみ》ルヲ羞《は》ヂザランヤト　已《すで》ニシテ舟前岸ニ達ス　乃《すなはチ》幽蘭ノ居《きよ》ニ至ル　観光[一七]形《かたち》ヲ革《あらた》メ百花[一八]尽《ことごと》ク零落シテ兎《と》麦燕葵《ばくえんき》叢叢《そうそう》目ニ満チ　門径《もんけい》[一九]ノ青草《せいさう》乱レテ人ノ除クナク門戸《もんこ》蕭条《せうでう》復《まタ》応答スル者ナシ　嗚乎《ああ》嗚乎《ああ》[二〇]昨夕ノ游跡《いうせき》ハ果シテ夢カ将《はタ》幻《まぼろし》カ　後会《こうくわい》[二一]ノ続ク莫《な》キヲ傷《いたみ》テ前事ノ追ヒ難キヲ悵《うら》ミ　楊柳《やうりう》[二二]春風ノ院ヲ鎖《とざ》シ梨花《りくわ》夜雨《やう》ノ門ヲ閉《と》ヂ音容《おんよう》杳《えう》トシテ接スル靡《な》ク心緒《しんしょ》乱レテ紛紜《ふんうん》タリ　去ラント欲シテ去ルニ忍ビズ柳蔭《りういん》ニ盤踞《はんきよ》[二三]シテ徒《いたづら》ニ嗟《さ》嘆《たん》スルノミ　忽《たちまチ》見ル柳樹《りうじゆ》[二四]ヲ白《はく》シテ書《しよ》スルモノアリ　春蚓秋蛇《しゆんいんしうだ》[二五]僅《わづか》ニ読ム可《べ》シ　曰ク

昔聶政殉ジ二厳遂之顧ニ一。荊軻慕ヒ二燕丹之義ヲ一。意気之間糜テレ軀ヲ不レ悔ヒ。
雖モレ微シトレ達スルレ節ニ。謂フ二之可シト一レ庶フ。

（昔[二六]聶政《でふせい》厳遂《げんすい》の顧《こ》に殉《じゆん》じ。荊軻《けいか》燕丹《えんたん》の義を慕《した》ひ。意気の間軀を糜《び》して悔《く》いず。節に達する微《すくな》しと雖《いへど》も。これに庶《ちかし》といふべしと謂《い》ふ。）

麦燕葵とは如何なるものか、或は文字の誤にはあらざるかと思ひしに、奇遇の巻三一丁の裏に又『兎麦燕葵叢々月（ママ）ニ満チ』云々の句あり」（「天台訪隠録」は『剪燈新話』の一編）。 一九 門前の小道。 二〇 前回の訪問は果たして夢か幻なのか。 二一 後日の面会。「前事」は先の出会いの日のこと。 二二 柳に吹く春風の中で家は戸を閉め、梨の花に降り注ぐ夜の雨の中で門をぴったりと閉め、幽蘭の声や姿に全く接することができず、心が千々に乱れる。「院」は周囲に土塀を巡らした家。「剪燈新話を繙けば滕穆酔遊ニ聚景園一記に　悵ニ後会之莫一レ続。傷ニ前事之誰論一。鎖ニ楊柳春風之院一。閉ニ梨花夜雨之門一。（中略）音容杳而靡レ接。心緒乱而紛紜。の一文あり」（西山逸士「佳人之奇遇批難」）。傍線部分、原文では圏点）。 二三 うずくまること。 二四 柳の樹を削った白い幹に何か書いてある。 二五 春になると地上に出てくるミミズと秋に動きの鈍くなった蛇。乱れた字のたとえ（『晋書』巻八十ほか）。 二六 昔聶政は厳遂の引き立てに殉じ、荊軻は燕の太子丹の義を慕い、意気に感じて暗殺者となって死んだが悔いはなかった。両者の行動は節義とは言えないまでもそれに近いものだ。「糜軀」は身を粉にして行動する意。戦国時代初めの聶政（?-前三九七）は殺人を犯したため報復を避けて斉に逃げ、犬の屠殺を職としていた。韓の哀侯に仕えていた厳遂は大臣の俠累（きょうるい）と仲違いをして他国に逃げ、聶政に丁重に報復を依頼した。聶政は意気に感じ、俠累を刺殺してから、自分の手で自分の顔の皮を剝ぎ、目を

自下李陵与二蘇武一書上得来。

散士再ビ蹄水ノ旧家ヲ訪フ之図

一行ノ文字総《すべ》テ鳥跡《てうせき》[一]ナルヲ以《もつ》テ心范卿《はんけい》ノ書《しよ》スル所ナルヲ知ル　然《しか》レドモ其《その》何《なん》ノ故《ゆゑ》ナルヲ詳《つまびらか》ニセズ疑念交《こもごも》ゝ集リ彷徨《はうくわう》之ヲ久《ひさし》フス　一傖父《さうふ》[二]アリ年七十許《ばかり》竿《さを》ヲ肩ニシ岸ニ傍《そひ》テ来《きた》リ揖《いふ》[三]シテ曰ク　郎君《らうくん》[四]ハ東海ノ遊子《いうし》ニ非《あら》ズヤ　老奴《らうど》[五]ハ此屋《このをく》ヲ守ル者ナリ　二妃《にひ》故有《ゆゑあり》テ倉皇《さうくわう》[六]行《かう》装《さう》ヲ束《つか》ネ過《すぐ》ル九日ヲ以テ此家《このや》ヲ発セリ　去ルニ臨《のぞ》ミ一書ヲ托《たく》シテ曰ク　他日《たじつ》劉郎《りうらう》[七]来《きた》リ訪《と》ハヾ幸《さいはひ》ニ之ヲ呈《てい》セヨト　乃《すなはチ》懐《ふところ》ヲ探《さぐ》リ尺素《せきそ》[八]ヲ与ヘ直《ただち》ニ復《また》竿ヲ負《おひ》テ去ル　散士披《ひらき》テ之ヲ読ム　其文ニ曰ク

惨《さん》[九]ハ乱離ヨリ惨ナルハ莫《な》ク悲《ひ》ハ生別ヨリ悲《かなし》キハナシ　昊天吊《かうてんてう》[一〇]

抉り、腹を切り腸を取り出して死んだ。荊軻(?―前二二七)は戦国時代末の衛の人。燕の太子丹の依頼を承けて秦の政(後の始皇帝)を刺殺しようとするが失敗し、殺された(ともに『史記』刺客列伝)。

以上一〇七頁

一 漢字のこと。中国古代、黄帝の時代に蒼頡(そうけつ)が鳥の足跡を見て漢字を創ったという伝説から。 二 田舎親爺。 三 挨拶をして。 四 あなたは日本からきた旅人ではないですか。 五 わたくしめ。謙称。 六 急ぐさま。「行装」は旅の荷物。 七 後漢の人で、天台山で道に迷い、仙女と出会って交わったという劉晨のこと。転じて放蕩者(『幽明録』、『蒙求』「劉阮天台」)。ここでは女性に好かれるすてきな人の意を込めて散士を指す。 八 短い手紙。「尺素」は文字を書くのに用いる一尺ほどの絹布。 九 世の争乱で離ればなれになることより悲惨なことはなく、生き別れより悲しいことはない。「楽しみは新たに相知るより楽しきはなく、悲しみは生きながら別離するより悲しきは莫し」(『古詩源』琴歌。『楚辞』九歌「少司命」にも類句)。 一〇 天は我々を憐れまず、災いが再びやって来た。「吊」は→一〇頁注五。 一一 急ぎの手紙。「鴻」は大きな雁で、雁書(手紙)と同じ。飛翰。 一二 罪人を乗せる檻の形をした車。「西都」は西班牙(スペイン)の都マドリード。 一三 虎や狼のように暴虐な秦国。ここでは老父を捕縛した現スペイン政府のたとえ。「佳人之奇遇著述の筋書」(→補七)には、散士が再訪すると、留守番の老翁から書を渡

セズ災厄再《ふたたビ》臨ム　[一一]昨《きのふ》飛鴻《こう》アリ告ゲテ曰ク　老父縛《ばく》ニ就《つ》キ[一二]檻車《かんしや》西都ニ送ラルト　妾《せふ》之ヲ聞キ胸中割《さ》クルガ如ク情懐何ゾ堪《た》ユ可ケンヤ　乃《すなはチ》将《まさ》ニ単身[一三]虎狼《こらう》ノ秦《しん》ニ赴キ老父ト死生ヲ倶《とも》ニセントス　今一《ひと》タビ郎君ヲ見テ[一四]懐抱ヲ叙《じよ》セント欲ス　而《しか》シテ[一五]時我《われ》ト延ビズ　郎君其レ[一六]焉《これ》ヲ憐察セヨ　[一七]悠悠タル鳴雁《めいがん》翼《つばさ》ヲ垂レテ北ニ行ク　嗟乎《ああ》我命薄《めいうす》ク運窮《きはま》リ事願《ねがひ》ト違《たが》ヒ[一八]良会《りやうくわい》ノ永ク絶ヘタルヲ悵《うら》ミ素懐《そくわい》ノ通ジ難キヲ傷《いた》ム　[一九]欧雲米水万里処《ところ》ヲ異《こと》ニシ各天[二〇]参商《しんしやう》ノ如ク[二一]萍蹤定処《へいしようていしよ》ナク[二二]離夢《りむ》躑躅《てきちよく》別魂飛揚《べつこんひやう》シ　[二三]風流雨散《ふうりううさん》一別《いちべつ》雲ノ如ク[二四]蘭摧《らんくだ》ケ鳳《ほう》去リ祇《まさ》ニ妾ガ情ヲ攪《みだ》ス　[二五]命運ハ天ノミ亦何ゾ怨《うら》ミン　[二六]大丈夫四海《しかい》ニ志《こころざ》ス万《まん》トシテ比隣ノ如シ　恩愛苟《いやしく》モ虧《か》ケズンバ遠キニ在レドモ猶《なほ》親愛セン　何ゾ必シモ衾幬《きんちう》ヲ同《おなじく》シテ而シテ後慇懃《いんぎん》ヲ展《の》ベンヤ　[二七]郎君遠猷《ゑんいう》翼ヲ振ヒ名ヲ汗青《かんせい》ニ垂レヨ　良時茲《りやうじここ》ニ在リ失フ勿《なか》レ　[二八]異日《いじつ》東洋ノ男子天ノ一国ニ賦与《ふよ》

惻惻動レ人。

驟読レ之。如二一瀉千里一。細玩レ之。如二層波畳嶂一。

幽蘭一去。生死固不レ可レ知。若夫幸得レ全二生於今日一乎。而我国人心委靡。無レ有下揮二自

され、三人が「明等の本国に父の危急を救ふ等に赴くを知りしは実事」とある。

一四 胸の中の思いを述べようと思う。

一五 時間は私の望み通りに待ってくれない。

一六 老父救出のために今すぐ出発しなければならない事情。

一七 別離する散士と幽蘭とのことが、むつまじく飛んでいく雁に対比されている。

一八 楽しい集い。散士との再会を指す。「素懐」は日ごろの思い。散士への思慕の情。

一九 ヨーロッパの空とアメリカの川。互いの居場所が遥か遠くに離れている意。

二〇 「参商」は遠く別れて会えないたとえ。↓六六頁注一。

二一 浮き草のように四方にさすらって定住しないたとえ。

二二 「離夢」は離ればなれに見る夢。「躑躅」は足ぶみしてためらうこと。「離夢の躑躅するを知り、別魂の飛揚するを意(おも)ふ」(江文通「別賦」『文選』巻十六)。

二三 一度別れたら二度と会うことはないことのたとえ。「風は流れ雲は散じて、一別雨の如し」(王粲「贈蔡子篤詩」『文選』巻二十三)。

二四 「蘭」は幽蘭、「鳳」は散士をたとえる。↓二六頁注一。「祇に我が心を攪る」(『詩経』小雅「何人斯」)。

二五 人の命運は天が決めることだ。「命は天に在り」(『史記』高祖本紀)。

二六 一人前の男児が世界を股(また)にかけているのだから、万里も離れていても近隣に居るようなものだ。もし情が欠けなかったら、遠方にいても、寝起きを共にしなくても、親しみを感じられる。夜着(衾)やとばり(幬)を共にしなければねんごろに交わることができないというものではない。「丈夫

由旗㆒邀㆓欧人㆒。争㆗国権於兵馬間㆖必矣。然則散士遇㆓幽蘭㆒。其終不㆑可㆑期乎。

不㆑知我幾百万裙釵中。誰与㆓此烈女㆒足㆓相敵㆒者。

千翻百転。如㆓湍廻阜転㆒。意欲㆑尽而筆未㆑尽。筆欲㆑歇而意未㆑歇。真此情鍾文字。

後段幾多話頭。幾多事件。先胚㆓胎於此封中書来㆒。

スル正義ニ仗《よ》リ自由ノ旗ヲ揮《ふる》ヒ欧人ト国権ヲ争ヒ[一]兵馬ノ間ニ馳《ち》駆《く》スルト聞カバ　単身難《なん》ニ赴《おもむ》キ郎君ノ傷床《しやうしやう》ニ侍《は》ベリ湯薬《たうやく》自《みづかラ》嘗《な》ムル者ハ必《かならズ》賤妾《せんせふ》ナリ　郎君ノ凱旋《がいせん》ヲ馬前ニ迎《むか》ヒ手ヲ握《にぎり》テ功業ヲ祝スル者モ亦《また》必《かならズ》賤妾ナリ　若《も》シ当年郎君妾ヲ見ズンバ則《すなはチ》妾ハ身命《しんめい》ヲ国家ノ犠牲ニ供シ早ク已《すで》ニ[二]道義ノ鬼ト成リテ現世ノ人ニ非ザルヲ知レ　嗚《あ》呼《あ》悪夢[三]讖《しん》ヲナシ君ヲ懐《おもフ》テ涙[四]滂沱《ばうだ》タリ　手ヲ携《たづさ》フルノ日[五]邈《ばく》トシテ夢ノ如シ　[六]思心愈〻《いよいよ》結《むすぼ》ホレテ誰《たれ》ト与《とも》ニカ之ヲ解カン　涙ヲ揮《ふる》ヒ謹《つつしみ》テ別離ヲ告グ　願クハ郎君邦家《はうか》ノ為メニ努力自愛セヨ

封中又一書アリ　[七]波寧流《（パルネル）》女史ニ寄《よ》スルモノニシテ[八]紅蓮ノ散士ヲ介スル書ナリ　散士幽蘭ガ書ヲ読ム数回　[九]黯然《あんぜん》トシテ声無ク[一〇]悵然《ちやうぜん》トシテ謂《おもへ》ラク　幽蘭ガ能《よ》ク[一一]伶俜《れいへい》弱質ノ姿ヲ以テ奮《ふるひ》テ父ノ難ニ赴キ　又其《その》[一二]一見ノ知遇ニ感ジ終生交誼《かうぎ》ノ渝《かは》ラザルヲ盟《ちか》ヒ　[一三]今世ノ永訣《えいけつ》ヲ表シ更

四海に志す、万里も猶ほ比隣のごとし、遠きに在るも分日に親しまん、何ぞ必ずしも衾幬を同じくして、然る後に慇懃を展べんや」(曹植「贈白馬王彪詩」『文選』巻二十四)。
二七 あなたは遠い未来まで見据えて行動し、歴史に名を残しなさい。「遠猷」は遥か遠い未来まで見据えた企図(をする)。「汗青」は紙のなかった時代に竹の札に文字を書いたことから、史書のこと。
二八 他日。

以上一〇九頁

一 戦いに明け暮れること。「兵馬」は兵器と軍馬。
二 人の踏み行うべき道。その道のために死んでしまっているのだと思って下さい。
三 未来のことを知らせる予言。前兆。
四 涙が止めどなく流れるさま。
五 遥か遠いさま。
六 心はますます鬱屈するが、誰とともに晴らしたらよいのだろう。
七 ↓五〇頁注六。
八 紅蓮が散士を経由してパーネル女史に渡す手紙である。
九 悲しみで気がふさぐさま。
一〇 悲しみ嘆いて。
一一 零落したかよわい身で。「伶俜」は落ちぶれて孤独なさま。
一二 一度だけの知遇に感じ入って、一生親しい交際が変わらないことを約束し。
一三 この世での永遠の別れ。
一四 気の持ち方がしっかりとした女性。女

散士失意之極。煩悩百発。僅以㆓個不了語㆒自遣。

悲惨光景。与㆓腔裡悲気㆒襯映。

ニ散士ノ前途ヲ奨《はげ》マス　実ニ一世ノ[一四]女丈夫《ぢよじやうふ》ト謂《い》フ可シ　嗚乎《ああ》[一五]奇節是《かく》ノ如ク秀才彼《か》ノ如ク[一六]忠孝姿色与《ししよくとも》ニ備ハリ尚且《なほかツ》時ニ会ハズ流離漂零《へうれい》旻《びん》天《てん》之ヲ悔《く》ヒズ更ニ災厄ヲ与フ　[一七]皇天后土《くわうてんこうど》何ゾ其酷《そレこく》ナルヤ　蓋《けだ》シ聞ク[一八]梅蕾《ばいらい》春ニ魁《さきがけ》テハ霜雪《さうせつ》之ヲ痛メテ後ニ微妙ノ香《か》アリ　豪傑未《いまダ》時ヲ得ザレバ造物頻《しきり》ニ厄《やく》ニ遇ハシメテ遂ニ万世ノ功名ヲ留ムト　[一九]天道ハ至《し》微《び》真ニ知ル可カラズ　而《しか》シテ紅蓮范卿ノ前途ヲ思ヘバ共ニ一身ノ栄辱《えいじよく》ヲ顧ミズ国家恢復《くわいふく》ノ大志ヲ懐《いだ》キ[二〇]其任《そのにん》ヤ重ク其道《そのみち》ヤ遠シ　然《しか》ルニ今[二一]私交《しかう》ノ故ヲ以テ幽蘭ガ厄運《やくうん》ニ赴カバ未《いまダ》尽サヾルモノアルニ似タリ　或《あるい》ハ別ニ深意《しんい》ノ存スル所アルカ　或ハ幽蘭ガ妙齢薄弱死ヲ決シテ老父ノ難《なん》ヲ救フノ危《あやふ》キヲ見テ交情相分《あひわか》ルヽニ忍ビズ共《とも》ニ倶《とも》ニ赴《おもむ》キシカト　独《ひと》リ問ヒ独リ答ヘ憂愁《いうしう》交《こもごも》〻至リ疑団愈《いよいよ》〻解ケ難《がた》シ　首《かうべ》ヲ挙《あ》グレバ四顧《しこ》ノ山河旧《きう》ノ如ク依然タルモ　[二二]麦秀《むぎひい》デヽ草乱レ人去リ時移リ落《らく》[二三]暉《き》西山《せいざん》ニ搗《つ》キ　晩風《ばんぷう》水波《すいは》ヲ揚ゲ杜鵑《とけん》離情ヲ牽《ひ》キ極目《きよくもく》蕭条《せうでう》覩《み》ルトシテ

傑。

一五 すぐれて高潔な節操。

一六 忠孝の精神も美しい容色もともに備えていながら、時勢に巡り会わないでさすらっている彼女に対し、天はそうしたことを後悔せず、さらに災難を与えている。「流離漂零」は故郷を離れさすらい落ちぶれること。

一七 天の神、地の神。

一八 春が来る前に、霜や雪が梅の蕾を痛めることで、梅は何とも言えぬ美しい香りを漂わせる。すぐれた人物がまだ時勢に巡り会わなければ造物主は頻りに災難に遭わせて、しまいに永遠に名を残させる。「造物」は「造物主」のこと。天地の創造者。

一九 天は極めて微かなものであって人知ではその真意を知ることができない(方孝儒『遜志斎文集』巻一)。

二〇 「任重くして道遠し」(『論語』泰伯)。

二一 個人的な交際という理由から紅蓮と范卿が幽蘭と一緒に赴くというならば、まだその赴く理由のすべてを説明し尽くしたとは言えないようだ。

二二 麦の穂が伸び放題になっている。荒れ果てたさま。「麦秀」は、殷王朝滅亡後、遺臣の箕子が荒廃した宮殿跡に麦が生い茂っているのを見て悲しみ、「麦秀でて漸漸たり、禾黍(かし)油油たり」と歌った故事から、亡国の悲嘆を言う。↓四九一頁注二二。

二三 夕日が西の山に入ろうとし、夕風が川を波立たせ、ホトトギスが別離の情感を引き出し、見るものすべてが物悲しく、散士の感情を苦しませないものはない。「落暉」は夕日。

俯仰感慨。真是黍離感。

散士猶有二此病一乎。果知三弁慶非二勇者一。呵呵。

自二幽蘭一直入二波寧女史一。則恰如

散士ノ情ヲ傷《いた》マシメザルハナシ　散士乃《すなはチ》棹《さを》[一]ヲ回《めぐら》シテ費府《（ヒラデルヒヤ）》ニ帰ル　是《コレ》ヨリ後快快《あうあう》トシテ楽マズ　寝食共ニ廃シ憂《うれひ》、顔色ニ形《あら》ハル　傍《ばう》人其故《じんそのゆゑ》ヲ知ラズ皆以テ病痾《びやうあ》ノ再発トナシ保養加餐《ほやうかさん》ヲ勧《すす》ムル者多シ

散士窃《ひそか》ニ幽蘭ノ書ヲ筺裡《きやうり》[二]ニ蔵《をさ》メ時ニ取リテ之ヲ読ム　忽《たちまチ》ニシテ麗容《れいよう》[三]眼ニ遮《さへぎ》リ温語《をんご》耳ニ来リ　忽《たちまチ》ニシテ憤恨《ふんこん》[四]交々《こもごも》集リ胸結《むねむすび》テ解ケズ心鬱《こころうつ》シテ散ゼズ殆《ほとんド》読書ヲ廃スルニ至ル　是《ここ》ニ於テ日ニ気[五]ヲ山水ノ間ニ放《ほしいまま》ニシ以テ幽懐《いうくわい》[六]ヲ暢叙《ちやうじよ》セントス　水逝《みづゆ》キ年流レ春老《お》ヒ夏来ル　一《いち》[七]日杖《じつつえ》ヲ引テ絶景山《フエヤモント》[八]ノ公園ヲ歩シ春園橋《スプリングブレッチ》[九]ヲ過ギ凱旋街《アーチストレート》[一〇]ヲ下ル

凱旋街ハ費府ノ中衢《ちゆうく》ニ在リ　革命ノ役仏将鑼柄斗《（ラヘート）》[一一]年尚《なホ》少ニシテ米人ノ義挙ニ感ジ　産ヲ傾ケ身ヲ顧ミズ力ヲ米国ノ独立ニ尽《つく》シ奮戦勇闘《ふんせんゆうとう》見ル者為《た》メニ奮《ふる》ヒ聞ク者為メニ起《た》チ戦功亦《また》多シ　米人其義ニ感ジ凱《がい》還《くわん》ノ後凱旋形《がいせんけい》[一二]ヲ造リ以テ将軍ヲ饗《きやう》セリ　後人将軍ノ功績ヲ不朽ニ垂レント欲シ取テ以テ街衢《がいく》[一三]ノ名トス　芙蘭麒麟《フランクリン》[一四]ノ墓亦此ニ在リ　散士

一　船の方向を変えて。「轅ヲ回ラシテ」(→一〇六頁注八)に同じ。
二　箱の中にしまって。
三　美しい姿が目の前に浮かび温い言葉が耳に聞こえ。幽蘭のことが頭から離れない。
四　散士を置いて出発した幽蘭に対する心情を言う。
五　自然の中を散歩して、気晴らしをする。
六　「幽襟」と同じく、胸の奥底の思い。「暢叙」はのびやかに述べ表すこと。
七　ある日。不定の日を言う。
八　**Fairmontpark.** フィラデルフィア市街の北西部、チェスナットヒルへとぬけ、スクールキル(スクーケル)川沿いに広がる面積約五五〇〇エーカーの広大な自然国立公園。「『フェヤモント、パーク』ハ『スクイケル』河ヲ抱キタル、双岸ノ岡陵ニシテ、頗ル山水ノ壮観ヲ具セシ景地ナレバ、仮山(ツキヤマ)ノ経営ヲ仮ラズ、天然ニヨリ修メテ公苑トセリ」(『米欧回覧実記』第十八巻「費拉特費府ノ記」)。
九　**Spring Garden Bridge.** フィラデルフィア美術館の近くで、スプリング・ガーデン・ストリートにつながる橋。
一〇　**Arch Street.** フィラデルフィアの中央を貫く通り。周囲に造幣局やクライストチャーチ墓地がある。アーク街(前掲『米欧回覧実記』)。「中衢」は街の中央。
一一　ラファイエット。→三七頁注二三。
一二　祝賀や歓迎のために設けられた弓形の門。アーチ。
一三　街の名前にした(→注一〇)。
一四　フランクリン(**Benjamin Franklin.** 一七〇六-九〇)は政治、外交、新聞、出版、科学、

レ駢三列牡丹与二芍薬一。遂失二之於艶麗一。於レ是任レ手拈二出芙蘭麒麟高節公二氏一。為二花間老松醜石一。非三空疎者所二能弁一也。

芙公徳業。記二于世界億兆脳裡一。何須二金石一。何須二史伝一。触レ事随レ時。極罵痛斥。使三天下無用漢無二容レ身地一。痛快痛快。

行ゝ《ゆくゆく》芙公《ふこう》ノ人トナリヲ慕ヒ公ノ[一五]祠堂《しだう》ニ謁《えつ》セント欲シ門ヲ入リ祠前《しぜん》ニ跪《ひざまづい》テ之ヲ拝ス　微《わづか》ニ一苔石《たいせき》ノ青草ノ中ニ孤立スルアルヲ見ルノミ　嗚乎《ああ》公《こう》ハ[一六]自由ノ泰斗《たいと》ニシテ学術ノ先進ナリ　[一七]児童走卒《そうそつ》モ猶《なホ》公ガ名ヲ知ラザルハナシ　国家艱難《かんなん》ノ時ニ当リ公[一八]年五旬《としごじゆん》ヲ過ギ能《よ》ク万里ノ山海ヲ超ヘ[一九]英闕《えいけつ》ニ伏《ふ》シテ英王ノ非ヲ諫《いさ》メ　帰《かへり》テ涙ヲ揮《ふる》ヒ米人ノ軽挙ヲ戒《いまし》メ　或《あるい》ハ仏王ニ説《とき》テ以テ両国ノ紛乱《ふんらん》ヲ解カシメント欲ス　英王之ヲ容《い》レズ漫《みだり》ニ兵威《へいゐ》ヲ権《か》リテ之ヲ抑圧セントス　事勢《じせい》此ニ至リ又為《な》ス可カラザルヲ知リ　乃《すなはチ》奮テ米国ノ自由ト共ニ倒レント盟《ちか》ヒ[二〇]間関奔走席暖《かんくわんほんそうせきだん》ナルニ暇《いとま》アラズ　欧洲強国ノ君王ニ遊説シ遂ニ[二一]仏西両邦ノ君相ヲ感激シ以テ合従《がつしよう》ノ盟ヲ結バシム　米国ノ独立公ノ力ニ依ルモノ真ニ多シトス　而シテ[二三]墓碑僅《わづか》ニ芙蘭麒麟ノ数字ヲ刻《こく》スル有ルノミ　噫乎《ああ》夫《かノ》富貴《ふうき》ハ徒《と》ニ[二二]驕侈《けうし》逸楽《いつらく》国ニ益ナク世ニ害アリ　或ハ擅《ほしいまま》ニ権威ヲ弄《もてあそび》テ下《か》民《みん》ヲ淩《しの》ギ　或ハ徒ニ[二四]碑銘ヲ文飾シテ以テ後人ヲ瞞着《まんちやく》セントシ　或ハ

学問振興など多方面に活躍した人物。ボストンの貧しい印刷業者（一六八三年イギリスから渡来）の家に生まれ、フィラデルフィアで印刷屋を経営し成功を収めた。独立戦争中、フランスに行き外交交渉に活躍、独立宣言の起草委員の一人になるなど、アメリカを代表する人物。墓はフィラデルフィアのインディペンデンス国立歴史公園内のクライストチャーチ墓地内にある。また雷が電気と同じであると仮説を立て凧を用いて実験したことでも知られる（→一一四頁注三、一二五頁注一八）。

一五 みたまやをお参りしようとし。

一六 自由のために戦った偉人であり、学術の先駆者でもある。「泰斗」は中国山東省にある名山の泰山と北斗七星で、泰山・北斗のようにもっともすぐれた人として仰ぎ貴ばれること、また人物。

一七 子供や使い走りをする下僕ですら彼の名を知らない者はない。

一八 フランクリンは五十一歳の一七五七年に州会代表として渡英。六二年帰国し、六四年にも渡英。一九 イギリス国王の宮殿（『自伝』によれば枢密院議長の邸）。

二〇 困難な中を走りまわり、座席が暖まるひまもないほど忙しい（韓愈「争臣論」）。

二一 フランス、スペインの君主・宰相の心を動かして同盟を結ばせた。一七七八年米仏同盟条約が成立、翌年スペインもフランスと密約を結び、対英参戦。アメリカは八三年イギリスとパリ条約を締結（米独立を承認）する。二二 贅沢をして遊びに耽る。二三 墓碑の簡素さをたたえた表現。

二四 碑銘を飾って後世の人を欺こうとし。

求レ用二于現世一。求二知于時人一者。概為二凡人凡計一。

芙公方寸脳裡。湧二出此無数事物一来。以一二変三陸五洲百般形勢一。比二之歴山拿破倫一。不レ知更高幾百等。更大幾百倍。可レ謂二真箇神通力一。

臥龍出廬一語。為二後編世界三分論伏線一。

寺院ヲ建立《こんりふ》シテ以テ死後ノ冥福ヲ祈ル者ト日[一]ヲ同《おなじく》シテ語ル可カラザルナリ　且《かつ》公ノ学[二]天人《てんじん》ヲ貫《つらぬ》キ数々《しばしば》危険ヲ侵シ霹靂《へきれき》[三]ノ下ニ立チ遂ニ電気ノ理ヲ悟ル　当時世人皆嘲《あざけり》テ曰ク　腐儒《ふじゅ》[四]ノ空談《くうだん》実用ニ益ナシト　公之ヲ聞テ曰ク　俗人ハ目前ノ利ニ汲汲《きふきふ》トシテ遠大ノ志ナク　志士ハ永遠ノ計ヲ慮《おもんばかり》テ目前ノ利ヲ顧ミズ　百年ノ後必《かならズ》我ヲ知ル者アラント　今[五]ヤ電線織《お》ルガ如ク万里ノ海外瞬間ニ語ル可ク　陸ニハ鉄道ヲ馳《は》セ海ニハ船艦ヲ蕩《うごか》ス　城ヲ陥レ病ヲ療スル電気ノ功利僕[六]ヲ更《か》ヘテ数フ可カラズ　公ノ言《げん》果シテ信アリト謂《い》フ可シ　夫レ布衣《ふい》[七]韋帯《ゐたい》ノ士ニシテ能《よ》ク王公相将《しやうしやう》ヲ動《うごか》シ一国ノ興廃ヲ隻言《せきげん》[八]ノ間ニ決スルモノハ何ゾヤ　道存《そん》[九]シ学博《ひろ》キガ為メナリ　‖孔聖《こうせい》[一〇]言ヘルアリ　吾聞ク其容体[一一]観ルニ足ラズ其勇力憚《はばか》ルニ足ラズ其祖先道《い》フニ足ラズ而シテ終ニ大《たい》名《めい》アリテ以テ四方ニ顕《あら》ハレ声ヲ後裔《こうえい》ニ流ス者豈《あに》学ノ効ニ非ズヤ　故ニ君子ハ以テ学バザル可カラザルナリト　散士齢《よはひ》[一二]既ニ臥龍出廬《ぐわりようしゆつろ》ノ

一（フランクリンの質朴さとは）比べものにならない。「同日の論にあらず」と同じ。
二 学識は世の人から抜きんでていた。
三 雷。「弗蘭克林《フランクリン》、電ト、イーレクトリシテイ（電気ノ物中ニ具ハル性ヲイフ）ト其同一ナルコトヲ、始メテ発明シタル時、世人ニ笑ハレタリ。（中略）後来遠人ノ意想《オモヒ》ヲ通ズル電気通標《テレグラフ》ハ（中略）今ヨリ後多年ヲ経ズシテ、全地球ヲ帯ノ如クニ環《メグ》ルニ至ルベキナリ」（中村敬宇訳『西国立志編』五編九、明治三―四年）。
四 役に立たない学問をする儒学者を罵ることば。ここでは空理空論をもてあそぶ学者を言う。 五 電線が張りめぐらされ、電信が実用化されたことを言う。
六 数え切れないほど多いことのたとえ。孔子が魯の哀公に儒者の行いを問われたときに、儒者の行動は様々にわたっていて僕（数える役人）を交代させても数え尽くすことが出来ないと答えたことによる（『礼記』儒行）。 七 庶民の衣服と無官貧賤の者がするなめし革の帯。転じて無官の身分の人。
八 ちょっとした言葉。 九 人としての道を踏み、ひろく学問に通じているからである。
一〇 孔子（前五五一―前四七九）のこと。
一一 容姿は観るに足らず、力は恐れるに足らず、祖先は言うに足らない。そうした人物が名をなして周囲に知られ、名声を子孫にまで残すのは、それは学問の効用である。だから君子は学問をしなければならない。「孔子、伯魚に謂ひて曰く、鯉《り》か。吾聞く、以て人と与《とも》に終日倦まざる可き者は、其れ惟《ただ》学のみと。其の容体は観るに足らざるなり」（『孔子家語』巻二）。

昔者。羅馬師威佐吊二歴山王墓一。慨然曰。大王才武絶倫。兵鋒所レ向莫レ不レ破。麾旄所レ指莫レ不レ降。年未二三十一。能席二巻欧亜一震二名於千古一。真可レ謂レ偉矣。而我歳既超二四十一。猶未レ免二羅馬一偏将一。嗚乎功業遂不レ可レ期矣。然師威佐其後未二十歳一。掌二握羅馬一。討二平四隣一。版図之大。遠過二歴王一云。今見三散士吊二芙公一。其推称感慨。無レ所レ不レ至。真如三師威佐於二歴王一也。

忽如出二一箇無名士一。従二一楡樹一論及二国家盛衰之本源一。叙法極妙。

年ニ近ク猶笈《なほきふ》[一三]ヲ負《おひ》テ天外ニ漂零《へうれい》シ　文章未《いまダ》彰《あら》ハレズ功業未《いまダ》成ラザルヲ慨《がい》シ[一四]韓愈《かんゆ》ガ田横《でんわう》ヲ祭ルノ志ヲ憐《あはれ》ミ　独リ自《みづから》解《とき》テ曰ク　散士モ亦[一五]志迷ハズンバ流離《りうり》顛沛《てんぱい》スト雖《いへど》モ亦何ゾ悲マンヤト　墓前ヲ低徊《ていくわい》[一六]シテ暫《しばら》ク去ルニ忍ビズ　一士アリ　煙[一七]ヲ吹キ墓《ぼ》辺《へん》ヲ逍遥《せうえう》ス　散士ヲ揖《いふ》シテ曰《いは》ク　君ハ何国ノ人ナルヤ　散士曰ク　東海ノ遊子《いうし》ナリト　士問フニ東洋ノ形勢ヲ以テス　散士具《つぶさ》ニ其状ヲ語テ曰ク　欧人貪慾《どんよく》厭《あ》クナク蚕食《さんしよく》[一八]日ニ甚《はなはダ》シク随《したがひ》テ東洋ノ勢愈ゝ《いよいよ》危《あやふ》シト　士復《また》問テ曰ク　貴国北一葦《いちゐ》[一九]ノ海水ヲ隔テヽ近ク魯国ニ接ス　其北門鎖鑰《さやく》[二〇]ノ状如何《いかん》ゾヤト　散士ガ曰ク　魯人一騎江《かう》ヲ渡ルモ之ヲ防グノ一兵ナシト　士憤《ふん》歎已《たんや》マズ少焉《しばらく》アリテ一楡樹《ゆじゆ》[二一]ヲ指シテ曰ク　是《これ》高節公《コーセツコー》[二二]ノ手《てヅ》カラ植ユル所ニシテ芙公ノ霊ニ供セシ者ナリ　散士問テ曰ク　高節公トハ何人《なんぴと》ゾヤ　士少シク声ヲ励《はげま》シテ曰ク　君聞カズヤ波蘭《ポーランド》ノ名士ナルコトヲ　散士曰ク　余夙《つと》[二三]ニ其名ヲ聞ク　然レドモ未《いまダ》詳《つまびらか》ニ其為ス所ヲ知

[一二] →九九頁注二一、注二二。孔明が劉備に出仕したのは建安十二年(二〇七)二十七歳の時。 [一三] →五頁注一二。「天外」は遥か遠い所。「漂零」は→一一一頁注一六。 [一四] 韓愈「田横の墓を祭る文」(『文章軌範』)による。→補六三。 [一五] 志さえ見失わなければ、たとえさすらいつまずこうとも、悲しむことはない。前注の韓愈の文の「苟(いやしく)も余行ひ迷はずんば顛沛すと雖も其れ何をか傷まん」に基づく。「顛沛」は→四四頁注三。 [一六] 考えにふけって行きつ戻りつすること。 [一七] 煙草を喫い。 [一八] (蚕が桑の葉を次第に喰うように)他国を次第に侵略すること。 [一九] 幅の狭いこと。「一衣帯水」(一本の帯のように狭い川や海峡)に同じ。 [二〇] 北方(対ロシア)の防衛体制。「鎖」は錠、「鑰」は鍵。転じて外敵の侵入を防ぐ防御、要所。 [二一] 一本の楡(にれ)の木。「佳人之奇遇著述の筋書」(→補七)に、「手植せし」は「伏案」のための案出とある。 [二二] タデウシュ・コシチューシコ(**Tadeusz Kościuszko**. 一七四六-一八一七)。コシューシコとも。ポーランドの国民的英雄とされる軍人。リトアニアの小貴族の家に生まれ、英・独・仏などで軍事や自由主義思想を学び、帰国後砲兵大尉となる。一七七六年に渡米し、独立戦争に義勇兵として参加、ワシントンの側近として活躍。八四年帰国し、九四年に国民軍を指揮してポーランド分割反対運動を展開するも敗れ、ロシア軍に捕縛され投獄。釈放後は再び渡米して大歓迎を受け、その後フランスに渡り、スイスで客死。 [二三] 以前から。

散士一語。勝㆓他千万言㆒。以下説㆓波瀾亡滅由来㆒。以明㆓幽蘭出処㆒。若少㆓此一段㆒。読者殆不㆑能㆑知㆓彼孱弱女子何故激昂憤懣㆒。即此一段与㆓初編第一巻㆒。遥遥映対。益見㆓幽蘭可憐的境遇㆒也。

是波瀾之亡兆也。我国則上下相和。人人安㆓其堵㆒。固非㆑有㆓此憂㆒。然百尺之室以㆓突隙之煙㆒焚。千丈之堤以㆓螻蟻之穴㆒潰。豈可㆑無㆑所㆑鑑哉。

ラズ　希《ねがは》クハ吾為《わガ》メニ之ヲ語レト　士乃《すなはチ》草間《さうかん》ニ[一]踞《きよ》シテ曰ク　[二]昔者《むかし》波蘭《（ポーランド）》ハ威名《ゐめい》欧洲ヲ震動シ[三]牛耳《ぎうじ》ヲ取テ四隣《しりん》諸邦ヲ[四]朝《てう》セシメシモ　物換《かは》リ星移《うつ》リ国勢[五]萎微《ゐび》遂ニ亡滅スルニ至レリ　而シテ其[六]本ヲ源《たづ》ヌレバ国ニ常主ナク内[七]相鬩《あひせめ》グノ弊《へい》ニ因ル者ト謂フ可シ　蓋《けだ》シ波蘭名ハ王国タリト雖《いへど》モ実ハ民政ニ異ナラズ　唯《ただ》其異ナル所以《ゆゑん》ノモノハ[八]貴族ヲ撰《えらび》テ王トナスニ在ルノミ　故ニ王ヲ選ブノ期アル毎《ごと》ニ権謀術数飛語《ひご》ヲ造リ刺客《しかく》ヲ放チ加之《しかのみ》ナラズ二三州人独リ政権ヲ[九]専擅《せんせん》シ[一〇]偏見ヲ持《ぢ》シテ互ニ其[一一]権衡《けんかう》ヲ保ツニ汲汲《きふきふ》トシ　其弊ヤ国家ノ名誉モ顧ミルニ暇《いとま》アラズ其争ヤ下民ノ[一二]疾苦《しつく》モ問フニ遑《いと》マナキニ至レリ　是ニ於テ乎[一三]寡人《くわじん》為政ノ弊ニ陥リ選者人ノ為メニ官ヲ択ビ官者《くわんじゃ》身ノ為メニ利ヲ択ブ　而シテ[一四]鈞《きん》ヲ秉《と》リ軸《ぢく》ニ当ルノ士、身、官ヲ帯ブル十ヲ以テ数フ　[一五]機事ノ失十ニ恒《つね》ニ八九　[一六]世族《せぞく》貴戚《きせき》ノ子弟　陵邁《りようまい》超越資次《しじ》ニ拘《かか》ハラズ[一七]冗員寔《まこと》ニ繁ク[一八]坐談弥ゝ《いよいよ》積リ　朝令暮改《てうれいぼかい》虚礼日ニ滋《しげ》ク[一九]苟且《こうしよ》ノ政《せい》年ニ加ハリ[二〇]法

一 しゃがんで。
二 ここでは十六世紀頃のポーランドの隆盛期を言う。→補六四。
三 →六〇頁注一〇。
四 朝貢。
五 衰えて弱くなる。
六 原因。
七 互いに争って乱れる。
八 シュラフタ(貴族)による選挙王制を指す。→補六五。
九 自分勝手にほしいままにする。
一〇 ここでは二、三州の人の意見。
一一 釣り合い。
一二 生活の悩み苦しみ。
一三 十七世紀後半から十八世紀にかけてマグナート(magnat)と呼ばれる有力貴族(上級のシュラフタ)による寡頭政治に移行した。
一四 大臣のたとえ。「鈞ヲ秉リ」は天下の政治をとること。「軸ニ当ル」は政治の重要な地位に就くこと。
一五 十中八九、機密が洩れる。
一六 家柄による出世を言う。「世族」は昔から血統の続いている一族、家柄。「貴戚」は貴族。「陵邁」はしのいで越え進むこと。「資次」は位階。「世族貴戚の子弟、陵邁超越して、資次に拘らず」(干宝「晋紀総論」)。
一七 無駄な余剰人員は実に多く。
一八 職務をせずに無駄話ばかりしているさま。
一九 「苟且」はその場しのぎの間に合わせ。
二〇 法律を勝手に解釈して濫用すること。舞文弄法。「吏士文を舞し法を弄し、章を刻し書を偽り、刀鋸の誅を避けざる者は賂遺に没するなり」(『史記』貨殖列伝)。
二一 外国の強大な勢力にどう対抗するかという計画。「外競」は「外彊」に同じ。
二二 「地ニ委シ」は、権威や名声などが一斉に衰えて廃れるさま。

僅僅九十余字間。連㆓用自由二字㆒凡六。層層如㆓重巒㆒。又如㆓廻風舞㆑雪。是作者最用意深遠処。

引㆓証大使之実歴㆒。極㆓凄涼惨憺之致㆒。足㆓最感㆑人。

ヲ弄《ろう》シ文ヲ舞《ぶ》シ徒《いたづら》ニ下民ヲ抑制シ内乱ヲ鎮圧スルヲ勉メテ[二一]外競《ぐわいきやう》ノ大計ヲ遺《わす》レ国権[二二]地ニ委シ今日亡国ノ惨状ヲ来《きた》セリ　寡人為政ノ害豈《あに》深ク鑑《かんが》ミザル可ケンヤト　散士答テ曰ク　[二三]余曽《かつ》テ史ヲ繙《ひもと》キ波蘭ノ滅亡スル所以《ゆゑん》ヲ見ルニ別ニ理ノ存スル所有ルガ如シ　抑《そもそも》ゝ彼民ヤ自由ノ理ヲ誤リ一身ノ自由ヲ以テ無上ノ自由ト為シ国家独立ノ自由更ニ貴キヲ悟ラズ　是故ニ外患アルノ日ニ当テ人人独立ノ志ヲ忘レ徒《いたづら》ニ一身ノ自由ヲ[二四]嗷嗷《がうがう》シ国ニ死スルノ義ヲ以テ一身ノ自由ヲ傷クト為シ其極《きよく》ヤ貴族ハ下民ヲ凌《しの》ギ下民ハ貴族ヲ怨ミ政権下ニ達セズ民情上ニ通ゼズ[二五]尾大掉《ふる》ハズ　遂ニ[二六]魯普澳三国ノ為メニ分轄《ぶんかつ》セラレ　[二七]富強ノ雄邦黍禾《しよくわ》空シク秀デヽ燕子《えんし》孤《ひと》リ飛ブヲ見ルニ至レリ　自由ノ誤解豈《あに》深ク鑑《かんが》ミザル可ケンヤ　[二八]往者《さきに》我大使波蘭ヲ過グ　暁《あかつき》ニ当テ会《たまたま》ゝ[二九]角声《かくせい》ノ夢ヲ破ルアリ　窓ヲ開テ之ヲ見レバ貧民群ヲ為シ旅客ノ憐《あはれみ》ヲ乞フ者ナリ　[三〇]名士木戸孝允モ亦従テ在リ　之ヲ見テ[三一]深ク隆国《りゆうこく》ノ末路ヲ感ジ

二三　巻二の「方今焦眉ノ急務ハ十尺ノ自由ヲ内ニ伸バサンヨリ寧ロ一尺ノ国権ヲ外ニ暢ブルニ在リ」（七七頁）と同様、国権主義の視点からポーランド史を記述。

二四　やかましいさま。

二五　動物の尾が大きすぎて、自分で振り動かせないこと。上の者が弱すぎて強い下の者を制御しづらいことのたとえ。「末大必折、尾大不掉」（『春秋左氏伝』昭公十一年）。

二六　プロシア、ロシア、オーストリアによって行われた第三次ポーランド分割。↓補六六。

二七　強国の滅亡と国土の荒廃を嘆くさま。「黍禾秀デヽ」は国が滅びた跡がキビ畑になってキビが伸びているさま。「麦秋の嘆」と同じ（向秀「思旧賦」『文選』巻十六）。

二八　明治四年十一月、右大臣岩倉具視を特命全権大使とする遣外使節団が、アメリカ、イギリス、フランス、ベルギー、オランダ、ドイツ、ロシア、デンマーク、スウェーデン、イタリア、オーストリア、スイスの十二ヶ国を回覧視察、明治六年九月に帰国。

二九　角笛の響き。

三〇　木戸孝允（一八三三-七七）。幕末維新期の政治家。長州藩の指導者として倒幕運動に尽力。維新後は西郷隆盛、大久保利通とともに維新の三傑と呼ばれ、五箇条の御誓文起草にかかわるなど明治政府の中枢として活躍した。岩倉使節団の全権副使として外遊、帰国後は内政重視の立場から西郷らの征韓論、また台湾出兵にも反対して下野。西南戦争の最中に病死。

三一　繁栄した国の末路の悲惨さを心に深く感じて憤り嘆いてやまなかった。

憤歎《ふんたんお》措カズ朝《てう》[一]ニ帰リ廟堂《べうだう》諸老ヲ誡《いまし》メタリト云フ　是《こレ》皆波蘭《ポーランド》人ガ自《みづかラ》取ルノ過《あやまち》ナリト雖《いへど》モ　三国ノ暴戻《ぼうれい》[二]無道ナル豈《あに》文明ヲ以テ自《みづかラ》許シ深ク西教《せいけう》[三]ヲ信ズル者ノ為ス可キ所ナランヤト　士ガ曰ク　真ニ君ガ謂フ所ノ如シ　世人[四]皆救世主ノ心ヲ以テ心ト為シ友義教会《フレンドリーソサイテー》[五]

友義教会ハ英国ノ高僧北駒趨《ホックス》[六]ノ創《はじ》ムル所ニシテ新教ノ一派ナリ　米ノ芙蘭麒麟《フランクリン》[七]英ノ武頼士《ブライト》[八]諸傑ノ如キ皆其会徒《くわいと》タリ

博《ひろ》ク衆ヲ愛シ友義ヲ厚フシ隠徳ヲ重ンジ最《もつとモ》戦争ヲ戒メ乱人《らんじん》[九]ノ侵掠《しんりやく》ヲ防グニ非ザルヨリハ攻撃ヲ行フコトヲ許サズ　一ニ[一〇]聖教ノ本旨ニ拠ル　而シテ又[一一]寺院ヲ建テズ僧侶ヲ置カズ洗礼ヲ行ハズ　其説ニ曰ク　幼蒙《えうもう》[一二]ノ時心思《しんし》未《いまダ》定マラズ洗礼ヲ受クルト雖《いへど》モ以テ一世ノ善悪ヲ左右ス可カラズ　是故ニ別ニ洗礼ヲ設ケズ　世人各《おのおの》善悪アリ随《したがつ》テ其願望スル所モ亦各《おのおの》異ナリ　然リ而《しかう》シテ僧侶一人ノ身ヲ以テ同一ノ経ヲ誦《しやう》シ各《おのおの》異ナルノ願望ヲ遂《と》ゲシメ

一 帰朝後、木戸が内治優先の立場から西郷らの征韓論に反対したことを言う。「廟堂」は政治を執る所、朝廷。ここでは明治政府。「諸老」は征韓論を主張した西郷隆盛、板垣退助、江藤新平らを指す。
二 荒々しく道理にもとること。
三 キリスト教。
四 世間の人がキリストのような博愛の気持ちを持つことを言う。
五 フレンド派。十七世紀に創始されたプロテスタントの一派、クエーカー派の異称。宗教的興奮の結果身体を震わせることからQuaker と呼ばれた。のちにソサエティ・オブ・フレンド（Society of Friends）と称した。日本では「基督友会」として明治十八年（一八八五）に伝えられた。次行以下、次頁二行目まで、その説明。
六 フォックス（George Fox. 一六二四―九一）。イギリス人、フレンド派の創始者。一六七一年にはアメリカ植民地にも伝道に赴いた。
七 →一一二頁注一四。
八 →四七頁注二四。
九 「乱人」は他国の侵略者。自衛以外の戦争を認めないことを言う。クエーカー派は戦争を否定し、絶対平和主義、兵役拒否の立場をとり、この記述と合致しない。
一〇 ひとえにキリスト教の神聖な教えの本来の趣旨による。
一一 クエーカー派は一切の教理、形式、制度、教会に反対し、「活けるキリストの内なる光（inner light）」をその信仰の根拠とする。
一二 幼いときはまだ考えが定まらず、洗礼を受けても一生の善悪を左右することは出

ント欲ス　其レ得可《うべ》ケンヤ　是故《このゆゑ》ニ敢《あへ》テ僧侶ヲ置《おき》テ以テ冥福ヲ祈ラシメズト

一三 ノ誠ヲ推シテ以テ人ニ及サバ天下ノ乱干戈《かんくわ》ノ惨《さん》日ヲ期シテ跡ヲ文明社会ニ絶ツ可キナリ　悲哉《かなしいかな》　一四 季世《きせい》澆澆《げうげう》功名私利ノ為メニ教法ヲ餌《ゑ》トスルノ姦雄偽僧《かんいうぎそう》ノ営営タル豈慨然《あにがいぜん》タラザルヲ得ンヤ　且夫《かツそレ》波蘭今日ノ禍、細《つぶさ》ニ之ヲ論ゼバ其源スル所最《もつとモ》久《ひさ》シ　一五 一千七百六十四年波蘭ノ貴族魯ノ女帝 一六 峨嵯嶙《カサリン》第二世ノ術数《じゆつすう》ニ陥《おちい》リ其甘言《そのかんげん》ヲ信ジ其賄賂《わいろ》ヲ納《い》レ希臘《ギリシヤ》教ノ王子ヲ撰《えらび》テ王位ニ即《つ》カシム　抑ゝ《そもそも》 一七 希臘教ハ魯帝ヲ戴《いただい》テ神トナシ一意之ヲ遵奉《じゆんぼう》シ是非善悪其命ニ差《たが》ハザルヲ以テ教法ノ大本トナセリ　一八 故ニ魯人毎《つね》ニ之ヲ仮リテ呑噬《どんぜい》ノ器《うつは》侵掠《しんりやく》ノ具トナスハ世界公衆ノ知ル所ナリ　一九 当時魯帝希臘教徒ヲ煽動《せんどう》シテ内乱ヲ起サシメ而シテ後大兵ヲ遣《つかはし》テ之ヲ援《たす》ケ大ニ波蘭ノ軍ヲ敗リ地ヲ割キテ城下ノ盟《めい》ヲナサシムルニ至レリ　二〇 嗚乎《ああ》教法ニ沈溺《ちんでき》スルノ害是《かく》ノ如シ　豈深ク

世人不レ知教旨如何一。妄惑二于希臘教一。浸潤之久。染習之深。遂失二其心一者多矣。此一段。能排レ邪弁レ妄。燎如レ観レ火。真是中病之薬石。其関二于世道人心一。最為レ大矣。叙事中挿二議論一。愷切詳明。条二折利害一。昭若レ指レ掌。苟非二下愚一。誰不二読而猛省一。

来ない。

一三 前頁四行目から「友義教会ノ誠ヲ推シテ」と続く。友義教会の誠を布教すれば、天下の乱、戦争の悲惨はいつか必ず文明社会からすっかりなくなるはずである。

一四 「季世」は風俗や道徳などが衰えて乱れた世、末世。「澆澆」は軽々しいこと。軽薄。

一五 一七六四年、スタニスワフ・アウグスト・ポニャトフスキ（Stanisław Augst Poniatowski. 一七三二―九八、在位一七六四―九五）がセイム（身分制議会、→補六五）で国王スタニスワフ二世に選ばれる。→補六七。

一六 エカテリーナ二世（一七二九―九六。在位一七六二―九六）。カザリン（Catherine）は英語表記。「大帝」と呼ばれるロシアの女帝。ドイツのアンハルト・ツェルプスト公の娘。一七四五年にロシア皇帝ピョートル三世と結婚。六二年、ピョートル三世が近衛連隊のクーデタにより殺害され、即位。三度にわたるポーランド分割と二度のロシア・トルコ戦争でその領土を広げた。

一七 ギリシャ正教（ここでは同じ東方正教会に属するロシア正教のこと）はロシア皇帝を戴いて神とし、ひたすらこれに従って是非善悪についても皇帝の命令に背かないことを教義の根本とする、の意。→補六八。

一八 ロシアが宗教の名を借りて他国を侵略したこと。「呑噬」はのむこととかむこと、転じて他国に侵略して領地を奪うこと。

一九 以下、第一次ポーランド分割を言う。→補六九。「城下ノ盟」は→三四頁注二。

二〇 宗教に溺れる害。

何等婉曲。

何酷肖ニ本邦保守党ロ気。

鑑《かんが》ミザル可ケンヤ　波蘭《ポーランド》兵既ニ大敗スト雖《いへど》モ志尚敵愾《なほてきがい》[一]ノ気ヲ懐《いだ》キ天ヲ戴《いただ》カザルノ讎《あだ》ヲ忘レズ　日夜胆《きも》[二]ヲ嘗《な》メテ回復ヲ謀《はか》ルノ士寡《すくな》カラズ四海ノ志士亦《また》多ク之ヲ援《たす》ケ普澳[三]モ亦大ニ嚮日《きやうじつ》ノ暴行ヲ悔《く》ヒ普国ノ如キハ却テ其独立ヲ奨励《しやうれい》セリ　是《ここ》ニ於テ波蘭人新ニ憲法[四]ヲ創起シ共和ノ政ヲ廃シ立憲公議ノ制ヲ立テ皇子ヲ選テ之ヲ奉戴《ほうたい》シ檄《げき》ヲ飛バシテ文明諸邦ニ告ゲ欧米ノ各邦モ亦皆之ヲ承認スルニ至レリ　而シテ魯[五]独《ひと》リ執拗可《しつえうき》カズ　然レドモ波蘭ノ民固ク取リテ動カズ　死ヲ以テ国権回復ヲ盟《ちか》ヒ上下心ヲ一ニシ是非ヲ世界ノ公判ニ訴ヘ一二強国ノ助ヲ得テ以テ魯国ヲ脅サバ宗廟社稷《そうべうしやしよく》[六]ヲ克復スル難《かた》カラザリシモ　惜《をし》イ哉《かな》波蘭ノ貴族旧法[七]ノ己《おのレ》ニ利アルヲ見テ国家独立ノ大計ヲ遺《わす》レ独立党ノ肘《ひぢ》[八]ヲ掣《せい》シテ之ガ同盟ヲ拒《こば》ム　魯帝因《より》テ揚言《やうげん》[九]シテ曰ク　波蘭ノ独立ハ全国人民ノ志望ニ非ズシテ学士書生ノ企《くはだ》ツル所之ヲ要スルニ私怨ヲ報ジ不平ヲ漏《もら》サントスルノミ　此徒ヲ鎮圧スルニ非ズンバ以テ欧

一 心中にある忘れ難い復讐心を言う。「天ヲ戴カザル」は、同じ空の下に生かしておくことができない、必ず復讐せずにはいられないこと。不倶戴天。 **二** 復讐のため、苦しみを耐え忍ぶこと。春秋時代、越王勾践が呉王夫差に敗れ、その辛さを忘れないために苦い肝を嘗め、ついに夫差を破った故事による。臥薪嘗胆。「越王勾践国に反る、乃ち身を苦しめ思ひを焦がし、肝を坐に置き、坐臥するに即ち肝を仰ぎ、飲食にも亦肝を嘗むるなり」(『史記』越王勾践世家)。 **三** プロシアはポーランド国内からロシアの影響力を排除するため、一七九〇年にポーランド・プロシア防衛同盟を結び、ポーランドの独立を援助した。 **四** ポーランド国王スタニスワフ二世のもとで招集された議会(四年セイム)は一七九一年五月三日に憲法を発布、自由拒否権を廃止して多数決制を導入、身分ではなく財産資格による参政権、三権分立の明記、立憲君主制に基づく世襲王政の確立を実現、その結果シュラフタの政治的な力を弱めた。「皇子」は文脈では国王スタニスワフ。 **五** 一七九二年、ポーランド国内の保守派から要請をうけたロシアは憲法に反対し、五月十八日に軍隊を侵攻させた。 **六** →三〇頁注三、注五。 **七** 一七六七年制定の「基本法」。選挙王制、自由拒否権、抵抗権など貴族共和制を維持するもの。 **八** 干渉して邪魔すること。掣肘。 **九** 公然と述べる。 **一〇** 飲食物を持って軍隊を歓迎すること。「簞食」は竹製の器に入れた飯。「壺漿」は壺に入れた飲み物。「万乗の国を以て、万乗

毎段以下豈可レ不二深鑑一哉六字上結。一段緊レ於二一段一。

如レ此而始可レ為二自由軍之客将一。苟否干二渉他国騒乱一。高節公亦一個好事漢耳。何得レ称二高節一。

洲ノ安寧《あんねい》ヲ保ツ可カラズト　大軍ヲ発シテ独立党ヲ伐《う》ツ　貴族乃《すなはチ》一〇箪食壺漿《たんしこしやう》シテ之ヲ迎ヒ　兵ヲ挙ゲテ相応ズ　貴族専横ノ害豈深ク鑑ミザル可ケンヤ　是ニ至テ一一普国モ亦締約ヲ変ジ魯ト合シテ三軍来リ攻《せ》ム　一二独立党高節《コーセツコー》公ヲ推シテ大元帥トナシ以テ之ヲ拒《ふせ》グ　公ハ波蘭ノ名将高義ヲ以テ名ヲ天下ニ轟《とどろ》カス　米国独立ノ日同志ヲ召集シ華聖頓《ワシントン》ノ一三帷幄《ゐあく》ニ参ジ献替《けんたい》スル所多シ　而シテ芙蘭麒麟《フランクリン》ト最《もつとモ》親善米国独立ノ後米人大ニ公ガ一四戦功ヲ嘉《よみ》シ高位ヲ以テ公ヲ待タント欲ス公固辞シテ曰ク　一五烈士ハ難ニ趣《おもむき》テ其報ヲ謀ラズ忠臣ハ国ヲ慮《おもんばかり》テ其身ヲ顧ミズト　余ハ米国ノ為メニ万死ヲ冒《をか》シ一六風ニ櫛《くしけづ》リ雨ニ沐《もく》シ矢石《しせき》ノ間ニ馳騁《ちてい》セシ所以《ゆゑん》ノモノハ天下自由ノ消滅センコトヲ恐レテナリ豈《あに》功名ヲ貪リ富貴ヲ慕フガ為メナランヤ　一七今ヤ故山ヲ懐《おも》ヘバ慷慨《かうがい》長大息《ちやうたいそく》次グニ血涙ヲ以テスルモノハアリ　誓テ魯人ノ一八羈絆《きはん》ヲ脱シ貴族ノ不忠ヲ罰シ人民ヲ鼓舞シテ国家ヲ興復センコト一九我《わが》素願ナリ　二〇貴

の国を伐つ、箪食壺漿して、以て王師を迎ふるは、豈他有らんや、水火を避けんとてなり」(『孟子』梁恵王下)。

一一 防衛同盟(→注三)にもかかわらずプロシアはポーランドの援助要請を拒否。また、ロシアの武力介入に乗じてポーランドの一部を占領。「三軍」は前鋒・中堅・後拒ないし左翼・中軍・右翼の総称。転じて全軍。

一二 ここの文脈では、第二次分割(一七九三年)に対する戦いのはずだが、コシチューシコが最高司令官に就いたのは九四年三月。第三次分割(九五年)と混同されているか。

一三 軍事作戦の相談に加わること。「帷幄」は本営。「献替」は軍事作戦の意見を言上したこと。コシチューシコは一七七六年に渡米し、義勇兵としてアメリカ独立戦争に参加、同年十月に工兵大佐に任命されてから、一七八二年までワシントン軍の野戦将校、参謀として働いた。一七八三年大陸会議からその功績を認められて准将に昇進した。

一四 コシチューシコは一七八三年、大陸会議(→八頁注三)からその功績を認められて准将に昇進、アメリカ市民権と土地付与証を授与された。

一五 以下、節義のかたい士、忠臣の行為は無償であることを言う。「佳人之奇遇著述の筋書」(→補七)に、この発言は散士による案出とある。

一六 さまざまな苦労をすること。「矢石ノ間」は矢と弩(いしゆみ)の飛び交う間。戦場を言う。「馳騁」はかけめぐること。

一七 今故郷を思うと憂い嘆きの溜息が出て血の涙が流れてきます。

一八 束縛。

一九 平素の願い。

二〇 アメリカ人の信念と行動は励みになる、の意。

邦人ガ独立不羈《ふき》[一]百折不撓《ひやくせつふたう》ノ気更《さら》ニ余ヲ奨励スルモノ多シ　余若《もシ》[二]栄官ヲ貪《むさぼり》テ此土ニ留マラバ世人我ヲ目シテ謂《い》ハントス　彼ハ口ヲ米国ノ独立ニ仮リ本国ノ危急ヲ顧ミズ難ヲ捨テヽ安ニ就《つ》ク者ナリト　大丈夫豈《あに》恋恋《れんれん》トシテ楽土ニ棲息《せいそく》スルニ忍ビンヤト　決然[三]袂《たもと》ヲ揮《ふる》ヒ卒《にはか》ニ故山ニ帰レリ　天下之ヲ聞テ皆公ノ節ヲ高シトシテ称誉セザルモノナシ　[四]一千七百九十二年七月十七日公孤軍ニ将トシテ治閔加《ジビンカ》ニ魯ノ大軍ヲ邀撃《えうげき》シテ勝タズ　[五]波蘭《（ポーランド）》ノ皇子之ヲ聞キ魂《こん》落《お》チ魄褫《はくうば》ハレ書ヲ贈テ魯人ニ謝シ兵ヲ止ムルヲ乞フ　公大ニ怒リ其[六]反覆怯弱《はんぷくけふじやく》ヲ譲《せ》ム　[七]皇子夜逃レテ貴族党ニ帰ス　時ニ[八]謀臣アリト雖モ民ニ[九]匡合《きやうがふ》ノ志ナク[一〇]遠《ゑん》績《せき》ハ詐術ニ屈シ[一一]雄図《いうと》ハ昏主《こんしゆ》ニ挫《くぢ》ケ烈士ハ[一二]扼腕《やくわん》空シク[一三]寇讐《こうしう》ノ手ニ委《ゐ》シ[一四]中人ハ節ヲ変ジテ[一五]虐国《ぎやくこく》ノ桀《けつ》ヲ助ク　事此《ここ》ニ至リ如何《いかん》トモ為ス可カラザルヲ知リ　公血涙ヲ揮テ他邦ニ遁逃《とんたう》シ以テ時機ノ至ルヲ待矣《まてり》　[一六]明年波蘭忠義ノ士等《ら》再挙ヲ計ルニ及テ高節公《（コーセッコー）》ノ諸将亦来リ集マリ

以二公節高三字一結収。最有レ力。

一　何度挫けても自己の志を曲げないこと（蔡邕「橋太尉碑」）。
二　高い官位を欲しがる。
三　「袂ヲ揮ヒ」は取りすがる人の袂を振り払って、きっぱりと別れるさま。コシチューシコのポーランド帰国は一七八四年。
四　「治閔加」（ドゥビェンカ）の戦いは六月十八日。
五　スタニスワフ二世は一七九二年七月ロシアに屈服、翌年一月プロシアの案をロシアが受け入れ、第二次ポーランド分割に調印。なお、以下の歴史的叙述も、第二次分割と第三次分割とを混同している嫌いがある。「魂落チ魄褫ハレ」は非常に驚いて茫然とし意気消沈する。
六　態度を一変すること、変心。「怯弱」は臆病。「譲ム」は詰問して責めること。
七　文脈からみてスタニスワフ二世。
八　知略に富む臣下。
九　（「謀臣」のもとに）集まって決起すること。
一〇　遠大な業績。
一一　雄壮な計画は愚かな君主によって挫折させられた。
一二　腕を握りしめて悔しがるさま。
一三　「寇讐」はあだ、かたき。「手ニ委シ」は支配下に入ること。
一四　普通の人間、ここではシュラフタを指し、彼らが憲法に不満を持ってロシアに買収されたことを言う。
一五　暴君の代表とされる中国夏王朝の桀王、ここでは暴君エカテリーナ二世のたとえ。
一六　第二次ポーランド分割の後、亡命したポーランドの愛国主義者はコシチューシコのもとザクセンに結集し反乱を企て、ロシ

前狼後虎。

如レ読二楠公記一。

以二一身死生一。繋二邦家存亡一。真成社稷之臣。真成愛国之士。

輒《すなはチ》[一七]檄ヲ伝ヘ兵ヲ挙ゲ仮王《かわう》ヲ攻メテ之ヲ擒《とりこ》ニシ　大ニ反国ノ貴族ヲ刑戮《けいりく》ス　[一八]普王之ヲ聞キ直《ただち》ニ兵ヲ遣《つかはし》テ来リ攻ム　[一九]公邀撃《えうげき》シテ又之ヲ破リ敵兵ヲ境外ニ駆《か》リ遂ニ敵ノ一騎ヲ見ザルニ至レリ　兵勢大ニ振ヒ波蘭ノ独立日ヲ期シテ遅《ま》ツ可キガ如シ　魯帝峨嵯嶙《(カサリン)》報ヲ聞キ諸将ヲ集メ議シテ曰ク　朕《ちん》波蘭ヲ征服セズンバ復爾等《またなんぢら》ヲ見ズト　名将[二〇]数和老《スワルロー》ニ兵十万ヲ付シ普軍ト合シテ来リ攻メシム　[二一]高節公勇ヲ奮ヒ智ヲ尽シテ魯普両国ノ大軍ニ抗ス　[二二]十月十日死士ヲ募リ将士ト訣別《けつべつ》シ魯ノ大軍ト血戦ス　[二三]吶喊《とつかん》ノ声山谷《さんこく》ヲ動カシ鼓鼙《こへい》ノ響天地ニ震フ　死尸《しし》積《つみ》テ丘陵ヲナシ流血波浪《はらう》ヲ揚《あ》グ　魯ノ援軍益〻《ますます》加ハリ波蘭ノ軍遂ニ破レントス　高節公[二四]旄《ばう》ヲ取リ残兵ヲ指揮シ縦横馳突遂ニ重傷ヲ蒙《かう》ムリ馬ヨリ落チ呼テ曰ク　[二五]波蘭ノ命数今日ニ尽クト　遂ニ擒《とらへ》ラル　魯将頻《しきり》ニ降ヲ勧ム　高節公ガ曰ク　古ヨリ軍ヲ謀《はか》リ[二六]師敗レバ則《すなはち》之ニ死シ　国ヲ謀リ[二七]邑《いふ》危キトキハ則之ニ亡ブハ士ノ道ナリ　今我軍破

ア戦へ向けてフランスの援助を請うため九三年一月にコシチューシコをパリに派遣。

一七　一七九四年三月、コシチューシコはクラクフの広場で蜂起声明を発し、決起した。

一八　一七九四年五月、プロシア軍はポーランドに侵入。

一九　迎撃。コシチューシコ公はプロシア軍を迎え撃って撃破し。

二〇　スヴォーロフ（Suvorov. 一七二九〈三〇？〉-一八〇〇）は、七年戦争以来多くの武勲で知られるロシア軍最高司令官。一七九九年対フランス戦争の功により大元帥、公爵となる。兵学理論を研究し、またロシア・トルコ戦争でロシア領となったオデッサの町作りを指導したことでも知られる。

二一　一七九四年、シチェコチーヌィの戦いで、コシチューシコ率いる一万二千人のポーランド軍は二万四千人のプロシア・ロシア連合軍に敗北。

二二　マチェヨヴィツェの戦い。

二三　鬨《とき》の声。

二四　旗。

二五　一七九五年十月二十四日の第三次ポーランド分割によりポーランドが消滅したこと。

二六　「師」は→一六頁注一。

二七　「邑」は都に対して町や村を言う。

魯兵残忍。何啻白起坑ニ趙卒一。読至竦然。

一無名士間談。為ニ後回許多話頭張本一。

高節公奮戦之図

レ国亡ブ　僕又何ノ面目《めんぼく》有テ再《ふたたび》天下ノ士ニ見《まみ》ヘンヤト　遂ニ降ラズ　波[一]国風落華《プラガー》ノ守兵公ノ高節ニ感ジ　城陥《しろおちい》ルノ日男女一万二千人奮戦勇闘死傷略《ほぼ》尽キ　余《よ》ハ悉《ことごと》ク水火ニ投ジテ死シ曾テ一人ノ降《くだ》ル者ナシト云フ　嗚乎《ああ》国ニ報《むく》ユルノ[二]赤心《せきしん》死ニ至テ挫折セズ　[三]遺《ゐ》芳《はう》余《よ》烈《れつ》百世ニ流レ人ヲ感激スル是《かく》ノ如ク其《そ》レ深シ　此《これ》豈《あに》真ノ大丈夫ニ非ズヤ　[四]彼楡樹《かのゆじゆ》ハ公ガ米国ヲ辞スルノ日手《てツ》カラ植ユル所ノモノナリ　[五]夫《それ》墓ヲ表シ善ヲ推《お》シ人ヲ思ヒ樹ヲ愛ス　[六]甘《かん》棠《たう》翦《き》ル勿《なか》レ矧《いはん》ヤ名士ノ[七]遺愛ヲヤト　散士[八]腕ヲ扼《やく》シテ之ヲ聞キ感嘆措《お》カズ　士《し》首《かうべ》ヲ挙テ曰ク

一　一七九四年十一月四日、ロシア軍のスヴォーロフはヴィスワ河右岸のワルシャワ郊外プラガ地区を強奪、防衛隊一万四千人のうちワルシャワに逃げ帰ったのはわずか四千人、プラガに侵攻したスヴォーロフは市民の大虐殺を行なった。十一月十六日、蜂起軍は降伏。一七九五年オーストリア、プロシア、ロシアによる第三次ポーランド分割が行われ、ポーランド共和国は滅亡。コシチューシコはロシア軍の捕虜となりペテルブルグに幽閉され、第三次分割の後釈放される。

二　真心。

三　死後に残された立派な名声、功績。「百世」は後々の世。

四　→一一五頁注二一。

五　墓碑を建てて故人の略歴、功績などを刻むこと。「善ヲ推シ」は善行を推し量ること。

六　「蔽芾(へいひ)たる甘棠、翦る勿かれ伐る勿かれ、召伯の茇(やど)りし所」(『詩経』召南「甘棠」)。周の召公が領地内を巡り甘棠(やまなし)の木の下で人民の訴えを聞くなどの善政を布いたので、人民は召公の死後その人柄と善政を慕って甘棠の木を大切にして切らなかったという故事。「甘棠之愛」(立派な君主を心から慕うこと)。

七　故人が大切にしていたもの。楡の樹のこと。

八　扼腕。→一二二頁注一二。

九　話は最高潮に面白くなり、思わず時間が経ってしまいました。「晷」は時刻。

一〇　それでは失礼します。別れの挨拶。

一一　晩年。

一二　明治十九年(一八八六)二月九日、柴四朗は

個士突然来飄然去。到頭不レ謂レ為ニ何許人一。是作者不レ踏ニ襲古小説一処。

晴天呼ニ起雷雨一。軽軽説ニ入芙公之事一。更不レ費レ力。

四海之人。皆知ニ公有レ功ニ於電気一。而少レ識ニ公有レ大ニ勲於国家一。此詩能発ニ揮之一。公当レ欣ニ然於泉下一。所謂是相知之友也。

談話佳境ニ入リ[九]覚ヘズ晷《き》ヲ移ス　好機アラバ重《かさね》テ相見ン　請[一〇]フ是ヨリ辞セント　手ヲ分テ去ル

散士独《ひとり》樹辺ヲ徘徊《はいくわい》シ英雄ノ晩[一一]節《ばんせつ》強国ノ末路ヲ悲ミ　他[一二]日欧洲ニ遊ビ波蘭《(ポーランド)》ノ丘[一三]墟《きうきよ》ヲ訪《とぶら》ヒ高節公《(コーセツコー)》ガ[一四]英魂ヲ吊《とぶら》ハント欲シ　又芙蘭麒麟《(フランクリン)》ノ[一五]功成リ身退クノ栄ヲ慕ヒ[一六]時会《じくわい》ノ変化天命ノ無常ヲ感ジ再《ふたたび》芙公ノ墓ヲ拝シテ去ル　時ニ陰雲《いんうん》雨ヲ含ミ電光空ニ閃《ひらめ》キ[一七]雨脚《うきやく》地ニ達ス　散士奔《はしり》テ之ヲ春園《(スプリングブレッチ)》橋下ニ避ク　又五六輩ノ雨ヲ此処ニ避クル者アリ　相指《あひゆびさ》シテ曰ク　[一八]百年前芙公ノ紙鳶《しえん》ヲ飛バシテ雷ヲ捉ヘシハ則《すなはち》彼処《かしこ》ナリト　漸《やうやく》ニシテ[一九]過雨《くわう》晴《せい》ヲ放チ暑熱《しよねつ》既ニ去テ晩涼《ばんりやう》殊ニ清シ　散士[二〇]沈吟短古《ちんぎんたんこ》一首ヲ得タリ

凱旋門上白日淪ミ。春園橋下涼味新ナリ。孤杖来吊リフ芙公ノ墓。追ニ懐シテ往年ヲ一感歎頻ナリ。自由棲処ノム是レ我郷。千古格言掃フニ俗塵ヲ一。報国心肝堅クニ於鉄ヨリモ一。手カラ奉ケテニ檄書ヲ一訴フニ蒼旻ニ一。孤身乞フレ援ヲ三万里。国家存亡聚ルニ一

農商務大臣谷干城の秘書官に任ぜられ、同年三月十三日谷の欧州視察随行に出発。帰国は同二十年六月二十三日。

一三　荒れ果てた地。ポーランド分割によって国土が荒れ果てたさまを言う。欧州視察の際の明治十九年十二月十三日ウィーンからオデッサに向かう途中ポーランドを通る。

一四　偉人の魂の尊称。

一五　「功成り名遂げて身退くは天の道なり」(『老子』九章)に拠る言葉。功業も成り、名も上がった時には長くその地位に居らず引退して身を守るのが天の道にかなう、の意。出処進退の潔さを言う。

一六　時運、時の巡り合わせ。「天命」は天が与えた運命、天運。

一七　白い糸筋のように見える雨。

一八　一七五二年、フランクリン(↓一一二頁注一四)は雷と電気の同一性を証明するため凧を使って実験、恐ろしいものとされていた雷の正体を科学的に明らかにし、避雷針を作ってその名を挙げた。

一九　通り雨が上がって晴れ間になり。

二〇　そっと静かに口ずさむ。「短古」は一般には二、三句から十句位の句数の少ない短い古詩。

使三芙公重二於九鼎大呂一矣。

結末無レ限感慨。

身《ニ》一。八寸之筆三寸《ノ》舌。誠忠凜烈泣《シム》二鬼神《ヲ》一。合従盟《ハ》成《ル》巴黎《ノ》夕。錦帆直《ニ》還《ル》北米《ノ》晨。愁雲籠《ム》レ光《ヲ》龍京《ノ》月。群芳添《フ》レ色《ヲ》華府《ノ》春。欽《ム》君《ガ》天辺巧《ニ》擒《シ》レ雷《ヲ》。能《ク》駆《テ》二電霆《ヲ》一代《フルヲ》二郵伝《ニ》一。一線通《ズル》処坐《シテ》可《ク》レ語《ル》。不レ論《セ》乾端《ト》与二坤垠一。雷也猶《ホ》能《ク》聴《ク》二君命《ヲ》一。何《ゾ》況《ヤ》済済《タル》四海《ノ》人。君不《ヤ》レ見如今自由光《ルヲ》二八表《ニ》一。英魂当《ニ》レ遊《ブ》東海《ノ》浜。

（凱旋門《がいせんもん》上白日淪《はくじつしず》み。春園橋下涼味新《あらた》なり。一孤杖来《こぢやうきた》り吊《とぶら》ふ芙公の墓。往年を追懐して感歎頻《しきり》なり。自由の棲《す》む処是《ところこ》れ我郷。二千古の格言俗塵《ぞくぢん》を掃《はら》ふ。報国の心肝鉄《てつ》よりも堅く。手づから三檄書を奉《ささ》げて蒼旻《さうびん》に訴《うつた》ふ。四孤身援《あん》を乞ふ三万里。国家の存亡一身に聚《あつま》る。五八寸の筆三寸の舌。誠忠凜烈鬼神《りんれつきしん》を泣かしむ。六合従盟《がつしようめい》は成る巴黎《パリ》の夕。七錦帆直《きんぱんただち》に還《かへ》る北米の晨《あした》。愁雲《しううん》光を籠《こ》む龍京《ロンドン》の月。八群芳《ぐんぱう》色を添《そ》ふ華府《くわふ》の春。九欽《つつし》む君が天辺巧《てんぺんたくみ》に雷を擒《とりこに》し。能《よ》く電霆《でんてい》を駆《か》りて郵伝に代《か》ふるを。一〇一線通ずる処坐《ところ》して語るべく。論ぜ

一　一人杖をついてフランクリン公の墓参りをする。以下、その功績を偲ぶ記述。
二　フランクリンが発売した『貧しきリチャードの暦』の処世訓、格言を指す。「俗塵」は俗世間の煩わしいこと。
三　起草委員として関わった独立宣言を指す。→八頁注五、補一〇。「蒼旻」は青い空。
四　一七七六年に対英独立戦争への協力を得るため、使節としてフランスに派遣された。
五　交渉のための文章や弁舌の巧みなこと。「凜烈」は身が引き締まるほど激しいさま。「鬼神を泣かしむ」は言動が強く心に響くたとえ。「筆落ちて風雨を驚かし、詩成りて鬼神を泣かしむ」（杜甫「寄李十二詩白」）。
六　一七七八年米仏同盟が締結されたことを指す。
七　「錦帆」は船の美称。「晨」は早朝。
八　沢山の香りの良い花。
九　フランクリンの拓いた電気学が後に電信に利用されたことを敬い慕う。「電霆」は稲妻。「駆りて」は駆使、自在に操る。「郵伝」は人馬による伝達。
一〇　電話線が通じている所は天の端、地の果てでも、居ながらにして話ができる。電話がボストンとプロビデンスの間に開通したのは一八八一年（明治十四）。日本では明治二十二年、東京と熱海間に逓信省が公衆用市外電話の通話を開始。
一一　雷でさえ君の命令を聞く。まして世界の人々はなおさらだ。「済済」は数多く盛んなさま。
一二　「如今」は現今、今。「八表」は全世界。
一三　「英魂」はすぐれた人の魂。フランクリンの自由の精神が日本まで届いていることを言う。
一四　ファニー・パーネルを指す。→五〇頁注六。
一五　軽い病気。
一六　新聞。

ず乾端《けんたん》と坤垠《こんこん》とを。[一一]雷や猶《な》ほ能《よ》く君が命を聴く。何ぞ況《いはん》や済済《せいせい》たる四海の人。[一二]君見ずや如今《じょこん》自由八表《はっぺう》に光るを。[一三]英魂《えいこん》当《まさ》に遊ぶべし東海の浜。）

幽蘭波寧流。本是同功一体之女流。若前段叙ニ去幽蘭一。直接ニ這段一。則同色重複。不レ免ニ凡筆一。乃中間拈ニ来三個豪傑一。而掃ニ了粉膩臭気一。代以ニ殺伐光景一。竢ニ読者腔子裏殺気鬱勃一。忽把ニ来西国電報一。以再説ニ幽蘭一。以説ニ波寧流一。従ニ一対紹介書中一。引ニ出後段幾多話頭一。次第層層。有ニ解籜之妙一。山重水複疑レ無レ路。柳暗花明又一村。

其後[一四]波寧流《パルネル》女史ヲ訪《と》ハント欲ス　復《また》[一五]微恙《びやう》ニ罹《かか》リテ猶未《なホいまダ》果サズ　一日[一六]新報ヲ閲《けみ》スルニ西班牙《スペイン》ノ電報ヲ載《の》セテ曰ク　[一七]頓加羅《トンカーロン》党ノ将[一八]西都ニ囚ヘラルヽ者[一九]獄ヲ越ヘテ逃ル　未《いまダ》其行ク所ヲ知ラズト　散士[二〇]節《せっ》ヲ拍《うつ》テ曰ク　[二一]豈《あに》幽蘭女史ノ老父ニ非《あら》ザルナキヲ知ランヤト　乃《すなはチ》又以為《おもへ》ラク波寧流女史ヲ見テ之ヲ問ハヾ或《あるい》ハ其状ヲ知ルヲ得ンカト　女史紹介ノ一書ヲ懐《ふところ》ニシ蹄《デラウエーア》水ヲ渡リ汽車ニ投ジ[二二]紐瀬流《ニーゼルシー》州ニ向フ　女史ハ[二三]愛蘭《アイルランド》独立党ノ魁首《くわいしゅ》波寧流氏ノ妹ナリ　其[二四]姪《てつ》モ亦本国ニ在《あり》テ父ト共ニ貧民ヲ奨励《しやうれい》シ義士ヲ招集シ　英人ノ[二五]剛政戻略《がうせいれいりやく》ニ抗シ英政ノ[二六]羈絆《きはん》ヲ脱セントス　而シテ女史ハ其[二七]老母ト米国ニ留マリ[二八]在米ノ愛人ヲ励《はげ》マシ　資ヲ募《つの》リ粮《らう》ヲ積ミ以テ本邦ノ貧人ニ贈リ之ヲ救済スルヲ以テ

一七 →二八頁注一一。 一八 →一〇九頁注一二。 一九 脱獄。 二〇 膝を敲いて、の意か。 二一 幽蘭女史の老父かもしれない。二重否定。
二二 New Jersey. ファニー・パーネルは一八七〇年代初頭からニュージャージー州ボーデンタウンに居住していた。
二三 「魁首」は指導者。チャールズ・パーネル（→五〇頁注五）は一八八〇年アイルランド国民党の党首に選ばれるが、彼の指揮の下、八三年アイルランド議会党に改組、近代的政党となる。「愛蘭独立党」はそれを指すと考えられる。
二四 めい。または甥（おい）。誰を指すか未詳。一八八二年（ファニーの没年）の時点では兄チャールズの子は幼少で政治運動に関われる者はなく、十人兄弟の子も幼いか夭折していた。三兄のジョン・ハワード・パーネル（John Howard Parnell. 一八四三―一九二三）が政治的活動を共にしていたが、子どもはなかった。 二五 厳しい政治とあくどい策略。
二六 →一二一頁注一八。
二七 ファニーはアメリカ人である母、デラ・チューダー・スチュアート（Delia Tudor Stewart. 一八一六―九八）と共にアメリカにいた。
二八 アイルランドでは小作人の権利をイギリス人不在地主から守るためにアイルランド土地同盟（Irish Land League）が結成され、その初代総裁チャールズ・パーネルは、急進派も糾合し、非暴力的手法でイギリスに抵抗した。アメリカにいたファニーは妹のアンナ（Anna. 一八五二―一九一一）と共に、一八八〇年女性土地同盟（Ladies' Land League）を結成し、在米アイルランド女性伏線。

意高辞厳。令㆓人眩掉㆒。実自顕快。

無塩嫫母。亦当㆑避㆓三舎㆒。

散士締交手段。始如㆓処女㆒。頗得㆓孫子遺法㆒。

己《おのレ》ノ任ト為シ而《しか》モ隠然《いんぜん》[一]在米愛蘭《(アイルランド)》独立党ノ首領タリ　曾《かつ》[二]テ一長歌ヲ作リテ愛人ノ困厄《こんやく》英人ノ虐政《ぎやくせい》ヲ述ブ　其《その》歌慷慨淋漓《かうがいりんり》[三]聞クモノヲシテ流涕滂沱《りうていばうだ》[四]自《みづから》禁ズル能《あた》ハザラシム　世或《あるい》[五]ハ其軽佻《けいてう》過激ヲ尤《とが》ムルモノアリト雖《いへど》モ一女子ノ身ヲ以テ生ヲ棄テ死ヲ取リ天道ノ大義ニ拠リ国家ノ回復ヲ志《こころざ》シ一[六]痩土《そうど》ノ饑民《きみん》ヲ駆テ済済《せいせい》タル多士ト相搏《あひはく》セント欲ス　亦一世ノ女丈夫《ぢよぢやうふ》ト謂《い》フ可シ　且躬行高潔《かツきうかう》[七]国ニ許スノ赤心《せきしん》[八]一身ノ歓娯《くわんご》ヲ顧ミルニ遑《いとま》ナク婥約《しやくやく》[九]ノ姿ヲ以テ未《いまダ》月下ノ交ヲ結バズ　豈彼《あにかの》[一〇]終世綿綿タル痴情ニ区区シ身ヲ忘レ家ヲ忘レ甚シキハ国家ノ大計ヲ誤ル者ノ比ナランヤ」[一一]

既ニシテ汽車ヲ下リ波寧流[一二]女史ノ門ヲ敲《たた》ク　絶テ応ズル者ナシ　散士佇立《ちよりつ》[一三]稍ゝ《やや》久《ひさしく》シテ一婢扉《いつぴ》ヲ開キ其半面ヲ顕《あら》ハス　赤髪攣耳低鼻《せきはつれんじていび》[一四]厚唇《こうしん》[一五]歴歯《れきし》[一六]吃声《きつせい》[一七]黴糟面《びさうめん》ニ満ツ　散士ヲ見テ意色《いしよく》[一八]甚《はなはダ》悪シ　傲然《がうぜん》[一九]トシテ散士ノ来意ヲ詰《なじ》ル　散士慇懃《いんぎん》[二〇]ニ答ヘテ曰ク　僕ハ東海ノ游士《いうし》令娘《れいぢやう》ニ

に訴え救済基金を募った。募金額は六万ポンドに及んだという。「粮」は貯え置く食物。

以上一二七頁

一　ファニーは在米のアイルランド独立運動の長であったことはなく、ここでは象徴的存在であったことを言うか。「隠然」は表面に出ないが、重みや勢力を行使するさま。

二　ファニーはアイルランド独立を訴え、愛国心を喚起する抵抗詩を多く書いた。「困厄」は苦しむこと。難儀すること。

三　「慷慨」は社会の不義や不正を憤って嘆くこと。「淋漓」はしたたり落ちるさま。

四　「流涕」は涙。「滂沱」はとめどなく流れ出るさま。

五　世の中のある人は。

六　アイルランドの貧しい土地に住む貧しい人々を鼓舞して、イギリスの能力ある人々に立ち向かわせようとした。

七　有言実行でいさぎよく身を棄てて国に尽くそうという真心。「躬行」は口で言う通りを実行すること。「国ニ許ス」は身を棄てて国に尽くすこと。

八　個人的な楽しみと喜び。

九　たおやかな姿でありながら結婚せず。「月下」は縁結びの神・媒酌人を指す「月下老」による。

一〇　生涯をくどくどした恋愛感情に費やして大切なものを見失うような者とは比べものにならない、の意。「区区シ」はここでは、そのことだけに心を砕くこと。

一一　底本で行末にあたり、改行を示している。

一二　たたずむこと。

一三　女の召使い。

如㆓足下㆒者四字。写㆓得倨傲状態㆒。活現。吾人往往為㆔愛蘭人之誤所㆓豚奴視㆒。而会㆓意外之冷遇㆒。散士此般是自㆓実歴㆒来。而婢容醜悪迫㆑真。先写㆓醜女無礼㆒。反㆓照後文麗人懇待㆒。是文章家之秘訣也。入㆑門輒相逢。有㆓何妙味㆒。故一頓使㆓人煩悩㆒。作者弄㆓狡猾㆒処。散士窮迫之状如㆑睹。

謁《えつ》[21]ヲ乞フ者ナリト　婢頭《かしら》ヲ掉《ふるひ》テ曰ク　女史病《やみ》テ床《とこ》ニ在リ賓客《ひんかく》[22]ニ接スル能ハズ況《いはん》ヤ新来《しんらい》足下《そくか》ガ如キ者ヲヤト　散士心《こころ》[23]其《その》不敬ヲ憤《いきどほ》リ将《まさ》ニ其面ニ唾《だ》セントス　而《しか》レドモ又窃《ひそか》ニ以為《おもへ》ラク是固《これもと》ヨリ無智ノ賤婢《せんび》ノミ且《かッ》[24]愛人常ニ清人ノ己《おのレ》ニ利ナキヲ悪《にく》ム久《ひさ》シ　今彼余ヲ認メテ清人ト誤ルノ致《いた》ス所ナルナカランヤト　乃《すなはチ》[25]更ニ紅蓮ノ書ヲ取リ刺《し》[26]ヲ挟《はさ》ミ託シテ曰ク　僕数十里ヲ遠シトセズシテ来リ訪《と》フ所以《ゆゑん》ノ者ハ一タビ令娘《れいぢやう》ヲ見ルヲ得テ一片ノ氷[27]心ヲ表セント欲スレバナリ　他日若《も》シ期アラバ重ネテ相訪《と》ハン　窃《ひそか》ニ令娘ノ自愛ヲ祈ルノミト　怏怏《あうあう》トシテ門ヲ辞シ停[28]車場ニ至リ階《かい》[29]ニ倚《よ》リ長嘯《ちやうせう》シテ汽車ノ発スルヲ待ツ　時ニ[30]愛人数輩《すうはい》アリ　亦来《またきたり》テ散士ノ旁《かたはら》ニ倚《よ》ル　弊衣《へいい》[31]垢顔《くがん》年皆二十五六相共ニ散士ヲ指目《しもく》[32]シテ嘲笑シ或ハ高[33]ク呼テ弁髪《べんばつ》ノ賤奴《せんど》トナス　散士知ラザル為《まね》シテ遠近ヲ眺望ス　一少年アリ疾行《しつかう》[34]シテ散士ノ前ニ来リ敬揖《けいいふ》[35]シテ曰ク　足下ハ東海ノ士人ニ非ズヤト　散士曰ク　然リ

一四 引きつった耳。
一五 まばらな歯。
一六 どもった声。
一七 できものの類か。
一八 態度や表情が険悪である。
一九 偉そうに来訪の趣旨を問いつめた。
二〇 ていねいに。
二一 「謁」は貴人または目上の人への面会。
二二 大切な客にも会えないのに、まして面識のないあなたのような者に会えるはずはない。
二三 心の中で。
二四 アイルランド移民と清国人移民はアメリカの下級労働力市場において利害関係が対立していた。
二五 やむなく。
二六 名刺。
二七 邪心のない気持ちをお伝えしたかった。
二八 station の訳語。
二九 階段に寄りかかり、長いため息をついて。
三〇 アイルランド人が何人かやってきた。
三一 衣服は破れ、垢のついた顔をして。
三二 指さしながら見て。
三三 声高に「清国人の賤しいやつ」と言った。「弁髪」は→五五頁注三一。
三四 急いで歩いてきて。
三五 敬意のこもった会釈をして。

如二脱兎一。散士本領始発露。

少年曰ク　僕ハ波寧流《パルネル》女史ノ家人《かじん》[一]ナリ　前《さ》キニ足下ノ高歩《かうほ》[二]ヲ枉《ま》グルヤ賤婢之[三]ヲ知ラズ空《むなし》ク光臨ヲ辞セリ　今女史僕ヲシテ急ニ足下ヲ追ハシメ以テ再来[四]ノ栄ヲ辱《かたじけな》フセラレンコトヲ乞フ　足下希《ねがは》クハ一歩ノ労ヲ惜《をし》ム勿《なか》レト　散士曰ク　僕今日再《ふたたび》愛人ノ侮辱ヲ受ク　一婢《び》[五]一傖《さう》無学ノ徒固《もと》ヨリ尤《とが》ムルニ足ラズト雖《いへど》モ僕豈《あに》之ヲ快《こころよし》トセンヤ

且《カツ》僕ガ心既ニ帰府《きふ》ニ決セリ　請《こ》フ[六]更ニ他日ヲ約セント　少年曰ク女史病床ニ在ル殆《ほとんド》ド月余ニ亘《わた》リ門ヲ杜《と》ヂ客ヲ謝シ以テ心神ヲ養フ[七]今ヤ足下ノ遠ク至ルヲ喜ビ病[八]ヲ力《つと》メ一タビ相見《あひみ》テ以テ胸懐《きようくわい》[九]ヲ開カント欲ス　賤婢足下ヲ遇スルノ如何《いかん》ハ女史ノ未《いまダ》知ラザル所ナリ　足下願クハ怒《いかり》[一〇]ヲ移《うつ》スコト勿《なか》レ　婢《ひ》ノ不敬ノ如キハ僕乞フ其罪ニ当ラン且《カツ》女史気鋭《えい》[一一]ニ性豪《がう》ニ精神越渫《あつせつ》　病痾《びやうあ》ニ沈《しづみ》テヨリ悦怒《えつど》平《たひらカ》ナラズ　足下賤婢ガ亡状《ばうじやう》[一二]ヲ憤リ捨テヽ去ラルト聞カバ其病ノ再発スル亦計ル可カラズ　僕[一三]何ノ辞《ことば》カ以テ女史ニ対センヤ　足下又曰ク　再《ふたたび》[一四]辱《はづかしめ》ヲ

一 家族、ないしその家に仕える奉公人。
二 わざわざ立ち寄ってくださった時。「枉駕」「枉車」等と同様、人の来訪を敬って言う。
三 「東海ノ士人」であることを知らずに御来訪を断った。
四 もったいなくも再度来訪の光栄に浴したくお願いします。
五 「一婢」はパーネル家の下女。「傖」は身分の低い者の意で、停車場で散士を侮辱した者を指す。
六 他日に来訪させてもらえるよう御約束願います。
七 ひと月あまり門を閉ざして来客を断わり、身と心を養生している。
八 病をおして。
九 心中を打ち明けようと思う。
一〇 賤婢への怒りを女史に移さないでください。
一一 気性が鋭く豪快で、気力が溢れ出る性質で、重く長びく病気を患ってから、感情の起伏が激しい。「渫」はもらす、思いきり発散させる。「精神越渫し、百病咸（ことごと）く生ず。聡明眩曜して、悦怒平らかならず」（枚乗「七発」『文選』巻三十四）を踏まえる。
一二 無礼な言行。
一三 （あなた〈散士〉が帰ってしまったら）私はなんと女史に言えばよいのですか。
一四 停車場で罵声をあびせられたことを指す。

受クト　賤婢ノ不敬ハ命《めい》[一五]ヲ聴ケリ　敢[一六]テ其他ヲ問フト　言未《いまダ》終ラズ傍《かたはら》ノ愛人帽《ばう》ヲ脱シ進デ曰ク　郎[一七]君ヲ凌《しの》グ者ハ奴《ど》輩《はい》ナリ　奴輩事理《じり》[一八]ニ通ゼズ又波寧流女史ノ客タルヲ知ラズ　見テ以テ清人トナシ誤《あやまり》テ敬[一九]礼ヲ失セリ　蓋《けだシ》他[二〇]ノ意有《あり》テ存スルニ非ズ　小君《せうくん》[二一]奴輩ガ為メニ幸《さいはひ》ニ郎君ニ謝《しや》セヨト　[二二]靦面汗額《てんめんかんがく》[二三]身ヲ置クノ地ナキ者ノ如シ　散士其質朴[二四]ニシテ過[二五]ヲ悔《く》ユルノ速《すみやか》ナルヲ憐《あはれ》ミ又波寧流女史ノ真ニ病ムヲ知リ疑《ぎ》[二六]団氷解怒気澌尽《だんひようかいどきしじん》　乃《すなはチ》少年ト共ニ再《ふたたび》波寧流女史ノ家ニ至リ客院《かくゐん》[二七]ニ待ツ　半[二八]白ノ老嫗《らうあう》来リ迎《むかへ》テ曰ク　妾《せふ》ハ波寧流ノ母ナリ先《さキ》ニ紅蓮女史書ヲ寄セテ郎君ノ人トナリヲ告ゲ勧[二九]ムルニ後来《こうらい》ノ交《まじはり》ヲ以テス　賤[三〇]児之ヲ聞テ日ニ郎君ノ至ルヲ待ツ　真ニ一[三一]日三秋モ唯《ただ》ナラズ　既[三二]ニシテ病ニ罹《かか》リ其後　床上《しやうじやう》[三三]ニ転輾《てんてん》スル将《まさ》ニ一月ナラントス　諸医賤児《せんじ》ガ客ヲ見レバ　則《すなはち》悲壮ノ談ヲ為シ精神激昂《げきかう》為メニ身体ノ痩弱《そうじやく》ヲ醸《かも》スヲ恐レ固ク禁ジテ客ニ接スル勿《な》カラシム　是故ニ小婢モ亦郎君ガ遠ク

好辞令。

一五 （面会を断われという）指示に従っていたのです。
一六 もう一つの件を問う。
一七 この方を侮ったのは私です。「奴輩」は一人称の謙称体。
一八 物事の道理。
一九 敬って待遇すること。
二〇 悪意はない。
二一 （パーネル家からの使いの少年に向かって）我々のために代わって謝っていただきたい。
二二 羞じ入った顔でひたいに汗を流し。
二三 その場に居づらいさま。
二四 飾り気がなく律儀なこと。
二五 散士を「清人」と間違って無礼を働いたこと。
二六 心中にわだかまっていた疑念が晴れ、怒りがすっかり消えた。「澌尽」は、あとかたもなく無くなること。
二七 来客用の別棟ないし客間。「佳人之奇遇著述の筋書」（→補七）には、病を理由に追い返され、その後再び呼び戻されて「女史」と会ったことは「実事」とある。
二八 白髪まじりの老婆。
二九 これから先、交際することを勧められた。
三〇 （自分の）娘を謙譲して言ったもの。
三一 一日会わないと三年もの時間に思われるほど待ち遠しいというが、それどころではありませんでした。
三二 そうこうしているうちに。
三三 病床につく。「転輾」は寝返りすること。

怒気如ニ熱鉄一者。
忽化軟柔如レ綿。
読去一噱。

来ルヲ知ラズ　見テ以テ常客[一]ト為シ誤《あやまり》テ礼ヲ失ヒ再《ふたたび》玉趾《ぎよくし》[二]ヲ労セシムルニ至レリ　是《コレ》小婢無智ノ致ス所ト雖モ抑《そもそも》ゝ妾等ガ罪亦浅カラズ　[三]天被《てんぴ》海容《かいよう》妾賤児ト切ニ祈ル所ナリト　散士曰ク　是《これ》何ゾ以テ罪トナスニ足ランヤ　唯《ただ》令娘《れいぢやう》ヲ見ルヲ得バ僕[四]ガ幸之ニ若《し》カズト　老媼《らうあう》曰ク　賤児病床ニ臥シ頭髪久シク梳《くしけづ》ラズ襟袖《きんしう》[五]永《なが》ク修メズ　固《もと》ヨリ以テ高賓《かうひん》[六]ヲ見ル可キナシ　郎君其止ム可カラザルヲ察シテ之ヲ尤《とが》メズ相見テ[七]一言ヲ辱《かたじけな》フスルヲ得バ幸甚《かうじん》ト　散士曰ク　令娘ニシテ若《もシ》妨ゲズンバ豈《あに》之ヲ辞センヤト　少焉有《しばらくあり》テ女史徐歩《じよほ》[八]シテ入ル　散士立礼ス　女史散士ヲ促《うなが》シテ坐セシメ親《みづか》ラ安榻《あんたふ》[九]ニ坐ス　年[一〇]二十七八　肌膚《きふ》白雪ヲ欺《あざむ》[一一]キ皓歯《かうし》連珠《れんじゆ》ノ如ク　両頬《りやうけふ》[一二]肉寒《にくさむ》ク双眼《さうがん》光《ひかり》冷《ひやや》カナリ　緑鬢《りよくびん》[一三]ヲ結テ後《うしろ》ニ垂[一四]レ眉宇《びう》自《おのづから》憂アル者ノ如シ　女史徐《おもむろ》ニ語テ曰ク　妾曽《かつ》テ新報ヲ見テ日本人ノ義気[一五]アルヲ知リ　又紅蓮ノ書ニ因《より》テ郎君ノ高風[一六]ヲ聞キ一タビ相見ンコトヲ願フ久シ　而シテ郎君棄《す》テズ百里玉趾ヲ枉《ま》グ

画ニ出一個病西施一。
与ニ前面醜婢一反映。

写ニ幽蘭一処其筆藻麗。写ニ紅蓮一処其筆豊浮。写ニ波寧流一其筆清楚。叙ニ三美人一未ニ曽一筆相犯一。可ニ以見ニ良工苦心一。

一 普通の客の意。
二 他人の足の尊敬語。御足労をいただくことになった。
三 「天被」は天がすべてをおおう意で、「海容」と同様寛大さを表す語か。
四 令嬢とお会いする以上の喜びはない。
五 長い間衣服を整えていない。
六 立派なお客様にお会いできない。
七 一言ことばをかけてくだされば幸いです。
八 しずかに歩むこと。
九 安楽椅子。「榻」は長椅子や寝台。
一〇 物語の現在を一八八二年(ファニーの没年)とすれば、満三十一歳。
一一 白く美しい歯は宝玉を繋いだようで。
一二 (病気で)頬がこけて、両眼は冷たい光を帯びている。
一三 黒々とした毛。「鬢」は頭の左右耳ぎわの髪。
一四 まゆのあたり。
一五 義理を重んじる心。
一六 高尚な風格。立派な人格。
一七 「高操」は崇高な志。「卓節」は信念をかたく守ろうとする心。
一八 「聴」と同じ。
一九 慕い続けて数年たった。
二〇 →九九頁注一八。
二一 病気が小康を得てもちなおす状態。病

田舎光景。摸来如レ睹。

状二美人一僅数語。而却極レ力描二写風景一使三人想二像女史気品一。妙絶。

妾ガ喜ビ将《まさ》ニ何ニカ譬《たと》ヘント　散士曰ク　僕令娘ノ高操卓節《かうさうたくせつ》[17]ヲ聆《き》キ[18]心窃《ひそか》ニ之ヲ慕フ茲《ここ》[19]ニ年アリ　今忽《たちまチ》謦咳《けいがい》[20]ニ接スルヲ得《う》、僕ガ喜ビ知ル可キナリ　聞ク令娘久シク病痾《びやうあ》ニ染《そ》ムト　今少シク間《かん》[21]ナルヤ否《いなや》ト

女史曰ク　妾ガ病ハ自《みづか》ラ其力ヲ計ラズ国ヲ憂ヒ時[22]ヲ慨《がい》シ心[23]結ビ気鬱スルノ因《より》テ醸《かも》ス所　然レドモ昨来稍々《やや》間ナルヲ得タリ　郎君半日ノ暇《いとま》ヲ仮《か》シテ願クハ我ガ為メニ卓偉《たくゐ》[24]ノ高論ヲ説キ　風流[25]ノ韻事《ゐんじ》ヲ談ジ又東洋ノ奇談ヲ話シ以テ幽情[26]ヲ散ズルヲ得セシメヨト　散士曰ク　僕唯《タダ》令娘ノ卓説ヲ聆《き》カント欲スルノミト　女史微笑シテ暫《しばら》ク言ハズ

時ニ郊外ノ製器館《せいきくわん》[27]ノ気笛[28]四点ヲ報ズ　日[29]庭松《ていしよう》ニ掛リ微風窓紗《さうしや》ヲ巻ク　女史婢ヲシテ瓊窓《けいさう》[30]ヲ掲《かか》ゲシム　平[31]疇崇田《へいちうすうでん》広ク眼底ニ参錯《さんさく》シ青山《せいざん》[32]遠ク翠靄《すいあい》白雲ノ間ニ出没ス　禽鳥《きんてう》[33]ハ音ヲ叢林《そうりん》ノ辺ニ弄シ鷺鷀《ろじ》[34]ハ羽ヲ青草ノ裏ニ刷《さつ》ス　鋤《すき》ヲ執ルノ翁《おきな》牛ヲ曳《ひ》クノ童皆《わらはみナ》登臨《とうりん》[35]ノ興ヲ添ユルニ足ル　垣《かき》ヲ回ルハ一川アリ　枯巌瘻石《こがんくせき》[36]ノ間ヲ流レ湲湲《ゑんゑん》[37]声ヲナス　笙《しやう》[38]ヲ吹キ

間。
二二 時勢に憤り。
二三 気持ちがこわばり気分がふさいだことが原因となった。
二四 卓越した見識のある議論。
二五 俗を離れた詩歌や書画などについて話す。
二六 ふさいだ心をまぎらせて下さい。
二七 工場の意か。
二八 汽笛が四時を報じた。「点」は時間を知らせるために打つ音を数える語。
二九 日が庭の松にかかり微風がカーテンをまきあげる。「紗」はうすい絹織物。
三〇 窓を持ち上げて。上下スライド式、または撥ね上げ式の窓。「瓊」は美しい玉の意だが、ここでは「瓊戸」等と同様美しいの意味で添える。
三一 「平疇」は平地にある畑。「崇田」は小高い場所にある田圃。「参錯」は入りまじる。
三二 「青山」は樹木の茂っている山。「翠靄」は青みを帯びたもや。視覚的色彩の対照をこめた修辞。
三三 「禽鳥」は鳥のこと。「叢林」は木々が密生する林。「弄」は楽器を奏して慰みにすることで、ここでは鳥がたてる音を楽器に見立てる。
三四 シマツドリは青い草の裏で羽繕いをしている。「鷺鷀」は水鳥の一種、シマツドリ。「刷羽」は羽繕いをすること。
三五 高所に登って眺め見おろすこと。
三六 ひからびて、ごつごつした岩石。
三七 水の流れる音。
三八 「笙」は、雅楽に用いる管楽器の一種。「瑟」は弦楽器の一つ。

文情絶世。

江山千里眺望之図

瑟《しつ》ヲ弾ズルガ如ク物[一]トシテ我懐《わガおもひ》ヲ喜バシメザルハナシ　女史指《ゆびさ》シテ散士ニ示シテ曰ク　彼[二]山ヲ何丘ト云ヒ彼水ヲ何川ト云フ[三]往昔《わうせき》師ヲ用ユル処当今鉱ヲ掘ルノ処村落彼処《かしこ》ニ在リ　墓[四]碑彼辺《かのあたり》ニ隠ルト

胸中貯二幾多間日月一来。

散士嘆称《たんしよう》[五]止マズ　女史曰ク　妾常ニ好景ヲ愛シ居[六]ヲトシテ漸《やうやク》此楼《ろう》ヲ得タリ　蓋《けだシ》朝ニ出デヽ[七]正理ヲ説キ[八]大道ヲ論ジ暴ヲ倒シ弱ヲ援《たす》ケ貪《どん》[九]利《り》ノ徒ヲ斥《しりぞ》ケテ災厄ニ罹《かか》ルノ窮民ヲ救ヒ　夕ニ帰テ書ヲ清風ノ中ニ繙《ひもと》キ[一〇]深[一一]ヲ釣リ奥ヲ極メ妙旨[一二]ヲ窮覧シ時ニ月ニ[一三]踏ミ花ニ歌ヒ以テ終日ノ鬱悶《うつもん》[一四]ヲ排セントス　是《これ》妾ガ無上ノ楽ニシテ‖芙[一五]公ノ所謂自由ノ棲《す》ム

一 全てのものが私の心を喜ばせる。
二 あの山の名はなに、あの川の名はなに、と説明する。具体的な名前を挙げずに表現。
三 昔戦争のあったところ。「師」は軍隊。
四 フランクリンの墓。
五 感心して誉め称え続けた。
六 土地を占って住居を定める。ここでは単に、考えたすえに住まいを決めた、の意。「楼」は、たかどの。二階以上の高い建物。
七 正しい道理。
八 人のふみ行うべき正しい道。
九 貪欲な人。
一〇 書物の帙の紐を解く。転じて書物を読む。
一一 深く探究する。「釣ル」はここではもとめる意。
一二 すばらしい内容を見極め。
一三 月の光のもと散歩し、花を見ては歌う。「踏月」で、月の光りの下を歩くこと。
一四 憂鬱や煩悶をはらそうとする。
一五 →一二六頁七行。

消二幾多歳月一。費二幾多金銭一。遠游二万里外一。帰レ朝則揚揚然詡詡然。誇レ人曰。余遊二米国一矣。余在二英国一矣。而其所レ修則不レ過二骨牌賽球之小戯一而已。不レ過二舞踏唱歌之末技一而已。是為二近時洋行書生之常態一。今観三散士在二海外一。所レ交則忠臣義子。所レ談則節婦烈女。所レ修則政事経済。而且曰書窓日易レ傾。嗚乎見二之夫尋常者流一。豈啻天淵而已哉。

処是《これ》吾郷ノ意亦此ニ在ランカト　散士曰ク　僕平生ノ望モ亦此ニ外ナラズト　既ニシテ女史更ニ前川《ぜんせん》ヲ指シテ曰ク　妾又綸釣《りんてう》[一六]ノ痼疾アリ　彼水ハ妾ノ日夕竿《にっせきかん》[一七]ヲ垂《た》ルヽ処ナリ　郎君亦之ヲ好ムヤト　散士曰ク　奇[一八]ナル哉　令娘嗜《れいぢやうたしな》ム所何ゾ其レ僕ト相同ジキヤ　僕郷ニ在ルノ日綸《いと》ヲ東江[一九]ノ涯《きし》ニ投ジ竿ヲ西水《せいすい》ノ上ニ垂レ　概《おほむネ》[二〇]以テ虚日[二一]ナシ　其後国難ニ丁《あた》リ南轅北輅《なんゑんほくらく》[二二]席暖ナルニ遑《いとま》アラズ　況《いはん》ヤ西遊《せいいう》[二三]以来書窓《しよさう》[二四]日傾キ易《やす》ク是ヲ以テ又試ミザル数年矣　僕之ヲ好ム実ニ深シト　女史曰ク　然ラバ則《すなはチ》是ヨリ倶《とも》ニ前川ニ釣リ塵事《ぢんじ》[二五]ヲ一竿ニ投ジテ以テ憂愁ヲ散除《さんぢよ》セント　更ニ婢ヲシテ綸糸《りんし》ヲ装《よそほ》[二六]ハシメ　歩《ほ》シテ川岸《せんがん》ニ至リ水ニ沿テ下ルコト百余武《よぶ》[二七]　流[二八]忽《たちまチ》止ミ洄《さかのぼ》リテ潭《ふち》トナル　広《ひろサ》十二三弓[二九]　両岸ノ垂楊《すいやう》[三〇]空ヲ覆《おほ》ヒ一[三一]二ノ奇石潭中《たんちゆう》ニ横《よこた》ハル　氍毹《くゆ》[三二]ヲ藉《しや》シテ共ニ綸《いと》ヲ垂ル　先ヅ相約シテ曰ク　釣魚ヲ以テ雌雄[三三]ヲ決セント　暫クニシテ潑剌《はつらつ》[三四]竿ニ上ルモノ数尾遂ニ薄暮ニ至ル　各釣ル所ヲ算《さん》ス　散士一。

一六　釣りという大好きな趣味がある。「綸」は釣り糸。「痼疾」は持病の意。転じて強い執着心を持つ事柄。
一七　釣りざお。
一八　不思議なことです。
一九　「東江」と「西水」とで対句をなし、あちこちの川や海で釣りをしたことを言う。
二〇　大体は。
二一　何事もない日。ここでは、釣りをしない日はない、の意。
二二　所々方々に行く。「南轅」は車の轅（ながえ）を南に向けることで、南にゆくこと。「北輅」の「輅」は車の轅にしばりつけた横木で、北にゆく意。「席暖ナルニ…」は↓五頁注一一。
二三　アメリカに留学して以来。
二四　書斎の窓の日はすぐに沈む。勉学に忙しくあっという間に時がたつこと。
二五　この世の煩わしい事柄を釣りをして投げ捨て、うれいや悲しみをはらしましょう。
二六　準備させて。
二七　「武」は一歩の半分の長さで、三尺。
二八　流れが止まって、ぐるりとまわり、深く水をたたえたところになっている。
二九　「弓」は一歩の長さ。六尺ないし八尺。岸の長さを言う。
三〇　しだれ柳。
三一　珍しい石が淵の中にある。
三二　毛織物を敷いて。毛織物の意の「氍毹」はそれぞれ「氍毹」の俗字。「藉シテ」は敷くこと。
三三　勝敗をきめよう。
三四　魚が元気よくとびはねるさま。

後面幾多話頭。総自下贏二一尾一三字上生来。

字法頗似二侯雪苑一。

開巻以来。雲巻雷轟。使二人眼眩心懍一。承以二此一段一。筆筆極二其閑雅一。有二天晴日出之趣一。紙上如レ聞二其嘻嘻笑声一。後文一転更起二愁風惨雨一来。可レ見二作者経営之苦心一。

黠甚黠甚。

一場諧謔。反是一篇大論。

尾ヲ贏《あま》ス[一]。女史大ニ之ヲ笑ヒ且《かツ》帰リ去ラントス　散士尚未《なホいまダ》止マズ[二]居然《きよぜん》瞬《しゆん》セズ眸《ひとみ》ヲ竿頭《かんとう》ニ注グ　女史嘲笑措《お》カズ[三]　乍《たちまチ》ニシテ一鱗《いちりん》[四]活活水ヲ躍《をど》リ綸《りん》ト共ニ上ル　大《おおきサ》二尺強　女史大ニ驚キ　[五]唖唖《ああ》ノ声未《いまダ》終ラズ忽《たちまチ》嗚乎《ああ》ノ声ヲナス　散士顧ミテ曰ク　[六]之ヲ東楡《とうゆ》ニ失シテ之ヲ桑《さう》梓《し》ニ得タリ　諺ニ曰ク　[七]功業ハ其終《をはり》ヲ見ヨト　令娘以テ如何トナス

女史曰ク　郎君何ゾ傲《おご》ルコトノ甚《はなはダ》シキ　得ル所互ニ相同キニ非ズヤト　散士ガ曰ク　蓋《けだシ》僕ノ釣ル所ハ大《おほきサ》殆《ほとんド》令娘ニ倍スルヲ如何ト

女史曰ク　始《はじメ》豈大小ヲ約センヤ唯《たダ》其数ノ如何《いかん》ニ在ルノミ　且妾《かツせふ》得ル所ハ小ナリト雖モ色鮮《いろあざやか》ニシテ味美《あぢび》ナリ　郎君得ル所ハ其容《かたち》、徒《いたづら》ニ大ニシテ色味倶《とも》ニ及ブナシ　請フ之ヲ人物ニ譬《たと》ヘン乎　[八]夫《かノ》戎驪鞍《チーリアン》ヲ知ラズヤ　[九]一鞭馬ヲ躍《をど》ラセバ向フ所前ナク旬日[一〇]ニシテ羅馬帝国ヲ糾[一一]合シ帝位ニ昇リ進テ[一二]亜細亜諸州ヲ蹂躙《じうりん》セリ　又夫《かノ》[一三]若遜《ジヤクソン》ヲ見ズヤ　市民ヲ駆テ之ヲ指揮シ大英無前ノ大軍ト三戦　大ニ之ヲ破リ遂ニ大

一「贏ス」は賭や競争で勝つこと。以下の文脈から見て、一匹負けた、とあるべき。
二 じっとまばたきもせず目を竿先に注ぐ。
三 笑い続けた。
四 一匹の魚が生き生きとして。「活活」は本来、水が勢いよく流れる、あるいは道などが滑るさま。
五「唖唖」は笑う声。「嗚乎」は感嘆の声。
六 負けたのちに勝つこと。「之を東隅に失して、之を桑楡〔日の没する所、夕方〕に収むと謂ふべし」(『後漢書』馮異伝)に基づく。
七「終わりよければすべてよし」「細工は流々仕上げを御覧じろ」に同じ。
八 カエサル(Gaius Julius Caesar. 前一〇〇または前一〇二-前四四)。シーザー。漢字表記と振り仮名は Julius の英語読みによる。
九 ひと鞭当てて馬を走らせれば、前にたちふさがるものがない。無敵。
一〇 十日間。ここでは短期間の比喩。
一一 カエサルはガリアに遠征、西ヨーロッパをローマ化、三頭政治を共に担ったポンペイウスをエジプトに滅ぼし、各地の内乱を平定、前四六年ディクタトル(独裁官)になる。
一二 カエサルが前四七年小アジアを攻めたことを指すか。
一三 アンドリュー・ジャクソン(Andrew Jackson. 一七六七-一八四五)。→補七〇。
一四 ナポレオン・ボナパルト(Napoléon Bonaparte. 一七六九-一八二一)。→補七一。
一五 ヨーロッパの君主や大臣は、降伏が手

句法章法。倏短緩急。変化不レ量。

統領ニ昇レリ [一四]拿破倫《ナポレオン》ハ一孤島ヨリ起リ仏国ノ帝位ニ即《つ》キ其兵ヲ用ユル神ノ如ク欧洲ヲ席巻《せつけん》シ威四海ニ震ヒ [一五]欧ノ君相降ヲ納《い》レテ唯《たダ》後《おく》レンコトヲ之レ恐ル [一六]智亜《チエール》ハ経済ノ才ヲ抱キ [一七]挙ゲラレテ驕《おご》ラズ退ケラレテ怨マズ [一八]国ニ許スノ志白髪[一九]渝《かは》ラズ国勢[二〇]ヲ已《すで》ニ顚《くつが》ヘルニ回《かへ》シ宗社ヲ既ニ覆《くつが》ヘルニ復シ遂ニ仏国大統領ノ位ニ昇レリ [二一]和通士《ワツト》ハ人トナリ多病薄弱 然《しか》レドモ百[二二]折屈セズ物理[二三]ノ奥ヲ探リ遂ニ蒸気ヲ駆テ人力ニ代ヘ海ニハ巨艦ヲ浮ベ陸ニハ鉄[二四]車ヲ奔《はし》ラセ[二五]生民ヨリ以来人ヲ益スル者及ブナキニ至レリ 是《この》数人皆《みな》蓋世《がいせい》[二六]ノ英傑 智《ち》豊《ゆたか》ニシテ材[二七]高シ而シテ其長《たケ》[二八]中人《ちゆうじん》ニ及バズ 唯《たダ》其異ナル所ノモノハ脳裡《なうり》ニ関スルノミ 豈《あに》身体ノ大小ヲ以テ雌雄ヲ決ス可ケンヤ 今十九世紀ハ才学[二九]芸術ノ競争ニシテ往古《わうこ》野蛮ノ単騎勇闘身体筋骨ノ強壮ニ誇リ弱[三〇]ヲ凌《しの》ギ寡《くわ》ヲ圧シ優勝劣敗ヲ試ミシ時ニ非ザルナリ 嗚乎郎君ノ説ノ如キハ[三一]八尺ノ農叟《のうそう》[三二]南方ノ黒奴貴国ノ角觝《かくてい》[三三]天下ニ敵ナシト云フガ如シ 今

従二一瓶蒸気中一。按二出火車浮城一。何啻唖壺現レ龍。瓢子出レ馬。

百尺竿頭。更進二一歩一。

遅れになることを恐れた。
一六 ティエール(Louis Adolphe Thiers. 一七九七—一八七七)。フランス第三共和制の初代大統領(在職一八七一—七三)。→補七二。
一七 取りたてられて。挙用。
一八 →一二八頁注七。
一九 年をとっても変化せず。
二〇 ティエールの変転きわまりない政治的生涯を言う。→補七二。「宗社」は国家の意。宗廟社稷。
二一 ワット(James Watt. 一七三六—一八一九)。イギリス人発明家。→補七三。
二二 何度の失敗にもくじけず。
二三 事物の原理の奥深い所。
二四 鉄道車両のこと。
二五 人民。
二六 世を圧倒するほどの英雄豪傑。
二七 才能が優れている。
二八 その背丈は普通の人に及ばない。
二九 才能と学識。「芸術」は技芸と学問。art の訳語として定着するのは明治末。
三〇 弱い者を力づくで圧倒し、少数者を圧迫する生存競争の時代ではない。「優勝劣敗」は明治期、進化論の移入と共に時代の言葉となった。「常ニ必ズ優勝劣敗ノ定規ニ合セザルモノハ絶テアラザルナリ」(加藤弘之『人権新説』明治十五年)、「ダアウヰンがいつとる通り、優勝劣敗の世の中ぢやから、強は弱を圧し、小は大の食となる」(坪内逍遙『一読三歎 当世書生気質』明治十九—二十年)第九回。
三一 田舎の粗野な大男。
三二 南方出身の黒人奴隷。
三三 力士。「角觝」は本来は相撲を指す。

語語霊妙。不ニ独使ニ散士不レ能レ答。更使ニ読者不レ能レ容レ喙。

日ノ事情ニ通ゼザルモノト謂《い》フ可シト　散士哂《わらひ》テ曰ク　令娘豈《あに》僕ガ[一]矮小《わいせう》ナルノ故ヲ以テ曲ゲテ之ヲ折《くじ》カント欲スルニ非《あら》ズヤ　但《ただし》得ル所大魚甚《はなはダ》多シ其小ナルモノハ乞フ再《ふたたビ》之ヲ放タン　女史曰ク　妾聞ク[二]男子ノ情ハ変ジ易キコト秋天《しうてん》ノ如シト　信ナル哉《かな》言《げん》ヤ　郎君後ニ得ルノ大ヲ以テ先ニ釣ルノ楽ヲ忘ル　所謂《いはゆる》新[三]ヲ憐《あはれ》ミ旧ヲ疎《うとん》ズルモノハナル無カランヤト　散士曰ク　[四]令娘言語抑揚《よくやう》殆《ほとんド》僕ヲシテ又口ヲ開ク能ハザラシメントス　今ニシテ悔《く》ユ[五]令娘ヲシテ大魚ヲ得セシメザルコトヲト　女史大ニ笑フ　時ニ四囲《しゐ》[六]漸《やうや》ク昏《くら》シ　乃《すなはチ》竿ヲ収メテ帰ル　直《ただち》ニ誘テ客院《かくゐん》ニ到リ散士ニ謂テ曰ク　今日ノ楽ミ実ニ近来無キ所鬱憂《うついう》全ク散ジ快楽言フ可カラズ　然レドモ少シク身《しん》疲《つか》レテ神《しん》慵《ものう》[七]キヲ覚ユ　郎君幸ニ之ヲ恕《ゆる》セヨト　徐《おもむろ》ニ起《たち》テ傍《かたはら》ノ長椅《ちやうい》[八]ニ倚《よ》ル　母《ぼ》氏《し》闥《たつ》[九]ヲ推《お》シ来テ女史ヲ顧ミテ曰ク　心神果シテ如何ン　女史ガ曰ク　二《に》[一〇]豎《じゆ》頓《とみ》ニ身ヲ去ルガ如シ蓋《けだシ》郎君ノ賜《たまもの》ナリト　三人団欒《だんらん》西ヲ語リ東ヲ話

一　私が小柄だから無理矢理やりこめたいのでしょう。

二　秋の空のように男心も変わりやすい。次文の「言」はこの内容を指す。「男心と秋の空」という言い回しから。「たとへにさへ男心と秋の空、今まであんな宜い天気が急に泣き出しさうな空になつて来た」(為永春水『春色江戸紫』二の十二)。

三　新しい事柄を喜び古い事柄によそよそしくする。

四　ああ言えばこう言うといった風のあなたの物言いに私は何も言えなくなった。「抑揚」は、ここでは、けなしたりほめたりすること。

五　あなたに大きい魚を釣らせればよかったと今になって失敗したと思う。

六　周囲が次第に暗くなってきた。

七　だるい気持ちがする。

八　長いすに座り寄りかかる。

九　扉を押し開けて入ってきて。

一〇　病気。病んだ晋の景公が、夢の中で病気の神が二人の子ども(豎)の姿になってあらわれ、どんな薬も鍼もきかない所(膏肓)に宿ろうと相談し隠れた、という夢をみた故事による(『春秋左氏伝』成公十年)。

従二魚味一論及二一国政令一。才筆才筆。散士一問。忽挑二発女史満腔不平一。宛如三万斛硝薬導火一接一。忽点二母一字一。変二悲壮惨憺語一。為二洒洒落落事一。旋転自在如二轆轤一。綺語麗句。亦肖二女史風采一。

シ興亦漸《またやうや》ク酣《たけなは》ナリ　倏《たちまチ》点ズルニ[一一]彩鐙《さいとう》ヲ以テシ時ニ羞《すす》ムルニ晩餐ヲ以テス　良肉鮮魚[一二]案上《あんじやう》ニ雑陳《ざつちん》ス　[一三]粲《さん》トシテ玉《ぎよく》ノ如シ　釣ル所ノ魚味最《もつとモ》美ナリ　共ニ賞シテ止マズ　散士箸《はし》ヲ置キ問フテ曰ク　聞ク英人ガ自国ノ航海ヲ奨励シ愛《（アイルランド）》国ノ富強ヲ妨害セントスルノ時ニ当テヤ　令ヲ発シテ以テ愛人ノ英船ニ乗ル者ニ非ザレバ海ニ漁スルヲ禁ゼリト　真ニ此事有リヤ如何ト　女史[一四]眉ヲ張テ曰ク　之《こレ》有リ　[一五]以テ其他ヲ推知ス可キノミ　[一六]百世ノ国讎報ゼズンバアル可カラズト　声漸《やうやク》激シ語将《まさ》ニ烈シカラントス　[一七]母之ヲ止メ更ニ語ヲ移シテ談東洋婦人ノ[一八]情態ニ及ブ　女史笑テ曰ク　東洋甚《はなはダ》美人多シト　想フニ[一九]嫌《けん》玉羞花《ぎよくしうくわ》ノ人窓《ひとまど》[二〇]ヲ開テ南来ノ雁《がん》ヲ望ミ門ニ傍《そふ》テ岫《みね》ニ還ルノ雲ヲ看、以テ郎君ノ帰朝ヲ遅《ま》ツ者アラン　散士[二一]莞爾《くわんじ》トシテ答テ曰ク　僕少《わか》フシテ[二二]狂狷撿操《きやうけんけんさう》ナク　其後旧邦[二三]喪乱《さうらん》東西ニ[二四]飄零《へうれい》シ殆《ほとんド》[二五]寧日《ねいじつ》ナク　且性《かツせい》[二六]歌《か》舞遊蕩《ぶいうたう》ヲ好マズ[二七]洒洒落落《しやしやらくらく》ノ風ニ乏シク　[二八]紈袴《ぐわんこ》ヲ穿《うが》チ軽裘《けいきう》ヲ衣《き》喔咿《あくい》嚅《じゆ》

一一 ステンドグラスの笠のあるランプか。
一二 机の上にいろいろなものが並んだ。
一三 鮮やかで宝玉のようであった。
一四 眉をつり上げて。
一五 イギリスの他の非道も推し量って知るべし、だ。
一六 長年にわたる国のかたき。
一七 母は娘が興奮しすぎると病気に悪いことから話題を転じた。
一八 ありよう。
一九 「嫌玉」は宝石が厭うこと。「羞花」は花にひけめを感じさせること。人の顔かたちの非常に美しいたとえ。「羞花閉月」による。
二〇 恋人が帰ってくるのを待つさま。「岫」は深い山あい。
二一 にっこり笑って。
二二 「狂狷」は理想ばかり追求してかたくなこと。「撿操」は志操の意。理想ばかりを追う性格で女性に興味がなく、特に女性に対して定まった考えもない、の意か。
二三 多くの人が死んだり災いがおこったりすること。世が乱れること。
二四 おちぶれてさすらうこと。
二五 やすらかな日。
二六 「歌舞」は歌と舞。「遊蕩」は酒色にふけること。
二七 性質・言動などがさっぱりとして、小粋なさま。
二八 着飾ったり媚びたりして、女性にかしずく気になれない。「紈袴」は白の絹で仕立てた袴。中国で貴公子の着用したもの。「穿ツ」は着る。「軽裘」は軽くて上等のかわごろも。「喔咿」も「嚅唲」もともに、媚びへつらって笑うこと。

点ニ出女史本色一来。

呪《じ》以《もっ》テ婦女ニ事《つか》フルノ労ニ堪ヘズ　是故ニ絶テ僕ヲ顧ミル者ナク僕モ亦是ヲ以テ自《みづか》ラ得タリトセリ　一生ヲ鰥衾孤燈《くわんきんことう》ノ下ニ送ルモ未《いま》ダ知ル可カラザルモノト　女史曰ク　噫々《ああ》是《これ》妾ガ事ノミ　抑々《そもそも》婦女柔軟ノ臂《ひぢ》ヲ揮《ふるつ》テ一世ニ為スアラント欲セバ　勢《いきほひ》夫ヲ迎ヘテ以テ偕老《かいらう》ノ契《ちぎり》ヲ結ブ能《あた》ハズ　蓋《けだシ》生計ノ微事《びじ》肘《ひぢ》ヲ掣《せい》シ子女ノ累《るい》　心ヲ控《ひ》キ遂ニ意ノ如キ能ハザルモノアリ　男子ハ則《すなはち》然ラズ　婦内《うち》ヲ護リ子ヲ教ヘ孫ヲ育シ至ラザル所ナシ　其《その》外ヲ勉メテ以テ志ス所ヲ為スニ於テ何ノ累《るい》カ之《これ》有ランヤ　唯《たダ》君子ハ窈窕《えうてう》ヲ憐《あはれみ》テ其色ニ淫《いん》セザルニ在ルノミ

是ヲ以テ欧米古来ノ人ヲ観ルニ　義婦烈女終身嫁《か》セザルモノ甚《はなはダ》多シ　而シテ男子ノ孤独一世ヲ畢《をは》ル者尠《すくな》シ　嗚乎《ああ》人枯木頑石《こぼくぐわんせき》ニ非ズ孰《た》レカ春ヲ懐《おも》フノ情ナカランヤ　唯《たダ》天下ノ事心ニ関スル者是ヨリ大ナル有テ而シテ遂ニ顧ミルニ遑《いとま》アラザルノミト　散士曰ク　令娘《れいぢやう》ノ言《げん》実ニ理アリト謂フ可シ　然レドモ僕聞ク哲学ノ大家感堵《カント》理学ノ泰

一　自分で納得していた。
二　さみしい独身生活を送る。「鰥」は独身の男。「衾」は夜具。「孤燈」は一つぽつりとともっている灯火。独り寝の寂しい灯火の下で夜を送るという意。
三　かよわい女性の身で世のために働くこと。
四　夫婦が仲よく共に老いるまで連れ添おうと約束すること。
五　思うに生活の些細なことが自由を奪い、子供のことが気にかかって思うようにならない。「掣肘」は→一二〇頁注八。「累」はわずらわしいこと。
六　女性の美しさを愛(め)で、その色香に溺れないようにすることで君子たるのだ、の意か。「窈窕」は女性のおくゆかしく、上品なさま。
七　正義を行おうとしたり、節操が固い女性は、一生結婚しない人が多い。
八　感情のない物体ではない。「頑石」は「頑石点頭」の略で、無心の石の意。
九　恋を求める心。
一〇　カント(一七二四—一八〇四)。ドイツの哲学者。生涯独身を通した。結婚の哲学的な意味付けに時間がかかり、機会を逃したと言われる。
一一　ニュートン(一六四二—一七二七)。イギリスの物理学者、天文学者、数学者。母の再婚がトラウマとなって独身を貫いたと言われている。「理学」は明治初年代に philosophie の訳語であったが、明治十年代には physics の訳語として定着。「泰斗」は権威者。
一二　マコーリー。イギリスの歴史家、政治家。→二二頁注二。「大史」は中国の旧官名、ここでは偉大な歴史家の意。

引証自在。随レ手発揮。自不レ可レ及。

語語人情。

造語斬新。

多少風情不ニ説破一。使三人暗想二其意所一レ在。

斗[一一]紐頓《ニートン》大史[一二]麻浩冷《マコーレー》詞家[一三]華聖頓於留賓《ワシントンオルビン》数人ノ如キ者終身妻ヲ娶《めと》ラズ米ノ大統領[一四]婉美倫《ワンビユーロン》[一五]舞雩河南《ブーカナン》モ亦然リト　男子豈《あに》特《ひと》リ累ナカランヤ且夫《かツそレ》[一六]歌楼舞館固《もと》ヨリ[一七]細腰軽軀《さいえうけいく》多シ。　[一八]水郭《すいくわく》山村豈《あに》[一九]明眸皓歯《めいぼうかうし》ニ乏シカランヤ　[二〇]但《ただし》心ニ称《かな》フテ而《しか》シテ取ラント欲セバ難キ[二一]冀北《きほく》ノ駒ノ如シ[二二]是《これ》美人薄命才子佳人ニ配シ難キノ歎アル所以《ゆゑん》ナリ　若《も》シ男児一タビ誤《あやまり》テ姦婦ヲ娶リ淫女ニ溺《おぼれ》レバ大ニシテハ国ヲ失ヒ小ニシテハ家ヲ破リ名ヲ汚ス者甚《はなはダ》多シ　古人謂ヘルアリ　[二三]皓歯蛾眉《がび》ハ性ヲ伐《き》ルノ斧ナリト　果シテ然ラバ何ゾ累ナシトセンヤト　語未《いまダ》終ラズ　女史笑テ曰ク　然リト雖モ才豊ニシテ容麗《かたちうるは》シク　大事ハ以テ倶《とも》ニ計ルニ足リ小事ハ以テ累トナスニ足ラズ而シテ[二四]共ニ飛ビ偕《とも》ニ老ヒントスルモノアラバ夫《そレ》之ヲ如何セント　散士曰ク　[二五]石橋雨ニ朽チ羝羊《ていやう》風ニ孕《はら》ムモ此ノ如キノ好事アル可カラズ　斯《こレ》僕ノ夢ニ見ル所ノモノノミ令娘痴人《ちじん》ニ非ズ[二六]何ゾ夢ヲ説クヲ須《もち》キント　女史笑ヲ忍テ曰ク　何ゾ

一三　ワシントン・アーヴィング(一七八三―一八五九)。アメリカの小説家、随筆家。二十歳の頃に見初めた女性が結核で急逝し、生涯独身を通した。「詞家」は文学者。

一四　ヴァン－ビューレン(一七八二―一八六二)。アメリカ第八代大統領(在職一八三七―四一)。大統領になるより前に夫人が死亡、再婚しないと宣言した。

一五　ブキャナン(James Buchanan. 一七九一―一八六八)。アメリカ第十五代大統領(在職一八五七―六一)。婚約者がいたが服毒自殺。その後は生涯独身を貫いた。

一六　「歌楼」は遊女屋。「舞館」はダンスホール。

一七　美人が多い。「細腰」は女性の腰つきが細くしなやかなさま。柳腰。「軽軀」は軽やかな身。ともに美人の形容。

一八　水郷や山里。「水郭」は水のほとりの村。

一九　美しい目と白く美しい歯。美人のこと。

二〇　自分の望む所にかなう。称心。

二一　名馬。「冀北」は冀州北部地方、今の河北省の地で、名馬の産地。

二二　美人はふしあわせである。「薄命」はここでは短命のことではない。

二三　美人は人の本性を損なう。「蛾眉」は美人の眉の形容。「皓歯蛾眉、命じて伐性の斧と曰ふ」(枚乗「七発」『文選』巻三十四)。

二四　夫婦寄り添い共に老いる。「共ニ飛ビ」は、夫婦がいつも離れないたとえの熟字「双飛」からか。

二五　石橋が雨で腐り、雄羊が風に吹かれて妊娠する。あり得ないことのたとえ。

二六　どうして夢のような話をするのですか。

洞ニ見散士胸中一。何等炯眼。

漸得レ機二字有レ味。

波寧流語ニ幽蘭事一而散士却問ニ紅蓮事一。最妙最妙。

導火一接。熱語突レ喉而発。

夢ヲ説カンヤ　近ク之ヲ郎君ノ身ニ取ルノミ　郎君之ヲ知ラズト謂フトモ妾《せふ》業《すで》ニ已《すで》ニ之ヲ知ルヲ如何セント　既[一]ニシテ口ヲ掩《おほひ》テ曰ク　妾謂フ所ノ者ハ幽蘭女史ノ事ナリ　郎君猶《なほ》情ナシト謂フカ　将《はた》之ヲ知ラズト言ハンカ　散士笑ヲ含デ未《いまダ》答ヘズ　女史輒《すなはチ》曰ク　噫《あゝ》情[二]義ハ是《これ》天ノ命ズル所　商参《しやうさん》[三]万里ノ客一見旧相識[四]ノ如ク共ニ相棄《す》ツル能ハズ　豈《あに》奇遇ニ非ズヤト　散士漸ク機ヲ得テ[五]問テ曰ク　紅蓮女史一タビ去テ後如何ノ状アルヲ詳《つまびらか》ニセズ　窃《ひそか》ニ以テ念[六]トナセリ　咋新報ヲ見ルニ電音《でんおん》[七]ヲ掲《かか》ゲテ曰ク　西国頓加羅《トンカーロン》党ノ将獄《ごく》ヲ越エテ逃ルト　是《これ》僕ガ紅蓮諸娘《しよぢやう》ノ為メニ意[八]トナス所ナリ　令娘若《も》シ聞ク所アラバ幸ニ之ヲ告ゲヨト　女史笑ヲ含テ曰ク　郎君[九]問フ所ノ人ハ少シク失当《しつとう》ナル無カランヤ　散士曰ク　[一〇]一ヲ聞テ十ヲ知ラント欲シテナリト　女史ガ曰ク　彼書《かレ》ヲ投ジテ一タビ海ニ航シテヨリ未《いまダ》一片ノ音《おん》[一一]耗《かう》ニ接セズ　妾ノ夙夜安《しゆくややすん》[一二]ゼザル所　然レドモ両娘《りやうぢやう》年少ナリト雖モ

一　やがて笑いをこらえて。
二　人としての自然な情愛と、それに基づく人の道。「情誼」と同じ。
三　大変遠くから来た客。「参商」と同じ。→六六頁注一。
四　昔からの知り合い。
五　やっときっかけをつかんで。パーネル女史の雄弁さの前でそのきっかけをつかめなかったことを言う。
六　気にかけている。「念」は思い詰めた気持ち。
七　電報。
八　気にしている。
九　あなたが尋ねたいのは幽蘭のことでしょう、の意。「失当」は当を得ていないこと。
一〇　紅蓮のことを知れば幽蘭や范卿のことも分かる、の意。
一一　手紙、便り。
一二　朝早くから夜おそくまで、一日中。転じて、つねに。

一番余波。為㆓後段伏筆㆒。

才智共ニ豊ニ謀略亦《また》富ム　顧《おも》フニ豎児《じゆじ》[一三]ノ戯《たはむれ》ヲナシテ千金[一四]ノ身ヲ危フスルコトナカラント　且《かツ》食シ且《かツ》談ジ少焉《しばらく》アリテ散士将《まさ》ニ辞シ去ラントス　女史乃《すなはチ》止《とど》メテ曰ク　人生朝露《てうろ》[一五]ノ如シ　今日ノ我《われ》焉《いづくん》ゾ来日《らいじつ》[一六]ノ鬼ナラザルヲ知ランヤ　今年米土ノ君何ゾ明年東海ノ人ニ非ザルヲ識ランヤ　請フ事ナクンバ妾ガ為メニ今夕ヲ長フセヨト　相誘フテ南楼ニ登ル　時ニ天月《てんげつ》明浄《めいじやう》[一七]都《すべ》テ繊翳《せんえい》ナク江山《かうざん》千里掌中《しやうちゆう》[一八]ニ落ツ　散士女史ニ謂テ曰ク　僕敢テ令娘ニ請ハントスルモノアリ　若《もシ》病ニ関スル無クンバ幸ニ之ヲ許セ　女史曰ク　郎君殊《こと》ニ命ズルアラントス　其何事ナルヲ知ラズト雖《いへど》モ妾ニシテ能クス可《べ》クンバ豈《あに》之ヲ辞センヤト　散士曰ク　僕性《せい》甚《はなはダ》音《おん》[一九]ヲ好ム　曾テ人ノ報国詞《ほうこくし》[二〇]ヲ吟ズルモノアルヲ聞ク　其音《そのおと》悲壮其節《そのふし》[二一]激越　即《すなはチ》令娘ノ作ナルコトヲ知レリ　其後南邦ニ行キ去テ北ニ来ル　至ル処人口[二二]ニ膾炙《くわいしや》シ里童牧卒《りどうぼくそつ》[二三]猶《なホ》令娘ガ報国詞ヲ歌フ　僕尤《もつと》モ之ヲ愛セリ　今令娘幸ニ僕ガ為メニ鳴琴《めいきん》[二四]ヲ

一三　つまらない行為をして。「豎児」は「豎子」に同じ。子ども。「豎子はともに謀るに足らず」（『史記』項羽本紀）。
一四　大事な身。
一五　はかないもののたとえ（『漢書』蘇武伝）。
一六　明日には死んでいるかもしれない。「鬼」は死者の霊魂。亡霊。
一七　天の月は明るく清らかで、わずかなかげりもない。
一八　自分の手のひらの上にあるようだ。
一九　音楽。
二〇　→一二八頁注二。
二一　「節」は音楽の調子。「激越」は、感情や音声が激しく昂ぶって荒々しいこと。
二二　広く世人に好まれ、話題に上って知れわたること。
二三　田舎の子供や牧場の下僕。
二四　琴をひくこと。

撫《ぶ》シテ一曲ヲ吟ゼバ其喜ビ何ゾ加ヘント　女史母氏《ぼし》ヲ顧ミテ曰ク　児《じ》一タビ病ニ臥《ふ》シテヨリ未曾《いまだ》テ琴ヲ弄《ろう》セズ　我心モ亦寥寥《れうれう》一タルヲ覚ユ　幸ニ今郎君ノ命アリ　且《かつ》今夕病殊《こと》ニ間《かん》ナリ　請フ拙技《せつぎ》二ヲ奏シ以テ嘉客《かかく》三ノ懐ヲ慰《なぐさ》メント　母氏ノ曰ク　大ニ好シ　但大声ヲ発スル勿《なか》レト　女史乃《すなはチ》起テ琴ヲ操《あやつ》リ和顔四ヲ揚ゲ皓腕《かうわん》五ヲ攘《しりぞ》ケ繊指《せんし》ヲ飛バシテ之ヲ弾ジ徐《おもむろ》ニ報国詞ヲ歌フ　其詞ニ曰ク

先叙二哀弊凄惨之状一。一字一涙。

海可シレ飜ス兮山可シレ移ス。亡国ノ怨ハ兮永ク難シレ遺レ。請フ看ヨ故郷衰弊ノ状。満目ノ風光堪タリ二悽歔スルニ一。」昔日豪華王侯ノ家。台榭一空委ス二茅茨ニ一。羅織場荒レテ炉灰冷ニ。龍骨車朽テ水声微ナリ。」古城夜静ニシテ老梟啼キ。廃寺昼暗シテ蝙蝠飛ブ。落落タル残村秋草死シ。処処ノ寒墟ニ虫声滋シ。」国亡ビテ王孫無ク二人ノ問フ一。徒跣テ駆レ羊ヲ迷フ二路岐ニ一。最モ憐ム矮屋群居ノ者。数顆ノ山薯纔ニ充ツレ飢ニ。」

次叙二暴戻昌披之状一。亦是一句一慨。

一タビ自三版図ノ入リシ二暴英ニ一。先世ノ国力遂ニ萎靡ス。戻王奸吏継テレ世ヲ出デ。牧御又非ナリ昔時ノ治。」重斂虐シテレ民ヲ膏血枯レ。前ニ有リ二鉄鎖一後ニハ鞭笞。苛政如ク

一　ものさびしいさま。

二　自分の技量を謙遜して言う。

三　お客様の心を慰めましょう。「嘉客」は上等の客。

四　柔和な顔色。

五　白い腕をふるい、細い指を敏速に動かして。「皓腕」は白い腕。

遂以二慷慨激越句一為二収煞一。使二人不レ覚奮起一。字字凛冽。句句凄惨。読レ之。似レ有下悲風従二窓隙一入上。

レ虎《ノ》極《メ》二暴威《ヲ》一。貪婪無《ク》レ厭《ク》事《トス》二奢侈《ヲ》一。」細民苦《テ》レ租《ニ》売《リ》二田土《ヲ》一。一家離散又何《ニカ》帰《セン》。子《ハ》別《レ》二慈親《ニ》一妻《ハ》別《レ》レ夫《ニ》。年年流落向《フ》二天涯《ニ》一。」宗祀不レ祭《ラ》鬼神哭《シ》。餓莩横《テ》レ途《ニ》鶏犬稀《ナリ》。雲黯澹兮山川愁《ヘ》。風凄颯兮草木悲《ム》。」嗚乎郷国之惨既《ニ》如《ク》レ是《ノ》。殺《シテ》レ身《ヲ》成《ス》レ仁《ヲ》是《レ》丈夫。寧《ロ》為《ルモ》二玉砕忠義《ノ》鬼《ト》一。不レ願《ハ》瓦全亡国《ノ》奴。好《シ》除《テ》二独夫《ヲ》一興《シ》二新政《ヲ》一。凱歌与《ニ》レ衆還《ラン》二旧都《ニ》一。」

[六]海は飜《ひるがへ》すべし山は移すべし。亡国の怨《うらみ》は永く遺《わす》れ難《がた》し。請《こ》ふ看《み》よ故郷衰弊《すいへい》の状《じやう》。満目《まんもく》[七]の風光悽欷《せいき》するに堪《たへ》たり。」昔日《せきじつ》豪華王侯の家。台榭《だいしや》[八]一空茅茨《ばうし》に委《まか》す。羅織場《らしよくぢやう》[九]荒れて炉灰冷《ろくわいひやゝか》に。龍《りゆう》[一〇]骨車《こつしやくち》朽て水声微《わづか》なり。」古城夜静にして老梟《らうけうな》[一一]啼き。廃寺昼暗くして蝙蝠《へんぷく》[一二]飛ぶ。落落[一三]たる残村秋草死し。処処[一四]の寒墟に虫声滋《しげ》し。」国亡びて王孫[一五]人の問ふ無く。徒跣《とせん》[一六]羊を駆りて路岐《ろき》に迷ふ。最も憐む矮屋《わいをく》[一七]群居の者。数顆《すうくわ》[一八]の山薯《さんしよ》纔《わづか》に飢に充《み》つ。」一たび版《はん》[一九]

六 海はひっくり返すことができ、山は動かすことができても、国を滅ぼされた恨みは忘れることができない。「亡国怨」の激しさを言う。なお、慶応義塾図書館蔵稿本では、この「報国詞」の部分は空白になっている。
七 見渡す限りの景色は悲しみの涙をさそう。
八 大きな家にはひと気がなく、あばら屋になるままにしてある。
九 織物工場のかまどの火は燃やされることなく、灰は冷え切っている。「羅織場」は織物製造場。「羅織」は緜(よ)り糸を経(た)て糸とした織物。ここでは織物一般を指すか。
一〇 田に水を導き入れる水車。
一一 梟(ふくろう)は中国では悪鳥とされる。
一二 コウモリ。
一三 人が住まなくなり、まばらに残された村。
一四 所々の寒々とした廃墟には虫が盛んに泣いている。
一五 帝王の子孫を訪ねる人もいない。
一六 裸足で羊を追って分かれ道に迷う。
一七 小さな小屋に群れて住む者。
一八 イモでかろうじて飢えを満たした。「顆」は円いものを数える単位。「山薯」はここでは、アイルランドの救荒作物のジャガイモを指す。
一九 一国の領土・領分。

先叙レ景。次叙レ歌。次叙レ声。有二文法一。有二気韻一。如レ見如レ聞。

図《と》の暴英《ぼうえい》に入りし自《よ》り。[一]先世の国力遂に萎靡《ゐび》[二]す。戻王奸吏《れいわうかんり》[三]世を継て出《い》で。牧御又《ぼくぎよまた》[四]非なり昔時《せきじ》の治。」重斂《ちようれん》[五]民を虐《しひたげ》て膏血《かうけつ》[六]枯れ。前に鉄鎖《てつさ》[七]有り後には鞭笞《べんち》[八]。苛政《かせい》[九]虎の如く暴威《ばうゐ》を極《きは》め。貪婪《どんらん》[一〇]厭《あ》く無く奢侈《しやし》を事とす。」細民租に苦《くるしみ》て田土《でんど》を売り。一家離散又《また》[一一]何にか帰せん。子は慈親《じしん》に別れ妻は夫に別れ。年年流落天涯《りうらくてんがい》[一二]に向ふ。」宗祀《そうし》[一三]祭らず鬼神哭《きしんこく》し。餓莩《がへう》[一四]途《みち》に横《よこたはり》て鶏犬稀《けいけんまれ》なり。雲《くも》[一五]は黯《あん》澹《たん》として山川愁《うれ》へ。風《かぜ》は凄颯《せいさつ》として草木悲《かなし》む。」嗚乎《ああ》郷国の惨《さん》既に是《かく》の如《ごと》し。身[一六]を殺して仁を成す是れ丈夫《ちやうぶ》。寧《むし》[一七]ろ玉砕《ぎよくさい》して忠義の鬼と為《な》るも。願《ねが》はず瓦全《ぐわぜん》亡国の奴《ど》。好[一八]し独[一九]夫を除《のぞい》て新政を興《おこ》し。凱歌衆《しゆう》と与《とも》に旧都に還《かへ》らん。」）

[二〇]英声奮逸《ふんいつ》風駭《おどろ》キ雲乱《みだ》ル　或《あるい》[二一]ハ曲ニシテ而シテ屈セズ或ハ直ニシテ而シテ倨《きよ》セズ　時[二二]ニ劫掎《けふき》シテ以テ慷慨シ或ハ怨嘘《ゑんしよ》シテ而シテ躊躇ス

散士聞キ終テ覚ヘズ声ヲナシテ曰ク　悲《かなし》イ哉《かな》令娘賦《ふ》[二三]スル所ヤ　聞ク

一 前の時代。↓補二二。
二 衰えて弱ること。
三 道に背いた王と悪がしこい官吏が次々にあらわれ。 四 民政もまた昔の政治と異なる。「牧」は地方長官。「御」は統治。
五 重税。きびしく税をとりたてること。
六 ↓四四頁注九。 七 鉄製のくさりとむち。ここでは人の自由を拘束するもののたとえ。
八 むち。 九 ↓補二三。
一〇 非常に欲が深く、贅沢ばかりする。
一一 一体何を拠り所としたらいいのだろうか。「又」は、ここでは強意を表す。
一二 落ちぶれてさすらい、遠い異郷に向かう。アイルランド人が北米に安価な労働力として移民した現実を踏まえる。
一三 祖先の霊をまつらなくなり、死者の霊魂が泣いている。 一四 餓死したしかばね。
一五 雲は薄暗くて、山や川は愁いているようで、風はすざまじく吹き、草や木は悲しんでいるようだ。
一六 身命をなげうって世道のために働く(『論語』衛霊公)。
一七 むしろいさぎよく死んで忠義の鬼となるとも、国が滅んでもおめおめ生きのびる奴になろうとは思わない。「瓦全」は瓦のようにつまらない存在になっても生き続けること。「大丈夫寧ろ玉砕すべく、瓦全する能はず」(『北斉書』元景安伝)。
一八 決意を表す語。
一九 人民からも見はなされた君主。
二〇 美しい声がふるいたち、風は驚き雲が乱れた。以下、「闔爾奮逸、風駭雲乱、(中略) 或曲而不レ屈、直而不レ倨。或相凌而不レ乱、或相離而不殊、時劫掎以慷慨、

前見二紅蓮所一レ説。悲愴凄惨。若下復無二余蘊一者上。今又見二波寧流所一レ述。縦説横説。愈出愈不レ窮。愈悲愴。愈凄惨。而遂一筆不二相犯一。是謂二真才筆一矣。

昔時師曠《しくわう》[二四]律ヲ調シテ以テ南風ノ競ハザルヲ知リ　季《き》札《さつ》[二五]楽ヲ聞テ以テ諸侯存亡ノ期ヲ知ルト　令娘忠義ノ誠《まこと》悲憤ノ念　自《おのづかラ》弾琴唱歌ノ間ニ溢《あふ》レ能《よ》ク人ヲシテ感動止ム能《あた》ハザラシム　散士音ヲ能クセズト雖《いへど》モ豈《あに》感触セザルヲ得ンヤト　女史弾ジ歇《やみ》テ慨然トシテ曰ク　妾ガ歌ノ悲キニ非ズ其実境[二六]ニ出ヅルノ悲キノミ　嗚《あ》乎《あ》一国ノ独立ハ天ノ賦《ふ》与《よ》スル所　人間ノ通義[二七]ハ他人ノ犯ス可カラザルモノナリ　而シテ英人両《ふたつ》[二八]ナガラ之ヲ犯シ　我[二九]愛人ヲ遇スル禽獣《きんじう》モ啻《ただ》ナラズ　請フ我南[三〇]方民人ノ惨状ヲ察セヨ　壁落チ屋破レ以テ風雨ヲ避クルニ足ラズ　露繁ク衣ノ以テ寒ヲ防グナク　霜[三一]隕《お》チ履《くつ》ノ以テ足ヲ包ムナシ　子孫学ニ就ク能ハズ弟妹婚ヲ結ブ能ハズ　終身田野《でんや》ニ労働シ星[三二]ヲ戴テ出デ月ヲ見テ帰リ冬夜孜《し》孜《し》[三三]縫織《ほうしよく》ノ苦ヲ積ムモ地主暴斂《ぼうれん》[三四]ノ為メニ猶《なホ》餓飢ヲ救フ能ハズ　制令ノ不正ヲ論ジ民人ノ害ヲ除カント欲セバ英[三五]蘇二国ノ全力ヲ併セテ之ヲ圧抑シ又為スコト能ハザラシム　且《かツ》彼《かレ》倨[三六]傲《きよがう》憚《はばか》ラ

或怨嫿而躊躇」(嵆康〈けいこう〉「琴賦」『文選』巻十八)による。「報国詞」の内容と必ずしも対応していない。

二一 柔軟であっても卑屈ではなく、剛直であっても傲慢ではない(『春秋左氏伝』襄公二十九年)。　二二 時には怯えおののき、時にはうらみ媚びためらっている。

二三 「賦」は思いを述べる、詩を作ること。

二四 春秋時代の晋の音楽家。よく歌いよく音を聞き分け、吉凶を占った。「南風を歌ふ、南風競はず、死声多し、楚は必ず功無からん」(『春秋左氏伝』襄公十八年)による。南風は南国風の音楽の意で「楚」を表し、その音楽がふるわず活気がないことから楚の敗北を予言した。

二五 春秋時代、呉の人。季札が音楽を聞いたときに周の王たるを知り諸国の治乱興亡をさとったという故事による(『春秋左氏伝』襄公二十九年)。　二六 実際の境遇。

二七 世間一般に通ずる道理や意義。

二八 二つとも。「独立」と「通義」。

二九 我々アイルランド人の扱い方は、鳥やけだもの以上にひどい。

三〇 アイルランド南部。以下は一八四五―四八年のジャガイモ不作による大飢饉の惨状を述べたもの。

三一 霜が降るの意の熟字「隕霜」による。

三二 日の出前に家を出、日没後に帰り。

三三 「孜孜」はつとめ励むさま。「縫織」は裁縫と機(はた)を織ること。

三四 租税を無闇に取り立てること。

三五 イングランドとスコットランド。「蘇」は「蘇格蘭」の略。一七〇七年イングランドと合併。　三六 おごり高ぶること。

ズ外人ニ向ヘバ則《すなはチ》曰ク　愛人無《む》智《ち》教ユルモ学ブヲ知ラズ導《みちび》クモ進ムヲ識ラズ　[一]魯《ろ》鈍《どん》支那人ニ過ギ[二]愚《ぐ》陋《ろう》印度人ト匹《たぐひ》ス　堂堂タル大英国ノ文明ヲ妨ゲ栄名ヲ傷クル者ハ愛蘭《(アイルランド)》人民ナリト　[三]何ゾ思ハザルノ甚《はなはダ》シキ　政事家ニハ則《すなはチ》[四]威怒門土暮留駒《キドモントーボルグ》アリ　雄弁ニハ[五]於古寧留《オコネール》アリ　将略ニハ[六]於寧留《オネール》[七]窆林頓《ウエルリントン》仏ノ大統領[八]麦馬奔《マクマホン》米ノ大統領[九]若遜《(ジャクソン)》等アリ　此数氏ハ皆愛国ヨリ出ヅル所英雄学士ノ多キ[一〇]豈僕ヲ更《か》ヘテ数フ可キノミナランヤ　今ヤ己《おのレ》之ヲ苦メ[一一]国弊《つか》レ民瘁《や》ムニ及デ之ヲ人種ノ然ラシムル所ナリト謂フ　何ゾ其レ冤《あん》ナルヤ[一二]　方今英国ノ威[一三]五洲ニ輝キ通商貿易ノ盛ナル[一四]宇《う》内《だい》ニ冠タルヲ以テ人之ヲ恐レ之ニ惑ヒ而シテ真ニ愛国古今ノ[一五]成敗ヲ鑑《かんが》ミ我窮厄ヲ憐ミ[一六]我党ノ忠誠ヲ助クル者[一七]寥寥《れうれう》晨星《しんせい》ノ如ク　徒《いたづら》ニ目《もく》シテ[一八]兇昆《きようこん》ノ邪境トナス又悲シカラズヤ

一篇精神。匯ニ潴于此一。

嗚乎[一九]夫《そレ》霜雪ハ以テ山木渓草ヲ殺ス可キモ以テ亭亭《ていてい》タル松柏ノ操ヲ奪フ可カラズ　英国ノ[二〇]苛令虐制ハ以テ[二一]無気印度ノ民ヲ制ス可キモ以テ

論得婉曲。説得悲壮。

一　愚かで鈍いこと。　二　愚かで卑しいこと。
三　なんという思慮不足であろうか。
四　以下、アイルランド生まれの著名人を列挙。エドマンド・バーク（Edmund Burke. 一七二九-九七）。政治家・政治学者。ホイッグ党員、議会政治を主張。「政事家」は政治家と同じ。
五　オコンネル（Daniel O'Connell. 一七七五-一八四七）。政治的指導者。カトリックで初の弁護士資格を得る。アイルランド併合に抵抗、国会議員になりホイッグ党と連携しカトリック解放に力めた。
六　オニール一族は北アイルランドのアルスターの王家の血筋につながる豪族。十六世紀以降のイギリスによる支配に対する抵抗の中心を担う人物を輩出。ここでは一五五九-一六〇三年の反乱の指導者ヒュー・オニール（Hugh O'Neill. 一五四〇-一六一六）、一六四一年反乱を指導したフェリム・オニール（Sir Phelim O'Neill）、ヒューの甥オーウェン・ロー・オニール（Owen Roe O'Neill）のいずれか。「将略」は戦陣における将としての軍事上の計画・はかりごと。
七　ウェリントン（Arthur Wellesley Wellington. 一七六九-一八五二）。政治家・軍人。一八一五年エルバ島を脱出したナポレオンをワーテルローの戦いで破る。トーリー党の国会議員として保守政治を担い、カトリック解放にも尽力した。
八　マクマオン（Marie Edmé Patrice Maurice de Macmahon. 一八〇八-九三）。フランスの軍人。祖先がアイルランド移民。普仏戦争で敗北。パリ・コミューンを弾圧、ティエールの後を受け第三共和制の第二代大統領（在職一八七三-七九）となる。
九　ジャクソ

真箇議論風発。真箇弁如㆓奔馬㆒。

愛国必死ノ士ヲ圧ス可カラズ　蓋《けだシ》棺[二二]ヲ蓋《おほひ》テ論始メテ定ル　人生ノ願フ所ハ後世ニ恥ヂザルニ在リ　妄何ゾ当世ノ毀《き》誉《よ》ヲ顧ミンヤト　議論風[二三]発弁奔《ほん》[二四]馬《ば》ノ如シ　更ニ散士ニ謂テ曰ク　夫《そレ》億[二五]兆ノ生霊其願フ所各異ナリ　憤《ふん》ヲ発シ身ヲ顧ミズ天下ノ為メニ善ヲ勧メ害ヲ除キ弱ヲ扶《たす》ケ強ヲ挫《くじ》キ　大[二六]奸ヲシテ身ヲ容《い》ルヽ能ハザラシメントスルノ志士仁人アリ　茫《ばう》茫《ばう》タル空天ヲ探リ漫漫タル蒼海ヲ測リ至微ノ奥ヲ尋ネ玄[二七]妙ノ理ヲ窮メントスルノ理[二八]学者アリ　意[二九]ハ湧《ゆう》泉《せん》ノ如ク論ハ燎《れう》火《くわ》ノ如ク人以テ文壇ノ老将トナシ之[三〇]ヲ読ム者ハ筆ヲ擱《お》キ之ニ対スル者ハ口ヲ拑《かん》スルノ文[三一]学者アリ　馬[三二]上三軍ヲ叱《しっ》咤《た》シ人[三三]ヲ殺スコト草《さう》艾《がい》ノ如ク尸《し》[三四]積《つみ》テ山ヲナシ血流レテ杵《しょ》ヲ漂《ただよは》シ以テ自《みづかラ》[三五]得タリトスルノ将士アリ　徒手空拳布《ふ》衣《い》[三六]ヨリ蹶《けっ》起《き》[三七]シ時運ニ際会シ生殺与奪ノ権ヲ掌握シテ初《はじメ》テ快ト呼ブノ英雄アリ　下《か》民《みん》ノ愁苦ヲ顧《かへりミ》ズ急[三八]《きふ》征《せい》暴《ぼう》斂《れん》[三九]食飲方《はう》丈《ぢやう》侍《じ》[四〇]妾《せふ》数百人自《みづかラ》以テ志ヲ得タリトスルノ暴君アリ　終日終夜造《ざう》[四一]次《じ》顛《てん》沛《ばい》

ン。アイルランド移民の子。→補七〇。
一〇 →一一四頁注六。 一一 底本「国弊イ」を訂正。国家が疲弊し、国民がやつれ。 一二 ぬれぎぬだ。 一三 →一一頁注二三。 一四 →三六頁注八。 一五 治世を省みる。 一六 我らの仲間。 一七 数が少ないさま。「晨星」は明け方の空に残る星。物の数の少ないことのたとえ。 一八 「兇」は恐ろしい悪者。「昆」はなかま。「邪境」は正道からはずれた土地。アイルランドを指す。 一九 霜や雪は山の木や水辺の草を枯らすが、高くそびえる松や柏(かし《かし》わ)を枯らすことはない(イギリスの苛政によっても愛国の志操は屈しない)。「亭亭」は樹木などの高くまっすぐにそびえたつさま。「松柏」は常緑である松と柏で、操を守って変えないことをたとえる。 二〇 厳しい法令。 二一 活力がない。 二二 →四二頁注二。 二三 弁論が風の吹くように勢いよいこと。 二四 勢いよく走る馬。激しい勢いのたとえ。 二五 多数の人民。 二六 大悪人に身の置き所をなくさせる。 二七 奥深くて微妙なこと。 二八 →一四〇頁注一一。 二九 アイデアは泉のように、議論は野原を焼く火(燎原の火)のように。 三〇 文筆でも弁論でも対抗できない、の意。 三一 人間社会に関わる学者。「文学」がliterature の訳語として一般的になるのは明治中期以降。 三二 戦場で全軍にきびしく命じ。「三軍」は→一二一頁注一一。 三三 草を刈るように人を殺す。「艾」は草を刈る。「草艾」はヨモギのこと。 三四 死体。「杵」は、武器の盾(→六九頁注二八)。 三五 満足する、得意である。

罵㆓得世俗㆒痛快。

文如㆓連珠㆒。

[一]輸贏《しゆえい》ヲ決シ黄金ノ為メニ慮《りよ》ヲ苦メ思ヲ焦《こが》シ[二]有無《うむ》相通ジ以テ国家人民ノ福祉ヲ謀ルヲ知ラザルノ守銭奴アリ　一諾《だく》ヲ重ンジ片言ヲ信ジ情人ノ為メニ[三]辛酸万状《ばんじやう》猶《なホ》悔エザルノ多情者アリ　[四]巧言令色[五]権貴ノ顔色ヲ俯仰《ふぎやう》シ以テ終世ノ生命ヲ保タント汲汲《きふきふ》スルノ[六]佞倖《ねいかう》者アリ　餓ヘテ一飯ノ食ナク寒《こご》ヘテ[七]一袍《ばう》ノ布ナク流離疾病遂ニ[八]溝瀆《こうとく》ニ斃《たふ》レ猶且《なホかツ》救者ニ逢フ能ハザルノ薄命者アリ　嗚乎人生禍福ノ差此ノ如ク甚ダシ其然ル所以ノモノハ何ゾヤ　[九]宿世因縁ノ止ム可カラザルカ　[一〇]将《はタ》其受クル所ノ[一一]性相同ジト雖モ志ス所ノ殊《こと》ナル此《かく》ノ如キカ　或ハ教育ノ然ラシム所カ　抑〻《そもそも》[一二]感触交遊ノ然ラシムルカ　果シテ天ノ賦与スル命運ハ奪フ可カラザルモノアルカ　若《もシ》夫《そレ》然ラバ則《すなはち》生モ楽ムニ足ラズ死モ亦悲ムニ足ラズ　之ヲ天運ニ任《まか》センカ　或ハ我《わガ》信ズル所ヲ社会ニ施シ生民ノ為メニ身命ヲ犠牲ニ供シ道義ノ為メニ始終スルニ在ルカト　散士対テ曰ク　漢国ノ[一三]碩儒《せきじゆ》[一四]司馬遷《しばせん》謂ヘルアリ　曰ク　古者《いにしへは》[一五]富

三六 庶民の身から立ち上がって。「布衣」は一般庶民の着る麻や綿の服。庶民。
三七 時勢の動きにうまく乗り。
三八 きつく取り立てる。
三九 「食前方丈」の誤り。一丈四方にごちそうを並べるの意から、贅沢な食事のこと。
四〇 側女(そばめ)を多く囲い。
四一 「造次」「顚沛」もわずかの時間(『論語』里仁)。

以上一四九頁

一 ここでは商売上の勝ち負け。
二 欠けているものを融通しあう。
三 つらい思いをしてもこりない浮気な男。「悔エ」は「悔ヒ」の訛。
四 口がうまくこびへつらうこと(『論語』学而)。
五 権力者や高位の人の顔色をうかがうこと。
六 主君の機嫌取りをする者。
七 身体にまとうべき一枚の布もない。
八 みじめに死ぬ。「溝瀆」はどぶ。人家のないさびしい所のたとえ。
九 「宿世」は前世から決っている運命。
一〇 それとも。
一一 備わった本質。
一二 ここでは環境や他人との関係。
一三 知識のひろく深い学者。
一四 前一四五‐前八六。前漢の歴史家。『史記』の著者。以下、「称セラルト」までは「報任少卿書」(『文選』巻四十一)による。
一五 裕福で位が高い人なのに名前の消えてしまった者は多くて、いちいち記録することはできない。
一六 ただ普通の人とかけ離れて優れている人だけが褒め称えられる。

行文曲折反覆。無レ不レ入レ妙。亦足三以知二用意深遠。渉猟広周一。

貴ニシテ名ノ磨滅《まめつ》セルモノ勝《あげ》テ紀《しる》ス可カラズ唯《ただ》[一六]倜儻《てきたう》非常ノ人ノミ称セラルト　志士ノ世ニ在ル[一七]百折撓《たゆ》マズ[一八]芳ヲ千載《せんざい》ニ流スニ在ルカト女史曰ク　人生ノ幸福果シテ何ノ辺ニ存スルカ妾[一九]惑焉《まどふなり》　郎君願クハ妾ガ為メニ試ニ之ヲ語レト　散士ガ曰ク　[二〇]史ニ曰ク　[二一]人従容《しょうよう》トシテ希臘《（ギリシヤ）》ノ古聖楚論《ソロン》ニ問テ曰ク　先生ノ見聞スル所ヲ以テスレバ人生最上ノ快楽ヲ受ケタルモノ抑《そもそも》何人ゾヤト　楚論答テ曰ク　[二二]亜天《アテンス》ノ士貞流士《テーリーシ》其人ナル哉　彼《かレ》人トナリ正直義烈[二三]善ヲ聞テ驚クガ如ク悪ヲ視テ仇ノ如ク　常ニ独立ノ生計ヲ営ミ余力アレバ頼ルナキノ孤児寡[二四]老ヲ救ヒ[二五]公平自由ノ政令ニ薫沐《くんもく》シ　後《のチ》貞節ノ佳人ト婚シ数子ヲ挙ゲ皆俊秀ニシテ[二六]令名《れいめい》アリ　父母ニ孝ニシテ交友ニ信ナリ　貞流士ノ老年ニ当リ隣国兵ヲ起シテ来リ伐ツ　貞流士[二七]臂《ひぢ》ヲ攘《はら》ヒ[二八]戈《ほこ》ヲ荷《にな》ヒ奮テ義勇兵ニ加ハリ[二九]血戦勇闘　将士為メニ振ヒ民心為メニ起《た》チ　大ニ敵兵ヲ破リ[三〇]京城依テ以テ全ク自由再隆《ふたたびさかん》ナリ　而シテ貞流士重傷ヲ蒙《かう》ム

一七 何度失敗しても志をかえないこと。百折不撓。→一一二頁注一。
一八 美名を長い年月残す。流芳。
一九 悩んでいる。
二〇 以下の説話はヘロドトス『歴史』巻一所載のものを潤色。
二一 ソロンがリュディアの首都サルディスのクロイソス王を尋ねた際、数多くの宝物を所有し世界一の幸福者と思っていた王が、ソロンに聞いた内容が以下に示される。ソロン（Solon. 前七世紀―前六世紀）はアテナイの政治家、法学者、詩人。最高位の執政官として多くの改革を行い、民主制と経済発展に努めた。
二二 アテナイの男テロス。
二三 正義心が強いこと。
二四 老人。
二五 公平自由の法の恩恵を受ける。「薫沐」は、香を服にたきこめ髪と体を洗い浄めること。
二六 名声。
二七 腕まくりをすること。奮い立つ意の「攘臂」による。
二八 両刃の剣に長い柄を付けた武器。
二九 力のかぎり戦い、将校と士卒はそのために勇み立ち、人民の心情がそのために激した。
三〇 首都。アテナイ。

リ遂ニ[一]命ヲ鋒鏑《ほうてき》ニ隕《おと》セリ　国人知ルト知ラザルト皆為メニ流涕《りうてい》シ国家ノ[二]大典ヲ挙ゲテ以テ忠魂ヲ祭リ[三]芳碑ヲ建テヽ以テ[四]功業ヲ不朽ニ垂レリト　嗚乎《ああ》此ノ如クニシテ男児始メテ生《うまれ》テ世ニ恨《うらみ》ナク死シテ[五]地下ニ瞑《めい》ス可シト　女史聞キ了リテ[六]愾然《がいぜん》トシテ曰ク　男児羨《うらや》ム可シ　婦女死処ナキヲ如何セント　時ニ[七]案頭《あんとう》ノ自鳴鐘《じめいしよう》[八]十一点ヲ報ズ　散士驚キ起テ謝シテ曰ク　[九]逍遥《せうえう》ノ遊ヲ為シテ以テ幽鬱ヲ散ゼシメ[一〇]清亮《せいりやう》ノ音ヲ発シテ以テ心神ヲ楽マシメ次グニ[一一]遒快《しうくわい》ノ論ヲ以テシ更ニ散士ノ心ヲ奮起セシム　散士唯《ただ》終夜令娘ノ側《かたはら》ニ侍シ其未《いま》ダ知ラザル所ヲ[一二]敲《たた》カントス　然レドモ[一三]更已《かうすで》ニ深シ　請フ是ヨリ辞セン　令娘ノ身ハ一国興廃ノ関スル所[一四]幸ニ自愛セヨト　女史曰ク　妾ノ不才ヲ棄テズ遠路来リ顧ミル　[一五]辞ノ以テ謝ス可キナシ　唯祈ル重ネテ[一六]玉趾《ぎよくし》ヲ枉《ま》ゲテ妾ガ[一七]胸懐ヲ開カンコトヲト　散士曰ク　是《これ》僕ガ願フ所ナリト　慇懃《いんぎん》ニ手ヲ握テ別ル　又汽車ニ投ジテ費府ニ帰ル　夜既ニ深ク[一八]万響《ばんきやう》共ニ寂《じやく》

何等快事。何等快事。

女史語中。説㆓死字㆒者数回。暗伏㆓後文㆒。

結所整整。無㆓一懈筆㆒。如㆓名将収㆑兵。

一　戦いで命を落とした。「鋒鏑」は武器。→一六頁注一三。
二　重大な儀式。ここでは盛大な葬儀のこと。
三　すばらしい記念碑。「芳」は美称。
四　功績を永遠に後世に残した。
五　本望をとげて往生できる。
六　胸がつまってため息をつくさま。
七　机の上の時計。「案頭」は机上。「自鳴鐘」は歯車仕掛けの時計の呼称。鐘をうって時刻を知らせたことによる名称。
八　十一時。→一三三頁注二八。
九　散歩。
一〇　けがれがなく明快な音楽。
一一　力強く快い論。「遒」は力強い。
一二　質問しようとした。
一三　夜がふけてきた。「更」は日没から夜明けまでの一夜を五等分したそれぞれの時刻の呼び名。
一四　どうぞ御自愛ください。「幸ニ」は→五九頁注二一。
一五　御礼する言葉もありません。
一六　→一三二頁注二。
一七　→一三〇頁注九。
一八　全ての音はやみひっそりとしている。

タ。リ。

佳人之奇遇　巻三畢

佳人之奇遇巻四[一]

東海散士著

使二女史死七日早一。則散士不レ有二此悲一。然不レ有二此悲一。則不レ有二此奇遇一。造物特仮二七日一。以演二出此悲境此楽境一。遽思レ之。造物似レ無レ情。実有情無量也。

越《こえ》テ[二]六日散士新報ヲ閲《けみ》ス　一報ヲ掲《かか》ゲテ曰ク　愛蘭《アイルランド》独立党ノ首魁《しゅくわい》波寧流《パルネル》女史病急《やまひにはか》[三]ニ　革《あらたま》リテ昨夜幽冥《いうめい》[四]ノ郷ニ逝《ゆ》ケリ　年[五]二十八　嗚乎《ああ》哀矣哉《かなしいかな》ト　散士一読愕然《がくぜん》トシテ驚キ　黙然トシテ首《かうべ》ヲ低《た》レ撫然《ぶぜん》[六]トシテ大息《たいそく》スル者之《ことこれ》ヲ久《ひさし》フス　既[七]ニシテ喟然《きぜん》トシテ歎ジテ謂《いは》ク

句句錯落。最妙。

幽蘭紅蓮ノ二妃頻《しきり》ニ殃禍《あうくわ》[八]ニ遭《あ》ヒ蹤跡《しようせき》[九]生死未《いまダ》知ル可《べ》カラズ　而《しか》シテ今波寧流女史亦《また》世ヲ棄テヽ遠ク黄泉《くわうせん》[一〇]ニ逝《ゆ》ク　嗚乎《ああ》天常《つね》ニ有為非常ノ人[一一]ヲ苦メテ残暴《ざんぼう》[一二]無智ノ者ヲ助ク　顔回《がんくわい》ノ夭《えう》[一三]盗跖《たうせき》ノ寿《じゅ》[一四]　造物豈《あに》才ヲ妒《ねた》ミ[一五]智ヲ忌《い》ムカ　抑《そもそも》ゝ前世ノ宿因《しゆくいん》已《や》ム可カラザル有ルカ[一六]　古人曰ク　天道ハ善ニ福シ悪ニ禍スト[一七]　余《よ》疑ナキ能《あた》ハザルナリト[一八]　此夕ヨリ散士

不レ用二一悲字一。不レ用二一涙字一。却令二読者泣下不一レ禁。

一　二編巻四は、明治十八年八月二十二日版権免許、明治十九年一月十三日刻成出版。同年四月二十六日再版御届。

二　翌月の六日。「越テ」は月を越えて、の意。ファニー・パーネル女史(↓五〇頁注五)の没年は一八八二年。

三　病気が急に重くなって。熟字「病革」による。

四　「幽冥ノ郷」は冥土、あの世。死因についてはマラリアの発作後のリューマチ性熱病のほか、睡眠薬の過剰摂取、自殺等さまざまの説がある。

五　実際の享年は三十四。↓五〇頁注六。

六　失望し、ため息をついていた。「者」は、ここでは前の言葉を体言化する助辞。「もの」「こと」。

七　しばらくして。「喟然」は嘆息をつくさま。

八　わざわい。災難。

九　行方。

一〇　死後の世界。あの世。

一一　世の役に立ち(有為)、非凡な(非常)人。

一二　あらあらしく無知な者。

一三　顔回の若死。顔回は孔子の弟子。一番の徳を持つとされたが、三十二歳で死去。孔子をして「噫(ああ)天予(われ)を喪(ほろ)ぼせり」(『論語』先進)といわせた。

一四　大泥棒の長生。盗跖は中国古代、数千人の手下を率いた大盗賊。残虐無道で名を馳せる(『荘子』盗跖)。

一五　天の神はなぜ才能に嫉妬し、知識を嫌うのか。「造物」は「造物主」の略。

一六　前世からの因縁であって、どうすることもできないのか。

一七　天道(天帝のやり方)は、善事をなすも

結束有レ力。

突兀住レ筆。突兀起レ筆。如二兎起一。如二鶻落一。変化不レ測。

復《また》病痾《びやうあ》[一九]ニ感ズ　時ニ国中女史ノ訃音《ふいん》[二〇]ヲ聞キ悼惜《たうせき》セザルモノナシ　其《その》葬《はう》ムルニ及《およ》ビテヤ遠近ノ人皆相共ニ之ヲ送ラント欲シ　雲集霧合《うんしふむがふ》[二一]棺ヲ擁《よう》シテ去ラズ　是ニ於テ旅櫬《りよしん》[二二]新府《ニーヨルク》ヨリ慕士頓《ボストン》ニ回リ亦還リテ費府《ヒラデルヒヤ》ニ来ル　到ル処《ところ》其葬ヲ送ル者数万群ヲ為ス　散士独《ひとり》二豎《じゆ》[二三]ノ故ヲ以《もつ》テ遂《つひ》ニ弔訪《てうはう》[二四]スル能《あた》ハズ　嗚乎妙齢一女ノ身ヲ以テ一世ノ景慕スル所トナル此ノ如シ　至誠[二五]人ヲ感動スルニ非ザルヨリハ焉《いづくん》ゾ能《よ》ク然ラン　女史嘗《かつ》テ謂《い》フ　是非《ぜひ》ハ蓋棺《がいくわん》[二六]ノ後ニ至テ論始《はじメ》テ定《さだま》ルト　期スル所大ニシテ而《しか》シテ違《たが》ハザルモノト謂フ可シ[二七]　返照《へんせう》[二八]已ニ収マリ瞑煙《めいえん》[二九]全ク散ジ　長空[三〇]噭然《けうぜん》又雲翳《うんえい》ヲ見ズ　首《かうべ》ヲ上グレバ一[三一]輪氷ノ如ク松樹ノ間ニ懸ル　散士時ニ窓ヲ開キ楼ニ倚《よ》リ四囲[三二]ヲ眺臨《てうりん》シ　遥ニ故郷ヲ懐《おも》ヒ旧交ヲ追想ス　交友[三三]半《なか》バ四方ニ流離シ半バ黄土《くわうど》ニ化朽《くわきう》ス　彼ヲ懐ヒ此ヲ想ヒ百[三四]感交ゝ《こもごも》集マリ殆《ほとんド》堪ユ可カラザルニ至ル　忽《たちまチ》[三五]ニシテ又波寧流女史ノ事ニ感ズ　時ニ遺尸《ゐし》[三六]未《いまダ》葬ム

のを幸福にし悪事をなすものに禍を与える。「天道福善禍淫」(『書経』湯誥)による。

一八 私はそのことを疑わざるを得ない。

一九 →一〇六頁注一四。

二〇 死亡の知らせを聞き、皆その死をいたんだ。

二一 「雲集」も「霧合」も多くのものが集まってくるさま。

二二 故郷に葬ることができず異境にある柩。

二三 病気のせいで。→一三八頁注一〇。

二四 葬儀に参列する。

二五 パーネル女史の非常な誠実さが人々を感動させ、盛大な葬儀となったということ。

二六 一四九頁一行の発言。

二七 慶応義塾図書館蔵稿本を見ると、当初ここまでが巻三であったことが分かる。

二八 夕陽の光が西に入って反射すること、夕陽影。

二九 「瞑煙」は戦乱のこと。くらいもやの意の「溟煙」の誤りか。

三〇 広い空は晴れわたり、雲ひとつない。「噭然」は明らかなさま。

三一 氷のように輝く月が松の枝の間に掛かっている。

三二 周囲を眺望すると。「眺臨」は高所から臨み眺めるの意の「臨眺」に同じ。

三三 友人の半分はあちこちにさまよい、半分は死んでしまった。

三四 さまざまな思いが次々につのり、押しつぶされそうになった。

三五 にわかにパーネル女史のことが強く心を打った。

三六 なきがら。

読去有㆓余凄㆒。

陰気森森。使㆓人毛髪為竪㆒。

写㆓出凄涼光景㆒。鬼気逼㆑人。

如㆑滅如㆑滅。文字変幻。鬼気撲㆑人。

散士往往説㆑怪。要是洩㆑情手段。与㆓尋常小説家説㆑怪。迥然有㆑別。読者不㆑可㆑不㆑知。

ルニ及バズ　旅櫬《りよしん》尚《なホ》費府《(ヒラデルヒヤ)》ノ北邙《ほくばう》[一]ニ在リ　乃《すなはチ》一タビ身親《みづから》之ヲ吊《とぶら》ヒ旧交ヲ全《まつた》セント欲シ直《ただち》ニ歩シテ之ニ向フ　丘樹ノ間ヲ過ギ小水ノ涯《みぎは》ヲ行ク　乍《たちまチ》[二]ニシテ木葉月ヲ避《さへ》ギリ路《みち》暗フシテ影冷《ひやや》カナリ　乍《たちまチ》ニシテ玉《ぎよく》兎《と》水ニ落チ潺湲《せんくわん》ノ響ヲナス　漸《やうやク》ニシテ北邙ノ上ニ達ス　万籟《ばんらい》[三]寂《せき》トシテ四《よも》ニ人影ヲ見ズ　已《すで》ニシテ旅櫬ノ辺ニ近ヅク　一塊ノ人影ニ似タルヲ見ル　身ヲ屈メテ之ヲ凝視ス　忽《たちまチ》ニシテ繊雲《せんうん》[四]月ヲ隠シ茫《ばう》[五]トシテ分ツ可カラズ　唯《ただ》[六]白衣蓬髪腰下《ほうはつえうか》朦朧《もうろう》煙ノ如ク霧ノ如ク行クガ如ク止マルガ如キヲ見ルノミ　尖風[七]一陣葉鳴キ枝震フ　倏焉《しゆくえん》[八]影消ヘテ鬼気人ヲ襲フ　散士幼ニシテ未《いまダ》[九]事理ニ通ゼザルノ時、世ニ幽鬼[一〇]ナル者アルヲ聞ケリ　今ヤ素《もと》ヨリ之ヲ信ゼズト雖モ少時[一一]ノ染習《せんしふ》脳裡ニ感触スル所ナシトナサズ　胸惕然《てきぜん》[一二]トシテ悸《わなな》キ肌忽爾《こつじ》[一三]トシテ戦《おのの》キ寒粟《かんぞく》[一四]殆《ほとんド》体ニ洽《あまね》シ　自《みづから》[一五]顧ミテ囅然《てんぜん》トシテ笑フ　是《これ》精神惑迷《わくめい》ノ致ス所ニシテ所《いは》謂《ゆる》疑心暗鬼ヲ生ズル而已《のみ》ト　即《すなはチ》進テ旅櫬《りよしん》ノ前ニ至ル　旅櫬ハ一土《ど》[一六]

一　墓場。洛陽の北邙山が墳墓の地として知られるところから。
二　木の葉が月光を遮り道は暗く光が冷ややかになるかと思えば、急に月が水面に映り、水がさらさらと流れる音がする。「乍チニシテ…乍チニシテ…」で、「…と思えば急に…がおこる」の意。「影」はここでは、月の光。「玉兎」は月の異名。月に兎が住むという伝説から。
三　風に鳴る音。
四　薄雲。
五　ぼんやりとして弁別できない。
六　白い衣服に髪は乱れ、腰から下は煙や霧のように朦朧としていて。足がないとされる幽霊像による。日本では十八世紀ごろからそのように描かれるようになった。
七　激しい風がさっと吹き、葉が音をたて枝が震える。
八　たちまち人影が消えて恐ろしい気配が人を襲う。「倏焉」はすばやいさま。
九　物事の道理。
一〇　幽霊。亡霊。
一一　幼い頃からの習い性で内心感じてしまうことがないわけでもない。
一二　おそれるさま。
一三　にわかに。
一四　鳥肌がほとんど体全体に立った。
一五　理性をとりもどして大笑いした。
一六　地中に作られた墓室。
一七　→一三五頁注二九。
一八　小声で。

室《しつ》ノ中ニ在リ　広《ひろサ》五六弓《きゅう》一七　其一面ヲ石ニシ以テ開ク可カラシム　散
士跪《ひざまづい》テ欷一八声ヲ発シ波寧《パルネル》流女史ノ霊ヲ祭リテ曰ク一九

　維《これ》一千八百八十二年月日　愛《アイルランド》蘭ノ烈女波寧流女史卒《しゅつ》二〇ス　不
幸短命春秋僅《わづか》ニ二十八　嗚呼哀矣哉《あああかなしいかな》　父ハ海軍ノ名将　母二一ハ独
立党ノ領袖《りやうしう》　兄ハ二二愛蘭ノ名士　其名一世ニ高ク　姪《また》二三亦独立党ノ
梁柱《りやうちゆう》タリ　嗟乎《ああ》二四厥《その》姓斯《この》氏　二五世世芳烈《はうれつ》ヲ奮《ふる》ヒ声ヲ四海ニ揚《あ》グ
会《たまたま》陽九《やうきう》二六ニ遭《あ》ヒ旧都隕顛《ゐんてん》二七シ外人政ヲ専《もつぱら》ニシテ生民悲咜《ひた》二八ス　君二九
乃《すなはチ》羈旅《きりよ》此阻艱《そかん》ニ隔ル　三〇忠肝《ちゆうかん》鉄ノ如ク故国ノ為メニ身ヲ忘レ節三一
ヲ磨キ志ヲ励マシ弱ヲ扶《たす》ケ強ヲ挫《くじ》キ旧京ヲ回復スルヲ以テ己《おのレ》ガ
任ト為ス　何如《いかん》三二ゾ運極《きは》マリ命衰ヒ吉往キ凶帰ル　嗚呼哀矣哉
三三神枢《しんきう》（ニーヨルク）新府ヲ発シ北慕士頓《ボストン》ニ迄《いた》リ山河ヲ経歴シ又南費府ニ至ル
三四葬ヲ送ルモノ号慟《がうどう》境ヲ踰《こ》エ雲集三五途《みち》ニ満チ花樹魂ヲ祭リ蒼天ヲ望
テ訴ヒ路人三六涙ヲ灑《そそ》ギ征馬悲《ひ》嘶《せい》シ哀風感ヲ添ヘ愁雲徘徊《しうんはいくわい》ス　嗚呼

非ニ名士之門一。不レ出ニ名士一。西儒胎伝之説。為レ然。故祭文先挙ニ父兄志業一。以明下出ニ此女豪傑一之不中偶然上。

一九 追悼して。以下の詩は、四行目「嗚呼哀矣哉」を始めとして、注二八、三〇、三一、次頁注一一の語などに、曹植「王仲宣誄」(『文選』巻五十六。「誄〈るい〉」は死者を弔う文)との対応が見られる。
二〇 身分の高い人が死ぬこと。
二一 デラ・テューダー(→一二七頁注二七)。アイルランド系アメリカ人で海将補となったチャールズ・スチュアートの娘。社会運動家として活躍したという記録はない。
二二 チャールズ・スチュアート・パーネル。↓五〇頁注五。
二三 「姪」は→一二七頁注二四。「梁柱」は家の梁と柱。転じて、国家を支えるもののたとえ。
二四 その一族、この家柄。「厥」は「其」に、「斯」は「此」に、それぞれ通じる。
二五 代々立派な手柄をたて、名声を天下にあげた。
二六 災難。
二七 落ち崩れる。
二八 悲しみ嘆く。
二九 あなたはその時、旅にいてこの厳しい困難から遠くにいた。
三〇 忠義の心は鉄のように堅く。
三一 節操に更にみがきをかけ。
三二 なんということか、運は尽き天の定めが弱まり、吉運は去り凶運が来る。
三三 ひつぎ。「神」は美称。
三四 会葬者の泣き叫ぶ声が周囲にひびき。「号慟」は泣き叫ぶこと。
三五 →一五五頁注二一。
三六 道ゆく人は涙を流し、馬は悲しくいななく。「征馬」は旅に乗ってゆく馬。

女丈夫。真不レ愧二後世一。

哀矣哉　君少《わか》ヨリ志節ヲ負ヒ[一]至誠至孝下ヲ率《ひき》ユルニ方アリ　[二]躬《きゆう》行《かう》清潔身ヲ以テ人ニ許サズ　文ハ春花ノ如ク[三]思ハ涌泉《ゆうせん》ノ如シ　[四]発言詠ズ可ク筆ヲ下シテ章ヲナス　又[五]韻楽《ゐんがく》ニ深ク歌音《かおん》雲ヲ遏《とど》ム　[六]旻天《びんてん》何ノ意ゾ此烈女ヲ奪フ　嗟乎哀矣哉　君散士ニ戯《たはむ》レテ云フ　[七]天命常ナク朝夕《てうせき》ヲ謀《はか》ラズ　今年西土ノ士明年東海ノ人ナラン　今夕《こんせき》[八]同歓ノ友焉《いづくん》ゾ知ラン明朝[九]黄泉《くわうせん》ノ客ナランコトヲト　[一〇]何ゾ寤《さと》ラン諧語《かいご》讖《しん》ヲナシテ遂ニ今日ノ事アラントハ　神枢《しんきう》今将ニ[一一]故山ニ反《かへ》ラントス　[一二]音容接シ難ク首《かうべ》ヲ延ベテ嘆息ス　君又散士ニ語ル　[一三]是非棺ヲ蓋フテ論初メテ定マル　要スルニ後世ニ愧《は》ヂザルニ在リト　嗚乎女史[一四]幽冥《いうめい》ニ永安ス　人誰カ死ナカラン　身没シテ[一五]名垂ル　[一六]先哲ノ偉ナリトスル所　[一七]君亦以テ瞑《めい》ス可シ　嗟乎哀矣哉　[一八]孤雲結デ月惨憺《さんたん》[一九]中泉《ちゆうせん》寂トシテ夜沈沈《ちんちん》　[二〇]白露滴《したたり》テ征《せい》袗《しん》冷カニ[二一]悲風起《おこり》テ丘樹《きうじゆ》驚キ　[二二]幽蘭摧《くだ》ケテ鳳皇《ほうわう》去リ[二三]紅蓮折レテ鴛《ゑん》

一　誠実さと道徳心にあふれ、人々を統率する手腕に長けていた。
二　自身の行為のいさぎよさについては人後に落ちない。
三　思想はわき出る泉のようだ。
四　発する言葉は吟誦に堪え、文章を書けば立派な詩文となる。
五　詩や音楽に深く通じ、歌声は雲をおしとどめるようだ。「声は林木を振るはせ、響きは行雲を遏(とど)む」(『列子』湯問)による。
六　天はどのような理由でこの烈女の命を奪ったのか。
七　天から与えられた命は永遠ということはなく、時を選ばず死は訪れる。↓一四三頁三－四行。
八　喜びを共にする友人。
九　死者となる。
一〇　戯言がその通りになってとうとう今日の(パーネル女史が死ぬという)事態が起ころうとは、どうして知れようか。「寤」は「悟」に通じる。「讖」は予言、一四三頁三行の言葉を指す。
一一　ふるさと。
一二　(死んでしまったパーネル女史の)声や姿。「首ヲ延ベテ嘆息ス」は、背伸びして柩を眺め、嘆き悲しむ意。「首を延べて嘆息すれば、雨泣頸に交はる」(曹植「王仲宣誄」『文選』巻五十六)。
一三　よしあしの判断。↓四二頁注二。
一四　あの世で永くやすらう。永眠する。
一五　名声を後世に残す。
一六　昔の賢人の偉大であるというところ。
一七　心残りなく安心して死ねるだろう。
一八　離れ雲が集まって月光を遮り、とても

格法奇創。不レ拾二古人唾余一。逐逐叙来。有レ情有レ韻。有数之文字。

前段先叙三髣髴見二幽鬼一。使三読者怪訝不二已。這段更従二苔碑後一現二出白面痩身一来。待三読者眼中恍認二幽鬼一。忽洗二発幽鬼本態一。是種瞞着手段。古作者未レ能二多用一者。

鴦《あう》離レ　[二四]生年浅クシテ逝日長ク　[二五]憂患衆《おほ》クシテ歓楽尠《すくな》シ　昔ハ志ヲ同フシ今ハ[二六]世ヲ異ニス　旧歓ヲ憶《おも》フテ新悲ヲ増ス　悲憤結デ誰カ憂ヲ解カン　[二七]憂心惕《てき》トシテ空シク涙ヲ掩《おほ》フ　嗟乎《ああ》哀矣哉《かなしいかな》　[二八]尚《ねがは》クハ饗セヨ

[二九]吊《とぶら》ヒ終リテ首《かうべ》ヲ低《た》レ[三〇]幽懐《いうくわい》言フ可カラズ

散士再ビ墓前ニ紅蓮女史ト邂逅之図

時ニ雲晴レ月明ニ四面昼ノ如シ　一女アリ[三一]半面ヲ苔碑《たいひ》ノ後ニ露《あら》ハス　[三二]癯《く》然《ぜん》トシテ面白ク凄然《せいぜん》トシテ眼冷カニ散士ヲ望ムモノヽ如シ　散士遽《にはか》ニ起《たち》テ之ヲ見[三三]矍然《くわくぜん》[三四]容ヲ失ヒ[三五]毛髪悚樹《しようじゆ》又言フ能ハズ　一女徐《おもむろ》ニ身ヲ起シテ曰ク

薄暗い。
一九 暗闇の中の泉はひっそりとして夜がしめやかに更けてゆく。
二〇 露がしたたって旅装が冷たくなる。「白露」は露の美称。
二一 もの悲しい風が吹いて丘の木がさっと動く。
二二 ↓一〇九頁注二四。
二三 ↓八七頁注二〇。
二四 この世での年月は短く、死後の時間は長い。以下、次行「…新悲ヲ増ス」まで、潘岳「哀永逝文」(『文選』巻五十七)に拠る。「志」は典拠では「塗(みち)」。
二五 心配し心を痛めること、心痛。
二六 あの世とこの世に別れた。
二七 「惕トシテ」はおそれうれえるさま。
二八 どうぞ(私の弔意を)受け入れてください。
二九 「吊」の俗字。↓一〇頁注五。
三〇 心中の深い思い。
三一 顔を半分、苔むした碑の後ろに出した。
三二 痩せていて顔が青白く、寒々として眼光が冷たい。
三三 あわてて見るさま。
三四 顔色が変わり。
三五 髪が逆立つばかりに驚いた、の意か。「悚」は恐ろしさで身がすくむさま。

読者亦疑ニ是夢一。

又点ニ出奇遇二字一妙。

慌忙打問。写ニ得真箇人情一妙。

君ハ東海ノ郎君ニ非ズヤ　妾ハ愛蘭《(アイルランド)》ノ紅蓮ナリト　散士熟視驚《きやう》愕《がく》嘿《もく》然《ぜん》[一]タルモノ之ヲ久フス　漸《やうやく》ニシテ之ニ謂《いひ》テ曰　嗚乎紅蓮女史何故ニ此《ここ》ニ在ルヤ　僕ヲシテ夢中ノ夢カト疑ハシム　真ニ奇[二]中ノ奇遇ト謂フ可キナリ　今其《その》喜ビヲ述ベント欲シテ口ノ期期[三]タルヲ如何セント　紅蓮曰ク　妾亦《また》悲喜[四]両《ふたつ》ナガラ集テ何ヲ語リ何ヲ話ス可キヲ知ラザルナリ　散士更ニ忙《せは》シク問テ曰ク　幽蘭范卿今何《いづれ》ノ処ニ在ルヤ　共[五]ニ与《とも》ニ西都[六]ニ赴キシカ将《はタ》行ク能ハザリシヤ　別後ノ状《じやう》詳《つまびらか》ニ之ヲ聞クコトヲ得ント　紅蓮悄《せう》然《ぜん》[七]トシテ曰ク　此《こレ》[八]一朝一夕ノ能ク談ズ可キニ非ラズ　蓋《けだシ》妾等ノ郎君ニ分レテヨリ未《いまダ》半歳ニ至ラズ　而シテ世運[九]ノ隆替人事[一〇]ノ変遷　妾等ガ迍《ちゆん》邅《てん》困《こん》躓《ち》[一一]既ニ百歳ヲ重ヌル者ノ如シト　散士意[一二]安カラズ急ニ問フテ曰ク　然ラバ則《すなはち》二氏恙《つつが》ナキヤ否ト　紅蓮依《い》違《ゐ》[一三]言フ能《あた》ハザルモノヽ如シ　既《すで》ニシテ曰ク　郎君急ニ之ヲ問フコト勿《なか》レ　徒《いたづら》ニ悲哀ヲ増サンノミ

一 驚いてしばらく黙っていた。
二 本当に不思議な出会いということ。
三 どもるさま。
四 悲しいことと喜ばしいことが一緒になり。
五 一緒に力を合わせて。
六 マドリード。→一〇九頁注一二。
七 しょんぼりとして。
八 わずかな時間で話せることではありません。
九 世の成り行きの盛衰。
一〇 人間社会に起こる事柄の移り変わり。
一一 「迍邅」は行きなやんで進まぬさま。「困躓」は物事に行きづまること。→七四頁注九。
一二 不安になって。
一三 ぐずぐずして態度がはっきりしないさま。

所レ問未レ及レ答。而更謂二他事一。胸懐転倒。七情紛乱之状。写得活現。

ト　散士意愈《いよいよ》ゝ安カラズ又将《まタまさ》ニ問フアラントス　紅蓮顧ミテ土室ヲ指シテ曰ク　嗚乎《ああ》断金《だんきん》[一四]ノ友既ニ此ノ如シ　何ゾ其レ悲キヤト

散士曰ク　僕ハ一面[一五]ノ識ノミ　且《かツ》南北其国ヲ異ニス　而シテ其死スルヲ聞クヤ悲悼《ひたう》[一六]殆《ほとんド》堪ユル能ハズ　生《いき》[一七]テ其国ヲ同フシ立《たち》テ其志ヲ一ニス　其情果シテ如何ゾヤ　紅蓮曰ク　妾今夕欧洲ヨリ着シ装未《いまダ》[一八]解クニ及バズ早ク波寧流《パルネル》女史ノ逝クヲ聞キ驚愕措《そ》[一九]ヲ失シ旅櫬《りよしん》[二〇]ノ尚《なホ》此処ニ在ルヲ知リ怱卒《そうそつ》[二一][二二]月ヲ踏ミ手《てツ》カラ花枝ヲ折リ供シテ以テ遺《ゐ》[二三]霊《れい》ヲ弔《てう》セントス　忽《たちまチ》人声ノ近ヅクヲ聞キ乃《すなはチ》之ヲ其後[二四]ニ避ク　其人亦櫬前《しんぜん》[二五]ニ至リ永ク留《とどまり》テ去ラズ　妾頻《しきり》ニ之ヲ疑ヒ数《しばしば》ゝ首ヲ挙ゲテ之ヲ窺《うかが》フ　生憎《あやにく》ヤ痴雲《ちうん》[二六]光ヲ掩《おほひ》テ樹下影暗ク其面ヲ認ムルニ由ナシ　既ニシテ其唱フル所ヲ聞ク　或ハ幽蘭女史ノ名ヲ引キ或ハ妾ガ名ヲ呼ビ憤怨[二七]痛恨次グニ涙ヲ以テス　妾疑念愈《いよいよ》ゝ加ハリ更ニ首ヲ挙グレバ[二八]玉兎《ぎよくと》雲ヲ躍《をど》リ始《はじメ》テ郎君ナルヲ知レリ　窃《ひそか》ニ怪ム郎君亦何ガ故ニ夜ヲ

一問不レ答。二問又不レ答。三問更以二他事一答。読至レ此。読者亦渇想不レ禁。是作家弄レ巧処。

百忙間。忽点二閑筆一。是魏氷叔得意処。

幽鬼却怪レ人。

一四　金属をも切断するほど友情が極めて堅い友。「二人同心、其利断金」（『易経』繋辞上）に基づく。
一五　一度の面識しかない。
一六　人の死を悲しみいたむこと。
一七　アイルランド人の紅蓮を慮（おもんばか）って言っている。
一八　旅装をまだ脱がないうちに。
一九　取り乱す意の熟字「失措」による。
二〇　↓一五五頁注二二。
二一　あわただしいさま。あわてるさま。
二二　月影を踏んで歩く、月の光の下を歩くの意の熟字「踏月」による。
二三　死者のたましい。
二四　「苔碑」の後ろ。↓一五九頁注三一。
二五　柩の前。
二六　（擬人法的表現で）融通のきかない雲。
二七　「憤怨」は怒り恨むこと。「痛恨」は非常に残念に思うこと。
二八　月が雲を振り上げ。「玉兎」は月の異名（一五六頁注二）であるが、雲が切れて月が出るということを、ここでは文字通りとり、兎が雲を飛び越えて出ると表現した。

夜色如レ画。

侵シテ此ニ来ルヤ　散士曰ク　月ニ対シテ故人ヲ懐《おも》フハ人情ノ常ナリ　今夜僕ノ来リ吊《とぶら》フ亦情ノ止ム能ハザルニ由ルノミト　更ニ語テ曰ク　山寂トシテ夜静カニ四《よも》ニ人影ヲ見ズ　我《わが》双影ヲ照スモノハ独《ひとり》天上ノ明月ノミ　我談話ヲ聞ク者ハ唯一堆《ただいったい》[一]ノ土室アルノミ　乞フ是ヨリ別後ノ状ヲ語ラン　可ナランカト　紅蓮曰ク　妾ノ願フ所ナリト　即《すなはチ》[二]草ヲ席《せき》シテ共ニ坐ス　散士曰ク　始《はじメ》[三]蹄水《デラウエーア》ノ寓居ニ相見テヨリ僕ノ心恍《くわう》[四]トシテ忘ル可カラズ　[五]昼想夜夢《ちうさうやむ》七日ヲ待ツ七月ノ久《ひさし》キガ如シ　紅蓮曰ク　妾等ノ郎君ヲ待ツ七年ノ思アリト　散士ガ曰ク　既ニシテ期日ニ及ビ蹄水ノ浜ニ至ル　風雲俄《にはか》ニ起テ水波　忽《たちまチ》激シ　驟雨《しうう》大《おほい》ニ至リ衣裳《いしやう》皆湿《うるほ》ヒ小舟遂ニ渡ル能ハズシテ帰ル　是ヨリ小痾《せうあ》[六]ニ感ジ病床[七]ニ転輾《てんてん》セリ　紅蓮曰ク　妾等日ニ指ヲ屈シテ期日ノ至ルヲ待チ　此日幽蘭女史夙《つと》[八]ニ興《お》キ喜ビ顔色ニ溢《あふ》ル　范卿ハ雞《とり》[九]ヲ割《さ》キ魚ヲ烹《に》、妾ハ室ヲ払《はら》ヒ席ヲ浄メ共ニ相語《かたり》テ郎君ノ至ルヲ待ツ　悲

一 「堆」は分厚く積んだ物や土のこと。「土室」は→一五六頁注一六。
二 草を座る場所にして。
三 →九頁注二八。
四 うっとりとして。
五 昼の思いが夜の夢となり。何時も頭を離れないということ。
六 軽い病。
七 病床で寝返りをうった。病臥したということ。
八 朝早くから起き。「興」は「起」に通ずる。
九 散士をもてなす食事の用意をしたということ。

イ哉風雨常ニ起リ易ク人事多ク左《たが》ヒ易シ 一〇天色卒爾《そつじ》トシテ変ジ郎君遂ニ来ラズ 次日又飛報《ひほう》一一アリ 曰ク 幽蘭女史ノ父西国ニ入リ間諜《かんてふ》一二ノ知ル所トナリ縛《ばく》セラレテ西都ニ送ラルト 女史之ヲ聞テ痛哭《つうこく》一三骨ニ徹《てつ》シ 乃《すなはチ》妾等ニ告ゲテ曰ク 一四聞ク樹静ナラント欲セバ風停《や》マズ

孝子至上。

子養ハント欲スレドモ親待タズ 往テ来ラザルモノハ年ナリ 再《ふたたビ》

憂レ世慨レ国者。亦厚レ於父子之情一。

見ル可カラザルモノハ親ナリト 妾今ニシテ還《かへ》ラズンバ又将《まさ》ニ此嘆アラントス 妾直《ただち》ニ明朝ヲ以テ独《ひとり》西都ニ入リ父ノ難ヲ救ハント欲ス事若《も》シ成ラズンバ共一五ニ与《とも》ニ死センノミ 抑々《そもそも》此行極《きは》メテ危ク手一タ

遺財不二苟用一。

ビ分テバ会面再《ふたたビ》期ス可カラズ 唯《ただ》祈ル妾死スルト聞カバ各々《おのおの》家財ヲ分テ以テ国ヲ興スノ用ニ供セヨト 妾輒《すなはチ》答テ曰ク 令嬢何為《なんす》一六レゾ此言ヲ出《いだ》スヤ 妾令嬢ト一タビ交ヲ結ビショリ府奥《ふあう》一七互ニ傾瀉《けいしや》シテ崖岸《がいがん》ヲ其間ニ置カズ 死生栄辱《えいじよく》一八皆相倶《あひとも》ニナサント盟《ちか》ヘリ 而シテ

此女而有二此友一。

今令嬢単身妙齢匕首《ひしゆ》一九ヲ懐ニシテ虎狼《こらう》二〇ノ敵国ニ入ラントス 其生死固《もと》

一〇 空模様がにわかに変わり。ここは巻三冒頭(一〇六頁)の、散士の再訪予定日の天候急変を指す。
一一 急ぎの知らせ。
一二 スパイ。
一三 はげしく嘆くこと。
一四 孔子が見聞した賢者皐魚の逸話による。皐魚は孔子の問いに対して、自分には親を粗末にしたこと、俗世を軽蔑し主君に仕えたこと、親友と絶交したことという三つの過失があるとして「樹欲静而風不止、子欲養而親不待也。往而不可得見者親也」(『韓詩外伝』九)と言う。なお逸話ではこの後皐魚は「吾は請ふ、此の辞に従はん」といって死ぬ。ここでは読者に幽蘭の将来がどのように物語られるかについてのサスペンスを与える効果がある。
一五 父と一緒に行動し死ぬだけだ。
一六 どうしてそんなことを言うのか。
一七 心のなかをさらけだす。「己之府奥、早已傾写」(『世説新語』賞誉)による。「写」は「瀉」と同じ。
一八 生と死、栄誉と恥辱。
一九 一人で若く美しい女性が短刀を持って。「匕首」は鍔(つば)のない短刀。
二〇 虎と狼。転じて、残忍な者、非道なもの。

ヨリ知ル可カラズ　妾豈《あに》令嬢ガ今日ノ危キヲ見テ[一]手ヲ袖ニシテ晏居《あんきょ》スルニ忍ビンヤ　[二]虎《こ》窟《くつ》狼《らう》棲《せい》唯《たダ》君ガ向フ所妾焉《いづくん》ゾ与《とも》ニセザランヤ　独《ひとり》[三]鼎老ハ交ノ久シキ令嬢ト妾トノ如クナラズ　留《とどまり》テ以テ家財ヲ[四]管《くわん》スル可キノミト　語未《いまダ》畢《をは》ラズ　范卿[五]勃然トシテ怒リ進テ妾ニ謂テ曰ク　異ナル哉紅蓮女史ノ言ヤ　[六]名ハ主タリ僕タリト雖モ一タビ[七]互ニ心胆ヲ吐テヨリ[八]交情豈《あに》深浅アランヤ　今ヤ[九]或《あるい》ハ生ヲ捨テヽ孝道ヲ尽サント欲シ[一〇]或ハ死ヲ取テ友誼《いうぎ》ヲ全フセント欲ス　之ヲ聞クモノハ誰カ奮起セザランヤ　孔子曰ク　[一一]見テレ義ヲ不ハレ為サ無キレ勇也　孟子曰ク　[一二]捨テレ生ヲ取ルレ義ヲト　僕ニシテ此行ニ随《したが》フナクンバ[一三]平生誦《しよう》スル所[一四]聖賢ノ教ニ恥ヅル勿《な》カランヤ　又何ヲ以テ[一五]斉魯《せいろ》奇節ノ人[一六]燕趙《えんてう》悲歌ノ士ヲ見ンヤ　況《いはん》ヤ他日東海ノ郎君再《ふたたビ》訪フノ日必《かならズ》老奴ヲ賤《いやし》ミ謂ハン　鼎泰[一七]果シテ怯懦《けふだ》ノ匹夫《ひつぷ》ノミ[一八]貪欲ノ老奴ナリ又[一九]尋常《じんじやう》清人ニ異ナラズト　僕何ノ面目アリテ郎君ヲ見ンヤ　幽蘭女史希《ねがは》クハ僕ヲ従ヘヨ　[二〇]半白ノ老

勃然二字。写二来男子面目一。太佳大佳。

清人口吻。

今日弁髪人。有二此気概一者。幾希。

一 何もせずに。「晏居」は「安居」と同じ。やすらかに暮らすこと。「晏」は「安」に通じて用いられた。
二 虎や狼のすみか。危険な場所のたとえ。
三 范卿の姓。↓五三頁三行。
四 管理する。
五 顔色をかえて。
六 立場は主人と召使いといっても。「名」は内容を「実」というのに対して、それを表す言葉のこと。称号、役割名など。
七 お互い腹を割って話してからは。「心胆」は肝っ玉、まごころ。
八 友情にどうして深い浅いがあるのでしょうか、いやない。
九 幽蘭のこと。
一〇 紅蓮のこと。「友誼」は友達のよしみ。
一一 「義を見て為さざるは勇無きなり」（『論語』為政）。
一二 生を捨て義を取る。「舎生而取義」（『孟子』告子上）。
一三 日ごろから唱えている。
一四 儒教でいう聖人と賢人。
一五 「斉」「魯」はいずれも春秋時代の国。魯は孔子の、斉は孟子の出生地。「奇節ノ人」はすぐれた操を持つ人の意で、孔子・孟子の二者。
一六 「燕」「趙」はいずれも戦国時代の国。ここは荊軻（↓一〇七頁注二六）らを指す。「燕趙古より感慨悲歌の士多し」（韓愈「送董邵南序」『唐宋八家文』巻四）。
一七 思った通り臆病で意気地なしの卑しい男にすぎない。
一八 自分の利益しか考えない老僕。
一九 普通の清国人。

奴亦為ス所ナカランヤト　意[二一]色既ニ決スルモノヽ如シ　女史曰ク両友ノ言フ所皆理ナキニ非ラズ　然レドモ両君皆天下ノ大望ヲ懐《いだ》キ一身ノ安危ハ国家ノ存亡ニ関ス　豈《あに》螻蟻《ろうぎ》[二二]ノ信ヲ以テ大鵬《たいほう》[二三]ノ志ヲ挫《くじ》[二四]ク可ケンヤ　私情ト公義ト何《いづ》レカ重キ　是《これ》両君ノ常ニ称スル所ニ非ラズヤ　抑《そもそも》ゝ妾ノ国ヲ出《い》ヅル十歳ノ時ニ在リ　地勢人情甚《はなはダ》明カナラズ　良友ノ力アル者有テ一臂《いつぴ》[二五]ノ労ヲ援《たす》ケンコト固ヨリ妾ノ願フ所

一抑一揚。説得無二余蘊一。

況《いはん》ヤ妾ノ紅蓮女史ト交《まじは》リシヨリ三年ノ星霜《せいさう》[二六]ヲ経　鼎老ト志ヲ論ジテヨリ日尚《なホ》浅シト雖モ其居ヲ一ニスルハ既ニ二載ノ裘葛《きうかつ》[二七]ヲ過ギタリ今手[二八]ヲ河梁《かりやう》ニ分ツノ情果シテ何如《いかん》ゾヤ　只一片ノ公義絶タザル可カラザルモノハアルヲ如何《いかん》セン　且夫《かツそレ》妾若《も》シ両君ヲ携《たづさ》ヘ去ラバ人誰カ妾ガ不明ヲ笑ヒ両君ノ浅謀[二九]ヲ嘲《あざけ》ラザランヤ　両君此地ニ留リ身ヲ守リ時ヲ待チ宿昔[三〇]ノ志ヲ達シ功[三一]ヲ竹帛《ちくはく》ニ垂ル可キノミ　天運未《いまダ》尽キズンバ豈《あに》手ヲ一堂ノ上ニ握ルノ日無カランヤト　議[三二]論明晰《めいせき》妾等《せふら》ヲシテ

一傾一倒。乗レ勢回旋。如三風捲二落葉一。

二〇 年は取っているが何もできないわけではない。「半白」はしらがまじりの髪。
二一 決意の強さが現れた顔色。
二二 個人の間の信義。「螻蟻」はケラと、アリ。取るに足りないもののたとえ。
二三 極めて大きな志。「大鵬」は想像上の大きな鳥の名。ひと飛びに九万里を飛ぶという(『荘子』逍遥遊)。
二四 そこねる。
二五 「一臂の労」は助力。「臂」は腕、肘。
二六 年月。
二七 冬に着る皮衣(かわごろも)と夏に着る葛布の帷子(かたびら)。転じて、一年間のこと。
二八 別離の情をいう。漢の李陵と蘇武とが匈奴の地で別れるときに李陵のつくった「与蘇武」詩の句「携手上河梁」(『文選』巻二十九)による。
二九 不十分なはかりごと。
三〇 ずっと昔からの、以前からの。
三一 「竹帛」は書物、転じて歴史。歴史に残るような功績を立てるべきだ、の意。「垂名竹帛」(『漢書』鄧禹伝)による。
三二 議論は明らかで我々に疑問の声をさしはさませない。

顕㆓出漢人口気㆒。如㆓海上潮来。銀山蹴起㆒。使㆓人打㆑案呼㆑快。

遂帰㆓天一字㆒。最妙。

老雄戇直之言。朴率之態。如㆑聞如㆑睹。

伏筆。

使㆓尋常小説家流叙㆑之。必先娓娓論㆓其策略㆒。而後

又言フ能ハザラシム　范卿首ヲ掉《ふり》テ曰ク　否否《いないな》昔者《むかし》[一]荊軻《けいか》一朝ノ嘱《しよく》ニ依リ身ヲ擲《なげうち》テ千里ノ強秦《きやうしん》ニ入リ聶政《でふせい》ハ交友ノ誼《ぎ》ニ由テ韓相《かんしやう》ヲ堂上ニ刺セリ　是《これ》或ハ大義ニ合ハズト雖モ意気[二]ノ剛交情ノ深キ後世ヲシテ奮《ふる》ハシム可シ　故ニ天其《その》誠ニ感ジテ白虹《はくこう》[三]日ヲ貫キ大史[四]モ亦之ヲ記シテ以テ万世ノ後ニ伝ヘリ　且夫《かつそれ》事ノ成否ハ天運ノ如何《いかん》ニ在リ　人ノ生死ハ命数[五]ノ定マル所　天命我ニ与《くみ》セズンバ令嬢ト去ラズシテ此地ニ留マルモ三日汗《さんじつかん》[六]ナクンバ死センノミ　人間ノ死スル何ゾ独《ひとり》西国ニ止マランヤ　命運幸ニ尽キズンバ怒濤《どたう》[七]ノ中ニ漂《ただよ》ヒ火沢《くわたく》ノ間ニ陥ルト雖モ亦何カ有ラン　此行或ハ却《かへつ》テ[八]我ガ恢復《くわいふく》ノ助《たすけ》トナランモ亦未《いまダ》計ル可カラズ　令嬢復《また》[九]謂フ勿レ　唯《たダ》倶《とも》ニ与《とも》ニ行ク可キノミト　妾モ亦其言ヲ助ケテ頻《しきり》ニ女史ニ説キ直ニ行李《かうり》[一〇]ヲ装ヒ明朝ヲ以テ将《まさ》ニ海ニ航セントス　女史曰ク　前途ノ計略ノ如キハ徐《おもむろ》[一一]ニ之ヲ船中ニ議センノミト　各《おのおの》ゝ散ジテ寝ニ就カントス　女史猶《なホ》燈ニ対シ沈思シテ未《いまダ》去ル

一　↓一〇七頁注二六。

二　意志と勇気の強さ。

三　白い虹が太陽をつらぬくこと。「昔者(むかし)荊軻燕丹の義を慕ひ、白虹日を貫く。太子之を畏(おそ)る」(『史記』鄒陽伝)。この荊軻の説話について、南朝宋の裴駰(はいいん)による『史記集解』などの解釈では、その前兆は「精誠、天感ず」とされ、天が荊軻の誠を認めたとされる。なお、聶政(↓一〇七頁注二六)については、『戦国策』魏策に「聶政の韓傀(かんくわい)を刺さんとするや、白虹日を貫く」とある。

四　中国古代の官名。天文・暦・記録をつかさどった。注一の説話は『史記』以降の多くの史書に見られるが、ここでの「大史」は『史記』の著者司馬遷を指す。

五　天が与えた運命。

六　病気になれば死んでしまうのだ。「熱病七日八日にして、脈躁ならず、躁なれども散数(さんさく)ならざるは、後三日の中に汗あり。三日に汗せざれば、四日に死す」(『黄帝内経霊枢』熱病二十三)。

七　荒れ狂う大波と燃えさかる炎。

八　明国の再興を言う。

九　ふたたび反論しないでください。

一〇　旅支度をし。

一一　ゆっくりと。

一一相応。如二印板文字一。実不レ免二興味索然一。今見二此編一。随レ時策レ奇。一層妙二於一層一。遂使二読者不レ可二捉摸一。亦可四以見三其非二尋常一矣。

唯至誠能動レ人。宜矣散士読レ之至レ作レ病。

能ハザルモノ丶如シ　妾恠《あやしみ》テ其故ヲ問フ　女史曰ク　唯一片ノ誠終《つひ》ニ達スルヲ得ズ　此大難ニ臨《のぞみ》テ忘レント欲シテ忘ル丶能ハザルヲ如何セン　且《かつ》後日再《ふたたび》来リ訪《とひ》テ而《しか》シテ妾等ノ在ルナキヲ見バ且《かつ》疑ヒ一二且《かつ》恠《あやし》ミ将《まさ》ニ一三何トカ言ハントス　仮令《たとひ》人我ニ背《そむ》クモ我軽薄ノ行ヲナシ以テ人ニ背ク可カラズ　然レドモ策一四ノ以テ我情ヲ通ズルナシト　妾因《より》テ問テ曰ク　令嬢郎君ノ在ル処ヲ知ルヤト　曰ク　遂ニ之ヲ知ルニ遑《いとま》ナク今ニ至テ憾《うらみ》トナス所ナリ　若《も》シ之ヲ知ルモ用ユルナシ親《みづか》ラ訪《と》ハント欲セバ時已《すで》ニ迫リ書ヲ投ゼバ事一五ノ漏《も》ル丶ヲ恐ル　事此ニ及《および》テ又為ス可キナシト　妾曰ク　然ラバ則《すなはち》令嬢尺素《せきそ》一六ヲ認《したた》メテ之ヲ家僕ニ遺《のこ》ス可シト　是ニ於テ女史筆ヲ執リ　妾紙ヲ展ベ沈思《の》晷《ひかげ》一七ヲ移シ一字一句モ苟《いやしく》一八モセズ真ニ二人ガ誠意ヲ表シ肝血一九ヲ灑《そそ》グ所ナリ　書漸《やうや》ク成ルニ及テ晨星寥寥《しんせいれうれう》二〇東天漸ク白シ　乃《すなはチ》後事ヲ老僕ニ托シテ去ル　時ニ范卿モ亦河浜ニ至リ柳樹《りうじゅ》二一ヲ白フシ文字ヲ題セリ　想フ二二ニ又

一二　一方で悲しみ、一方で不思議がる。

一三　きっと何か言うだろう。

一四　私の思いを伝える方法がない。

一五　スペインへ父親の救済に向かうこと。

一六　短い手紙。直接には長さ一尺の白絹の意。

一七　時を過ごして。「晷」は影、ひざし、時。

一八　いいかげんにせず。

一九　まごころをつぎ込んだ。「肝血」は赤心、偽りのない心。

二〇　「晨星」は明け方の空に残る星。「寥寥」は数が少ないさま。

二一　柳の木の皮をはいでそこに文字を書いた。→一〇七頁注二四。

二二　「想フ」の主語は紅蓮。「意ノ存スル」の主語は范卿。

有ニ風韻一。有ニ姿態一。如レ読ニ古賦一。

行文一頓。妙。

遥遥反ニ映首巻一。

意ノ存スルアルガ如シト　散士詳《つまびらか》[一]ニ爾来《じらい》ノ状ヲ語リ且《かツ》曰ク　乞フ令娘等別後ノ状ヲ聞カント　紅蓮天ヲ仰《あふい》デ曰ク　河漢《かかん》[二]既ニ傾キ月西山ニ落ツ　夜短クシテ話長ク又談ジ尽ス可カラズ　郎君若シ妨《さまた》ゲズンバ共ニ蹄水《（デラウエーア）》ノ旧家ニ赴《おもむ》キ更ニ徐《おもむろ》ニ語ル可シ　妾旧廬《きうろ》[三]別後《べつご》ノ状ヲ見ント欲スルナリト　散士曰ク　更深《かうふか》フシテ美人ヲ携《たづさ》ヘ山谷ノ隠家《いんか》ニ行ク　[四]此事ヲシテ東洋ナラシメバ固ヨリ譏誹《きひ》ヲ免《まぬが》レズ　身米国ニ在ルヲ以テ幸ニ之《これ》無キナリ　只恐ル令娘ノ累《るい》[五]ヲナスアランコトヲト　紅蓮曰ク　何ゾ妾ノ累ヲナサンヤ　独塊《ひとりは》ヅ[六]蕙蘭《けいらん》鳳皇《ほうわう》ヲ引カズシテ而シテ泥土ノ蓮華錯《あやまち》テ鳳皇ヲ悟《さと》スコトヲ　[七]若シ幽蘭女史ヲシテ此ヲ知ラシメバ其《それ》妾ヲ何トカ言ハント　散士曰ク　令娘尚《なほ》僕ノ拙什《せつじふ》[八]ヲ記《き》セシカ　何ゾ靦面《てんめん》ノ至《いたり》ニ堪《た》エント　紅蓮曰ク　妾性極メテ魯鈍《ろどん》[九]　百事総《すべ》テ記《き》シ難シ　但蹄水一夕ノ談秋毫《しうがう》[一〇]モ遺《わす》ルヽナシ　自《みづから》[一一]以テ奇ナリトセリト　散士笑テ曰ク　僕モ亦然リト　且《かツ》語リ且《かツ》行キ　既ニ北《ほく》[一二]

一　くわしく紅蓮・幽蘭たちと別れたその後の事情を語り。「爾来」はその後、それ以来。
二　天の川。
三　昔の住まい。
四　夜更けに美人を連れて山中の隠れ家に行くことは、東洋の儒教的道徳からすれば不道徳だ、ということ。
五　迷惑。
六　「蕙蘭」は香草の意で、幽蘭をたとえ、また「鳳皇」は散士、「泥土ノ蓮華」は紅蓮をたとえる。↓二六頁注一。
七　幽蘭と散士の間に恋愛感情があったことを踏まえた発言。
八　私のつたない詩をおぼえていますか。恥ずかしさに堪えられません(私の幽蘭への思いは、かつて作った詩〈↓八七頁五行〉で述べたように、亡国の慷慨を共有する同志的なものであった。それなのに恋愛感情を疑われたのでは、恥ずかしさに堪えられません、の意)。「什」は『詩経』の雅頌十編一組の呼び名から転じて、詩篇のこと。「靦面」は、恥じて赤面すること。
九　愚かで鈍いこと。
一〇　ほんの少しも。「秋毫」は秋の頃、抜けかわった獣毛の細いことからきわめて少ないこと。「遺」は忘れる、取り残す。
一一　自分でも不思議である。
一二　↓一五六頁注一。
一三　朝日がさし、山が紫色になっている。
一四　だんだんとすべてのものがはっきりしてきた。
一五　↓一一二頁注八。
一六　公園。古来官有の庭園の意であったが、明治初年代から「遊園」と同様 **park** の訳語

[二三]邙《ばう》ヲ下ル　[一三]紫山旭日ヲ孕《はらみ》テ[一四]万象漸ク鮮ナリ　乃《すなはチ》川岸ヲ下リ小舟ヲ僦《やとう》テ蹄水ニ向フ　舟[一五]絶景山《(フエヤモント)》ノ間ヲ過グ　絶景山ハ費《(ヒラデルヒヤ)》府ノ[一六]遊園ナリ　[一七]地勢高爽《かうさう》境域広大　風光ノ美眺望ノ奇[一八]五洲第一ト称ス　時ニ両岸樹木[一九]鬱茂《うつも》[二〇]禽鳥和鳴《きんてうわめい》　実ニ我耳目ヲ歓《よろこ》バシムルニ足ル　紅蓮首ヲ右ニシ林頭ノ一楼ヲ指シテ曰ク　郎君彼《かノ》古屋ヲ知ルヤト　散士曰ク　[二一]咄《とつ》、叛将《はんしやう》[二二]阿能奴《アルノード》ノ旧居カト

阿能奴ハ米国ノ将、[二三]才略ヲ以テ顕《あらは》ル　[二四]革命ノ役米軍振《ふる》ハズ[二五]兵勢日ニ蹙《しじ》マル　時ニ英国[二六]重賞ヲ以テ之ヲ迎フ　阿能奴心動キ元《げん》帥《すい》華聖頓《(ワシントン)》ヲ擒《とりこ》ニシ英軍ニ降《くだ》ラント約ス　事覚《あらは》レテ英軍ニ[二七]投ズ　乃《すなはチ》其兵ヲ将《ひきゐ》テ数〻《しばしば》米ノ北境ヲ犯ス　英軍敗レ帰ルニ及デ英京ニ住ス　此時ニ当テ天下皆米国ノ独立ヲ称誉シ　華聖頓ノ[二八]略[二九]芙《(フ》蘭麒麟《ランクリン)》ノ忠[三〇]四海ニ伝播《でんぱ》シ籍籍《せきせき》措《お》カズ　英人猶《なホ》阿能奴ノ不義ヲ笑フ者アリ　遂ニ[三一]慚愧《ざんき》幽鬱《いううつ》病ヲ発シテ死ス　今其旧宅陸軍ニ属シ

として用いられ、一般化した。
一七 その土地の様子はさわやかで、公園の区域はひろびろとしている。
一八 全世界。↓一一頁注二三。
一九 草や木が鬱蒼と茂ること。
二〇 鳥が鳴き交わす。
二一 散士がアーノルド(次注)の人柄を想起し舌打ちした音。
二二 ベネディクト・アーノルド(Benedict Arnold. 一七四一―一八〇一)。アメリカの軍人。コネティカット州ノリッジ生まれ。独立戦争が始まると独立軍に加わり、ワシントンに認められた。しかし不正蓄財やイギリス軍への内通をかさね、発覚するやイギリス側に逃亡し、イギリス軍の指揮を任され独立軍を苦しめた。一七八一年にイギリスへ渡り、終生ロンドンで暮らした。
二三 才能と知恵および謀略によって人に知られる。
二四 アメリカ独立戦争(一七七五―八三)。「役」は戦争。
二五 軍隊の勢力が日増しに弱くなった。
二六 手厚い褒美。
二七 投降した。
二八 戦略。
二九 ↓一一二頁注一四。
三〇 天下に伝わり盛んに言いはやされた。「籍籍」はやかましく言いはやすさま。
三一 恥じ入って気がふさぎ(それが原因で)病気になって死んだ。

句雕字琢。筆筆生動。

久客帰レ家。常有二此景致一。写出逼レ真。

散士打問四回。紅蓮亦不レ堪二掩黙一。而漸洩二出悲気一。

依然存シテ不忠者ノ戒トセリ

既ニシテ舟蹄水《(デラウエーア)》ノ旧家ニ達ス　河柳[一]水ニ垂レテ蔓草《まんさう》[二]路ヲ埋メ壁[三]ニ葺葺《しふしふ》ノ葛ヲ掛ケテ屋ニ喔喔《あくあく》[四]ノ烏ヲ見ル　門ニ寄テ戸ヲ敲《たた》ク　老僕声ニ応ジテ出ヅ　乃《すなはチ》紅蓮ノ面ヲ仰デ大ニ驚キ且《かツ》喜ビ引テ裡《うち》ニ入ラシム　室[五]裏寂寞氈[六]上塵堆《せんじやうちりうづたか》ク　明[七]窓浄几《めいさうじやうき》皆蛛網《しゆまう》[八]ノ封《ふう》ズル所トナル　相[九]顧ミテ惝惘之《しやうばうこれ》ヲ久フス　少焉《しばらく》アリテ紅蓮老僕ヲ呼テ曰ク　一杯ノ鵝《が》[一〇]黄《わう》ヲ得ル能ハザルカ　曰ク　令嬢等ノ去ルニ方《あたつ》テ葡萄ノ美酒若干ヲ残セリ　老僕性[一一]飲ヲ嗜《たしな》マズ　依然存シテ今ニ至レリト　直ニ去テ厨房ニ入ル　散士曰ク　酒肴ハ望ム所ニ非ズ　唯速《ただすみやか》ニ三[一二]君爾来《じらい》ノ詳[一三]ヲ聞カント　紅蓮喟然《きぜん》[一四]トシテ歎ジテ曰ク　妾豈《あに》急ニ之ヲ告グルヲ欲セザランヤ　胸塞《ふたが》リ舌[一五]結《むす》ボレ実ニ言フニ堪エザルヲ如何《いかん》セン　且《かツ》郎君之ヲ聞カバ又将《まさ》ニ悲哀ノ情ニ禁《た》エザラントス　是故《このゆゑ》ニ暫ク醇酒《じゆんしゆ》[一六]ヲ仮《か》リテ以テ浩浩《かうかう》[一七]ノ気ヲ鼓《こ》シ而シテ後娓娓《びび》[一八]相語ラント欲スルノミト

一　柳に似た落葉小高木タマリスクないしヤナギ科の落葉低木カワヤナギを指すか。あるいは単に水辺の柳の木の意か。
二　つるくさ。
三　壁に葛の葉が重なり合ってかかっている。「葺葺」は重なっているさまを表す「葺襲」の誤りか。
四　カラスの鳴き声。
五　室内はひっそりと静かで。
六　絨毯には塵が厚く積もり。「氈」は生地の名、フェルト。
七　明るい窓と清らかな机。明るく清らかな書斎を表す。
八　蜘蛛の巣が閉じふさいでいる。
九　顔を見合わせて。「惝惘」は驚き自失するさま。惝罔。
一〇　ガチョウの羽毛の様態から、黄色で美しいもののたとえ。ここでは酒のこと。
一一　酒を飲まない質(たち)である。
一二　紅蓮、幽蘭、范卿の三人。
一三　詳しい事情。
一四　嘆息をつくさま。
一五　舌がひきつって。
一六　濃厚な酒。また、薄めていない酒。
一七　「浩然の気」に同じ。気持ちをゆったりとさせ。
一八　倦まずに、長々と。

語急音緊。至情如レ睹。

打問五回。想紅蓮胸中。熱血欲ニ決出一。而僅止者。至レ此。突如洩ニ発于此単簡一語一。唯語簡。故感レ人最切。譬如三深宵聞ニ杜鵑一。非ニ一声高叫一。則不レ足レ愁ニ殺人一。紅蓮此一語。出ニ于散士意表一。出ニ于読者意表一。

散士愈々《いよいよ》之ヲ促《うなが》ス　紅蓮乃《すなはチ》襟《えり》[一九]ヲ正シテ曰ク　幽蘭女史范卿ト已ニ[二〇]魚腹ニ葬ラレシナラン　妾独《ひとり》生[二一]ヲ偸《ぬすん》デ今日再《ふたたビ》郎君ヲ見ル豈《あに》恥ヂザランヤト　白巾《はくきん》[二二]ヲ取リ面ヲ掩《おほ》[二三]ヘ痛哭《つうこく》[二四]シテ椅下《いか》ニ転輾《てんてん》ス　散士聞キ了リテ愕然トシテ未《いまダ》胸裏ニ悲哀ノ念ヲ覚ユルニ暇《いとま》アラズ　茫然《ばうぜん》トシテ又手足ノ措《お》ク所ヲ失フ[二五]者ノ如シ　既[二六]ニシテ紅蓮ヲ助ケ之ヲ励《はげ》マシテ曰ク　令娘何ゾ泣哭《きふこく》[二七]スルノ深キヤ　人誰《たれ》カ死ナカランヤト　紅蓮漸《やうやク》首ヲ挙ゲ　散士ヲ見テ復《まタ》慟《どう》[二八]哭《こく》ス　散士曰ク　今令娘痛哭スト雖モ幽蘭范卿豈《あに》再《ふたたビ》蘇[二九]ス可ケンヤ　寧《むしロ》[三〇]余ガ為メニ往[三一]事ヲ談ジ以

自是毅然丈夫之言。

費府公園絶景山之図

一九　みなりを整えることから、きちんとした態度をとるの意。
二〇　水死してしまっただろう。『楚辞』漁父による。
二一　無益の生を生きる意の熟字「偸生」による。
二二　白いハンカチの意。
二三　「掩ヒ」の訛。
二四　泣き叫んで椅子から落ち床を転がりまわった。
二五　不安で身の置き所がない。「刑罰中（あた）らざれば則ち民手足を措く所なし」（『論語』子路）。
二六　そうこうしているうちに。時間の経過を表す。
二七　泣きさけぶこと。
二八　身をふるわせて大声で泣く。
二九　生き返る。
三〇　私（散士）のために。
三一　過ぎ去った昔のこと。

テ[一]烈女節士ノ英魂ヲ慰ムルヲ得セシメヨト　時ニ老僕酒瓶ヲ持チ来テ机上ニ置ク　紅蓮強《しひ》テ一杯ヲ傾ケテ曰ク　是ヨリ妾等ノ履歴ヲ語ラン

旅装既ニ成リ費府《(ヒラデルヒヤ)》ニ出テ直ニ汽船ニ搭《たふ》ズ　鉄纜《てつらん》[二]一タビ解《とき》テ舟行漸《やうやく》疾《はや》シ　女史[三]妾ヲ携《たづさ》ヘテ甲板ニ上リ相指点《あひしてん》[四]シテ妾ニ語テ曰ク　雲[五]樹ノ迷迷タルハ此《これ》費府ニ非ズヤ　費府ハ是《これ》東海郎君ノ在ル処　嗚乎何ノ日カ再《ふたたビ》相遇ハン　蹄水《(デラウエーア)》[六]ノ辺ニ非ラズシテ其《そレ》九泉《きうせん》[七]ノ下ニアランカト　因テ相共ニ流涕《りうてい》スト　散士曰ク　真ニ其《それ》此ノ如キカ　何ゾ僕別後ノ情ト相似タルヤト　紅蓮乃《すなはチ》言ヲ継テ曰ク　三人船中ニ在テ前途ノ計ヲナサントス　然レドモ時機ノ以テ予《あらかじメ》定ム可カラザルモノアリ　乃唯《すなはチただ》相議シテ曰ク　幽蘭女史ノ故国ヲ去リシハ已ニ十年ノ前ニ在リ　故ニ西国ノ人亦女史ヲ知ル者ナカラン　是ヲ以テ名ヲ欧洲漫遊ニ仮リ以テ西国ノ帝都ニ入ラバ誰カ又疑フモノアランヤ

読者欲三速知二幽蘭臨レ死状一。而行文一転。入二帰航紀事一。使三人終巻煩悩一。何等才筆。

真其如レ此耶一語。描二来一個有情男子一。如レ睹二其面一。如レ聞二其声一。

策略第一層。

一 幽蘭と范卿を指す。「英魂」は死者の魂に敬意を表して言う。

二 「纜（ともづな）」は艫の方にあって船をつなぎとめる綱。ここでは鉄でできた船が出帆した、の意。

三 幽蘭は私を伴ってデッキに登り。

四 指さして。「相」は語勢を添え、語調を整える語。

五 雲にかかるほど、高くそびえている木がぼんやり見えている所は。「迷迷」は明らかでないさま。

六 デラウェア川（のほとりにある幽蘭たちのすまい）。

七 あの世。「九泉」は深い地の底。人が死後にいくという地の底にある世界。黄泉。

八 時や場所の状況を巧みに利用することができる。

処処説㆓東海郎君㆒。
真鍾情極。

而シテ後変ニ応ジテ之ヲ謀ラバ[八]機ノ乗ズ可キモノナカランヤト　船走ル益ゝ《ますます》遠シ　既ニ大西洋ノ中央ニ至ル　三人甲板上ニ在リ　時ニ[九]月明ニ星稀《まれ》ニ四望渺茫《べうばう》トシテ[一〇]水波万里ニ弥《わた》リ[一一]雲端《うんたん》一物ヲ見ズ　[一二]微風客衣ヲ襲《おそ》フテ[一三]浪華《らうくわ》水紋[一四]船輪《せんりん》ノ水ヲ斬《き》ルヲ聞クノミ　妾乃《すなはチ》女史ニ謂《いひ》テ曰ク　家ヲ出デヽヨリ既ニ三日ヲ経タリ　想フニ今ヤ東海ノ郎君当《まさ》ニ我ガ蹄水ニ来ル可シ　[一五]籬《り》辺《へん》ノ蕙蘭《けいらん》既ニ疾風ニ散ジ　後池ノ紅蓮驟雨《しうう》ニ砕《くだ》ケテ[一六]満目荒涼去ル能ハザルモノアラント　女史曰ク　妾昨夜夢ニ郎君ト[一七]蓬萊《ほうらい》ニ遊ベリ　[一八]情緒未《いまダ》叙スルニ至ラズ　忽《たちまチ》浪声《らうせい》ノ覚破《かくは》スル所トナレリ、今又此月ニ対シ昔日ノ歓ヲ思フテ懐旧ノ情殆《ほとんド》堪《た》ユ可カラザルナリト　共ニ[一九]船頭《せんとう》ニ立テ[二〇]沈吟稍ゝ《やや》久フス　女史乃《すなはチ》妾ヲ顧ミテ曰ク　一長歌ヲ得タリ　[二一]請フ之ヲ吟ゼント　[二二]我所思行ヲ歌フ　歌声[二三]金石ヨリ出ヅ　[二四]婉約《あんやく》ニシテ而シテ[二五]優遊、[二六]矯厲《けうれい》ニシテ而シテ慷慨《かうがい》、妾等ヲシテ殆《ほとんド》聞クニ堪エザラシメタリト　散士曰ク　令娘

九　月光が明るく星は少ししか見えず、四方の眺めはひろびろとして果てしない。「月明ニ星稀ニ」は曹操「短歌行」(『文選』巻二十七)。
一〇　波は極めて遠い所まで広がり。
一一　雲の切れ端一つも見えない。
一二　そよ風が船客の衣服に吹きかかり。
一三　波しぶきと波紋。
一四　推進器である外輪が水を切る音が聞こえるだけであった。「船輪」は外車。船舶の外側に取りつけた、車輪状の推進器。スクリュー推進以前に主流。
一五　籬(まがき)のそばの蘭は烈しい風に散り、裏の池の赤い蓮の花はにわか雨に撃たれ砕けて。花にたとえて二人がすでにいないことを表している。
一六　見渡すかぎり荒れ果ててものさびしく、立ち去りがたいものがあるであろう。
一七　東海中にあって仙人が住み、不老不死の地とされる霊山。
一八　その(再会時の)思いを述べる前に波の音によって夢を覚め壊されてしまった。
一九　船のへさき。船首。
二〇　深く考えこむこと。
二一　私にこれを歌わせてください。幽蘭の発話。
二二　長歌の題。私の思いのおもむく所。↓一七四頁注六。
二三　金属と玉石。かたいもの、永久に変化しないもののたとえ。ここでは幽蘭の堅固な志操を示す。
二四　おだやかで、慎み深いこと。
二五　ゆったりとしているさま。
二六　強くはげしく、意気さかんなさま。

鍾子期死。伯牙終身不二復鼓一レ琴。幽蘭亡而紅蓮唱二其歌一。蓋所レ為雖レ異。而至情則一。

至誠惻怛。

鬼哭二于陰一。人泣二于陽一。

天道果是耶非。

若《もシ》[一]之ヲ記《き》セバ何ゾ余ガ為メニ之ヲ歌ハザル　紅蓮曰ク　百艱万難《ひやくかんばんなん》[二]ヲ経テ心思[三]数《しばしば》ゝ乱レ　或ハ遺《わす》ルヽ所ナシトナサズ　且《かツ》妾ガ声女史ガ清《せい》[四]亮《りやう》ノ如クナラズ　妾ガ顔女史ガ嬋妍《せんけん》[五]ノ如クナラズ　然レドモ女史既ニ亡《うしなへり》矣　妾豈《あに》亡友ガ為メニ之ヲ歌テ以テ其志ヲ通ゼザランヤト　乃《すなはチ》琴ヲ弾ジ長歌ヲ吟ズ　曰ク

[六]我《ガ》所《ハ》レ思《フ》兮在《リ》二故山《ニ》一。欲《セバ》二往《テ》従《ハント》一レ之《ニ》行路難《シ》。人生《ノ》百事易《ク》二蹉跎《タリ》一。
幾《タビカ》使《ム》三遷客《ヲシテ》発《セ》二長歎《ヲ》一。」家国衰廃日已《ニ》遠《ク》。君王蒙塵何《ノ》処《ニカ》遯《ル》。
旧廬《ノ》双燕帰《ルニ》無《ク》レ家。満目昼暗《シテ》草菀菀。」老父春秋超《へ》二古稀《ヲ》一。繁霜埋《メテ》レ頭《ヲ》雪印《ス》レ眉《ニ》。鉄石之肝磨《ドモ》不レ磷《セ》。松柏之心死《トモ》不レ移《ラ》。」常《ニ》秉《リテ》二正義《ヲ》一排《シ》二邪説《ヲ》一。数ゝ提《ゲテ》二干戈《ヲ》一除《ク》二妖孽《ヲ》一。経営如《ク》レ此《ノ》誰《カ》不《ラン》レ感《ゼ》。
底《ニ》事《ソ》一朝罹《ル》二縲紲《ニ》一。」月横《ハテ》二大空《ニ》一千里明《カニ》。風揺《シテ》二金波《ヲ》一遠《ク》有《リ》レ声。
夜寂寂兮望《ミ》茫茫。船頭何《ソ》堪《エン》今夜《ノ》情。」
我《ガ》所《ハ》レ思《フ》兮老父《ノ》身。欲《セバ》二往《テ》従《ハント》一レ之《ニ》天造屯。万斛《ノ》深愁奈《セン》レ難《キヲ》レ遣《リ》。星

一　もしその歌をおぼえているなら、どうして私のために歌わないのですか。
二　多くの困難。
三　思い。
四　すがすがしい。
五　顔や姿の美しくあでやかなさま。
六　「我所思行」という題と「東海散士」の署名で『朝野新聞』(明治十九年一月二十日)に転載された詩。そこでは、「左ニ記載スル所ハ佳人之奇遇二編中幽蘭女史ガ其ノ西班牙ニ在リ国事ニ陥ルヲ聞キ　之(こ)レヲ救ヒ出サント欲シテ泰西洋ヲ航スルニ際シ月ニ対シテ父ヲ思ヒ且(か)ツ朋友タル東海散士ニ情ヲ寄セテ吟出セシ長篇ナリ　今之(これ)ヲ抜萃(ばっすい)シテ世ノ未ダ佳人之奇遇ヲ読マザルモノニ示ス」と序文めいた文章も付された。またそこには、一七六頁の「体裁奇創…」以下の欄外漢文評が「望洋居士曰」(→二〇二頁注二二)として記されており、小野湖山(一八一四—一九一〇＝幕末明治の代表的漢詩人)による評「余西洋史の盛なるを聞く。然るに一行の横文をも読む能はず。何ぞ能く其の詩を知らん。今此の編を得て。反復吟誦。歎怨悲憤の情に堪へず。原作の妙果然たり。将に訳述の巧。抑も歌詩の人を動かすは。古今東西異なる所なし。余衰老して力西籍を用ゐる能はず。且つ慚じ且つ憾む」(原漢文)と併載されている。この詩は、以下に示す張平子(張衡)の「四愁詩四首」(『文選』巻二十九)を踏まえる。一思(いっし)に曰く、我が思ふ所は太山に在り。往(ゆ)いて之に従はんと欲すれば、梁父(りやうほ)艱(かん)なり。身を側(そば)てて東望すれば涕(なみだ)翰(かん)を

気躍如レ山。

光彩陸離。一句一画。

河西落《ニテ》未《ダ》レ成《サ》レ眠《ヲ》。」懐中《ノ》匕首霜気冷《カニ》。腰間《ノ》珮環風声静《ナリ》。自《ラ》知《ル》此行難《キヲ》二生還《テリ》一。情似《タリ》荊軻《ノ》辞《スルニ》二燕境《ヲ》一。」勿《レ》レ謂《フ》裙釵料《ルコト》レ事《ヲ》危《シト》。陽気《ノ》向《フ》処山可《シ》レ摧《ク》。勿《レ》レ謂《フ》妙齢不《ト》レ堪《エ》レ戈《ニ》。至誠固《ヨリ》有《リ》二鬼神《ノ》知《ル》一。」去《テ》レ国《ヲ》匆匆十裘葛。姻戚半《バ》散《ジテ》半《バ》枯骨。談《ズルハ》レ志《ヲ》倶《ニ》是《レ》異郷《ノ》人。照《スハ》レ心《ヲ》唯《ダ》有《リ》二一輪《ノ》月一。」月横《ハテ》二大空《ニ》一千里明《ニ》。風揺《シテ》二金波《ヲ》一遠《ク》有《リ》レ声。夜寂寂兮望《ミ》茫茫。船頭何《ゾ》堪《エン》今夜《ノ》情。」

我所《ハ》レ思《フ》兮東海《ノ》端。欲《セバ》二往《テ》従《ハント》一レ之《ニ》水路難《シ》。海端有《リ》レ国名《ク》二扶桑《ト》一。俗与《ニ》二風光一皆雅嫺。」綿綿《タル》皇統垂《レ》二万世《ニ》一。昭昭《タル》威名及《ブ》二遐裔《ニ》一。士《ハ》重《ジテ》二信義《ヲ》一軽《ンジ》二末利《ヲ》一。小心翼翼仰《グ》二聖帝《ヲ》一。」孤棹嘯《ク》レ風《ニ》琵湖《ノ》舟。万古含《ム》レ雪《ヲ》芙峰《ノ》頭。花香《ハシ》一目千樹《ノ》春。月高《ハシ》八百八島《ノ》秋。」此地真《ノ》箇桃源洞。隔天夜夜入《ル》二吾《ガ》夢《ニ》一。仙槎欲《シテ》レ探《ラント》猶《ホ》未《ダ》レ探《ラ》。風塵之中至《ル》二秋仲《ニ》一。」月横《ハテ》二大空《ニ》一千里明《ニ》。風揺《シテ》二金波《ヲ》一遠《ク》有《リ》レ声。夜寂寂兮望《ミ》茫茫。船頭何《ゾ》堪《エン》今夜《ノ》情。」

霑(うるほ)す。
美人我に贈る金錯刀(きんさたう)を。
何を以てか之に報いん英瓊瑶(えいけいえう)。
路(みち)遠くして致す莫(な)く倚(よ)りて逍遥す。
何為(なんす)れぞ憂(うれひ)を懐(いだ)いて心(こころ)煩労する。
二思(にし)に曰く、我が思ふ所は桂林に在り。
往いて之に従はんと欲すれば湘水(しやうすい)深し。
身を側てて南望すれば涕襟(えり)を霑す。
美人我に贈る金琅玕(きんらうかん)を。
何を以てか之に報いん双玉盤。
路遠くして致す莫く倚りて惆悵(ちうちやう)す。
何為れぞ憂を懐いて心煩傷(はんしやう)する。
三思(さんし)に曰く、我が思ふ所は漢陽に在り。
往いて之に従はんと欲すれば隴阪(ろうはん)長し。
身を側てて西望すれば涕裳(もすそ)を霑す。
美人我に贈る貂襜褕(てうせんゆ)を。
何を以てか之に報いん明月の珠。
路遠くして致す莫し倚りて踟躕(ちちう)す。
何為れぞ憂を懐いて心煩紆(はんう)する。
四思(しし)に曰く、我が思ふ所は雁門に在り。
往いて之に従はんと欲すれば雪紛紛たり。
身を側てて北望すれば涕巾(きん)を霑す。
美人我に贈る錦繍段を。
何を以てか之に報いん青玉案。
路遠くして致す莫し倚りて歎(なげき)を増す。
何為れぞ憂を懐いて心煩惋(はんわん)する。

真情真詩。

体裁奇創。押韻自在。中有二悲惻纏綿之語一。使二人不一レ能二卒読一矣。

我《ガ》所《ハ》レ思《フ》兮東海《ノ》人。欲《セバ》二往《テ》従《ハント》一レ之《ニ》関山難《シ》。羨《ム》君《ガ》錦衣帰《ルノ》レ郷《ニ》日。悲《ム》妾《ガ》虎窟探《ルノ》レ児《ヲ》辰。」妾今一《タビ》去《テ》何《ノ》日《ニカ》復《ラン》。欧雨米煙夢相《ヒ》逐《フ》。妾今一《タビ》去《テ》何《ノ》処《ニカ》会《セン》。青雲黄壌予《メ》難《シ》レ卜《シ》。」想《フ》昔蹄水乗《ズルノ》レ輿《ニ》船。東西奇遇《ス》残《ノ》春天。月下携《フ》レ手《ヲ》花落《ツルノ》処。清風拾《フ》レ翠《ヲ》水流《ルヽノ》辺。」嗚乎疇昔之夜無《クンバ》二此歓一。今宵豈又有《タランヤ》二此歎一。千行《ノ》涙《ハ》沾《ス》紅絹《ノ》袖。一双《ノ》影《ハ》映《ス》亜字《ノ》欄。」月横《ハテ》二大空《ニ》一千里明《ニ》。風揺《ハシテ》二金波《ヲ》一遠《ク》有《リ》レ声。夜寂寂兮望《ミ》茫茫。船頭何《ゾ》堪《エン》今夜《ノ》情。」

（我が思ふ所は故山《こざん》[一]に在《あ》り。往《ゆき》[二]てこれに従はんと欲せば行路難《かた》し。人生の百事蹉跎《さだ》[三]たり易《やす》く。幾たびか遷客《せんかく》[四]をして長歎《ちやうたん》を発せしむ。」家国衰廃日已《すで》に遠く。君王蒙塵[五]何《いづれ》の処《ところ》にか遯《のが》る。旧廬《きうろ》[六]の双燕帰るに家無し。満目《まんもく》昼暗くして草菀菀《ゑんゑん》[七]。」老父春秋[八]古稀《こき》を超へ。繁霜《はんさう》[九]頭を埋め雪眉に印す。[一〇]鉄石の肝磨《みがけ》[一一]ども磷《うすら》がず。松《しよう》[一二]柏《はく》の心死すとも移らず。」常に正義を秉《とり》て邪説を排し。数ゝ《しばしば》干《かん》[一三]

一 故郷。故国。張平子の詩では「太山」であり、具体的な土地ではなく名君をなぞらえている。この部分のリフレインでの「桂林」「漢陽」「雁門」も同様。
二 行ってこれに身を任せる。
三 つまずくこと。足をとられて倒れること。
四 流罪に処せられた人に長いため息をつかせる。主語は「人生の百事」つまり人が生きる上での種々の事柄。「遷客」は流罪に処せられた人のこと。
五 天子が、戦乱などで都から逃げだすこと。天子が宮殿を出て塵まみれになることから。
六 もとの住まいの一対の燕は帰ろうと思っても家がない。
七 「菀菀」はしなやかなさまを表す語であるが、ここでは「菀」の語義が「繁る」であることから、繁茂しているさまと取る。
八 年が七十を超え。
九 頭髪は白髪となり眉の毛も白くなった。
一〇 鉄や石のようにかたく、動じない精神。
一一 すりへらされても薄くならない。試練を受けても変わらない。
一二 操を守って変わらない心は死んでも変わらない。
一三 いくさをして。→九頁注一二。
一四 わざわい。また、そのきざし。
一五 ここでは、苦心して仕事につとめること。
一六 なんぞ。なんとしたことか。唐・宋の俗語。
一七 ある日、突然に。
一八 「縲」は黒縄、「絏」はつなぐ意。罪人として捕らわれること。「縲絏」に同じ。
一九 非常に遠い距離の意。

戈《くわ》を提《さ》げて[一四]妖孽《えうげつ》を除く。[一五]経営此《かく》の如く誰か感ぜざらん。[一六]底に事《な》ぞ[一七]一朝[一八]縲紲《るいせつ》に罹《かか》る。」月は大空に横《よこたはり》て[一九]千里明《あきらか》に。風は[二〇]金波《きんば》を揺《ゆら》して遠く声有り。夜[二一]寂寂《せきせき》望み茫茫《ばうばう》。船頭《せんどう》何ぞ堪《た》えん今夜の情。」

我が思ふ所は老父の身。往《ゆき》てこれに従はんと欲せば[二二]天造屯《ちゆん》す。[二三]万斛《ばんこく》の深愁《しんしう》遣《や》り難《がた》きを奈《いかん》せん。[二四]星河《せいが》西に落て未《いま》だ眠《ねむり》を成さず。」[二五]懐中の匕《ひ》首霜気《しゆさうき》冷《ひやや》かに。腰間《えうかん》の珮環風声《はいくわんふうせい》静なり。自《おのづか》ら知る此の行《かう》生て還《かへ》り難《がた》きを。情は似たり[二六]荊軻《けいか》の燕境《えんきやう》を辞《じ》するに。」謂《い》ふ勿《なか》れ[二七]裙釵《くんさい》事を料《はか》ること危《あやふ》しと。[二八]陽気の向ふ処《ところ》山摧《くだ》くべし。謂《い》ふ勿《なか》れ[二九]妙齢[三〇]戈《くわ》に堪《た》えずと。至誠固《もと》より[三一]鬼神《きしん》の知る有り。」国を去て[三二]匆匆十裘葛《そうそうじふきうかつ》。姻戚《いんせき》半《なか》ば散じて[三三]半《なか》ば枯骨《ここつ》。志《こころざし》を談ずるは倶《とも》に是《こ》れ異郷の人。心を照すは唯《た》だ一輪の月有り。」月は大空に横《よこたはり》て千里明《あきらか》に。風は金波《きんば》を揺《ゆら》して遠く声有り。夜寂寂《せきせき》望み

二〇 月の光が映ってきらきらと光る波。
二一 ひっそりと静かな夜、眺望は広々として果てしない。
二二 「天造」は「天工」と同じで、天の仕事、天の行うべき職務。「屯(ちゅん)」は行きなやむ、はかばかしく進行しない意で、「迍(ちゅん)」に通じて用いられている。「屯、元亨利貞、勿用有攸往、…天造草昧」(『易経』屯卦)。
二三 甚だ多く深い愁いは晴らすことができない。
二四 天の川が西におち(夜が更けても)眠られない。愁いの強さを示す。
二五 ふところの中の短剣は霜をもたらす空気のように冷たく、腰に帯びた玉の輪が風に吹かれて静かに音をたてている。「珮」は「佩」と同じで、「珮環」は身分の高い人が大帯にかけて飾りとした玉の輪。苦難の戦いを前にした静けさを表している。
二六 ↓一〇七頁注二六。
二七 女性が用いるかんざし。転じて、女性のこと。
二八 陽の気。万物が動き、または生じようとする気。女性であっても陽の気を持つものは国士たりうる、ということ。
二九 うら若い年頃。
三〇 戦さにあたることができない。「戈」は武器の名から転じて戦争の意。
三一 「鬼神」は死者の霊魂と天地の神霊。人知を越えた力を持つ存在。たとえ若年であっても、至誠の心があれば、神霊はそれを知っている。
三二 あわただしく十年が経った。「裘葛」は↓一六五頁注二七。
三三 半数ほどは死んだ。「枯骨」は死人。

茫茫《ばうばう》。船頭《せんどう》何ぞ堪《た》えん今夜の情。」

我が思ふ所は東海[一]の端《たん》。往《ゆ》きてこれに従《したが》はんと欲せば水路難《かた》し。海端《かいたん》国有り扶桑《ふさう》[二]と名《なづ》く。俗[三]と風光と皆雅《みなが》嫺《かん》。」綿綿《めんめん》たる皇統万[四]世に垂《た》れ。昭昭《せうせう》[五]たる威名遐裔《ゐめいかえい》[六]に及ぶ。士は信義を重《おも》んじて末利《まつり》[七]を軽《かろ》んじ。小心翼翼聖帝《せうしんよくよくせいてい》[八]を仰《あふ》ぐ。」孤棹《こたう》[九]風に嘯《うそぶ》く琶湖《はこ》の舟。万古《ばんこ》[一〇]雪を含《ふく》む芙峰《ふほう》の頭《とう》。花は香《かんば》し一目千樹[一一]の春。月[一二]は高し八百八島《やほやしま》の秋。」此の地真箇《しんこ》の桃源洞《たうげんどう》[一三]。隔天夜夜《かくてんやや》[一四]吾《わ》が夢に入る。仙槎《せんさ》[一五]探《さぐ》らんと欲して猶《な》ほ未《いま》だ探《さぐ》らず。風塵《ふうぢん》[一六]の中秋仲《しうちゆう》に至る。」月は大空に横《よこたはり》て千里明《あきらか》に。風は金波《きんぱ》を揺《ゆら》して遠く声有り。夜寂寂《せきせき》望み茫茫《ばうばう》。船頭《せんどう》何ぞ堪《た》えん今夜の情。」

我が思ふ所は東海の人。往きてこれに従《したが》はんと欲せば関山《くわんざん》[一七]難《かた》し。羨《うらや》[一八]む君が錦衣郷《きんいきやう》に帰るの日。悲しむ妾《せふ》が虎窟児《こくつじ》[一九]を探《さぐ》るの辰《とき》。」妾《せふ》今一たび去《さり》て何《いつれ》の日にか復《かへ》らん。欧雨米煙《おううべいえん》[二〇]夢相《あ》ひ逐《お》ふ。妾《せふ》今

一 「東海」は中国で東シナ海のこと。
二 日本の異称。中国の東方の島にあるという神木の名。 三 土地の習慣と景色。「雅嫺」は「嫺雅」と同じで、美しく優雅なさま。
四 極めて長い年代に渉って続いている。
五 あきらかな威光と名誉。
六 国の遠いすみずみにまで及ぶ。
七 商・工による利益。士農工商の階層秩序に基づく価値観。
八 細事にまで気を配り慎み深い。ここでは、小心者がびくびくしているというような悪い意味はない。
九 琵琶湖に浮かぶ船のさおが風に吹かれて音をたてている。 一〇 富士山の山頂は遠い昔の雪を含んでいる。
一一 一目で多くの桜を見ることのできる春。吉野山(奈良県)の桜が「一目千本」と言われるのを踏まえる。 一二 月が気高い日本の秋。「八島」は多くの島の意で、日本の異称。「八百」は数の極めて多いことだが、ここでは語調を整えるための語。 一三 → 一九頁注二九。 一四 遠く離れていても夜な夜な夢に出てくる。
一五 仙人の乗るいかだ。「桃源洞」に行くことができる乗物。
一六 俗世間にあって秋も深まってしまった。「秋仲」は「中秋」と同じで陰暦八月半ば。
一七 郷里のまわりの山々、転じて故郷。
一八 あなたが故郷に成功して帰る日のことをうらやましく思う。「錦衣郷に帰る」は故郷へ立派な着物を着て帰るの意。立身出世して故郷に帰ること(『漢書』項羽伝、『南史』劉之遴伝「衣錦還郷」など)。

一たび去て何《いづれ》の処《ところ》にか会《くわい》せん。二二青雲《せいうん》黄壌《くわうじやう》予《あらかじ》め卜《ぼく》し難《がた》し。」
想《おも》ふ昔《むかし》蹄二三水輿に乗《じやう》ずるの船。東西奇遇す残春《ざんしゆん》の天。二四月下《げつか》手を携《たづさ》ふ花落つるの処《ところ》。二五清風翠《せいふうすい》を拾《ひろ》ふ水流るるの辺《あたり》。」嗚乎《ああ》二六疇昔《ちうせき》の夜此《こ》の歓《くわん》無くんば。今宵豈又《こよひあにま》た此《こ》の歎《なげき》有らんや。二七千行《せんかう》の涙は沾《うるほ》す紅絹《こうけん》の袖《そで》。二八一双《さう》の影《かげ》は映《うつ》す亜字《あじ》の欄《おばしま》。」月は大空に横《よこたはり》て千里明《あきらか》に。風は金波《きんば》を揺《ゆら》して遠く声有り。夜寂寂《せきせき》望み茫茫《ばうばう》。船頭《せんどう》何ぞ堪《た》えん今夜の情。」)

形容得好。

婉約《あんやく》慷慨紅蓮ノ声モ亦極メテ二九憀亮《れうりやう》三〇秋角《しうかく》霜ヲ帯ビテ古戍《こじゆ》ニ号《さけ》ブガ如ク。三一風泉《ふうせん》月ニ和シテ寒灘《かんたん》ニ瀉《そそ》グニ似タリ　弾ジ希《や》ミテ三二鏗爾《かうじ》タリ

散士曰ク　昔日ノ春遊ヲ懐ヘバ徒ニ感傷ヲ増スノミ　嗟乎《ああ》舟ニ蹄水《(デラウエーア)》ニ遭ヒ花ニ霍谿《(ホルヂー、ワーレー)》ニ会シ三三高談心ヲ娯《たのし》マシメ哀音耳ニ順《したが》ヒ白日已《すで》ニ隠レ継グニ朗月《らうげつ》ヲ以テス　歌舞漸《やうや》ク止テ手ヲ携ヘ共ニ庭園ニ遊ブ　花香三四馥郁《ふくいく》山河三五煙ノ如シ　当時余顧ミテ曰ク　此楽再《ふたたび》シ難シト　咸《みナ》以テ

顧応最妙。

一九 危険を冒さなければ功は立てられないことのたとえ(「虎穴に入らずんば虎児を得ず」『後漢書』班超伝)による。ここでは父親救出に向かう自分の身の上を言う。二〇 ヨーロッパの雨アメリカの煙、二つながら私の夢を追い払ってしまう。「雨」も「煙」も幽蘭と散士の間を隔てる障碍を言う。二一 おだやかな生活の中で再会できるか、あの世で再会できるかは予想することはできない。「黄壌」は、あの世。二二 デラウェア川で楽しく乗った船。「乗ずる」は輿に乗ずると船に乗ずるが掛かっている。二三 東から来た散士と西から来た私(幽蘭)が思いがけなく巡り会った晩春の空の下。二四 月光のもと手を取り合って親交を深めた、花が散り落ちていた場所。二五 さわやかな風の中で摘み草をした。「拾翠」は春の郊外に遊んで摘み草をすること。「佳人と翠を拾ひて春に相ひ問ひ、仙侶と舟を同じくして晩に更に移る」(杜甫「秋興詩」)。二六 過日、昔。二七 いく筋もの涙は女性(幽蘭)が衣服をぬらした。二八 私(幽蘭)と散士の二人の影は亜の字の形をした欄干に写っている。「亜字欄」は亜の字形をした中国風の欄干。二九 声の澄みとおるさま。三〇「秋角」は秋の角笛の音。「霜ヲ帯ビ」は冷厳なさま。「古戍」は古い砦(とりで)。三一 風吹く泉に月が映って、冷たい浅瀬に流れ込むようだ。三二 琴を下に置くときの音の形容。三三 かつて散士が幽蘭と日が暮れるまで上品で志ある語らいを楽しみ、幽蘭の歌声に耳をゆだねたということ。「白日」は輝く太

先則紅蓮悲而散士慰レ之。今則散士泣而紅蓮撫レ之。情懇意切可レ想。

忽現ニ出一個女豪傑一。胚ニ胎後回許多話頭一。

然リト為ス　今果シテ天涯[一]ニ離散シ　幽蘭范卿化シテ異物[二]ト為ル　我ガ悲ハ如何ト　紅蓮ガ曰ク　之[三]節同ジク時異ニ物是ニ人非ナリ　我ガ悲ハ如何ト

更ニ語テ曰ク　船中又妾等ヲシテヲ語ルモ徒《いたづら》ニ悲哀ヲ増スノミト　更ニ語テ曰ク　船中又妾等ヲシテ疑ハシムルモノ有リ　匈牙利《ホンガリー》[四]ノ一婦人ナリ　屢〻《しばしば》妾等ヲ甲板上ニ見、遂ニ相忸《あひな》[五]レテ相親シム　辞気《じき》[六]慷慨頻《しきり》ニ家国[七]ノ傾覆《けいふく》ヲ悲ミ又能ク東洋ノ形勢ヲ詳《つまびらか》ニス　談曾《かつ》テ貴国ノ風光[八]ニ及ブ　婦ガ曰ク　妾日本ノ志士某ヲ知ルト　其容貌言語ヲ問フ　宛《あたか》モ郎君ニ異ナラズ　猶憚《なホはばか》ル所アリテ其名姓ヲ問ハザリキ　郎君之ヲ知ルヤト　散士首ヲ傾ケテ曰ク　僕平素《へいそ》親ム所ノ婦人ニシテ又此《かく》ノ如キ者ナシ　豈《あに》[九]身ヲ変ジ事ニ托シテ三君ノ形跡ヲ探ル者ニ非ラズヤト　紅蓮曰ク　妾等モ亦之ヲ疑フ　故ニ敢テ其実ヲ明《あか》サズト　又曰ク　是ヨリ応《まさ》[一〇]ニ羈《き》旅《りよ》[一一]ノ孤客軟弱ノ婦女奇策ヲ回ラシテ西国ノ君臣ヲ欺《あざむ》キ以テ幽蘭将軍ヲ奪フ事ヲ語ラン

陽。「朗月」は明るく澄みわたった月。

三四 香りがよくゆたかなこと。

三五 美しく霞んでいる。

――以上一七九頁

一 異郷。

二 死んでしまった。「異物」は死者、幽鬼。

三 志の堅固さは同様であっても時が移り、周囲のものは変わらずとも、そこにいる人は異なる。

四 ハンガリー。底本の振り仮名「ホンカリー」を三五八頁三行に倣って訂した。

五 なれる、親しくなる。「狃」に通じた用法。

六 ことばつき。口のききかた。

七 国や家がくつがえること。

八 景色。ながめ。

九 きっと変装して口実を設けて、紅蓮・幽蘭・范卿の三人の様子を探る人ではないのですか。

一〇 今。「将ニ」に通じる用法か、「将ニ」の誤りか。

一一 仲間のいない旅人。

一二 半峯居士（高田早苗）は「佳人之奇遇批評」（→補九）に「幽蘭が西班牙に趁（おも）きて

[一二]八日ヲ経テ船西国ノ[一三]加亜津《カアンツ》ニ着ス　直《ただち》ニ西都ニ入リ一[一四]逆旅《げきりよ》ニ投ズ　国人ノ猶《なホ》女史ヲ知ル者アルヲ恐レ[一五]病ニ托シテ出デズ　[一六]妾等独《ひとり》城辺ヲ歩シテ牢獄ノ[一七]制規ヲ窺《うかが》ヒ囚徒ノ形状ヲ探リ帰テ相共ニ計略ヲ議ス　既ニシテ幽蘭将軍城西ノ獄ニ在ルヲ聞ク　而レドモ此獄[一八]深濠《しんがう》ヲ回ラシ高壁ヲ築キ　[一九]雲梯《うんてい》モ渡ル能ハズ飛鳥モ越ユ可カラズ　古来王公将士ノ空シク此中ニ死スル者其[二〇]幾干《いくばく》ナルヲ知ラズ　且《かツ》幽将軍ハ名高クシテ怨ミノ府《あつ》マル所　故ニ守衛警厳《しゆゑいけいげん》国人尚且《なホかツ》近ヅク能ハズ　是ヲ以テ百計千慮亦《また》良策ノ之ヲ救フ可キナシ　已《すで》ニシテ[二一]荏苒《じんぜん》数日ニ亘《わた》リ衢《く》説《せつ》街談一ナラズ　或ハ謂フ将軍獄中ニ病ムト　或ハ謂フ死刑ノ命将《まさ》ニ近キニ在ラントスト　女史此《これ》ヲ聞キ彼ヲ聴キ憂愁愈〻《いよいよ》切ナリ　一日范卿市ニ出デヽ詳ニ[二二]守城長ノ人トナリヲ探リ　帰テ之ヲ妾等ニ告グ　妾因《より》テ往古《わうこ》ノ[二三]小説ニ擬《ぎ》シ[二四]一奇ヲ策シテ二子ニ計ル　女史曰ク　[二五]此児戯《こじぎ》ニ均《ひと》シキノミ　然レドモ今ヤ[二六]親戚故旧半《なか》バ[二七]矛戟干戈《ぼうげきかんくわ》ノ下ニ倒

先叙㆓警衛壮厳㆒。而反㆔映下面策略最不㆓容易㆒。

策略既成。而猶未㆓顕叙㆒。是作者弄㆑巧処。却是省筆法。

其父を救はんとするは何ぞ衛レン〔エレン〕が素都〔スコットランド〕に至りて老父怒グラス〔ダグラス〕を救ふに似たるや」、つまりスコットの叙事詩『湖上の美人』の脚色を借りたものと指摘、また西山逸士は「佳人之奇遇批難」（→補九）で「幽蘭が其父を救はんと欲して旧都に還るものは是れ翠々伝（『剪燈新話』巻三所収）の金定が翠々を慕ふて李将軍の門第に赴くを飜案せしに非らざる歟。且其薔薇花中に密書を封じて紅蓮が幽将軍に投ずるは是れ金生が詩を片紙に書し布衾の領に拆て之を縫ひ浣濯縫紐に言寄せて翠々の下に送りたるに擬するなるなからん歟」と指摘している。

一三　カディス（Cádiz）を指すか。スペイン南部ジブラルタル海峡北西約百キロメートルに位置する港湾都市。

一四　旅館。

一五　病気を口実に。

一六　范卿・紅蓮の二人だけで。

一七　規則。

一八　深い堀。

一九　長いはしごも掛け渡すことができない。「雲梯」は城攻めに用いた長ばしご。

二〇　どれほど多いかわからない。

二一　じわじわと時日が経過すること。

二二　ここでは刑務所の所長。

二三　未詳。

二四　思いもよらない計画を立て。

二五　子どもの遊びじみていて、ばかばかしい。

二六　以前からの知り合いの人。

二七　戦いに倒れ。「矛戟」も「干戈」も共に武器を指し、戦いの比喩。

レ半バ万里[一]ノ山海ニ放謫《はうたく》セラレ　共ニ事ヲ謀ル可キ者ナク　又奇策ノ施《ほどこ》ス可キナシ　且夫《かッそレ》仏将羅柄斗《(ラヘート)》[二]ノ澳国ノ獄ヲ逃レ拿破倫《(ナポレオン)》[三]三世ノ破無《ハム》ノ城ヲ遁《のが》ルヽガ如キ其策固ヨリ天下ノ奇計ニ非ラズ　識者ヲ以テ之ヲ見レバ児戯ニ類スルノ誹《そし》リヲ免レズ　然レドモ穽中《せいちゆう》[四]ニ陥ルニ及《およ》ビテハ威約《ゐやく》ノ漸《ぜん》ヲ積ミ勢《いきほひ》万一[五]ヲ僥倖スルノ外《ほか》為ス可キモノ無シ

范卿曰ク　曠日弥久《くわうじつびきう》[六]ハ常ニ変ヲ醸《かも》シ易シ[七]　変一タビ生ゼバ智者モ其策ヲ施スノ道ナシ　若《し》[八]カズ速ニ之ヲ試ミ以テ其成否ヲ天ニ問ハンニ。且《かッ》聞ク守城長ハ英語ヲ能クシ色ヲ好ミ財ヲ貪リ往年妻ヲ喪ヒ今頻《しきり》ニ伉儷《かうれい》[九]ヲ求ムト　其車馬ヲ駆リ城辺ヲ逍遥《せうえう》スルニ乗ゼバ紅蓮女史ノ策以テ行フ可シト

翌日紅粉[一〇]ヲ装ヒ盛服ヲ飾リ　妾独《ひとり》晩涼[一一]ヲ趁《おひ》テ城辺ヲ歩ス　時ニ行人漸《やうやく》稀ニシテ一二ノ車馬相往来スルヲ見ルノミ　少焉《しばらく》ニシテ一輛ノ雕車轔轔《てうしやりんりん》[一二]塵ヲ蹴《けり》テ遥ニ来ル有リ　近《ちかづい》テ之ヲ見《みレ》バ　則《すなはち》守城長ノ乗

范卿果断。不レ似二支那人一。

策略微二露其端首一。猶掩二其全体一。是描二雲龍一法。

一 遠い所に流刑となり。
二 ラファイエット。→三七頁注二三。一七九二年共和派政権樹立阻止のためにクーデターを企てるも失敗、オランダに逃亡、オーストリア軍に逮捕され、投獄される。九七年にナポレオンによって釈放され、王政復古の時代に復権した。
三 ナポレオン三世。→二九頁注一八。一八三六年、四〇年と二度帝政復活を試みるが失敗、投獄されるも、四六年脱獄に成功してイギリスに亡命、四八年の二月革命後に復権、大統領となるがクーデターで皇帝となり第二帝政を開く。「ハムの城」は、フランスのソンム県にあるアム要塞。パリの北一三五キロメートル。一八四〇年に終身刑となって幽閉された場所。
四 苦境に立たされるに及んで威光が徐々に萎縮し。「檻穽の中に在るに及びては、尾を揺(こう)かして食を求む。威約を積むの漸なればなり」(司馬遷「報任少卿書」『文選』巻四十一)による。
五 ほんの少しの可能性を求める。
六 むなしく日を費やして、長びき手間どること。
七 不測の事態が発生しやすい。
八 倒置用法。すばやくその奇策を行なって、成功するか否かは天に任せるのが一番いい。
九 夫婦、配偶者、つれあい。
一〇 紅とおしろいをつけ、立派な服装で身を飾り。
一一 夜の涼しい時間をうまく利用して。
一二 彫刻で飾りたてた馬車が車輪をきしらす音をたてて。

状得緻密。

策略第二層。

ル所ナリ　心之ヲ喜ビ車漸近《やうやくちかづ》クニ及テ徐《おもむろ》ニ其顔ヲ仰ギ秋波《しうは》[一三]時ニ一転ス　守城長モ亦顧ミテ少シク笑フ者ノ如シ　妾故《ことさら》ニ途ニ迷フ為《ま》ネシテ彷徨躊躇《はうくわうちうちよ》[一四]ノ状ヲ為ス　其車モ亦行クコト差〻《やや》緩《くわん》ナリ　是ニ於テ妾疾《と》ク歩シテ之ニ先《さきだ》チ　或ハ顧ミ或ハ近ヅキ行クコト五六町[一五]　日已ニ没シテ物景模糊《ぶつけいもこ》[一六]タリ　妾乃《すなはチ》揖《いふ》[一七]シテ更ニ之ニ近ヅク　彼綏《かレすい》[一八]ヲ取テ其車ヲ留ム　妾慇懃《いんぎん》ニ之ニ告ゲテ曰ク　妾ハ米国ノ産　頃者《このごろ》貴都ニ遊ビ東街ノ逆旅ニ在リ　今友ヲ携ヘ涼ヲ城辺ニ趁《お》フ　偶〻《たまたま》[一九]相失シテ遂ニ帰途ニ迷ヘリ　数〻《しばしば》之ヲ路人[二〇]ニ問フモ言語相通ゼズ如何トモ為ス可キナシ　而シテ日既ニ晡《く》レ車馬甚《はなはダ》稀ニ疲労加ハリ進退両《ふたつ》ナガラ難《かた》シ　窮苦《きゆうく》実ニ言フ可カラズ　且《かツ》[二一]孤婦ノ夜行ハ君子ノ戒ムル所ニシテ文明社会ノ禁ズル所タリ　妾敢《あへ》テ半面[二二]ノ識《しき》ナク漫《みだり》ニ尊厳ヲ冒シテ行路ノ妨ゲヲ為ス　罪ノ以テ謝ス可キナシ　然レドモ幸ニ妾ガ異郷ノ困厄《こんやく》ヲ憐ミ帰路ヲ指教《しけう》[二三]スルヲ得バ　其恩応《まさ》ニ何ヲ以テ報ズ可キト

一三 その時がらりと変わって色目をつかった。
一四 さまよい迷っているようなふりをした。
一五 五、六百メートル。一町は六十間、約一〇九メートル。
一六 風景ははっきり見えない。
一七 会釈して。
一八 車に乗るときつかまってからだの安定を保つ綱。
一九 （共に来た友人と）お互いに見失い。
二〇 みちを往来する人。
二一 女性ひとりの夜歩き。
二二 ほんのちょっと会っただけの知り合いですらない。
二三 さし示して教えること。

守城長曰ク　僕ハ守城長王羅《オーラー》ナリ　異郷迷途ノ情果シテ如何ゾヤ　僕已ニ令嬢ノ此薄暮ニ方《あたり》テ東西ニ彷徨スルヲ見テ心頻《しきり》ニ之ヲ恠《あや》シメリ　令嬢ヲシテ早ク之ヲ告ゲシメバ何ゾ疲労此《かく》ノ如ク甚《はなはダ》シキニ至ラシメンヤ　若《もシ》妨ゲズンバ共ニ車ヲ同《おなじ》フセヨ　[一]僕乞フ貴寓ニ誘ハント　妾深ク其厚意ヲ謝シ直ニ其側《かたはら》ニ上《のぼ》ル　[二]輒《すなはチ》御者ヲシテ疾《と》ク馳《は》セシム　[三]妾嬌態婉媚《けうたいゑんび》以テ[四]彼ガ心思ヲ試ム　甚《はなはダ》[五]与ミシ易キ者ノ如シ　既ニシテ車逆旅《げきりよ》ニ達ス　彼《かレ》妾ガ手ヲ執テ曰ク　他日更ニ相訪ハン　幸ニ自愛セヨト　[六]轅《ながえ》ヲ回《めぐら》シテ去ラント欲ス　妾尚[七]恋恋《なホれんれん》ノ情アルヲ知リ之ヲ止メテ曰ク　閣下ハ[八]賤妾《せんせふ》ノ恩人ナリ　閣下ナクンバ妾ガ[九]窮厄果シテ如何ゾヤ　深情厚恩《こうおん》肝ニ銘ジテ忘ル可カラズ　豈[一〇]縉紳《あにしんしん》君子ヲ労シテ[一一]徒《いたづら》ニ帰ラシメンヤト　直ニ之ヲ[一二]客房ニ誘《いざな》ヘ意ヲ迎ヘ情ヲ装ヘ更ニ幽蘭女史ヲ招テ曰ク　此ハ葡萄牙《（ポルトガル）》ノ人久シク米国ニ在リ　妾ト[一三]相得《あひえ》テ最モ善シ　今手ヲ携ヘテ同ク来ル者ナリ　[一四]爾来《じらい》[一五]淡水ノ交《まじはり》ヲ訂シテ

巧手可レ恐可レ愛。

一　私にあなたの宿へ案内させてください。
二　すぐに。
三　なまめかしい様子で且つしとやかにこびるように振る舞い。
四　胸中を探る。
五　あつかいやすい。
六　→一〇六頁注八。
七　未練がましいおもい。
八　へりくだって言う自称。
九　危難にあって苦しむこと。
一〇　底本「紳縉」を改める。「縉紳」も「君子」も位の高い人。身分ある人。
一一　ただむなしく帰らせることができようか。
一二　客室にみちびき、相手に調子を合わせ、慕う気持ちをよそおって。「誘ヘ」「装ヘ」は「誘ヒ」「装ヒ」の訛。
一三　私と知り合って最も仲良くしている。
一四　これからは。
一五　あっさりとした君子の交際を結んで、清く明らかなお教えをいただきたい。「訂シテ」は結ぶ意。
一六　落し穴。転じて人を陥れるはかりごと。
一七　顔を赤らめて。

百忙間挿二入間話一。更有二趣致一。

写二得痴漢一活動。

漸入二左腹一。

清明《せいめい》ノ教ヲ蒙《かう》ムルヲ得セシメヨ　是《こレ》妾等ガ願フ所ナリト　又厚ク御者ヲ労《ねぎら》ヒタリト　散士曰ク　令娘ノ姿色ヲ以テ此計略ヲ行フ誰カ其陥穽《かんせい》[一六]ニ入ラザルモノアラント　紅蓮紅潮《こうてう》[一七]ヲ漂ハシテ曰ク　郎君妾ヲ弄《ろう》[一八]スル勿《なか》レ　笑ヲ忍《しのび》テ且《かツ》妾ガ談ズル所ヲ聞ケ　已ニシテ守城長旅館ヲ辞シ去ル　翌日妾簡《かん》[一九]ヲ折リ深ク昨夕ノ厚意ヲ謝シ繫恋《けいれん》[二〇]忘ル能ハザルノ情ヲ陳ジ添ユルニ葡萄ノ美酒ト里昂《リオン》[二一]ノ錦繡《きんしう》トヲ以テス　彼復《かレまタ》眷《けん》[二二]慕《ぼ》ノ意ヲ表シ明夕再《ふたたび》来リ訪フヲ以テ答フ　三人先《ま》ヅ計[二三]ノ緒《しよ》ニ就《つ》クヲ喜ビ　頻《しきり》ニ時器《じき》[二四]ニ対シテ晷陰《きいん》[二五]ノ移ルヲ待ツ　漸《やうや》クニシテ次日ノ薄暮ニ至レバ　守城長肥馬《ひば》[二六]ニ策《むちう》チ軽裘《けいきう》ヲ衣《き》、来テ旅館ヲ訪フ　妾モ亦《また》[二七]軽縠《けいこく》長繡《ちやうしう》[二八]極メテ姿態ヲ装ヒ之ヲ客房ニ迎[二九]ヒ恭応敬対《きようおうけいたい》[三〇]王公ニ接スルモノヽ如シ　而シテ又絶テ畛畦《しんけい》[三一]ヲ其間ニ置カズ　守城長熙熙《きき》[三二]トシテ語リ怡怡《いい》[三三]トシテ笑ヒ城府[三四]ヲ毀《こぼ》チテ情瀾《じやうらん》竭《つ》キザルモノヽ如シ　妾仍《より》テ[三五]言ヲ設ケテ曰ク　希クハ明日ノ黄昏《くわうこん》ヲ期シ令閨[三六]ト共ニ手ヲ携ヘテ駕[三七]

一八 からかう。
一九 「折簡」は紙を二つ切りにして手紙を書くこと。転じて短い手紙のこと。
二〇 甚だしく恋い慕うこと。
二一 リヨンは十七世紀以来、刺繡をあしらった良質な絹織物の名産地。
二二 烈しく慕う気持ち。
二三 計略の端緒。
二四 時計。
二五 日時計の影。転じて時間。
二六 「肥馬」はこえた馬。「軽裘」は軽くて暖かい上等の皮ごろも。「肥馬軽裘」は貴人の用いるもの。「赤(せき)の斉に適(ゆ)くや、肥馬に乗りて軽裘を衣(き)たり」(『論語』雍也)。
二七 「縠」はちりめん、「長繡」は刺繡が施された長いワンピース風着物。
二八 すがたを飾りととのえ。
二九 「迎へ」の訛。
三〇 つつしみうやまって応対する。
三一 田の畝(うね)。転じて隔てのあることを言う。
三二 喜び楽しんで。
三三 なごんで。
三四 警戒心をもたずに、感情をあらわにして。「城府」は城壁のこと。転じて人に対する警戒心。「毀チ」は壊すこと。「瀾」は波。「竭キル」は水や力を出し尽くすこと。感情を水の流れにたとえている。
三五 「設言」による。話す。
三六 あなた。「令閨」は本来、他人の妻の尊敬語。
三七 私の所においでください。「駕を枉げる」は貴人がわざわざ来訪するの意。「弊廬」は自分の家の謙称。

策略第三層。

奇構妙案突レ口出。何等長舌。何等機智。

ヲ弊盧《へいろ》ニ枉《ま》ゲヨ　妾ヲシテ花顔ヲ拝シ玉姿ニ接スルコトヲ得セシメヨト　守城長[一]髯《ぜん》ヲ掀《ひき》テ曰ク　僕今単身ニシテ[二]荊妻《けいさい》ナシト　妾ガ曰ク　閣下欺ク勿レ　交友ノ義真ヲ以テ語ル可シト　守城長ガ曰ク　僕ノ言真ナリ　僕不幸ニシテ往年妻ヲ喪ヒ寂寞《せきばく》ノ中既ニ[三]三載ノ星霜ヲ経タリト　妾更ニ謂テ曰ク　閣下ハ[四]丰采《ふうさい》ニシテ閣下ハ仁慈アリ閣下ハ達才英智ヲ以テ閣下ノ[五]尊位高爵アリ　其伉儷《かうれい》ヲ求ムルニ於テ美人才女唯《ただ》其望ム所ノマヽ　想フニ未《いま》ダ[六]六合《りくがふ》ノ礼ヲ行ハズト雖モ両情已ニ[七]偕《かい》老《らう》ヲ誓フノ美人アラン　羨《うらや》ム可シト　守城長曰ク　[八]令嬢言フ所ノ如キハ令嬢ノコトノミ　僕何ゾ[九]欽羨《きんせん》ニ堪ヘンヤト　妾曰ク　閣下未《いま》ダ之ヲ知ラザルノミ　願クハ[一〇]妾ガ往事ヲ語ランカ　妾ハ元米国ノ富家ニ生ル　父曾《かつ》テ[一一]汴《ヘンセルワニヤ》州ノ刺史《しし》トナリ　頗《すこぶル》[一二]令名アリ　一兄アリ夙《つと》ニ心ヲ博物ノ学ニ潜《ひそ》メ長ジテ志愈《いよいよ》ミ堅《かた》シ　其友某アリ　父ハ西国ノ人ナリ　学識深遠ニシテ高ク[一三]儕輩《せいはい》ニ蹔絶《ざんぜつ》ス　今ニ至テ之ヲ想

一　「掀髯」は、笑って口ひげが動くさま。
二　自分の妻の謙称。
三　三年の月日がたった。
四　立派な様子。
五　尊いお役目と高い身分。
六　六礼に同じ。結婚（合婚、合卺《ごうきん》）の六段階の礼法。納采・問名・納吉・納徴・請期・親迎（『儀礼』士昏の疏）。
七　お互いの気持ちがむつみあい、共に老いるまで連れ添おうと誓いあう美人がいることでしょう。「偕老」は→九七頁注一五。
八　あなたのおっしゃることは御自身の身の上にだけ言えることでしょう。
九　うらやましくて仕方がない。
一〇　私の身の上。
一一　ペンシルヴァニアはアメリカ合衆国北東部の州。「刺史」は中国の地方官。→四九頁注二六。ここでは州の知事。
一二　よい名声。
一三　仲間から抜きん出ている。「蹔絶」は「嶄絶」の誤りか。

女丈夫舌鋒。可レ怕。

フニ容貌言語頗《すこぶ》ル閣下ニ肖《に》タリ　年齢モ亦《また》閣下ト相[一四]伯仲《はくちゆう》ス　常ニ相往来シテ頻ニ妾ヲ[一五]愛鍾《あいしよう》ス　妾モ亦漸《やうやク》相親《したし》ミ心私《ひそか》ニ之ヲ許ス　遂ニ[一六]幣帛《へいはく》ヲ入レ羔雁《かうがん》ヲ収メ日ヲ涓《えらび》テ[一七]婚媾《こんこう》ノ義ヲ結ブ　然レドモ未《いまダ》[一八]輿《こし》ヲ移スニ及バズ　偶《たまたま》ゝ老父病ニ罹《かか》リ幾《いくばく》モナクシテ死ス　是ヨリ先キ吾ガ兄大ニ四方[一九]敢為《かんゐ》ノ士ト結ビ　五洲ヲ周遊シ以テ博物ノ学ヲ極メ北洋ノ極ヲ探リ以テ[二〇]千載ノ名ヲ計ラント欲ス　然レドモ父老ヒタルヲ以テ未《いまダ》果サズ　是ニ於テ将《まさ》ニ其志ヲ縦《ほしいまま》ニセント欲ス　妾母ト之ヲ危《あやぶ》ミ力《つと》メテ之ヲ止《とど》ム　遂ニ可《き》カズ　[二一]某固《もと》ヨリ兄ノ志ヲ賛シ共ニ母ニ告ゲテ曰ク　[二二]虎穴ニ入ラズンバ虎子ヲ得ズ　吾輩豈《あに》市中ノ少年ト[二三]伍《ご》シテ徒《いたづら》ニ太平無事ヲ楽ミ一世ヲ[二四]悠悠ノ間ニ送ル可ケンヤト　[二五]勁風《けいふう》ニ鞭《むちう》チ怒濤《どたう》ヲ叱《しつ》シ遂ニ北洋ニ趣《おもむ》キタリ　当時天下ノ人皆其志ヲ高シトシテ[二六]籍籍《せきせき》称セザルハナシ　妾且《かツ》悲ミ且《かツ》喜ビ唯《たダ》[二七]足ヲ翹《あ》ゲテ其錦衣《きんい》古郷ニ帰ルヲ待テリ　船一タビ去テヨリ既ニ一年ニ至ル　而シテ[二八]片信

虚語突レロ流出。反似ニ実話一。此流女史。最可レ畏者。

一四 同じくらいである。

一五 「鍾愛」の意か。「鍾愛」は愛をあつめる。非常にかわいがること。

一六 結納をかわしたの意。「幣帛」は神や貴人に送る絹。「羔雁」は子羊とがん。ともにひろく進物・礼物を言う。

一七 夫婦の縁組をすること。

一八 嫁の乗った輿を婿の家に移す。嫁入りすること。

一九 思い切った行為をする人。

二〇 永く残る名声。

二一 兄の友人(↓前頁一二行)。

二二 危険を冒さなければ功名は立てられないことのたとえ。『後漢書』班超伝(↓一七八頁注一九)。

二三 一緒になって。

二四 のんきに。

二五 強い風を励まし、烈しく荒れ狂う波を叱咤して。つまり、強い意志を持って困難な航海をした、の意。

二六 やかましく言いはやすさま。↓一六九頁注三〇。

二七 足をつま立てて待つの意の熟字「翹足而待」による。「錦衣古郷ニ帰ル」は錦の着物を着て故郷に帰るの意で、成功して故郷に帰ることを言う(↓一七八頁注一八)。

二八 事の次第を通知する少しの便りも断片的な知らせもない。

東坡云。吾文如二万斛泉源一。不レ択レ地皆可レ出。可三移以評二此編一。

断音《だんいん》ノ如何《いかん》ヲ報ズルナシ　世人唯《たダ》伝ヘ云フ　我船北洋ノ堅氷ヲ破リ北海ノ[一]鯤鯨《こんげい》ヲ驚カシ既ニ北極ニ近ヅキタリト　後又一年ヲ経テ更ニ[二]音問《いんもん》ニ接セズ　母之ヲ憂ヘテ病ヲ発シ骨肉日ニ痩《や》セ神心共ニ疲ル時ニ新報報ジテ曰ク　[三]瑞典《スイーデン》ノ北洋[四]巡船北極ノ一島ヲ過《よ》ギリ米国北洋巡船ヲ発見ス　其船堅ク積氷ノ封ズル所トナリ器破レ食竭《つ》キ人畜悉《ことごと》ク死スト　母此報ヲ聞クニ及テ病革《あらた》[五]マリ空シク黄土《くわうど》[六]ニ帰セリ

妾兄ヲ喪ヒ良人ニ別レ而シテ又母ヲ失[七]ヘ　悲《ひ》哀《あい》痛悼《つうたう》堪ユル能ハズ漸《やうや》クニシテ此身モ亦病ニ罹《かか》リ病蓐《びやうじよく》[八]ニ在ル　殆《ほとんド》一年ニ亘ル　今春ニ至テ身始《はじメ》テ快ヲ覚ユ　[九]交友姻戚勧ムルニ　遠ク欧洲ニ遊ビ秀[一〇]山ヲ踰《こ》エ明水ヲ渡リ幽鬱ヲ清叙《せいじよ》スルヲ以テス　妾乃《すなはチ》英国ニ航シ仏国ニ遊ビ瑞西《（スイス）》ヨリ伊太利ニ至リ遂ニ貴国ニ来ル　貴国ノ風光実ニ妾ガ目ヲ楽マシメ寒温亦妾ガ身ニ適シ漸ク帰ルヲ忘ルヽノ思アリ　但《ただし》妾今ヤ父母ト兄トノ遺産ヲ受ケ婦女一人ノ力ヲ以テ之ヲ管理スル能ハズ　雄

一　ここでは、大きな鯨。「鯤」は『荘子』逍遥遊にある北溟の想像上の大魚の名。
二　たより。消息。
三　スウェーデン。
四　外洋を航海できるように設備を整えた大型の船。クルーザー（cruiser）の当時の訳語である巡海船の略（『和訳英字彙』明治二十一年）。巡視船（海上を巡視する船）の略とも考えられるが、次の冒険のために「兄」が乗り込んだはずの「米国北洋巡船」にはそぐわない。なお、クルーザーの訳語として巡洋艦もあるが、これは主に軍用艦船に当てられる用語。当時、イギリスの探検家ジョン・フランクリン（一七八六―一八四七）の北極探検船が消息を絶ち、一八五四年に全員の遺体が発見された。この事件などを踏まえるか。
五　↓一五四頁注三。
六　死んでしまった。「黄土」は冥土。あの世。
七　「失ヒ」の訛。
八　病床。
九　友人や親戚の者。
一〇　美しい自然に触れて気分を晴らす。「秀山」は美しい山、「明水」は清浄な海や川の意か。「清叙」は「清除」の誤りか。

女丈夫舌鋒。可レ怕。

才高風ノ君子ヲ得テ以テ一生ヲ托セント欲ス　而レドモ素願未《いまダ》達セズ　[一一]天下ノ広キ丈夫ノ多キ　妾ガ意ニ適スル者ナシト　彼《カレ》慰メテ曰ク　若《もシ》令嬢ノ言ヲシテ真ナラシメバ　僕乞フ畢生《ひつせい》[一二]ノ力ヲ尽シテ令嬢ノ身ヲ護リ以テ一生ヲ安ゼシム可キノミ　[一三]天荒レ地老ユト雖モ此心又渝《かは》ラズト　妾陽《やう》[一四]ニ喜悦ノ色ヲ為シ　言ヲ飾リ事ヲ搆《かま》ヘ　百媚千《ひやくびせん》[一五]

北氷洋ニ米船ノ惨状ヲ発見スル之図

阿《あ》唯《たダ》其意ヲ失ハンコトヲ恐ルヽノ状ヲナス　是ニ於テ彼《かレ》意気飛颺《いきひやう》[一六]喜ビ言フ可カラズ　其後毎夕車ヲ馳セテ来リ訪フ　訪ヘバ必ズ繡羅《しうら》[一七]ノ贈アリ　妾等機《き》ノ業《すで》ニ熟スルヲ見テ計略ノ行フ可キヲ知リ　一

一一 下に「シカレド」など逆接の言辞が省略されている。
一二 一生涯力を尽くして。
一三 天地もくつがえるほどの大事変を表す熟字「天荒地老」による。
一四 表だっては。うわべは。
一五 出来うる限り取り入って。こびへつらう意の熟字「阿媚」と、百・千を組み合わせた修辞。
一六 意気込みが盛んになる。「飛颺」は「飛揚」と同じ。
一七 刺繡を施した薄絹。

策略第四層。

聞ニ遊レ山遊レ川一。
未レ聞レ遊ニ獄中一。
王羅悖戻可レ想。

日相共ニ車ヲ同フシ[一]西城ノ下ヲ過グ　妾仰《あふぎ》テ城壁ヲ望ミ問テ曰ク　壮ナル哉金城湯池《きんじやうたうち》[二]　是《これ》国王ノ居《きよ》カト　守城長曰ク　否、我ガ典《つかさど》ル所ノ圜堵《あんと》[三]ナリ　古来侯伯[四]将士ノ命ヲ此中ニ損スル者指[五]ヲ僂《かが》ムルニ遑《いとま》アラズ　今亦大逆無道《たいぎやくむだう》ノ徒　命[六]ヲ此裏《うち》ニ待ツ者一二百人アリト　妾故《ことさら》ニ驚テ曰ク　噫乎《ああ》果シテ然ルカ　身鶴翼《かくよく》[七]ニ乗ジ人雲梯《うんてい》[八]ニ架《か》スト雖モ飛踰《ひゆ》[九]スルヲ得難シ　想フニ獄中ノ堅牢壮厳《けんらうさうごん》[一〇]復《また》比ナカラン　恨《うら》ムラクハ一タビ城中ヲ見テ以テ談欛《だんは》[一一]ト為ス能ハザルヲト　守城長曰ク　僕其管鑰《くわんやく》[一二]ヲ司レリ　令嬢之ヲ見ント欲セバ何ノ難キコトカ之《これ》有ランヤ　将《まさ》ニ吉日ヲト《ぼく》[一三]シ手ヲ携ヘテ遊バン而已《のみ》　令嬢ト同行ノ女史[一四]モ与《とも》ニ倶《とも》ニセバ如何ト　次ノ二日ヲ約シテ去ル　三人天ヲ仰テ祝シテ曰ク　旻天《びんてん》[一五]未《いまダ》我ヲ棄テズ　好運漸ク循環[一六]セリト　妾ガ曰ク　好運此《かく》ノ如シ　而シテ爾後《じご》ノ計略ハ当《まさ》ニ如何《いかに》スベキ　宿望ヲ達スルト否トハ正ニ此一挙ニ在リ　妾其奇謀《きぼう》[一七]ノ出ヅル所ヲ知ラザルナリト　‖幽蘭

一（幽将軍が囚われている）スペインの城。↓一八一頁四行。
二 守りが堅固で容易に攻め落すことのできない城。
三 牢獄。「圜牆（えんしょう）」に同じ。
四 「侯伯」は封建制下の諸侯、「将士」は将校と士卒。
五 指を折って数える。
六 この中で処刑の命令を待つ。
七 ここは鶴のつばさに乗っても、の意。
八 ↓一八一頁注一九。車の上に折り畳んだはしごを設置した、城を攻めるために用いた道具。
九 飛び越える。
一〇 丈夫で立派。
一一 話の種。話柄。「欛」は刀の柄。
一二 鍵。
一三 いい日を選んで。「トス」は本来、占いで選ぶ意。
一四 女の方（幽蘭）もあなたと一緒に私と行けば。
一五 「天」と同じ。
一六 めぐってきた。
一七 思いもよらない計略。

不レ知何等妙計。読者至レ此。渇想不レ已。

有二白虹貫レ日之気象一。

女史ノ曰ク　妾一計アリ以テ行フ可シ　願クハ紅蓮女史守城長ト手ヲ携ヒ　情ヲ飾リ言ヲ巧ニシ以テ彼ガ心情ヲ攪《みだ》シ妾ヲシテ老父ヲ認メテ密計ヲ行フコトヲ得セシメヨ　彼《かレ》妾等ガ米人ナルヲ信ジ又妾等ガ婦女ナルヲ侮《あなど》リ必《かならズ》[一八]意ニ介スルコト無カル可シト　乃《すなはチ》其密計ヲ語ル　皆曰ク　妙計行フ可シト　期日ニ至テ守城長来リ迎フ　勲章胸前ニ聯《つらな》リテ[一九]燦爛《さんらん》目ヲ奪ヘ宝剣腰間《えうかん》ニ掛リテ[二〇]煌煌《くわうくわう》日光ト相映ズ　亦是《こレ》[二一]肥馬《ひば》軽裘《けいきう》[二二]徒《いたづら》ニ市童ノ憐ヲ受ケ[二三]胸中無一物ノ賤丈夫《せんぢやうふ》ナル哉　妾特ニ范卿ヲ止メ之ニ後事ヲ託シ　且《かツ》告ゲテ曰ク　若《もシ》不幸ニシテ計洩《も》レ事成ラズンバ亦生キテ相会スルノ期ナカラント　范卿声ヲ励《はげ》マシテ曰ク　[二四]誠心一到何事《ごとカ》成ラザランヤ　今大事ニ臨テ[二五]不祥ノ念ヲ抱キ不吉ノ言ヲ発スルコト勿《なか》レ　令嬢ノ妙計必《かならズ》適中ス可シ　若《もシ》成ラザルモ老奴別ニ一計ノ存スルアリ　以テ[二六]念トナス勿レト　相分レテ城門ニ到リ車ヲ下リ　妾ハ守城長ト手ヲ携ヘ　或ハ[二七]巧言令色彼ガ心

一八 気にかける。

一九 「燦爛」はきらめき輝くさま。「奪ヘ」は「奪ヒ」の訛。

二〇 きらきらと光りかがやくさま。

二一 →一八五頁注二六。

二二 むなしく町の子ども達の憐れみを受け。

二三 中身の空っぽないやしいやつ。

二四 誠を尽くしておこなえば何でもできる。「陽気の発する処、金石も亦た透る、精神一到、何事か成らざらん」(『朱子語類』学二)に基づく。

二五 縁起の悪い考え。

二六 思い詰めないでください。

二七 →一五〇頁注四。

悩二殺丈夫一。手段不レ在二巧言一。而在二怨言一。

問得好。

伏案。

ヲ喜バシメ或ハ怨言《あんげん》[一]於嗟《おさ》彼ガ情ヲ牽《ひ》キ　又他事ヲ思フノ遑《いとま》ナカラシム　幽蘭女史ハ其後ニ尾《び》シ務メテ談笑ノ態ヲ為セリ　已ニシテ牢獄ニ入ル　囚人ノ惨状見ルニ忍ビズ　是ニ於テ覚ヘズ凄然《せいぜん》[二]トシテ懐《こころ》ヲ傷《いた》マシメ潸然《さんぜん》[三]トシテ涙ヲ催シ守城長ニ問テ曰ク　想フニ此中何ゾ必《かならズ》シモ鼠窃狗盗残悪《そせつくたうざんあく》[四]ノ徒ノミナランヤ　世ヲ憤《いきどほ》ル[五]ノ不平論客《ろんかく》君ニ背《そむ》クノ不忠臣モ亦極メテ多カラント　守城長曰ク　然リト　乃《すなはチ》南《なん》隅《ぐう》ノ一室ヲ指シテ曰ク　彼処《かしこ》ニ在ル者ハ頓加羅《(トンカーロン)》[六]ノ愛将幽蘭将軍ナル者ナリ　彼《かレ》皇兄ト兵ヲ挙テ勝タズ　遁レテ欧洲諸邦ヲ遊歴シ　以太利ノ娥馬治《ガルバルヂー》[七]及ビ仏国ノ巌撃跎《ガンベツタ》[八]ト相結託シ窃《ひそか》ニ仏境ヨリ我ガ国都ニ入リ同志ヲ募リ兵ヲ挙ゲント欲ス　僕幸ニ之ヲ捕《とらへ》テ以テ国乱ヲ未萌《みはう》[九]ニ鎮《ちん》スルコトヲ得タリト　妾之ヲ聞テ意飛ビ気躍リ[一〇]喜ビ深クシテ憤リ高シ　猶《なホ》心胸ヲ抑ヘ密《ひそか》ニ幽蘭女史ヲ目指《もくし》[一一]ス　女史モ亦首肯ス　漸《やうやク》ニシテ南隅ニ到ル　守城長窓ヲ隔テヽ将軍ト一揖《いふ》[一二]ス　将軍容貌魁偉《くわいゐ》[一三]肉

一 うらみなげく言葉で。「於嗟」は、声をあげて嘆くこと。
二 身にしみるようなさま。ものすごさ。
三 涙がはらはらと流れるさま。底本「潜然」を改めた。→五二頁注三。
四 「鼠窃」も「狗盗」も、こそどろの意。
五 世の中のあり方に怒り不満を言う言論人。
六 ドン・カルロス。→二八頁注一一。
七 ジュゼッペ・ガリバルディ(Giuseppe Garibaldi. 一八〇七-八二)。イタリア統一の功労者。ニース生まれ。オーストリアからの独立闘争に参加し、義勇兵を率いて一八六〇年シチリア島に上陸、さらにナポリを攻略。南イタリアの実質的支配者となるが、サルデーニャ王に支配地域を献上、一応のイタリア統一となる。カプレラ島に引退するも、教皇領ローマ解放を目指して数度挙兵した。また普仏戦争に際し、ガンベッタの要請で義勇軍を率いて参戦、フランスに普仏戦争唯一の勝利を与える(ディジョンの戦い)も、休戦協定の後に帰国。
八 Léon Gambetta(一八三八-八二)。フランスの政治家。ナポレオン三世に反対。一八七〇年の普仏戦争には徹底抗戦を主張。軽気球に乗ってパリを脱出しスペインに亡命。その後も共和主義者として活動。八一年には一時、首相も務めた。
九 表面に現れないうちにおさえこんだ。
一〇 気持ちが高揚し。
一一 目配せする。
一二 かるくお辞儀をする。
一三 容姿は人並はずれて立派だが、やせて骨がはっきり現れ、白髪と白いほほひげはのびるがまま乱れて。

描二出一個老伏波一。宛然在レ目。

策略第五層。

既已至レ此。猶未レ説三密計為二何事一。使二読者渇想更一層切一。是作者最狡獪処。

写二尽人情一迫レ真。

落チ骨立チ白髪皎《かう》髯《ぜん》蓬《ほう》蓬《ほう》トシテ雪ノ如シ　年既ニ老[一四]ヘタリト雖モ猶《なほ》[一五]馬上顧《こ》眄《げい》ノ風アリ　妾時ニ薔薇花ノ襟《えり》ニ挟ムアリ　執《とり》テ将軍ニ与ヘテ曰ク　妾ハ米国ノ人ナリ　謹《つつしみ》テ将軍ガ自重《じちよう》ヲ祈ルト　将軍僅《わづか》ニ手ヲ鉄窓ノ中ヨリ出シ握手ノ礼ヲ為シテ謝ス　妾依《より》テ首《かうべ》ヲ回《めぐ》ラシ　幽蘭女史ニ謂テ曰ク　令嬢モ亦将軍ヲ慰メヨト　急ニ守城長ノ手ヲ執リ顧ミズシテ過グ　噫《あ》乎《あ》幽蘭女史ガ大事ニ臨《のぞみ》テ情[一六]ヲ矯《た》メ意ヲ抑ヘ父ヲ狴犴《へいかん》[一七]ノ中ニ見テ顔色変ゼズ言語常ノ如ク従容《しようよう》[一八]トシテ密計ヲ行フノ状　深沈勇邁《しんちんゆうまい》[一九]古《いにしへ》[二〇]ノ烈女ト雖モ遠ク過グルコト能ハザルモノ有リト更ニ語ラント欲シテ又涙ヲ拭フ　少焉《しばらく》ニシテ言ヲ続テ曰ク　日暮ニ至リ城門ヲ出テ旅亭ニ還《かへ》ル　范卿迎ヘテ胸[二一]ヲ撫《ぶ》シ忙《せは》シク問テ曰ク成否《せいひ》如何《いかん》、成否如何、老奴今日一刻ヲ消過《せうくわ》スルコト恰《あたか》モ半歳《はんさい》ノ長キガ如シ　路[二二]人ノ疾行スルヲ見レバ令嬢等ノ凶事カト疑ヒ児童ノ遊戯モ為メニ心ヲ驚カシ婢《ひ》僕《ぼく》剝《はく》啄《たく》[二三]ノ声モ警吏[二四]ノ闖入《ちんにふ》カト訝《いぶか》リ　幾タビカ

一四「老ヒ」の訛。
一五 それでも戦場で馬に乗り、周囲ににらみをきかせているという風格がある。
一六 父と再会した際の感情を表に出さないようにしたということ。
一七 ここでは牢獄のこと。「犴狴」と同じ。
一八 ゆったりと落ち着いていて。
一九 落ち着いて勇気を持って前進する。
二〇 この時の幽蘭には、歴史上の烈女でも及ぶことのできない何ものかがあった、の意。
二一 胸を撫で下ろす。ほっと安堵する。
二二 道行く人が走っているのを見ると。
二三 召使いがドアをノックする音。「剝啄」はこつこつという音。足音や、戸などをたたく音、碁をうつ石の音などに用いる。
二四 警察官が押し入ったのかと疑い。

天下婦女不レ鮮。色美而情麗者鮮矣。色美而情麗者不レ尠。有二才学一者不レ少。有二胆略一者稀矣。有二胆略一者有レ之。其至下高操清節而有二義気一者上。則寥寥無レ聞矣。況兼二此四一者乎。蓋不二特我国為一レ然。雖レ求二之万里外千載前一。而無レ得也。夫麗姫静女。則色美而情麗者也。而不レ聞レ有二才学一。曹家紫氏。則有二才学一者也。而不レ聞レ有二胆略一。武塁峨嵯嶙則有二胆略一者也。而不レ聞三高操清節而有二義気一。高操清節而有二義気一者。其唯法之如安乎。而未レ知下有レ色有

魂ヲ銷《せう》スルニ至レリト[一]　‖幽蘭女史制止シテ曰ク　‖范老高言[二]スルコト勿《なか》レ　諺《ことわざ》ニ曰ク　窓隙壁空猶《さうげきへきくうなホ》[三]耳目アリト　蓋《けだシ》計ハ洩《も》ルヽヲ以テ破ル謹《つつし》マザル可ケンヤト　徐《おもむろ》ニ曰ク　奇計意ノ如シ　宿望ヲ達スルノ期近キニ在ラン　然レドモ悲喜妾ガ胸臆《きようおく》[四]ヲ攪《みだ》シ憤歎《ふんたん》[五]ノ念結《むすび》テ解ケザルナリ　先ニ妾老父ヲ見テ一言ノ心情ヲ通ズルニ由《よし》ナク　老父モ亦驚駭《きやうがい》[六]唯《ただ》茫然トシテ老眼ニ涙ノ浮ブヲ見ルノミト　此ニ至テ‖幽蘭女史情禁ズル能ハズ　意弛《ゆる》ミ涕涙《ているい》雨ノ如ク下リ嗚咽《をえつ》之ヲ久フス　妾之ヲ慰メテ曰ク　時運此ノ如ク成功期ス可キナリ　然ルニ何為《なんす》[七]レゾ痛哭《つうこく》スルノ甚《はなは》ダシキヤト　‖范老酒杯《しゆはい》ヲ備ヒ[八]テ曰ク　令嬢愁眉《しうび》[九]ヲ開クノ期正ニ近キニ在リ宜《よろ》シク胸臆ノ鬱憤ヲ散ズ可シト　三人相祝シ杯ヲ挙ゲテ成功ヲ禱《いの》ル　時ニ皓月《かうげつ》[一〇]東天ニ出デ明光戸ニ入ル　‖幽蘭女史徐《おもむろ》ニ起テ窓ヲ開キ妾ニ謂テ曰ク　明月晴朗《せいらう》昼ノ如ク庭前[一一]ノ柳影恰《あたか》モ織ルニ似タリ　人ヲシテ懐旧ノ念ニ堪《た》エザラシムト　妾乃《すなはチ》郎君[一二]ノ詩

一 驚き恐れる。
二 大声で話す。
三 諺「壁に耳あり、障子に目あり」による。「窓隙」は窓のすきま。「壁空」は壁の穴。
四 心中の思い。
五 怒り嘆く気持ち。
六 ぎくりとしておどろく。
七 どうしてそんなにひどく嘆くのですか。
八 「備ヘテ」の訛。
九 心配が解けて安心する時。
一〇 白く輝く月。
一一 庭先の柳の影はまるでその模様を織り込んだ織物のように映っていた。
一二 巻二にある散士の詩。↓八七頁注二四。

レ情又有二才学一乎
否上。夫而後知二幽
蘭紅蓮不レ易レ得也。
有二此間日月一。可三
始為二此大事一。

ヲ吟ジテ曰ク　好取シテ二万斛ノ憂ヲ一。清酌付セン二一觴ニ一。ト　杯ヲ挙ゲテ女史ニ与フ　女史微笑シテ一杯ヲ傾ケ我所思行ヲ吟ズ　是ニ於テ三人共ニ蹄水ノ旧遊ヲ語リ　[一三]数旬ノ鬱憂《うついう》一席ノ小宴ニ散ジ[一四]清興《せいきよう》大ニ加ハリ夜ノ既ニ深キヲ覚エザリシ　是《コレ》ヨリ後彼来ルコトアレバ益ゝ嬌態《ますますけうたい》ヲ学《まね》ビ阿容《あよう》ヲ作リ若《もシ》来ラザレバ簡《かん》ヲ折リ言ヲ寄セ以テ彼ガ情ヲ牽《ひ》キ彼ガ動静ヲ覘《うかが》フ　後数日ヲ経テ彼偶ゝ《たまたま》来ラズ　明日之ヲ詰《なじ》ル　曰ク　朝《てう》議《ぎ》アリ夜深《ふ》ケテ始《はじメ》テ[一五]公ヲ退ク故ヲ以テ来リ見ルコト能ハザリシト　一日ヲ隔テヽ又来ラズ　之ヲ詰《なじ》レバ答フルコト初《はじメ》ノ如シ　妾依《より》テ以為《おもへ》ラク彼所謂《いはゆる》[一六]朝議ナルモノハ妾等ガ密《ひそか》ニ計ル所ニ非ザルナキヤト　范卿ニ命ジテ守城長ノ[一七]居動ヲ窺《うかが》ハシム　[一八]果セル哉范卿帰リ告ゲテ曰ク　今日守城長[一九]数輩ノ警吏ヲ従ヘ密ニ車馬ヲ駆《かり》テ城南ニ到リ　時ヲ移シテ還《かへ》リ復《まタ》城門ニ入レリト　此夕守城長来《きた》リ見ル　妾[二〇]卒爾《そつじ》トシテ問テ曰ク　何ゾ来ルコトノ遅キヤト　彼又答フルコト初《はじメ》ノ如シ　妾

一三　数十日間のうっとうしく気の晴れない状態も。
一四　世間的なことを離れた風流な楽しみ。
一五　公務から離れる。
一六　我々の密計が知られてしまい、その対策会議ではないのか、の意。
一七　「挙動」に通じて用いられている。
一八　思った通り。
一九　数人の。
二〇　出し抜けに。

王羅亦是姦猾多智。儼然一個雄才。而為㆔紅蓮所㆓籠絡㆒。如㆓掌中丸子㆒。色情誤㆑人。可㆑恐哉。

乃《すなはチ》隅ニ向テ語ナキモノ久シ　彼妾ニ問テ曰ク　今日令嬢甚《はなはダ》[一]不楽《ふらく》ノ情アルモノヽ如シ　豈病痾《あにびやうあ》ニ染ム莫《な》カランヤト　妾直《ただち》ニ答ヘテ曰ク　[二]妾ガ死生憂苦《いうく》公ニ於テ何カアラント　彼憂愁《いうしう》色ニ顕《あら》ハレ又敢《あへ》テ仰ギ見ズ　徐《おもむろ》ニ曰ク　僕令嬢ニ奇遇シテヨリ令嬢ノ才学ヲ慕ヒ令嬢ノ容姿ヲ愛シ　[三]月下ノ神ニ祈リ[四]六合《りくがふ》ノ礼ヲ待チ花ニ月ニ車ヲ駆リ山ニ水ニ手ヲ携ヘ以テ令嬢ノ心思ヲ慰メ又[五]我懐ヲ安ゼント欲ス　然ルニ令嬢今夕僕ヲ遇スル之ヲ他日ニ見ルニ[六]寒熱《かんねつ》急ニ節ヲ変ジ[七]怨《あん》ヲ冷眼《れいがん》ニ帯ビ[八]鍼《しん》ヲ言語ニ含ムハ何ゾヤ　是《これ》僕ノ窃《ひそか》ニ惑《まど》フ所ナリト　妾他ヲ顧ミテ独語シテ曰ク　人情ノ貴ブ所ハ信義ニ在リ　苟《いやしく》モ実ナクンバ人誰カ之ヲ信ゼント　彼顔色《がんしよく》少ク変ジ進テ妾ニ謂テ曰ク　令嬢ノ言僕ノ愈ゝ《いよいよ》解セザル所ナリ　或ハ恐ル[九]讒間《ざんかん》ノ入リ易《やす》キ人心ノ疑ヒ易キ敢《あへ》テ其故ヲ問ハント　妾因《より》テ彼ヲ責メテ曰ク　頃者《このごろ》閣下ノ[一〇]動止《どうし》疑フ可キモノアリ　蓋《けだシ》閣下ノ来ラザル両日ニ亘レリ　妾乃《すなはチ》人ヲシテ之ヲ

一 不快な気持ち。
二 私の命にかかわる苦しみや憂いも、あなたにとっては何事でもないのでしょう。「公」は丁寧に相手を呼ぶ言葉。
三 縁結びの神。
四 →一八六頁注六。
五 私の心を満たそうと思った。
六 好意的な熱い態度が急に冷たい態度に変わったこと。
七 怨みが冷たい目に現れ。
八 言葉にとげがある。「鍼」は針。
九 告げ口をして人と人の間を割くこと。
一〇 挙動。

仮二四時光景一。叙二尽千万無量之綺思麗情一。紅蓮雄弁可レ想。散士才筆可レ恐。

探ラシム　曰ク　閣下今朝佳人《こんてうかじん》ト車ヲ同フシ涼ヲ城南山水ノ隈《くま》[一一]ニ趁《お》フト　妾之ヲ聞キ胸臆《きようおく》固ク結テ解《と》クル能ハズ　猶《なほ》望ム閣下ガ旧交ヲ思ヒ前言ヲ履《ふ》ミ実ヲ以テ告ゲンコトヲ　然ルニ[一二]恬然《てんぜん》妾ヲ欺《あざむい》テ曰ク　君王ノ為メニ城南ニ使《つかひ》スト　閣下豈《あに》妾ヲ[一三]羈旅《きりよ》ノ一女ト侮《あなど》リ[一四]欺負嘲《ぎふてう》弄《ろう》此ニ至ルニ非ズヤ　噫乎《ああ》妾一タビ閣下ヲ慕フノ[一五]春風心緒《しんしよ》ニ萌《きざ》シテヨリ夏時漸《やうやく》熱ヲ加ヘ留メント欲シテ留ム可カラズ　今ヤ閣下与《あた》フルニ秋風ノ扇ヲ以テス　[一六]妾其恵賜《けいし》ヲ得テ三冬ノ冷寒ヲ覚ユ　閣下乞フ去《さ》矣《れ》　又妾ヲ以テ念[一七]トナス勿レト　守城長初メテ胸[一八]ヲ撫《ぶ》シテ曰ク　誰カ此語ヲ為ス者ゾ　[一九]僕豈《あに》此事アラン哉《や》　真ニ公事ノ已《や》ム可カラザルモノアルヲ如何《いかん》セント　妾猶《なほ》頭ヲ掉《ふり》テ曰ク　[二〇]否否《いないな》是《これ》亦所謂《いはゆる》非ヲ飾ル者ノミ　果シテ然ラバ[二一]何ゾ殊ニ車ヲ城南三里外寂寞《せきばく》無人ノ郷ニ駆《か》リ時ヲ移スヲ要センヤ　閣下去《さ》矣《れ》　妾復《また》薄情[二二]秋天《しうてん》ノ人ニ対スルヲ恥ヅト　将《まさ》ニ戸ヲ開テ奥ニ入ラントス　守城長急《きふ》ニ妾ガ衣ヲ牽《ひ》キ[二三]低声耳《ていせいじ》

一一 「隈」は山や水辺がはいりこんで奥まった所。

一二 平然として。

一三 旅行中の。

一四 あざむいてからかう。

一五 あたたかい心。以下春・夏・秋・冬を折りこんで心の変化を表現し、守城長を非難している。

一六 （今の秋風を送るような）冷たい態度に、冬の三月に感じるような冷ややかさを感じます。「恵賜」は人から贈与されることの敬語。ここでは情を下さった、の意。「三冬」は陰暦の十、十一、十二月のこと。

一七 お忘れください。

一八 胸を撫で下ろして。ほっと安堵して。

一九 どうしてそんなことがありましょうか。「此事」は美人を連れて夕涼みに出たという指摘。

二〇 いやいや、心変わりをごまかそうとしている。「非ヲ飾ル」は欠点や都合の悪いことをかざりつくろうこと。

二一 どうしてわざわざ車を城の外、南に三里の寂しく人のいない所に走らせて時間を使う必要がありましょうか。

二二 心変わりしやすい人。秋の天候が変わりやすいところから。

二三 小さい声で耳打ちして。

語《ご》シテ曰ク　僕乞フ実事ヲ告ゲテ以テ令嬢ノ疑念ヲ解カント　急ニ四辺ヲ顧ミ説テ曰ク　令嬢先ニ城中ニ見ル所ノ幽将軍累日《るいじつ》[一]病ニ臥《ふ》シ飲食日ニ減ジ衰弱殊《こと》ニ甚《はなはダ》シ　彼《かレ》今ヤ朝家《てうか》[二]ノ反臣タリト雖モ　然レドモ先ニハ国家ノ元老ニシテ皇兄《くわうけい》ノ愛将ナリ　其才略《さいりやく》世ニ顕ハレ名声四《よも》ニ高シ　何ゾ礼ナカル可ケンヤ　依テ彼ガ欲スル所ヲ問ヒ以テ永《なが》カラザルノ余命ヲ慰《なぐさ》メシメントス　彼ガ曰ク　老夫ノ病ハ久ク密室ニ閉居シ新鮮ノ大気ニ触レズ又絶テ草木山水ノ情ヲ喜バシムルモノナキニ因ル[三]　故ニ一タビ郊外ニ出遊シ余年ヲ保延スル[四]コトヲ得バ生前ノ恩恵《おんけい》之ニ過グルナシト　然レドモ今ヤ国内不平ノ徒未《いまダ》全ク治マラズ　皇兄ヲ慕ヒ幽将軍ヲ思ヒ動《やや》モスレバ則《すなはち》蜂起《ほうき》シテ宿志《しゆくし》ヲ成サント欲スル者極《きは》メテ多シ　若《もシ》幽将軍ノ請[五]ヲ許サンカ　其奪《うば》フ所トナリ更ニ一敵国ヲ作ルモ未《いまダ》知ル可カラズ　然ラバ則《すなはち》許サヾランカ　国王ノ度《ど》ナキ[六]ヲ顕《あらハ》シ政府ノ怯弱《けふじやく》[七]ヲ示スナリ　故ニ君王近臣ト謀《はか》

一 幾日も続いて。
二 朝廷あるいは国家。
三 気持ちを快くさせる自然に触れられないことによる。
四 余命を保ちのばす。
五 たのみ。
六 度量がない。
七 臆病で意気地がないこと。

リ密《ひそか》ニ僕ヲシテ日ヲ隔テヽ将軍ト車ヲ同フシ警吏数騎ヲシテ之ヲ護ラシメ以テ城南無人ノ山間水隈《すいわい》ヲ[八]逍遥シ彼ガ保養ヲ計ルナリ　是《こレ》実ニ国家ノ機密僕ノ口ヨリ出デヽ令嬢ノ耳ニ入ル　幸《さいはひ》ニ謹《つつしみ》テ洩スコト勿《なか》レ　誠心ヲ吐露シテ此ニ至ル　猶《なほ》僕ヲ疑《うたが》フヲ為スカト　時ニ妾覚エズ喜ビ顔色ニ溢《あふ》ル　急ニ守城長ノ手ヲ執《と》リ妾ガ唇ニ付シ謝シテ曰ク　賤妾《せんせふ》不明ニシテ閣下ノ厚情ヲ覚《さと》ラズ[九]漫言妄語《まんげんまうご》閣下ヲ辱《はづかし》ム　死シテ余罪アリ　然リト雖モ是《こレ》妾ガ公ヲ思フノ深キ神心迷乱《しんしんめいらん》此極ニ至ルナリ　閣下幸ニ賤妾ガ真心ヲ憐ミ[一〇]鍾愛《しようあい》旧ニ異ナルコト勿レ　妾モ亦閣下ガ[一一]賤陋《せんろう》ヲ以テセズ告グルニ国家ノ機密ヲ以テシ表スルニ至誠ノ[一二]丹心《たんしん》ヲ以テスルヲ見テ　[一三]疑心氷解惑念《わくねん》澌尽《しじん》　[一四]山顛海覆《さんてんかいふく》スト雖《いへど》モ此心復《まタ》渝《かは》ラズ　[一五]生《いき》テハ箕箒《きさう》ヲ奉ジテ閣下ノ側《かたはら》ニ侍シ　[一六]死シテハ穴《けつ》ヲ同フシテ泉下ニ従ハント　是ニ於テ両情《りやうじやう》相和シ　交歓始《はじメ》ノ如シ　妾更ニ謂《いひ》テ曰ク　妾モ亦久シク野外ニ遊バズ　閣下若《も》シ今日ノ事ヲ以

八 散歩。

九 「漫言」も「妄語」も、いいかげんで、でたらめな言葉。

一〇 変わらずに可愛がって下さい。

一一 身分の低い劣った人間として遇するのでなく。

一二 真心。

一三 疑問がすっかり解消し、迷う心があとかたもなく無くなった。「澌尽」は水の尽きる意。

一四 山がひっくり返り海がくつがえることがあっても。絶対ありえないことをいう。

一五 生きているときは妻となって。「箕箒を奉じる」は、ちり取りと箒を押し頂くの意で、妻となること。

一六 死んだら同じ墓穴（同穴）に入ってあの世でも付き従います。

テ意ニ介スル無クンバ明日妾ト車ヲ駆《か》リ以テ翠《すい》[一]ヲ山野ノ間ニ拾ヒ魚ヲ流水ノ涯《みぎは》ニ釣ラント　守城長ガ曰ク　極メテ好シト　相約シテ去ル　既ニシテ妾幽蘭范卿ノ二人ヲ招テ曰ク　妾明日詳《つまびらか》ニ地理ヲ見テ以テ大事ヲ行フ可シト　幽蘭女史ノ曰ク　機会ノ来ル間ニ髪ヲ[二]容《い》レズ速《すみやか》ニ事ヲ挙《あ》グルニ若《し》カズ　古人ノ所謂《いはゆる》万死ヲ出デヽ一生ヲ得ルモノ[三]将《まさ》ニ此時ニ在ラントス　皇天《くわうてん》我ヲ棄テズンバ大事就《な》ル可シ　若《もシ》事成ラズンバ妾ハ老父ト与《とも》ニ死センノミ　是《これ》妾ガ寵豁《(ホルヂー、ワーレー)》ヲ辞スルノ日誓フ所ナリト　意色已《すで》ニ決スルモノヽ如シ　妾范卿ト之ヲ賛シ以テ期日ノ至ルヲ待ツ

編首以二期日二字一起。編末以二期日二字一結。呼応最妙。至二篇末一。終不レ説三所謂密計為二何事一。作者狡獪手段。不レ遜下紅蓮欺二王羅一手段上。而読者渴想不レ能レ措。欲三早読至二次篇一之意。亦同下王羅待二佳期一之意上也。

佳人之奇遇　巻四畢

一 →一七九頁注二五。

二 間に髪の毛一本を入れるすきまもないほどすばやく（枚乗「諫呉王書」『文選』巻三十九）。

三 昔の人が言う「極めて生命の危ない瀬戸際に、あるいは必死の覚悟をすることで、かろうじて活路を得ること」は、まさにこの今のことであろう。「太宗曰く、…万死を出でて一生に遇ふ」（『貞観政要』君道）によるか。『史記』張耳陳余伝にも同様の記述がある。

佳人之奇遇跋

余平生不好読小説其以仮勧懲之名而述敗俗之事也以揚俠勇之行而導乱世之風也吾友東海柴君会津人鴻才卓識文学該博久遊海外間余著一小説曰佳人之奇遇頃者授余読之余固不好小説然交友之命也受而読之未至数葉有大感激者焉蓋君托亡国之人而諷当世之士議論正大不媚世不諂時卓逸俊邁如華嶽摩空津浩流転如江河懸海如駿馬下阪如回風捲落葉者其勢也如春蚕吐糸夏雲出岫者其趣也如素琴穿雲如秋鶴嘯風者其風韻也若夫至造意之新奇構思之変幻有使人驚而嘆者矣要之仮小説之名而発満腔鬱勃不平気而已豈得不然哉抑東洋称小説者曰水滸伝曰西遊記曰金瓶梅曰八犬伝然水滸伝不過伝草賊西遊記則妄談不経金瓶梅則猥淫蕪雑八犬伝則怪乱荒唐而且不免襲踏之跟跡非皆所以導人治世也柴君佳人之奇遇則異此数種者此可不読哉及還之援筆書巻尾云

明治乙酉冬日雪後　　望洋居士

（佳人之奇遇跋）

余[四]平生《へいぜい》小説を読むを好まず。其《そ》の[五]勧懲《くわんちよう》の名を仮《か》りて敗俗《はいぞく》の事を述ぶるを以《もつ》てなり。

四　ふだん。
五　勧善懲悪の名のもとに不健全な風俗を描くから。勧善懲悪は、善いことをすすめ悪事をこらしめること。民衆を教化し導こうとする文学原理。江戸期の戯作者は幕府の言論統制に対する隠れ蓑として利用した。一方でその原理は理念としても機能していた。

以下二〇二頁

一　任俠の勇ましい行為を称揚して。
二　すぐれた才能と見識。
三　ここでは広く人間社会に関する学識を指す。
四　「閑余」に同じ。余暇。
五　故国を失った幽蘭や紅蓮といった立派な人物を描くことによって、暗に現在の日本の士人のあり方を批判している、の意。
六　美しい山が天高くそびえ海水がゆたかにめぐるごとく、大河が海に注ぎこむごとく、駿馬が坂を駆け下りるごとく、つむじ風が落ち葉を巻き上げるごとき勢い。『佳人之奇遇』の文章の雄大さや勢いを言う。
七　春の蚕が糸を盛んに吐き出すように、また夏雲が山の峰から出るように、趣向が次々に繰り出される。「岫」は山にあるくぼみ。また、みね。「雲は無心に以て岫を出づ」（陶淵明「帰去来辞」）。「趣」はここでは物語に変化を与える工夫。趣向。
八　素朴な琴の音が雲を突いて響くような、また秋の鶴が風に向かって鳴き声を上げるような趣きがある。「素琴」は本来、飾りのついていない琴。
九　考案する。

侠勇《けふゆう》[一]の行を揚げて乱世の風を導くを以てなり。吾《わが》友東海柴君は会津の人、鴻才卓識《こうさいたくしき》[二]文学該博《がいはく》[三]にして久《ひさ》しく海外に遊ぶ。間余《かんよ》[四]一小説を著す。曰《いは》く佳人之奇遇。頃者《このごろ》余に授《さづ》けて之《これ》を読ましむ。余固《もと》より小説を好まず。然《しか》るに交友の命なり。受《うけ》て之《これ》を読む。未《いま》だ数葉《すうえふ》に至らずして大感激する者《もの》有り。蓋《けだ》し君《きみ》は亡国[五]の人に托《たく》して当世の士を諷《ふう》す。議論正大世に媚《こび》ず時に諂《へつ》らはず。卓逸俊邁《たくいつしゆんまい》、華嶽《くわがく》[六]空を摩《ま》し津《つ》浩《ひろ》く流《る》転《てん》するが如《ごと》く、江河《こうか》海に懸《か》かるが如く、駿馬下阪《しゆんめげはん》するが如く、回風落葉《くわいふうらくえふ》を捲《ま》くが如きは其の勢《せい》なり。春蚕《しゆんさん》[七]糸を吐《は》き夏雲岫《しう》を出づるが如き者其の趣《しゆ》なり。素琴《そきん》[八]雲を穿《うが》つが如く秋鶴《しうかく》風に嘯《うそぶ》くが如きは其の風韻《ふうゐん》なり。夫《そ》れ造意《ざうい》[九]の新奇《しんき》、搆思《こうし》[一〇]の変幻に至りては、人をして驚き嘆《たん》ぜしめる者有るが若《ごと》し。之を要するに小説の名を仮《か》りて満腔鬱勃《まんかううつぼつ》[一一]不平《へい》の気を発するのみ。豈《あ》に然《しか》らざるを得んや。抑《そもそも》東洋の小説と称する者、曰く水滸《すいこ》伝《でん》[一二]、曰く西遊記《さいいうき》[一三]、曰く金瓶梅《きんぺいばい》[一四]、曰く八犬伝《はつけんでん》[一五]。然るに水滸伝は草賊《さうぞく》[一六]を伝するに過ぎず。西遊記は則《すなは》ち妄談不経《ばうだんふけい》[一七]。金瓶梅は則ち猥淫蕪雑《わいいんぶざつ》[一八]。八犬伝は則ち怪乱荒唐《くわいらんくわうたう》[一九]にして且《か》つ襲踏《しふたふ》[二〇]の跟跡《こんせき》を免《まぬが》れず。皆《みな》人を導き世を治むる所以《ゆゑん》に非《あら》ざるなり。柴君の佳人之奇遇は則ち此の数種の者と異なる、此れ読まざるべけんや。還《ま》た之に及びて筆を援《と》りて巻尾に書すと云ふ。

明治[二一]乙酉冬日雪後　望洋居士[二二]　［印］［印］

一〇 文章の組み立てに考えを巡らすこと。
一一 胸一杯の思い。
一二 中国の長編口語小説。元末・明初の成立か。施耐庵と羅貫中がまとめたものという。北宋末年、梁山泊に集まった豪傑が、腐敗した政治、暗殺、姦通など諸悪と戦う伝奇的物語。
一三 中国、明代の長編口語小説。作者は呉承恩とされる。唐初の三蔵法師玄奘(げんじよう)がインドへ仏典を受け取りに行く旅物語。神通力を持った孫悟空・猪八戒・沙悟浄の三従者が、さまざまな怪異と戦う伝奇的小説。
一四 中国の長編口語小説。作者は明の王世貞作とされるが未詳。明の万暦(一五七三―一六一九)中の成立。富豪西門慶や悪婦潘金蓮らの性欲や金銭欲や権力欲などを通じて明代の政治腐敗や有産階級の頽廃を描く。
一五 『南総里見八犬伝』。読本。曲亭馬琴作。文化十一年(一八一四)―天保十三年(一八四二)刊。室町時代、仁・義・礼・智・忠・信・孝・悌の八徳の玉をもつ八犬士が里見家の再興と発展のために活躍する伝奇小説。
一六 盗賊。
一七 でたらめな話で道理に合わない。
一八 みだらで秩序もない。
一九 怪しくみだれ、でたらめである。
二〇 先人のものをそのまま受け継いでいる。『南総里見八犬伝』が『水滸伝』の強い影響下にあることを言う。
二一 明治十八年。
二二 未詳。ただし一七四頁注六に示したように、欄外漢文評の書き手の一人と考えられる。下の印文は「天行」「吾亦澹蕩人」。李白の詩句「吾もまた澹蕩の人」(「古風」其十)による雅印。「澹蕩(たんとう)」は、のどかで落ち着いている状態を言う。

佳人之奇遇三編[一]

序

[二]小説家の期する所は独《ひと》り趣向の巧妙を弄《もてあそ》び世《せ》態人情《たいにんじやう》を描出するにあらず　之《これ》を仮《か》りて[三]定見定理を示し容易に[四]人心《じんしん》に貫徹せしめんとするものにして大《おほい》に[五]筆墨《ひつぼく》の外《ほか》に期する所あるなり　故《ゆゑ》に其叙《そのじよ》する所の時に随《したが》ひ処《ところ》に従《したが》ひ又其人《またそのひと》と[六]勢《せい》とに由《より》て[七]世上《せじやう》百般の事を状出《じやうしゆつ》し　政治社会の事[八]僻邑《へきいふ》村落の状《さま》人の貴《き》賤《せん》心の高卑《かうひ》皆《みな》写さゞる所なく　或《あるい》は[九]其人《そのひと》をして人間の幸福を説《と》かしめ学術の応用を示さしめ又或は[一〇]美術の妙趣を講《かう》ぜしむるが如き其効用《そのかうよう》の社会に関する実に[一一]尠少《せんせう》ならざるなり

歴史家は人間社会の事を誌《しる》す　然《しか》れども[一二]実事《じつじ》を実叙《じつじよ》し偶《たまた》ま[一三]文字を以《もつ》て之《これ》を潤色するに過ぎざるなり　是故《このゆゑ》に古今の大家《たいか》と雖《いへど》も能《よ》く読者をして其昔時《そのせきじ》に遡《さかのぼ》り其実地《そのじつち》に当るの思《おもひ》をなさしむるもの稀《まれ》なり　小説家は之《これ》に異なり作者の[一四]意想《いさう》に従ひ人物時勢を写し其《その》人物の[一五]心術動作悉《ことごと》く紙上に躍出《やくしゆつ》し　筆其行《そのゆ》かんと欲する所に行き墨其止《そのとどま》らんと欲する所に止《とどま》り読者をして自《みづか》ら其地《そのち》に立ち其時《そのとき》に居《を》り其《その》勢に乗ずるの想《おもひ》あら

一 巻五は、明治十九年六月十五日版権免許。明治十九年八月三日刻成出版。巻五には奥付が同一の異本があり、とくに二三九頁以下のガリバルディの略伝には大きな相違が見られる。記述内容や欄外漢文評の増加具合などから後に印刷されたものと思われる。その本文との異同について、以下脚注で〈後印〉として示した。
二 坪内逍遥の小説論を踏まえる。「小説の主脳は人情なり世態風俗これに次ぐ」(坪内逍遥『小説神髄』明治十八―十九年)。「趣向」は、もと歌舞伎や浄瑠璃の作劇法のなかで、「世界」つまり劇の背景となる特定の時代・人物による類型に対して新しい変化を与える工夫の意だが、ここでは単におもしろい工夫。
三 しっかり定まった意見や、変わることない真理。
四 人の心に貫くように伝える。
五 文章表現それ自体だけではなく、他に覚悟するところがある。「筆墨」は筆と墨。転じて、文章。
六 変化をもたらす内在的な力。また、おのずと進む成り行き。
七 世の中のあらゆることのありさまを述べ。
八 都会から離れた辺鄙な村里。
九 小説の登場人物。
一〇 この序が書かれた時期は art の訳語として使われた。芸術。
一一 少なくない。
一二 事実をありのままに述べ表す。「実事」は「事実」と同じ。
一三 文章表現のレトリックで興味を添える。
一四 考え。 一五 心情。

しむるものなれば　固《もと》より歴史家とは大《おほい》に其旨《そのむね》を異《こと》にす　又夫《またか》の一国の政権を握り民間の政務を以《もつ》て自《みづか》ら任ずる大臣名士の如きも　広く世態人情を看破《かんぱ》し古今を通覧し万事を網羅して能《よ》く之《これ》を分析し又之《またこれ》を総括し　泰然《たいぜん》動かず千年の大計を定むるの一智量《ちりやう》見識を具《そな》ふるにあらざれば　其位《そのくらゐ》の高きと其責《そのせき》の重きも必ず二億兆《おくてう》の望《のぞみ》を満足せしむること難《かた》し　而《しか》して小説を著《あらは》す者能《よ》く三毫端《がうたん》を以て天下を動かすを得《う》べし　身之《みこれ》を行《おこな》はずして一国の政権を握り民間の政務を以て自《みづか》ら任ずる者の為《な》す能《あた》はざる所を為す　其力亦大《そのちからまた》なりと謂《い》ふべし

小説の世に力ある此《かく》の如《ごと》くそれ大《だい》なり　然《しか》り而《しか》して世の小説を著《あらは》す者動《やや》もすれば其《その》期すべき所を知らず　専《もつぱ》ら四野卑猥雑の事を叙するにあらざれば　五徒《いたづら》に政治の空談慷《かう》慨《がい》の激論を述《の》ぶるに過ぎず　抑《そもそも》政談なるものは世態人情中の一分《いちぶ》のみ　故《ゆゑ》に人尽《ことごと》く政談を以て業《わざ》となし他に其職《そのしよく》を有《いう》せざるの邦国《はうこく》あらば六人文の極度に達したるの社会と謂《い》ふ可からず　故《ゆゑ》に政談を以て社会の大事となし其他を知らざるものは与《とも》に論ずるに足らず　之《これ》を主《しゆ》となし更《さら》に其他を顧みざるの小説は美を尽し善を尽したるものと謂ふ能《あた》はざるなり

余《よ》が友《とも》東海散士久《ひさ》しく異邦に遊び七其閲歴《そのえつれき》する所に就《つき》て一書を著《あらは》し佳人之奇遇と曰《い》ふ　志《こころざし》高きの士と智《ち》深きの女《ぢよ》を仮《か》り八西洋の理論を標準として東洋の国事を論じ以

一 知識量と、理解し判断する力。
二 万民。　三 筆先。転じて文章力。
四 野卑で下品なこと。明治初年代半ば以降、江戸期以来の戯作者や新時代の新しい書き手も参加し、新しいジャーナリズム、なかんずく新聞を舞台として戯作が復活して来る。それらは新しい時代の要求に応えつつも、戯作の伝統を受け継ぐものであった。ここではそうしたものを念頭に置いている。坪内逍遙は『小説神髄』のなかで、「殺伐残酷なる若しくは頗る猥褻なる物語」(「緒言」)が行われていると指摘している。
五 当時流行していた政治小説に対する批判。政治小説は明治十年代半ばから二十年代初頭まで、自由民権思想やナショナリズムなど、政治的な思想や主張を普及させる目的で盛んに書かれた一群の小説。戸田欽堂の『民権演義 情海波瀾』(明治十三年)を嚆矢とする。ここで言われるように、当初は政談に終始し他のことを顧みないという側面を持っていたが、この『佳人之奇遇』や矢野龍渓『斉武名士 経国美談』(明治十六―十七年)などは、従来の日本文学になかった思想性、世界史的視野をもつ物語性を獲得するに至った。しかし、自由民権運動の敗北と国会開設運動の一応の成就という背景の中で政治性は後退し、『小説神髄』の影響もあって「世態人情」を重視する写実的な傾向を強めて行く。
六 文化。ここでの「人文」は天文地文に対して人間の文化の意。　七 経験した事柄。
八 スペイン、アイルランド、ポーランドなどの記述に示された、政治的・経済的な思想を指すか。

て其懐《そのおもひ》を述べんとするものゝ如《ごと》し　趣向新奇にして大《おほい》に我国《わがくに》[九]従来の小説と異《ことな》り　而して散士が此篇《このへん》は広く人間万物の現象を網羅し真正の小説を著《あらは》さんとして筆を捉《と》りたるや　将《は》た偶然其感《そのかん》を述べんと欲して遂《つひ》に此篇《このへん》を為《な》したるものなるや否は全篇を通覧するに非《あら》ざれば未《いま》だ之《これ》を知る能《あた》はざるなり　想《おも》ふに幾多の士女流離《りうり》[一〇]困沛《こんばい》の中《うち》に奔走《ほんそう》して君父《くんぷ》の大難を救ひ国家の危急を助くる状《じやう》を見れば独《ひと》り慷慨悲憤《かうがいひふん》を事《こと》とするが如《ごと》しと雖《いへど》も　後巻功成《こうくわんこうな》り名《な》揚《あが》るの篇に至《いた》らば徒《いたづら》[一一]に無病に呻吟《しんぎん》するものに非《あら》ず　必らず別に期する所あるを詳《つまびらか》にするを得ん　而して夫《か》の米国《べいこく》[一二]新説男女同権論の如《ごと》き身《み》自《みづか》ら之《これ》を講《かう》じ之《これ》を行《おこな》ひ読者をして知らず識《し》らず其真面目《そのしんめんもく》を悟《さと》らしめ　又時《またとき》の已《や》むを得ざるに出《い》づれば雄壮活潑艱難《かんなん》[一三]に周旋《しうせん》するの女《ぢよ》も其悠々《そのいういう》[一四]家に在るの時に方《あた》りては静《せい》[一五]婉淑徳《あんしゆくとく》親子の情愛を傷《やぶ》らず夫婦[一六]の大倫《たいりん》を紊《みだ》さず男子をして之《これ》を敬慕すべきの女《ぢよ》たるを知らしめ　而して人生の幸福は貧富貴賤を論ぜず一家の親睦に在ることを知らしむるに終り　其間《そのかん》都鄙《とひ》[一七]の情状を叙《じよ》し学術の応用美術《びじゆつ》の精巧を述《のぶ》るに至らん歟《か》　然《しか》れども是《これ》果して散士の意なるや否や未《いま》だ知る能《あた》はざるなり

[一八]今年春《はる》散士欧米《おうべい》に遊ぶ　発するに臨み余《よ》に托《たく》するに此書《このしよ》出版の事を以《もつ》てす　頃者《このごろ》第五巻刻成《こくな》る　書肆《しよし》来《きた》りて序跋《じよばつ》の事を謀《はか》る　余《よ》今の書を著《あらは》す者を観るに高官に請《こ》ひ名士に嘱《しよく》し其評論序跋題字《じよばつだいじ》を得て以《もつ》て己《おの》[一九]れが拙《せつ》を掩《おほ》ひ其虚誉《そのきよよ》を釣らんとする者《もの》多し

九　江戸期以来の伝統を汲む読本や合巻などの戯作類だけでなく、明治期の政治小説も視野に入っている。
一〇　流浪し苦しむこと。以下、幽蘭らによる幽将軍救出劇を指す。「沛」は倒れこむこと。
一一　無用の心配。
一二　女性の参政権などを求める男女同権運動を指す。一八三〇年代のフランスで生まれて欧米に広まった女性解放運動は、まず女性の参政権を目指した。アメリカでは一八六九年に全国女性参政権協会、アメリカ女性参政権協会の二協会が設立、九〇年にはそれらが統一し全米女性参政権協会となり、ルーシー・ストーン(一八一八-九三)、スーザン・アンソニー(一八二〇-一九〇六)、エリザベス・スタントン(一八一五-一九〇二)らが活躍した。日本でも福沢諭吉らの啓蒙思想に端を発し、植木枝盛、巌本善治らによって展開された。またジョン・スチュワート・ミルの『男女同権論』(明治十一年、*the Subjection of Women*, 1869)やハーバート・スペンサーの『社会平権論』(明治十七年、*Social Statics*, 1851)の翻訳も影響力を持った。
一三　困難のなかで立ち働く。
一四　ゆっくりと落ち着いて家庭にいる時。
一五　静かで穏やかな女性の慎ましさ。
一六　夫婦の従うべき道徳的規範。
一七　都会と田舎。
一八　柴四朗は明治十九年三月から二十年六月まで農商務大臣谷干城の秘書官として欧米視察に随行した。
一九　自分のつたないところを覆い隠し。

蓋《けだ》し序跋《じよばつ》を得んと欲せば或《あるい》は其事《そのこと》を専《もつぱ》らにし或は相交《あひまじは》るの知己《ちき》に請《こ》ふべし　然《しか》らざれば序跋ありて序跋なきに如《し》かざるなり　散士固《もと》より此《ここ》に見るあり　前篇皆其人《みなそのひと》を択《えら》み苟《いやしく》も序跋を求めず　能《よ》く其旨《そのむね》を得《え》たるが如《ごと》し　而《しかう》して第五巻に至《いたり》ては曾《かつ》て自《みづか》ら択《えら》ぶ所あらず　余《よ》も亦《また》[一]鞅掌《あうしやう》の間《かん》之《これ》を他人に請《こ》ふの間《かん》なく又請ふべきの人あるを知らず　因《より》て悉《ことごと》く省かんとす　然《しか》れども書肆《しよし》之《これ》を聴かず　遂《つひ》に余《よ》をして序《じよ》せしむるに至る　余は素《もと》より法律を事《こと》とする者　此篇《このへん》に序《じよ》すべきの人に非《あら》ざるに似たり　且《か》つ従来余《よ》に法律書の序跋を嘱《しよく》するもの多し　余《よ》徒《いたづら》に虚誉《きよよ》を助くるの忌《い》むべきを以て未《いま》だ曾《かつ》て其需《そのもとめ》に応ずることあらず　然《しか》り而《しかう》して独《ひと》り此篇《このへん》に序《じよ》するものは散士と交《まじは》るの最も深きを以《もつ》てなり　但《ただし》余は散士の才学著述を称揚《しようやう》する者にあらず　其《その》才学は散士自《みづか》ら之《これ》を示すべく其《その》著述は読者亦之《またこれ》を是非すべし

明治十九年[二]小暑日　[三]芳暉園《はうきゑん》主人録於[四]礫川光雲閣《れきせんくわううんかく》

[五]竹陰逸人書

一 仕事が忙しい時なので。「鞅掌」は手一杯に仕事を引き受けて大変忙しいこと。

二 二十四節気の一。太陰暦六月の節で太陽暦の七月八日頃。

三 弁護士増島六一郎(一八五七―一九四八)を指す。当時の諸新聞に載った日芳学人とも号す。『佳人之奇遇』の広告には「法学士バリストル増島六一郎先生序」とある。バリストルは、英国で上位の裁判所に出廷し弁論活動をなしうる法廷弁護士資格のこと。明治十二年に東京大学卒業後、イギリスに留学。帰国後、法曹界で英米法の権威として活躍。中央大学(もと英吉利法律学校)創始者の一人。正求堂文庫を残す。「芳暉園」は増島六一郎の邸宅の庭園。現在の毛利庭園(港区六本木)。

四 未詳。「礫川」は(文京区)小石川のこと。光雲閣は宿泊施設の名称か。下の印文は「暘王」「青棠」。「暘」は「唐」の古字。「唐弓の王」で、増島が彦根藩弓道師範の家を継いだことにちなむか。「棠(とう)」は白梨の古称で、「唐」と音通。

五 武藤竹陰(一八四二―?)。書家。別号は天石斎、本全、夢塘。下の印文は「本全」「竹陰」。

佳人之奇遇巻五

東海散士著

翌朝守城長[六]僕御《ぼくぎよ》ヲ従ヘ[七]雕車《てうしや》ヲ駆《か》リ来《きた》リ迎ヘテ曰ク　乞フ昨夕ノ[八]約ヲ履《ふ》マント　妾乃《すなはチ》[九]単衣《たんい》軽裳《けいしやう》殊《こと》ニ風流ノ粧《よそほひ》ヲナシ肩ニ望遠鏡ヲ懸《か》ケ手ニ[一〇]蒲鞭《ほべん》ヲ提《さ》ゲ出《い》デヽ守城長ヲ[一一]揖《いふ》ス　守城長怪《あやし》ミ問《とひ》テ曰ク　令嬢何為《なんす》レゾ[一二]軽粧《けいしやう》此《かく》ノ如《ごと》クナルト　妾答ヘテ曰ク　屢ゝ《しばしば》僕御ヲ従ヘ雕車ヲ駆《か》ラバ人ノ耳目ニ触レ易シ　[一三]且《かつ》右顧《うこ》左眄《さべん》胸襟ヲ開《ひらき》テ以テ閣下ト親話スル能ハザレバ興味亦《また》[一四]索然タルヲ免レズ　今日ハ即《すなはチ》[一五]千歳《せんざい》ノ一《いち》時《じ》ニシテ而《しか》モ僕御ノ為《た》メニ[一六]煩累《はんるい》スル所トナル豈又《あにまた》遺憾ナラズヤ　故ニ雕車ヲ捨テ僕御ヲ去リ更《さら》ニ小車《せうしや》ヲ駆《か》リ唯《たダ》閣下ト相携《あひたづさ》ヘテ我《わガ》意ノ欲スル所ニ至リ　[一七]雲ヲ履《ふ》ンデ花ヲ折リ[一八]青草ヲ藉《しき》テ香風ニ嘯《うそぶ》キ以テ心情

単衣軽裳。以便二于跋渉一。而望遠鏡以観二地勢一。可レ知是非二尋常汗漫之游一。

自二守城長痴情一見レ之。亦千歳一時也。

六 馬を扱って馬車を走らせる人。駆者（ぎよしや）。
七 →一八二頁注一二。
八 約束を守るの意の熟字「履約」による。
九 軽装の衣服。二一〇頁の「紅蓮守城長ト水涯ニ憩フノ図」に見られるような、細身の上着とロングスカートを指す。「単衣」はひとえの着物、「裳」は腰から下をおおう衣服。「風流ノ粧」は趣ある身繕い。
一〇 馬を御すための鞭（むち）。普通は、がまの葉でつくった鞭によるむち打ち刑は痛くないことから、辱めを与えるだけで罰を軽くすること。転じて、寛大な政治の意（「蒲鞭之政」、あるいは「蒲鞭之罰」とも）で用いられる。
一一 →一九二頁注一一。
一二 簡略な身繕い。
一三 右を見たり、左を見たりする。普通は周囲を気にして決断をためらう意。ここでは単に周囲の動きを気にする意。
一四 むなしく興ざめである。
一五 （千年に一回しかないような）めったにないような好機。
一六 わずらわしく面倒なことになるのは残念ではないでしょうか。
一七 雲を足下に見て歩く。高山や高原等を歩くこと。
一八 青草の上に腰を下ろし、草花の香りのする風の中で詩を口ずさむ。

有㆑願欲㆑言。恐扞㆓情人之意㆒。真是狂童之煩悩。

紅蓮談話。忽断忽続。有㆓横雲蔽㆑峰之趣㆒。

彼為㆑利此為㆑義。其心雖㆑異。知㆓其為㆑悪而為㆑之則未㆓嘗不㆒㆑同。然則天下有㆓悪事㆒無㆓悪人㆒。何況出㆓於忠孝節烈之余㆒。感激為㆑之者乎。説来説去。恐仙郎或生㆓厭嫌念㆒。真是少艾之痴迷。

ヲ娯《たのし》マシムルノ趣《おもむき》アルニハ若《し》カズト　守城長喜色《きしよく》ヲ呈シテ曰ク　是《コレ》僕ノ日夜《にちや》願フ所唯《タダ》令嬢ノ意ニ扞《さから》[一]ハンコトヲ恐レテ未之《いまダこれ》ヲ言ハザルノミ　高意《かうい》[二]ニシテ真《しん》ニ此《かく》ノ如《ごと》クナラバ豈《あに》軽装ノ遊《いう》ヲ好マザランヤト
[三]嗚《あ》乎《あ》彼《か》レ色ニ迷ヒ慾ニ溺レ国家ノ大事ヲ遺《わす》レ妾《せふ》等ノ計策ヲ覚《さと》ラズ[四]自《みづか》ラ進ミテ陥《かん》阱《せい》ノ中ニ堕ツト　更《さら》ニ語ラント欲シテ忽《たちまチ》首《かうべ》ヲ低《た》レ沈《ちん》[五]思《し》紆《う》慮《りよ》謂《い》フ能ハザル者ノ如シ　既[六]ニシテ曰ク　話《わ》シテ此《ここ》ニ至レバ妾聊《いささ》カ郎君ニ向《むかひ》テ愧《は》ヅルモノアリ　蓋《けだシ》彼《かレ》本《もと》ヨリ齷齪《あくさく》[七]斗《と》筲《さう》ノ才《さい》ニシテ財《ざい》ヲ貪《むさぼ》リ色ヲ好ミ忠ヲ忌《い》ミ能《のう》[八]ヲ害スルノ一賤丈夫《いちせんちやうぶ》[九]ニ過ギズト雖《いへどモ》　妾亦[一〇]一処女ノ身ヲ以テ花柳[一一]ノ色ヲ粧《よそほ》ヒ狭斜《けふしや》ノ情《じやう》ヲ飾リ之ヲ騙《だま》シ之ヲ欺《あざむ》クニ倣《なら》フ　安《いづくん》ゾ心ニ快トセンヤ　今《いま》郎君妾ガ謂《い》フ所ヲ聞キ妾ヲ賤《いやし》ミ妾ヲ疎《うとん》ズルノ念ヲ萌《きざ》サンコトヲ恐ルヽナリ　唯《たダ》是《こ》レ交友[一二]ノ誼《ぎ》己《や》ム可カラザルニ出《い》ヅ　冀《ねがは》クハ郎君之《これ》ヲ察セヨト　散士曰ク　凡《およ》ソ浮《ふ》[一三]世《せい》ノ事時《とき》ト勢《いきほひ》トニ由《より》テ変ズ　若《も》シ令娘ニシテ私欲ノ為《た》メニ人ヲ欺《あざむ》キ色情ノ

一　逆らう。
二　お考え。他人の意見を敬っていう語。
三　以下しばらく回想の物語がとぎれ、紅蓮が散士に物語る現在にもどり、自分たちのとった行動をめぐって散士との会話が続く。〈後印〉「嗚乎彼レ身国家ノ大任ヲ負ヒ而シテ色ニ迷ヒ慾ニ溺レ」。
四　〈後印〉「自ラ妾等ノ陥阱ニ堕ツ」。「陥阱」は→一八五頁注一六。
五　考え込んでしまって語ることができない様子であった。「紆慮」は考えをめぐらす意。
六　そうこうするうちに。紅蓮の考え込んでいる時間の経過を言う。
七　「齷齪」は心が狭く小さな事にこだわること。「斗筲」は底本「斗屑」を改めた。才能・力量が劣っている人の意。〈後印〉「本ヨリ気節ナク大志ナク」。
八　才能を憎む。「害スル」はじゃまだと思う、嫉む。「寵を争ひて心その能を害す」(『史記』屈原賈生列伝)。
九　いやしい男。守城長のこと。〈後印〉「一賤丈夫ナリト雖」。
一〇　未婚の女子。
一一　芸者や遊女のようななまめかしさや色気をよそおい。「花柳」も「狭斜」もここでは色里のこと。「之」は「一賤丈夫」を指す。
一二　幽蘭との友情のためやむをえないことだった。
一三　世の中の事情は時と成り行きによって変わる。

曰悪二令娘一疎二令娘一。忽翻二出婉言一。曰助レ之賛レ之。其音悠揚。如下黄鸝自二幽谷一遷二喬木一嚦然一囀上。吾知二紅蓮腸断肉消一。嗚呼散士実賊二夫人子一者。

罵二尽千古腐儒一。筆力万鈞。余謂二之鉛槧之斬馬剣一。

真箇志士。真箇義士。真箇忠臣。真箇任侠。散士五尺軀。能負二此四者一。抑是真箇有力士耶。

為メニ人ヲ陥《おとしい》ルヽノ計策ヲ行《おこな》ハヾ余《よ》ハ令娘ヲ悪《にく》ミ令娘ヲ疎《うとん》ジ又《また》令娘ト相見《あひみ》ルヲ欲セザルナリ　一四若《も》シ夫《そ》レ然ラズ苟《いやしく》モ令娘ニシテ果シテ天下ノ為メニ小人ヲ欺キ国家ノ為メニ姦臣ヲ陥レ以テ懲戒ノ鑑《かがみ》トナシ以テ勧導ノ階《きざはし》トナサバ一五余ハ則《すなはチ》令娘ノ偽《ぎ》言《げん》モ之ヲ助ケ令娘ノ欺計モ之ヲ賛《たす》ケ相共《あひとも》ニ大《おほい》ニ力ヲ尽ス可シ　今《いま》令娘ガ幽蘭女史ノ忠孝ノ一六嘱托《しよくたく》ヲ重ンジ正義ノ為メニ一七身ヲ屈シテ姦徒ヲ陥ルヽガ如キ　一八澆《げう》季《き》浮《ふ》薄《はく》ノ今日《こんにち》ニ当《あたり》テ一九或《あるい》ハ利ヲ見テ義ヲ忘レ或ハ危キニ臨《のぞみ》テ志ヲ変ジ或ハ二〇時ヲ知ラズ勢《せい》ヲ察セズ二一偸安《とうあん》筆ヲ弄《ろう》シ二二兀坐《こつざ》舌ヲ鼓《こ》シ徒《いたづら》ニ他人ヲ貶議《へんぎ》スル者ハ為メニ二三悦《よろこ》バレザルベシト雖モ　余ハ則《すなはチ》令娘ノ志ヲ憐《あはれ》ミ令娘ノ行《おこなひ》ニ感ジ倶《とも》ニ力ヲ二四同《おなじふ》スル能《あた》ハザリシヲ憾《うら》ムノミ　蓋《けだシ》人アリ其《その》胸襟ヲ吐露シ余ガ救援ヲ請フ者アラバ二五義気ノ激スル所《ところ》精神ノ感ズル所骨ヲ砕《くだ》キ身ヲ殺スモ猶《なホ》悔《く》ヰザル可シ　二六瑣《さ》瑣《さ》タル偽言詐術固《もと》ヨリ問フ所ニ非ラザルナリト　紅蓮之《これ》ヲ聞《きき》テ曰ク　郎君ノ志果《はた》シテ此《かく》ノ如《ごと》キカ

一四 その行為が私情や色情に基づくものではなく、もし本当に天下のために小人物を偽り、国家のために悪心を持つ家臣を陥れ、もって人々をいましめ良導するお手本・手段となるならば、私はあなたの嘘や人を欺く計略にも賛成し協力するだろう。

一五 令娘(紅蓮)は天下国家のために嘘をついたり謀計を行なっているので、余(散士)もこれを助けて尽力したい、の意。

一六 任務。

一七 へり下り服従してまで悪人を陥れるようなことは。

一八 道徳が衰え人情が薄っぺらな今日。「澆浮」は「澆季」の誤り。「澆」は軽薄、「季」は末の意。

一九 以下、前注で言うような時代の中で無反省に生きている者の姿を列挙する。

二〇 時勢をはっきりと見極められず。

二一 一時しのぎの言論をもてあそび。「偸安」は目先の安楽をむさぼること。

二二 行動もせずに口先ばかりで他人をおとしめる者。「兀坐」はからだを動かさず、ぼんやりしてすわるの意。「舌ヲ鼓シ」は熟字「鼓舌」により、舌を鳴らして饒舌にしゃべる。

二三 (幽蘭の任務を助けるために紅蓮が「身ヲ屈シテ」行う「偽言」「欺計」は、そうした人々には)喜ばれないだろう。

二四 〈後印〉「同フスル能ハザルヲ」。

二五 義を思う心が奮い立ち精神が感応する所であって、粉骨砕身して働くこともまったく後悔しない。

二六 取るに足りない。

妾何ゾ詳《つまびらか》ニ之《これ》ヲ語ラザランヤ　既ニシテ悉《ことごと》ク雕車《てうしゃ》ト僕《ぼく》御《ぎょ》トヲ去リ妾守城長ト一《いち》小車《せうしゃ》ニ乗《じょう》ジ城市《じゃうし》[一]ヲ出《い》デ南ニ去ルコト一里許《ばかり》　妾莞爾《くわんじ》[二]トシテ謂《いひ》テ曰ク　今《こん》日《にち》ノ遊楽《たのし》キカト　守城長曰ク　昨夕ハ反臣[三]ト車ヲ同《おなじ》フシ今朝ハ仙妃《せんひ》[四]ト駕《が》ヲ供《とも》ニス　昨《さく》ハ非《ひ》ニシテ今《こん》ハ是《ぜ》ナルモノト　妾故《こと》[五]サラニ笑《わらひ》テ曰ク　先《さ》キニ閣下ガ妾ヲ忘レ妾ヲ疎《うとん》[六]ジ車ヲ同《おなじ》フシ手ヲ携《たづさ》ヘ間吟清咏《かんぎんせいえい》[七]情《じゃう》ヲ怡《よろこ》バシメ心ヲ楽《たのし》マシムルノ地ハ何《いづれ》ノ辺《あたり》ゾヤ　想フニ静間幽邃《せいかんいうすい》[八]塵客俗人《ぢんかくぞくじん》[九]ノ情話ヲ妨《さまた》グル者ナカラント　守城長綏《すい》[一〇]ヲ緩《ゆる》フシ笑《わらひ》テ指《ゆびさ》シテ曰ク　那処《かしこ》ニ在《あ》リ　実《じつ》ニ蕭《せう》[一一]

紅蓮守城長ト水涯ニ憩フノ図

此莞爾一笑。自二王羅一見レ之。果値幾千金。

昨非今是。是非往来。循環無レ端。安知レ非二是之為レ非。而非之為レ是哉。是非混沌。唯達人知レ之。

一 城下を出て。
二 にっこりとほほえんで。
三 謀反の家臣。幽将軍を指す。
四 仙女。紅蓮を指す。
五 わざと。
六 「佳人ト車ヲ同フシ」(一九七頁一行)を踏まえた、皮肉を含んだ言いまわし。
七 清らかに静かにゆったりと詩歌を歌う。「間吟」は「閑吟」と同じ。
八 もの静かで奥深く人気がない場所で。
九 世俗的で風流を解さない人に睦まじい語らいを妨害されないでしょう。
一〇 車に乗るときつかまって、からだの安定を保つ綱。ここは手綱を言うか。
一一 「岑」は切り立った山の峰の意。ここは細い木がならんでものさびしいさまを言う「蕭森」の意か。

綺語麗句。妙不レ可レ謂。王羅亦是風流粋士。安知四散士聞レ之。心頭不三頓起二嫉妬念一哉。

其姿綽約。其心勇悍。目覩而手図レ之。口舌以眩二其心目一。真是一女軍師也。詩曰哲婦傾レ国。哲婦傾レ城。明哲之婦。善用レ之則巾幗之丈夫。不二善用一レ之則厲階之人。処処貼二出老将軍一。是所レ謂草蛇灰線法也。

岑《しん》トシテ令嬢ガ謂《い》フ所ノ如シ　今日亦那処《またかしこ》ニ憩《いこひ》テ以テ相語《あひかた》ランカ　我ガ情話ヲ聞クモノハ翠梢《すいせう》[一二]ノ孤鳥ノミ　我ガ艶語《えんご》ヲ嫉《ねた》ムモノハ緑柯《りよくか》[一三]ノ残蟬《ざんぜん》ノミ　清流ノ潺潺《せんせん》[一四]タル心《こころ》ナクシテ我ガ双影ヲ写シ涼風ノ習習《しふしふ》[一五]タル情《じやう》多クシテ我ガ衣裳《いしやう》ヲ吹ク　真《しん》ニ得易《えやす》カラザルノ勝地[一六]ナリト　且《かツ》笑ヒ且《かツ》語リ漸《やうや》ク山横水流《さんわうすいりう》[一七]ノ辺《ほとり》ニ入《い》ル　妾望遠鏡ヲ出《いだ》シ東西ノ村落ヲ指点《してん》[一八]シ　遠邇《ゑんじ》[一九]ノ森林ヲ下瞰《かかん》シ其山名《そのさんめい》ヲ問ヒ其水姓《そのすいせい》[二〇]ヲ敲《たた》キ陽《やう》[二一]ニ風光ノ美ナルヲ賞シ陰《いん》ニ地勢ノ険夷《けんい》[二二]ヲ探リ　鉛筆ヲ捉《と》リ白紙ヲ展《の》[二三]ベ其《その》奇景ヲ写スガ如クシテ山径《さんけい》[二四]ヲ究《きは》メ水支《すいし》ヲ明《あきらか》ニシ卒《つひ》ニ一小地図ヲ製セリ

又《また》行クコト数丁[二五]遥《はるか》ニ石橋ノ高ク渓流ニ架《か》スルヲ見ル　時ニ青天[二六]湛然《たんぜん》炎暑薫赫旱気《くんかくかんき》転《うたタ》甚ダシ　守城長車ヲ橋下ニ留《とど》メ馬ヲ緑蔭ニ維《つな》ギ首《かうべ》ヲ回《めぐら》シ一巨石ノ水涯《すいがい》[二七]ニ横《よこた》ハルヲ指《ゆびさ》シテ曰ク　僕ノ始メテ幽将軍ト此地ニ遊ブヤ彼《かノ》石上ニ憩《いこ》ヘリ　当時僕《ぼく》警衛[二八]ノ大任ヲ負ヒ反逆ノ大囚[二九]ヲ伴ヒ此無人ノ境ニ入ル　若《も》シ人アリ来《きた》リ奪ハヾ其禍害ノ及ブ所

一二 緑の梢。
一三 緑の枝。「残蟬」は本来、秋深くまで生き残った蟬。
一四 水のさらさらと流れるさま。
一五 風がなごやかに吹くさま。
一六 景色のよい土地。
一七 山があって川が流れるあたり。
一八 指し示して。
一九 遠近の森林を見下ろし。「邇」は近い。
二〇 その川の名を問いただし。「敲キ」は質問すること。
二一 次行の「陰ニ」と対になって、表向きは、の意。
二二 けわしい所と、ひくい所。
二三 広げ。以下、写生をするふりをして計画遂行上必要な地図を作製していたということ。
二四 山の道をさぐり、川の分かれる所を明らかにし。「水支」は支流の意。
二五 数百メートル。「一丁」は六十間。約一〇九メートル強。
二六 青空には雲もなく、暑さは猛烈で、日照りはだんだん烈しくなる。「湛然」は落ち着いて静かなさま。「薫赫」は威勢の盛んなこと。「旱気」はひでり。「転タ」は程度がだんだん激しくなるさま。
二七 水のほとり。
二八 警戒し護衛すること。
二九 大物の囚人。

独僕《ひとりぼく》ノミナラズ国家ノ安危ニ関スル亦《また》期ス可カラズ　是《ここ》ヲ以テ深林ニ対スレバ其伏兵[一]ノ潜ムアランコトヲ恐レ巌石ニ逢ヘバ刺客ノ匿《かく》ルヽアランコトヲ慮《おもんぱか》リ　身ハ此《この》清幽[二]ノ佳境ニ在《あり》テ此《この》苦心焦慮[三]ヲナシ　而シテ令嬢[四]ヲ見テ情《じやう》ヲ叙シ一日《いちじつ》ヲ永《なが》フシテ懐《こころ》ヲ娯《たのし》マシムルコト能ハズ　孤鳥ノ喃喃《なんなん》[五]タルハ悽怨《せいゑん》[六]ノ声ヲナシ流水ノ湲湲《ゑんゑん》[七]タルハ惆悵《ちうちやう》[八]ノ響《ひびき》ヲナス　其情何《なん》ゾ堪《た》ユ可ケンヤ　然レドモ今日卒然[九]令嬢ト手ヲ携ヘテ此地ニ遊ブヲ得タリ　昨日苦心焦慮ノ地ハ頓《とみ》ニ目ヲ娯《たのし》マシメ神《しん》[一〇]ヲ怡《よろこ》バシムル処《ところ》トナリ　昨日悽怨惆悵《せいゑんちうちやう》ノ音《おと》ハ忽《たちまチ》情ヲ楽《たのし》マシメ耳ヲ喜バシムルノ声トナレリ　唯恨《ただうら》ムハ明日復彼老余《またかのらうよ》[一一]ノ囚徒ト車ヲ同《おな》フセザル可カラズ　而シテ又令嬢ヲ見ル能ハザルノミ　鄙語《ひご》[一二]ニ曰ク　月《つき》明《あきらか》ナラント欲スレバ浮雲《ふうん》之《これ》ヲ掩《おほ》ヒ花漸《はなやうや》ク発《ひらき》テ風雨之《これ》ヲ散《ちら》スト　人事ノ意ノ如クナル能ハザル真ニ歎ズ可キ哉ト　妾愀然《しうぜん》[一三]トシテ車ヲ下《お》リ秋波《しうは》[一四]情《じやう》ヲ凝《こら》シ斜《ななめ》ニ守城長ヲ見テ曰ク　月ニ浮雲アリ花ニ風雨アリ

是易所レ謂見二家負レ塗。載二鬼一車一。先張二之弧一。後説二之弧一。昔時有二一怯夫一暁行二山中一。宿霧中隠隠見二幽鬼来一。張レ弓将レ射。近而観レ之則吾弟也。怯怖之人往往有二此等事一。守城長亦此之徒耳。

措字綺葩。用句奇巧。求二之六朝文粋一。亦不レ可レ得。自是東海散士一家文格。

一 待ちぶせしている兵隊。
二 俗世間を離れた清らかな景色の美しい場所。
三 心をなやませいらいらと気をもむこと。
四 (そういう緊張状態の勤務であったので)あなた(紅蓮)に会って思いを述べ、一日中楽しく過ごすことなどできなかった、の意。
五 ぺちゃくちゃしゃべるさま。鳥の鳴き声をいう。
六 さびしくうらめしいような声に聞こえてしまう。
七 水が緩やかに流れるさま。
八 なげき悲しむひびき。
九 にわかに。
一〇 心を喜ばせる。
一一 老いながら命をとりとめて生きている。
一二 俗世間で用いられていることわざ。以下、諺「月に村雲、花に風」を漢文脈で表現したもの。人生とかく思うようにならない、また好事にはとかく邪魔が入りやすいことを言う。原典は「花発(ひら)けば風雨多く、人生別離足(おお)し」(于武陵「勧酒」『唐詩選』巻六)。
一三 さみしそうに。
一四 媚びる目つきで思いをこめて。

古句所レ謂歓情極兮愁緒多者。寓二義気於妬心一。以究二詰機密一。爾時守城長之骨。蕩然鎔解如レ綿。嗚呼這婉唇艶吻。可三以伸二鉄鉤一。可三以撼二天地一。守城長驚愕。此一頓最妙。東海散士何処得来。父子之間。猶不レ可レ許者。独許二此娘一。是写下出守城長惑溺不レ弁二人事軽重一之状上処。事以レ密成。以レ漏敗。業已漏レ之。従而防二其暴露一。愚亦甚矣。春秋曰。豎刁漏二師於多魚一。此篇亦大二書特三書守城長之愚一。彼正此変。其筆雖レ異。其所二以罪一レ之則一

閣下《かくか》ノ言《げん》ノ如《ごと》シ　妾亦《また》今日ノ行楽ニ感ジ明日ノ[一五]愁情ヲ思ヒ　[一六]怨恨ハ笑悦ノ中《うち》ヨリ生《しやう》ズルヲ如何《いかん》セン　蓋《けだし》妾ハ敢《あへ》テ閣下ヲ疑フニ非《あ》ラズト雖《いへど》モ[一七]痴情ノ結ブ所未《いまダ》果シテ閣下ノ将軍ト車ヲ此間《このかん》ニ駆《か》ルカ　[一八]将《はタ》妾ガ聞ク所ノ如ク佳人ト手ヲ携《たづさ》ヘテ涼《りやう》ヲ[一九]那辺《なへん》ニ趁《お》フヤ否《いな》ヤヲ明《あきらか》ニスルコト能ハザルナリ　妾ハ明日閣下ノ言《げん》ヲ証《しよう》センガ為メニ馬ニ騎《き》シ此《この》地《ち》ヲ逍遥シ閣下ニ邂逅シテ其虚実ヲ決セントスト　守城長愕然トシテ曰ク　先《さ》キニ僕ノ令嬢ニ語ル所ハ実ニ国家ノ秘事　父子ノ間ト雖モ洩ス可カラザル者　而《しか》ルニ令嬢我ガ言《げん》ヲ信ゼズ明日来《きた》リ会セバ之《これ》ヲ見ル者誰《たれ》カ僕ガ機密ヲ洩スヲ疑ハザランヤ　特《ただ》ニ僕ガ[二〇]終世ノ沈淪ノミナラズ実ニ国家ノ大事ナリ　願《ねがは》クハ令嬢来《きた》ルコト勿《なか》レ　[二一]必《かならズ》重《かさ》ネテ相共《あひとも》ニ遊バンノミト　妾頭《かうべ》ヲ掉《ふ》リテ曰ク　閣下ガ妾ヲ拒ム所以ノモノ則《すなはチ》妾ガ疑フ所以ナリ　妾ハ[二二]既ニ一身ヲ以テ閣下ノ生殺ニ任セント欲ス　閣下ノ行為ヲ明《あきらか》ニセズシテ[二三]可《か》ナランヤト　守城長[二四]且《かツ》慰メ

一五 さみしい思い。
一六 今日の笑いと喜びのうちに明日(あなたを)うらむ気持ちが生じるのを抑えられません。
一七 愛に迷う心(では以下の疑念が晴れない)。
一八 それとも。
一九 どこかに。
二〇 一生涯落ちぶれること。
二一 ぜひとも再び一緒に散策して風景などを楽しもうとするばかりです。
二二 とうに私の身を生かすも殺すも閣下におまかせしようと望んでいます。
二三 (閣下に身を任すことが)できるでしょうか。
二四 なだめたり、説明したりしながら弁解につとめた。

且説《かツと》キ弁解甚《はなはダ》励《つと》ム　妾《せふ》少《すこし》ク色ヲ作《な》シ声ヲ励マシテ曰ク　此地《このち》ハ静幽ノ佳境タリ　来《きた》リ遊ブ者固《もと》ヨリ独《ひと》リ妾等ニ限ラズ　且《かツ》[一]妾ハ羇旅《きりよ》ノ一女子ノミ　閣下ト相逢フヲ知ルモノアリト雖《いへど》モ　安《いづく》ゾ敢テ深ク怪マンヤ　然《しか》リ[二]而シテ閣下痛ク妾ヲ拒《こばみ》テ来《きた》リ見ルコトヲ許サズ　豈更《あにさら》ニ疑ハザルヲ得ンヤ　[三]妾ガ心ハ石ニ非ラズ転《ころが》ス可カラズ妾ガ心ハ席《むしろ》ニ非ラズ巻ク可カラズ　妾ハ誓《ちかひ》テ閣下ノ幽将軍ト車ヲ共ニスルヲ見ザレバ止《や》マザルナリト　或《あるい》ハ疑フガ如ク或ハ怨《うら》ムガ如ク或ハ恋《こ》フガ如ク或ハ憤《いきどほ》ルガ如ク以テ彼《かれ》[四]ガ心思《しんし》ヲ攪乱《かうらん》ス　守城長妾ガ歓心ヲ失ヒ妾ガ憤怨ヲ増サンコトヲ恐レ声ヲ和《やはら》ゲテ曰ク　令嬢ノ真意此《かく》ノ如《ごと》クナレバ宜《よろ》シク令嬢ノ欲スル所ノ如クナルベシ　唯《たダ》[五]警吏輩ノ怪ム所トナルコト勿《なか》レト　妾心窃《こころひそか》ニ喜ビ語ヲ転ジ歩ヲ移シ又車ニ乗ジ馬ニ鞭《むちう》チ更《さら》ニ幽邃《いうすい》[六]ノ中《うち》ニ入リ愈《いよいよ》ゝ佳景ノ境《きやう》ヲ見テ施施《しし》[七]トシテ行《ゆ》キ漫漫トシテ遊ビ終《つひ》ニ帰路ニ就ク　妾計策《けいさく》ノ略成《ほぼな》ルヲ喜ビ又前途ノ測リ難キ

也。

妬嫉之言。婉利如レ針。愈出愈鋭。爾時守城長之心昏昏。顔色或蒼或赤五色皆備。余謂ニ之情界之火攻一。

此種妬語怨言老妓悩ニ殺痴漢一之好手段。不レ知此娘何処得来。

把ニ堂堂七尺之雄軀一。弄ニ之径寸掌上一。何等怪力。本来美人是魔物。

何者情魔。遂使ニ其陥ニ迷津一。守城長真箇可憐的痴漢。

紅蓮既籠ニ絡敵手一了。意中之事将レ成。後段直叙及ニ其後事一。則文字落ニ平板一。故更叙ニ

一　私は旅行中の一女性に過ぎない。
二　それなのに。ここでは逆接的な言い方。
三　私の心は石のように転(ころ)がすことも、むしろのように巻いてしまうこともできない。都合よくあしらったり、丸めこんだりできない、の意。「我が心石に匪(あら)ざれば転がす可からず、我が心蓆(むしろ)に匪ざれば巻く可からず」(『詩経』邶風「柏舟」)による。
四　守城長の気持ちをかき乱した。
五　警察官ら。「警吏」は警察官吏の略。
六　→二一〇頁注八。
七　嬉々として歩き、のんびりと遊んだ。

疑惑之念。継以二種種瑣事密談一。文字之妙。如下入二摩耶山中一。拠レ高望レ遠。甕断峰連水落石出上。此作者苦心処。読者勿三看以為二間話一。

ヲ慮《おもんばか》リ　胸中紛擾《ふんぜう》[八]語ラント欲シテ語ル能ハズ笑ハント欲シテ笑フ能ハズ　又彼[九]ノ疑フ所トナルヲ恐レ曲ゲテ[一〇]笑容《せうよう》ヲ作リ務メテ快楽ヲ粧《よそほ》ヒ遂ニ相伴《あひともなひ》テ旅館ニ還ル　時ニ日《ひ》漸《やうや》ク沈《しづみ》テ街頭燈火ノ点ズルヲ見ル　妾時機《じき》[一一]正《まさ》ニ明日ニ迫ルヲ以テ心事《しんじ》[一二]匆忙忡忡《さうばうちゆうちゆう》トシテ安《やす》ンゼズ　速《すみやか》ニ守城長ヲ返シ幽蘭范老ノ二人ト共ニ詳《つまびらか》ニ其計策ヲ議シ之《これ》ガ準備ヲナサント欲ス　而《しか》シテ守城長猶《なほ》旅館ニ留《とどまり》テ未《いまダ》去ルヲ欲セズ　自《みづから》晩餐ヲ命ジ幽蘭女史ヲ呼ビ当日ノ遊興ヲ語リ悠然晏居[一三]諧謔[一四]冗話《いうぜんあんきよかいぎやくじようわ》妾ヲシテ復《また》[一五]二人ト相語ルコト能ハザラシム　妾憂悶愁思《いうもんしうし》[一六]肺肝《はいかん》[一七]ヲ刺スガ如ク頭脳ヲ砕クガ如シ　郎君《らうくん》妾ガ当日ノ苦心ヲ察セヨト　言ヒ畢《をは》リテ酒瓶《しゆへい》ヲ倒《さかしま》ニシテ一杯ヲ傾ケ胸[一八]ヲ撫《ぶ》シテ大息《たいそく》ス

是如下情人与二厭嫌之客一同レ席而坐上。紅蓮之頭岑岑痛可レ知。当日之苦心与二爾時之頭痛一。一斉叢至。懊悩之余。一気鯨飲。可レ憐可レ憐。

少焉《しばらく》アリテ又語《またご》ヲ継《つぎ》テ曰ク　既ニシテ晩餐ヲ終リ妾守城長ニ謂《いひ》テ曰ク　閣下今日《こんにち》妾ガ為メニ綏《すい》ヲ携《たづさ》ヘ鞭《むち》ヲ執《と》リ親《みづから》僕御《ぼくぎよ》ノ任ニ当《あた》レリ　其疲労如何《いかん》ゾヤト　守城長笑《わらひ》テ曰ク　僕《ぼく》令嬢ノ側《かたはら》ニ在ラバ恍《くわう》[一九]トシテ

八 心の中のごたごたと乱れもつれ。
九 守城長を指す。
一〇 無理に笑顔を作って。
一一 チャンス。
一二 心中の思いはあわただしく、また憂いがこみ上げてきて安心できない。
一三 ゆったりと腰を落ち着けて。
一四 冗談やむだ話をして。
一五 幽蘭と范卿のこと。
一六 憂い、もだえ思い沈み。
一七 胸を刺されるようであり、また頭を砕かれるようである。「肺肝」は直接には肺と肝臓のことで、転じて心の奥底を示すが、ここでは比喩表現。
一八 胸をなでて。
一九 うっとりとして蓬萊山に遊んでいるようだ。「蓬萊」は中国の伝説で東海中にある仙人が住む霊山。↓一七三頁注一七。

蓬莱《ほうらい》ニ遊ブガ如《ごと》シ　何ゾ[一]苦艱《くかん》ト疲労トヲ辞センヤ　唯令嬢《ただれいぢやう》ノ[二]累《るい》ヲナスヲ恐ルヽノミト　漸《やうやク》身ヲ起《おこ》シテ辞シ去ル　三人直《ただち》ニ[三]密房《みつばう》ニ入《い》ル　妾覚エズ[四]声ヲ為《な》シテ曰ク　[五]咄《とつ》　彼《か》ノ[六]痴漢我ガ[七]黄金ノ光陰ヲ消スト　幽蘭女史慰《なぐさ》メ問《とひ》テ曰ク　[八]且神《かツしん》ヲ安《やす》ンジテ今日《こんにち》ノ吉凶《きつきよう》ヲ語《かた》レト　妾乃《すなはチ》懐《ふところ》ヲ探《さぐ》リテ写ス所ノ小地図ヲ出《いだ》シ示シテ曰ク　密計殆《ほとんド》[九]竅《けう》ニ中《あた》レリ　是《これ》妾ガ今日談笑行歩《だんせうかうほ》ノ中《うち》ニ作ル所ナリ　[一〇]甚《はなはダ》分明ナラズト雖《いへど》モ亦以《またもつ》テ計策ヲ講ズルニ足ラント　依《より》テ指点シテ[一一]其《その》山勢水態ヲ語リ[一二]其《その》行装準備ヲ計ル　時ニ夜既ニ深ク[一三]四面閴寂《しめんげきせき》トシテ風声《ふうせい》ノ静《しづか》ニ戸外ニ響クヲ聴クノミ　幽蘭女史曰ク　[一四]更闌《かうたけなは》ニシテ市店《してん》皆已《みなすで》ニ眠ル[一五]器械ヲ購《あがな》ヒ以《もつ》テ[一六]明旦《みやうたん》ノ備《そなへ》ヲ為《な》ス能ハズ　其《そ》レ之《これ》ヲ如何《いかん》ス可キト　范老曰ク　[一七]陋奴《ろうど》モ亦是《またこれ》ヲ以《もつ》テ大《おほい》ニ[一八]念《ねん》トナセリ　嗚乎《ああ》吾《われ》[一九]畢生《ひつせい》ノ大事智《ち》ヲ尽シ身ヲ労シ漸《やうやク》将《まさ》ニ成ラントシテ而シテ[二〇]深宵《しんせう》ノ故《ゆゑ》ヲ以テ終《つひ》ニ其《その》志ヲ達スル能ハザルカト　妾亦嘆《またたん》ジテ曰ク　彼[二一]賤丈夫《かのせんぢやうぶ》ヲシテ去ルコ

地図一篇之草蛇灰線。処処点綴。如下緑陰豊草間。見中一朶残花上矣。

此一頓亦妙。是天苦二其心思一。労二其支体一。欲三以玉二成之一也。其報二善人一如二薄倖一者。而其実厚運叮寧如レ此。積水厚而後決レ之浩浩。天下之事不レ可レ無レ所レ待焉。

一　苦しみ。「辞センヤ」は〈後印〉「覚エンヤ」。
二　わずらわすこと。
三　密室。
四　声をあげて。
五　舌打ちする音、ちぇ。
六　愚かな男。
七　大切な時間。
八　心を落ちつけて、今日の首尾を話して下さい。「吉凶」は良い事と悪い事。ここでは計画の進展具合を尋ねている。
九　計画通りになる。図に当たる。「竅」は穴。
一〇　はっきりしたものでは全くないのですが、計略を行うのに十分役に立つだろう。
一一　山や川の様子。
一二　旅行の支度・準備。
一三　あたりはしんとしてものさびしく。「閴」は「闃」と同じ。
一四　夜も更けて、市中の店は皆すでにしまっている。「更」は日没から夜明けまでの一夜を五等分したそれぞれの時刻の呼び名。「闌」は真っ最中。
一五　「器械」は道具。具体的にはピストル。
一六　明朝。
一七　謙称の一人称。「陋」は卑しいこと。
一八　心配している。
一九　一生涯のうちで最も重要な大事。
二〇　深夜。
二一　守城長のこと。

説二風雨一第一。紙上亦有二風雨声一。

且慰且喩。温藉婉実。女流相愛之情。描出逼レ真。

吉事在二目前一。使二常人処一レ之。当二心跳如一レ鼓。不レ知二履歯折一。而密議熟計。従容不レ迫如レ此。天下之事。多自二沈着静黙裡一烹錬来。而浮躁之人不二自敗一者鮮矣。可レ不レ戒哉。

画策至密。真箇将家之子。

予画二事後遁走之計一。意深慮遠。宜矣哉。無下左奚陥二

ト早カラシメバ豈《あに》我ガ此憾《このうら》ミアランヤト　声未《いまダ》了《をは》ラズ窓外滴滴《てきてき》ノ[二二]響《ひびき》アリ　‖范老戸ヲ開ケバ一陣ノ涼風雨ヲ吹《ふき》テ颯颯裡《さつさつうち》[二三]ニ入ル　翠簾《すいれん》[二四]飄《ひるがへ》リ彩燈《さいとう》[二五]消エントス　‖范老急ニ戸ヲ穿《うが》ツ[二六]　妾大《おほい》ニ喜《よろこび》テ曰ク　噫ゝ《ああ》皇天未《いまダ》我ヲ棄テズ　恵ムニ今宵ノ雨ヲ以テス　我《わガ》計策必《かならズ》成ランノミ又悲歎スルヲ要セズト　‖幽蘭女史曰ク　何ノ故《ゆゑ》ゾヤト　妾ガ曰ク　‖王羅《（オーラー）》守城長ノ郊外ニ遊ブヤ将軍ノ保養ヲ計ルニ在リ　故ニ風雨ヲ冒シ泥濘《でいねい》ヲ凌《しの》ギ而《しか》シテ必《かならズ》行カント欲スルニ非ラズ　想フニ応《まさ》ニ新晴《しんせい》[二七]ヲ待チ而《しか》シテ駕《が》ヲ命ゼンノミ　妾等因《より》テ一二日《いちににち》ノ間ヲ得テ徐《おもむろ》ニ計画密議スルヲ得ント　風雨益ゝ甚《はなはダ》シク簷滴《えんてき》[二八]ノ声愈《いよいよ》喧《かまびす》シ　妾等ガ前途ノ計画モ亦明旦《またみやうたん》ニ非ラザルヲ知リ胸襟僅《わづか》ニ綽然《しやくぜん》[二九]タルヲ得タリ　妾又《また》地図ヲ把《とり》テ反覆其《その》計策ヲ説キ且《かツ》曰ク　此事《このこと》成ラバ何《いづれ》ノ地ニ奔《はしり》テ而シテ可ナランカ　|仏国最《もつとモ》便ナリト雖モ境界厳粛ニシテ電線[三〇]通ゼザル処《ところ》ナク追迹亦《ついせきまた》必《かならズ》急激ナラン　皇兄[三一]ヲ戴《いただ》キ将軍ヲ慕《した》

二二　水がぽたぽたとおちる音。
二三　さっと家の中に吹き入る。「颯颯」は風の音。
二四　すだれ。ここではカーテンのこと。
二五　色どりゆたかなランプの灯。
二六　戸を開けた。
二七　雨後の晴。
二八　雨だれの音はますます激しくなる。「簷滴」は軒の雨だれ。
二九　余裕のあるさま。
三〇　アメリカ人モールスによる電信が一八四〇年代から実用化されていた。
三一　ドン・カルロス五世のこと(→二八頁注一一)。ただし実際には、第三次カルリスタ戦争では五世の甥カルロス七世が推戴された。

大沢一之患上也。嗚乎。虞氏帳中之飲。徒舞以侑レ酒耳。無三一語及二大事一。彼蓋市井之一艶妻。而重瞳溺レ愛猶且如レ此。使三其見二蓮蘭二姫一。其垂涎如何也。又宜矣哉。散士之留連忘レ返也。

欧人自有二欧人之口吻一。清人自有二清人之口吻一。如二野草瓶花趣異芳同一妙甚。

フノ南方[一]ニ遁《のが》レンカ　是レ亦《また》人ノ最《もつとモ》意ヲ注《そそ》グ処ニシテ政府ノ警察彼《かれ》ヨリ密ナルハナカラン　妾《せふ》甚《はなはダ》之《これ》[二]ニ惑《まど》ハザルヲ得ズト　幽蘭女史ノ曰ク　妾モ始《はじメ》之ニ迷ヘリ　然レドモ漸《やうやク》ニシテ其計《そのけい》ヲ得タリ　蓋《けだシ》幸《さいはひ》ニ老父ヲ奪フコトヲ得バ直《ただち》ニ路《みち》ヲ東北ニ取リ其備《そのそな》エザルニ出《い》デ力《つと》メテ蹤跡《しようせき》ヲ晦《くらま》シ伊武浪河《イブロー》[三]ヲ渡リ以太利ニ航《かう》シ欧洲ノ俠勇《けふゆう》[四]自由ノ泰《たい》斗《と》タル峨馬治《（ガルバルヂー）》[五]ニ倚《よ》ラント欲スルナリ　其一諾《そのいちだく》ヲ得テ而シテ去就ヲ決セバ天下ノ強国モ亦以《またもつ》テ奈何《いかん》トモスルコト能ハズ　身ハ泰山[六]ノ安キニ在《あり》テ遂ニ前狼後虎《ぜんらうこうこ》[七]ノ患《うれひ》ナカラン　想フニ老父ノ見ル所モ或《あるい》ハ之《これ》ニ同ジカランカト　范老案《あん》[八]ヲ拍《うち》テ曰ク　此計《このけい》最《もつとモ》妙ナリ　孫子曰ク[九]水ノ形ハ高ヲ避ケテ而シテ下ニ趨《はし》リ兵ノ形ハ実ヲ避ケテ而シテ虚ヲ撃ツト　又曰ク　千里ヲ行《ゆき》テ而シテ労セザルモノハ無人ノ地ヲ行ケバナリト　今日《こんにち》ノ事兵事《へいじ》ニ非ラズト雖モ之《これ》ニ鑑ミテ以テ謀《はかりごと》ヲ講ゼバ大過ナカル可シト　妾モ亦《また》之ヲ賛シテ議即《すなはチ》決ス　時ニ案頭ノ自

一 第三次カルリスタ戦争でカルリスタ側に付いた地域は主にカタルーニャやバスクなど北部の地方で、南方では少なかった。しかし第一次の段階では王権争いの側面が強かったカルリスタ戦争は、第二次以降、中央の共和・自由主義対伝統主義・専制的地方分権主義という様相を強めた。一方、第一インターナショナルに属する人々やパリ・コミューンの残党が合流した地域主義者(カントナリスタ)の叛乱が起こる。その蜂起の代表的な地域がアンダルシアであった。この二種の叛乱は主義主張を異にするものの、中央主権的な政府に対抗する点で共通し、ここで「南方ニ遁レンカ」と考える登場人物を造形することは、散士がその両者を混同していたとも考えられる。

二 どちらの逃げ道がよいか。

三 エブロ川(Río Ebro)。スペイン北部を西から東に流れ、バルセロナの西南一三〇キロメートルのアンポスタで地中海に入る。

四 「俠勇」は男気と勇気に富むこと。「泰斗」は人々から尊敬される権威者。自由主義の第一人者。

五 ガリバルディ(→一九二頁注七)に後ろ盾を引き受けてもらい、そうして出処進退を決めれば。

六 「泰山」は中国山東省にある名山。天子が即位のとき天地をまつる儀式を行う聖山とされた。ここでは泰山のようにどっしりと安定した状態のこと。

七 諺「前門の虎、後門の狼」に同じ。前の門で狼を防いだが、後ろの門で虎にねらわれる意で、一つの危機を逃れてもすぐに他の危機にあうこと。

曰短銃。曰男装。皆是行㆑兇利器也。前日携㆓望遠鏡㆒以託㆓遊覧㆒。妖氛猶蔵㆓于和気中㆒。至㆑此殺気炎炎逼㆑人。猶㆘名優欲㆔演㆓出幽鬼㆒。先点㆗陰火於疎柳間㆖。読者不㆑覚髪立。才華煥発。粲如㆓春花㆒。

嗚鐘鏗《かう》鏗《かう》トシテ[一〇]第四点ヲ報ズ　[一一]明早《みやうさう》風漸《やうやク》収マリ雨未《いまダ》歇《や》マズ　[一二]范老英船ノ水手《すいしゆ》ト称シ市ニ出《い》デ、三個ノ短銃ト[一三]二襲《ふたかさね》ノ男装《だんさう》ヲ購《あがな》ヒ妾等ハ房中ニ在リ行李ヲ整ヒ[一四]書冊ヲ火《もや》シ各《おのおの》ゝ明日ノ準備ヲ為《な》ス　日《ひ》既ニ[一五]晌午《しやうご》ヲ過ギ[一六]煙霏《と》ビ雨散《さん》ジ清涼初秋ニ似タリ　幽蘭女史ガ曰ク　王羅《（オーラー）》モ亦《また》是《こレ》[一七]姦猾《かんくわつ》多智《たち》一個ノ老漢ナリ　尚《なホ》其《その》動静ヲ詳《つまびらか》ニシ[一八]情ヲ飾リ意ヲ迎ヘ彼ヲシテ更ニ疑フ所ナカラシム可シト　妾乃《すなはチ》人ヲ遣《つかは》シテ之《これ》ヲ招キ幽蘭女史ト故《こと》サラニ[一九]間雅《かんが》愉悦ノ状ヲ装《よそほ》ヒ諧謔《かいぎやく》怨言《あんげん》以テ彼《かれ》ガ動止《どうし》ヲ試《こころ》ム　彼既ニ[二〇]心骨《しんこつ》蕩然《たうぜん》トシテ悠悠《いういう》款語《くわんご》又更ニ怪訝《くわいが》ノ態《たい》アルヲ見ズ　談笑差ゝ《やや》久《ひさし》フシテ彼将《かレまさ》ニ帰リ去ラントス　妾其手《そのて》ヲ握《にぎ》リ微笑シテ曰ク　[二一]夜来《やらい》多情ノ雨行路《かうろ》ヲ遮《さへぎ》リテ今日《こんにち》手ヲ握ルノ歓楽ヲ導キ。　[二二]今宵《こよひ》無頼ノ風滞雲《たいうん》ヲ掃《はらひ》テ明日臂《ひぢ》ヲ把《と》ルノ佳興ヲ妨《さまた》グ　然レドモ若《も》シ幸《さいはひ》ニ好機ヲ得バ[二三]翠野《すいや》碧渓《へきけい》ノ間《かん》ニ逍遥シテ遠ク玉姿《ぎよくし》ヲ認メテ妾ガ相思《さうし》ノ情ヲ慰メント　彼乃《かレすなはチ》首《かうべ》ヲ回《めぐら》シ笑《わらひ》テ曰ク　是亦《これまた》僕ノ望ム所ナ

八 机をたたいて。

九 水の流れのように、戦いも臨機応変に、敵の備えのある所を避けてすきのある所を突くものである。また、遠い道のりを行軍して疲れないのは敵のいない土地を行軍するからである（いずれも『孫子』虚実篇）。

一〇 午前四時（または六時）を知らせた。「案頭ノ自鳴鐘」は→一五二頁注七。「鏗鏗」は金属がぶつかり合って鳴る音。

一一 「明早」は翌朝早く。「収マリ」は「収マレド」などように逆接であるべき。

一二 イギリスの船乗り。

一三 二揃いの男装用の衣装。「襲」は上着と下着がひと揃いになった衣服の単位。

一四 書物、書籍。証拠隠滅を計ったということ。

一五 正午と同じ。「晌」はひるま。

一六 もやがたなびいて、雨が上がった。

一七 悪賢く知恵のまわる。

一八 慕っているかのように装い、相手の意向に従って振る舞い。

一九 しとやかでみやびに喜んでいるさまを装い、冗談やうらみごとで守城長の様子を見る。「間雅」は「閑雅」と同じ。「試ム」はためして様子を見る。

二〇 身も心もうっとりとした気持ちになり、ゆったり語らった。「款語」はうち解けて語り合うこと。

二一 昨夜以来の気まぐれな雨。

二二 たちの悪い風がいつまでも動かない雲を吹きはらって、明日手を取り合って散歩する興趣を邪魔するでしょう。

二三 緑の野原や青く澄んだ谷川のほとりを散歩して。

リ　但《ただ》令嬢必《かならズ》他人ノ怪《あやし》ム所トナルコト勿《なか》レト　門ヲ出《い》デヽ去ル
此夜《このよ》妾《せふ》館主ヲ呼ビ託《たく》シテ曰ク　妾等明日[一]聯騎《れんき》郊外ニ遊バント欲ス
願クハ為《た》メニ二頭ノ駿馬《しゆんめ》ヲ備ヘヨ　性《せい》柔順ニシテ疾足《しつそく》ナルモノヲ可
ナリト為《な》スト　又《また》地図ヲ開《ひら》キ范老ニ示シテ曰ク　先《ま》ヅ此松林《このしようりん》ニ至《いたり》テ
妾等ノ到ルヲ待テト　[二]即夜范老行李《かうり》ヲ負《お》ヒ農夫ノ装ヲ為《な》シテ去ル
[三]翌旦《よくたん》ニ至《いたり》テ妾等モ亦《また》[四]素飾軽粧シテ出《い》ヅ　幽蘭女史白馬ニ騎シ妾[五]驪《り》馬《ば》
ニ鞭《むち》チ馳《は》セテ[六]郭門ニ達ス　二人ノ警吏アリ　[七]佇立《ちよりつ》シテ道路ヲ視察ス
一人進《すすみ》テ我馬前《わがばぜん》ヲ遮《さへぎ》リ幽蘭女史ヲ止《とど》メ将《まさ》ニ問フ所アラントス　他ノ
一人急ニ来リテ其肩ヲ打《う》チ暫《しばら》ク耳語《じご》シテ相共《あひとも》ニ笑ヒ徐《おもむろ》ニ進路ヲ開《ひら》キテ
曰ク　貴嬢[八]行《ゆけ》矣行《ゆけ》矣　又問フ所有ル無シト　蓋《けだ》シ彼《かれ》ハ守城長ノ家奴《かど》
ニシテ[九]能ク妾等ヲ知ル者又敢《またあへ》テ怪《あやし》マザルナリ　一夜ノ雨、半日ノ晴、
[一〇]泥路新《あらた》ニ乾《かわき》テ馬蹄塵《ばていちり》ヲ颺《あ》ゲズ　既ニシテ松林ノ[一一]蓊鬱《をううつ》タルヲ見ル　妾
乃《すなはチ》馬ヲ進メテ其中ニ入《い》ル　范老独《ひとり》[一二]樹根《じゆこん》ニ踞《きよ》シ行李ヲ側《かたはら》ニシ[一三]煙ヲ

二姫亦従順而疾足者。所レ謂牝馬之貞歟。

部伍整整。是亦孫呉之小兵法。

一頓最妙。

喰ニ甘蔗一漸入ニ佳境一。忽留ニ余味一撇ニ開一路一。猶下好演師滔滔話去。

一　馬をつらねて。
二　すぐその夜。〈後印〉「翌旦」。
三　翌朝。〈後印〉「少焉ニシテ」。
四　質素な身なりで簡単な格好をして。
五　黒色の馬。
六　町はずれの城郭の門。〈後印〉「郭門ニ至ル」。
七　立ち止まって。
八　「行矣」は本来人を励ます言葉。ここでは、単に「行け、行け」の意。
九　〈後印〉「妾等ノ彼ト親ムヲ知リ漸怪ム所ナキナリ」。
一〇　泥道は乾いてしまって、馬のひづめは塵を巻き上げない。
一一　草木がこんもりと茂るさま。
一二　木の根っこに腰を下ろして。
一三　煙草をふかしながら。

至二復讐一段一。留為中翌夜招客之地上。談将レ入二佳境一。故成二一小頓一。使三人発二焦心一。是亦文章家秘訣。

吹テ妾等ノ至ルヲ遅《ま》テリト　[一四]紅蓮尚《なホ》言フ所アラントス　時ニ老僕数《すう》顆《くわ》ノ果実ヲ竹籃《ちくらん》[一五]ニ盛リ入リ来リテ曰ク　邸後《ていご》ノ林檎漸《やうやク》熟スルニ似タリ　何ゾ[一六]甘酸《かんさん》ヲ試ミザルト　紅蓮直《ただち》ニ小刀ヲ把《と》リ一顆《いつくわ》ヲ切《きり》テ両片トナシ一片ヲ以テ散士ニ与ヘ　自《みづかラ》一片ヲ喫シテ曰ク　嗚乎《ああ》是《これ》仙掌《せんしやう》[一七]ノ甘露ニ勝《まさ》ル　妾《せふ》ガ喉舌《こうぜつ》僅《わづか》ニ浥《うるほ》フヲ得タリ　請《こ》フ更《さら》ニ其後ノ状ヲ語ラン

用意周密。范老真是兼二偏裨将一。而当二百万卒一者。

范老乃《すなはチ》行李ヲ開キ粧束ヲ変ゼシム　妾等直《ただち》ニ衣《い》ヲ脱シテ男装ヲ穿《うが》チ[一八]頭《かうべ》ニ烏黒《うこく》[一九]ノ高帽ヲ戴《いただ》キ目ニ鴨緑《あふりよく》[二〇]ノ眼鏡ヲ掛ケ仮髯《かぜん》[二一]鼻下ヲ掩《おほ》ヒ短銃腰間《えうかん》[二二]ニ在リ　遠ク之ヲ望メバ堂堂タル両個[二三]ノ好丈夫ナリ　相見テ覚エズ一笑ス　笑声未《いまダ》終ラズ　原頭《げんとう》[二四]遥ニ匹馬《ひつば》[二五]ノ嘶《いなな》クアリ　我馬亦《わがうままた》耳ヲ欹《そばだ》テヽ相和《あひわ》セント欲ス　范老急《きふ》ニ木枝《ぼくし》ヲ取リ馬口《ばこう》ニ銜《ばい》[二六]シ更《さら》ニ一条ノ麻索《あさなは》ヲ以テ固ク其上ヲ結ビ嘶鳴《しめい》[二七]スル能ハザラシム　暫《しばら》クニシテ二騎アリ　轡《くつわ》ヲ並《なら》ベ左視右顧《さしうこ》[二八]シテ過グ　范老林間ヨリ之ヲ見テ節《せつ》[二九]ヲ

一四　ここで再び散士に紅蓮が過去を語っている現在に戻る。
一五　たけかご。
一六　甘いか、酸っぱいか、召しあがってみませんか。
一七　仙人が受けとめた天の清らかな露。たいへん美味で、それに玉の粉を混じたものは長寿を与えるとされた。
一八　身につけ、着て。
一九　烏の羽のように艶がある黒色。
二〇　サングラスのこと。「鴨緑」は「鸚緑」の誤りで、鸚鵡の羽のような緑の意。
二一　付けひげ。「鼻下ヲ掩ヒ」とあるが「髯」は本来は頬ひげ。
二二　腰のあたり、腰のまわり。
二三　二人の好男子。
二四　原野のほとり、野原。
二五　一頭の馬。
二六　くわえさせ。
二七　いななくことができないようにした。
二八　左を見右を顧みる。あちこち見ること。
二九　膝を叩いて。

彼早此遅。間不レ容レ髪。可三以見二天意一矣。

火牛嚢沙之計。彼挙二一国之兵一。駆二諸侯之卒一。以為レ之。積石之策。此范老之一身。難易分明。嗚乎這老将軍。足二以奴レ田而僕一レ韓矣。

雲従レ龍風従レ虎。

拍《うち》テ曰ク　嗚乎《ああ》皇天未《いまダ》我ヲ捨テズ　今日《こんにち》ノ事既ニ成矣《なれり》ト　妾問《せふとひ》テ曰ク　[一]何為《なんす》レゾ此言《このげん》ヲ為《な》スト　范老曰ク　彼《かれ》ハ即《すなはチ》警吏ノ路上ヲ[二]斥《せき》候《こう》スルモノナリ　彼ヲシテ来《きた》ルコト一刻遅カラシメンカ　我ヲシテ去ルコト一刻早カラシメンカ　我策《わがさく》悉《ことごと》ク彼ノ発現スル所トナリ積日ノ苦心[三]転瞬《てんしゅん》ノ間《かん》ニシテ徒《いたづら》ニ[四]画餅《ぐわへい》ニ帰センノミ　真ナル哉　[五]機会ノ来《きた》ル間《かん》ニ髪《はつ》ヲ容《い》レザルヤト　直《ただち》ニ[六]疾奔《しっぽん》シテ橋辺《けうへん》ニ至ル　妾《せふ》幽蘭女史ト之《これ》ヲ望メバ范老身ヲ屈シテ数個ノ大石ヲ[七]運転シ力ヲ極メテ[八]路上ニ乱列シ[九]礌落崎嶇《らいらくきく》車馬ヲシテ通ズ可カラザラシム　既ニシテ還リ来《きた》リテ曰ク　[一〇]造父《ざうほ》鞭《むち》ヲ挙ゲテ八龍《はちりよう》ヲ御《ぎよ》スルモ王羅《（オーラー）》ノ車那処《かしこ》ニ留マランノミ　老奴其側《そのかたはら》ニ伏シ銃ヲ発シテ[一一]号ヲ為《な》シ以テ彼ヲ刧《おびや》カサン　両娘《りやうぢやう》直《ただち》ニ馬ヲ駆《か》リ[一二]大声叱呼《たいせいしっこ》シテ来《きた》リ迫レト　再《ふたた》ビ身ヲ転ジテ去ル　妾等[一三]年猶壮《としなホ》ニシテ意気最《もっとモ》雄ナリト雖モ[一四]骨柔《ほねやはらか》ニ肱《ひぢ》弱ク其成否未《いまダ》計ル可カラズ　范老其人ノ如キハ親《みづかラ》[一五]経歴スル所頗《すこぶル》多ク　[一六]老成着実[一七]事《こと》ニ

一　どうしてそのように言うのですか。
二　物見。様子を探ること。
三　まばたきする間。
四　むだ骨折りに終るだろう。「画餅」は絵にかいたもち。食べられないところから、無益、絵空事の意。
五　チャンスが来たら計画を即座に実行しよう。
六　素早く走って。
七　転がし運び。
八　道路の上にばらばらに並べ。
九　石で道を凸凹にして。「礌落」は「磊落」と同じで、石がごろごろしているさま。「崎嶇」は道の凸凹したさま。
一〇　周の穆（ぼく）王に仕えた、すぐれた御者（『列子』湯問）。「八龍」は八頭の龍。ここでは、もし造父のような名御者が八龍を御していても、王羅の車はあそこで止まってしまうにちがいない、の意。
一一　大きな音を立て。
一二　大声ではげしく叫び。「叱呼」は「疾呼」に通じて用いられたか。
一三　いまなお血気盛んな年頃であって。
一四　腕力に欠ける女性であることを言う。
一五　経験したこと。
一六　永年の経験を積み、堅実である。
一七　事にあたって慎重で、計画をよく練って、しかもそれを成しとげる。「必ずや事に臨んで懼れ、謀を好んで成す者なり」（『論語』述而）による。

同類相集者物之情也。二姫与二范老一。其猶二影於一レ形歟。

読者亦心胸鼓動。筆飛紙舞四字。可三以評二此文一。

臨《のぞみ》テ而シテ懼《おそ》レ謀《はかりごと》ヲ好《この》テ而シテ成ス者真《しん》ニ得易《えやす》カラザルノ才ナリ今《いま》妾等ノ此人《このひと》ヲ得タルハ亦是旻天《またこれびんてん》ノ誠忠《せいちゅう》ヲ憐《あはれ》ムノミ　少時《しばらく》ニシテ‖幽蘭女史小邱《せうきう》一八ニ上《のぼ》リ直《ただ》ニ下《くだ》リ忙《せは》シク告ゲテ曰ク　一輛《いちりやう》ノ馬車橋辺《けうへん》ニ向《むかひ》テ来《きた》ルト　妾之《これ》ヲ聞キ心胸鼓動脈脈一九トシテ波瀾《はらん》ノ如シ　乃《すなはチ》気ヲ鼓《こ》二〇シ勇ヲ振ヘ躍《をど》リ二一テ馬ニ跨《また》ガリ草葉木枝ヲ隔テヽ之ヲ見ル　歴歴二二トシテ弁ズ可シ　御者鞭《むち》ヲ執《とり》テ車前ニ坐シ警吏剣ヲ帯ビテ其左ニ倚《よ》二三リ守城長‖幽将軍ト相語テ其中ニ並坐二四ス　馬車漸《やうや》ク橋辺ニ近ヅカントスルニ方《あた》リ一発ノ砲声忽然《こつぜん》樹間ニ響ク　守城長大《おほい》ニ驚キ声ヲ放《はなち》テ曰ク

昔者商君之出。多力而駢脅者為二驂乗一。持レ矛操二闟戟一者旁レ車而趨。此一物不レ具不レ出。然車裂之刑竟不レ可レ免。信哉恃レ力者亡。恃レ徳者昌也。嗚乎彼警吏亦何能為。

幽将軍ヲ奪フノ図

一八　小さな丘。
一九　胸中の心臓の鼓動が強く波打ち大波がうねっているようだ。「脈脈」は思いや情念が心の中に強く波打ち動いているさま。
二〇　心を励まし勇気をふるい。
二一　馬に飛び乗ってまたがり。
二二　はっきりと識別することができた。
二三　よりそっている。
二四　並んで座っている。

賊アリ賊アリ　馬ニ鞭《むちう》チ速《すみやか》ニ走レト　語未《いまダ》終ラズ乍《たちまチ》又爆然《ばくぜん》[一]一声警吏ヲ射テ之ヲ傷《きずつ》ク　警吏倒レテ路側ニ堕《お》ツ　妾等機《き》ニ乗ジ短銃ヲ提《ひつさ》ゲ馬ニ鞭《むちう》チ之ニ迫ル　守城長御者《ぎよしや》ト魂散《こんさん》[二]ジ魄褫《はくうば》ハレ其成《そのな》ス所ヲ知ラズ　唯《たダ》力ヲ極メ鞭《むち》[三]ヲ輪《まは》シ馬背《ばはい》ヲ乱打ス　馬亦大《またおほい》ニ駭《おどろ》キ鬣《れふ》[四]ヲ振《ふる》ヒ蹄《ひづめ》ヲ揚ゲ橋畔《けうはん》[五]ニ向《むかひ》テ走ル　忽《たちまチ》巨石ノ路上ニ横《よこた》ハルニ逢《あ》ヒ進マント欲シテ進ム能ハズ　道路狭隘《けふあい》[六]ニシテ追騎《ついき》後《しりへ》ニ在リ　退カント欲シテ退ク能《あた》ハズ　周章狼狽[七]ノ状想《おも》フ可シ　幽蘭女史急ニ西語[八]ヲ以テ疾呼シテ曰ク　伏兵速《すみやか》ニ出デヨ　姦賊ヲ誅《ちゆう》[九]シ忠良ヲ救フハ此一挙ニ在リト　御者之《これ》ヲ聞キ鞭ヲ捨テ自《みづから》[一〇]水中ニ投ズ　守城長モ亦《また》身ヲ跳《をど》ラシテ遁《のが》レント欲ス　范老之ヲ認メテ大《おほい》ニ怒リ一拳[一一]撃テ車下ニ倒シ直《ただち》ニ進《すすみ》テ[一二]短銃ヲ擬ス　妾之《これ》ヲ留メテ曰ク　彼《かレ》姦悪已《すで》ニ貫盈《くわんえい》[一三]スト雖《いへど》モ豈漫《あにみだり》ニ殺スニ忍ビンヤト　時ニ幽蘭女史馬ヲ下《おり》テ其傍《そのかたはら》ニ在リ　乃《すなはチ》馬口ノ麻《あさ》索《なは》ヲ解キ范老ニ与ヘテ守城長ヲ縛《ばく》セシメ自《みづから》車上ニ向ヒ将軍ノ手ヲ

無㆓一緩筆㆒。無㆓一漫筆㆒。字字勁。所㆑謂一瀉千里。又所㆑謂疾雷不㆑遑㆑掩㆑耳者。

一 爆発するような音が一つ。
二 我を失ってあわてふためく様子。
三 円を描くように鞭を打ち下ろす。
四 たてがみ。
五 橋のたもと。
六 道路は狭く追っ手の馬は後ろにいる。
七 大いにあわてふためくこと。
八 スペイン語。
九 悪者を滅ぼし忠義で善良な人を救う。
一〇 （御者は伏兵がいると思いこみ）川のなかに逃れた。
一一 一発殴って。
一二 ピストルを突きつけた。「擬ス」は物をあてがうこと。
一三 守城長はすでに悪事をたくさん働いている。「貫盈」は悪事が広く行われていること。

使㆓馬琴輩記㆒㆑之。必於㆓此処㆒談㆑旧話㆑新。使㆓人不㆒㆑堪㆑読。告㆓老将軍㆒。僅数句。真得㆓叙実之妙㆒。以㆑巾裹㆑面。令㆑不㆑知㆓其所㆒㆑之也。范老用意周密。事事皆然。非㆘老㆓世事㆒者㆖不㆑能。英傑所㆑見。同軌一轍。

取リ扶《たす》ケテ車ヨリ下《おろ》シ涙ヲ揮《ふる》ヒ告《つげ》テ曰ク　此二人ハ児《じ》ガ刎頸《ふんけい》一四ノ友ニシテ皆《みな》生ヲ捨テヽ今日阿爺《あや》一五ガ危急ヲ救ヘル者ナリ　先《ま》ヅ此処《ここ》ヲ遯《のが》レテ而シテ後詳《つまびらか》ニ其顛末《そのてんまつ》ヲ語ラント　范老守城長ヲ縛《ばく》シ且白巾《かつはくきん》一六ヲ以テ其面《そのおもて》ヲ裹《つつ》ミ引《ひき》テ林中ニ至リ固ク樹根ニ繋ギ　又前《さ》キニ脱スル所ノ女装ヲ携ヘ来《きた》リテ妾等ニ与フ　妾即《すなは》チ幽蘭女史ト相扶《あひたす》ケテ男装ヲ去リ将軍ト范老トヲシテ之ヲ着セシメ再《ふたたび》身ヲ変ジテ馬上ニ跨《またが》ル　范老亦《また》服ヲ変ジ直《ただち》ニ一七車轅《しやゑん》ヲ毀《こぼ》チ馬綏《ばすい》ヲ断《た》チ一八其二馬《そのにば》ヲ解キ右手ニ纓轡《えいひ》一九ヲ執《と》リ左手ニ将軍ヲ麾《さしまね》キ呼《よび》テ曰ク　閣下請《こ》フ先《ま》ヅ之ニ騎セヨト　更《さら》ニ旧衣ヲ執《とり》テ河流ニ投ジ自《みづから》他ノ一馬ニ跨ル　幽蘭女史将軍ニ問《とひ》テ曰ク　将《まさ》ニ何《いづれ》ノ地《ち》ニ遁《のが》レントスト　将軍曰ク　命《めい》ヲ皇天ニ委《ゆだ》ネテ路ヲ東北ニ取リ伊太利ニ向ハンノミト　女史ノ曰ク　老父ノ見ル所亦児《またじ》ト異ナルコトナシト　是《ここ》ニ於《おい》テ四人鑣《くつわ》ヲ連《つら》ネ鞭《むち》ヲ鳴ラシ塵ヲ颺《あ》ゲ沙《すな》ヲ捲《ま》キ将軍之ガ先導トナリ路ヲ無人ノ境ニ取リ東北ニ向《むかひ》テ馳奔《ちほん》二〇スル

一四 友人のためには自分の首を斬られても後悔しないほどの親しい交際を言う。趙の廉頗は自分より優遇されている藺相如を嫉妬したが、趙が秦に攻められないのは自分と廉頗がいるためだとしてあえて争わなかった藺相如の深謀を知り、嫉妬した罪を謝罪して生死を共にする交わりを結んだことによる。「鄙賤の人、将軍の寛の此に至れるを知らざるなり、卒に相与に驩びて刎頸の交はりを為す」(『史記』廉頗藺相如伝)。

一五 お父さん。

一六 白いハンカチ。

一七 馬車のながえをこわし、綏(馬車に乗るときにつかまる綱)を切り。

一八 馬車の馬二頭を馬車から解いて。

一九 くつわのひも。

二〇 馬を走らせ逃げる。

困苦之状。写得妙絶。

風雨伏線。

佳人名将陥ニ餓鬼道一。

非ニ是地獄遇一レ仏。即是極楽遇レ鬼也。三人入ニ茅屋一偸ニ一息之安一。以為レ不レ足レ患。特不レ知其所ニ以為一レ安者。乃其所ニ以危一也。

コト十余里　漸《やうやク》ニシテ[一]餓《が》渇《かつ》交ゝ《こもごも》迫ル　将軍勇壮[二]矍《くわく》鑠《しやく》[三]意気世ヲ蓋《おほ》フノ風《ふう》アリト雖モ久シク[四]囹圄《れいご》ノ中《うち》ニ在リ肉瘦《や》セ神《しん》衰《おとろ》ヘ之ニ加フルニ当日騎スル所ノ馬[五]鞍《くら》ナク鐙《あぶみ》ナク最モ四肢ヲ労スルヲ以テ[六]困憊《こんばい》殊《こと》ニ甚《はなはダ》シ既ニシテ日暮レ馬疲レ之ヲ牽《ひ》ケドモ動カズ之ヲ鞭《むちう》テドモ進マズ　四人已《や》ムヲ得ズ馬ヲ棄テヽ歩ス　時ニ雲暗《くら》フシテ[七]星河光《ひかり》ナク[八]風起《おこ》リテ山雨《さんう》降《ふ》ラント欲ス　[九]路上闇闇《あんあん》険夷《けんい》ヲ弁ゼズ　一歩一息唯《ただ》脚ニ任セテ行ク　夜漸《やうやク》深フシテ[一〇]疲饑《ひき》亦《また》極マリ遂ニ一歩ス可カラザルニ至ル　首《かうべ》ヲ回《めぐら》セバ一条ノ岐路[一一]アリ　[一二]相去《あひさ》ルコト甚《はなはダ》近フシテ一茅屋《いちばうをく》ノ路傍ニ在ルヲ認ム　皆悦《よろこび》テ曰ク　以テ[一三]一餐《いつさん》ヲ求ム可シト　近《ちかづき》テ之《これ》ヲ見レバ路上ノ[一四]馬厩《ばきう》ナリ　[一五]荒寥《くわうれう》闃寂《げきせき》人ノ敢《あへ》テ守ルモノナシ　皆大《みなおほい》ニ望《のぞみ》ヲ失フ　然レドモ又歩《またほ》ヲ移ス能ハザルヲ以テ相携ヘテ楼上ニ登ル　[一六]蛛《ちゆ》網《まう》縦《じゆう》横《わう》塵《ちん》埃《あい》寸《すん》積《せき》陋《ろう》謂《い》フ可カラズ　身ヲ転ジテ其中ニ臥ス　范老首《かうべ》ヲ挙ゲテ[一七]窓隙《さうげき》ヨリ遥《はるか》ニ孤燈《ことう》ノ林間ニ映ズルヲ見《み》　身ヲ起シテ曰ク

一　餓えと喉の渇き。
二　年老いてなお元気で丈夫なこと。
三　世界を圧倒するほどの気力に満ちている。
四　牢屋。
五　「鞍」は馬の背に乗せて人や荷物を載せるための馬具、「鐙」は鞍の両脇にさげて足をかける馬具。
六　疲れはてること。
七　天の河。
八　何かが起こりそうな穏やかならぬ前兆をいう「山雨来たらんと欲して風楼に満つ」(許渾「咸陽城東楼」詩、山雨の来る前に風が高い建物に一杯に満ちてくる)による。
九　道は暗く、地形が険しいか平らかを判断できない。
一〇　疲れと飢え。
一一　わかれ道。
一二　そこからあまり遠くないところに一軒のあばら屋が見えた。
一三　一回の食事。
一四　馬小屋。
一五　荒れて寂しいさま。「闃寂」は→二一六頁注一三。
一六　蜘蛛の巣が縦横に張って、塵が一寸も積もり、粗末なことは言葉にもならない。
一七　窓の隙間。

老奴請《こ》[一八]フ去《さり》テ食ヲ求メント　直《ただち》ニ楼ヲ下《くだ》リ故《こと》[一九]サラニ階《きざはし》ヲ撤《てつ》シテ去ル。妾等積労《せきらう》[二〇]ノ余《あまり》覚ヘズ眠《ねむり》ニ就ク　暫《しばら》クニシテ霹靂《へきれき》[二一]一声吾夢《わがゆめ》ヲ破ル　驚《おどろき》テ目ヲ開ケバ金蛇《きんだ》[二二]閃閃《せんせん》壁ヲ穿《うがち》テ入リ雷声隠隠《らいせいいんいん》山ヲ破《やぶり》テ来《きた》ル　狂風茅屋《ばうをく》ヲ捲《ま》カント欲シ驟雨《しうう》[二三]江河《かうが》ヲ傾クルニ似タリ　未《いまダ》久シカラズ近ク人馬ノ声アリ　雷音雨響《らいおんうきやう》ト相混《あひこん》ジテ至ル　妾身ヲ起シ急ニ幽蘭女史ニ耳語《じご》シテ曰ク　彼声豈追兵《かのこゑあにつゐへい》ノ迫ルニ非ラズヤト　語未《いまダ》終ラズ戸外喧騒或《あるい》[二四]ハ呼《よび》テ曰ク　発見セリ発見セリト　妾之ヲ聞キ以為《おもへ》ラク命運茲《ここ》ニ極《きは》マレリト　胸愓愓《てきてき》[二五]トシテ悸《うご》キ怒気勃勃《ぼつぼつ》[二六]トシテ発ス　乍《たちまち》ニシテ十数人ノ士卒戸《と》[二七]ヲ排シテ入ル　一人《いちにん》火ヲ点ジテ曰ク　幸甚《かうじん》[二八]幸甚薪炭此《しんたんここ》ニ在リ火炉[二九]彼《かれ》ニ在リト　相集マリテ火ヲ楼下ニ焼《た》キ湿衣《しつい》ヲ脱シ之ヲ乾《かわか》シテ談笑ス　妾等ガ意少《すこし》ク安ンズ　士卒《しそつ》火ヲ焼《た》クコト益〻《ますます》熾《さかん》ニ焔煙《えんえん》[三〇]漸《やうやく》楼上ニ満チ袖ヲ掩《おほひ》テ之ヲ防グモ避ク可カラズ　呼吸ニ随《したがひ》テ鼻口ノ間ニ出入シ叫バント欲シテ叫ブ能ハズ　起《た》タント欲シ

説二風雨一第二。

聞二風声鶴唳一。以為二千軍万馬至一。臥石蟠根皆為二我大敵一。失踪之人。莫レ不二皆然一。何独怪二此三人一哉。

鬼果至矣。三人以為レ不レ可レ免。特不レ知下其所二以為一レ危者。其所中以安上也。天下之事。或安或危。皆出二人意外一。故詩曰。善戯謔兮。不レ為レ虐兮。言二天公多一レ戯也。

一八 食べ物を探しに行かせて下さい。
一九 わざと梯子をはずして。
二〇 たまった疲れ。
二一 落雷の音が一発。
二二 稲妻がキラッと壁を貫き通すかのように室内に閃き、雷の音がごうごうと山を砕くかのように聞こえてくる。「金蛇」は電光の比喩。「隠隠」は雷などが轟き響く音の形容。
二三 急に降り出した雨はまるで大河をひっくり返したようだ。
二四 ある声が叫んで言うことには。
二五 不安なさま。
二六 盛んなさま、あふれるさま。
二七 戸を押し開いて。
二八 ありがたい、ありがたい、まきや炭がここにある。
二九 暖炉の類を言うか。
三〇 煙と炎がしだいに階上に満ちてきて。この場合「楼上」は建物の上階を言う。

佳人名将。陥二焦熱地獄一。

テ起ツ能ハズ　苦艱煩悶《くかんはんもん》真ニ堪ユ可カラザルニ至ル　妾声ヲ潜《ひそ》メテ曰ク　空《むな》シク命《めい》ヲ焔煙《えんえん》ノ中《うち》ニ失ハンヨリハ寧《むしロ》決闘シテ死ヲ潔《いさぎよく》スルニ若《し》カズト　幽蘭女史制止シテ曰ク　是《これ》所謂《いはゆる》[一]血気ノ勇ノミ　何ゾ身ヲ軽《かろ》ンジテ賤兵《せんぺい》弱卒ノ手ニ死センヤ　[二]忍ブベクシテ之ヲ忍ブハ尋常ノ人ノミ　忍ブ可カラズシテ之ヲ忍ブハ妾等ノ望ム所ニ非ラズヤ　忍《しのび》テ而シテ此《ここ》ニ死スルモ一歩ヲ動ス可カラズ　且彼《かつかレ》妾等ガ楼上ニ匿《かく》ルヽヲ知ラズ　唯来《ただきたり》テ風雨ヲ避クルノミ　久シカラズシテ必《かならズ》去ラント　妾已《や》ムヲ得ズ首《かうべ》[三]ヲ俯《ふ》シテ士卒ノ去ルヲ遅《ま》ツ　楼下《ろうか》火ヲ燎《た》クコト或《あるい》[四]ハ寛《くわん》ニ或《あるい》ハ猛ニ焔煙《えんえん》[五]屢〻《しばしば》昇騰《しょうとう》シテ気息《きそく》絶エント欲スルモノ数回

故作二驚レ人之事一。

将軍卒然[六]苦声《くせい》ヲ発シテ咳息《がいそく》ス　楼下ノ一卒忽《たちまチ》之ヲ聞キ衆ニ告ゲテ

頼朝石橋山之敗。潜二大樹洞中一。敵兵追躡。白鳩出二於洞中一。敵以為レ無レ人。僅得レ免。

曰ク　楼上人《ひと》アリ　今咳息《がいそく》ノ声ヲナセリト　一卒曰ク　否《いな》、此《こ》レ小《せう》鼠《そ》ノ響《ひびき》ノミ　厩舎《きうしや》何ゾ人アルヲ得ント　或《あるい》ハ怪《あやし》ミ或ハ笑ヒ談論久《ひさ》シク決セズ　一人《いちにん》曰ク　登《のぼり》テ而《しか》シテ之ヲ探ランノミト　身ヲ動シテ曰

一　はやる心にまかせた一時の勇気。
二　我慢できることを我慢するのは普通の人間のすること、我慢できないことを我慢するのがわれわれのあるべき姿ではないでしょうか。「忍ぶ能はざるところを忍ぶ、…惟(た)だ識量人に過ぐる者、之を能くす」（薛瑄『読書録』）。
三　うつむいて。
四　ある時は緩やかに、ある時は烈しく。
五　煙が時々勢いよく上に昇って、呼吸ができなくなりそうになること数回。
六　にわかに苦しそうな声とともに咳をした。

三人之潜二于屋上一。敵以為レ鼠。竟不二窮索一。英雄一興一亡。有二踪相同者一。可レ謂レ奇矣。

郭門警吏知レ情不二誰何一。城外追兵遇レ仇不二窮索一。嗚乎。彼素王羅之部下耳。其愚其暗。無レ足レ怪也。

凡筆必曰。急啓レ窓神気清爽。至二於此一猶示二残烟満一レ室。非二筆力有二余裕一不レ能。

善男善女。被二范菩薩済度一。得レ脱二苦患一。其功徳無量。

ク　階梯《かいてい》ナシ　登ル能ハズト　一人曰ク　既[七]ニ階梯ナシ　人ナキ必《ひつ》セリ。　又何ヲカ怪マント　一笑シテ止《や》ム　既ニシテ士卒等相語《あひかたり》テ曰ク　東方漸《やうやク》白ク雨声《うせい》亦《また》微《かすか》ナリ　賊徒是《これ》ヨリ必《かならズ》[八]南方ニ奔《はし》リテ頓加羅《（トンカーロン）》党ニ寄ラン　然レドモ彼《かれ》徒歩ノミ[九]追捕固《もと》ヨリ難《かた》カラズト　行《かう》装《さう》ヲ整《ととの》ヘ[一〇]歩騎《ほき》相間《あひまじ》リテ出《い》ヅ　妾等虎口《ここう》ノ難ヲ脱シ心神少《すこし》ク定マル

然レドモ余煙《よえん》漠漠トシテ未《いまダ》室内ヲ去ラズ　乃《すなはチ》窓ヲ啓《ひらき》テ之ヲ掃《はら》ハント欲ス　双手《さうしゆ》ヲ支ヘテ半身ヲ起《おこ》セバ忽《たちまチ》残煙《ざんえん》ノ[一一]薫灼《くんしやく》スル所トナリ目《め》眩《くらま》シ魂《たましひ》迷ヒ[一二]撲然《ぼくぜん》トシテ臥ス　楼下范老ノ声アリ　曰ク　将軍両《りやう》娘《ちやう》ト恙《つつが》ナキヤ　敵兵既《すで》ニ南方ニ去レリト　妾之《これ》ヲ聞キ微声《びせい》ヲ発シテ曰ク　范老速《すみやか》ニ窓戸《さうこ》ヲ啓《ひら》ケ　又希《またねがは》クハ一杯ノ水ヲ与ヘヨト　范老水ヲ[一三]馬槽《ばさう》ニ盛リ登リ来《きたり》テ妾ニ与ヘ直《ただち》ニ窓ヲ開キ巾《きん》ヲ振《ふり》テ焰煙《えんえん》ヲ掃《はら》フ　妾一喫シテ蘇生ノ思《おもひ》ヲナシ手ヲ延ベテ幽蘭女史ヲ揺《ゆる》ガシ又水ヲ進メント欲ス　女史俯臥《ふぐわ》シテ更《さら》ニ応ゼズ　[一四]諦視《ていし》スレバ則《すなはチ》将軍ト[一五]相保持

七　はしごがないのだから、人がいるはずがない。

八　→二一八頁注一。

九　追いかけてつかまえる。

一〇　歩兵と騎兵。

一一　いぶし焼かれる。

一二　殴られたように。

一三　飼馬桶。

一四　じっと見ること。

一五　お互いに抱き合って。

自㆑古聡明人傑。概皆不遇。際㆓屯蹇之運㆒。陥㆓坎坷之境㆒。与㆑死隣者数。然屈㆓于生㆒而伸㆓于死㆒。晦㆓于一時㆒而顕㆓于千古㆒。則未㆑可㆓以㆑此易」彼是固難㆘与㆓豪梁子弟㆒倶語㆖也。

二姫一将。在㆓万軍重囲中㆒。孤城落

シテ気既ニ絶エ息已《すで》ニ歇《や》ミ[一]僅《わづか》ニ血脈ノ微動スルヲ感ズルノミ　妾范老ト驚愕スル殊《こと》ニ甚《はなはダ》シ　乃《すなはチ》其《その》口ヲ開キ水ヲ注《そそ》ギ[二]背ヲ擁《よう》シテ呼ブ　少焉《しばらく》アリテ二人目ヲ開キ精神差《やや》定マル　女史范老ヲ顧《かへり》ミテ曰ク　范老去《さり》テ後《のち》[三]追卒沓至《たふし》　妾以為《おもへ》ラク范老路ニ捕ヘラレ妾等ガ[四]潜匿《せんとく》亦《また》已《すで》ニ露《あらは》ルト　既ニシテ其然《そのしか》ラザルヲ知リ又以為《またおもへ》ラク范老未《いまダ》縛《ばく》ニ就《つ》カズト雖《いへど》モ帰《かへ》リ来《きた》ラバ其《その》[五]禍《こ》害《がい》真《しん》ニ計《はか》ル可カラズト　[六]戦戦トシテ薄氷ヲ履《ふ》ムガ如《ごと》ク競競トシテ深淵ニ臨ムガ如シ　之ニ加フルニ焰煙《えんえん》楼上ニ充《み》チ気息《きそく》通ズル能ハズ　妾等ガ愁苦《しうく》亦想《またおも》フ可シ　然レドモ衆皆恙《みなつつが》ナキヲ得タリ　[七]是豈《これあに》天ニ非ラズヤト　范老曰ク　老奴先《さ》キニ林下ニ至リ一農家ヲ認メ戸ヲ敲《たた》キ[八]情《じやう》ヲ述ベ食ヲ求メテ還ル　時ニ雷雨驟《にはか》ニ至リ殆《ほとんド》歩《ほ》ヲ移ス可カラズ　因《より》テ暫《しばら》ク之ヲ樹下ニ避《さ》ク　遥《はるか》ニ人馬ノ声西《せい》方《はう》ヨリ至ルヲ聞ク　心大《おほい》ニ之ヲ訝《いぶか》リ雨ヲ犯シテ[九]盧辺《ろへん》ニ近ヅケバ追卒ノ屋内ニ乱入スルナリ　老奴之《これ》ヲ見テ胸ヲ撫《ぶ》シテ曰ク　[一〇]嗚乎《ああ》已矣《やんぬるかな》

一　弱い脈拍があるということ。
二　背中に手を回して抱き起こし。
三　追っ手の兵隊が次から次へとやってきた。
四　隠れていることがばれたのだと思った。
五　未詳。「禍害」ないし、自分から災いをまねくようなことをするの意の「賈害」の誤りか。
六　極めて危険なことに臨んでびくびくしているさま。「戦戦兢兢として深淵に臨むが如く、薄氷を履むが如し」(『詩経』小雅「小旻」)による。「競競」は「兢兢」の誤りで、緊張してびくびくするさま。
七　天の恵みであろう。
八　事情。
九　小屋のそば。
一〇　もうおしまいだ。

日。勢不レ可レ測。
范老欲ニ衝レ囲直
入一。其勇不ニ啻鴻
門之樊将軍一。

幽将軍茅屋之麺包
光武帝滹沱河之麦
飯。異世同味。

百忙中忽挿ニ叙四
顧景色一。是亦一種
有声之画。
散士最長ニ於叙景一。
使下人有中目ニ撃其
地一之想上。

ト　短銃ヲ腰間《えうかん》ニ取リ直《ただち》ニ進《すすみ》テ死ヲ決セント欲ス　更《さら》ニ近《ちかづき》テ壁間《へきかん》ヨリ之ヲ窺《うかが》ヘバ人人[一一]蹲踞《そんきよ》徒《いたづら》ニ火ヲ燎《た》キ湿衣《しつい》ヲ乾《かわか》スノミ　是《ここ》ニ於《おい》テ神《しん》魂《こん》始メテ安シ　乃《すなはチ》屋後ニ匿レテ其去《そのさ》ルヲ待テリト　四人涙ヲ垂レ手ヲ握リ互ニ其事《そのこと》[一二]ナキヲ祝シ相携《あひたづさ》ヘテ楼ヲ下《くだ》ル　饑疲《きひ》既ニ極《きは》マリ[一三]踉《らう》蹌《さう》トシテ歩《ほ》ス能ハズ　范老携《たづさ》フ所ノ麺包《ばん》ヲ出《いだ》シ妾等ニ供ス　妾等手《しゆ》指《し》ヲ以テ分割シ立《たち》テ之ヲ喫ス　[一四]美大牢《たいらう》ノ如シ　漸《やうやく》ニシテ気力少《すこ》シク加ハリ精神始メテ安《やす》シ　将軍妾《せふ》ト范老トニ謂テ曰ク　令嬢《れいぢやう》ト令兄《れいけい》ト[一五]ノ厚誼《こうぎ》ヲ以テ虎穴ヲ脱シ[一六]鰐口《がくこう》ヲ逃《のが》レ遂《つひ》ニ此《ここ》ニ至《いた》ルヲ得タリ　若《も》シ躊《ちう》躇《ちよ》シテ速《すみやか》ニ去ラザレバ再《ふたたび》危険ニ逢《あ》フモ亦《またし》知ル可カラズ　宜《よろ》シク勇ヲ鼓《こ》シテ国境ヲ超ユベシト　三人茅屋《ばうをく》ヲ出《い》デヽ岐路《きろ》ヨリ西ニ入《い》ル　[一七]山漸《やまやうやく》深フシテ路益ヽ《ますます》険《けん》ニ[一八]峭壁万重樵路《せうへきばんちようせうろ》ヲ尋《たづ》ネ懸崖千仞鳥道《けんがいせんじんてうだう》ヲ攀《よ》ヅ　風寂《かぜせき》トシテ四《よも》ニ飛鳥《ひてう》ノ声ナク雲淡《あは》クシテ遥《はるか》ニ孤猿ノ叫ブヲ聞ク　漸《やうや》クニシテ一山《いちざん》ノ絶頂ニ達ス　目ヲ放テバ伊武浪《（イブロー）》河[一九]蜿蜒《ゑんえん》トシテ翠崖《すいがい》

一一　うずくまってたき火にあたり、濡れた衣服を乾かしているだけだった。
一二　大事に至らない。
一三　よろめいて歩くことができない。
一四　おいしいことは、立派な食事のようだ。「大牢」は祭りの供え物。転じて、立派な御馳走の意。
一五　心のこもった親切。
一六　きわめて危険な状況。「虎口」に同じ。
一七　山はしだいに深くなり道はますます険しくなって。
一八　切り立った崖が幾重にも重なるなかに、木こりの通う道を探し、切り立った崖のわずかに鳥が通うような細道をよじのぼる。
一九　うねうねと緑の崖と青々とした野原のなかを流れている。

青原《せいげん》ノ間ヲ流ル　[一]出没隠見《いんけん》銀蛇《ぎんだ》ノ草間《さうかん》ヲ奔《はし》ルニ似タリ　一道《いちだう》ノ汽車[二]蒼靄《さうあい》ヲ穿《うが》チ黒煙ヲ吐キ北ニ向《むかひ》テ[三]山脚《さんきやく》ヲ過グ　蜈蚣《むかで》ノ身ヲ動シテ[四]孤縄《こじよう》ヲ渡ルガ如シ　将軍[五]足《あし》ヲ巌角《がんかく》ニ欹《そばだ》テ指《ゆびさ》シテ妾等ニ告ゲテ曰ク　彼《かノ》[六]鉄路ハ即《すなはチ》北境ニ通ズルモノナリ　此間《このかん》[七]僻陋《へきろう》ニシテ[八]警衛《けいゑい》頗《すこぶル》緩《ゆる》ク又《また》吾輩ヲ疑フ者アル可カラズ　何ゾ下《くだり》テ而《しか》シテ之ニ乗《じよう》ゼザルト　‖范老曰ク　吾《わ》ガ心既《すで》ニ百里ノ外ニ奔《はし》リテ而シテ[九]酸脚《さんきやく》僅《わづか》ニ尺歩《せきほ》ナル能ハズ[一〇]大鵬《たいほう》ノ翼ヲ仮リテ青穹《せいきゆう》ニ搏《う》タンカ[一一]長房《ちやうばう》ノ術ヲ借リテ地脈ヲ縮メンカ是両《これふたつ》ナガラ共ニ成ス能ハザルモノ幸《さいはひ》ニ今彼《いまかノ》鉄路アリ　請フ将軍ノ言《げん》ニ従《したがひ》テ速《すみやか》ニ之ニ乗ゼント　直《ただち》ニ[一二]荊棘《けいきよく》ヲ排シ[一三]峻阪《しゆんぱん》ヲ下《くだ》リ[一四]僅《わづか》ニ鉄路上ニ出《い》ヅ　更《さら》ニ鉄路ニ傍《そふ》テ西ニ行クコト[一五]里余《りよ》一停車場アリ　裡《うち》ニ入《いり》テ待ツコト良ゝ《やや》久シ　真ニ[一六]天ニ跼《きよく》シ地ニ蹐《せき》スルノ思《おもひ》アリ　[一七]夜十点鐘《よじふてんしよう》遂《つひ》ニ汽車ニ[一八]搭《たふ》ズ　旅館ヲ出《い》デヽヨリ山野《さんや》ヲ跋渉《ばつせふ》スルコト一百里　飲食ヲ絶ツコト二日ニ亘《わた》リ身疲レ脚痛ミ覚エズ熟睡シテ[一九]払暁《ふつげう》ニ至ル

既已脱ニ鰐口一。而又陥ニ虎穴一。今又将レ出ニ虎穴一。遥認ニ鉄車之横奔一。亦是旧国旧都望レ之暢然之想。

一　川面が見え隠れして、まるで銀色の蛇が草の間を這っているかのようだ。「出没」も「隠見」も同義。
二　あおいもやの間を貫いて。
三　山のふもと。
四　一本の縄。
五　足を岩の角にのせて。「欹」は「依」に通じて用いられている。
六　鉄道。
七　田舎びた地。
八　警戒し護衛すること。
九　足がだるくてわずかの歩数も歩くことができない。
一〇　おおとりが羽ばたくことをいう熟字「鵬搏」を踏まえた表現。「青穹」は青空。
一一　「長房」は費長房。一日に千里を移動したとされる後漢の時代の伝説上の人。壺公という仙人に学び、空間を縮める「縮地」の術を心得ていたとされる。「長房壺公に遇ひ、神術有り、能く地脈を縮む、千里を聚むること目前に在り、之を放てば復(また)旧の如し」(『神仙伝』巻五)による。
一二　茨の間を押し開いて。
一三　険しい坂道。
一四　やっと。
一五　一里あまり。一里とちょっと。
一六　身の置き所がないさま。熟字「跼天蹐地」(頭が天に触れることを恐れ背をかがめて行き、地の落ちくぼむことを恐れ抜き足で歩む)による表現。『詩経』小雅「正月」、また陸士衡「謝平原内史表」(『文選』巻三十七)。
一七　→一三三頁注二八。
一八　汽車に乗る。

生意蘇色。漸溢ニ于紙表一。

汽笛一声《いつせい》目ヲ開ケバ身ハ已《すで》ニ停車場ニ在リ　相携《あひたづさ》ヘテ車ヲ下ル　枯《こ》[二〇]腸《ちやう》楞《けう》腹《ふく》歩《ほ》脚《きやく》蹣《まん》跚《さん》[二一]トシテ又進ム能ハズ　乃《すなはチ》一酒店[二二]ニ入ル　或《あるい》ハ汽車ヲ待ツ者或《あるい》ハ汽車ヲ下ル者室内ニ充満シテ殆《ほとんド》膝ヲ容《い》ルヽノ地ナシ

妾等戸《こ》辺《へん》[二三]ニ佇立《ちよりつ》シテ左右ヲ顧《こ》盻《けい》スルモノ久シ　一老翁《らうをう》アリ　状貌《じやうばう》[二四]醜悪額上《がくじやう》ニ一創痕《いちさうこん》ヲ印ス　‖幽将軍ヲ熟視シ其側《そのかたはら》ニ進ミ揖《いふ》シテ曰ク

[二五]弊盧《へいろ》別《べつ》ニ小室アリ　貴客以《もつ》テ憩《いこ》フ可シト　誘《いざなひ》テ一楼ニ至ル　装致《さうち》[二六]清《せい》麗《れい》又一人ノ客ナシ　少焉《しばらく》ニシテ主翁[二七]自《みづから》往来シテ酒食ヲ饗《きやう》ス　来《きた》ル毎《ごと》ニ必《かならズ》目ヲ将軍ニ注《そそ》グ　妾心《こころ》ニ之ヲ疑フ　主翁去ルニ及《および》テ‖幽蘭女史将軍ニ謂テ曰ク　主翁ノ挙動常《つね》ニ異《こと》ナリ其言語亦《また》疑フ可キ者アリ豈偵吏《あにていり》[二八]ノ徒ニ非ラザル無カランヤト　‖范老色[二九]ヲ変ジテ曰ク　或《あるい》ハ然ラン　若シ然ラバ則《すなはチ》計宜《よろ》シク何如《いかに》カスベキト　戸外乍《たちまチ》声アリ

是諺所レ謂疑心生ニ暗鬼一者。憲兵之目常有ニ逆臣一。亡人之眼常有ニ偵吏一。信哉。

低ク‖幽将軍ト呼ブ　四人忽然《こつぜん》トシテ起立シ相見テ未《いまダ》一語ヲ発セズ　戸外又《また》忙シク語《かたり》テ曰ク　果[三〇]シテ然《しか》リ果シテ然リト　急ニ戸ヲ排シテ

故写ニ急遽状一。使三人吃ニ一驚一。妙妙。

一九 明け方。
二〇 ひもじくて。「枯腸」「楞腹」も空腹の意。
二一 足がふらついて。「蹣跚」はよろめいて歩くさま。
二二 飲み屋。
二三 戸口のあたりにたたずんで、長い間左右を見回していた。「顧盻」は「顧眄(こべん)」と同じ。
二四 容貌は醜く額に切り傷のあとを残していた。「状貌」は顔かたち。「醜悪」は〈後印〉「獰悪」。
二五 自分の家の謙称。
二六 「装置」に通じて用いられ、しつらえ、設備の意か。
二七 主のお爺さん。
二八 秘密や行動をひそかにさぐることを任務とする役人。
二九 驚きのあまり顔色を変えて。
三〇 思った通りである。

范老朴質剛悍。黒旋風一様人物。

是易所レ謂非レ仇婚媾者。

空谷跫音。猶且回レ首。況崎嶇間関中。忽接二旧人一乎。将軍一驚一喜可レ知。

一断一続。彼我交錯。而語路娓娓。

入《い》ル　主翁《しゆをう》ノ一壮士《さうし》ヲ伴フナリ　范老目[一]ヲ瞋《いから》シ短銃ヲ挙ゲテ之[二]ヲ射ル、発セズ、妾亦《また》[三]短銃ヲ執《とり》テ主翁ニ擬ス　主翁壮士ト共ニ大《おほい》ニ驚キ手ヲ揮《ふるひ》テ呼《よび》[四]テ曰ク　誤ル勿《なか》レ誤ル勿レ　某等《それがしら》固《もと》ヨリ将軍ニ不利ナル者ニ非ラズト　将軍妾ト范老トヲ顧《かへり》ミ止《とど》メテ曰ク　暫《しばら》ク彼ノ言フ所ヲ聞ケト　壮士乃《すなはチ》跪《ひざまづき》[五]テ将軍ヲ諦視《ていし》シ涔涔然《しんしんぜん》涙ヲ流シテ曰ク　尊《そん》[六]容《よう》ヲ拝セザル茲《ここ》ニ数年　顧《おも》フニ将軍既《すで》ニ某《それがし》ヲ記《き》[七]セザル可シ　某《それがし》ハ伊黎《イリー》[八]ナリト　将軍曰ク　然《しか》ラバ則《すなはチ》足下《そくか》ハ武羅[九]ノ役《えき》賤児《せんじ》[一〇]ノ軍ニ在リシ者ニ非ラズヤト　伊黎曰ク　然《しか》リ　回顧スレバ一千八百七十四年将軍ノ賢息《けんそく》[一一]ニ従《したが》ヒ共和党[一二]ノ大将魂沙《コンザー》ノ中堅[一三]ヲ衝《つ》キ先登《せんとう》[一四]第一ノ功ヲ以《もつ》テ擢《ぬきんで》[一五]ラレテ一軍ノ長ト為《な》レリト　将軍曰ク　嗚乎《ああ》彼《かの》魂沙年八旬《としはちじゆん》[一六]ヲ過ギ壮勇無双叱咤《しつた》奔馳《ほんち》シテ我軍《わがぐん》ニ当ル　我軍亦将《またまさ》[一七]ニ披靡《ひび》支《ささ》ヘザラントス　時ニ剣ヲ揮《ふる》ヒ馬ヲ躍《をど》ラセ彼《か》ノ陣ニ入リ遂《つひ》ニ魂沙ヲシテ鋒鏑《ほうてき》[一八]ニ殪《たふ》レシメタル者ハ真ニ足下ナリ　老眼遂《つひ》ニ此非常ノ勇士ヲ誤ル　実ニ

一 かっと目を見開いて。
二 ピストルを撃った、不発であった。作品全体にわたって句読点の使用は少ないが、ここでは、撃つという行為と弾が発しなかったという一瞬の事態の間に一呼吸置いている。
三 ピストルを老主人につきつけた。
四 声をたてて。
五 将軍をじっと見て盛んに涙を流して。「涔涔然」は盛んに涙や汗を流すさま。
六 あなた様のお姿を拝見しない。「尊容」は他人の容貌の尊敬語。
七 きっと覚えていないでしょう。
八 架空の人物か。
九 史実未詳。「役」は戦争。
一〇 私の息子が指揮した軍。「賤児」は「自分(将軍)の息子」の謙称。
一一 「賢息」は他人の子息の尊敬語。
一二 「共和党」は王政反対の共和主義者を指す(→三四頁八行)。「魂沙」は未詳。
一三 総大将の率いる軍隊を攻撃し。「中堅」は大将がみずから率いる本軍。
一四 まっさきに敵城に切り入ること。
一五 抜擢されて。
一六 年齢が八十歳を過ぎている(のに)。
一七 我が軍もまた今にも恐れてひれ伏し攻撃を防ぐことができなくなった。
一八 武器で殺させた、つまり戦死させた。「鋒鏑」は武器。→一六頁注一三。

一線不レ乱。如二貫
珠聯環塁塁不レ断。

斯翁而有二斯子一。

沢畔漁父識二三閭
大夫一。酒肆庖老
識二敗軍之将一。眼
光炯炯。人実不
レ可二以レ容取一也。

天縁萍遇。是豈人
事。

愧《は》ヅルニ堪エタリト　伊黎曰ク　当時某《それがし》重傷ヲ蒙《かう》ムリ[一九]家居《かきよ》シテ病ヲ養ヒ更ニ為《な》ス所ナク其後[二〇]唖奔象《アルホンソー》王位ニ即《つ》キ皇兄ノ軍利《ぐんり》アラズ　賢《けん》息《そく》戦没シ将軍遠ク遁《のが》ルト聞キ[二一]憤恨骨髄ニ徹シ慷慨《かうがい》止ム能《あた》ハザルナリト　巾《きん》ヲ以《もつ》テ涙ヲ拭《ぬぐ》ヒ更ニ主翁ヲ指《ゆびさ》シテ曰ク　此《こレ》即《すなはチ》某《それがし》ガ老父ナリト　主翁言《げん》ヲ継《つぎ》テ曰ク　老奴モ亦《また》皇兄ノ軍ニ従フ者其敗《そのやぶ》ルヽニ方《あたり》テ此創《このきず》ヲ負ヒ踪《あと》ヲ[二二]北方ニ匿《かく》シ遂ニ[二三]豚児ト共ニ生計ヲ此《ここ》ニ営ムノミ

昨者《きのふ》相伝ヘテ謂フ　三勇士幽将軍ヲ山野《さんや》ニ奪ヒ未其《いまダその》[二四]踪跡《そうせき》ヲ知ラズト

先《さ》キニ将軍ノ弊廬《へいろ》ニ臨《のぞ》ムヤ一見シテ以為《おもへ》ラク容貌ノ憔悴《せうすい》昔時《せきじ》ニ異ナリ伴フ所亦《また》[二五]三士ニ非ラズ　然レドモ[二六]眉目音吐《びもくおんと》ハ[二七]宛然幽将軍ニ似タリト　且《かツ》疑ヒ且《かツ》怪《あやし》ミ遂ニ独《ひとり》決スル能ハザルヲ以テ豚児ヲ招キ私《ひそか》ニ[二八]戸隙《こげき》ヨリ尊容《そんよう》ヲ窺《うかが》ハシメタリト　范老之ヲ聞キ天ヲ仰《あふぎ》テ嘆ジテ曰ク　嗚《あ》乎《あ》天ナリ嗚乎天ナリ　我《わが》銃ヲシテ[二九]手ニ随《したがひ》テ発セシメバ空シク有為非常ノ同志者ヲ倒シテ[三〇]遂ニ身ヲ容《い》ルヽノ地ナキニ至ラン　射テ而シテ

一九 自宅にひきこもって。
二〇 アルフォンソ十二世。→二二九頁注二五。
二一 いかりとうらみは深く心底にしみこみ。
二二 スペイン北方にはカルリスタに味方する勢力があった。→二一八頁注一。
二三 自分の息子の謙称。
二四 足跡、転じてゆくえ。
二五 幽蘭と紅蓮が男装していたことによる。
二六 見た感じや声音。「眉目」はここでは容貌のこと。
二七 そっくりそのまま。
二八 戸の隙間。
二九 手の動きのままに発射させれば。
三〇 とうとう（とんでもない罪を犯して）どこにもいられないようになってしまうところだった。

写二出壮士口吻一甚妙。

重瞳垓下之敗。烏江亭長勧以レ渡レ江曰。江東地雖レ小可二以王一矣。重瞳不レ聴。曰。何面目再見二江東父兄一乎。東坡称下羽不レ殺二沛公一。猶有中君レ人之度上。余乃以謂。羽不レ渡レ江。有二将レ人之量一。何也。夫成敗天也。興亡命也。人唯勉二其在レ我者一而已。勉二其在レ我者一。而兵敗国亡。是天耳命耳。非三人力所二如何一也。非三人力所二如何一。而猶欲二事之成一。是謂二之逆レ天方レ命。逆レ天方レ命。而興者未二曾有一。羽亦人傑也。心

発セズ 擬シテ而シテ射セズ 幸《さいはひ》ニ此禍《このくわ》ナキヲ得タリ 豈《あに》天ニ非ラ[一]ズヤト 少焉《しばらく》アリテ伊黎《(イリー)》問《とひ》テ曰ク 将軍此《これ》ヨリ将《まさ》ニ何処《いづこ》ニ向ハントスト 将軍ガ曰ク 伊太利ニ航センノミト 伊黎曰ク 諺《ことわざ》ニ曰ク[二]白龍魚服《ぎよふく》セバ予且《よしよ》ノ網ニ絓《かか》ラント 今将軍従者甚《はなはダ》少《すくな》ク而《しか》シテ前路ノ戒厳最《もつとモ》備ハレリ 豈危《あにあやふ》カラズヤ 若《し》カズ将軍檄《げき》[三]ヲ伝ヘテ壮士ヲ募リ京城《けいじやう》[四]ニ向フト揚言[五]シ旗ヲ返シテ東仏境ニ入ランニハ 此地亦《また》皇兄ヲ慕ヒ将軍ヲ欽《つつし》[六]ム者多シ 某《それがし》父子不才《ふさい》ナリト雖モ主《しゆ》トシテ之ニ応ゼバ数百ノ郷勇《きやうゆう》[七]半日ヲ出デズシテ召集スルコトヲ得ン 勢《いきほひ》颶《ぐ》風《ふう》[八]ノ沙礫《されき》ヲ捲《ま》クガ如ク敵ヲシテ疾雷《しつらい》[九]耳ヲ掩《おほ》フニ遑《いとま》アラザラシメバ志[一〇]ヲ得ル何ゾ難《かた》シトセンヤト 将軍ノ曰ク 余《よ》ハ是《これ》敗軍ノ残将ノミ 豈《あに》死ヲ惜ムノ故ヲ以テ有為ノ[一一]壮年ヲシテ身ヲ鋒鏑《ほうてき》[一二]ノ下《もと》ニ委《ゆだ》ネ無辜《むこ》[一三]ノ百《ひやく》姓《せい》ヲシテ兵馬ノ惨《さん》ニ罹《かか》ラシムルニ忍ビンヤト 主翁ガ曰ク 独《ひとり》将軍ノ為メニ謀《はか》ルニ非ラズ 実ニ社稷《しやしよく》[一四]ノ為メニ之ヲ謀ルナリ 大行《たいかう》[一五]ハ細《さい》

一 →二三〇頁注七。
二 身分のある人が密かに出歩いて危険にあうことのたとえ。天帝の使者である白龍が魚に身をやつしていたとき漁師の予且(よしよ)に目を射抜かれ捕まったという説話(『説苑』正諫など)による。「彼の白龍の魚服せる、予且の密網に挂(かか)る」(潘岳「西征賦」『文選』巻十)とある。
三 仲間を集めるための告知の文。
四 →二七頁注一二。
五 公然と述べたてること。
六 尊敬して慕う。
七 ここは地元の兵士。もと中国清代、兵乱の際、各地方で臨時に徴募された非正規の傭兵。
八 暴風が砂と小石をまきあげる。
九 急な雷鳴は耳をふさぐ暇がないようにする。つまり事を急激に起こし、敵に防ぐ暇を与えないようにする。「疾雷耳を掩ふに及ばず」(『六韜』竜韜「軍勢」)。
一〇 フランスへ逃亡し再起を図ること。
一一 世の役に立つ働き盛りの男。
一二 戦闘の中。
一三 罪のない人民を悲惨な戦争に巻きこむのは耐えられない、の意。
一四 国家。→三〇頁注三。
一五 大事業をなそうと志す者は、細かい事柄には頓着しない。「樊噲曰く、大行は細謹を顧みず、大礼は小譲を辞せず」(『史記』項羽本紀)による。本来「瑾」は「謹」であるが俗に広まっている。

知㆓其然㆒。故不㆓復渡㆒㆑江。而授㆓首於呂馬童㆒。油然視㆑死如㆑帰。其曰㆔何面目見㆓江東父兄㆒者。怨言以慰㆓父兄㆒。悲㆓死者㆒之情耳。非㆘有㆓将㆑人之量㆒者㆖。曷能如㆑此哉。奈破倫之脱㆓讁処㆒謀㆓再挙㆒。西郷南洲之還㆓旧里㆒驚㆓父老㆒。其心以為。旧国猶有㆓慕㆑我者㆒。可㆓以依倚成㆒㆑事。特不㆑知天既厭㆑之。命既去㆑之。非㆔復人力所㆓如何㆒也。是以一敗塗㆑地。貽㆑辱遺㆑臭。英雄末路往往如㆑此。強弩末力不㆑能㆑貫㆑縞。可㆑悲夫。嗚乎。幽将軍達㆑天知㆑命。思㆑恥忍

瑾《きん》ヲ顧ミズ　[一六]断ジテ而シテ行ヘバ鬼神モ亦《また》之ヲ避ク　[一七]若《も》シ遅遅タラバ再ビ不虞ノ辱《はづかしめ》ヲ受ケン　即《すなはチ》吾党《わがたう》ノ興復遂《つひ》ニ復《まタ》期ス可カラザルナリト　[一八]辞気《じき》悲壮真《しん》ニ肺腑《はいふ》中《ちゆう》ヨリ出《い》ヅ　将軍曰ク　[一九]兵ヲ起スモ敢《あへ》テ大功ヲ計ルニ非ズ　徒《いたづら》ニ軽挙暴動以テ天下ノ[二〇]譏《そしり》ヲ招キ後世ノ笑《わらひ》ヲ遺《のこ》スニ過ギズ　且《かツ》路《みち》ヲ伊武浪（イブロー）河ニ取リ水ヲ渡リテ伊太利ニ入ラバ是《これ》無人ノ境《きやう》ヲ過グルナリ　更《さら》ニ危《あやふ》シトナスニ足ラズト　二人其動《そのうごか》ス可カラザルヲ知リ妾等ヲシテ皆《みな》[二一]麤《そ》服《ふく》ヲ着《ちやく》シ農装ヲナサシメ一輛《いちりやう》ノ村車《そんしや》ヲ傭《やと》ヒ将軍ヲ車中ニ伏《ふ》サシメ覆《おほ》フニ[二二]氍《く》氊《せん》ヲ以テシ伊黎父子左側ニ倚《よ》リ妾幽蘭女史ト右側ニ坐《ざ》シ范老御《ぎよ》トナリ酒店ヲ発ス　路上卒《つひ》ニ敢《あへ》テ怪《あやし》ム者ナク薄暮《はくぼ》[二三]奇洲河ニ達ス　伊黎父子東西ニ[二四]周旋シテ一小舟ヲ傭《やと》ヒ急ニ妾等ヲ乗ラシメ手ヲ握《にぎり》テ後会《こうくわい》ヲ期シ[二五]涕泣《ていきふ》シテ別ル　白帆《はくはん》西風ニ孕《はらみ》テ舟行ク矢ノ如シ　翌日[二六]第十二点始メテ河港《かかう》ニ泊シ更ニ櫓ヲ転ジテ[二七]多島海ニ入ル　西国ノ山髣髴《はうふつ》トシテ漸《やうやく》白煙ノ中ニ

一六　決心して断行すれば、何ものもそれを妨げはしない。「断じて敢行せば、鬼神も之を避く」（『史記』李斯伝）。
一七　もしぐずぐずしていたらまた予想もできない辱めを受けるでしょう。再び捕縛されてしまうということ。
一八　その言い方は悲壮さに満ち、本当に心の奥底から出ている。「辞気」は言い振り、言葉づかい。
一九　伊黎が主張する挙兵も（現在の場合は）大きな目的を持った仕事ではなく、フランスへ脱出するためだけではないか、ということ。
二〇　非難。
二一　粗末な衣服。
二二　「氍」は毛織物の意の「氍」の誤り。「氊」は「氈」の俗字で、フェルトの意。合わせて毛布の類を指す。
二三　未詳。
二四　あちこちをまわって。「周旋」はまわりめぐること。
二五　なみだを流して。
二六　↓一三三頁注二八。
二七　多くの島が点在する海。エーゲ海を指すこともあるが、ここではバレアレス諸島近海のことか。

㆑辱。真是大勇大剛之人也。脱㆓危険㆒後逢㆓山明水白㆒。何等愉快。至㆑此始説㆓出獄中往事㆒。最覩㆓作者経営之妙㆒。仮㆓間話㆒発㆓露計策之顚末㆒。前編中曖昧不了事。至㆑此釈然氷解。使㆔幾多之渇想。忽爾下㆓臍下㆒。其不㆑労㆓筆力㆒処。是最労㆓筆力㆒処。挙㆑善譲㆑功。温良幽順。可㆑尚可㆑尚。范老或為㆓謀士㆒。或為㆓候騎㆒。或為㆓伏兵㆒。忽而勇剛陥陣之戦士。忽而篤

没シ伊邦[一]ノ船漂揺《へうえう》[二]トシテ遠ク蒼波《さうは》ノ上ニ出ヅ　青螺《せいら》[三]ノ浮ブガ如キモノハ群島ノ横《よこた》ハルナリ　白鶴《はくかく》ノ翔《かけ》ルガ如キ者ハ布帆《ふはん》[四]ノ走ルナリ　奇観佳景杳杳《えうえう》[五]トシテ船首ヨリ来《きた》ル　時ニ追躡《ついでふ》[六]ノ憂《うれひ》ナク疲労モ亦《また》始メテ癒エ心思僅《わづか》ニ間[七]ナルヲ得タリ　因《より》テ往《わう》[八]ヲ談ジ来《らい》ヲ計リ悲喜《ひき》交ゝ《こもごも》集マル　将[九]軍曰ク　余ノ始《はじメ》テ捕ハルヽヤ私《ひそ》カニ以為《おもへラ》ク事此《ことここ》ニ至ル天ナリ唯《たダ》死ヲ圜堵《あんと》[一〇]ニ待タン耳《のみ》ト　而ルニ突然児《じ》ノ阿娘《あぢやう》ト来《きた》ル有リ　其喜《そのよろこび》如何《いかん》ゾヤ　且夫《かツかノ》[一一]薔薇花ノ計実《じつ》ニ人ノ意表《い》ニ出ヅ　蓋余《けだシよ》[一二]密《ひそか》ニ蕾《つぼみ》ヲ破リ紙片ヲ得《え》文字蠅頭《ようとう》ノ如シ　乃其言《すなはチそのげん》[一三]ニ従ヒ飲食ヲ絶チ陽《やう》ニ病《やまひ》ト称シ官ニ請《こひ》テ郊外ニ逍遥シ今日アルニ至レリ　阿娘《あぢやう》ノ大恩終生《しゆうせい》忘ル可カラザルモノト　妾ガ曰ク　此事元《このこともト》令嬢ノ策スル所　妾輩唯《ただ》之ヲ行フニ過ギズト　女史曰ク　偏《ひとへ》ニ令娘ト范老トノ厚誼《こうぎ》ニ依《よ》ルナリト　将軍ガ曰ク　両君各ゝ《おのおの》曠世《くわうせい》[一四]ノ大望ヲ抱キ而シテ余ガ為メニ縮心《しゆくしん》[一五]鏤《る》骨《こつ》一《いつ》モ顧ミル所ナシ　天下ノ人誰《たれ》カ感ゼザル者アランヤト　范老曰ク

一　イタリア国。　二　ゆらゆらとただよう。　三　遠くに見える青い山に見立てて言う。「螺」はここでは巻き貝。「遥かに望む洞庭山翠の小なるを、白銀盤裏の一青螺」（劉禹錫「望洞庭」）。　四　舟のこと。　五　ぼんやりとして。　六　追いかけられる心配。　七　のんびりすること。　八　来し方行く末を話し合い。　九　〈後印〉は「将軍妾ニ謂テ曰ク」とあり、「余ノ始テ…其喜如何ゾヤ」の部分はなく、「阿嬢薔薇花ノ計…」として次々行につながる。　一〇　狭い部屋。牢獄を指す。↓一九〇頁注三。　一一　紅蓮が牢中の幽将軍に渡した薔薇の花（↓一九三頁二行）に手紙が仕込まれていて、脱獄計画を伝えていたことが明かされる。　一二　〈後印〉「始メ余モ亦之ヲ知ル能ハズ唯賤児ノ其後ニ在ルヲ見テ以為ラク此レ豈意ナシトセント　蕾ヲ破リ弁ヲ開ケバ果シテ一小紙片アリ　文字細微宛トシテ蠅頭ノ如シ」。　一三　〈後印〉「是ヨリ其言ニ従ヒ」。　一四　世にまたとない大きな望み。　一五　自分の大望を捨てて、の意。「縮心」は前から持っていた望み。「鏤骨」は骨に刻みつけること。決して忘れないことのたとえ。　一六　四行目「華夏雄ヲ称ス」まで、曹植「七啓」（『文選』巻三十四）による。　一七　烈士は甘んじて身の危険を冒して仁をなす。　一八　なすべき務めのためにわが身のことを忘れる。　一九　戦国時代燕の人。燕の太子丹は田光の才知と勇を買い、召し出そうとするが、田光は老齢を理由に辞退、荊軻を推挙する。太子は強敵秦の脅威という国の大事につい

厚好礼之君子。一身百役。軍功第一。

范老迴優二黒旋風一処在レ此。

許多苦難漸已脱去。而羈旅又失レ所レ依。如二檣朽之舟翼傷之禽一。嗚乎神農虞夏忽焉没兮。吾其誰適帰。

僕聞ク　君子[一六]ハ節《せつ》ヲ奮《ふるひ》テ以テ義ヲ顕《あら》ハスヲ楽《たのし》ミ　烈士[一七]ハ軀《く》ヲ危《あやふ》フシテ以テ仁ヲ成スヲ甘ンズ　是《ここ》ヲ以テ雄俊《いうしゆん》ノ徒《と》義ヲ重ンジ命《いのち》ヲ軽ンジ分[一八]ニ感ジ身ヲ遺《わす》ル　故ニ田光[一九]ハ剣ニ北燕ニ伏シ公叔[二〇]ハ命ヲ西秦ニ畢《を》フ。果毅《くわき》[二一]軽断《けいだん》谷風《こくふう》ニ虎歩《こほ》シ万乗《ばんじよう》ヲ威慴《ゐせふ》シテ華夏雄《いう》ヲ称ス　奴輩老矣《どはいおいたり》ト雖《いへど》モ豈亦《あにまた》志気ナカランヤト　或《あるい》ハ慷慨悲憤《かうがいひふん》[二二]腕ヲ扼《やく》シテ談ジ或《あるい》ハ歓然款語《くわんぜんくわんご》[二三]口ヲ開《ひらキ》テ笑フ　既ニシテ舟《ふね》伊国ノ華風麗《カフレー》島[二四]ニ近《ちかづ》ク　将軍首《かうべ》ヲ挙ゲテ港湾ヲ望ミ大《おほい》ニ驚《おどろき》テ曰ク　吾事已矣《わがことやんぬるかな》ト　言了《いひをは》リ憮然タルモノ久《ひさ》シ　妾等怪《あやしみ》テ其故《そのゆゑ》ヲ問フ　将軍曰ク　何ゾ夫《かノ》檣頭《しやうとう》[二五]ノ旗幟《きし》ヲ見ザルヤト　又遥《またはるか》ニ市街ヲ指《ゆびさ》シテ曰ク　見ル所皆《みな》[二六]半旗[二七]ノ凶礼ヲ表スルナリ　豈《あに》[二八]峨馬治《ガルバルヂー》ノ死ニ非ラザル無キヲ知ランヤト　急ニ舟ヲ進メテ岸ニ上《のぼ》リ之ヲ路人《ろじん》ニ叩《たた》[二九]ケバ果シテ峨馬治ノ死スルナリ

[三〇]峨馬治ハ伊太利ノ人　一千八百七年内須島[三一]ノ貧家ニ生《うま》ル　幼《えう》ヨリ卓落不羈《ふき》[三二]好《このみ》テ兵ヲ談ジ剣ヲ説ク　長ズルニ及ビ航海ノ術ヲ

て他言無用を要請するが、田光はそれを自らへの不信と感じ、羞じて自刃した(『史記』刺客列伝)。

二〇 一説に荊軻の字(あざな)という。荊軻(↓一〇七頁注二六)は燕太子丹の頼みで西方の秦王暗殺に出発し、失敗して殺された(『史記』刺客列伝)。

二一 勇気と決断力に富み、谷に吹く風の中を歩む虎のように威風堂々とし、万乗の君主を畏れさせ、中国では英雄と称賛する。「華夏」は文化の開けた地。古代、中国人が誇って言った自称。

二二 ↓四九頁注一九。

二三 なごやかに、うち解けて語り合った。

二四 カプレラ島。サルデーニャ島北東の小島。〈後印〉は単に「伊国ノ海港ニ近ヅク」。

二五 マストの先の旗。

二六 弔意を表すために、国旗などを下げて掲げること。

二七 喪に関する礼。

二八 ガリバルディ(↓一九二頁注七)の死は一八八二年六月二日。

二九 質問する。

三〇 日本でその伝記が刊行されるのは明治二十年の安岡雄吉纂訳『加厘波地全伝 建国偉業』(博聞社)。それ以前は『朝野新聞』(明治十二年六月二十六日—七月四日)や『毎日新聞』(同十五年六月十七日—二十二日)などが紹介。以下のガリバルディの略伝については〈後印〉との間に甚だしい異同が見られる。↓補七四。

三一 ニース。フランス南東部の港湾都市。一八六〇年サルデーニャ王国より譲渡。「島」ではない。また生家は小市民階級で、必ずしも「貧家」とはいえないが、明治期の日本では貧しい少年時代と紹介したものも多く、立身出世談を際だたせている。

談レ兵説レ剣。可レ知胸中有二万丈之光燄一。

事敗而遁一。

軍敗被レ捕二。

峨公畢生奇行。予掩レ之以二二十字一。曰。英雄苦二無事一。平地起二波瀾一。藉レ口知何為。漫言救二世艱一。

講ジ四方《しはう》ニ周遊シ五洲ノ形勢ヲ視察シ大《おほい》ニ悟ル所アリ[一]以国ノ名士[二]馬説難《マゼナ》諸士ト訂交シテヨリ深ク[三]当時欧洲専横ノ暴政ヲ悪《にく》ミ自由ノ拡張セザル可カラザルヲ覚《さと》リ先《ま》ツ法王ノ[四]世権《せけん》ヲ革《あらた》メ澳国ノ圧制干渉ヲ断チ以太利ヲ一統スルヲ以テ終世ノ事業トナス[五]善能和《ゼノワ》ノ民《たみ》自由ノ兵ヲ挙グルニ方《あた》リ奮《ふるひ》テ其軍ニ加ハリ事《こと》破レテ国ヲ去ル　後《のち》二歳ヲ経テ復《ま》タ前図《ぜんと》ヲ継グヲ謀《はか》リ捕ヘラレテ将《まさ》ニ死刑ニ処セラレントス　獄ヲ越エ遁《のが》レテ仏国ニ奔《はし》ル　一千八百三十六年南米ニ航ス　明年《みやうねん》[六]宇流愚威《ウルグイ》国ニ乱起《おこ》ル　峨馬治《（ガルバルヂー）》[七]策ヲ杖《つゑつ》キ之《これ》ニ赴《おもむ》キ共和ノ政《せい》ヲ助ケ挙ゲラレテ海陸ノ将トナリ内乱平定ノ功ヲ建ツ　一千八百四十八年伊太利ニ帰ル　是《これ》ヨリ先《さ》キ伊太利頻《しきり》ニ澳太利《（オーストリー）》ノ[八]凌轢《りようれき》スル所トナリ邦域[九]日《ひ》ニ縮マル　[一〇]峨馬治之《これ》ヲ見テ慷慨《かうがい》自《みづか》ラ禁ズル能ハズ　即《すなは》チ手兵《しゆへい》ヲ率《ひき》ヰテ澳軍ヲ伐《う》ツ　遂ニ敗レテ軍門ニ降ル　[一一]明年伊太利ノ民羅馬《（ローマ）》人ト謀《はかりごと》ヲ通ジ紛然蠢《ふんぜんしゆん》

三「卓犖」の誤り。他よりぬきん出てすぐれていること。「不羈」は才能や学力が並はずれていること。

以上二三九頁

一 イタリア。
二 ジュゼッペ・マッツィーニ(一八〇五-七二)。ジェノヴァ生まれ。一八三一年イタリア統一と共和制の実現を掲げる青年イタリア連合を結成。「訂交」は交りを結ぶこと。三三年に同連合に参加したガリバルディは彼と一時共闘していた。
三 ナポレオン没落後、一八一五年以降のウィーン体制のもとで復古的王制原理による政治秩序が図られ、イタリアではロンバルディア、ヴェネチア、トスカナ、モデナがオーストリアの支配下になり、共和制を求める運動は軍事的抑圧を受けた。
四 世俗権力。当時ローマ教皇は自由主義の運動に対して反動的であった。一八三〇年の七月革命後イタリアで自主独立の気運が高まると、グレゴリウス十六世(在位一八三一-四六)は治安維持のためにオーストリアに軍の派遣を要請した。
五 ジェノヴァ。当時はサルデーニャ王国領。以下、一八三四年二月のジェノヴァ蜂起を指す。以下のガリバルディの行動については→補七五。
六 ウルグアイ。七 杖をついて。
八 力ずくで侵入する。九 国の範囲。
一〇 一八四八年の対オーストリア宣戦(第一次イタリア独立戦争)にガリバルディも参戦するが、敗走。次々行「軍門ニ降ル」つまり降参する、とあるのは不正確。→補七六。
一一 四八年十一月ローマに民衆暴動が起こ

軍敗而降三。

軍敗而遁四。

[一二]動竿《どうさを》ヲ掲ゲテ競ヒ起リ皆君《みなきみ》ヲ逐《お》ヒ自主スルヲ以テ辞《じ》[一三]ト為《な》シ邦内《はうない》洶洶《きようきよう》タリ　[一五]峨馬治蹶然《けつぜん》袂《たもと》ヲ揮《ふるひ》テ曰ク　[一四]時《とき》再《ふたた》ビ来《きた》ラズ機《き》失《うしな》フ可カラズト　直《ただち》ニ羅馬ニ入《い》リ義勇兵ニ将トシテ数々《しばしば》仏澳ノ兵ヲ破リ法王ヲ逐《お》ヒ城ニ拠《より》テ堅守ス　時ニ[一六]那不流《ナーブル》人仏兵ト勢《せい》ヲ合シ来《きた》リ攻ム　峨馬治自《みづカラ》[一七]矢《し》石《せき》ノ間ニ馳駆シテ戦フコト前後三十日衆[一八]寡敵セズ孤城重囲《ちようゐ》ニ陥《おちい》リ其守《そのまも》ル能ハザルヲ知リ衆ヲ勧メ降《かう》ヲ議[一九]シ独《ひとり》貞節勇敢ノ妻ヲ携ヘ囲《かこみ》ヲ衝《つ》キ漁船ニ乗ジ将《まさ》ニ他邦ニ逃レントス　澳ノ海軍之《これ》ヲ覚《さと》リ追躡《ついでふ》甚《はなはダ》急ナリ　乃《すなはチ》舟ヲ捨テ陸ニ上リ谷ニ潜ミ山ヲ踰《こ》エ眠食共ニ廃スルモノ数日　而シテ敵ノ追探愈々益々《いよいよますます》厳ナリ　其妻飢《き》餓《が》困憊《こんばい》寸歩《すんぽ》ス可カラザルニ至リ掬《きく》[二〇]シテ流水ヲ飲ミ峨馬治ニ語《かたり》テ曰ク　妾今《いま》国家人民ノ為メニ生命ヲ犠牲ニ供ス　死シテ亦《また》恨《うらみ》ナシ　唯《ただ》丈夫ノ成功ヲ見ザルヲ憾《うら》ムノミ　丈夫宜《よろ》シク屈セズ撓《たわ》マズ　[二一]青雲ヲ後日ニ期シ英名ヲ千歳ニ留ム

って教皇ピウス九世はガエタに脱出、翌年二月ローマ共和国が一時的に成立。「紛然蠢動」はごたごたとし、うごめくさま。蹶起した民衆達のイメージ。「皆君ヲ逐ヒ」とあるのは、当時フィレンツェ、パルマ、モーディナなどで君主が追放されたことを言う。しかしまもなくオーストリア軍の反撃で諸邦は君主制に復帰する。　一二 旗竿。

一三 スローガン。「洶洶」はどよめくさま。

一四「便失ふ可からず、時は再び来らず」(張九齢「勅幽州節度張守珪書」)による。

一五 四九年フランスはピウス九世の依頼により軍隊を派遣。ローマに入城したガリバルディは指揮官として防衛戦を戦う。ただし彼が「法王ヲ逐」ったわけではない。

一六 ナポリ軍は南からローマを攻めるが、ガリバルディはそれを排除することに成功。

一七 戦場を走り回るさま。

一八 緒戦は奇襲戦法で善戦したが、フランス軍の増派によって包囲される。ガリバルディは一時ローマを捨て、山間部での徹底抗戦を主張するも、共和国の首脳に容れられなかった。「降ヲ議シ」たわけではない。

一九 実際は、配下の兵と共に、抵抗を続けるヴェネチアを目指す。妊娠していた妻アニタの身を気遣いサン・マリノに置いていこうとするが、妻の思いに負け同道。アドリア海で漁船を徴用し逃走を図るもオーストリア艦隊に阻まれ、ヴェネチア行きを断念(ヴェネチア共和国も四八年八月には崩壊)、苦心惨憺の末イタリア半島を横断し、四九年九月頃ジェノヴァにたどり着く。

二〇 手ですくって。　二一 将来、立派な成果が得られるように期待し。

可シト　笑《わらひ》テ峨馬治《（ガルバルヂー）》ノ手ヲ枕《まくら》シ溢焉《いつえん》[一]トシテ死ス　真ニ峨馬治ノ妻タルニ愧《は》ヂズト謂フベシ　峨馬治其後《そのご》[二]免《まぬか》レテ再《ふたたび》南米ニ航《かう》ス

一千八百五十六年[三]左流濡亜《サルヂニヤ》仏国ト連合シテ澳国ト戦《たたか》フニ及《および》テ峨馬治帰《かへり》[四]テ義勇兵ヲ募《つの》リ自《みづか》ラ其先鋒《そのせんぽう》トナリ屢《しばしば》奇功ヲ奏シ　其一《そのいち》郡《ぐん》ヲ割《さき》テ吾《わ》[五]ガ版図《はんと》トナス　当時那不流《（ナーブル）》王暴戻《ぼうれい》至ラザルナシ　[六]獅子利《シヽリー》ノ人之《これ》ヲ怒リ相与《あひとも》ニ叛《はん》ヲ謀《はか》ル　善能和《（ゼノワ）》ノ民亦之《またこれ》ニ応ジ将《まさ》ニ兵ヲ挙ゲントス　乃《すなはチ》峨馬治ヲ推《お》シテ元帥トナス　峨馬治其《その》兵ヲ将《ひき》キテ獅子利ニ渡リ伊太利一[七]統ノ檄ヲ伝フ　遠近響応来《きたり》テ幕下ニ属スル者極メテ多シ　向フ所敵ナク勢《いきほひ》破竹ノ如ク　諸城皆下《みなくだ》リ[八]四隣震慴《しりんしんせふ》ス　勢《いきほひ》ニ乗ジテ直《ただち》ニ那不流ニ侵入ス　府民《ふみん》[九]守兵ヲ逐《お》ヒ歓然逢迎《くわんぜんほうげい》自由万歳ヲ唱ヘ峨馬治ヲ仰《あふぎ》テ以テ救生ノ魁《くわい》首《しゆ》自由ノ泰斗《たいと》ト称シ奉ジテ以テ三軍[一〇]ノ叛首《はんしゆ》トナス　偶《たまたま》[一一]左流濡亜王威馬寧流《エマネール》立《たち》テ伊太利王ト為《な》ル　峨馬治[一二]因《より》テ兵権ヲ解キ自《みづから》

真不レ愧ニ峨公之妻一。

一 やすらかに。妻アニタは、漁船を捨て逃走を図ろうとしたポー川沿岸の地で死ぬ。一八四九年八月のこととされる。
二 一八五〇年六月出航し、南米ではなくアメリカに亡命。また商船の船長としてオーストラリア、中国にまで航海した。
三 サルデーニャ王国。当時イタリアで唯一の立憲議会制の国。首相カブールにより政治的・経済的な自由主義政策が推進され、イタリア各地からの亡命者が集まった。五四年クリミア戦争に英仏軍と共に参戦。本文の「一千八百五十六年」は誤り。クリミア戦争のパリ条約調印の年と混同したか。
四 ガリバルディは五四年帰国、カプレラ島に居を定めた。この参戦に賛成するものの出征はせず。「奇功」は人並みはずれた功績。
五 ガリバルディの領土。
六 シチリア。イタリア半島南端の島。当時ナポリと共にフランスの勢力下にあった。一八五九年サルデーニャとフランスは同盟を結び対オーストリア独立戦争を開始（第二次イタリア独立戦争）。ガリバルディも義勇兵を率いて戦果をあげるが、外交関係を重視するカブールの方針と対立。反フランス闘争を展開すべく六〇年五月義勇兵約千人と共にシチリア遠征を敢行し、蜂起した民衆と共同して制圧、ナポリまで攻め入り両シチリア王国の崩壊に導いた。
七 統一。　八 周囲はふるえ恐れた。
九 人々はフランス守備兵を追い払い、喜んで出迎えた。　一〇 反乱軍の指揮官とした。
一一 サルデーニャ軍はイタリア統一を進め、一八六一年イタリア国会はヴィットーリオ・エマヌエーレ二世（一八二〇―七八）を立憲制の

功成名遂而身退。
嗚乎其風山高水長。
唯其癖在㆓好事㆒。
故一退一出。不㆑能㆔入㆑山善㆓身。
是其所㆓以屢敗㆒。
而其所㆔以為㆓千古之奇男子㆒。亦在㆑此。

軍敗見㆑擒五。

軍敗見㆑擒六。

軍敗見㆑擒七。

卒伍ニ帰ス。実ニ一千八百六十年ナリ　是《ここ》ニ於《おい》テ伊太利遂《つひ》ニ諸州ヲ[一三]兼併《けんぺい》シ一統ヲ為《な》スヲ得《う》　王其功《そのこう》ヲ賞シ授クルニ大将ノ[一四]印綬ヲ以テス　峨馬治之[一五]ヲ辞シ飄然《へうぜん》海島《かいたう》ニ帰ル　伊太利既ニ[一六]境内ヲ一統スト雖《いへど》モ[一七]仏澳ノ横恣《わうし》猶《なほ》昔日ニ異ナラズ　峨馬治之ヲ見テ悲憤ノ情《じやう》禁ズル能ハズ　[一八]一千八百六十二年書《しよ》ヲ政府ニ呈シ澳国ト[一九]絶タンコトヲ勧ム　[二〇]報ゼズ　[二一]峨馬治之ヲ怒リ一千八百六十六年義勇兵ヲ募《つの》リ将ニ羅馬ヲ襲ヒ仏ノ戍兵《じゆへい》ヲ追ハントス　政府大《おほい》ニ驚キ兵ヲ遣《つかはし》テ之ヲ止《とど》ム　肯《がへん》ゼズ　因《より》テ大《おほい》ニ返戦ス　峨馬治重傷ヲ被《かうむ》リ擒《きん》セラル　[二二]明年再《ふたたび》義勇兵ヲ集メ事未《いまダ》成ラズシテ華風《（カフ》麗《レー）》島ニ幽セラル　[二三]既ニシテ又脱シテ羅馬ニ入リ国民ヲ駆《かり》テ法王ノ兵ヲ破ル　仏ノ援軍来《きた》リ乗ズルニ会シ軍敗レテ又生擒《せいきん》セラル　会ゝ《たまたまあい》哀ヲ請《こ》フ者有リ　赦《ゆる》サレテ海島《かいたう》ニ帰ルヲ得タリ　[二四]一千八百七十年普仏隙《げき》ヲ構《かま》ヘ仏軍連敗振《ふる》ハザルヲ聞キ　慨然《がいぜん》兵ヲ募《つの》リ仏

イタリア王とすることを決議。→補七七。
一二 シチリア制圧後ガリバルディはローマ解放を企てるが、フランスとの対立を危惧したカブールはナポリに派兵してこれを抑え、同時に南イタリアとシチリアで国民投票を実施。イタリア編入を希望する結果を受け、ガリバルディは征服地を譲渡。「兵権」は軍隊を動かす権力。「卒伍」は平民。
一三 合わせて一つにし、統一国家となった。
一四 官吏に任命された者が与えられる印章とそのひも。転じて地位を表す。
一五 将軍就任の要請を断り、カプレラ島に隠棲する。「飄然」は世俗から離れて超然とするさま。 一六 国内。
一七 フランスはローマ、オーストリアはヴェネチアなどを支配下に置いていた。
一八 ガリバルディはフランスからローマを解放するため志願兵等と共に挙兵。しかしイタリア政府は国際問題化を恐れ国軍を送る。ガリバルディはアスプロモンテでの国軍との戦闘で敗れ負傷して捕らえられるが、まもなく恩赦を受け復権。
一九 国交を絶つ。 二〇 容れられなかった。
二一 一八六二年の誤り(以下の記述は注一八の内容を指す)。六六年の挙兵は対オーストリア戦(第三次イタリア独立戦争)に際してのもの。「戍兵」は警備兵。
二二 一八六七年九月ローマに義勇軍を送り解放を試みるが、フランスとの協定に縛られたイタリア政府はガリバルディを捕らえカプレラ島に軟禁。
二三 六七年十月カプレラ島を脱出したガリバルディは義勇軍を率いてローマにおもむき教皇軍と戦うが、フランス軍が参戦する

国ニ赴《おもむ》キ[一]将《まさ》ニ一木《いちぼく》ヲ以テ大厦《たいか》ノ傾クヲ支エントス　[二]和《わ》成ルノ後《のち》仏人高位ヲ以テ待タントス　峨馬治《(ガルバルヂー)》笑《わらひ》テ曰ク　難ヲ助ケ賞ヲ望ムハ志士ノ恥ル所ナリト　兵権ヲ解《とき》テ[三]故園ニ退隠ス　蓋《けだシ》峨馬治ハ[四]魯仲連ノ徒ナリ　人ノ為《た》メニ艱難《かんなん》ニ赴《おもむ》キ世ノ為メニ禍害ヲ排シ強《つよキ》ヲ挫《くじ》キ弱《よわキ》ヲ助ケ[五]高位重爵之《これ》ヲ見ルコト弊屣《へいげき》モ啻《ただ》ナラズ　而《しか》シテ[六]其《その》自《みづから》奉ズル極メテ薄ク[七]褐巾《かつきん》弊衣《へいい》士卒ト食ヲ同《おな》フシ　[八]七擒《しちきん》大志ヲ変ゼズ[九]百折素意ヲ屈セズ　終始以太利全国ヲ一統シ地ニ堕チタルノ国威ヲ恢復《くわいふく》シ以テ欧洲ノ[一〇]雄邦ト連鑣《れんべう》馳《ち》騁《てい》セシムルヲ以テ己《おのれ》ガ任ト為《な》ス　其兵ヲ挙グル毎《ごと》ニ曰ク　[一一]事《こと》成ラバ王ニ帰シ成ラズンバ自《みづから》其罪ニ当ランノミト　其能《そのよ》ク全土ヲ一統シ法王ノ世権ヲ革《あらた》メ強国ノ間ニ競立セシメタルモノハ蓋《けだシ》峨馬治ノ力《ちから》多キニ居《を》ル　峨馬治ノ一挙一動ハ欧米[一二]君相《くんしやう》ノ注目スル所　一言一行ハ欧米自由ノ消長ニ関スルニ至ル　豈曠世《あにくわうせい》ノ豪傑ナラズヤ

峨馬治落落奇偉。屢顚而不ㇾ惧。起而不ㇾ喜。悠然如㆓鳥之自飛自止㆒。是其為ㇾ人有㆓一種慷慨之癖㆒。平日扼ㇾ腕俟㆓天下有㆒ㇾ事。一旦変生。一剣飄然趨ㇾ之。如㆓鷙鳥之搏ㇾ雀帰馬之望㆒ㇾ厩。不㆘復問㆗其閲㆓于我㆒与㆖否也。蓋是西欧之大俠。

比須麦克聞㆓卑昆斯比留士之訃㆒。歎曰。天下無㆓復知己㆒。幽将軍末路適失㆓一知己㆒。其感何啻比相之於㆓卑侯㆒。

と敗走。イタリア軍に拘束されるが、議員の抗議、世論の後押しで釈放され島に帰る。

三四 普仏戦争でフランス軍が敗北、ナポレオン三世が捕らえられると、パリでは民衆が蜂起し帝政は打倒され、共和制のもと戦争は継続される。ガリバルディは請われて義勇軍を率い、共和国の援助に向かいディジョン戦線などで勝利を収める。「隙ヲ構へ」は仲違いとなること。

以上二四三頁

一 すでに大勢が傾きかけている時には、一人の力ではどうすることも出来ない。「大厦の将《(まさ)》に顚《(たふ)》れんとするや、一木の支《(ささ)》ふる所にあらず」(『文中子』事君)。ドイツの大勝を踏まえている。

二 一八七一年五月に講和条約締結後、ボルドーの国民議会議員に選出。まもなく辞してカプレラ島に帰る。

三 ふるさと。本当の故郷はニース。

四 戦国時代斉の人。高潔な人柄で節義をもって、名策略家であったが、どこの国にも仕えず栄爵も拒絶した。

五 高い位や高い爵位を「弊屣」(壊れた下駄)と同じように考える。

六 自分の生活をかえりみること。「奉ズ」は生活をまかなう。生活にあてる。

七 「褐巾」は毛織りの粗末な衣服、「弊衣」はやぶれた衣服。

八 七たび捕らえられても大きな志を変えず。諸葛孔明が孟獲をとりこにしたときの故事「七縦七擒」(七たび釈放し七たびとらえる)による。

九 何度失敗してもかねてからの考えがくじけることはない。

英雄識二英雄一。豪傑交二豪傑一。故曰。見二其友一可三以知二其人一矣。曾聞異身一体。意気相投者莫レ如二朋友一。故朋友謂二第二之吾一。亦何不レ可二之有一。今幽将軍倫二一息於敗残之余一其自以為猶レ死者久矣。而今又失二第二之吾一。則有レ形無レ影。有レ声無レ響者。其悲可レ知也。

滔滔娓娓。叙来叙去。忽又入二散士紅蓮対話一。併三叙当時之悲与二現時之情一。旧感歴歴。散士慰二紅蓮一之語。

将軍茫然自失スルモノ久シ　既ニシテ曰ク　[一三]余《よ》少《わかき》ヨリ諸国ニ遊ビ一国ノ人傑ニ於《おい》テ[一四]交ラザル者殆《ほとんド》稀《まれ》ナリ　而シテ世ノ以テ雄俊英傑トナス所ノ者ハ[一五]詭弁徒ニ非ラザレバ権謀詐術ノ輩ニ過ギズ　[一六]義ニ勇ニシテ道ヲ好ミ盛衰ヲ以テ節ヲ改メズ存亡ヲ以テ志ヲ易《か》エザル者ハ未《いまダ》曾《かつ》テ之《これ》有ラザルナリ　天下ノ広キ人物ノ多キ伊ノ峨馬治仏ノ[一七]巌艫跎《（ガンベッタ）》之ニ庶幾《ちかし》トナス　故ニ余《よ》常ニ曰ク　倶《とも》ニ志ヲ談ジ事ヲ計ルニ足ル者ハ独《ひとり》此《この》二子《にし》アルノミト　而シテ今ヤ峨馬治則《すなはチ》亡《なし》矣　豈《あに》悲シカラズヤ　敗残潜伏ノ者固《もと》ヨリ以テ葬儀ニ会ス可カラズ　既ニ[一八]事ヲ計ル能ハズ　亦喪《またさう》ニ会スルヲ得ズ　永《なが》ク此地《このち》ニ留《とど》マルモ亦《また》何ヲカ成サン　[一九]若《し》カズ速《すみやか》ニ仏国ニ赴《おもむ》キ巌艫跎ヲ見テ而シテ去就ヲ決センニハト　乃《すなはチ》一逆旅《いちげきりよ》ニ投ジ一日ヲ経テ汽船ニ乗ジ更ニ仏国ニ向フト　語《ご》了《をは》リテ紅蓮徐《おもむろ》ニ首《かうべ》ヲ低《た》レ沈思スル所アルガ如《ごと》ク[二〇]愁慮《しうりよ》スル所アルガ如ク又敢《またあへ》テ言ハズ　[二一]散士曰ク　令娘《れいぢやう》胡為《なんす》レゾ其後《そのご》ノ状ヲ語ラザルト

一〇 列強諸国と肩を並べること。「連鑣馳騁」はくつわを連ねて馬でかけまわる。

一一 成功すれば王の功績とし、失敗すれば罪を引き受ける。「事成れば則ち君、其の功を収め、敗るれば則ち臣、其の罪に任ず」（『韓非子』八経、主道）。ガリバルディの勤王精神を強調。史実上のガリバルディとは必ずしも一致しない。

一二 「君」は天下を治める人、「相」は君主を輔佐し政を行う職。

一三 〈後印〉「余少フシテ」。

一四 〈後印〉「交ラザル所ナシ」。

一五 〈後印〉「桀黠ノ徒」。

一六 勇気をもって正義を行い、道理を好み、国家の盛衰によって節操を変えず、存亡によって志を変えないような人。

一七 →一九二頁注八。

一八 相談することができない。

一九 越したことはない。倒置用法。

二〇 悲しそうに思いをめぐらす。

二一 紅蓮の話を聞く散士の現在に戻る。

極婉切極悽惻。猶㆘演劇者。夫妻生別一齣。妻抱㆑児号泣児亦一声。呱呱如㆑惜㆑別者㆖。使㆔観者添㆓一層之悲哀㆒。妙甚。

紅蓮曰ク　是《これ》ヨリ死別ノ一話ナリト　散士曰ク　速《すみやか》ニ語レ速ニ語レ語リ畢《をは》ラザレバ令娘《れいぢやう》ガ[一]悲哀ノ情永《なが》ク開クコトナシ　聞キ畢《をは》ラザレバ僕ガ[二]悼惜《たうせき》ノ懐《おもひ》遂ニ安《やすん》ズルコト能ハズト　紅蓮涙ヲ揮《ふる》ヒ声ヲ呑ミ漸《やうやく》首《かうべ》ヲ擡《もた》ゲテ曰ク　然ラバ則是《すなはチこレ》ヨリ将《まさ》ニ幽将軍父子及《および》范老死没ノ状ヲ語ラン

無㆑端鬼気㆑満紙。

此日《このひ》倶《とも》ニ一室ニ在リ　四人[三]端《はし》ナク[四]怏怏《あうあう》トシテ楽《たのし》マズ　憂愁自《おのづかラ》色ニ形《あら》ハレ談少《すくな》ク語《ご》短シ　妾幽蘭女史ヲ促《うなが》シ甲板ヲ歩《ほ》ス　女史曰ク初《はじメ》竃鎔《（ホルヂー、ワーレー）》ヲ出《い》デヽ大西洋ヲ航《かう》スルニ方《あた》リ[五]精神激昂意気《いき》発越《はつゑつ》奮然山ヲ抜クノ概アリ　今ヤ勇心《ゆうしん》挫折志力《しりよく》衰労真《しん》ニ鬱鬱ノ情ニ堪エザルナリト　妾《せふ》曰ク　妾モ亦令嬢ニ異ナラズ　思フ所有ルニ非ズシテ更ニ思フ所有ルモノヽ如シ　自《みづかラ》其《そ》ノ何ノ故《ゆゑ》タルヲ知ル能ハズ　[六]天《てん》霽《せい》気《き》朗《らう》光景極《きは》メテ佳ナリ　[七]眺矚《てうしよく》シテ以テ神《しん》ヲ慰メンノミト　[八]既ニシテ膚寸《ふすん》ノ雲颯颯《さつさつ》ノ風ニ従ヒ江山《かうざん》ノ巓《いただき》ニ起リ蓬蓬《ほうほう》トシテ畳嶂《でふしやう》ノ状ヲナ

一　悲しむ気持ちは永遠に取りのけることができない。
二　死を悲しみいたむ思いはしずめ落ちつかせることができない。
三　やるせなく。
四　満足しないさま。
五　精神がたかぶって気力があふれ出し、山を引き抜くぐらいの勢いがあった。「概」はおもむき、様子。
六　空は晴れわたり、風景はきわめて美しい。
七　遠くを眺めて気持ちを慰めましょう。
八　そうこうするうちにきれぎれの雲が風に乗って山の頂上に現われ、盛んに湧き上って連なる山々のようになった。「膚寸」は、わずかの長さ。「颯颯」は風の音、また風の吹くさま。「江山」は川と山。

説ニ風雨一第三。夫得レ奪ニ将軍於原頭一者。風雨也。山中驚レ魂者。亦風雨也。而其遂萍分蓬散。或死或隠者。亦風雨也。始ニ於風雨一終ニ於風雨一。其脈落貫通整整可レ見矣。抑作者説ニ風雨一。有下先ニ於是一者上。夫散士之再訪ニ蹄水一也。不レ能レ遂ニ其志一者亦風雨也。然則風雨之所ニ貫線一。非ニ特此三者一。既有下先ニ於是一者上。豈知レ無レ有下後ニ於是一者上哉。目眩魂悸。不レ可レ読。

ス。　風威漸《やうやく》加ハリ疏雨《そう》[九]従《したがひ》テ至ル　天暗《くら》フシテ疾雷《しつらい》[一〇]近ク震ヒ海潮逆流飛沫《ひまつ》空ニ散ズ　妾等大《おほい》ニ驚キ匍匐《ほふく》シテ僅《わづか》ニ室内ニ入ル　怒濤[一一]益《ますます》洶湧《きようゆう》暴風愈《いよいよ》獰飆《だうへう》　忽《たちまち》ニシテ舳《ぢく》[一二]九天ニ上《のぼ》ルガ如ク忽《たちまち》ニシテ艫《ろ》[一三]九泉ニ入ルガ如ク左立右臥《さりついうぐわ》[一四]転輾《てんてん》反側《はんそく》船体ノ顛覆《てんぷく》[一五]真ニ計ル可カラズ　乗客困沛《こんぱい》[一六]　或《あるい》[一七]ハ柱楹《ちゆうえい》ヲ抱クアリ猿猱《ゑんだう》ノ木ニ倚《よ》ルガ如ク或《あるい》ハ力衰ヘテ床上ニ転ズルアリ丸子《ぐわんし》[一八]ノ板上ヲ走ルニ似タリ　既ニシテ激浪《げきらう》玻窓《はさう》[一九]ヲ破リ流《りう》[二〇]沫《まつ》湲湲《ゑんゑん》トシテ船中ニ入《い》ル時ニ器物破砕《はさい》ノ響《ひびき》船夫《せんぷ》号叫ノ声淒淒惨惨《せいせいさんさん》[二一]聞クニ堪エザラシム　実ニ飛豪《（ヒウーゴー）》[二二]ガ十九世史《ナインテンセンチユリー》[二三]（小説ノ名）モ及

汽船覆没ノ図

九 大粒の雨。
一〇 烈しい雷。
一一 荒れ狂う波がわき立ち、はげしい風が恐ろしいほど吹きまくり。「洶湧」は波がわきたつ音、また、そのさま。「颷」は「飆」と同じで、暴風。
一二 舳先が天に昇ってゆくように船が揺れるさま。
一三 船尾が奈落に引き込まれるようで。
一四 船が左右に大きく揺れ、転びまわるようになるさま。「転輾」は「輾転」と同じで、寝返りを打つさま。また動きまわって一定しないさま。「反側」も寝返りを打つように転がること。
一五 いつひっくり返るか、全く予測できない。
一六 ひどく疲れる。
一七 ある人はあたかも猿のように柱を抱いている。「柱楹」の「柱」も「楹」も柱。「猿猱」の「猱」は手長猿。
一八 丸いもの。
一九 「玻窓」は玻璃（ガラス）窓の略。
二〇 水が泡だって流れ。「湲湲」は本来水がさらさらと流れるさまを言うが、ここでは烈しく流れるさま。
二一 いたましく、むごたらしいさま。「淒惨」をかさねて強調。
二二 ヴィクトール・ユゴー。↓四一頁注一八。
二三 航海中に嵐にあう場面がある小説『九三年』*Quatrevingt-treize*（一八七四年）か、あるいは海を舞台とした小説『海の労働者』*Les Travailleurs de la Mer*（一八六六年）を指すか。〈後印〉「十九世紀」。

ブ能ハザルノ状アリ　未久《いまダひさシ》カラズ[一]大声疾呼《たいせいしつこ》スル者アリ　曰ク　船暗《ふねあん》礁《せう》ニ触レ今将《まさ》ニ沈没セントス　乗客速《すみやか》ニ甲板ニ上レト　妾等[二]急忙《きふばう》階子《かいし》ヲ攀《よ》チテ板上ニ出ヅ　満天暗黒[三]逆浪《げきらう》山ノ如ク覆《おほひ》テ甲板上ニ落ツ　[四]北風怒号ノ中《うち》哀声悲音救《きう》ヲ求メ援ヲ乞フ者激浪《げきらう》ノ響《ひびき》ト相和《あひわ》シ[五]地《ち》之ガ為メニ裂ケントシ天《てん》之ガ為メニ覆《くつがへ》ラントス　船長死ヲ決シ[六]小艇数隻《せうていすうせき》ヲ下《おろ》シ乗客ヲシテ皆《みな》之ニ移ラシム　浪《なみ》舞フコト殊《こと》ニ高ク船揺《ゆら》グコト最モ甚ダシ　容易ニ飛ビ下ル能ハズ　或《あるい》ハ先ヲ争ヒ或ハ時ヲ失ヒ其波間《なみま》ニ溺ルヽモノ極メテ多シ　妾亦《また》人ノ為メニ隔《へだ》テラレ幽蘭范老ノ諸氏ト[七]相失《あひしつ》ス　乍《たちまチ》ニシテ女史将軍ト早ク小艇《せうてい》ニ乗ジ大船ノ下ニ在ルヲ見ル　妾乃《すなはチ》意ヲ決シ身ヲ屈シ将《まさ》ニ飛ビ下ラントス　一道ノ激浪天ヲ摩シテ至リ[八]切然中間《せつぜんちゆうかん》ヲ遮《さへぎ》リ一転シテ小艇上《せうていじやう》ニ倒砕《たうさい》ス　小艇《せうてい》忽然波間《こつぜんなみま》ニ沈没シ女史ト将軍ト其影ヲ見ザルニ至ル　而シテ范老ハ遂ニ其之《そのゆ》ク所ヲ知ラズ　妾時《とき》ニ恐怖ノ念已《すで》ニ去《さり》テ[九]必死ノ心已《すで》ニ決ス

天柱折地維挫。人類殆滅矣。血池地獄之惨。亦未下必如レ此之甚上也。

瑣微流離。一難排而一難又至。人生苦患。世途艱嶮。欲レ避而不レ可レ避。避レ之有レ道。瞿曇氏出世法是也。嗚乎出世哉出世哉。功名之絆。富貴之羈。絶レ之非レ難矣。節節生レ奇。層層追レ険。真令ニ読者到一レ此。心路都休。目光尽滅。金聖嘆

一 大きな声ではげしく呼び立てること。

二 あわただしく梯子をよじ登って。

三 さかまく浪。

四 北風の烈しい音のなかに、悲しく哀れげな声が救援を求め、烈しい波の音と響き合って。

五 地が裂け、天がひっくりかえるようなありさまだった。

六 救命艇のこと。船舶の遭難の際、移乗して海上に逃れられるように船に搭載してあるボート。

七 お互いに見失う。

八 (波が)自分(紅蓮)とボートの間を切るように遮った。

九 死を覚悟した。

唯《ただ》茫然トシテ立《たち》テ飛沫ノ中ニ在リ　耳辺《じへん》声アリ　曰ク　速《すみやか》ニ逃ル可シ　[一〇]何ゾ故《こと》サラニ躊躇《ちうちよ》シテ此《ここ》ニ在ルト　妾ヲ扶《たす》ケテ小艇ニ移シ一小島ニ達ス　此間《このかん》夢ノ如ク幻ノ如ク漠トシテ明《あきらか》ナラズ　[一一]少時ニシテ岸ニ上リ首《かうべ》ヲ回《めぐら》セバ汽船既ニ覆没シテ僅《わづか》ニ[一二]帆檣《はんしやう》ノ怒濤ノ上ニ出ヅルヲ見ルノミ　嗚乎《ああ》三友已《すで》ニ[一三]魚腹ニ帰シ妾独《ひとり》何為《なんす》レゾ今日ニ至ルヤ　生《いき》テ其志《そのこころざし》ヲ同フシ死シテ其処《そのところ》ヲ倶《とも》ニスルコト能ハズ　茲《ここ》ニ再《ふたたび》郎君ニ逢《あ》フ豈愧《あには》ヂザランヤ　[一四]天下ノ人春花ニ吟ジ秋月ニ嘯《うそぶ》キ瑶台《えうだい》ニ坐シ大牢ニ飽キ艱難屯邅《かんなんちゆんてん》ノ何事タルヲ知ラズ一生ヲ行楽ノ中《うち》ニ送ル者多シ　妾等何ゾ独《ひとり》[一五]轗軻《かんか》臲卼《げつごつ》[一六]浮世《ふせい》ノ憂苦《いうく》厄運《やくうん》ニ縛《ばく》セラレ嘗《かつ》テ人生ノ幸福ヲ享《う》クル能ハザルヤト　[一七]愀然《しうぜん》トシテ大息《たいそく》ス

嘗評二宋江掲陽鎮之一節一。曰。脱二一虎機一蹈二一虎機一。令二人一頭読一頭嚇一。不二惟読一亦読不レ及。雖レ嚇亦嚇不レ及也。移可三以評二此編一。死者豈欲レ死哉。生者固不レ期レ生也。故死者命也。生者亦命也。其死其生。孰幸孰否。真是一世夢寐。

語語悽惨。字字悲惻。此等之感。豈独紅蓮哉。天下多二失意不平人一。読レ之誰不二酸鼻一。

佳人之奇遇　巻五畢

一〇　なぜそんな風にためらっているのか。

一一　しばらくたって。

一二　ほばしら。

一三　→一七一頁注二〇。

一四　世の人は春の花を詠み、秋の月を見て詩を口ずさみ、立派な建物でおいしいものを食べ、彼らの苦難がどのようなものか知らずにいるのだ。「瑶台」は立派な高殿。「大牢」は→二三一頁注一四。「屯邅」は行き悩んで進まぬさま。→七四頁注九。

一五　「轗軻」は好機にめぐまれず志を得ぬこと。「臲卼」は不安で落ち着かないさま。「臲卼」「臬兀」「兀臬」とも書く。「臲卼に苦しむ」(『易経』困卦)。「臲」はあやういさま。動揺するさま。「卼」は不安なさま。苦しむさま。

一六　憂え苦しみと悪運にしばられて。

一七　憂えて大きなため息をついた。〈後印〉「愀然涙ヲ垂レテ大息ス」。

佳[一]人之奇遇序

愛口腹者不知有身愛身者不知有国於是乎有憂国之士而出焉貴気節重道義独任安危之道焦心積慮雖其言行或有過中庸者情之所激比之営利喪身者其賢不肖果如何哉東海散士柴君会津人也幼而生長乱離之間万艱備嘗敗亡之余肥肉未嘗飽口腹財利未嘗潤身家痩骨稜〻独憔悴乎太平之世是将別有所愛甚於生者乎君頃者著佳人之奇遇一書顧中溝之言蓋必有不易言者矣

明治十九年秋十月於澳国首都得庵居士撰　書於墨水寓居梧竹

（佳人之奇遇序

[二]口腹《こうふく》を愛する者は身《み》有るを知らず。[三]身を愛する者は国《くに》有るを知らず。是《ここ》に於てか憂国《いうこく》の士《し》有りて焉《ここ》に出づ。[四]気節《きせつ》を貴《たふと》び道義《だうぎ》を重んじ、独《ひと》り[五]安危《あんき》の道《みち》に任《にん》じ、心《こころ》を焦《こ》がし慮《りよ》を積《つ》む。其《そ》の言行《げんかう》或《ある》いは中庸《ちゆうよう》を過《す》ぐる者有りと雖《いへど》も、情《じやう》の激《げき》する所、之《これ》を利《り》を営《いとな》み身を喪《ほろ》ぼす者に比すれば、其の[六]賢不肖《けんふせう》は果《は》たして如何《いかん》ぞや。東海散士柴君《しばくん》は会津《あひづ》の人《ひと》なり。幼《をさな》くして[七]乱離《らんり》の間《かん》に生長《せいちやう》し、[八]万艱備《ばんかんつぶさ》さに敗亡《はいばう》の余《よ》を嘗《な》め、[九]肥《ひ》肉《にくいま》未だ

一 三編巻六は明治十九年六月十五日版権免許、同二十年二月四日刻成出版。

二 飲食に貪欲な者は身体のことを顧みない。

三 我が身ひとり、の意。

四 心意気と節操。

五 国家の存亡にかかわる事業を身に引き受け。

六 賢いか愚かであるかは一概には言えない、の意。

七 戦乱で人々が離散した時代。以下、戊辰戦争における会津での経験を踏まえる。

八 敗亡の後にありとあらゆる艱難を経験した。↓六五頁注二七。

九 美味な肉で腹を満たすこともなく。

嘗《かつ》て口腹《こうふく》に飽《あ》かず、財利《ざいり》未《いま》だ嘗《かつ》て身家《しんか》を潤《うるほ》さず、痩骨稜《そうこつりようりよう》々として独《ひと》り太平《たいへい》の世に憔悴《せうすい》す。是将《これはた》別に愛する所生《せい》よりも甚《はなは》だしき者有るか。君頃者《きみこのごろ》佳人之奇遇一書《いつしよ》を著《あらは》し中溝[一〇]の言を顧る。蓋《けだ》し必ず言ひ易からざるもの有るなり。

明治十九年秋十月澳国[一一]の首都に於て得庵[一二]居士撰す、

墨水寓居に書す梧竹[一三]（印）

一〇 「溝中痩」(困窮で痩せ果てて溝に埋もれた死体、『詩経』鄘風「牆有茨」)などに通じる語ととれば、会津戦争の苦難のなかで交わされた言葉、の意。男女の睦言(むつごと)を言う「中冓」ととるなら、幽蘭や紅蓮のような「佳人」と交わした言葉、の意。

一一 オーストリア。首都はウィーン。

一二 鳥尾小弥太(一八四七―一九〇五)の号。本姓は中村。旧長州藩士。戊辰戦争には建武隊参謀として参加。維新後は陸軍大輔、参謀局長等を経て、明治九年陸軍中将。三浦梧楼・曾我祐準・谷干城とともに四将軍と称された。のち枢密顧問官。この序文は、明治十八年に国防会議議員として欧州視察した途次オーストリアで書かれたもの。著書に民権と国権の調和を主張した『王法論』(明治十三年)がある。

一三 この序文の揮毫者、中林梧竹(一八二七―一九一三)。肥前出身の書家。名は隆経。字は子達。別号、剣書閣主人。山内香雪に学び、漢・魏・六朝の碑帖をもとに新しい書風を広めた。「墨水」は隅田川。下の印文は「隆經(経)」。

佳人之奇遇巻六

東海散士著

散士此一歎息中。孕二二種原素一。一則出二於義之歎息一。一則出二於愛之歎息一。不レ知二者孰重。散士以二東海之大侠一自居。故其言厳然粛然。如二秋霜皎日之不一レ可レ犯。達天積理之語。自二肺肝臓腑中一流露来。非二故矯レ情揉一レ性而驚二人耳目一。是所三以慰二喩死者一。抑所三以激二励生者一也。蘭摧艾存。天下皆然。豈天公不レ欲二蘭香艾寿並与同

散士聞キ了《をは》リテ慨然《がいぜん》[一]歎息《たんそく》スルモノ之《これ》ヲ久《ひさし》フス　既《すで》[二]ニシテ声ヲ励《はげ》マシ紅蓮ニ謂《いひ》テ曰ク　令娘《れいぢやう》[三]世路《せいろ》[四]ノ多難ニ遭《あ》ヒ身ヲ苦《くるし》メ心ヲ労スルコト最モ甚《はなはダ》シ　今日《こんにち》ノ悲哀固《もと》ヨリ其所《そのところ》ナリ　然レドモ正義ノ為《た》メニ雑[五]乱ヲ排シ交友ノ為メニ紛[六]糾ヲ解カントセバ奚《なん》[七]ゾ辛酸ヲ辞スルコトヲ得ン　且《か》ツ幽蘭女史ノ死ノ如キハ最モ哀ム可シト雖《いへど》モ亦《また》深ク悲ムヲ要セザルモノ有リ　蓋《けだ》シ余《よ》ノ始メテ蹄水《（デラウェーア）》ニ相遇《あひあ》フヤ女史[八]告《つ》ゲテ曰ク　寧《むし》ロ蘭[九]桂ト為《なり》テ摧《くだ》クルモ蕭艾《せうがい》ト為《なり》テ存《そん》スルヲ愧《は》ヅト　今ヤ女史[一〇]邦家《はうか》ノ為メニ死地ニ入リ父[一一]翁《ふをう》ト与《とも》ニ海ニ投ズ　所謂《いはゆる》桂蘭ト為《なり》テ摧《くだ》クル者ニシテ亦以《またもつ》テ瞑《めい》[一二]シテ恨《うらみ》ナカル可シ　令娘ハ則《すなは》チ然ラズ　別ニ倶《とも》[一三]ニ天ヲ戴《いただ》カザルノ深讐《しんしう》アリ　而《しか》シテ未ダ其志ヲ達スル能ハズ　豈其《あにその》

一 長い間嘆きため息をついていた。「慨然」も「歎息」もため息をつくさま。イタリアのガリバルディ死去を知ってフランスへ向かう途中、地中海で嵐に遭い、幽蘭父子と范老が行方不明になった、という巻五での紅蓮の話を受けた思い。
二 しばらくして。
三 紅蓮のこと。ここでは相手に対して「あなた」の意で用いる。一一行目も同じ。
四 人生。
五 ここでは、世の乱れを言う。
六 物事がうまくゆかず、もつれること。
七 どうしてつらく悲しい思いを避けられるだろうか。
八 幽蘭のこと。
九 君子としていさぎよく死ぬとしても、雑草のように漫然と生きながらえることはしない。巻二での幽蘭の言葉。↓六三頁注一一。
一〇 自分の国。
一一 老父。幽将軍を指す。
一二 死んでも悔いはないでしょう。
一三 ↓一二〇頁注一。

生㆒歟。抑其所㆓以吝㆒即所㆓以与㆒。而其所㆓以与㆒即所㆓以吝㆒歟。達人素不㆓以㆑彼易㆒㆑此。死生存亡。蓋無㆑足㆑論。

二語引㆑古述㆑情。是亦非㆓池中之物㆒也。

用意周密。分寸無㆑遺。満腹経綸。鬚眉靡㆑及。

英雄亦有㆑情。豪傑豈無㆑涙。二句。嘐々嘵々。如㆘夜鶴嘯㆓于九皐㆒。暮猿啼㆗于三峡㆖。使㆓幾万之生霊断腸傷神。不㆑欲㆑在㆓人間㆒矣。

身《み》ヲ軽ンズ可ケンヤ　紅蓮首《かうべ》ヲ擡《もた》ゲテ曰ク　妾感喟《かんき》[一四]交《こもごも》〻集マリ心乱レテ思迷《おもひまよ》ヒ遂《つひ》ニ郎君ノ疑フ所トナル　然レドモ妾ガ心ハ莫邪《ばくや》[一五]ノ剣ノ如ク鍛錬《たんれん》ヲ歴《へ》テ愈《いよいよ》〻鋭ク妾ガ情ハ卞和《べんくわ》[一六]ノ璧《へき》ノ如ク琢磨《たくま》[一七]ヲ経《へ》テ益〻潔《きよ》シ　郎君請フ念[一八]トナス勿《なか》レ　散士曰ク　令娘其後《そのご》何《いづれ》ノ処《ところ》ニ逃《のが》ル　紅蓮曰ク　妾数人ト岸ニ上《のぼ》リ相伴《あひともなひ》テ一漁家《いちぎよか》ニ入ル　休養数日心神《しんしん》纔《わづか》ニ旧ニ復ス　乃以為《すなはチおもへ》ラク仏国ニ航シ巌鼈跎《ガンベッタ》[一九]ヲ見テ幽将軍ノ死ヲ告ゲ而《しか》シテ後《のち》徐《おもむろ》[二〇]ニ去就ヲ決セント　初メ米国ヲ出《い》ヅルニ方《あた》リテ幽蘭女史金券三千ヲ分《わか》チテ之ヲ三人ノ襟中《きんちゆう》[二一]ニ蔵《ざう》シ以《もつ》テ不虞《ふぐ》ノ要《えう》ニ供《きよう》セシム　故《ゆゑ》ニ此厄《このやく》アルニ至ルモ妾亦囊橐《またなうたく》[二二]ノ慮《おもんばかり》ナキヲ得タリ　因《より》テ便船《びんせん》[二三]ニ搭《たふ》ジテ仏国ニ赴《おもむ》キ巴黎《パリ》ニ入《いり》テ巌鼈跎ヲ見《み》、具《つぶさ》ニ其顛末《そのてんまつ》ヲ語ル　英雄亦《また》情《じやう》アリ　豪傑豈《あに》涙ナカランヤ　巌公深《ふか》ク将軍ノ死ヲ惜《をし》ミ慨然《がいぜん》トシテ曰ク　仇讐《きうしう》[二四]未ダ報ヒズ老将既ニ逝《ゆ》ク　人生[二五]幾何《いくばく》ゾ真ニ草上[二六]ノ朝露ノ如シ　己《おのれ》ガ欲スル所ヲ行《おこな》フテ功業ヲ不朽[二七]ニ垂レント欲スルモ亦難《またかた》キ矣

一四 感慨とため息。
一五「莫邪(莫耶とも)」は干将とともに、中国古代の二名剣。呉の刀工干将が妻莫耶の髪を炉に入れて作った。陽を「干将」、陰を「莫耶」と名づけた(『呉越春秋』巻四)。
一六 春秋時代の楚の人卞和が荊山で得た宝玉。その原石を楚の厲王(れいおう)に献じたが、玉ではないとされ、左足を切られた。武王の時またこれを献じ、同じく右足を斬られたが、文王の時、これを磨かせると果して玉であった。名づけて「和氏(かし)の璧」と言った(『韓非子』和氏)。
一七 宝玉の形を整のえ、みがいて美しくする。
一八 心配しないでください。
一九 →一九二頁注八。
二〇 身の振り方。
二一 旅などに出るとき衣服の襟に万一のために金を縫い込んでおく習慣。
二二 金銭の心配。「囊」も「橐」もふくろ。ここでは財布のこと。
二三 都合のよい船。
二四 かたき。
二五 人生はどれほど(の長さ)なのだろうか。
二六 日が出るとたちまち消えてしまう朝露のようなものである。「人生は朝露の如し」(『漢書』蘇武伝)。
二七 永遠の未来に残そうと。

哉《かな》ト　更ニ妾ニ告ゲテ曰ク　敝邦《へいはう》[一]英国ト交ル　甚《はなは》ダ久シ　故《ゆゑ》ニ民情国[二]俗互《たがひ》ニ相熟悉《あひじゆくしつ》ス　而《しか》シテ余《よ》最《もつと》モ愛蘭《（アイルランド）》人ヲ愛ス　蓋《けだ》シ愛人軽挙暴動[三]ハ跡《あと》尠《すくな》カラズト雖モ蹶《つまづ》ケバ輒《すなはチ》愈《いよいよ》ゝ奮ヒ倒ルレバ輒《すなはチ》[四]益ゝ興《おこ》リ屯蹇坎《ちゆんけんかん》[五]壈《らん》ノ間ニ処《しよ》シテ常ニ晏如《あんじよ》[六]タリ　其敢為《そのかんゐ》[七]ノ気象万国或《ばんこくある》[八]ハ及ブ者アルナシ　闔島《かふたう》[九]心ヲ一《いつ》ニシ力ヲ戮《あは》セテ米仏人民ノ輿論《よろん》[一〇]ヲ借リ以テ英国ノ隙《げき》[一一]ニ乗ゼバ独立ノ権ヲ復シテ自治ノ政ヲ施シ窮厄[一二]ヲ水火ノ中ニ救フコト顧《おも》フニ当《まさ》ニ遠キニ非ラザルベシト　意気[一三]激昂音吐《おんと》鐘《かね》ノ如シ　聞キ畢《をは》リテ語言猶《な》ホ耳朶《じだ》[一四]ニ鏗爾《かうじ》タリト　散士曰ク　聞ク巌公卓識《たくしき》[一五]深遠近《ちか》者大《ごろおほい》ニ意ヲ東洋ノ形勢ニ注《そそ》グト　我《わが》日本ノ事ニ就《つき》テ論議スル所《ところ》有リヤ否《いなや》　紅蓮曰ク　貴国ノ事《こと》論ズル所無キニ非ラズト　依違《いゐ》[一六]トシテ謂《い》フ能ハザルモノヽ如シ　散士曰ク　希《ねが》クハ我《わ》ガ為メニ之ヲ語レト　紅蓮猶《な》ホ未《いま》ダ言ハズ　散士頻《しきり》ニ之ヲ叩《たた》ク[一七]　紅蓮乃《すなは》チ曰ク　郎君請《こ》フ[一八]恕《じよ》セヨ　妾且《か》ツ其実《そのじつ》ヲ告ゲン　妾《せふ》巌公ニ問《とひ》テ曰ク　頃[一九]日伝《つた》フル者有

人各有二寸善一。亦豈無二小悪一。以二寸善一取レ人不可。以二小悪一捨レ人亦不可。然余乃以謂信下小人有二寸善一者上。以為二大可一レ用。不レ為二其所一レ敗者尠矣。唯馭下傑士有二疵悪一者上。以使三其為二己之用一。大難可二以排一。大事可二以成一。而天下之人往々信二寸善一捨二小悪一可レ悲耳。巌公高眼慧眸。観二愛人之瑕一。而亦能察二其瑜一。是謂二之明一。是謂二之真知レ己者一。吾友有二有レ才無レ行者一。友朋唾棄。使三其遇二巌公一。抜レ山撼レ海之業。或可二得而成一。今也其人逝矣。嗚乎誰適帰。

一　自国の謙称。ここではフランスのこと。
二　「民情」は人民の実情。「国俗」はその国の風俗。それらを互いに十分に知りつくしている、の意。
三　→五〇頁注一一。
四　すぐにますます勢いが大きくなる。
五　「屯蹇」は悩み苦しむこと。「坎壈」は不遇なこと。易の卦から来る言葉。
六　落ち着いているさま。
七　思い切った行為をする性質。「気象」は「気性」と同じ。
八　世界中に及ぶ者がないかもしれない。
九　島中。「闔」はすべてあわせて、の意。
一〇　世間の人々の意見。現在は「世論」と表記。
一一　ここでは、英国内の仲違いを巧みに利用して、の意。アイルランドの独立運動は英国議会における二大政党の対立にリンクするかたちで進められたという側面がある。→四七頁注二七。
一二　生活の困窮をひどい苦しみの中から救う。
一三　ガンベッタの口吻を言う。「音吐」は、ものを言う声。
一四　耳に心地よい音として残っている。「鏗爾」は瑟《しつ》（＝大型の琴）を置いた時にたてる音。
一五　すぐれた見識。
一六　曖昧な態度ではっきりとしないさま。紅蓮がガンベッタの発言を伝えにくそうにしている。
一七　問いただす。
一八　どうかゆるしてください。
一九　このごろ。

蟬ニ脱千古之宿弊一有レ之。覚ニ自由之不レ可レ不ニ拡張一則未矣。唱ニ道自主自由之論一有レ之。至ニ民心振興一則予未レ知レ之。何也。雖ニ皮相口舌以眩レ人。其実非下心覚ニ其理一而有上所ニ激昂一也。

夜市雑沓。壮士怒三人蹂ニ吾足一。而不レ怒三挙レ国為ニ他邦所レ蹴者何也。於ニ此数事一。外人猶且慨レ之如レ此。扼腕摂裳短袴麦帽之士。不レ可レ不レ思レ所ニ以復レ之制レ之也。

リ曰ク近来《きんらい》日本大《おほい》ニ開《ひら》ケ漸《やうや》ク[二〇]千古《せんこ》ノ宿弊《しゆくへい》ヲ蟬脱《せんだつ》シ[二一]自由ノ拡張セザル可《べ》カラザルヲ覚《さと》リ民心振興到《いた》ル処《ところ》自主自由ノ論ヲ唱道セザルハナシ　閣下之《これ》ヲ聞キ深ク其義《そのぎ》ニ感ジ海ニ航シテ東、[二二]扶桑ニ赴キ自由ノ為メニ之ガ声援ヲ為《なさ》ント欲スト　是レ妾ガ大《おほい》ニ祝スル所ナリ　貴邦ノ人義気《ぎき》ヲ重ンジ敢為《かんゐ》ニ勇《いさ》ミ往年[二三]米国ノ義挙ヲ賛襄《さんじやう》シ近日[二四]敝邦《へいはう》ノ独立ヲ奨励シ今日亦[二五]此挙《またこのきよ》アリ　日本是レヨリ欧人ノ[二六]羈絆《きはん》ヲ脱シテ不正不義ノ抑圧ヲ免レ[二七]治外法権ヲ廃シ国民漸《やうや》ク自由ノ晴日ヲ拝スルヲ得《う》ベシ　妾仏国ノ[二八]高義《かうぎ》閣下《かくか》ノ此挙《このきよ》ト共ニ五州ニ発揚センコトヲ知

紅蓮巌鼈跎ト対話ノ図

二〇　遠い昔からの弊害から抜けだし。「蟬脱」は迷いから抜け出すこと。
二一　以下は自由民権運動を踏まえている。
二二　日本国の異称。
二三　一七七五年に始まったアメリカの対英独立戦争は、フランスの支援で当初の劣勢を挽回する。七八年三月フランスはアメリカの独立を承認、米仏同盟条約を締結。七月には英仏が正式に開戦。八三年九月パリ条約が調印されイギリスはアメリカ独立を承認した。こうした経緯は七年戦争(一七五六―六三年)に続く英仏の対立が背景にある。「賛襄」は助け成就させること。
二四　アイルランド独立。
二五　日本にやってきて「自由ノ為メニ之ガ声援ヲ為」す(といううわさ)。
二六　束縛。
二七　ここでは幕末から欧米諸国が日本と交わした不平等条約のうち、自国民が日本の行政権や裁判権に服従しない特権、領事裁判権を指す。明治政府はその解消に腐心するが、イギリスとの間では明治二十七年、その他の国とは日清戦後の明治三十二年までかかった。↓二六六頁注四。
二八　高い徳義。

散士自レ此借二巌老黠一吐二満腹鬱勃不平之気一。浩然沛然。有二山不レ可レ抜海不レ可レ撼之概一。

伊与レ普亘古之深仇。盛衰之所レ関。在二此一挙一。予想当時巌老黠髪立突レ天。目張射レ人。怒肩扼腕。如三悪鬼羅刹立二剣山血池之上一。

嗚乎。此輩之肉。虎狼不レ食。是謂二人非人一。

仏国今日之富強自二此一敗一始。蓋自レ此厥後人各思レ恥忍レ辱。臥レ薪嘗レ胆。朝執レ耒夕磨レ剣。且耕且錬。

ルト　語未《いま》ダ了《をは》ラズ　巌公[一]眼ヲ瞋《いから》シ一喝シテ曰ク　咄《とつ》　是レ[二]斉東《せいとう》野人ノ言ノミ　先《さ》キニ[三]吾国普国ト戦ヒ　[四]拿破倫《(ナポレオン)》三世師丹《セダン》ニ敗レ身《み》降虜ト為《な》リ巴黎《(パリ)》亦囲《またかこみ》ヲ受ケ国家ノ滅亡旦夕《たんせき》ニ迫レリ　是時《このとき》ニ当リ[五]吾輩《わがはい》主戦ヲ唱ヘ民心ヲ一《いつ》ニシ肉ヲ砕キ骨ヲ齦《くじ》キ以テ国辱ヲ雪《そそ》ガント欲ス　乃《すなは》チ単身気球《ききう》ニ乗ジ重囲ヲ脱シテ[六]浪華河《(ロワール)》上ニ至リ兵ヲ招キ勇ヲ募リ励マスニ[七]国家克復ノ大義ヲ以テシ　将《まさ》ニ進《すすみ》テ[八]新勝ノ普軍ヲ破リ[九]阿連郡城《ヲルレアン》ヲ復シ[一〇]蔑士《メッツ》ノ軍ト相応《あひおう》ジ三軍合撃　[一一]長軀《ちやうく》ノ客兵ヲ堅城ノ下《もと》ニ鏖《みなごろし》ニシ遂ニ進《すすみ》テ彼《か》ノ都城ヲ屠《ほふ》リ[一二]吾ガ社稷《しやしよく》ヲ盤石《ばんじやく》ノ牢ニ置キ以テ威名ヲ万世ニ伝ヘントス　而《しか》ルニ[一三]巴彦《バセン》輩怯懦《けふだ》為《な》ス無ク[一四]首鼠両端《しゆそりやうたん》身ヲ愛《をし》ミ国ヲ売リ十五万ノ雄卒ヲ率キテ甘ジテ降虜トナリ我ガ民ヲシテ勇気挫折命《いのち》ヲ惜ムノ[一五]鬼胎《きたい》ヲ生ジテ義ヲ重ンズルノ[一六]丹心ヲ失ヒ[一七]嘵々《げうげう》トシテ[一八]和議ヲ唱ヘ地ヲ割《さき》テ城下ノ盟ヲナシ　遂ニ[一九]三老雄ノ名ヲナサシメ以テ[二〇]普国ヲシテ雄ヲ欧洲ニ逞《たくまし》フスルニ至ラシム　遺憾《ゐかん》何ゾ堪《た》エン

一 目をかっと見開いて。 二 事理をわきまえない言葉。昔、斉の東方の人は道理を知らないとされた(『孟子』万章上)。
三 普仏戦争のこと。→三一一三三頁。
四 普仏戦争においてナポレオン三世(→二九頁注一八)は一八七〇年九月二日フランス北部の町スダン(Sedan)で敗北し、捕らえられると、パリ市民は蜂起。帝政は打倒されるが、翌年一月、プロシア軍はパリを包囲。「降虜」は降参して捕虜になった者。
五 ガンベッタは帝政崩壊後パリに樹立された国防政府の内相となり、プロシア軍への徹底抗戦を主張した。
六 フランス中部の川。フランスの文化的な境界となっている。
七 戦いに勝ってフランスの独立と威信をとりもどすこと。 八 勝ったばかりの。
九 オルレアン。フランス中部、ロアレ県の県都。交通の要衝。普仏戦争の激戦の地。「城」とあるのは城郭都市であるから。
一〇 メッス(Metz)。フランス北東部ロレーヌ地方の中心で、モーゼル県の県都。普仏戦争の時、アシル・バゼーヌ元帥が十七万人の軍隊とともに籠城五十四日の後、プロシア軍に降った。以後第一次世界大戦末までドイツ領。
一一 長い距離を遠征してきたプロシア軍。「客兵」は他国から来てとどまっている兵隊。
一二 わが国家を極めて堅固な守りに置き。
一三 バゼーヌ(François Achille Bazaine. 一八一一-八八)。フランスの軍人。クリミア戦争、イタリア統一戦争、メキシコ遠征に参加。普仏戦争での降伏により国民の怒りを買い軍法会議で死刑判決、のち禁錮二十年に減

久而匪レ懈。終得ニ富強之実於敗残之余一。雖レ有ニ未レ復之地一。而其威力光輝発ニ越于欧亜各国一。故見ニ利器在ニ盤根錯節一。

巌老黠雖レ藉ニ口国家多事一。其実視ニ日本於有耶無耶之中一。嗚乎我之威名不レ足レ動レ彼。抑誰咎也誰咎也。

聖土奴民嗷人之為ニ奴隷一。令而行レ之。命而施レ之。猶且激怒。挙ニ義於虐政之下一。抑無レ令無レ命。自然為ニ他邦奴隷一。而甘受ニ虐待一者果何心也。

ト、[二一]四隅ヲ睨ミ手ヲ挙ゲテ案ヲ拍《う》チ又《また》語ヲ継《つぎ》テ曰ク、是《こ》レ余《よ》ガ日夜[二二]甓《へき》ヲ運ビ[二三]胆《きも》ヲ嘗《な》メ忘ルヽ能ハザル所ナリ　然《しか》リ而シテ今ヤ内ニ[二四]王政党ノ故《こ》主《しゅ》ヲ思フテ共和ノ政ヲ悪《にく》ムアリ[二五]社会党ノ虚無党ト相結《あひむす》ビテ過激ノ改革ヲ断行セント欲スルアリ　外ニハ[二六]普ノ禿姦陰《とくかんいん》ニ澳伊西ノ三国ト[二七]連衡《れんかう》シテ我《わ》ガ[二八]釁隙《きんげき》ヲ窺《うかが》ヒ[二九]馬島《マタカスガル》埃及《（エジプト）》安南ノ三国亦《また》我ガ制ニ抗セントス　実ニ国家多事ノ秋《とき》ナリ　余不肖ト雖モ身《み》此大任ヲ負フ。何ノ暇アリテカ一貧弱ノ小邦ニ趣キ無用ノ[三〇]光陰ヲ費サンヤ　然レドモ日本人民ニシテ上下《しやうか》心ヲ一ニシ真ニ国権ノ振ハザルヲ慨《がい》シ真ニ外人ノ専横ヲ憤リ昔時《せきじ》米国ノ義挙ノ如ク[三一]聖土奴民嗷《シントドミンゴー》ノ独立ノ如ク

[三二]聖土奴民嗷ハ[三三]西印度中ノ一島ニシテ[三四]仏国殖民地ノ一ナリ　[三五]一千八百一年第一世拿破倫《（ナポレオン）》奴隷実施ノ令ヲ此島ニ布《し》ク　島民其暴《そのぼう》戻《れい》残虐ヲ憤リ[三六]所在蜂起シ名将[三七]東山党老、亜智勇《トーサントロー アチール》ヲ推《お》シテ盟主トナシ　[三八]血ヲ啜《すす》リ天ヲ仰ギ相共《あひとも》ニ誓《ちかひ》テ曰ク　死シテ自由ノ鬼トナ

刑。七四年脱獄し、スペインに亡命中死去。
一四 ねずみが穴から首を出したり引っ込めたりして様子をうかがう意。進退を決めかね、形勢をうかがうことのたとえ(『史記』魏其武安侯伝)。 一五 心配すること。 一六 真心。赤心。 一七 懼れる声を上げて。
一八 一八七一年五月講和条約を結ぶ。フランスはアルザス・ロレーヌの大半をドイツ帝国に割譲。「城下ノ盟」は→三四頁注二。
一九 プロシアのビスマルク首相(→三二頁注三)、モルトケ将軍(Graf von Moltke. 一八〇〇-九一)、シュタインメッツ将軍(von Steinmetz. 一七九六-一八七七)の三人か。
二〇 一八七一年一月にはプロシアを中心にドイツ帝国が成立。 二一 部屋の四隅。
二二 身体を鍛えること。晋の陶侃《とうかん》が体を鍛えるために、毎朝甓《しきがわら》を百枚ずつ運び出し、夕方にはそれを運び入れた故事(『晋書』陶侃伝)から。 二三 →一二〇頁注二。
二四 オルレアン王党派を指す。資本家、自由主義的貴族らを支持基盤とし、フランス革命期には革命を支持、立憲君主制の立場をとる。一八三〇年の七月革命によって政権を握り、本文でいう「故主」、オルレアン公ルイ・フィリップ(一七七三-一八五〇、在位一八三〇-四八)が国王となった。ナポレオン三世失脚後はその孫のパリ伯(一八三八-九四)を王位につけようとした。
二五 パリ・コミューンに向けての動きを指す。一八七一年三月十八日から五月二十八日までパリに樹立された世界初のプロレタリア政権。ここではその勢力を「社会党」としている。また「虚無党」は無政府主義の先駆け

(以下、二六三頁へ続く)

ルモ生《いき》テ奴隷ノ民タラズト　遂ニ兵ヲ挙ゲテ叛《はん》ス　老亜智勇《(ローアチール)》ハ亜非利加《(アフリカ)》[一]売奴《ばいど》ノ子ナリ　一千七百四十三年此島ニ生《うま》ル　[二]仏国革命ノ乱起《おこ》リ共和ノ政ヲ立ツルニ及《およん》デ全島ニ令シテ奴隷ヲ解放シ自主ノ権ヲ与ヘ人々ヲシテ其業《そのげふ》ニ就クコトヲ得セシム　既ニシテ[三]英人仏国ノ内乱アルヲ見テ隙《げき》ニ乗ジテ此島ヲ奪ヒ以テ其有《そのいう》ニ帰《き》セシメント欲ス　即《すなは》チ大兵ヲ遣《つかは》シテ来《きた》リ囲《かこ》ミ甘言之《これ》ヲ誘ヒ兵威之ヲ脅《おびやか》シ殆《ほとん》ド其半《そのなかば》ヲ略ス　時ニ老亜智勇仏ノ提督[四]励武礼《レーブレー》ノ麾下《きか》ニ属シ屢々《しばしば》英軍ト戦ヒ[五]奇功ヲ建テ[六]累遷《るいせん》シテ一面ノ将トナル　会々《たまたま》[七]部下ノ将士窃《ひそか》ニ間ヲ英軍ニ通ズルモノアリ　提督ヲ売《うり》テ其軍ニ降《くだ》ル　是《ここ》ニ於《おい》テ島ヲ守ルノ兵狼狽《らうばい》為《な》ス所ヲ知ラズ　皆将《みなまさ》ニ[八]干戈《かんくわ》ヲ棄《す》テヽ轅門《ゑんもん》ニ降《くだ》ラントス　老亜智勇[九]外《ほか》ニ在リ　之ヲ聞キテ大《おほい》ニ驚キ[一〇]星馳《せいち》帰リ来《きた》リ大《おほい》ニ士卒ヲ督励シテ[一一]英軍ヲ一戦ノ下《もと》ニ破リ提督ヲ奪還シ士気ヲ[一二]振作シ以テ[一三]狂瀾《きやうらん》ヲ既ニ覆《くつが》ヘルニ回《めぐ》セリ

老亜智勇亦一豪傑。而出ニ売奴之子一。信哉王侯将相無レ種。

老亜智勇出処。殆与ニ我豊太閤一相似。

是亦与ニ豊公天能寺之一戦一略相似。

一 両親はともに西アフリカの出身で、サン・ドマング北部にあるノエ伯爵のプランテーションで奴隷となる。長男として生まれたトゥサンは理解ある農園の管理者により、カトリック神父のもとで教育を受け、三十歳半ばで解放奴隷となり、中規模のプランテーションを営んでいた。
二 一七九四年二月フランス革命下の国民公会は、植民地黒人奴隷制の廃止決議を採択。
三 フランスは一七九三年二月、イギリスに宣戦を布告。余波は植民地にも及び、九月にはイギリス軍はサン・ドマングに上陸、南西部を制圧。しかし「殆ド其半ヲ略ス」(掠め取る)とまではいえない。ほかに九四年には仏領マルティニク、グァドループを占領。
四 フランスのサン・ドマング総督兼司令官エティエンヌ・ラヴォー(Etienne Laveaux)。一七九四年五月、スペインの奴隷解放が不十分であり、フランスの全権統治委員会の奴隷解放の意向を知ったトゥサンはフランス軍に帰順。ラヴォーは彼の才能と人柄を認め重用。「麾下」は指揮の下にあること。
五 →二四二頁注四。
六 地位が次第に上がること。トゥサンは次注で述べるクーデターを鎮圧、その功によりラヴォーの補佐官に任命される。その後師団長、総督兼任司令官と昇進してゆく。
七 一七九六年三月、ムラートの政治家ヴィヤット(Vilatte)によるクーデターを指す。ただし「英軍」に通じていたわけではなく、ラヴォーを除き実権掌握をねらったもの。ムラートは多く白人と黒人の混血で、両者の間の中間階層。ときに白人支配を支える存在であり、トゥサンの台頭は彼らの権益

可レ見下其為レ人稍与二豊公一異レ科処上。豊公起レ自二僕隷一。位極二人臣一。其慾未レ飽。窮レ兵瀆レ武。四海愁苦。老亜智勇則不レ然。棄レ身憂レ民。忘レ私謀レ公。大功既成。而放レ馬休レ民。唯除二其害一是勉。宜矣人民敬レ之如レ父。慕レ之如レ母也。故自レ古英雄豪傑之出処巻舒。未二嘗不一レ同。而観二其心術如何一。可三以知二興亡之因一矣。

開レ口先説二貴族僧侶之暴政一。猛虎一

乃《すなは》チ挙《あ》ゲラレテ大元帥《だいげんすい》トナル。老亜智勇奮然トシテ全島ヲ[一四]克復《こくふく》スルヲ以テ己《おの》ガ任トナシ士卒ト[一五]甘酸《かんさん》ヲ同《おな》フシ頻《しきり》ニ英軍ヲ破リ急追シテ英将[一六]迷途乱土《メイトランド》ヲ囲《かこ》ミ其全軍ヲ擒《とりこ》ニシ一島尽《ことごと》ク[一七]定マル。島民其功《そのこう》ヲ[一八]推尊シ奉《ほう》ジテ以テ首領トナシ悉《ことごと》ク島政ヲ[一九]摂《せつ》セシム。然レドモ老亜智勇人《ひと》ト為《な》リ謙退遜譲敢《あへ》テ其功ニ伐《ほこ》ラズ。[二〇]自《みづか》ラ奉ズルコト素朴ニシテ最《もつと》モ[二一]華侈《くわし》ヲ悪《にく》ミ漫《みだり》ニ新ヲ逐《お》フテ旧ヲ改《あらた》ムルヲ為《な》サズ。民情ヲ量リテ政《まつりごと》ヲ施シ法ヲ執《と》ルコト公《おほやけ》ニ事《こと》ヲ断ズルコト敏ナリ。是《ここ》ニ於《おい》テ民其徳《そのとく》ニ感ジ人其智《そのち》ニ服シ之ヲ敬スルコト父ノ如ク之ヲ慕フコト母ノ如シ。商工ノ道随《したがひ》テ振起シ島民漸《やうや》ク富ム。[二二]一千八百年安眠《アミン》ノ和議成リ[二三]欧洲ノ平和或《あるい》ハ得テ而《しか》シテ望ム可シ。[二四]会《たまたま》拿破倫《ナポレオン》奴隷再施《さいし》ノ勅ヲ此島ニ下《くだ》ス。老亜智勇勅ヲ奉ゼズ。即《すなは》チ[二五]上書《じやうしよ》シテ諫《いさ》メテ曰ク、天下ノ人《ひと》貴族僧侶ノ暴政ニ苦《くるし》ムコト久シ。陛下[二六]三尺ノ剣

と対立する局面もあった。ヴィヤットは三月二十日逮捕される。八 武器を捨てて敵に投降しようとする。九 トゥサンはルカプから一二〇キロメートル離れたゴナイブにいた。一〇 星が流れるように、速やかに帰還した。一一 このクーデターには英軍は直接参戦していない。一二 勢いを奮いおこすこと。一三 片手で劣勢を挽回する。容易に挽回すること。「狂瀾ヲ回ス」はもと「狂瀾を既倒に廻らす」(韓愈「進学解」)で、逆巻く大波がほとんど崩れかかるのを支えてもとに押し返す意。時勢の衰えたのを回復すること。一四 戦いに勝って平和状態を取り戻す。一五 苦楽をともにして。一六 トーマス・メートランド(Thomas Maitland)。イギリス軍の遠征司令官。九八年四月停戦協定をトゥサンと結び、九三年以来五年間にわたる、多大な被害を出したイギリスの遠征は終焉する。一七 平定された。一八 崇(あが)め尊ぶ。一八〇一年二月ナポレオンはトゥサンの実権を認め将軍に任命、七月トゥサンは憲法を発布、自ら終身総督となる。一九 執り行わせる。二〇 自分の生活は質素にして。二一 派手で贅沢なさま。二二 一八〇二年にフランスのアミアンで結ばれた英仏講和条約、アミアン条約を指す。一八〇〇年は誤り。二三 ヨーロッパの平和が達成される状況にあったのであろう、の意。二四 広範な自治権を謳うトゥサンの憲法を知ったナポレオンは、それを独立宣言と受け取り、ハイチへの強硬な介入を決意。奴隷制復活の布告は一八〇二年五月。二五 君主に意見書をたてまつること。二六 ここでは武力のたとえ。

声山月高者。以下無㆓堅不㆒㆑砕。無㆓牢不㆒㆑破。

極㆑口称㆓揚其功徳㆒。而後説㆓時勢之棘殆㆒。諫㆓奴隷之暴政㆒。使㆔人悦而繹㆓其意㆒。深得㆓進言之体㆒。

此亦欲㆑抑先揚者。

ヲ提《ひっさ》ゲ自由ノ真理ニ基キ　内ニ[一]明法ノ政《まつりごと》ヲ建テ以テ我《わ》ガ民ヲ[二]無政乱離ノ中《うち》ニ救ヒ　[三]外ニ専横ノ君ヲ廃シ以テ彼民《かのたみ》[四]倒《たう》懸《けん》ノ難ヲ解キ　[五]南征スレバ北方怨《うら》ミ東伐《とうばつ》スレバ西方恨《うら》ミ[六]四海欽仰陛下《へいか》ヲ以テ自由ノ真主《しんしゅ》ト為《な》ス　[七]今干戈《かんくわ》僅《わづか》ニ定マリ瘡痍《さうい》未ダ癒エズ　[八]敵国猶《な》ホ隙《すき》ヲ窺《うかが》フモノアリ　是時ニ当リ宜シク人心ヲ収メ民望ニ協《かな》フヲ以テ務《つとめ》トナスベシ　乃《すなは》チ陛下何《なに》ヲ苦《くるしみ》テ人間最上ノ悪徳ナル奴隷売買ノ制度ヲ再施セント欲スルカ　夫《そ》レ奴隷売買ノ無道残虐ナル陛下ノ既ニ知悉《ちしつ》スル所《ところ》天下ノ共ニ厭悪スル所　固《もと》ヨリ[九]微臣ガ喋々《てふてふ》ヲ待タズ而シテ今《いま》陛下強《しひ》テ之ヲ施サント欲ス　[一〇]臣《しん》恐ラクハ天下後世ノ[一一]誹謗ヲ免《まぬか》ル能ハザランコトヲ　[一二]盛徳ノ累焉《これ》ヨリ大《だい》ナルハナシ　豈《あに》惜シカラズヤ　我《わが》全島ノ人民先《さ》キニ政府ノ恩命ニ依《よ》リ初メテ奴隷ノ[一三]苦厄《くやく》ヲ脱シ自主ノ[一四]天日ヲ拝シ自由ノ真味

一 法が正しく明らかなこと。
二 無政府状態で人々が離散しているさま。
三 ヨーロッパの専制君主たちを指す。
四 非常な苦しみのたとえ。↓六〇頁注一一。
五 南に行って戦えば、北ではこっちにこそ来てもらいたいと恨む。ナポレオン戦争は当初大陸の絶対主義国家の専制政治からの民衆の解放戦争という側面があった。
六 「四海欽仰」は、世の人々が敬い仰ぐさま。
七 今戦いが少し落ちつき、(それなのに)戦争で受けた損害は回復されていない。「瘡痍」は、刀傷のこと。転じて戦争などで受けた損害を指す。
八 大陸に市場利権を持つイギリスと、大陸の専制国家を指す。
九 (私のような)臣下が多弁を弄するまでもなく。「微臣」は地位の低い家来、また主君に対する臣下の謙称。「喋々」は口数多く喋るさま。
一〇 (皇帝の臣下である)私は。ここは「能ハザランコトヲ恐ル」を倒置した文型。
一一 (奴隷制度の復活について)非難されることは免れない。
一二 すぐれた立派な徳を傷つけるもの。
一三 苦労と災厄。
一四 「天日を見る(拝す)」は罪人が釈放されること。

有㆓大臣骨鯁之風㆒。

ヲ嘗《な》ムルコトヲ得タリ　今又焉《いままたいづく》ンゾ禽獣《きんじう》ノ群《むれ》ニ入《い》リ牛馬ト伍スルヲ肯《がへん》ズ可ケンヤ　陛下若《も》シ強《しひ》テ天心[一五]ニ逆《さから》ヒ人心ヲ顧《かへり》ミズ此悪徳ヲ断行セント欲セバ微臣《びしん》死ストモ勅命ヲ奉ズル能ハズ　微臣余命幾《いくばく》モナシ　特《ただ》ニ一身ノ為《た》メニ計ルニ非ラズ国ヲ憂《うれ》ヘ民ヲ思フノ情《じやう》黙シテ而シテ止《や》ム能ハズ　忠言[一六]耳《みみ》ニ逆《さから》ヒ良薬口《くち》ニ苦《にが》シ　敢《あへ》テ天威[一七]ヲ冒触《ぼうしよく》ス　罪固《もと》ヨリ万死《ばんし》ニ当ル　伏シテ斧鉞《ふえつ》[一八]ヲ待ツ

拿破倫《ナポレオン》之《これ》ヲ見テ大《おほい》ニ怒《いか》リ罵《ののしり》テ曰ク　咄《とつ》　豎子《じゆし》[一九]何ゾ饒舌ナルト

欲㆘挙㆓全島㆒帰㆓赤土㆒而後已㆖。聖土

義弟区令貝《クレーク》[二〇]ニ授《さづ》クルニ精兵[二一]三万五千戦艦《せんかん》五十四隻《せき》ヲ以テシ一撃シテ聖土奴民嗷《シントドミンゴー》ヲ屠《ほふ》[二二]ラント欲ス　老亜智勇《ローアチール》之《これ》ヲ聞キ大《おほい》ニ戦備ヲ修メ励マスニ自由ノ正義ヲ以テシ激[二三]スルニ奴隷ノ残虐ヲ以テス　全島ノ民《たみ》三万ニ満タズ　皆感奮振起《かんぷんしんき》勇気百倍骨《ほね》[二四]ヲ積《つみ》テ畳《でふ》トナシ血ヲ流シテ濠《ほり》トナシ　全島ヲ挙《あ》ゲテ赤土《せきど》[二五]ニ帰シ而シテ後《のち》已《や》マン

一五　天意。

一六　「良薬は口に苦けれど病に利あり。忠言は耳に逆へども行に利あり」(『史記』淮南王伝ほか)。

一七　天子の権威。ここではナポレオンの威光。「冒触」は犯し触れること。諫言を言う。

一八　おのとまさかり、転じて、重い刑罰。

一九　人を罵る語。あいつ、きゃつ。

二〇　シャルル・ルクレール将軍(Charles Victor-Emmanuel Leclere. 一七七二―一八〇二)。ナポレオンの妹ポリーヌの夫。

二一　派兵第一陣としてのルクレール麾下の将兵は約三万四千、船舶は八十四艘であったという。サン・ドマングに到着したのは一八〇二年二月初め。

二二　攻め滅ぼそうとした。

二三　奴隷制の残虐さをうったえて励まし奮い立たせた。

二四　戦死者の骨を積み重ねた。「僵屍積畳、千山之草木尽腥」(杜牧「賀平党項表」)。

二五　荒れ果てた土地。

奴民嗷之所ニ以独立ニ在ニ此一語一。所謂出ニ万死得ニ一生一者。若無ニ此心一則亦一印度而止耳。凡事不レ決ニ於尊俎之間一。則不レ得レ不レ観ニ赫怒之威於不レ得レ已。而其僥ニ倖万一一。而不ニ敗且亡一者鮮矣。故欲レ立ニ殊勲一者。棄レ死期ニ必成一。猶且蹉蹶是懼。況顧レ私愛レ身哉。嗚乎方今以ニ此心一護ニ家国一者。果有ニ幾人一也。思レ之念レ之。血涙三斗。奈翁之所レ為。皆譎而不レ正。宜矣。其一敗塗レ地也。

公明正大之論。忠勇至誠之気。写レ之以ニ悲壮淋漓之

ト欲ス　老亜智勇《ローアチール》[一]固《もと》ヨリ善ク兵ヲ使フ　機ニ臨ミ変ニ応ジ拒戦《きよせん》[二]累日《るいじつ》拿破倫《ナポレオン》親任《しんにん》ノ名将精兵三万五千艨艟《もうどう》[三]五十余隻《よせき》ヲ率《ひき》ヰ　而《しか》シテ又且《またか》ツ如何《いかん》トモスルコト能ハズ　会々《たまたま》仏ノ軍中疫《えき》[四]ヲ病《や》ム者多シ　仏将其為《そのな》ス可《べ》カラザルヲ知リ使《つかひ》ヲ遣《つかは》シテ老亜智勇ニ説《とき》テ曰ク　公《こう》忠勇深ク士卒《しそつ》ノ心ヲ得《え》テ百戦尽《ことごと》ク其功《そのこう》ヲ奏《そう》セリ　然《しか》レドモ孤島ノ衆《しゆう》以テ天下[五]ノ雄ニ抗《かう》シ難《がた》シ　若《し》[六]カズ和ヲ講ジ万事旧約ヲ改メズ蒼生[七]ヲ干戈ノ中ニ救ハンニハト　老亜智勇大《おほい》ニ喜《よろこび》テ曰ク　是レ臣ガ志《こころざし》ナリ　臣豈好《あにこのみ》テ干戈ヲ弄シ功名ヲ貪《むさぼ》ル者ナランヤト　将《まさ》ニ日ヲ期シテ仏将[八]ト会シ和ヲ議セントス　仏人預《あらかじ》メ兵ヲ囲幕《ゐばく》[九]ノ中ニ伏セ急ニ起《たつ》テ老亜智勇ヲ捕ヘ縛《ばく》スルニ鉄鎖《さ》ヲ以《もつ》テシ直《ただち》ニ仏京[一〇]ニ送リ獄舎ニ幽シ論ズルニ大逆[一一]無道ヲ以テス　老亜智勇其《その》不法ヲ怒リ法庭[一二]ニ論弁シテ曰ク　臣ハ陛下ニ於ケル固《もと》ヨリ私怨アルニ非ラズ　又私利ヲ営ミ私慾ヲ逞フセント

一　サン・ドマングの人々の抵抗は頑強であったが、必ずしも一枚岩ではなかった。またトゥサンはサン・ドマング独立を標榜して戦ったわけではなく、フランスとの融和を求めていた。
二　「拒戦」は、防ぎ戦うこと。
三　軍艦。
四　黄熱病が流行していた。
五　ナポレオンを指す。
六　「救ハンニハ若カズ」の倒置法。…救うにこしたことはない。
七　人民。
八　一八〇二年六月七日、フランスの将軍ブリュネに甘言をもって呼び出される。
九　「帷幕」に通じて用いられている。陣営。
一〇　「仏京」はパリのことだが、史実ではパリを離れること約六百キロメートルの軍港ブレストに上陸の後、ジュラ山中のフォール・ジュウに投獄された。
一一　道義と道理に甚しく背いた行為。
一二　「法廷」と同じ。実際は裁判にかけられることはなかった。
一三　正しいことと間違ったこと。
一四　孤立無援のなか忠義を尽くすこと。
一五　荒々しく。

筆一。滔々汨々。如二霖後決レ堤注一レ海。杳冥茫洋。一瀉千里。

欲スルニ非ラズ　其《その》干戈ヲ交《まじ》ヘシ所以《ゆゑん》ノモノハ人生ノ権利国家ノ大計ニ在リ　蓋《けだ》シ陛下ハ奴隷ノ悪法ヲ再施シテ人民ヲ牛馬使《ぎうばし》セント欲シ臣ハ奴隷ノ悪徳ヲ棄テヽ人生ノ大義ヲ伸ベント欲ス　其《その》一三是非曲直瞭然《れうぜん》トシテ火ヲ覩《み》ルガ如シ　今之《これ》ヲ口舌ノ間ニ争ハズト雖モ天固《もと》ヨリ霊アリ　当《まさ》ニ臣ガ誠意ヲ知ルベシ　人固《もと》ヨリ心アリ　当《まさ》ニ臣ガ一四孤忠ヲ憫《あはれ》ムベシ　而《しか》シテ陛下独《ひと》リ其理否ヲ窮《きは》メズ其曲直ヲ問ハズ　一五悍然《かんぜん》兵馬ヲ以テ其志《そのこころざし》ヲ達セント欲ス　暴《ぼう》モ亦甚《またはなは》ダシト謂《い》フ可シ　事已《ことすで》ニ此《ここ》

老亜智勇法庭ニ論弁スル図

（二五七頁より続く）
となったプルードンらのグループを指す。 二六「禿姦」は、はげ頭のよこしまな奴、の意で、ビスマルクのこと。 二七 同盟を結ぶこと。 二八 仲違い。 二九 マダガスカルはアフリカ大陸の南東方、インド洋上にある島国。ヨーロッパ列強によるアフリカ分割のためのベルリン会議（一八八四―八五年）によってフランス植民地となるが、その支配に対し抵抗は根強かった。→四三七頁注二五、巻十一・五四六頁以下。エジプトについては当時フランスの利権は大幅に後退していた。安南はベトナムの古称。フランス支配下ではその中部行政区画を指す。太平天国事件（→補四二）の余波を受けた国内の混乱につけ込みフランスは一八六二年メコン・デルタを奪い、フランス領コーチシナを成立させた。さらに七三年北部のトンキン、八三年中部をアンナン保護国として植民地化。 三〇 歳月。 三一 サント・ドマング。現イスパニョラ島。西インド諸島中部、大アンティル諸島の島。現在は島の西側三分の一がハイチ、東側三分の二はドミニカ共和国。 三二 以下二六六頁一行まで、「聖土奴民嗷ノ独立」を注解する挿入文。 三三 西インド諸島。 三四 一四九二年コロンブスに発見されて以来スペインの植民地となるが、一六六四年フランスが未開だった西側三分の一の領有権を主張し、九七年スペインはそれを承認。先住民カリブ族はスペイン支配下の搾取・
（以下、次頁へ続く）

稜々俠骨。厳霜烈日。比ニ之我佐倉宗吾一。孰兄孰弟。

義憤所レ積。余勇勃々。読至レ此。不レ覚髪森々立。

ニ至ル　唯々《ゐゐ》トシテ其為《そのな》ス所ニ従フハ男児ノ忍ブ能ハザル所ニシテ干戈ハ又戦国ノ常事　固《もと》ヨリ怪《あやし》ムニ足ラザルナリ　臣元《も》ト奴隷ノ子ナリ　唯《た》ダ衆《しゆう》ノ為メニ推《お》サレテ謀主トナリ僅《わつか》ニ黒人数千ヲ駆《か》リ以テ守備ノ計ヲナスノミ　陛下ノ軍、勇猛無比欧ノ雄邦ヲ蹂躙《じうりん》シテ向フ所敵ナシ　固《もと》ヨリ是レ乗勝《じようしよう》一ノ大兵《たいへい》臣ガ孤軍ノ能《よ》ク抗スル所ニアラズ　然《しか》リ而《しかう》シテ攻守累月《るいげつ》勝敗遂ニ決セズ　豈《あに》兵ノ多《た》寡《くわ》力ノ強弱ニ関セザル所以ノ者アルカ　陛下果《はた》シテ勇アラバ盍《なん》ゾ更《さら》ニ親《みづか》ラ大軍ヲ引率シ正々ノ陣、堂々ノ旗《はた》勝敗ヲ境二上ニ決セザル　陛下又《また》義ヲ好ミ勇ヲ愛セバ盍《なん》ゾ臣ガ言ヲ容《い》レ臣ガ行《かう》ヲ嘉《よみ》三セザル　是レ蓋《けだ》シ陛下ノ陛下タル所以ナリ　何四ゾ料《はか》ラン五正論服《ふく》スルコト能ハズ兵艦《へいかん》勝ツコト能ハズ　誘《いざな》フニ和議ヲ以テシ捕縛シテ万里ノ外ニ送ル　姦猾《かんくわつ》六ノ策怯懦《けふだ》ノ謀《ぼう》世ハ之ヲ聞ク者誰《たれ》カ陛下ヲ笑ハザランヤ　又誰カ陛下ヲ悪《にく》マザランヤ　是レ

（二六三頁より続く）暴力などで十六世紀中頃には絶滅。アフリカから大量の黒人奴隷を導入した。三五 史実ではナポレオンは一八〇二年にグァドループ、南米ギアナでは奴隷制を復活するが、サン・ドマングは除外された。一八〇一年は後述のように、トゥサン（→注三七）がサント・ドミンゴで奴隷制廃止を宣言した年。三六 実際は一七九一年八月末、サン・ドマングの黒人奴隷はフランスに対し大規模な反乱を起こす。「所在」は、到る所。三七 トゥサン・ルヴェルチュール（Toussaint l'Ouverture ないし Louverture. 一七四三頃-一八〇三）。本名 François Dominique Toussaint. ハイチの独立運動の指導者。トゥサンは蜂起の当初は静観していたが、一七九三年指導者ブクマン（Boukman）が処刑された後に私兵を率いて合流。トゥサンは、フランス革命の間、サン・ドマングでもフランスと交戦中だったスペイン軍と共同してその北部を制圧。本文では、そうしたこと、また変化する時局の中でスペイン・フランス・イギリス・アメリカ等と合従連衡を繰り返したことにも触れられていない。「老、亜智勇」の読点位置は底本のまま。三八 堅く誓うこと。古代中国の盟（ちか）いけにえを殺してその血をすすったことから（『礼記』曲礼下）。

――以上二五七頁

一 勝利の勢いに乗じた。
二 戦いの前線で。
三 誉めてくださらないのですか。
四 講和しようと誘っておいて捕縛し遠く離れた国外に送り出すとは予想もできなかっ

誦㆓古箴㆒諫㆓暴主㆒。臨ㇾ死従容不ㇾ迫。温然有㆓古儒者之風㆒。

如ㇾ読㆓史記伍子胥伝㆒。

認㆓無罪㆒為㆓大逆無道㆒者。即是大逆無道。可ㇾ謂夫子自道矣。

英魂毅魄。徜徉照臨。遂斃㆓深仇於冥々之中㆒。余固不ㇾ信㆓鬼神㆒。今而疑㆔其或未㆓必無㆒也。

丈夫ノ為ス可キ所ニアラズ　抑々《そもそも》曠世《くわうせい》ノ英雄拿破倫（ナポレオン）皇帝陛下ノ為《な》ス可キ所ニ非ラザルナリ　聞ク七天網《てんまう》恢々《くわいくわい》疎《そ》ニシテ漏《もら》サズ八爾《なんぢ》ニ出《い》ヅル者ハ爾ニ反《かへ》ルト　陛下モ亦《また》他日必ズ九楚囚ノ辱《はづかしめ》ヲ受ケ他郷万里ノ外ニ客死ス可シ　臣死スルノ後《のち》魂魄《こんぱく》猶《な》ホ故山ヲ護《まも》リ我《わ》ガ人民ヲ鼓舞シ一〇仏国ノ羈絆《きはん》ヲ脱シ必ズ独立自主ノ国タラシメン　陛下幽囚《いうしう》ノ日異郷《いきやう》ニ在リテ之ヲ聞ケト　一一目光炬《もくくわうきよ》ノ如ク一二声音雷《せいおんらい》ノ如シ　満堂ノ人震慄《しんりつ》セザルハナシ　法官復《また》之ヲ論詰スルコト能ハズ　唯《ただ》曰ク　大逆無道ナリ大逆無道ナリト　再ビ獄中ニ投ジ十月ノ間、人ニ接シ天日ヲ見ルヲ得ザラシム

老亜智勇（ローアチール）一三憂憤病《やまひ》ヲ為《な》シ天ヲ仰《あふ》ギ痛歎《つうたん》シテ曰ク　嗚乎《ああ》一四天道是カ非カ　復《また》我ガ孤忠ヲ伸ブル所ナシト　一叫《いつけう》地ニ僵《たふ》レテ而《しか》シテ絶ス一五

四海ノ志士皆《みな》老亜智勇ノ義勇ヲ感ジ一六拿破倫一世ヲ忌悪《きを》セザルナシ　後《のち》未《いま》ダ幾《いくばく》ナラズシテ拿破倫一世遠島《あんたう》ニ謫《たく》セラレ聖土奴民嗷（シントドミンゴー）

た、の意。

五 正論に従うことができず。

六 悪賢い策略、臆病な謀略。

七 天の張る網は大きく目があらいようだが、漏れることなく、悪人は必ず捕らえられる。「天網恢恢にして失はず」(『老子』七十三章)。「疏」は「疎」と同じ。

八 自分のしたことは自分にその報いが来る。「爾に出るものは爾に反る」(『孟子』梁恵王上)。

九 囚人となって汚名を背負うだろう。「楚囚」は→一七頁注二〇。

一〇 牢獄に閉じこめられること。

一一 眼光がかがり火のように輝いて迫力あるさま。「目光炬の如し」(『南史』檀道済伝)。

一二 「其声雷の如し」(『晋書』陸機伝)。

一三 憂いと怒りのあまり病になり。

一四 天の道理は正しいのか間違っているのか。天が正しいものの味方であるのか。周の武王を諌めた伯夷・叔斉兄弟が、清廉を守って餓死したことを記し、慨嘆して発した言葉(『史記』伯夷伝)。

一五 一八〇三年四月七日、脳卒中と肺炎により、劣悪な環境の中で満足な医療も受けられず獄死。

一六 ナポレオンは一八一四年ロシア・スウェーデン・オーストリアの連合軍に敗北、エルバ島に流される。

兵ヲ挙ゲテ独立ス[一] 一《いつ》ニ老亜智勇《（ローアチール）》ガ言ノ如シ[二]愛人ガ英政ニ敵スル如ク百折撓《たわ》マズ千挫《せんざ》屈セズ志気愈《いよいよ》々振ヒ民心益々固《かた》クンバ 余《よ》亦《また》其孤忠ニ感ジ一臂《いつぴ》[三]ノ労ヲ尽ス可シ 然レドモ未ダ全国人民条約[四]改正ノ成ラザルヲ憤《いきどほ》リ慷慨《かうがい》激昂《げきかう》自《みづか》ラ政府ニ迫リ之ヲ論ズル者アルヲ聞[五]カザルナリ 苛《か》[六]税《ぜい》ヲ課シ酷租《こくそ》ヲ布《し》キ以テ軍艦ヲ購《あがな》ヒ兵備ヲ装フモ只《ただ》[七]内乱ヲ鎮圧スルニ汲々タル耳《のみ》 未ダ海岸ニ砲塁《はうるい》ヲ増シ外寇《ぐわいこう》[八]ヲ防禦《ばうぎよ》セント欲スルヲ聞カザルナリ 故《ゆゑ》[九]ナク外事ニ干渉シ隣交《りんかう》ヲ傷《やぶ》リ人ヲシテ弱邦《じやくはう》ヲ蔑視スルノ志《こころざし》アルヲ疑ハシムルモ 未ダ曾《かつ》テ上下一致《しやうかいつち》全力ヲ国権恢復ニ尽シ若《も》シ欧人ニシテ日本ノ正理《せいり》ヲ承諾セズンバ断然独立国ノ体面ヲ保持セント欲スルノ決意アルヲ聞カザルナリ 在野ノ名士奮然《ふんぜん》臂《ひぢ》[一〇]ヲ揮《ふるひ》テ欧米ニ航シ条約ノ偏重ヲ各国ノ君相《くんしやう》ニ訴フル者アルヲ聞カザルナリ 志士論客ガ此土《このど》[一一]ニ来《きた》リ筆ヲ搦《と》リテ書ヲ新聞ニ投ジ舌ヲ掉《ふる》フテ公衆ニ演説シ以テ輿論ヲ傾動スル

公論正義。痛快剴切。鑿々中二肯綮一。往年我邦政党蓬起。各樹二旗幟一唱二自由之説一。請二政府一説二公衆一。于レ室于レ途。無レ不下議二立憲一論中国会上。人々皆謂文明之治可二刮レ目而待一焉。然是皆一時詭激之徒。求レ名覓レ利耳。故不レ久而泯然湮滅。其終始不レ渝者。今独有二二三有志之士一而已。其無レ節之甚。如レ此。彼世称二志士論客一者。猶且然。況愚夫蠢民乎。嗚乎今日之勢如レ此。何日得下登二対峙之峰一。観中文明之花上乎。

一 一八〇四年、ジャン・ジャック・デサリーヌ(一七五八-一八〇六)によってハイチ共和国の独立が宣言される。 二 二五七頁九行からの続き。 三 助力をする。

四 法権、税権などに関する不平等条約の改正。安政五年(一八五八)に日米修好通商条約でアメリカ合衆国に認めたのを最初に、十六ヶ国に許容した。明治政府は領事裁判権や居留地の解消と、関税自主権の回復を目指す。しかし明治十九年、ノルマントン号事件を機に世論が反英に傾き、また政府の欧化政策に対する国権論者の批判も出た。交渉中の改正案がリークされると政府案への反対運動は全国的な盛り上がりを見せる。同二十年農商務相谷干城は井上の進める条約改正交渉に反対して辞職し、井上は条約改正会議を無期延期して辞職した。本編発行の明治二十年はこうした時期に当たる。

五 明治二十年に条約改正失敗の回復・地租軽減・言論集会の自由というスローガンをかかげた、旧自由党派を中心とする民権派の建白運動があり、元老院に対する建白書が各地の府県庁に提出され、また代表者が上京して元老院や政府高官に直談判するなど、運動は全国に広まり不穏な空気が流れた。ガンベッタの発言を、散士は「皆肯綮ニ中ル」(次頁一三行)と肯定するが、こうした動きを知らないことは考えられないので、自由民権系の運動に批判的、あるいは不十分と感じていたことを示すか。

六 西南戦争の戦費調達のために政府は紙幣を増刷し、明治十年代初頭に激しいインフレが起こる。大蔵卿松方正義は不換紙幣を償却、兌換券を発行した。そのさなか、一

在㆓千里之外㆒。観㆓万人之心㆒。洞然如ㇾ指ㇾ火。離婁之明養由之技不ㇾ及。

モノアルヲ聞カザルナリ　全国ノ民、才《さい》ヲ択《えら》ビ能《のう》ヲ選《えら》ミ使《つかひ》ヲ遣《つかは》シテ書ヲ各国ノ議院ニ奉ゲ以テ条約ノ改正ヲ請求スル者アルヲ聞カザルナリ　国家独立ノ実力ヲ傷《きずつ》ケ自治ノ大権ヲ失ヒ外人ノ鼻息ヲ窺《うかが》ヒ他邦ノ虚[一二]喝ヲ恐レ三千余万ノ衆上下《しやうか》恬然《てんぜん》[一三]トシテ愧《は》ヅル所ヲ知ラズ　内[一四]結外競ノ大計ヲ遺《わす》レ互ニ相語《あひかたり》テ曰ク　自由ノ為メニ斃《たふ》レンノミ　国権ヲ拡張セザレバ死モ且《か》ツ已《や》マズト　之ヲ小蛙《せうあ》[一五]ノ井底《せいてい》ニ躍《をど》ルニ譬《たと》フ　世或《あるい》ハ日本男児ヲ称スルモノアリト雖モ是レ皮相ノミ　未ダ其《その》肺[一六]腑ヲ知ラザルノミ　今日ノ務《つとめ》更ニ焉《これ》ヨリ大《だい》ナル者アリ　区[一七]ゝ小島ノ是非曲直豈《あに》[一八]乃公《だいこう》ガ心頭《しんとう》ヲ累《わづらは》スニ足ランヤト　散士聞ク毎《ごと》ニ冷汗背《そびら》ヲ沾《うるほ》シ首《かうべ》ヲ低《た》レテ大息《たいそく》ス　‖紅蓮曰ク　妾《せふ》‖厳公ガ貴邦人民ヲ責ムルノ甚《はなは》ダ酷ナルヲ聞キ一言之《これ》ヲ闡《ひら》[一九]カント欲ス　偶ゝ《たまたま》他客ノ来《きた》ル者アルヲ以テ果サズシテ帰ル　蓋《けだ》シ妾ガ言フ所ハ偏《へん》[二〇]ナク党ナシ　郎君其冒瀆《そのぼうとく》ヲ尤《とが》ムル勿《なか》レ　散士曰ク　‖厳公ノ論鑿々《さくさく》[二一]トシテ皆肯綮《こうけい》ニ中《あた》ル　真ニ我

八八二年（明治十五）朝鮮で壬午軍乱（↓補一〇六）が起こると政府は対清戦争を視野に入れた軍拡を計り、酒造税・煙草税の増税、売薬印紙税等を新設、財源に充てた。その結果深刻なデフレをもたらし、世界恐慌の余波もあって不況を深刻化させた。

七 自由民権運動末期に先鋭化した自由党員らの蜂起事件を指す。明治十四年十月に御前会議で十年後の国会開設が決定されると、運動は政党結成、勢力拡張、国会準備などの過程に入り、政府の弾圧も強くなっていった。一方で松方財政による不況で生活をおびやかされた民衆は、一部自由党員と結び、加波山事件・秩父事件などの武装蜂起が続発する。欄外漢文評にはこうした運動に対する否定的な意見が書かれている。

八 外国から攻めてくる軍隊。

九 日本の朝鮮半島への姿勢を示す。「隣交」は隣国との交際。「弱邦」はここでは朝鮮を指す。

一〇 奮い立って。「掉臂（臂を掉う）」と同じ。

一一 フランスないしヨーロッパを指す。

一二 空威張りして脅すこと。

一三 心に何も感ぜず、平然として。

一四 国内が団結して外国と競うこと。自由民権派と国権派の分裂を踏まえる。以下、「自由ノ為メニ斃レンノミ」は自由民権派の主張、「国権ヲ拡張セザレバ死モ且ツ已マズ」は国権派の主張を代表している。

一五 世間知らずのこと、見識の狭いこと。「井の中の蛙大海を知らず」（『荘子』『秋水』）。

一六 心の奥底。　一七 小さくてつまらぬさま。

一八 目下の者に対する自称。ここではガンベッタの自称。　一九 本当のことを明らかに

紅蓮之言。不ㇾ諱不ㇾ飾。散士之懐。容ㇾ之繹ㇾ之。所ㇾ謂君子之交淡如ㇾ水者。

以上以二森厳之文一。叙二家国経綸之大議論一。使二人粛然改ㇾ容。以下豊麗之筆清婉之文。亦如下黄鳥囀二于春花一。金鳳歌中于慶雲上。而如三危坂険路。峰廻嶂転。忽出二水明山媚之区一者。其韻致也。

歓楽之場。現二出一箇暗鬼一。清歌妙

邦人[一]頂門《ちやうもん》ノ一鍼《いつしん》ナリ　[二]令娘《れいぢやう》ガ諱《い》マズ文《かざ》ラズ語ルニ其実《そのじつ》ヲ以テス　僕[三]豈《あに》服膺《ふくよう》セザランヤ

紅蓮更《さら》ニ語《ご》ヲ転《てん》ジテ曰ク　妾既《すで》ニ友ヲ失ヒ独リ異郷ニ漂零《へうれい》シ寂寞《せきばく》無聊《ぶれう》ノ感ニ堪《た》ヘズ茫然自失スルモノ久シ　時ニ[四]隣房《りんばう》談話ノ声アリ頻《しきり》ニ[五]戯曲ヲ評シテ曰ク　伊太利ノ[六]名妓技《わざ》ヲ[七]教坊《けうばう》ニ演ズ　姿体軽妙音《おん》声流麗《せいりうれい》真ニ古来希《まれ》ニ見ル所ナリト　妾之《これ》ヲ聞キ以為《おもへ》ラク教坊《けうばう》ニ赴《おもむ》キ憂悶ヲ排スルニ若《し》カズト　[八]逆旅《げきりよ》ノ小娘《せうぢやう》ヲ携《たづさ》ヘ行《ゆき》テ演劇ヲ観《み》ル　[九]嬌喉《けうこう》[一〇]嘹喨《れうりやう》黄鳥ノ春花ニ囀《さへ》ズルガ如ク雅韻軽清[一一]金鳳《きんぽう》ノ慶雲《けいうん》ニ歌フニ似タリ　腰《こし》ハ細柳《さいりう》ヲ装《よそほ》ヒ裾《すそ》ハ流霞《りうか》ヲ曳《ひ》ク　[一二]蹁躚《へんせん》トシテ体飛燕《ひえん》ヲ擬シ　[一三]曲折シテ形回鸞《わいらん》ヲ学ブ　妾之《これ》ヲ聞キ之ヲ見テ大《おほい》ニ楽《たのし》ム　小娘《せうぢやう》妾ガ袖《そで》ヲ牽《ひ》キ耳語シテ曰ク　請《こ》フ南楼ノ前面ヲ見ヨ　豈《あに》雄偉ノ丈夫ニ非ラズヤト　妾首《かうべ》ヲ挙《あ》ゲテ一望スレバ何ゾ計ラン[一四]宛然《ゑんぜん》守城長王羅《（オーラー）》ニ似タリ大《おほい》ニ驚キ殆《ほとん》ド為《な》ス所ヲ知ラズ　胸ヲ撫《ぶ》シ心思《しんし》ヲ安《やす》ジ小娘《せうぢやう》ニ問《とひ》テ曰ク

する。

一〇 かたよりもえこひいきもない。ガンベッタの言ったままを伝えた、の意。

一一 内情によく通じていて急所を突いていること。「鑿々」は内実をうがって正しいこと。「肯綮ニ中ル」は意見が要所を突いていること。

以上二六七頁

一 頭の天辺のツボに刺した針。急所をおさえて厳しく戒めること。

二 遠慮せずに。

三 心にとめて忘れないこと。

四 隣の部屋。

五 ここではオペラなどの演目を言う。

六 音曲・歌舞などで客をもてなす女性。ここでは、オペラ歌手を言う。

七 唐代以後、宮中などの音楽・歌舞の技芸教習所。ここでは単に劇場を指す。

八 ホテル。

九 なまめかしい声が澄んで気持ちよく響く。「嘹喨」は「喨喨」の誤りか。

一〇 朝鮮鶯。鶯の鳴き声は美声にたとえられる。

一一 金の鳳が慶雲に鳴いているのに似ている。「慶雲」は、めでたいことの前兆を示す雲。

一二 ひらひらと舞い。

一三 体をくねらせて鸞鳥（鳳凰の類）が飛びまわる姿をまねている。

一四 そっくりなさま。

舞。変為二狐声狼影一。銀燈紅燭。亦如二燐火之明滅迫一レ人。

可レ知爾時紅蓮心跳頭痛。聞二鶏鳴一為二四面楚歌声一。這是紅蓮慣用手段。昔時有二一妖婦一。為二山盗魁首一。常謂レ人曰。吾有二紅顔朱唇一。天下珍宝悉皆掌中之物。彼妖婦此哲婦。其心術行為雖二尽然異一レ選。至二其以レ色欺一レ人則一也。仏氏説二因果応報一。以二美人一為二罪業尤深一有レ以也。

一五 丰采《ふうさい》温雅衣装都麗《とれい》一六 真ニ可憐風流ノ人　唯ゞ《ただ》恨《うら》ム何《いづれ》ノ処ノ高士ナルヲ知ル能《あた》ハザルヲト　小娘《せうぢやう》笑テ曰ク　是《こ》レ西班牙《(スペイン)》ノ人　吾楼《わがろう》ニ宿《しゆく》シテ令娘《れいぢやう》ノ上房《じやうばう》ニ在ル者ナリト　妾愈ゝ《いよいよ》其《その》王羅ナルコトヲ知リ且《か》ツ愕《おどろ》キ且ツ恐レ少焉《しばらく》モ安《やすん》ズルコト能ハズ　幸《さいはひ》ニ妾翠《すい》一七 羅面《らおもて》ヲ覆《おほ》フヲ以テ彼レ遂《つひ》ニ妾タルヲ知ラザルガ如シ　乃《すなは》チ技《ぎ》未ダ畢《をは》ラザルニ急ニ病《やまひ》ト称シテ帰ル　夜既《よすで》ニ半《なかば》ヲ過ギ又如何《またいかん》ス可《べ》キナク千思万慮《せんしばんりよ》眠ラズシテ天明《てんめい》一八 ニ達ス　小娘来《きた》リ見テ曰ク　令嬢顔色憔悴《がんしよくせうすゐ》豈《あに》一九 夜来ノ病痾《びやうあ》ニ非ラズヤト　妾ガ曰ク　否　以《もつ》テ念《ねん》二〇 トナス勿《なか》レト　更《さら》ニ膝ヲ進メ問《とひ》テ曰ク　昨夜ノ高士ハ今猶《な》ホ楼上ニ在リヤ　妾一《ひと》タビ相見テヨリ又《また》忘ルヽ能《あた》ハズ詳《つまびらか》ニ其人《そのひと》トナリヲ知ラント欲ス　希《ねがは》クハ妾ガ為《た》メニ之《これ》ヲ語レト　小娘曰ク　児唯《じただ》西班牙ノ人ナルヲ知ルノミト　妾数金《すうきん》ヲ取リ与《あた》ヘテ曰ク　好娘子《かうぢやうし》妾ガ微意二一 ヲ憐《あはれ》マバ幸《さいはひ》ニ之ヲ探レト　小娘嫣然《えんぜん》二二 トシテ笑テ曰ク　諾《だく》　請《こ》フ暫《しばら》ク之ヲ待テト　既ニシテ復《ま》タ来《きた》リ告ゲテ曰

一五 「風采」と同じ。外見。
一六 「麗都」と同じ。綺麗で立派なさま。
一七 緑色のうすぎぬ。ここではベール。
一八 夜明け方。
一九 昨夜からの病気。「病痾」は本来、持病のこと。
二〇 心配しないでください。
二一 自分の気持ちを謙遜して言う語。
二二 にっこり笑って。

小娘之言。与二実事一相左。却見二其近一レ真。妙々。

或然或然。一語刺二紅蓮骨一。

男子而為二婦人所一レ欺。瞋恚入レ骨。欲レ啖二其肉一。是所三以往々有二刃傷三昧一。所謂愛憎之変也。王羅。仏氏所謂貪瞋痴皆具者。其於二紅蓮一。愛尽而憎百倍。紅蓮之肉不レ為二其所一レ啖者。蓋天幸耳。

ク　妾之《これ》ヲ阿爺《あーや》[一]ニ聞ク　曰ク　彼ハ西班牙《(スペイン)》ノ守城長ナリ　先《さ》キニ頓《(トン》[二]加羅《カーロン)》党ノ名将獄《ごく》ヲ越ヘテ遁《のが》レ未ダ其踪跡《そのそうせき》[三]ヲ詳《つまびらか》ニセズ　人《ひと》或ハ疑フ必《かな》ズ仏国ニ潜入シテ計ル所アラント　是故《このゆゑ》ニ彼《か》レ親《みづか》ラ来《きた》リ探ルナリト　且《か》ツ児《じ》[四]今彼《かれ》ト楼下ニ遇《あ》フ　児ヲ揖《いふ》[五]シテ曰ク　昨夜阿娘一娘子《あぢやういちぢやうし》[六]ヲ教坊ニ伴《ともな》フ　是レ何人《なんぴと》ゾヤト　妾乃《すなは》チ実ヲ以テ答フ　彼《か》レ其伍《そのご》ト語《かた》リテ曰ク　或《あるい》ハ然《しか》ラン或ハ然ラン　風姿《ふうし》丰采《ふうさい》真ニ疑フ可カラズ　恨ムラクハ翠羅ノ面ヲ遮《さへぎ》ル有《あ》リテ而《しか》シテ其真《そのしん》ヲ見ル能ハザリシヲト　蓋《けだ》シ彼モ亦令嬢《れいぢやう》ヲ恋フ者ノ如シ　羨《うらや》ム可《べ》シ羨ム可シト　妾之ヲ聞《きき》テ以為《おも》ヘラク妾等財《ざい》ヲ盗ミ人ヲ殺スモノニアラズ　所謂《いはゆる》是レ政治犯ナリ而シテ既ニ境ヲ逾《こ》ヘテ異邦ニ入ル　万国[七]自《おのづか》ラ公法ノ存スルアリ　彼《か》レ固《もと》ヨリ以テ暴威ヲ逞《たくまし》フスルコト能ハズ　然レドモ彼《か》レ私怨既ニ骨[八]ニ入ル　其禍《そのくわ》計ル可カラズ　且《か》ツ久シク此処《ここ》ニ止《とど》マルモ以テ女史[九]ノ志ヲ継グ可カラズ　以テ我事《わがこと》ヲ成ス可カラズ　若《し》カズ迹《あと》ヲ晦《くらま》シ遠《とほ》

一 父を親しみをこめて言う言葉。
二 ドン・カルロス。→二八頁注一一。
三 足跡。転じて、そのゆくえ。幽将軍のそれを言う。
四 ここでは「小娘」の自称。
五 挨拶して。「児ヲ」は「児ニ」とあるべきか。
六 お嬢さん。
七 ここでは、全ての国には独自の法がある、ということ。
八 深く心に刻んで忘れない。
九 幽蘭のこと。

紅蓮所レ為常出二人意表一。或如二脱兎之入一レ窟。或如二疾雷不一レ及レ掩レ耳。而其居二屯蹇困頓中一。従容不レ迫。終始如レ一。是為レ不レ可レ及。

天恵天恵。

文亦絶巧絶妙。能与二其事一相副。

ク此土《このど》ヲ遁《のが》ルヽニハト　一〇案頭《あんとう》ノ新紙ヲ閲《けみ》スレバ此夕《このゆふ》汽船ノ米国ニ発スルアリ　乃《すなは》チ大《おほい》ニ喜ビ筆ヲ搦《とり》テ書ヲ遺《のこ》シ紙幣ヲ其中《そのうち》ニ封《ふう》ジ机上ニ留《とど》メテ以テ宿主《しゆくしゆ》ニ与ヘ更《さら》ニ巌公ニ贈ルノ一封ヲ草シ　薄暮旅舎ヲ去リ匆々《そうそう》書ヲ郵筒一一ニ投ジ直《ただち》ニ馬車ヲ僦《やと》ヒ馳《は》セテ埠頭《ふとう》ニ至リ船券ヲ購《あがな》フノ遑《いとま》ナク走《はしり》テ汽船ニ入ル　未ダ久シカラズ汽笛一声煙ヲ吐キ波ヲ蹴《けつ》テ港湾ヲ駛出《ししゆつ》一二ス　妾首《かうべ》ヲ窓隙《さうげき》一三ニ出《いだ》シテ遠ク陸上ヲ見ル　時ニ王羅数《（オーラー）》人ノ警吏ヲ率《ひき》ヰ馬ヲ馳《は》セテ埠頭《ふとう》ニ来《きた》リ　妾ガ乗ル所ノ馬車ヲ探リ御《ぎよ》者《しや》ヲ捕ヘテ其之《そのゆ》ク所ヲ問ヒ手ヲ挙ゲ声ヲ放チテ我船ヲ還サントス　会ゝ《たまたま》群客埠頭ニ充満シ巾《きん》一四ヲ揮《ふるひ》テ別《わかれ》ヲ惜ム者甚《はなは》ダ多ク船亦漸《またやうや》一五ク遠シ　船将遂《つひ》ニ之ヲ認メズ転瞬一六万里又《また》其後ノ状ヲ知ラズ　誠ニ天恵《てんけい》ト謂フ可シ　散士曰ク　今令娘《れいぢやう》ノ語ル所忽《たちまチ》ニシテ驚ク可ク忽《たちまチ》ニシテ喜ブ可ク絶妙ノ稗史一七ヲ読ミ絶巧ノ演戯ヲ見ルト雖モ以テ之ニ加フル無シ　唯《ただ》ゝ是レ親友ノ自《みづか》ラ経歴スル所哭《こく》一八ス可クシテ楽《たのし》ム可カラズ　我《わが》情既

一〇 机の上の新聞紙に目を通したところ。
一一 郵便ポスト。
一二 速い速度で出て行く。
一三 窓が開いているところ。
一四 ハンカチを振って。
一五 次第に遠くなる。
一六 またたく間に遠く離れた。「転瞬」はまばたきするほど短い時間のこと。
一七 もと民間の風聞を集めて王に奏上する役目の稗官が集め記録した民間の物語の意。転じて、広く物語・小説を言う。
一八 大声で泣かずにいられない。

処々説二蹄水之会一。顧望低徊。情緒纏綿。有下美人歩二花間一。枝疏処認レ影之態上。

思レ古悲レ今。人情之感莫レ深二於此一。況久旅落魄之人。与二故人一叙二久闊一。昔日豪華歴々上レ目。俯仰彷徨。徐尋二身迹一則半生萍水。泡沫夢幻。恍兮惚兮。変化迷離。一篇小南華経。

読至レ此。如二雨歇雲収皓月昇一レ山。読者胸中亦瀟然洒然。

登レ高賦二山川一。風人逸士之所レ難。紅蓮飄然孤客。在二長風万里之舟一。

ニ此《かく》ノ如シ況《いは》ンヤ令娘ガ情ヲヤ　嗚乎《ああ》舟ニ蹄水《(デラウエーア)》ニ会スルニ当《あたり》テ誰カ[一]花間《くわかん》ノ遊楽ヲ期センヤ　其花間ニ吟ズルニ方《あたり》テ又誰カ後日ノ風雨ヲ知ランヤ　夫《か》ノ欧洲ニ赴クト又今日ノ会アルトニ至リテハ皇天[二]神明猶《なほ》或《あるい》ハ測リ及バザル所　人事ハ[三]一場ノ演戯ノ如シ　聚散《しゆうさん》[四]常ナク悲喜定《さだ》ム可カラズ　一世ハ荘周[五]ノ夢ノ如シ　昨夕ノ歓会ハ是レ夢ニシテ今朝ノ愁苦ハ是レ既ニ覚ムルモノカ　今朝ノ愁苦ハ是レ夢ニシテ昨夕ノ歓会ハ是レ未ダ覚メザルモノカ　茫々寞々《ばうばうばくばく》[六]我ト人ト皆知ル能ハザルナリ　令娘令娘既ニ辛酸ノ長話ヲ聞ケリ　愁容[七]ヲ結《むすび》テ而《しか》シテ永ク沈吟スル亦《また》何ヲカ為《な》サン　請《こ》フ是《こ》レヨリ前庭ニ歩シ以テ少シク精神ヲ慰メンノミト　相携《あひたづさへ》テ樹間ニ至ル　散士枯草《こさう》ニ踞《きよ》[八]シ紅蓮ヲ仰《あふぎ》テ曰ク　古人謂《い》ヘルアリ　身窮《きゆう》[九]シテ詩始《はじ》メテ工《たくみ》ナリト　幽蘭女史ノ咏《えい》ハ既ニ已《すで》ニ之ヲ聞ケリ　令娘亦豈《またあ》ニ得《う》ル所ナカランヤト　紅蓮曰ク　帰路舟《ふね》大西洋ノ半《なかば》ニ至リテ恰《あたか》[一〇]モ月明《げつめい》ニ属《しよく》ス　妾独《ひと》リ甲板上ヲ

一　一一九頁からの二人との邂逅を指す。

二　「皇天」は天を主宰する神。「神明」は全てを見通す神の全能の働き。

三　「天地は一大戯場」(『侗庵筆記』)などとも言う。

四　「集散」に同じ。

五　「胡蝶の夢」に同じ。荘子が夢で胡蝶になって楽しみ、自分と蝶との区別を忘れたという故事から、現実と夢の区別がつかないこと。

六　ぼんやりとしてはっきりしないさま。

七　憂い顔のままで長い間嘆き考え込んでも、それが何になるだろうか。

八　しゃがんで。

九　逆境に苦しんでこそ始めて詩がうまくなる。「殆んど窮する者にして而る後に工なるなり」(欧陽脩「梅聖兪詩集序」『唐宋八家文』)による。原典は出世できずにいる生活苦を言う。

一〇　明るい月光に接したようだった。

一枝彤管。作二娓々数百言一。胸中之蘊可レ想。

天道是邪非邪。人々所二疑而惑一。此篇窮詰論難。遂曰不レ問天道非与是。胸襟洒然如二光風霽月一。行為卓然如二青天白日一。

第二解引二麦秋黍離一。極二荒涼惨憺之致一。第三解自二万葉集所レ載山上憶良貧窮問答歌一得来。悲喟悽惻一字一涙。是不三独為二英政府頂上一

徘徊シテ往事ヲ追憶シ幽懐《いうくわい》禁ズル能ハズ　幽蘭女史ノ二我所思行《がしよしかう》ヲ朗吟シ之ニ和シテ一首ヲ得タリト　乃《すなは》チ詠《えい》ジテ曰ク

我ガ所ハレ思フ兮在リ二回天ニ一。鴻業固ヨリ期ス照スヲ二千年ヲ一。一心拠リレ義ニ又取リレ仁ヲ。平生推シテレ易ヲ唯ダ居ルレ難ニ。」曾テ聞クレ皇天不トレ与ミセレ悪ニ。却テ疑フ天賦有ルヲ二厚薄一。世ニ有リ二汚隆一時ニ或ハ否。蓬艾塞リテレ路ニ蘭凋落。」請フ見ヨ喬松為ニレ風ノ摧ケ。百花群芳被二雨ニ猜マ一。無頼ノ鷙鳥逞シフ二搏撃ヲ一。燕雀何ノ処ニカ訴ヘン二余哀ヲ一。」死生富貴豈ニ足ランヤレ恃ムニ。青紫軒冕曷ゾ須ヰンレ喜ヲ。好シ以テ二世事ヲ一付シ二一夢ニ一。不レ問ハ天道ノ非ト与レ是。」月ハ横テ二大空ニ一千里明カニ。風ハ揺シテ二金波ヲ一遠ク有リレ声。夜寂々兮望ミ茫々。船頭何ゾ堪エン今夜ノ情。」我ガ所ハレ思フ兮在リ二故郷ニ一。烟水迢々天ノ一方。万里ノ異郷三年ノ客。秋風揮テレ涙ヲ賦ス二短章ヲ一。」吾ガ田正ニ為メニ二虎狼ノ一蹂マレ。吾ガ廬モ亦奈セン二風雨ノ漏ルヲ一。瑶台悉ク頽レテ瓊園荒レ。麦秋黍離狐兎走ル。」竈底已ニ冷ニシテ甑生ズレ塵ヲ。何ゾ堪エン貪吏ノ催科頻ナルニ。此ノ際何ヲ以テカ救ハン二吾ガ児ヲ一。此ノ時何ヲ以テカ暖メン二吾ガ親ヲ一。」悲惨知ルカ誰

二「我所思行」は↓一七四頁注六。幽蘭の詩に唱和して詩を作った、の意。

鉞一。万国牧民官宜下写二一通一置中坐右上。

巾幗脂粉是斥二波寧流女史一。黄耇垂死指二是幽将軍一。沛哀慕欽仰之情。幽然流二露紙上一。幽蘭則紅蓮同功一体之人。故反覆叮嚀。揚二其美一悼二其死一。娓々数言。可三以当二一篇之祭文誄辞一。

紅蓮是巾幗之丈夫。其所レ任遠而大其所レ言亦雄且壮。使二読者驚心動魄一矣。

使《ムルヲ》レ如《ナラ》レ此《ノ》。非《ズ》レ天《ニ》非《ズ》レ神《ニ》怨《ミ》在《リ》レ彼《ニ》。一躍直《ニ》欲レ屠《ラント》二鯨鯢《ヲ》一。豈図《ランヤ》坎壈殆《ド》瀕《セントハ》レ死《ニ》。」月横《ハテ》二大空《ニ》一千里明《カニ》。風揺《ハテ》二金波《ヲ》一遠《ク》有《リ》レ声。夜寂々兮望《ミ》茫々。船頭何《ゾ》堪《エン》今夜《ノ》情。」

我《ガ》所《ハ》レ思《フ》兮在《リ》二故人《ニ》一。離群索居感転《タ》頻《ナリ》。晨星零落人不レ見。独《リ》吊《テ》二形影《ヲ》一涙沾《ス》レ巾《ヲ》。」或《ハ》以《テ》二巾幗脂粉《ノ》態《ヲ》一。慷慨要《ス》レ除《カン》二生民《ノ》害《ヲ》一。或《ハ》以《テ》二黄耇垂《トスルノ》レ死身《ヲ》一。泣《テ》送《ル》二永日《ヲ》一圜堵《ノ》内。」如《キハ》二夫《ノ》蘭氏《ノ》一希世《ノ》賢。其義其節誰《カ》不《ラン》レ憐《マ》。意気投合吐《キ》二心胆《ヲ》一。共《ニ》誓《フ》微軀為《メニ》レ国《ノ》捐《テント》。」天降《シテ》二之殃《ヲ》一不レ与《ヘ》レ恵《ヲ》。大功未《ダ》レ成《ラ》身先《ヅ》斃《ル》。思《ヒ》レ之念《ヘバ》レ之《ヲ》恨《ミ》無《シ》レ窮《リ》。黯然挙《ゲテ》レ首《ヲ》問《フ》二蒼帝《ニ》一。」月横《ハテ》二大空《ニ》一千里明《カニ》。風揺《ハシテ》二金波《ヲ》一遠《ク》有《リ》レ声。夜寂々兮望《ミ》茫々。船頭何《ゾ》堪《エン》今夜《ノ》情。」

我《ガ》所《ハ》レ思《フ》兮在《リ》二斯《ノ》身《ニ》一。蟠屈却《テ》期《ス》二一朝《ニ》伸《ブルヲ》一。予《メ》知《ル》成敗自《ラ》有《ルヲ》レ数。豈為《メニ》二屯蹇《ノ》一失《ハンヤ》二性真《ヲ》一。」天歩艱難如《ク》二怒浪《ノ》一。世途嶮巇《タリ》似《ニ》二列嶂《ニ》一。排《シ》レ之《ヲ》蕩《ス》レ之《ヲ》是《レ》吾《ガ》任。区々《ノ》辛酸不レ用《キ》レ愴《ムヲ》。」自《リ》レ古英雄出《ヅ》二僕奴《ニ》一。異才往

自レ古一解。山震海鳴。魑魅遁匿。宝刀一解。光芒陸離。北斗失レ明。

々隠ル二狗屠ニ一。果シテ知ル溷乱紛争ノ世。或ハ出ス奇偉俊傑ノ徒。宝刀在リレ匣ニ気勃々。何ノ時カ能ク刺サン二姦佞ノ骨ヲ一。海若眠ムル時天地静ニ。枉ゲテ把テ二哀琴ヲ一嘯ク二皓月ニ一。」月ハ横テ二大空ニ一千里明カニ。風ハ揺シテ二金波ヲ一遠ク有リレ声。夜寂々兮望ミ茫々。船頭何ゾ堪エン今夜ノ情。」

（我《わ》が思ふ所は回天[一]に在り。鴻業[二]固《もと》より期す千年を照らすを。一心《いっしん》義に拠り又《また》仁を取り。平生易《い》[三]を推《お》して唯《た》だ難に居《を》る。」曾《かつ》て聞く皇天悪《あく》に与《くみ》せずと。却《かへっ》て疑ふ天賦《てんぷ》[四]厚薄《こうはく》有るを。世に汚隆《をりゆう》[五]有り時に或《あるい》は否《ひ》。蓬艾路《ほうがいみち》[六]に塞《ふさが》りて蘭凋落《らんてうらく》。」請《こ》ふ見よ喬松《けうしよう》[七]風の為に摧《くだ》け。百花群芳《ひやくくわぐんばう》[八]雨に猜《そね》まる。無頼の鷙鳥搏撃《してうはくげき》[九]を逞《たくまし》うし。燕雀[一〇]何《いづ》れの処《ところ》にか余哀《よあい》を訴へん。」死生富貴《しせいふうき》豈《あに》恃《たの》む[一一]に足らんや。青紫《せいし》軒冕《けんべん》[一二]曷《なん》ぞ喜《き》を須《もち》ゐん。好《よ》し[一三]世事《せじ》を以《もっ》て一夢《いちむ》に付《ふ》し。問はず[一四]天道の非と是と。」月は大空《たいくう》に横《よこたはり》て千里明《あきら》かに。風は金波《きんば》を揺《ゆるが》して遠く声有り。夜寂々望み茫々《ばうばう》。船頭《せんどう》何ぞ堪《た》えん今夜の情《じやう》。」

一 時勢を一変すること。衰えた勢いを取り戻すこと。
二 大きな事業。
三 安易さを退け、あえて困難に身を置いている。
四 天が分かち与えるものには手厚さと手薄さの不平等があるのではないか。
五 世の中には衰える時と隆盛の時とがある。
六 ヨモギが道に繁茂し蘭が枯れる。悪が栄え善が衰えることのたとえ。以下同様のたとえが続く。
七 高くそびえる松。
八 かぐわしい花々は雨に打たれて散ってしまう。「猜まる」は嫉妬される。
九 無法で荒々しい鳥は激しく攻めつけ。ここでは「鷙鳥」は専制的な政府ないし他国を支配しようとする大国を指す。「搏撃」は、なぐりつける、攻撃すること。
一〇 ツバメやスズメのような小さな鳥。ここでは抑圧されている人民を指す。
一一 あてにできるようなものではない。
一二 現世での地位の高さなど尊重するに価しない。「青紫」「軒冕」は類義で、高位高官を言う。
一三 ままよ、俗事は迷夢として（気にせず）。
一四 天道が正しいか間違っているかは問うまい。→二六五頁注一四。

我《わ》が思ふ所は故郷に在り。[一]烟水迢々《えんすいてうてう》天の一方。万里の異郷三年の客。[二]秋風涙《なみだ》を揮《ふるひ》て短章を賦《ふ》す。」吾《わ》が田《た》正《まさ》に[三]虎狼《こらう》の為に蹂《ふ》まれ。吾が[四]廬《ろ》も亦《また》風雨の漏るるを奈《いかん》せん。[五]瑶台《えうだい》悉《ことごと》く頽《くづ》れて[六]瓊園《けいゑん》荒れ。[七]麦秋黍離《しより》狐兎《こと》走る。」[八]竈底《さうてい》已《すで》に冷にして[九]甑塵《そうちり》を生《しやう》ず。何《なん》ぞ堪《た》えん[一〇]貪吏《どんり》の[一一]催科《さいくわ》頻《しきり》なるに。此《こ》の際何《なに》を以てか吾が児《こ》を救はん。此の時何《なに》を以てか吾が親を暖めん。」悲惨知《し》る誰か此《かく》の如くならしむるを。天に非ず神に非ず怨《うら》み彼に在り。一躍直《ただち》に[一二]鯨《げい》鯢《げい》を屠《ほふ》らんと欲す。豈《あ》に図《はか》らんや[一三]坎壈《かんらん》殆《ほとん》ど死に瀕《ひん》せんとは。」月は大空《たいくう》に横《よこたはり》て千里明《あきら》かに。風は金波《きんぱ》を揺《ゆるが》して遠く声有り。夜寂々望み茫々《ばうばう》。船頭何ぞ堪《た》えん今夜の情。」我が思ふ所は故人に在り。[一四]離群索居《りぐんさくきよ》[一五]感転《うた》た頻《しきり》なり。[一六]晨星零落《しんせいれいらく》人見えず。[一七]独り形影《けいえい》を吊《とぶらひ》て涙巾《きん》を沾《うるほ》す。」或《あるい》は[一八]巾幗《きんくわく》脂《し》粉《ふん》の態《たい》を以て。慷慨生民《かうがいせいみん》の害を除くを要す。或《あるい》は[一九]黄耇《くわうこう》死に垂《なんな》んとする

一 靄(もや)がたちこめる水面の、遠い空の向こう。故郷は大西洋を隔てた所にあるという含意。 二 さびしげな秋風が涙をふるい落とし、短い詩を作る。

三 貪欲で残酷なもののたとえ。ここではアイルランドを蹂躙するイギリス。

四 粗末な小さい家。

五 玉で飾った美しい高殿。

六 美しい庭園。

七 初夏、宮殿の跡には黍(きび)などが生い茂るさびしい風景が広がり、狐や兎が走るばかりで人の気配がない。 八 火を焚く者がなく、かまどの中は冷え切っていて。

九 米などを蒸すのに用いる器。そこに塵が積もっている意。 一〇 貪欲な官吏。

一一 税の納入を督促すること。

一二 →一〇頁注一〇。 一三 (有志は)不遇に遭い、ほとんど死にそうである。

一四 友人たちの間を離れて独居すること。

一五 ますます感慨が迫ってくる。「転た」はますます。「頻なり」はきわどく迫る。

一六 「晨星落落」。明け方の空に星が消えていくように友人が少なくなっていくこと。幽蘭父子を嘆いているか。

一七 「形影」は本来、ものの形とその影の意。ここでは「形影相弔う」(自分と影法師とが互いに慰め合うだけでほかに同情する者もなく孤独だ)が踏まえられているか、あるいは「形影」を単に「面影」ぐらいの意ととらえているか。

一八 「巾幗」は婦人の髪飾り、「脂粉」は婦人の紅とおしろい。色っぽい女性のふりをして。王羅(オーラー)を陥れた策略を指す。

一九 老人。幽将軍を指す。「黄」は老いて髪

の身を以て。泣きて[二〇]永日を送る[二一]圜堵《あんと》の内。」夫《か》の[二二]蘭氏の如きは希《き》世《せい》の賢《けん》。其《そ》の義其《そ》の節《せつ》誰か憐《あはれ》まざらん。意気投合心胆《しんたん》を吐き。共に誓ふ[二三]微《び》軀《く》国の為に捐《す》てんと。」天之《これ》に殃《わざはひ》を降《くだ》して恵《めぐみ》を与へず。大功《たいこう》未だ成らず身先《ま》づ斃《たふ》る。之を思ひ之を念《おも》へば恨み窮《きはま》り無し。[二四]黯然《あんぜん》首《かうべ》を挙《あ》げて[二五]蒼帝《さうてい》に問ふ。」月は大空《たいくう》に横《よこたはり》て千里明《あきら》かに。風は金波《きんば》を揺《ゆるが》して遠く声有り。夜寂々望み茫々。船頭何ぞ堪えん今夜の情。」

我が思ふ所は斯《こ》の身に在り。[二六]蟠屈却《ばんくつかへつ》て期《き》す一朝に伸ぶるを。予《あらかじ》め知る成敗自《おのづか》ら[二七]数《すう》有るを。豈《あに》[二八]屯蹇《ちゆんけん》の為に[二九]性真《せいしん》を失《うしな》はんや。」[三〇]天歩艱難《かんなん》[三一]怒《ど》浪《らう》の如く。[三二]世途《せいと》の[三三]嶮巇《けんぎ》列嶂《れつしやう》に似たり。之を排し之を蕩《うごか》す是れ吾が任。[三四]区々《くく》の辛酸愴《いた》むを用《もち》ゐず。」古《いにしへ》より[三五]英雄僕奴《ぼくど》に出《い》づ。[三六]異才往々狗屠《くと》に隠《かく》る。果して知る[三七]溷乱紛争《こんらんふんさう》の世《よ》。或《あるい》は出《い》づ[三八]奇偉俊傑の徒。[三九]宝刀匣《ほうたうはこ》に在り気勃々《ぼつぼつ》。何《いづれ》の時にか能《よ》く[四〇]姦佞《かんねい》

が黄色みを帯びること。「耇」は老人の顔のしみ。
二〇 日中のながいこと。特に春の日を言うが、ここにはのどかなニュアンスはない。
二一 「圜土」に同じ。牢屋のこと。
二二 幽蘭のこと。 二三 自分を謙遜して言う語。 二四 悲しみに心のふさぐさま。
二五 古代中国の伝説上の五帝のうち、春・東方を支配する神。
二六 気が晴れないこと。
二七 運命。↓一八頁注一〇。
二八 物事が思うようにいかず悩み苦しむこと。↓二五四頁注五。
二九 「真性」と同じ(「身」「伸」と韻を踏む必要から「真性」を転倒させたもの)。天性。まじりけのない純正な性質。
三〇 時運。 三一 逆巻く波。
三二 世の中を渡るみち。世路。
三三 険しく危うい、切り立った山の連なり。
三四 つまらない悲しみで心を痛め辛い思いをすることはない。
三五 奴隷から身をおこして英雄になる。
三六 すぐれた才能を持つ人は往々にして低い身分の人々の中にいる。「狗屠」は犬を殺すこと、また、それを仕事としている人。「家貧しく、客遊して以て狗屠と為る」(『史記』刺客列伝、聶政)。
三七 乱れている世の中。
三八 すぐれて立派な人物。
三九 名刀は大切にしまってあり、気力は盛んである。荊軻が短刀を地図を入れる匣に隠して秦王に近づき刺そうとした故事(『史記』刺客列伝、荊軻)を踏まえるか。
四〇 悪賢く人におもねる者。

の骨を刺《さ》さん。海若《かいじやく》[一]眠る時天地《てんち》静《しづか》に。枉《ま》[二]げて哀琴《あいきん》を把《と》り皓月《かうげつ》に嘯《うそぶ》く。」月は大空《たいくう》に横《よこたはり》て千里明《あきら》かに。風は金波を揺《ゆるが》して遠く声有り。夜寂々望み茫々。船頭何ぞ堪えん今夜の情。」）

散士曰ク　妙謂《い》フ可カラズ　壮[三]ハ長鯨《ちやうげい》ヲ屠《ほふ》ルガ如ク険《けん》ハ崢嶸《さうくわう》ヲ排スルニ似タリ　高[四]ク天根《てんこん》ヲ攀《よ》ヂ深ク牛渚《ぎうしよ》ヲ照《てら》シ妙[五]意佳景鬼神《きしん》ノ会ト同ジク江山ト争フ可シ　之ヲ幽[六]蘭女史ノ詠《えい》ニ比セバ勝ル有《あり》テ劣ルナシト　相《あひ》笑ヒ相語《あひかたり》テ樹間《じゆかん》ニ逍遥スルコト久シ　亦相携《またあひたづさ》ヘテ室裡《しつり》ニ入《い》ル　散士曰ク　僕昨宵《さくせう》寓舎ヲ出《い》デヽヨリ猶《なほ》未ダ帰ラズ　舎主或《あるい》ハ之ヲ怪《あやし》マン　請《こ》フ是レヨリ辞セン　紅蓮曰ク　妾此地《このち》ニ留《とど》マリテ暫《しばら》ク時機ノ至ルヲ待タントス　郎[七]君駑《ど》下《か》ヲ以テセズンバ蛍雪《けいせつ》[八]ノ余《よ》高駕《かうが》ヲ草廬《さうろ》ニ枉《ま》ゲテ以テ高諭《かうゆ》[九]ヲ吝《をし》ムコト勿《なか》レ　散士曰ク　学程《がくてい》極メテ繁ク七日僅《わづか》ニ半日ノ間アルノミ正ニ土曜ヲトシテ重ネテ相訪《あひとぶら》ハント　袂《たもと》ヲ分《わかち》テ帰ル

評得最好。

学程極繁。七日僅得二半日之間一。専心潜神。絶不二他顧一。宜矣。其学行卓立。驚二動一世一也。比下之豪梁子弟。航二遊海外一。挑兮撻兮。遊冶送レ日資斧百万。棄レ之如レ遺者上。何啻天淵哉。

一 海の神。わたつみ。

二 （神が眠り静かなときに）強いてもの悲しい音をひびかせる琴を手に取って、白く輝く月に向かって歌う。

三 大クジラを殺すほどに勇ましく、高くそびえる山に負けないほど奥深い。

四 高山をよじのぼり、深い淵の底まで照らすような趣きがある。「牛渚」は淵の名。↓二九七頁注二〇。

五 すぐれた着想とすばらしい風景を詠みこんでいて。

六 一七四頁で散士が紅蓮から聞いた幽蘭の詩。

七 あなたが私を愚かとお思いにならないならば。「駑下」は才能が鈍く、劣ること。

八 勉学の余暇に私の家へいらして。「高駕」は立派な乗り物。「枉ゲテ」は、本来の道を外れて、の意。

九 見識の高い教えみちびき。

散士寓舎《ぐうしや》ニ帰レバ家人集《あつま》リ来《きた》リ且《か》ツ喜ビ且ツ怪《あやし》ミテ曰ク　郎君昨《さく》宵此《せうこゝ》ヲ出《い》デヽヨリ何《いづれ》ノ処ニ至ル　一〇吾儕《わがせい》皆之《これ》ヲ疑ヒ相集《あひあつ》マリテ之ヲ議シ　遂《つひ》ニ其如何《そのいかん》ヲ知ル能ハズ　今《いま》郎君ノ容貌頗《すこぶ》ル一一枯槁《こかう》ノ色アリ　又《ま》タ衣裳ニ一二塵沙《ぢんさ》ノ痕《あと》アルヲ見ル　是《こ》レ果シテ何ノ故《ゆゑ》ゾヤト　衆交《こもごも》ヽ散士ヲ詰問ス　蹄水《（デラウエーア）》ノ秘事固《もと》ヨリ以《もつ》テ人ト語リ難シ　一三匆卒《そうそつ》ノ際又《また》虚ヲ搆《かま》ヒ譚《たん》ヲ作ルコト能ハズ　乃《すなは》チ茫然《ばうぜん》回顧スルモノ良《やや》ヽ久《ひさし》フシテ曰ク　昨夜書ニ倦《う》ミ独坐《どくざ》月明《げつめい》ニ対ス　忽《たちま》チ感ズル所アリ楼ヲ下《お》リ庭園ヲ徘徊シ興ニ乗ジ足ニ任セテ遂《つひ》ニ山水ノ一四隈《くま》ニ入《い》リ　一五清嘯微吟《せいせうびぎん》一六天道ノ有無ニ迷ヒ人生ノ生死ニ感ジ　愈《いよいよ》ヽ思テ愈《いよいよ》ヽ迷ヒ漠然トシテ一七夢寐《むび》恍惚《くわうこつ》ノ中ニ相半《あひなかば》セリ　今ニ及《および》テ追思《ついし》スレバ果シテ何《いづれ》ノ処ニ遊ビ又何事ヲ為《な》シタルヤヲ知ル能ハズ　蓋《けだ》シ日本ノ所謂《いはゆる》一八狐憑《きつねつき》ナルモノ歟《か》ト　衆之《これ》ヲ聞キ一九相目《あひもく》シテ嘿然《もくぜん》タリ　二〇既ニシテ舎主《しやしゆ》告ゲテ曰ク　近者《ちかごろ》郎君二一兀々《こつこつ》勉学寝食ヲ廃スルニ至ル　豈《あに》遂ニ神経ヲ病《や》マシムルニ非ラ

蹄水秘事難三与レ人語二一句。如三深山森莽中見二一字衡門一。人不レ知二其奥一。

好遁辞好遁辞。

一〇 われわれ。

一一 やつれた様子。

一二 ほこりと砂。

一三 あわただしく落ちつく間もなかったので、作り話をすることもできなかった。

一四 奥まった所。

一五 「清嘯」は声を長くひいて詩歌を歌うこと。「微吟」は小声で詩歌を歌うこと。

一六 紅蓮の詩の中で「天道是か非か」の話題があったことを踏まえる。

一七 夢の中のごとく恍惚としていた。

一八 狐の霊が人間の体に乗り移ったと考える精神錯乱の現象。

一九 顔を見合わせて黙っていた。

二〇 そのうちに。

二一 休むことなく努めるさま。

善戯謔兮不㆑為㆑虐。余試設㆓幽蘭散士問答㆒。幽蘭責㆓散士㆒曰。去者日疏常人之情耳。何図郎君亦如㆑此。試思妾之於㆑郎如㆑膠如㆑漆。而今乃移㆓情於嘗同㆑室之紅蓮㆒。郎君素無㆑咎。紅蓮独可㆑憎。何怨辱㆑妾如㆑此也。仮令更㆑僕弁㆑之。李下之冠。瓜田之沓。奈㆓人指目㆒何。嗚乎人情易㆑秋。中情不㆑可㆓漫語㆒矣。散士撫㆓幽蘭背㆒曰。紅蓮令娘之友。余仮令有㆑意㆓于彼㆒。彼豈失㆑信哉。況余之無㆑意哉。又況以㆓道義㆒交者哉。令娘乞諒㆑之。幽蘭背㆑燈莞爾笑曰。妾

ズヤ　[一]向後《かうご》唯当《ただまさ》ニ静居加餐《せいきよかさん》[二]以テ精神ヲ養《やしな》フ可シト

期日ニ至リ散士蹄水《(デラウエーア)》ノ居《きよ》ニ至ル　紅蓮安榻《あんたふ》[三]ヲ緑陰ニ移シ身《み》[四]ヲ欹《そばだ》テ一巻ヲ繙《ひもと》キ散士ノ至ルヲ知ラズ　散士潜行《せんかう》シテ榻後《たふご》ニ立チ俄《が》然其背《ぜんそのそびら》ヲ拊《う》ツ　紅蓮愕然《がくぜん》書ヲ棄《す》テヽ起《た》ツ　顧《かへり》ミテ笑テ曰ク　郎君《らうくん》何ゾ戯《たはむれ》ヲナスト　相携《あひたづさ》ヘテ室裡《しつり》ニ入《い》リ山[五]ヲ評シ水ヲ品シ雑談数刻晩《ばん》ニ至リテ帰ル　是《これ》ヨリ七値一日《しちちいちじつ》[六]必ズ蹄水ヲ訪《とぶら》フ　訪《とぶら》ヘバ則《すなは》チ流《ながれ》[七]ニ棹《さをさ》シ険《けん》ヲ攀《よ》ヂ　或《あるい》ハ賦《ふ》シ或ハ吟ジ共ニ歓ヲ尽サヾルハナシ　相別《あひわかる》レバ情《じやう》益ゝ《ますます》悶《もだ》ヘ相逢《あひあ》ヘバ意愈ゝ《いよいよ》濃《のう》ナリ　散士幽蘭ニ別ルヽ既ニ遠ク紅蓮ニ逢フ漸《やうや》ク久シ　乃《すなは》チ紅蓮[八]ヲ愛スルノ情《じやう》綿々トシテ胸裡《きようり》ニ生ズ　然レドモ紅蓮ノ胆略[九]甚《はなは》ダ勇ナルニ過ギ権謀詐術未《いま》ダ量ル能ハザルモノアリ　且《か》ツ仮令《たとひ》[一〇]六合《りくがふ》ノ礼ヲ行《おこな》ヒ歓ヲ同牀《どうしやう》ニ結ブト雖《いへ》ドモ紅蓮ノ志偏《ひとへ》ニ父母ノ仇讐《きうしう》ヲ報ジ愛蘭《(アイルランド)》ヲ独立スルニ在リテ暫《しばら》ク米国ニ仮居《かきよ》ス可キモ日本ニ来《きた》リテ安棲《あんせい》[一一]スルノ心ナク　散士モ亦伉儷《またかうれい》[一二]佳人ヲ得テ万金ノ

一 今後。 二 栄養をとって体を大切にする。 三 安楽椅子。↓一三二頁注九。 四 集中して。 五 山や川の風景について話し。 六 一週間に一度。 七 船遊びや山登りをしたり、あるいは詩を作りくちずさみ。 八 紅蓮への愛情が絶えることなく心の中にわき起こってくる。 九 大胆で知略があり過ぎ、またかけひきの手腕がはかり知れない。恋愛や結婚の対象となるか疑問である、ということ。 一〇 結婚。↓一八六頁注六。 一一 静かに落ちついて暮らす。 一二 妻に美人を得て。「伉儷」は配偶者。 一三 紅蓮への恋情を一時のものとしてあえて否定しようとしている。 一四 鄭六という男が狐の化けた美女を愛した物語による。「九尾ノ狐」は、尾が九つに分かれ人を化かす妖狐。原話は唐代の伝奇小説『任氏伝』。 一五 楚の宰相孫叔敖(そんしゅくごう)のこと。少年が母の言いつけを守り、人に害をなす両頭の蛇を、たたりを恐れず後人のために殺した伝説による。原話は『列女伝』。なお、前注の箇所とともに、西山逸士の前掲文(↓補九)に「鄭子ガ九尾ノ狐ニ逢テ而シテ愛憐スルヲ愧ヂ孫生ガ両頭ノ蛇ヲ見テ決断スルニ倣フ云々／の語は牡丹燈記に在る」という指摘があり、いずれも『剪燈新話』「牡丹燈記」からの引用と見られる。 一六 親しくなっても慣れ慣れしくしない。ここでは結婚して夫婦になるところまでは行かない、の意。 一七 一八八二年九月、エジプトのアラービーらの革命政府と英仏軍との戦い(↓二八

亦非レ不レ知二其然一。但浅慮聊試レ之耳。乞恕乞恕。評了童子在レ旁。唖然而笑曰。幽蘭賢婦。散士名士。豈有二此等猥瑣之談一哉。余乃擱レ筆。赧然者久之。

層波畳瀾。愈出愈奇。有二非常之事一。而後有二非常之功一。一篇主脳。英雄豪傑。卓落奇偉之士。在二蓬蒿葭葦間一。磨レ剣待レ時。一旦遇二非常之会一。扼レ腕而起。雲蒸龍変。青紫唾レ手而取。不レ然則樵漁屠販而止耳。然有二非常之事一。豪傑之幸而実億兆之不幸也。如レ読二諸葛武侯出

富ヲ致スモ永ク外国ニ移住スルノ念ナシ　故ニ謂《おもへ》ラク[一三]一時ノ痴情後《こう》憂《いう》ノ種子ノミト　乃《すなは》チ[一四]鄭子ガ九尾《きうび》ノ狐ニ逢《あひ》テ而《しか》シテ愛憐スルヲ愧《は》ヂ[一五]孫生ガ両頭ノ蛇ヲ見テ而シテ決断スルニ倣《なら》ヒ[一六]相親《あひしたしみ》テ而シテ相狎《あひな》ルヽニ至ラズ　之ニ加フルニ能ク両人ガ情ヲシテ断ズルニ至ラシムルアリ　[一七]埃及《（エジプト）》ノ戦争是ナリ

一日新誌《しんし》ヲ閲《けみ》ス　埃及ノ元帥[一八]亜刺飛侯《アラビーパシャ》ノ四方ニ檄スル文アリ　曰ク

蓋《けだし》聞ク[一九]非常ノ事アリテ然シテ後《のち》非常ノ功アリト　我《わが》先王[二〇]威士明《エスメール》[二一]流外人ノ専恣《せんし》ヲ憤《いきどほ》リ人民ノ窮困ヲ歎ジ他邦ノ干渉ヲ絶《た》チ国権ヲ復シ賦税ヲ軽クシ汝《なんぢ》蒼生ヲ救ハント欲ス　創業未ダ就《な》ラズ中道ニシテ英仏ノ為《た》メニ脅迫セラレ恨《うらみ》ヲ飲ミ[二二]位《くらゐ》ヲ去リ他郷ニ蒙塵《もうぢん》ス　前宰相[二三]征戎駒侯《セヂーク、パシヤ》果断不屈亦遂《またつひ》ニ英仏ノ為メニ[二四]讒陥《ざんかん》セラレ炎熱万里ノ沙漠ニ放謫セラル　嗚《あ》乎《あ》我《わ》ガ賢王ハ他国ニ蒙塵シ

五頁注一四）。その背景としては、中東でいち早く近代化を進め（→二八七頁注九）、隣国スーダンを征服、宗主国オスマン帝国（トルコ）と対立するなど強国になりつつあったエジプトを怖れたイギリスが、列強とともに軍事介入し、一八四〇年ムハンマド・アリー朝の存続を容認する代わりに治外法権・関税自主権を放棄する条約を結ばせ、エジプトが列強の圧迫を受けていた状況がある。なお、こうした当時の日本との類似性が、散士に『埃及近世史』（明治二十二年）を書かせたものと思われる。→中丸解説。

一八 アラービー・パシャ（Aḥmad ʻArābī Pasha. 一八三九－一九一一）。エジプトの軍人。民族運動の指導者。英仏の経済的進出と内政干渉に抗して反乱を組織、指導。独立と立憲・議会政治の確立を目指し、一八八一年に蜂起して広範な運動に発展、軍事大臣に就任して憲法制定にこぎ着けたが、英仏の干渉を招き敗北して逮捕、追放される。

一九 大事件が生じてこそ非凡な功績が挙げられる。司馬相如「蜀の父老を難ず」（『文選』巻四十四ほか）に見える表現。

二〇 イスマイール・パシャ（Ismāʻīl Pasha. 一八三〇－九五、在位一八六三－七九）。ムハンマド・アリー朝第五代。フランスのサン・シール士官学校で教育をうけ、一八六三年エジプト総督に就任、一八六七年にオスマン帝国からエジプト副王（ヘディーヴ、オスマン帝国内属領の支配者）の称号を与えられた。当時エジプトはオスマン帝国の属州であったが、政治的に独立、行政制度などは独自のものを保っていた。→二八七頁注九。

二一 史実ではイスマイールは欧化政策を取

師表㆒。

英国宇内之所㆔許
以為㆓文明国㆒者。
而其虎心狼慾。殆
絶㆓人類㆒矣。工芸
美術雖㆑巧。文物
典章雖㆑備。其中
不㆓与㆑之相副㆒。則
亦一野蛮而已。嗚
乎鯨呑蚕食無㆓世
無㆑之。諸小国可
㆑不㆓猛省㆒哉。

我ガ忠臣ハ沙漠ニ飄零《へうれい》ス　我輩《わがはい》之ヲ思フ毎《ごと》ニ肝腸寸断血涙《けつるい》雨ノ如シ。　今ヤ外人内《うち》、[一]政柄《せいへい》ヲ握リ外、[二]万機ヲ断ジ我ガ立憲公議ノ議決ハ彼ノ拒《こば》ム所トナリ我ガ[三]闔国《かふこく》人民ノ哀願ハ彼ノ顧ミザル所トナレリ　堂々タル我ガ国権今何《いまいづく》ニカ在ル　[四]我ガ王[五]孱弱制《せんじやくせい》ヲ外臣ニ受ケ先王[六]播遷《はせん》ノ後徒《いたづら》ニ[七]虚器ヲ擁スルノミ　天下ノ事已《すで》ニ此《かく》ノ如シ　[八]国歩艱難[九]天日明《てんじつめい》ヲ失フ　此時《このとき》ニ当《あた》リ[一〇]凶ヲ夷《たひら》ゲ乱ヲ剪《き》リ国家ヲ将《まさ》ニ覆《くつがへ》ラントスルニ救フ者豈《あに》非常ノ事ニ当《あた》リ非常ノ功ヲ立ツト謂《い》フト云ハザルベケンヤ　嗚《あ》乎《あ》英仏ノ我ガ財政ニ干渉シ私利ヲ営《いとな》ミシヨリ[一一]賦税数倍シ十三ノ幼童尚《えうどうな》ホ[一二]人口ノ苛税ヲ免レズ　学ヲ講《かう》ジ理ヲ究《きは》ムルノ学士人口税《じんこうぜい》三倍ノ学士税ヲ徴セラル　其《そ》レ此《かく》[一三]ノ如キノ急征暴斂《きふせいぼうれん》四海載籍ノ未ダ曾《かつ》テ記サヾル所[一四]桀紂《けつちう》ノ暴獰狼《（ネロ）》（羅馬ノ暴君）ノ悪亦《また》何ゾ之ニ及バンヤ　是《ここ》ニ於《おい》テ[一五]九州貫《くわん》ヲ解キ海内紛擾《かいだいふんぜう》[一六]灘江《ナエル》千里ノ沃野モ以テ汝父老《なんぢふらう》半日ノ[一七]饑《き》ヲ

り、スエズ運河の完成、鉄道・電信・港湾の整備、灌漑工事など、インフラ整備を推し進める一方、スーダンからウガンダへ侵攻、領土拡大を図った。しかしその経費を外債に頼り、ヨーロッパ資本への依存を招き、国家財政を破綻させ英仏の介入を許した。本文には「賢王」とあるが、『埃及近世史』には、外国の介入を許し、「人民塗炭ニ陥リ主権既ニ去リ、啻外人ノ軽侮ヲ受クルノミナラズ、一国ノ人望モ又全ク断絶シ其位ヲ廃セラル、ニ至レリ」と史実に近い記述がある。「専恣」はほしいままに行動すること。

二二　一八七九年六月英仏及びトルコの決定により退位。「蒙塵」は、天子が変事に際し難を避けて逃れること。

二三　サディーク（一八二一-七六）。イスマイール・パシャの信頼を受け、副王イスマイール・パシャとも。内相、のち蔵相。小副王と称される程権力を振るった。一八七六年英仏はエジプトに財政管理のため直接介入、英仏人の大臣（→二九七頁注二二）を入閣させ「ヨーロッパ内閣」を成立させる。その際サディークは罷免され追放。『埃及近世史』では「宰相」ではなく「大蔵大臣」、外人の介入に反対したため「謀反セントスル罪」ありとして「白河」（白ナイル）に流された、とある。一八七六年十一月スーダンのドンゴラへ流刑となったが急死（暗殺とされる）。→二九〇頁注五。

二四　讒言により人を罪に陥れること。

以上二八一頁

一　政治を行う権力。政権。　二　政治上のあらゆる重要な事柄。　三　全国の人民。

四　イスマイール・パシャの退位後、その長

自レ古説二暴君一。輒先挙二桀紂秦政一。而其政未二嘗如レ此之惨虐一。嗚乎英人以二自由一唱二道天下一。自由豈縦恣之謂乎。

是豈独英之於二埃及一哉。天下多二虎狼国一。其眈々垂二涎於諸小国一。比々皆然。読至レ此。惕然肌生レ粟。理《り》到《たうの》之言《げん》。

養フニ足ラズ　南地《なんち》五百里ノ棗林《さうりん》[一八]モ亦《また》汝《なんぢ》妻子ノ饑《き》ヲ救フ能ハズ　夙《つと》[一九]ニ興《お》キ夜ニ寝《い》ネ[二〇]終歳《しゆうさい》赤道直下熱沙《ねつさ》ノ中ニ暴露《ばくろ》シ手足跰踁《へんち》[二一]汗流レ体痛ミ猶《な》ホ且《か》ツ父母妻子ヲ保ツ能ハズ　外吏日《ひ》ニ迫リ賦税ヲ厳責《げんせき》スル炎帝[二二]ノ三角塔上ニ怒ルガ如ク　汝《なんぢ》ガ家財ヲ没滅スル沙漠ノ颶風《ぐふう》ヨリモ猶《な》ホ劇《はげ》シ　嗚乎嗚乎我《わが》膏血《かうけつ》[二三]ハ空《むな》シク毒[二四]蛇ノ渇《かつ》ニ供《きよう》シ我《わが》粒々[二五]辛苦ハ徒《いたづら》ニ豺狼《さいらう》[二六]ノ飢《き》ニ充《あ》ツ　豺狼猶《な》ホ未ダ飽カズ　[二七]我ガ禁衛《きんゑい》ノ兵ヲ解キ我ガ護国ノ兵ヲ散ジ　我ガ剣《つるぎ》[二八]ヲ銷《せう》シ我ガ糧《かて》ヲ盗ミ而《しか》シテ己《おの》レ厭《あ》クナキノ欲ニ充《あ》テ窃《ひそか》ニ我ガ羽翼《うよく》ヲ殺《そ》ギ暗ニ我ガ手足ヲ縛シ　然ル後《のち》ニ我ガ連綿《れんめん》千歳《せんざい》父母ノ郷国ヲシテ欧人ノ版図《はんと》ニ帰シ我ガ同胞兄妹ヲシテ彼《か》レガ臣妾《しんせふ》[二九]タラシメント欲スルノミ　試《こころみ》ニ目ヲ張リテ今日ノ域中ヲ観ヨ　是レ遂ニ誰家《たがいへ》ノ天下ゾヤ　今ヤ天怒リ人怨ミ恨憤懐《こころ》ニ盈《み》チ裂眦《れつし》[三〇]扼腕《やくわん》剣《つるぎ》[三一]ノ室《しつ》ヲ出ヅルガ如ク矢ノ弦《つる》ヲ離ルヽガ如ク亦《また》収ム可カラザルナリ　長ク鬱

男タウフィーク・パシャ(Tawfīq Pasha. 一八五二—九二、在位一八七九—九二)が嗣いで第六代副王となっていた。　五 ひよわなこと。　六 遠方の土地をさすらう。副王からの退位を言う。　七 実権の伴わない、名ばかりの地位。　八「国歩」は、国家の運命。　九 王の権威は失われた。「天日」はここでは天子のこと。　一〇 世の乱れをただす。　一一 (外債を償還するために)増税が行われた。　一二 重い人頭税。　一三 このようなきびしい徴税は、世界中の書籍にも未だかつて載ってはいない。　一四「桀紂」は中国、夏の桀王と殷の紂王を指す。「獰狼」は古代ローマの皇帝ネロ。いずれも暴君の代名詞。　一五 国中はばらばらになって国内は乱れた。　一六 ナイル(Nile)川。アフリカ大陸北東部を北流する世界最長の大河。→三三八頁注八。　一七 飢えをしのぐ。　一八 なつめの林。　一九 朝早く起き。　二〇 年中。　二一「跰」も「踁」も、手足のたこ。「胼胝」とも書く。　二二 太陽がピラミッドの上でぎらぎら照りつけるように厳しく。　二三 苦労して得た富、財産など。　二四 ここでは英仏等の外来勢力を指す。　二五 米を作る農民の辛苦。「粒々」は米つぶ一つ一つ、転じて、ある仕事の成就にこつこつと苦労を重ねて努力すること。　二六 山犬と狼。貪欲残酷な獣、極悪無慈悲な人のたとえ。英仏等の外来勢力を指す。　二七 宮廷の守護兵や常備軍を削減する。英仏の財政委員が官僚・行政機構の縮小を企て、将校の大幅解雇、俸給の削減を行なっ

スルモノハ奮ハンコトヲ思ヒ　久シク屈スルモノハ伸ビンコトヲ思フ　天下ノ失望ニ由《よ》リ宇内《うだい》[一]ノ推心ニ従ヒ爰《ここ》ニ義旗[二]ヲ挙ゲ以テ妖孽《えうげつ》[三]ヲ清メ　上ハ先王ノ幽憤[四]ヲ慰メ下ハ同胞ノ仇讐《きうしう》ニ報ゼントス　皇天照臨[五]祖先威ヲ垂ル　是ヲ以テ敵ヲ制セバ何ノ敵カ摧《くだ》ケザラン　此ヲ以テ功ヲ図《はか》ラバ何ノ功カ就《な》ラザラン　英仏ハ天下ノ強国雄兵百万戦艦林《はやし》ノ如シ　我ガ孤軍ヲ以テ之ニ当ル任《にん》[六]重クシテ道《みち》遠ク事難《ことかた》クシテ禍速《くわすみや》カナリ　然リト雖モ生《いき》テ外人ノ奴隷トナリ奄々《えんえん》[七]ノ余喘《よぜん》ヲ鞭撻《べんたつ》ノ苦界《くかい》ニ求メンヨリハ寧《むし》ロ忠義ノ鬼トナリテ芳《はう》ヲ竹帛《ちくはく》ニ留《とど》メ名ヲ後昆《こうこん》ニ垂ルヽニ孰《いづ》レゾヤ　此役《このえき》[八]ヤ忠臣肝脳地《ち》ニ塗《まみ》ルノ秋《とき》烈士功《こう》ヲ立ツルノ会　所謂《いはゆる》[九]非常ノ事アリテ而シテ後《のち》非常ノ功アルモノナリ　勖《つと》メヨヤ将士　躊躇[一〇]罪《つみ》ヲ得ル勿《なか》レ

散士朗読再三案《あん》[一一]ヲ拍《うち》テ曰ク　壮快ノ文ナリ　駱賓《らくひん》[一二]王ガ偽周武氏ヲ

臨レ事而懼。好レ謀而成。非ニ暴虎馮河死而無レ悔者之比一也。非レ此何以得レ当ニ大国之雄卒一哉。

此亦出師表中。成敗利鈍非ニ臣之所ニ予計一也之意。

たことを指す。二九 家来とそばめ。また、男女の召使い。
三〇「裂眦」は目尻が裂けるほど目を見開くこと、激しく怒るさま。「扼腕」は憤慨し自分の腕を強くつかむこと。
三一 刀が鞘から走り出るように、また、矢が弓を離れて飛んで行くように、ひとたび怒りや恨みが爆発すると収まらなくなる、の意。

以上二八三頁

一 天下の誠心。「推心」は誠心を人に託する意。
二 正義のために挙兵する。
三 災いを清める。
四 心の中の晴れない憤り。
五 天の神が世を照らし明察していて、祖先は威光を与えてくれている。「垂ル」は後世に表し示すこと。
六「士は以て弘毅ならざるべからず。任重くして道遠し」(『論語』泰伯)。
七 むち打たれ半死半生の状態で生きながらえるより、忠義に殉じ歴史に名を残して子孫に示すほうがましだ。「奄々」は息も絶え絶えのさま。「余喘」は死にかかっていて、なお息のあること。「竹帛」は竹簡や絹。紙発明以前に書を記したもので、転じて書籍、歴史。「後昆」は、後世の人。
八 この戦いのためにこそ忠臣が血にまみれて死ぬ時だ。「肝脳塗地」はむごたらしく殺され、肝臓や脳みそが泥まみれになる意(『史記』劉敬伝)。
九 →二八一頁注一九。
一〇 ためらって過ちを犯してはならない。
一一 机をたたいて。

相遇輒与二美人一握レ手交レ臂。開レ口輒滔々論二天下之大勢一。比下之徂徠喰レ豆罵二古豪傑一之楽上。更壮快。

散士所レ説皮相之美。紅蓮所レ論膏肓之疾。駢視参観。可三以知二文明国之情勢一矣。此等議論。関係最大。読者勿二草々看過一。

伐《う》ツノ檄ノ如シト　明日之《これ》ヲ懐《ふところ》ニシテ蹄水《（デラウェーア）》ニ趣《おもむ》ク　紅蓮窓ニ倚《よ》リ呼《よび》テ曰ク　妾《せふ》郎君ヲ待ツ久シ　請《こ》フ速《すみやか》ニ来《きた》レト　散士裡《うち》ニ入《い》ル　紅蓮乃《すなはチ》曰ク　昨《きのふ》[一三]飛報アリ　曰ク　先《さ》キニ[一四]英国遠征ノ軍ヲ起《おこ》シ一撃シテ埃及《（エジプト）》ヲ服シ大《おほい》ニ其《その》内治ニ干渉セント欲ス　而《しか》ルニ埃及ノ民激昂奮《げきかうふん》起《き》之ヲ国境ニ拒《ふせ》ギ歳月《さいげつ》[一五]弥久《びきう》成敗未ダ判ズ可カラズト　是《こ》レ豈吾党《あにわがたう》ノ一大吉報ニ非ラズヤ　蓋《けだ》シ妾ガ本国ノ外患アルヲ倖《ねが》フハ甚《はなは》ダ怪《あやし》ム可キ者ノ如シト雖《いへ》ドモ英国ノ吾党ニ於ケル怨《ゑん》アリテ恩ナシ　故《ゆゑ》ニ暴英ノ[一六]傾覆ハ吾党ノ祈ル所ナリト　散士曰ク　聞ク英ノ自由党ハ義ニ拠《よ》リ道ニ従ヒ平和ヲ以テ其《その》主義トナスモノナリト　[一七]近頃《ちかごろ》英国ノ政権ハ自由党ノ掌握スル所タリ　豈漫《あにみだり》ニ[一八]無名ノ師ヲ起《おこ》シ友邦ノ内治ニ干渉スルコトヲ之《こ》レ為《な》サンヤ　今日ノ事豈《あ》ニ其已《そのや》ムヲ得《え》ザルニ出《い》ヅルニ非ザルナカランカ　紅蓮曰ク　是《こ》レ徒《いたづら》ニ其名《そのな》ニ迷フ者ノミ　世ニ名実ノ相反スルモノ多シ　郎君何ゾ其実ヲ察セザル　今[一九]女皇《ちよくわう》即位以

一二 初唐の詩人。四傑の一人。幼少から詩才をあらわす。高宗末年、実権を掌握していた則天武后に上奏文を奉って不興を買い、臨海丞に左遷され、辞任。武后即位(六九〇年国号を周と改めた)に反対する徐敬業の軍に参加、打倒の檄文「武曌(ぶしょう)」を討つ檄」を起草した。

一三 急ぎの知らせ。

一四 イギリスは一八八二年七月単独でエジプトに軍事介入、アレクサンドリアを攻撃。当初タウフィーク・パシャはアラービーに抗戦を指示するが、アレクサンドリアが陥落するとイギリス側に寝返り、アラービーを逆賊として追討令を出す。その後約二ヶ月アラービーは抵抗するが九月十三日タル・アルカビールで敗北。捕らえられてセイロン島に流される。

一五 久しきにわたること。

一六 国がくつがえること。

一七 一八八〇年に保守党のディズレーリから自由党のグラッドストンに政権が交替していた。

一八 大義名分のない軍事行動。

一九 ヴィクトリア女王。一八三七年即位。→四六頁注一二。

兵凶器。戦危事。而争者逆徳也。而三者常相待而起。非レ不レ得レ已則不レ可レ用焉。今英女皇即位以来動ニ干戈一者二十五回。皆出ニ利己之計一。何其無道也。唯其無レ戦不レ利レ己。是以弄レ兵動レ民。而兵甲不レ敝軍賦給足。強ニ于天下一。是人勝レ天之時也。天定勝レ人。曷知下経ニ百年千年万斯年一之後。不中彼此易レ地強弱異上レ勢哉。余願百歳之後。抉レ目掛ニ比馬刺山巓一。以見三東亜諸国蹂ニ躙泰西諸強国一也。

来ノ[一]政蹟ヲ考フルニ友邦ト干戈ヲ交フルモノ二十五回　而シテ其二十回ハ皆《みな》自由党政府ノ為《な》ス所ナリ　豈名《あにな》ヲ以テ其実《そのじつ》ヲ推《お》ス可ケンヤ　蓋《けだ》シ英人ノ外交ニ於ケル利己ヲ以テ其主義トナスニ至《いたり》テハ保守自由ノ別アルコトナシ　散士曰ク　令娘《れいぢやう》ノ見ル所ヲ以《もつ》テ英埃向後《かうご》ノ大勢ヲ計ラバ果シテ如何《いかん》ゾヤト　紅蓮起《たち》テ一小冊子ヲ机上ニ取リ顧ミテ曰ク　郎君未《いま》ダ英国ノ志士印度惨状史ノ記者[二]清茂流恵《セイモールケー》ガ英国青史《せいし》ヨリ抜萃《ばつすい》編纂セル埃国惨状史ヲ読マザルカト　散士受ケテ[三]楼廊《ろうらう》ニ出《い》デ長椅《ちやうい》ニ倚《より》テ之ヲ読ム　其大略《そのたいりやく》ニ曰ク

我ガ大英国ハ[四]立憲公議ノ始祖ナルヲ以テ常ニ[五]宇内《うだい》ニ誇視シ宇内各国モ亦皆《またみな》称賛シテ止《や》マザル所ナリ　而《しか》ルニ埃及《エジプト》人民ガ[六]立憲公議ノ政体ヲ組織セントスルニ方《あた》リ大英国ハ権謀詐術力《ちから》ヲ尽シテ之ヲ破壊セント欲スルハ何ゾヤ　蓋《けだ》シ埃及国ニシテ立憲公議ノ政体ヲ組織シ公議輿論ヲ以テ政令ヲ施行スルニ至ラバ　従。

一 行政上の行状。
二 セイモア・ケイ(J. Seymour Keay. 一八三九―一九〇九)が著した *Spoiling the Egyptians: A tale of Shame. Told from the British Blue Books*, 1882 を指す(以後「原著」と略)。「青史」は blue book(青書)、議会や枢密院の報告書のこと。散士はこの書のアメリカ版を参照していた(会津若松市立会津図書館蔵)。
三 バルコニーのことか。 四 原著では Constitutional Government(立憲政体)。
五 世界に誇示して。「誇視」は「誇示」の誤りか。
六 原著では the champion of political liberty and Representative Institutions(政治的自由と代議制度の擁護者)。
七 道理に背いたむごい行為。
八 恥となるような評判。汚名。
九 副王イスマイール・パシャ(→二八一頁注二〇)。エジプトは一五一七年以降オスマン帝国の属州となる。しかし一七九八―一八〇一年のナポレオンの侵攻でオスマン帝国の国力は衰える。エジプトはオスマン帝国軍のアルバニア人傭兵隊長ムハンマド・アリーを総督に擁立して、オスマン帝国に承認させた。以後総督(一八六七年副王となる)はムハンマド・アリー一族の世襲のもとで属州でありつつも独立性を強め、西欧化(近代化)を図りつつ、国力を充実させようとする。 一〇 → 一四頁注三。
一一 原著では British speculators(イギリスの山師)、東海散士『埃及近世史』には「貪婪ナル英仏ノ資本家及投機者」とある。
一二 原著では、一八六二年以降のエジプト

来英人ガ施行シタル専横不正ノ条約ニ服従セザランコトヲ恐ルレバナリ　是レ悖戻《はいれい》暴逆《ぼうぎやく》[七]ノ最モ甚《はなは》ダシキモノニシテ其臭名《そのしうめい》[八]ハ千載《せんざい》青史《せいし》ニ留《とど》マリテ永ク消滅スルノ期《ご》ナカラン　請フ嘗試《こころみ》ニ之ヲ論ゼン

[九]埃及王大《おほい》ニ欧風ニ心酔シ百事欧人ヲ顧問トナシ文物典章《ぶんぶつてんしやう》[一〇]ヨリ以テ衣服飲食ニ至ルマデ旧慣ヲ棄テ丶欧風ヲ摸擬シ費用日《ひ》ニ嵩《すう》大《だい》ニ赴《おもむ》キ国庫漸《やうや》ク空乏《くうぼふ》ヲ告グ　英仏無頼[一一]ノ徒之《これ》ヲ見テ窃《ひそか》ニ計ル所アリ　乃《すなはチ》一億万金[一二]ヲ埃及王ニ貸与セリ　抑《そもそも》土耳其《(トルコ)》[一三]政府ハ埃及ノ内政ニ干渉スルノ権ヲ有スル者ニシテ曾《かつ》テ欧人ノ詐術ニ陥リ幾多ノ艱難ヲ経歴シ自《みづか》ラ前車《ぜんしや》[一四]ノ誡《いまし》メヲ踏ミ殷鑑《いんかん》[一五]ノ恐ル可キヲ知レリ　当時埃及ノ国歩《こくほ》漸《やうや》ク安カラザルヲ見テ予《あらかじ》メ其救《そのすく》フ可カラザランコトヲ知リ厳令ヲ発シテ私《ひそか》ニ国債[一六]ヲ募ルコトヲ禁ゼリ　時《とき》ニ西欧[一七]資金充溢シテ之ヲ使用スルノ事業ナク海外ノ好市場ヲ

英人専横不正之条約。豈独於㆓埃及㆒哉。曰悖戻暴悪。曰臭名留㆓青史㆒。罵得痛快。国各有㆓固有之美㆒。舎㆑之而唯新奇是喜。模倣衒飾。自以為㆑得。然其外潤而其中涸。不㆓困頓以斃㆒者殆希。猿固不㆑可㆔以巣㆓于梁㆒。鷗固不㆑可㆔以棲㆓于木㆒。移㆓彼於㆒此則死。性各有㆑所㆑適也。今不㆑択㆓長短㆒。不㆑顧㆓善悪㆒。棄㆑我而殉㆑彼。舎㆑故而学㆑新。彼未㆑可㆑摸。而我已疲弊。新未㆑可㆑学。而故亦忘失。遂至㆑不㆑可㆑救固宜矣。近日我邦婢亦束髪。妓亦洋服。得得然

の、イギリス人を中心とした欧米人に対する負債額の推移が詳細かつ具体的に記述されている。『埃及近世史』にはその数字をもとに、一八六二年は一八五〇万ドル、六四年に二八五二万ドル、六五・六六年には三千余万ドル、六八年には五九四二万ドル、七〇年には三五八一万一千ドルの借り入れ金額が記されている。

一三 十六世紀にはアジア・アフリカ・ヨーロッパにまたがる大版図を誇ったオスマン帝国も、十八世紀以降西洋諸国との抗争の中で衰弱し、領土をハプスブルク帝国、ロシア等に割譲して列強の圧力を受ける。イギリスとエジプトとの不平等条約も、一八三八年にオスマン帝国とイギリスとの間に結ばれた通商条約をもとにしていた。

一四 前人と同じ失敗をする意の「前車の轍を踏む」「前車の覆(くつ)(がく)るは後車の戒め」を踏まえた表現(『漢書』賈誼伝ほか)。

一五 前注同様、トルコを念頭におき、すぐ近くに恐れるべき失敗の先例がある、の意。中国古代の殷の国はその前代である夏が滅びたことを手本として戒めよ、という言葉から。「殷鑑遠からず、夏后の世に在り」(『詩経』大雅「蕩」)。

一六 負債が大幅に増加した一八六八年の出来事。

一七 原著では「ロンドンには資金が豊富で投機の精神が満ちていた(the spirit of speculation rife)」と簡単に。『埃及近世史』では「欧州諸国ガ金融停滞シテ資本家ハ金ヲ投入スルニ道ナキヲ憂ヘタル時ナリ。即チ諸器械ノ発明相次イデヨリ以来、工業頻ニ振起シ、物品ノ製造急ニ盛ニ、而シテ受容者ハ依然多カラザルヲ以テ、資金ヲ用ユ可

装二于室一。誘二于途一。余不レ知二其意一也。嗚乎殷鑑不レ遠。在二夏后世一。我豈不レ惕二若厲一哉。

奸譎権詐。読レ之慓然。於二射レ利謀レ私上一。豈有二上下之別一。推二尊欧人一以為二心腹一者是我之過也。譬レ之人不レ能三庇二保一家一。傭二隣人一護二我妻妾一監二我米銭一。而隣人姦レ之盗レ之。則雖二罪素在一レ彼。而主人痴呆之笑。豈得レ免哉。散士故摘二此一章一。挿二之巻中一。可三以知二其著作之大意一矣。

求ムルコト餓者《がしや》ノ肉ニ於ケルガ如ク渇者ノ水ニ於ケルガ如シ是《ここ》ニ於《おい》テ英仏無頼ノ徒又《また》一策ヲ案ジテ曰ク　苞《はう》苴《しよ》[一]ナル哉《かな》苞苴ナル哉ト　乃《すなはチ》黄金五百万ヲ以テ土廷執政《しつせい》ノ大臣及《およ》ビ帝《みかど》ノ左右ニ賂《まひな》ヒ遂《つひ》ニ土帝ヲシテ外債特許ノ証印《しよういん》ヲ埃及《（エジプト）》王ニ与ヘシム　是《これ》ヨリ未ダ数年ナラズシテ英仏ノ民《たみ》遊金三億六千万ヲ運転シテ悉《ことごと》ク射利《しやり》[二]ノ用ニ供シ其息《そのそく》ノ如キモ三割[三]ノ高利ニ達スルモノアルニ至ル

嗚乎《ああ》姦商ノ為《な》ス所固《もと》ヨリ悪《にく》ム可シ　然レドモ是レ市井《しせい》ノ小人《せうじん》ノミ　彼《か》ノ上流ノ欧人ニシテ身ハ埃及王ノ顧問[四]トナリ其恩《そのおん》寵《ちよう》ヲ蒙《かう》ムリ其俸禄《そのほうろく》ヲ受ケ傍観坐視啻《ただ》ニ之ヲ匡救《きやうきう》[五]セザルノミナラズ更ニ煽動誘惑シテ此大債ヲ起シ救フ可カラザルノ窮途ニ沈淪[六]セシムル者ニ至《いたり》テハ　是レ所謂《いはゆる》恩ニ報ズルニ怨ヲ以テシ人ノ苦ヲ以テ自《みづか》ラ楽《たのし》ム者　縦令《たとひ》人ニ向《むかひ》テ恬然《てんぜん》[七]タルモ豈自《あにみづか》ラ省ミテ愧《は》ヅル所ナカランヤ　今埃及毎歳《まいとし》ノ財政ヲ算スルニ歳入僅《わづか》ニ四千万

キノ所ナク、空ク庫中ニ閉鎖セルニ止マルノミ。是ニ於イテ欧州ノ投機師ハ以為ラク此ヲ以テ彼ニ投ゼバ其利タル鮮少ナラズ」と詳しい。

以上二八七頁

一　賄賂（わいろ）。一八六八年に「不正な手段で（through corrupt means）」「オスマン帝国の宰相（Grand Vizier）に五万ポンドの贈りものをした」、また一八七三年には「九十万ポンドの巨額の賄賂（A gigantic bribe of 900000 *l.*）がサルタンに送られた」と原著にある。『埃及近世史』には「一千八百七十三年六月四日五十万弗ノ賄賂ヲ土帝及二三ノ大臣及宮人ニ贈呈ス」とある。

二　利益を得るための元手。

三　原著によれば、上限で二六・五《パーセント》に達したという。

四　原著によれば、一八七五年半ばにエジプトはついに債務不履行に陥り、Stephen Caveという顧問がイギリスから派遣される。彼はエジプトの財政状況を調査し増税や行政改革等を指導するが、それはイギリスを中心にした西欧諸国に利益をもたらすものであった。以下次頁にかけての収入・外債・租税等の金額は、原著の金額をまとめた概数。『埃及近世史』には「（威斯明流）ヲ惑ハシ、又周囲ニ蝟集スル顧問官ノ欧人ハ、邪説ヲ以テ威斯明流ニ」外国債の正当性を説いたとある。

五　言動の悪いところを正し、救わないだけでなく。

六　困難な境遇に深く沈ませる。

七　何も感じず、平気なさま。

先富レ之而後教レ之。政之要也。埃及国力空竭如レ此。曷望二其独立一哉。

本色始露。

業已欺レ之。欲二復誣一レ之。大悪無道。吾願借二正宗所レ鍛之神刀一。加二于碧眼紅髯之頭一。以

ニ過ギズ　而《しか》シテ外債ノ息《そく》三千万ノ巨額ニ達ス　嗚乎《ああ》古往今来《こわうこんらい》財政ノ紛乱スルコト此《かく》ノ如キノ国アランヤ　租税日《ひ》ニ酷《こく》ニシテ民愈《いよいよ》々疲レ地益《ますます》々荒レ歳入却《かへつ》テ減縮シ之ヲ往歳《わうさい》[八]ノ租税ニ較《かく》スルニ一千万ヲ減ズルニ至ル　而《しか》シテ外人ノ埃及政府ヨリ攫取《くわくしゆ》[九]セル利息外ノ金額ハ四年間ニシテ六千万ニ達セリ　国庫ノ空乏《くうぼふ》此《かく》ノ如ク財政ノ困難此《かく》ノ如シ　外債ノ息《そく》何ヲ以テ能《よ》ク弁ズルコトヲ得ン　欧人又《また》外債ノ期《き》迫ルヲ見テ祝シテ曰ク　時漸《やうや》ク来《きた》レリ是レヨリ後《のち》唯《ただ》我ガ欲スル所ノマヽノミト　日ニ政府ニ迫リ息金ヲ促スコト甚《はなは》ダ急ナリ　政府之《これ》ヲ如何《いかん》トモスルコト能ハズ　唯《タダ》首《かうべ》ヲ垂レテ延期ヲ乞フノミ　是《ここ》ニ於《おい》テ[一〇]欧人連衡《れんかう》シテ埃及政府ニ迫《せまり》テ曰ク　国庫ノ空乏ヲ告グルハ[一一]有司《いうし》私利ヲ営《いとな》ミ財政当《たう》ヲ得ザルニ在リ　若《も》シ欧人ヲシテ之ヲ[一二]監督料理セシメバ百事整頓禍《くわ》ヲ転ジテ福トナス可シト　然《しか》レドモ埃及人敢《あへ》テ肯《がへん》ゼズ　依《より》テ英国

八　往年。
九　つかみとること。
一〇　ケイブの提案がエジプト当局に否定されると、フランス、イギリス、イタリア主催の合同委員会(Joint Commission under the auspices of France, England, and Italy)が一八七五年末ないし七六年初めに組織される。
一一　役人。官吏。(国家財政が破綻しているのは)エジプト人の官吏が私腹を肥やし、財政政策が理にかなっていないせいだ、という「欧人」の主張。
一二　管理させ、うまく処理させれば。

示二天誅於四海八紘之人一。
澆季之世有二此人一。
一息猶奄々。不レ絶如レ縷。
浩々凜々。
是紅蓮詩所レ謂喬松為レ風摧。群芳被二雨猜一者。

大臣嗷瞋[一]《ゴースチン》ヲ遣《つかはし》テ之ヲ促《うなが》サシム　宰相征戎駒《(セヂーク)》[二]固《かた》ク執《とり》テ動カズ。答ヘテ曰ク　古人《こじん》曰ク　名ト器《うつは》[三]トハ以テ人ニ仮《か》ス可カラズ　若《も》シ一《ひと》タビ財政ノ全権ヲ以テ之ヲ外人ニ委《ゆだ》ネ租税ノ軽重《けいちやう》国庫ノ開閉其掌中《そのしやうちゆう》ニ帰スルニ至ラバ是レ国家ノ大権既《すで》ニ我ガ国ヲ去ルモノナリ　近者《ちかごろ》貴国此《この》要求アリテヨリ国内ノ志士激動奮起《ふんき》訛言《くわげん》[四]百出《ひやくしゆつ》警報頻《しきり》ニ到ル　僕苟《いやしく》モ今日ノ大任ニ当レリ仮令《たとひ》死ストモ此《この》大権ヲ以テ外人ニ与ヘ難《がた》シト　其後《そのご》未ダ数日ナラズ警吏アリ　征戎駒[五]ノ邸ヲ囲ミ叫《さけび》テ曰ク　聞ク足下人民ヲ煽動シテ乱ヲ起シ以テ欧人ヲ掃《はら》ハント欲スト　縛《ばく》シテ獄舎ニ下《くだ》シ更《さら》ニ誣《し》[六]ヘテ曰ク　窃《ひそか》ニ計[七]ヲ外人ト通ジ専《もつぱ》ラ私門《しもん》ヲ営《いとな》ミ国用ヲ濫消《らんせう》ス　悪逆不敬天地ノ容《い》レザル所ナリト　即日《そくじつ》炎熱万里ノ沙漠ニ放謫《はうたく》シ又《また》法廷ニ出《い》デヽ一言ノ弁明ヲ為ス能ハザラシム　嗚乎誰カ此毒計ヲ行ヘタルモノゾ。諺《ことわざ》ニ曰ク　羊[八]ヲ牧《ぼく》シテ豺《さい》ヲ畜《やしな》ヒ魚《うを》ヲ養フテ

一 ゴッシェン(George Joachim Goschen. 一八三一-一九〇七)。イギリスの政治家。イングランド銀行取締役の後下院に入る。海相・蔵相などを歴任。財政に通じ英仏によるエジプト財政の支配を確立した人とされる。
二 サディーク。↓二八一頁注二三。
三 国家の要職を外人に与えてはいけない。「名」は地位、「器」は身分を表す器物。「唯だ器と名とは以て人に仮すべからず、君の司《つかさど》る所なり」(『春秋左氏伝』成公二年)。
四 いつわりの風評。流言。
五 原著によれば、サディークは一八七六年十一月十日、地方での混乱を助長し、総督に対して陰謀を企てたという罪状――サディークは総督をヨーロッパ人と結託して国を掠奪したと問責していた――(a charge of "fostering agitation in the provinces," and "conspiring against the Viceroy, whom he accused of plundering the country in concert with Europeans.)で逮捕され、翌日の閣議で終身追放(exile for life)が決定、白ナイル(the White Nile)へ送られる。『埃及近世史』の叙述も原著に準じているが、ここでは具体的な描写によって示されている。↓二八一頁注二三。
六 ないことをあるように偽って。「誣へ」は「誣ヒ」の訛。
七 外人と計りごとをして自己の権勢をほしいままにし、国費を無駄使いしている。原著での罪状とは異なる。「私門」は権力のある家。権門。
八 羊を飼って山犬に食われ、魚を育ててカワウソに食われる。なすすべもなく略奪されること。「夫れ池魚を畜ふ者は必ず猵獺

剝漸及レ膚。

獺《かはうそ》ヲ縦《ほしいまま》ニス　其犯《そのをか》ス勿《な》カランコトヲ欲スト雖《いへ》ドモ得ンヤ

既ニシテ英仏[9]ハ財政ノ大権ヲ奪ヒ又憚《またはばか》ル所ナク恣《ほしいまま》ニ苛税ヲ徴シ妄《みだり》ニ酷賦ヲ課シ　鞭撻《べんたつ》前ニ在リ剣戟《けんげき》後ニ在リ　人民弊頽《へいたい》[10]　財政是《ここ》ニ至《いたり》テ全ク壊廃ニ帰ス　嗚乎《ああ》[11]法ヲ治ニ作ル其弊猶《そのへいな》ホ乱ル法ヲ乱ニ作ル誰《たれ》カ能《よ》ク之ヲ救ハンヤ

英人猶以《なほもつ》テ足レリト為《な》サズ　総領事ヲシテ埃及（エジプト）王ヲ責メシメテ曰ク　外[12]人ヲ聘《へい》シテ其俸禄《そのほうろく》ヲ遅滞スルハ何ゾヤト　埃及王答ヘテ曰ク　今ヤ士卒貧困　商民流離《しやうみんりうり》惨憺《さんたん》ノ状実《じつ》ニ甚《はなはダ》シク　目見ルニ忍ビズ耳聞クニ堪ヘズ　一国ノ力ヲ傾ケ汲々之《これ》ヲ振恤《しんじゆつ》[13]センド欲スルモ亦計《またけい》ノ出《い》ヅ可キナシ　是《こ》レ卿等《けいら》ノ親《みづか》ラ見聞スル所ニアラズヤ　然リ而シテ卿等事《こと》ニ托《たく》シ詞《ことば》ヲ飾リ必ズ要セザルノ欧人ヲ強《しひ》テ飽クナキノ高禄ヲ求ムルハ果シテ何ノ心ゾヤ　其少《そのすこし》ク遅滞スルガ如キハ素《もと》ヨリ自《みづか》ラ甘《あまん》ズ可キ所ノミト　領事曰ク　陛

（へんだつ）を去り、禽獣を養ふ者は必ず豺狼を去る。又況んや人を治むるをや」（『淮南子』兵略訓ほか）。

九 サディーク追放後、イギリスは内政干渉を強め経済的な支配権を獲得する。

一〇 疲れ弱ること。

一一 世が秩序だっている時に作る法でさえ弛めば乱れるのに、乱れた世に誰がそれを救えようか。「夫作法於治其弊猶乱、作法於乱誰能救之」（干宝「晋紀総論」『文選』巻四十九）。

一二 財政状態悪化の中で、ヨーロッパの雇員に対する給料の遅滞は問題となっていた。副王とイギリス人顧問とのせめぎ合いは、原著の記述を反映している。

一三 貧困者に金銭や品物を施して救うこと。

是故悪二夫佞者一。

人間世界生々存々。以レ情始以レ情終。使レ民不レ以レ情則是無レ義也。交レ人不レ以レ情則是無レ信也。義与レ信情之所レ発耳。故無レ情則天下赤土矣。英人之於二埃及政府一。何無レ情之甚也。嗚乎生理滅絶。人而非レ人。固不レ足二以正一レ罪。余只悲下埃国陥二彼術中一。至上不レ能レ救也。

下欧人高禄ヲ貪《むさぼ》ルト為《な》スハ非ナリ　[一]財政ヲ料理シ租税ヲ徴集シ道路ヲ改築シ運河ヲ[二]開鑿《かいさく》シ鉄路ヲ築キ橋梁ヲ架《か》シ事務ヲシテ整々進歩セシメタルモノハ是レ[三]痴鈍陋劣《ちどんろうれつ》ノ埃及《(エジプト)》人ノ能《よ》クスル所ニアラズ[四]欧人ノ功豈《あに》鮮少《せんせう》ナランヤ　貴邦ノ貧窮困厄ノ如キハ我《わが》英人ノ預《あづか》リ知ル所ニ非《あ》ラズ貴邦ノ貧弱ニ陥リタルハ亦《また》我ガ英国ノ預《あづか》リ知ル所ニ非ラザルナリ　我ガ大英国[五]女皇陛下ノ臣民ハ埃及人民ガ貧富如何《いかん》ニ由《より》テ自己ノ権利ヲ傷《きずつ》ケ自己ノ損害ヲ甘《あまん》ズルノ責任ヲ有セザルナリト　埃及王之《これ》ヲ聞キ憤怒シテ曰ク　汝《なんぢ》欧人常《つね》ニ謂《い》ハズヤ　政体ノ如何《いかん》ヲ問ハズ苟《いやしく》モ在留シテ保護ヲ受クルモノ有レバ賦税ヲ其政府ニ納メザル可カラザルハ万国ノ公法ニシテ免ル能ハザル所ナリト　而シテ汝欧人ノ[六]我境内ニ在ルモノ其数十万ヲ超ヘ　言行相反シ[七]邪説佞弁《じやせつねいべん》皆賦税ヲ拒ミ曾《かつ》テ一人ノ国費ヲ負担スルモノナシ　加之《しかのみ》ナラズ[八]警察ヲ異議シ道路ヲ非難シ

一 国家財政をうまく処理し。
二 山野を切りひらいて道路や運河などを通ずること。
三 愚かで鈍く、卑しくて劣っている。
四 どうしてヨーロッパ人の功が少ないということがあろうか。
五 ヴィクトリア女王。↓四六頁注一二。
六 エジプト国内。
七 （イギリスに都合のよい）いいかげんなことを言ってうまく調子を合わせるが、税を払わない。
八 警察に異議を唱え、仕事に文句を付け。「道路」はここでは仕事・職業。

勢已至レ此。百事已矣。泣亦何益。

奸譎権詐。不レ知レ所二底止一。

九専恣《せんし》横行《わうかう》至ラザル所ナシ　且《か》ツ治外法権ヲ奇貨一〇トシ不正ヲ行《おこな》ヒ非理ヲ踏ムモ我ガ民之《これ》ヲ如何《いかん》トモスルコト能ハザルヲ知リ　常ニ密売ヲ事トシ我ガ海関一一ノ定法《ぢやうはふ》ヲ破リ以テ無功ニ帰セシメ　而シテ全国ノ歳入ハ皆《みな》汝欧人ノ吸収スル所トナル　汝欧人ハ又其欲ヲ逞《たくまし》フシテ我ガ政費ヲ制限シ僅《わづか》ニ五百万ニ減殺《げんさい》セシメタルニ非ラズヤ　窮乏困難財政ノ此《ここ》ニ至レル所以《ゆゑん》ノ者是皆《ものこれみな》汝欧人ノ監督施行セシ政策ノミ　汝欧人ガ予《よ》ヲ欺キ国ヲ誤ラシメタルノ結果ノミ　嗚乎《ああ》汝英人始メハ懇《ねんごろ》ニ厚意ヲ表シテ而シテ今ヤ反目仇《はんもくきう》讐《しう》ノ如キ者ハ何ゾヤト　一二切歯涕《なみだ》ヲ揮《ふる》ヒ顧《かへりみ》ズシテ裡《うち》ニ入ル

是《ここ》ニ於《おい》テ英人独《ひと》リ之《これ》ヲ如何《いかん》トモスルコト能ハズ　仍《よつ》テ万国会一三議ノ決案ト僭称シ埃及政府ヲ要一四シテ曰ク　欧人ノ遠ク万里ノ殊《しゆ》一五域《ゐき》ニ来《きた》リ鞠躬《きくきう》一六力ヲ公務ニ尽スモノハ自《みづか》ラ好《このみ》テ　徒《いたづら》一七ニ為《な》スニ非ラザルナリ　而シテ埃及政府往々俸禄《わうわうほうろく》ヲ遅滞シ甚《はなは》ダシキハ口ヲ国

九　ほしいままに振る舞う。

一〇　都合よく盾にとって。

一一　税関の法律を破ることを言う。原著には、多くのヨーロッパ人は組織的に収入源を破壊することによって、また密輸によって(by systematically destroying the sources of revenue that existed, by smuggling)富を獲得した、とある。『埃及近世史』では「輸入品ノ、関税ヲ脱シテ密売スルハ実ニ公然タルモノニシテ、密売船ハ海上ニ碇泊シ、機ヲ見テ物品ヲ欧人ノ倉庫ニ運送セリ」とある。

一二　歯ぎしりをする。

一三　原著によれば、一八七六年の、イギリス・フランスの政府が支持する国際委員会(an International Commission)を指す。以後介入を強め、一八七八年には外国人がエジプト政府の内閣に入閣するようになる。

一四　強要して。

一五　よその地方。

一六　身をかがめてつつしんで公務に従事する。

一七　何も得ることなしに働いているわけではない。

庫ノ欠乏ニ仮《か》リテ減俸ノ論アルニ至ル　是レ我ガ欧人ヲ奴隷使センﾄ欲スルカ　我ガ欧人ハ東洋諸邦ノ人民ト異ナリ報酬ナクシテ徒《いたづら》ニ使役セラルヽ奴隷ニ非ラザルナリ　聞ク王室猶《なホ》私財巨万ヲ有スト　宜《よろし》ク之ヲ散ジテ以テ国債ノ責《せめ》ヲ塞《ふさ》グ可シト　上下《しやうか》其妄慢《そのまうまん》[一]ヲ怒リ之ヲ不可トシテ曰ク　国財私財其別固《そのべつもと》ヨリ判然タリ　未ダ王室ノ私財ヲ以テ外国ノ公債ニ供スルノ義務アルヲ聞カザルナリト　欧人依《より》テ之ヲ法廷ニ訴《うつた》フ　法廷[二]ノ高官ハ皆欧人ナラザルナシ　遂ニ文《ぶん》ヲ舞《ぶ》シ[三]法ヲ枉《ま》ゲ埃及《（エジプト）》王ヲシテ敗訴ニ帰セシム　嗚《あ》乎《あ》欧人暴戻《ぼうれい》ナリト雖ドモ豈《あに》公産私産ノ別ヲ知ラザランヤ　豈《あに》正邪理否ノ分ヲ解セザランヤ　唯《たダ》其衰弊ノ余《よ》又為《またな》ス能ハザルヲ見テ私慾ノ為メニ公道ヲ忘ルヽノミ　又仮《またも》シ埃及ヲシテ国《くに》富ミ兵強《つよ》カラシメバ豈《あに》手[四]ヲ拱シテ欧人ノ非道ニ服センヤ　豈《あに》口[五]ヲ箝《かん》シテ欧人ノ残逆ニ従ハンヤ　国アレドモ財ナク兵アレドモ

以ニ無レ窮之慾一。求ニ有レ限之財一。不ニ吸収攫尽至レ無ニ種類一則不レ止。

彼以ニ明法精律一自誇。而其顚倒如レ此。是非ニ法之罪一也人也。人心之可レ畏如レ此哉。弱之肉強之食。可レ悲耳。埃国王室財産宮殿器物。以至ニ土地牛羊一。悉為ニ欧人一所ニ掠奪一。推ニ其

一 身勝手な傲慢さ。
二 当時エジプトでは原告・被告いずれか一方が外国人である場合には、各国法務大臣の同意を得た外国人判事が半数を占める混合裁判所(the Mixed Courts)で裁判が行われる、という制度であり、エジプト側には著しく不利だった。
三 法律を勝手に解釈して乱用し。
四 手をこまねいて。
五 口をつぐんで。

原一。繹二其由一。則在下埃及王心二酔欧風一。百事以二欧人一為中顧問上。一点私慾。殆使三埃国帰二赤土一矣。嗚乎火之焼レ原。其猶可二撲滅一。及二炎々瀰レ野。則不レ可二復如何一。世之有二西洋癖一者。可二以猛省一焉。

国勢至レ此。雖二百聖人一。不レ能レ善二其後一矣。

力ナク空シク豺狼《さいらう》ノ慾ニ屈シ王室ノ財産宮殿器物《きぶつ》ヨリ土地牛羊ニ至ルマデ皆《みな》[六]其掠奪スル所トナル　欧人ノ悖戻《はいれい》[七]苛逆亦《また》甚《はなはダ》シカラズヤ　[八]一千八百七十九年更《さら》ニ政府ニ強《し》ヒテ欧人二百五十人ヲ公職ニ就《つ》カシメ政費三十万ヲ増シ明年又《みやうねんまた》百十二人ヲ増シ十三万ヲ加ヘ其後《そののち》欧人ノ官職ニ入《い》ルモノ陸続[九]絶《た》ヘズ　一千八百八十二年ニ至リテハ欧人ノ埃及政府ニ仕《つか》ヘテ租税ニ衣食スル者其数《そのかず》一千二百五十人ニシテ其財ヲ糜《つひや》スコト二百万ヲ超ユルニ至レリ　是レ皆《みな》義ヲ忘レテ利ヲ射ルノ徒ニシテ　無用ノ事業ヲ起《おこ》シ冗[一〇]費遊員ヲ作ルヲ務ムルノミ　鄙語《ひご》[一一]ニ謂《い》ヘルアリ　取[一二]レバ則《すなは》チ是レ利《り》取ラザレバ則チ是レ愚ト　当日欧人ノ心蓋《けだ》シ此語《このご》ニ外《ほか》ナラザルナリ

欧人猶《なほ》埃及ノ将士《しやうし》ヲ憚《はばか》[一三]ル　密《ひそか》ニ相議《あひぎ》シテ曰ク　宜《よろ》シク事《こと》ニ托《たく》シテ兵員ヲ汰《た》[一四]シ将士ノ俸禄ヲ減ズ可シ　是レ一《いつ》ハ其《その》羽《う》翼《よく》ヲ殺《そぎ》

六 ヨーロッパ人に掠奪された。原著によれば、一八七八年、金融調査委員会は副王の私有財産を差し押さえることを決める。
七 →二八七頁注七。
八 原著では、一八七九年の初めに七四四人、同年末には二〇八人を加え、八〇年には二五〇人、八一年に一二二人のヨーロッパ人官吏をさらに雇い入れ、一八八二年には総計で一三二五人で、給料総計が三七万三千ポンドと記されている。『埃及近世史』には「一千八百七十九年ノ始メ七百四十四人ノ欧州人埃及官吏トナル」「同年ノ末ニハ更ニ二百八人ヲ増シ、三十万弗ノ給料ヲ増ス」とある。
九 ひっきりなしに続くさま。
一〇 無駄な費用と人員。
一一 俗に言う、の意。
一二 取れば取っただけ得をし、みすみす取らないのは愚かしい。
一三 （エジプトの将士の勢力を）怖れる。
一四 減らす。「淘汰」の意。

テ以テ枕ヲ高クスルコトヲ得 一《いっ》ハ其余《そのよ》貲《し》[一]ヲ配取シテ以テ自《みづか》ラ利スルコトヲ得ント 乃《すなはチ》大《おほい》[二]ニ兵員ヲ解キ又将士二千五百ノ俸禄ヲ半減シ告ゲテ曰ク 国[三]用給《きふ》セズ下《か》民《みん》饑《き》ニ泣ク 暫ク国家ノ為メニ忍ブ可シト 而シテ欧人ノ俸給ハ依然旧《きう》ノ如シ 其後貪《どん》[四]婪《らん》愈《いよいよ》甚《はなは》ダシク更《さら》ニ有司《いうし》[五]千人ヲ退《しりぞ》ケテ曰ク 国用給《きふ》セズ下《か》民《みん》飢《き》ニ泣《な》ク 暫《しばら》ク国家ノ為メニ忍ブ可シト 而シテ欧人ノ俸給ハ依然旧《きう》ノ如シ 継《つい》デ又苛税ヲ土地ニ課シテ曰ク 国用給《きふ》セズ下《か》民《みん》饑《き》ニ泣ク 暫《しばら》ク国家ノ為メニ忍ブ可シト 而シテ欧人ノ俸給ハ依然旧《きう》ノ如シ 専横ノ政《せい》圧抑ノ令此《かく》ノ如シ 而シテ欧人猶《なホ》以テ足レリトセズ 更《さら》ニ法[六]ヲ矯《た》メ律ヲ枉《ま》ゲ土[七]地一億万項ヲ没収シテ曰ク 国《こく》用《よう》給セズ下《か》民《みん》饑《き》ニ泣ク 暫《しばら》ク国家ノ為メニ忍ブ可シト 而シテ欧人ノ俸給ハ依然旧《きう》ノ如シ 時勢茲《ここ》ニ至ル誰カ奮起セザランヤ 四方ノ志士腕《うで》[八]ヲ扼《やく》シテ憤慨シ闔《かふ》国《こく》ノ人民涕《なみだ》ヲ揮《ふるひ》テ嘯《せう》[九]集《しふ》

解二兵員一減二其禄一。退二有司一課二苛税一。皆曰国用不レ給。下民泣レ飢。暫可下為二国家一忍上。而欧人之俸給如レ故。夫国用不レ給則省二欧人一削二俸禄一可。何独解二兵員一退二有司一之為。下民泣レ飢則薄二税斂一可。豈可三更課二苛税一哉。其言行相反。不レ啻二霄壌一。是輩不レ可下以二天理人道一論上。而招レ之者埃及王之暗弱此由。其罪不レ可三独責二欧人一。

一 余った費用。 二 原著によれば一八七九年二月に総領事によって命じられる。 三 国費が足りず、人民は飢えに苦しんでいる。 四 非常に欲が深いこと。 五「有司」は→二八九頁注一一。 六 法律をまげて。 七「項」は「頃（けい）」の誤りか。一頃は一町（一〇〇アール）。 八 扼腕。→四九頁注一九。 九 呼び集める。一八七九年二月十八日、人員・給料の削減に不満を持った軍部によってカイロで暴動が発生する。ヨーロッパ人の圧政に不満をもつエジプト国民はその暴動を支持した。

一〇 原著では、軍への待遇に対する不満から「キリスト教徒へ死を」と叫ばれた（The cry was raised 'Death to the Christians.'）とある。「権臣」は権力を持った臣下、ここでは外国人閣僚。「鏖殺」は皆殺しにすること。

一一 スーダン。一八二一年以来エジプトの直轄領地となっていたが、一八八一年敬虔なイスラム教徒ムハンマド・アフマド（神より使わされた救世主であるマフディーと自称した）に指揮された反乱軍が反エジプト・反トルコ戦を展開、救援のイギリス軍をも退け、一八八五年に独立を達成する（→補八四）。なお、本文にはアラービーを盟主としようとしたとあるが、そうした史実はなく、また原著にもその記述はない。

一二 心から堅く誓う。→二五七頁注三八。

一三 原著では六十一人の牧師（the clergy）と高官、七十三人の軍の武官文官、四十一人の商人と名士、六十人の国会議員とある。

一四 原著では Addresses against the de-

剣往復来天道也。

累怨積憤至レ此迸出。汪洋浩蕩。不レ可ニ復防一。

気盛鋒鋭。剣芒貫レ斗。

今已在ニ其掌中一。

シ宣言シテ曰ク　一〇権臣ヲ退《しりぞ》ケ姦人ヲ除《のぞ》キ耶蘇教徒ヲ鏖殺《あうさつ》ス可シト　一一蘇丹《（スータン）》ノ如《ごと》キハ独立《どくりつ》シテ自《じ》治《ち》ノ政《せい》ヲ為《な》サント唱《とな》ヘ亜剌飛《（アラビー）》将軍ヲ推《お》シテ盟主トナシ一二血《ち》ヲ啜《すす》テ欧人ト共《とも》ニ朝《てう》ニ立《た》タザルヲ誓《ちか》ヒ更《さら》ニ一三紳士僧侶六十人文武《ぶんぶ》ノ官職七十人紳商《しんしやう》四十人人民ノ代理者六十人ヲ会シテ国是《こくぜ》ヲ議《ぎ》シ一四書ヲ埃及《（エジプト）》王ニ上《たてまつ》リテ曰ク

一五欧人ノ禍心ヲ包蔵スルヤ久シ　一六面《おもて》ニ慈愛ヲ衒《てらひ》テ腹ニ一七鴆毒《ちんどく》ヲ抱キ一八浸潤ノ計沾漸《せんぜん》ノ術以《もつ》テ今日ニ至レリ　一九今ヤ内閣ハ既ニ其《その》左右スル所トナリ財政ノ権《けん》工商ノ利皆其《みなその》専有壟断《ろうだん》ニ帰セリ　往ゝ将《まさ》ニ兵権ヲ奪ヒ邦土ヲ挙ゲテ之ヲ掌中ニ握ラント欲スルハ二〇犀《さい》ヲ牛渚《ぎうしよ》ニ焼クヨリモ猶《なほ》明《あきらか》ナリ　今日《こんにち》天下ノ民万衆一心《ばんしゆういつしん》二一財政監督ノ英人ト工部総理ノ仏人トヲ斥《しりぞ》ケ其《その》肉《にく》ヲ食《くら》ヒ其《その》骨ヲ焼カント欲セザルハナシ　蓋《けだ》シ是レ積悪《せきあく》ノ果《くわ》ニシテ二二衆怨ノ集ル所又《また》免《まぬか》ル可カラザルモノナリ　陛下今

signs of the Europians ministers とあるが、本文のように具体的にその文章が引用されているわけではなく、トルコ憲法を実効あるものにする、という要求のみ書かれている。ミドハド・パシャによって制定され一八七七年十二月に施行されたトルコ憲法は、翌年二月にはトルコの対ロシア戦争、また反トルコ勢力（ボスニア、ヘルツェゴヴィナ、ブルガリア）の反乱のなかで停止されていたが、ここでの建白書は民選議院をもつ立憲君主制をエジプトでも機能させることへの要求であった。『埃及近世史』では「時勢此ノ如キヲ以テ、内国人ノ飢餓ニ至ルモノ少カラズ、因テ有志ノ士ハ大ニ感激シ、檄文ヲ伝ヘテ曰ク、此国歩艱難人民苦役ニ沈ムモ、猶ホ且負債ハ消却セザル可カラザルモノカト」と、簡略に記されている。

一五 エジプト支配の下心がある、の意。

一六 表面的に装う。

一七 鴆という鳥の羽にあるという猛毒。

一八 じわじわと侵略する計略。「浸潤」も「沾漸」もじわじわと潤す、浸透する意。

一九 利益をひとり占めにすること。「壟断」は切り立った高いところ、の意。商人が、市がたつごとに高い所に登り、市中を見回し、安い物を買い占めたという故事（『孟子』公孫丑下）から。底本「籠」を訂正。

二〇 全く明らかであることのたとえ。犀の角を燃やした火は水中を照らすといわれた。本来東晋の温嶠が犀の角を燃やして怪物がいるという淵の底までも明るく照らした故事から、ものを見抜く力があること。「武昌旋りて、牛渚の磯に至る、水深くして測るべからず、世に云ふ、其の下に怪物多し

ニシテ彼《かの》二人ヲ退ケ民望ニ従《したがひ》テ立憲公議ノ良政ヲ建テ公衆ト謀《はかり》テ国費ヲ課《くわ》シ不急ノ土木ヲ廃シ無用ノ工業ヲ停《とど》メ民ト共ニ休息セズンバ　禍必《かならズ》蕭牆《せうしやう》[一]ノ中《うち》ヨリ起《おこ》リ言フニ忍ビザルノ惨境《さんきやう》ニ陥ラン　希《こひねがは》クハ陛下之ヲ裁セヨ

一気呵成。不レ須二多言一。

王之《わうこれ》[二]ヲ納《い》レ即日二人ヲ内閣ヨリ退ク　国内ノ民之《これ》ヲ聞テ欣然《きんぜん》[三]雀躍《じやくやく》祝シテ曰ク　吾輩《ごはい》[四]是レヨリ始メテ蘇息《そそく》[五]スルコトヲ得ント

欧人為二文明之先鋒一。宜下誘二掖小国一。令上達二彼岸一。而今妨レ之者何也。嗚乎利二于己一則悪事遂レ之。不レ利二于己一則善事停レ之。欧人無二忠厚之心一。一如レ此歟。

欧人ハ之《これ》ニ反シテ憤激最《もつと》モ甚《はなは》ダシク英ノ総領事ハ直《ただち》ニ馳《は》セテ王宮ニ至リ恣《ほしいまま》ニ大臣ヲ黜陟《ちゆつちよく》[六]スルノ非ヲ譲《せ》メ且《か》ツ曰ク　聞ク陛下密《ひそか》ニ人民ヲ鼓舞シテ立憲公議ノ政体ヲ奨励スト　抑《そもそも》立憲ノ政体ヲ主唱スル者ハ一二[七]失意《しつい》ノ徒私利《しり》ヲ営《いとな》ミ不平ヲ漏《もら》サント欲スルノ致《いた》ス所ナリ　陛下何ゾ覚《さと》ラザルヤ　事《こと》ニ及《および》テ之《これ》ヲ悔《く》ヘバ臍《ほぞ》[八]ヲ噛《か》ムモ猶及《なほおよ》ブ可カラズ　陛下速《すみやか》ニ彼《かの》二人ノ官爵ヲ復《ふく》シ立憲政体ノ組織ヲ停止セシム可シ　妖雲[九]ノ為メニ光明ヲ失フコト勿《なか》

と、嶠遂に犀角を燬(や)きこれを照す、須臾にして水族火に覆はれ、奇形異状をあらはす」(『晋書』温嶠伝)。

二　大蔵大臣と公共事業相。大蔵大臣のイギリス人ウィルソン・リバース(Wilson Rivers)と公共事業相のフランス人ド・ブリニエール(De Blignière)を指す。

三　多くの人々の恨み。

以上二九七頁

一　君臣会見の所に立てる屏風の意。ここでは国内。

二　史実では、一八七九年四月七日に副王が二人のヨーロッパ人閣僚を罷免し、シャリーフ・パシャ(Cherif Pasha)首班によって新内閣が組閣される。イギリス・フランスは執拗に外国人閣僚の復権を要請するが、副王はそれを拒絶。本文ではそのせめぎ合いを、原著と異なり「総領事」と副王の対話としている。

三　雀のように小躍りして喜ぶこと。

四　われわれ(エジプト人民)。

五　ひと息つく。

六　功の無い者を退け功のある者を登用する意だが、ここでは単に罷免すること。

七　わずかな不満分子。

八　後悔しても及ばない。噛もうとしても、口が臍(へそ)に届かないことから。

九　不吉な雲。

立憲公議之政。彼之所レ為。尽レ美尽レ善者。而埃及欲レ行レ之則極レ口説二其非一。是真理之不レ可レ解者。埃及至レ此浩気漸復二于中一。但奈二孤立無一レ援何。禍之所レ極遂至レ此。固不下俟二智者一而知上。

レト　王曰ク　是レ全国ノ輿論ナリ予《よ》ガ最モ望ム所ナリ諸臣ノ陰謀ニ非ラザルナリ　又夫《またか》ノ大臣ヲ黜陟《ちゆつちよく》スルガ如キハ其権《そのけん》予ノ有《いう》スル所何《なん》ゾ独リ怪ムニ足ランヤ　抑ゝ《そもそも》汝欧人常ニ立憲ノ美ヲ賛スルニ非ラズヤ公議ノ政《まつりごと》ヲ誇ルニ非ラズヤ又之《またこれ》ヲ以テ他国ヲ誘導スルニ非ラズヤ　而シテ今《いま》予億兆一〇ノ望《のぞみ》ニ従ヒ立憲公議ノ美政ヲ組織セント欲セバ之ヲ障碍《しやうがい》シ是ヲ非難シ以テ己《おの》ガ私欲ヲ逞《たくまし》フセント要ス　予復《また》汝ヲ見ルコトヲ欲セザルナリト　是《ここ》ニ於《おい》テ英人諸欧人ト議シテ曰ク　王憤怒《ふんぬ》殊《こと》ニ甚《はなはだ》シ　久シク其位《そのくらゐ》ニ在《あ》ラシメバ吾輩《ごはい》欧人ノ禍測《はか》ル可カラズト　各《おのおの》一一隠ニ計ヲ搆《かま》ヘ交ゝ《こもごも》其政府ニ讒《ざん》シテ曰ク　埃及《エジプト》王妄《みだり》ニ邪教一二ヲ信ジ聖教ヲ蔑視シ欧洲各邦ノ友義ヲ顧ミズ　恩ニ報ズルニ仇《あだ》ヲ以テシ将《まさ》ニ欧人ヲ駆逐シテ之ヲ境外ニ掃《はら》ハント欲ス　其《その》形跡已《すで》ニ明《あきらか》ナリト　既ニシテ英仏一三二国ノ総領事兵《へい》ヲ率ヰテ王宮ニ迫リ王ヲ脅シテ曰ク

一〇　多くの人民。

一一　原著では、イギリスの総領事は、〝エジプト政府が税をきびしく取り立て、法を使って、あらゆる不正行為をして貧しい人々を苦しめ、小作人は狂気のようになり、役人達は絶望している〟といった内容の書簡を本国に送る。その目的はトルコ政府に対して副王罷免の圧力を本国にかけさせることであった。なお、本文では王に対する讒言が増補されている。

一二　ここではイスラム教を指す。「聖教」はキリスト教を指す。

一三　一八七九年六月、トルコ政府はイスマイールを退位させる。原著には、軍隊を出して副王に迫るという記述はなく、またその史実もない。

是皆欧人之所レ為。
今乃諉ニ罪埃王一。
可レ憎可レ憎。

古来君王避レ乱移レ都者有レ之。兵敗力尽而遷謫者有レ之。未ニ嘗有ト如ド埃及王為ニ外人所レ逐之無レ謂者上也。豈天已厭レ之歟。将人力勝レ天歟。

埃及王位ヲ奪ハレテ宮ヲ出ヅル図

[一]子《し》ガ王位ニ即《つき》テヨリ苛税ヲ課シ酷租《こくそ》ヲ徴シ百姓ヲ恤《あはれ》マズ士卒ヲ愛セズ田圃《でんぽ》荒蕪《くわうぶ》[二]財《ざい》帑《ど》空乏《くうぼふ》 内ニハ臣民ノ嫌厭ヲ来《きた》シ外ニハ欧洲諸国ノ歓心ヲ失フ 速ニ王位ヲ去ラザレバ夫《そ》レ埃及《(エジプト)》ノ存亡ヲ如何《いかん》ト 王痛憤深慨《つうふんしんがい》但事匆卒《たゞことそうそつ》ニ起《おこ》リ与《とも》ニ謀《はか》ル可キナク邦小《くにせう》ニ力《ちから》弱ク又《また》之ニ抗スルコト能ハズ [三]袞冕《こんべん》龍衣《りようい》皆欧人ノ褫奪《ちだつ》スル所トナリ潸然涕《なみだ》ヲ飲《のみ》テ王宮ヲ出《い》デ [四]九《きう》重《ちよう》ノ門ヲ過ギ祖先墳墓《ふんぼ》ノ地ヲ追ハレ遂《つひ》ニ[五]他郷ニ流寓《りうぐう》スルニ至レリ 英仏ノ民[六]王子《わうじ》ヲ立テヽ位《くらゐ》ニ即《つ》カシメ擅《ほしいまま》ニ政柄《せいへい》ヲ左右シ急《きふ》

一「子」は二人称。イスマイール・パシャを指す。また、以下総領事の言葉中、「苛税ヲ」から「嫌厭ヲ来シ」が前頁注一一の書簡の内容に対応するが、それ以外は原著での断片的な記述を再構成してまとめている。副王の発言は作者による付加。
二 財政が破綻していることを言う。「財帑」は金蔵。国庫。
三 王位を奪われた。「袞冕龍衣」は王の礼装。「褫奪」は、官位・権利などをとりあげること。「潸然《(さんぜん)》」は底本「潜然」を改む。
四 天子の御殿のこと。
五 当初、イタリアに亡命し、ナポリに滞在するが、のちコンスタンチノープルに移り、そこで客死。なお、出国の際カイロ駅には別れを惜しむ群衆が駆けつけたという。挿絵には「宮」とあるが、その史実を踏まえるか。
六 タウフィーク・パシャのこと。↓二八二頁注四。
七 タウフィーク時代にますます世の中が乱れてきたことを言う。「国勢陵夷」は↓三六頁注一。「万姓」は万民。原著には新副王になってからのイギリスを中心としたヨーロッパによるエジプト支配と収奪の事情が細かく記されている。
八 主語は「陸軍ノ軍隊」。「大佐三人」とは、アラービー(第四連隊長)とアブドゥルアール・ヘルミー(黒色連隊長)、アリー・ファハミー(第一連隊長)を指す。原著では政府に請願を出していた三人の大佐で、一八八一年二月一日、「皇女」(THE PRINCESSES, 史実によれば副王の妹)の結婚式の軍隊行進の打ち合わせと称して軍事省に呼び出さ

征暴斂《せいぼうれん》愈々《いよいよ》益々《ますます》甚《はなは》ダシ　国人外人ノ擁立スル所ナルヲ以テ心《こころ》ヲ新王ニ属《しょく》セズ民心離散国勢陵夷《こくせいりょうい》七　盗賊四方ニ起リ万姓乱《ばんせいらん》ヲ思フ　八偶々《たまたま》陸軍ノ軍隊大佐三人ヲ選《えらび》テ王宮ニ至リ請《こ》ハシメテ曰ク　外人ノ職権ヲ免ジ以テ国威ヲ挽回ス可シト　欧人王《わう》ニ勧メテ直《ただち》ニ之《これ》ヲ拘捕《こうほ》セシム　軍隊九ノ激怒犯《をか》ス可カラザルヲ恐レ即《すなはチ》之ヲ免ズ　既ニシテ八月九日一〇ニ至リ数千ノ将士《しゃうし》王宮ヲ囲ミ亜剌飛侯《（アラビーパシャ）》ヲシテ王ニ請《こ》ハシメテ曰ク　第一国《くに》ヲ売ルノ内閣ヲ解散ス可シ　第二国会《こくくわい》ヲ設立シテ万機公議ニ決ス可シ　第三兵制《へいせい》ヲ厳《げん》ニシ以テ危急《ききふ》ニ備《そな》フ可シト　英人之《これ》ヲ聞キ直《ただち》ニ本邦ニ飛報《ひほう》シテ曰ク　埃及ノ人民王《わう》ヲ要《えう》シテ公議ノ政ヲ建テント欲ス　然レドモ是レ本《もと》ヨリ人民ノ輿望《よばう》ニ非ラズ　亜剌飛ノ煽動スルニ由ルノミ　亜剌飛ハ桀猾《けつくわつ》二ノ梟雄《けういう》ニシテ深ク邪教ヲ信ジ最モ聖教ヲ悪《にく》ム者ナリ　故《ゆゑ》ニ彼ヲシテ一《ひと》タビ政権ヲ握ラシメバ必ズ聖教ヲ撲滅シ欧人ノ

れ拘束。彼らはエジプト人の部署を削減する政策に関する手強い反対者(the most formidable opponents to their policy of reducing the native departments)と目されていた、とある。史実によれば「請願」とは、エジプト軍のなかにあったトルコ系軍人によるアラブ系軍人への差別に対する待遇改善と、責任者でトルコ系軍人の軍事相オスマーン・リフキーの更迭要求であり、政府はその要求をのむ。『埃及近世史』では、予防的措置として三大佐を捕縛する。およびき出す手口は原著にほぼ同じ。

九「之」は三人の大佐を指す。「免ズ」は許す(釈放する)こと。原著では部下の軍隊が救出に駆けつけ、三大佐は解放される。

一〇 九月九日の誤り。アラービー指揮下のカイロの軍隊が王宮を包囲、三要求を突きつけた。それは原著によれば、㈠英国に国を売り渡した内閣の更迭、㈡代議制の議会(国会)の招集、㈢一万八千人の陸軍の拡張であり、ほぼ本文に対応。「万機公議ニ決ス可シ」は日本の「五ヶ条の誓文」の一つに類似。反乱は一応の成功を得るが、それ以降副王の支配力の低下による内政の混乱、外国の干渉、宗主国トルコの思惑、フランスの政変(ガンベッタ政権が成立、エジプト民族運動の抑圧でイギリスと協力関係に入る)という経緯が原著に詳述されるが、ここではほとんど反映されていない。

二　悪賢く荒々しい人。

虎狼猶恐二兵威一。武備之不レ可レ忽也如レ此。

彼奉二聖教一者。所レ為如レ此。宗教豈足レ恃哉。

激二興人心一。煽二起輿論一。新聞之力居レ多。主筆者之任重責大。而世有下資レ此盗二名利一者上。二三子其鳴レ鼓攻レ之可也。

極則反。往則来。物之情也。自然之理也。

無名之師。

罵得痛快。使三読者浮二一大白一。

権利ヲ凌《しの》ギ生命財産ヲ蹂躙《じうりん》シテ又顧《またかへり》ミル所ナカラン　宜《よろ》シク急ニ兵馬ヲ遣《つかはし》テ其勢力ヲ挫折スベシト　時ニ埃及《エジプト》[一]全国ノ新誌日《ひ》ニ欧人ノ専横暴戻《せんわうぼうれい》ヲ鳴《な》ラシ国権恢復ヲ唱《とな》ヒ民心ヲ鼓舞誘掖《いうえき》セザルハナシ　欧人之《これ》ヲ恐レ政府ニ迫リ新誌ノ発行ヲ禁止セシム　嗚《あ》呼英仏ハ言論ノ自由ヲ重《おもん》ズルノ邦国ナリ而シテ今此《かく》ノ如シ　専横亦甚《またはなはだ》シカラズヤ　既ニシテ埃及国会ヲ開キ広ク人才《じんさい》ヲ選《えらび》テ百事ヲ討議ス　英人又抗《またかう》シテ曰ク　敢《あへ》テ我ガ国ニ謀ラズ恣《ほしいまま》ニ制令ヲ施行シ妄《みだり》ニ賦税ヲ増減ス　是レ権ヲ越《こえ》テ而シテ吾《わが》政府ヲ蔑《ないがしろ》ニスルモノナリト　直《ただち》[二]ニ兵艦ニ令シ歴山港《アレキサンドリア》[三]ニ向《むか》ハシム

[四]嗚《あ》乎《あ》吾《わが》英国自由議院ハ弱ヲ凌《しの》ギ非ヲ遂《と》ゲ禽獣《きんじう》野蛮ノ世ニ摸倣《もはう》シ恬然《てんぜん》愧《は》ヅル所ナク傲然自《みづか》ラ以テ得タリトナス　何ゾ其無道《そのむだう》ノ甚《はなはだ》シキヤ　群羊[五]ハ固《もと》ヨリ猛虎ト搏《はく》シ難《がた》シ　久シカラズシテ英人必《かならズ》能ク埃及ヲ討平シ其意《そのい》ノ欲スル所ヲ逞《たくまし》フスルコトヲ得ン

一　原著にも「多くの新しい自国語で書かれたジャーナル(a number of new vernacular journals)が出版され、ヨーロッパ支配の許にある惨めな地位について(on the wretched position of Egypt under the European Control)評論した」とあり、それを弾圧するよう副王に総領事が要求したとあり、『埃及近世史』にもほぼ同様の記述がある。ただし本文「嗚呼」以下の英仏に対する批判は原著、『埃及近世史』ともになし。

二　一八八二年六月にアレクサンドリアで大規模な反ヨーロッパ人暴動が起こる。アラービーはその暴動を鎮圧するが、英仏軍の報復を怖れ要塞を整備する。それを敵対行為と見たイギリス地中海艦隊は砲撃を開始、やがてエジプト政府はイギリスに宣戦を布告。それに対抗するかたちで八月、イギリス政府は単独で軍隊を派遣、エジプト軍は潰滅、アラービーは捕らえられセイロンに流刑される。本文では、一八八一年の反乱から直結するかたちでイギリスとの戦争が結びつけられている。

三　アレクサンドリア。エジプト北部の港湾都市。↓三二〇頁注七。

四　原著は、一八八二年七月三十一日付の「序」があるように、イギリス軍との戦争の帰趨を知る時点のものではなく、それは記されていない。以下の文章は原著の終末部の抄訳となっている。

五　「群羊を駆りて猛虎を攻む」(『史記』張儀伝)などを踏まえるか。敵しがたいことのたとえ。原著では The lamb cannot long contend against the lion.

吊得懇切。使ニ読
者不レ欲レ生。

滔々五千六百余言。
余一言以蔽レ之。
曰惨憺惻怛。
散士読ニ了惨状史一。
奇憤満レ胸鬱勃不
レ可レ禁。更読ニ一
新誌一。疑訝縈レ懐。
恍惚在ニ夢中一。老
将少艾。或是意中
之人。或是否。遂
不ニ説破一而収レ筆。
此是文士狡猾手段。
或謂西国人而頓加
羅党残将也。一語
如下往ニ山中一。霧深
失レ路。徬徨低徊。
森莽荊棘間。僅
認ニ一条樵径一。然
遂不上レ能レ知ニ出レ西
出レ東。

嗚呼《ああ》埃及ノ人民果《はた》シテ何ノ罪カアル　国ヲ守リ家ヲ衛《まも》ラント欲シ身ヲ砲煙弾雨ノ下《もと》ニ殺シ尸《し》ヲ沙漠ノ中ニ暴《さら》シ空シク六餓鳶《がえん》ノ食《じき》トナランカ　嗚乎《ああ》埃及ノ子弟《してい》何ノ罪カアル　幸《さいはひ》ニ身ヲ兵乱ノ中ニ全《まった》フスルモ貪婪《どんらん》飽クナキノ欧人数千其欲《そのよく》ヲ横《ほしいまま》ニスルアリ　七膏血《かうけつ》既《すで》ニ尽《つ》キテ山谷《さんこく》ノ間《かん》ニ餓死シ空《むな》シク豺狼《さいらう》ノ食《じき》タランカ　嗚乎《ああ》大英国八仁慈《じんじ》叡聖《えいせい》女皇陛下ノ政府ハ果シテ此《かく》ノ如キモノカ　嗚乎《ああ》自由政党ノ政略ハ果シテ此《かく》ノ如キモノカ

散士一気《いっき》之《これ》ヲ読ミ悲憤ノ情胸中ニ鬱積シ覚《おぼ》ヘズ巻ヲ掩《おほ》フテ大息《たいそく》ス

紅蓮更《さら》ニ一新誌ヲ手ニシ散士ガ側《かたはら》ニ立チ示シテ曰ク　郎君請《こ》フ此《この》一章ヲ見ヨト　散士容《かたち》ヲ改メテ之ヲ読ム　曰ク　九埃及ノ軍中ニ一老将アリ　齢《よはひ》七十許《ばかり》一娘子《いちぢやうし》ヲ携《たづさ》ヘ常ニ亜刺飛侯《(アラビーパシヤ)》ノ帷幄《ゐあく》ニ参ジ　最モ軍略ニ富ム　人其《その》来歴ヲ知ル者ナシ　或《あるい》ハ謂《い》フ　西国《さいこく》ノ人ニシテ一〇頓加羅党《(トンカーロン)》ノ残将ナリト　両人相見《あひ》テ茫然語《ご》ナキモノハ之ヲ久《ひさし》フス

六 飢えたトンビの餌となる。原著では The birds of prey that sit on the hill at Pompey's Pillar will get an unaccustomed feast of carrion.

七 →四四頁注九。

八 「仁慈叡聖」は、情けがあり、知徳にすぐれていること。

九 →一二一頁注一三。

一〇 ドン・カルロス。→二八頁注一一。

首篇至二六篇一。合レ之則一篇大文字。散レ之則章々成レ篇。而此一篇尤佳。其挙二聖土奴民嗷及埃及之事一。皆有レ為而発者。引レ古諷レ今。借レ彼戒レ此。侃々誾々。適二中肯綮一。自是経世経国之大議論。小説視レ之者。不レ知二此書之真味一也。

佳人之奇遇 巻六畢

佳人之奇遇四編[一]

百字引

此書乃是絶妙好詞非邪説伝奇者得比言世事中肯綮管窺蠡測之徒豈能探其項背耶柴君四朗睥睨今古蒿目憂世作不平鳴発為文章乞余弁言題百字引帰之特喜四朗具奇男子気節予故楽与諸友莫逆相交於心若使治世乃一不亀手之妙薬也

茗上畸人鈕叔平承衡拝題

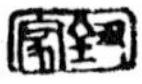

百字《ひやくじ》引《いん》[二]

此書は乃《すなは》ち是れ[三]絶妙の好詞。[四]邪説伝奇なる者に非《あら》ず。言は[五]世事に比《くら》ぶるを得て肯《こう》綮《けい》に中《あた》る。[六]管窺蠡測《くわんきれいそく》の徒豈《あ》に能《よ》く其《そ》の項背《かうはい》を探らんや。柴君四朗は今古を[七]睥睨《へいげい》し[八]蒿《かう》目《もく》して世を憂ひ不平を作《おこ》し、[九]鳴発して文章を為す。余《よ》に[一〇]弁言を乞ふ。[一一]百字引と題して之を帰《おく》る。特《こと》に四朗は[一二]奇男子の[一三]気節を具《そな》ふるを喜び、予故《ゆゑ》に諸友と与に[一四]心に逆《さから》ふ

一 四編巻七は、明治二十年十月八日版権免許、同年十二月二十四日刻成出版。
二 百字からなる序文。「引」は↓三頁注二。
三 格段にすぐれた文章。
四 いかがわしい説や荒唐無稽な物語の類ではない、の意。
五 世に起こっていることに照らしてみると、的を射ている。「天理に依り、大郤(たいげき)を批(う)ち大窾(たいかん)を導き、其の固より然るに因ふ、枝経肯綮にも未だ嘗(こころ)みず」(『荘子』養生主)。
六 浅はかな人間はその背景を理解することができない。「管窺蠡測の徒」は管の穴から天をのぞき、瓢簞(ひょうたん)で大海の水を汲み測るように、狭い見識で物事を憶測する人間。「管を以て天を窺ひ 蠡を以て海を測る」(東方朔「答客難」)。「項背を探る」は物事の背後を探ること。後背を探る。
七 にらみをきかせる。
八 遠くまで望み見る。「今世の仁人蒿目して世の患を憂ひ、不仁の人は性命の情を決して貴富を饕(むさぼ)る」(『荘子』駢拇)。
九 悲しみ嘆く声を発して。
一〇 弁舌、お喋り。ここでは序文を指す。
一一 百字引と題名をつけて返した。
一二 すぐれた男子。
一三 ↓二五〇頁注四。
一四 いわゆる「莫逆の交はり」、意気投合した親友の交際。「三人相視て笑ひ、心に逆らふことなく、遂に相与に友と為る」(『荘子』大宗師)。

ことなく相交《あひ》るを楽しむ。若《も》し世を治めしむれば乃ち一つの[一]不亀手の妙薬なり。

[二]茗上畸人鈕叔平《せうじやうきじんちうしゆくへい》承衡拝して題す　(印)

四朗賢兄大人閣下、拝啓者、弟前日所奉之書、据由一令弟之言、欲将付跋、切不可、以書中恐有語気不足処、文情不通処、今寄奉百字引、乞附梓、以作附驥之意、大著柱意、総以憂国憂民之挙、正是英気勃ゝ、使畸人欽佩也、全書文情、字ゝ珠玉、得薪尽火伝工夫、若梓成後、請賜数冊、聘送良友、知東方有此美人、弟滞留閩嶠十余載、交游雖云衆多、而可談心腹者、極少二三知己、承令弟由一兄垂青照払、実深心感、今年擬他適、再引画策也、狂風急雨打我屋、内有畸人酔且歌、君是海東一豪士、予豈人間小丈夫、書畢、投筆而起、昂首大笑、

　茗上畸人鈕叔平拝手書

（[三]四朗賢兄大人閣下。[四]拝啓者《てへり》。[五]弟前日に奉る所の書、[六]由一[七]令弟の言に据《よ》れば、将《まさ》に[八]跋に付さんと欲すと。[九]切に可ならず、書中恐らくは[一〇]語気足らざる処、[一一]文情通ぜざる処有り。今百字引を寄せ奉る。[一二]梓《し》に附し、以て附驥《ふき》の意を作《な》さんことを乞ふ。大著の[一三]柱意は、総じて以て憂国憂民の挙。正に是れ[一四]英気勃勃。[一五]畸人《きじん》を

一 役に立つこと。「亀手」はひびやあかぎれで亀の甲羅のようになった手。あかぎれ止めの薬が呉王に採用され、それに悩まされて十分に戦えなかった越との水上戦の勝利に役立ち、取りたてられた旅人の故事に拠る。「宋人に善く不亀手の薬を為（つく）る者有り」（『荘子』逍遥遊）。
二 巻十六の冒頭に登場する、南京で挙兵し失敗して刑死する人物。『経世評論』十号（明治二十二年四月）の「百花欄」に東海散士の署名で「与鈕叔平書」があり、面識がないにもかかわらず、この序文を寄せてくれたことに対する礼を述べているところから考えて、実在の人物であろう。柳田泉『政治小説研究』では「清国志士」とあるが、詳細不明。なお、「茗上畸人」は茗水（中国浙江省の太湖に注ぐ川の名）のほとりの変わり者の意か。下の印文は「鈕家」。
三 目上や高位の者を呼ぶ敬称。
四 「者」はここでは、挨拶の語に付した助辞。つつしんで申し上げます。
五 この文の筆者鈕叔平自身。散士を「賢兄」と呼ぶのに対する謙称。
六 柴四朗の弟ならば五郎（→七〇頁注一三）に相当するが、由一と名乗ったかどうかは不明。ただし「与鈕叔平書」（→注二）には、鈕叔平が四朗の甥木村某から「照像術」（写真術）を学んでいることが記されており、あるいはこの人物を指すか。
七 「令弟」は他人の弟の尊敬語。
八 跋文。著書の末尾に付ける文、後書き。
九 まったくふさわしくありません。
一〇 言葉の調子、語勢。 一一 文章の風情。
一二 出版に際してこの序文をお役立ていた

して欽《よろこ》びて佩《はい》せしむるなり、[一六]全書文情は字字珠玉、薪を得て火を尽し工夫を伝ふ。若《も》し梓成るの後、請ひて数冊を賜《たまは》らば、良友に[一七]賻送《ふそう》し、東方に此の美人有るを知らしめん。弟[一八]閩嶠《びんけう》に滞留すること十余載《よさい》、交友衆多と云ふと雖《いへど》も、而れども心腹を談ずべき者、極めて少なく二三の知己のみ。[一九]令弟由一より兄青照《けい》の払を垂ると承り、実に深く心に感ず。今年他に適《ゆ》かんと擬す。再び[二〇]画策を引くなり。狂風急雨我屋を打つ。内に畸人酔ひ且つ歌ふ有り。[二一]君は是れ海東の一豪士、予豈《よあ》に人間《じんかん》の小丈夫ならんや。書き畢《をは》り、筆を投げて起ち、[二二]昂首《かうしゆ》して大笑す。

苕上畸人鈕叔平拝して手書す)

だければ幸いです、の意。「梓に附し」は出版すること。古代中国の書物は梓の板に刻字して印刷したことから。「附驥」は「驥尾に附す」に同じ。自力では遠くに行けない蒼蠅でも名馬にくっついていれば遠くに行けることから、他人と行動を共にすることの謙遜表現。すぐれた人物の後に従って自分一人ではできないことを成し遂げることのたとえ。「顔淵は篤学なりと雖も驥尾に附して行ひ益〻顕はる」(『史記』伯夷列伝)。

一三 述べていることの中心。「挙」は行動。

一四 すぐれた気力が盛んに起こり立つこと。

一五 筆者鈕叔平の号(→注二)。「欽」はつつしむ、尊敬して慕う。「佩」はしっかりと心に留めて忘れないさま。 一六 書物全体に風情があり、一字一字すぐれて美しく、題材を見事に扱う手腕を伝えている。

一七 「賻」は「贈」に同じ。「東方」は中国の東で、日本のこと。日本の書物中に、幽蘭や紅蓮のような(国のために働く)美人が登場していること、の意。

一八 私は閩嶠(中国福建省の高山か)に十年余り滞在して、沢山の人と交際していますが、心から話せる者は極めて少なく二、三人の親友だけです。

一九 貴弟の由一殿によれば、散士兄は私に目をかけてくださっているとのこと、本当に心からうれしく感じます。「青照」は目をかける、面倒をみること。「払」はたすける。「垂」は上の者から下の者に与えること。

二〇 清朝打倒運動を指すか。

二一 君は日本の一人のすぐれた人物であるが、私はなんと小さな人物であることよ。

二二 首をあげる。「印首」に同じ。

贈東海散士柴君

東海有奇士高踏学魯連気能呑八荒文能駆風雲負笈游異域求交接名賢試科推第一誰又争後先学成帰郷後杜門草佳篇長安紙為貴海内声名伝曾受名士知執筆参幕賓追随使四方長風万里船絶島訪楚囚傾蓋吐胆肝国讎雖未除此心識天人旧都見老相把臂話当年揣摩欧亜勢舌鋒如火然共是希世傑挺身排国難壮図中道沮義烈泣鬼神周游多感慨帰来百慮起庸人無長計煦々偸小安七貴五侯門車馬日紛々靡然競驕奢日夕沸管絃甲第擬籹宴一刻擲万銭中冓不可言傍人指窃弾却顧彼蒼生飢寒売其田是豈歳之罪無由解倒県時事君休説奈何世運遷挂冠払衣去謝客避風塵為招信陵君心事亦可憐飲醇近美姝鬱襟強自寛

明治廿年歳在丁亥秋十月於東台山下

泉南鋏硯

（東[一]海散士柴君に贈る　印

東海に奇士[二]有り、高踏[三]して魯連に学び、気[四]能く八荒《はっくわう》を呑み、文能く風雲を駆《か》る。

一　五言古詩の題詩。
二　「奇男子」（→三〇五頁注一二）に同じ。
三　名誉や地位を欲せず、俗世から超然とし、志を高く生きること。「魯連」は魯仲連、戦国時代の斉の人。知謀の士として各国で活躍し、後に東海に隠れ住んだ節義の士（『史記』魯仲連鄒陽列伝）。→二四四頁注四。
四　意気盛んなこと。「八荒」は八方。あらゆる方面、全世界。「四海の志を嚢括し、八荒の心を并呑す」（『史記』秦始皇本紀）。
五　アメリカの留学先で試験の成績が一番であったことを言う。→五頁注一三。
六　明治十八年一月の帰国後、本作品執筆に取りかかったことを言う。「杜」はふさぐ、閉じること。
七　「洛陽の紙価を高くす」に同じく、本がよく売れること（『晋書』左思伝）。
八　以下、散士が谷干城農商務大臣の知遇を得て秘書官になり、明治十九年三月から同二十年六月の間、欧米視察に随行したことを指す。→補七八。
九　将軍や大臣などの招きにより、特別な待遇を受けその相談役となること。
一〇　セイロン島に配流されたエジプトのアラービー・パシャ訪問を指す。→補七九。
一一　会ってたちまち親しくなり、心中の思いを語り合った。→九六頁注一二。
一二　国の仇（あだ）。
一三　トリノでコシュートを訪問したことを指す。→補八〇、三五八頁注一。
一四　互いのひじをとる。親しみ合うさま。「当年を話す」は、ここでは最近の政治情勢について語り合うこと。
一五　ヨーロッパやアジアの情勢を推し量り。

笈《きふ》を負ひて異域に遊《あそ》び、名賢と交はり接せんことを求め、[五]試科は第一を推す。誰か又後先を争はん、学成り帰郷の後、[六]門を杜《と》ざし佳篇を草す。[七]長安の紙為《ため》に貴《たか》く、海内《かいだい》に声名を伝ふ。[八]曾て名士の知を受け、筆を執りて[九]幕賓に参ず。追随して四方に使し、長風万里の船、[一〇]絶島に楚囚を訪ひ、[一一]傾蓋して胆肝を吐く。[一二]国讎未だ除かずと雖も、此の心は天人識る。[一三]旧都に老相に見《まみ》え、[一四]臂《ひぢ》を把《と》りて当年を話す。[一五]欧亜の勢を揣《し》摩《ま》し、舌鋒火の如く然《も》ゆ。共に是れ希世の傑、身を挺して国難を排す。[一六]壮図中道に沮《はば》まれ、義烈鬼神を泣かしむ。周游感慨多く、帰り来《きた》れば百慮起こる。[一七]庸人長計無く、煦《く》々《く》として小安を偸《ぬす》む。[一八]七貴五侯の門、車馬日々に紛々、[一九]靡《び》然《ぜん》として驕奢を競ひ、日夕管絃沸く。[二〇]甲第粧宴《ちょえん》を擬し、一刻万銭を擲《なげう》つ。[二一]中冓《ちゅうこう》言ふべからず、傍人の指窃に弾ずるを。[二二]却りて彼の蒼生を顧れば、飢寒して其の田を売る。[二三]是れ豈《あ》に歳の罪ならんや。倒県《たうけん》を解かるるに由なし。[二四]時事君《きみ》説《と》くを休《や》めよ。世運の遷《うつ》るを奈何《いかん》せん。[二五]挂冠[二六]衣を払つて去り、[二七]客を謝し風塵を避け、[二八]信陵君を招かんとす。心事亦《ま》た憐むべし。[二九]醇を飲み美《び》妹《しゅ》を近づけ、鬱すれば[三〇]襟を強《しひ》て自ら寛《ゆる》くせよ。

明治廿年[三一]歳は丁亥に在る秋十月東台山下に於いて

[三二]泉南銕硯《てつけん》　印　印）

一六　国難を救う大計は途中ではばまれる。
一七　凡人は先まで見通した考えもなく、目先の安楽をむさぼっている。
一八　権力者の家の門には車馬が毎日たくさんに訪れる。「七貴五侯」は名門貴族や時の権力者。「七貴」は公卿の名門（清華家に七家があることから）。「五侯」は公・侯・伯・子・男の五等の諸侯。
一九　人々は権力者に追従し、競って贅沢をして、昼も夜も遊興にふけっている。
二〇　豪邸を建て、はなやかな宴を開き、刹那的な楽しみのために浪費する。
二一　「中冓之言」。→二五一頁注一〇。
二二　一方、人民は飢えや寒さを凌ぐためにその田を売って暮らしている。
二三　人民の苦しみは、凶作の年のせいというより政治の悪さに起因する、という含意。「倒県」は「倒懸」に同じ。→六〇頁注一一。
二四　君は時事を語るのをやめるがよい、世の成り行きが移りかわってゆくのはどうしようもないのだ。散士の悲憤慷慨をなだめる言葉。
二五　冠を脱いで柱に掛けることで、官職を辞するたとえ（『後漢書』逸民列伝、逢萌）。
二六　きっぱりと去るさま（『後漢書』楊彪伝）。
二七　来客をことわる。「風塵を避け」は俗世間を避けること。二八　信陵君（？–前二四四）は魏の公子。戦国末の四君の一人。食客三千人を集めた。秦の間者の讒言を信じた魏王に登用されず、病と称して家居し、客と酒を飲み、遂に病死した（『史記』魏公子列伝）。ここでは、信陵君を招いて飲まずにいられないような散士の心中を憐れむ、の意。
二九　よく熟した濃い酒。「美姝」は美人。

佳人之奇遇巻七

東海散士著

第六篇末尾載二一老将一令嬢之事一。或是幽将軍幽蘭或否。不二説破一而収レ筆。読者窃謂。第七篇冒頭必大三書其人或然或否一。豈図以二紅蓮散士之情話一起レ筆。使三人迷二五里霧中一。其趣平談。而其筆神来。

紅蓮巾幗丈夫猶且不レ免二情痴一。物之自然也。不レ可レ掩也。

梅清桜艶。孰取孰捨。是人情最難レ忍処。

紅蓮即《すなはチ》散士ニ問フテ曰《いは》ク　郎君ノ幽蘭女史ト相遇《あひあ》フヤ僅《わづか》ニ一二回ニ過ギズ　而《しか》ルニ妾《せふ》[一]ノ郎君ニ於《お》ケルヤ交遊連旬《かういうれんじゆん》互ニ胸襟《きようきん》ヲ開キ郎君ハ妾ガ人ト為《な》リヲ尽クシ妾ハ又《また》郎君ノ人トナリヲ詳《つまびらか》ニシ　窃《ひそか》ニ以為《おもへ》ラク意気投合誰カ能《よ》ク我《わ》ガ二人ニ若《し》カンヤト　而《しか》シテ妾熟《つらつら》郎君ノ意ヲ量《はか》ルニ幽蘭女史ヲ慕フコト妾ヲ見ルヨリ深ク鏡[二]ヲ分ツニ非ザレバ髪ヲ封ジテ期スルモノヽ如シ　嗚呼《ああ》郎君上帝明[三]アリ天命未《いま》ダ尽キズ　幽蘭女史生[四]ヲ今日ニ幸《さいはひ》スルヲ得テ再ビ来《きた》リ会スルアラバ女史郎君ヲ如何《いかん》セン　郎君又《また》妾ヲ奈何《いかん》セント　散士元《もと》ヨリ幽蘭ヲ思フコト紅蓮ノ比ニアラズ　然《しか》レドモ落[五]花流水一時痴情ノ結ブ所断言

三〇「胸襟を開く」に同じ。打ち解けて心中を隠さず打ち明けよ。

三一 歳星が丁亥（ひのとゐ）に在る、すなわち「丁亥の歳」。「東台山」は東叡山寛永寺のある東京都台東区上野の山。

三二「泉南」は泉州岸和田。「銕硯」（鉄硯）は榊原浩逸の号。→五頁注三三。印文は上は「銕硯」、下は「子明」（別号か字か）。

以上三〇九頁

一 私はあなたと長い間交際してきました。「連旬」は十日、十日と日を重ねること。

二 あなたがた二人は離別したのではないのですから、今は離ればなれになっていても、幽蘭女史は再会を期待して待っていることでしょう。「鏡ヲ分ツ」は夫婦が離縁すること。「髪ヲ封ジテ期スル」は、唐の賈直言の妻董が罪を得て夫が流された時、その帰りを待って自分の髪を封印したこと。「賈直言の妻董、直言事に坐して嶺南に貶せらる。妻少きを以て訣して曰く、生死期すべからず、吾去らば亟（すみや）かに嫁（か）すべく須（ま）つことなきなり。董答へず、縄を引きて髪を束ね、封ずるに帛を以てし、直言をして署せしめて曰く、君の手に非ざれば解かずと。直言貶せらるること二十年にして乃ち還る、署帛宛然たり、湯沐するに及び、髪堕ちて余なし」（『新唐書』列女伝）。

三「明」は洞察力。ここでは天が幽蘭と散士の気持ちを知っている、の意。「天命」は天から与えられた命、ここでは幽蘭の命を言う。

四 幽蘭が生還したら自分と幽蘭のどちらをとるかとの質問。

五 紅蓮との間には「一時ノ痴情」（→二八一

幽霊来矣。幽霊来矣。読者亦変㆓面色㆒。

前回航海中有㆓一夫人㆒。未㆑審㆓其人物如何㆒。至㆑是突如来如。説㆓幽蘭幽将軍消息㆒。何等妙趣工。可㆑視㆘記者胸有㆓成竹㆒。始下㆖筆。非㆔空疎者所㆓能弁㆒也。

冷語直言。使㆓多情東海郎君顔発㆒㆑火。

スルノ勇ヲ失ヒ躊躇答ヘザルモノ久シ　乍《たちま》チ門扉《もんぴ》ヲ開クノ声アリ二人欄《らん》ニ倚《よ》リテ之《これ》ヲ望ム　白衣白冠翠羅《すいら》面ヲ覆《おほ》フノ一女徐《おもむろ》ニ入《い》リ来《きた》ル　散士覚《おぼ》エズ声ヲ発シテ曰ク　幽蘭女史帰リ来ルト　紅蓮[六]斜《ななめ》ニ散士ヲ見テ少シク面色ノ変ズルアルガ如シ　既ニシテ女子階前ニ達ス　紅蓮熟視少時《せうじ》即《すなはチ》呼ンデ曰ク　夫人[七]ハ曾《かつ》テ妾《せふ》等ト同船セシ人ニアラズヤト　夫人嘿々首肯《もくもくしゆこう》[八]シテ階上ニ至ル　紅蓮即《すなはチ》出《い》デヽ之《これ》ヲ迎ヒ榭廊《しやらう》[九]ニ延《ひ》キ先《ま》ヅ椅子《いす》ニ倚《よ》ラシム　夫人独語《どくご》シテ曰ク　老父[一〇]ノ言果シテ験《けん》アリ果シテ験アリト　散士其《その》何ノ意ナルヲ知ラズ　唯眸《たダひとみ》ヲ其容貌ニ注《そそ》グ　年姿《ねんし》三十四五肥肉[一一]清白《せいはく》ニシテ意気自《おのづから》軒昂《けんかう》ノ風アリ　散士ヲ顧《かへりミ》テ曰ク　郎君ハ則《すなはチ》東海散士ニ非ズヤト　散士驚キ謝シテ曰《いは》ク　僕不明[一二]未《いまダ》夫人ノ姓名ヲ知ラズ　夫人何ニ因《よ》リテ僕ガ姓名ヲ知ルト　夫人笑テ曰ク　郎君[一三]妾ヲ知ラザルハ名《な》賤《いやし》クシテ容醜《かたちしう》ナルヲ以テノミト　更ニ紅蓮ニ謂《いひ》テ曰ク　阿娘真《あぢやうしん》ニ羨《うらや》ム可シ　又真[一四]ニ過分

頁注一三)が結ばれているので、紅蓮の問いに明言する勇気をなくし、ためらって長時間答えられなかった。「落花流水」は男女の恋愛感情。散る花は水に従って流れ、また水は散る花を浮かべて流れることを願う。落花を男に、流水に女をたとえる。散士の紅蓮に対する恋愛感情を言う。

六 恋敵の幽蘭が帰ったと思い、散士の反応をうかがい見て、動揺して顔色が変わったことを言う。

七 ↓一八〇頁注四。

八 「嘿々」は黙っているさま。「首肯」はうなづくこと。

九 ここでは二階の部屋を指すか。↓三一四頁挿絵。「榭」は高殿(たかどの)。

一〇 老父の言葉はやはり当たっていた、の意。「験」はききめ、しるし。

一一 ふっくらとした色白で。「意気自軒昂ノ風アリ」は、生まれつき意気盛んな様子である。

一二 事理に暗いこと。

一三 あなたが私を知らないのは私の身分が低くて容貌が醜いからでしょう。冗談めかした皮肉。

一四 分に過ぎた幸せ。「過幸」に同じ。

ノ人ナリト謂《い》フベシ　独《ひと》リ山水ノ好景ヲ占メ恣《ほしいまま》ニ閑雅ノ居宅ニ住シ蘭橈桂楫《らんだうけいしふ》[一]ノ舟其《その》出遊ヲ待チ　秀[二]標偉才ノ人其《その》談話ヲ共ニス　嗚呼《ああ》阿娘《あぢやう》ハ過幸ノ人ナル哉　抑《そもそも》亦《また》過分ノ人ナル哉ト　紅蓮艴然《ふつぜん》[三]直《ただち》ニ夫人ニ答ヘテ曰ク　夫人ノ此室《このしつ》ニ入ルヤ徒《いたづら》ニ妾ヲ詰《なじ》リ妾ヲ弄《ろう》セント欲スルニヨルカ　妾不敏《ふびん》ト雖《いへ》ドモ亦《また》是レ一箇《いつこ》独立ノ生ヲ営ムモノナリ[四]花ニ吟ジ月ニ嘯《うそぶ》キ栖遊《せいいう》娯楽唯《たダわ》我ガ意ノ欲スル所豈《あに》又他人ノ干渉ヲ要センヤト　夫人色ヲ為《な》シテ曰ク　果シテ然ルカ果シテ然ルカ　果シテ令娘《れいぢやう》ハ一箇独立ノ生計ヲ営ムモノナル歟《か》　素《もと》ヨリ妾等ノ喙《くちばし》[五]ヲ容《い》ル可キ所ニアラズ　且其容顔《かつそのようがん》ノ婉《あん》ナル才智ノ優ナル辞弁ノ敏ナル皆衆人ノ企《くはだ》テ及バザルモノ　然レドモ非[六]ヲ飾ルニ巧《たくみ》ニシテ交友ニ信ナキノ誹《そしり》ヲ免《まぬか》ルヽ能ハザルモノアランカ　顧《おも》フニ令娘《れいぢやう》幽蘭女史ト西班牙《(スペイン)》ニ航スルニ方《あた》リ妾ト船中ニ会スルヲ記ス可シ　当時妾胸襟ヲ吐露シテ信義ヲ表セシニ非ズヤ　令娘則《すなはチ》[七]冷語ヲ以テ之《これ》ヲ待チ　曾《かつ》テ其意

一語刺レ骨。利二於匕首一。

平生鬱々之懐。衝レ吻迸出。扼二其吭一而拊二其背一。

一 木蘭の舵（かじ）と桂の櫂（かい）で漕ぐ舟。つまり豪華な美しい舟。風流な舟遊びをすること。
二 すぐれた才能を持つ人物。ここでは東海散士を指す。
三 むっとして怒り顔色を変えるさま。
四 花や月を観て詩歌を口ずさみ、楽しんで暮らし心を慰めるのは私の意志ですることです。「吟嘯」は詩歌を口ずさむこと。「吟唱」に同じ。「栖遊」はこころのままに楽しんで暮らすこと。
五 嘴（くちばし）を容れる。傍らからあれこれ口出しをすること。
六 自分の悪い所を飾りつくろうこと。
七 紅蓮が夫人に対し、船中で表した「信義」に背いて冷たい言葉で反論したことを言う。↓一八〇頁。

取二其実一而衝二其虚一。我無二隙可一レ撃。而彼有二釁可一レ乘。如三英雄臨レ敵鋭鋒所レ向。無二堅不一レ摧。紅蓮雖二強項一不レ能レ不レ屈。

面辱之後。満坐寂寥。真有二這等境界一。此一頓最妙。亦記者得意之文法也。

激而啓レ之。夫人亦知二権数一者。

ニ介セザルモノヽ如シ　談《だん》東洋ノ事ニ及ブニ及ンデ妾東海散士ノ事ヲ語ルニ非ズヤ　令娘則《すなは》チ[八]他ヲ顧《かへり》ミ語ヲ転ジテ復更《また》ニ知ラザルモノヽ如シ　令娘ト[一〇]幽蘭女史トハ天ヲ仰《あふ》ギ血ヲ歃《すす》リテ刎頸《ふんけい》[九]ノ交《まじはり》ヲ盟《ちか》ヒタルニアラズヤ　其一《そのひと》タビ相失《あひしつ》スルニ至リテハ独リ隠家《かくれが》ニ帰リ悠々然《いういうぜん》意中ノ人ト游優《いういう》シテ念頭又幽蘭女史ノ生死ヲ置カズ　嗚呼是レ非ヲ飾ルニ巧ナルニ非ズヤ　交友ニ信ナキモノニ非ズシテ何ゾト　紅蓮[一一]怒気ヲ眉間《みけん》ニ忍ビ敢《あへ》テ一語ヲ発セズ　散士亦《また》黙然トシテ相対視《あひたいし》[一二]スルノミ　[一三]座上索然寥《さくぜんれう》トシテ人ナキガ如シ　夫人忽《たちま》チ身ヲ起シテ曰ク　妾ガ千里ヲ遠シトセズ来《きた》リテ両君ヲ訪フ所以《ゆゑん》ノモノハ信ヲ表シ志ヲ述ベ大《おほい》ニ謀ル所アラント欲スルニ在リ　何ゾ図《はか》ラン両君妾ヲ卑《いやし》ミ妾ヲ疎《うとん》ジ妾ヲ疑ヒ妾ヲ悪《にく》ミ[一四]冷遇寒待隅《すみ》ニ向《むかひ》テ相語ルヲ欲セズ　妾請《こ》フ是《これ》ヨリ辞セント　散士曰ク　夫人僕等ノ不敬ヲ責ム　僕等素《もと》ヨリ其罪ヲ辞セズ　然[一五]レドモ夫人モ亦傲然漫語《がうぜんまんご》人ヲ侮《あなど》リ人ヲ辱《はづかし》メ突如来《きた》リ

八 答えに困ったとき、その問題と無関係なことを言って話をそらすこと。
九 →二二五頁注一四。
一〇 行方不明になった幽蘭のことも考えずに好きな人と楽しむ紅蓮を非難する言葉。
一一 怒りを眉間にあらわすだけにとどめてこらえた。
一二 ここでは二人(紅蓮と客人)を見つめるさま。散士の困惑を示す。
一三 その場の雰囲気がしらけて、間が悪くなるさま。
一四 こんなに冷淡にあしらい、向こうを向いて、話そうともしない。
一五 あなたもまたここに突然やって来て、いばって言いたいことを言い、人を侮辱して突然去ろうとしている。あなたの行為はあなたに対して無礼を働いた我々の罪と同罪だ、の意。

意気呑㆑人。心情切迫。然陽放㆓怒言冷語㆒。激㆑之試㆓其胆㆒。女史英敏。可㆑驚可㆑懼。

曰幽蘭帰来。使㆓人疑㆓者㆒。曰非㆓同船之人㆒乎。人稍解㆑疑。而又曰。老父之言果験々々。使㆓人疑㆒者二。曰。非㆓東海散士㆒乎。使㆓人疑㆒者三。及㆘其引㆓幽蘭事㆒詰㆗責紅蓮㆖。人稍解㆑疑。而又曰。婦女有㆘為㆓偵吏㆒者㆖。使㆓人疑㆒者四。及㆘其視㆓紅蓮㆓示㆓決意㆒称㆗其勇気㆖。

紅蓮骨数斗夫人ト論弁ノ図

突如去ル 豈《あに》是レ良家子女ノ行為ニ愧《は》ヅル無カランヤト 夫人冷笑シテ曰ク 黙セヨ [一]豈《あに》又足下《そつか》ノ広舌《くわうぜつ》ヲ用ヰンヤト 左手ニ戸ヲ推《お》シ将《まさ》ニ出去《いでさ》ラントス 紅蓮袂《たもと》ヲ攬《と》リ声ヲ励マシテ曰ク [二]近世ノ婦女往々《わうわう》偵吏トナリテ往々社会ノ悪徳ヲナスモノアリ 夫人若《も》シ姓名ヲ告ゲ真意ヲ述ベ我《わ》ガ疑ヒヲ解クニ非ザレバ妾誓《ちかひ》テ此家《このいえ》ヲ出《い》ヅル一歩ナラシメズト 夫人曰ク 人ヲ目《もく》シテ[三]間諜《かんてふ》トナス [四]不明亦笑フニ堪エタリ [五]自《みづか》ラ省《かへり》ミテ其《その》身ニ疚《やまし》カラザレバ千百ノ偵吏其《その》門ニ出入スト雖ドモ豈《あに》恐ルヽニ足ランヤ 今令娘《れいぢやう》妾ヲ見テ偵吏トナシ 頗《すこぶ》ル

一 あなたにつべこべ偉そうに言われる筋合いはない、の意。
二 近頃の女性は往々にして探偵になる。
三 スパイ。
四 →三一一頁注一二。
五 自らの身を振りかえって良心に恥じることがなければ、の意。「内に省みて疚しからずんば、夫れなにをか憂へ何をか懼れん」（『論語』顔淵）。

使二人不レ能レ知三其為レ鬼為レ神為二妖怪一矣。離奇変幻。窈冥恍惚。是謂二之筆之鬼者一。

悠悠綽綽。有二運斤生レ風之量一。是何等女豪。

此処新紙云云。前後過接処。文情詳細。

至レ此始承二接第六篇一来。新紙中之人果是幽蘭。自二婦人口頭一吐露。妙甚妙甚。看客許多傷感許多懊悩。至レ此僅癒。嗚呼散士筆戯。何等罪業。

一金鐶。能使二百妖烟消一。

恐ルヽ所アルモノヽ如シ　[六]其《その》天地ニ俯仰《ふぎやう》シテ公明ナラザルモノアルヲ知ル可キナリ　妾唯《タダ》高明ノ士ヲ訪ヒ正大ノ人ニ交リ此大任ヲ全《まつと》フセント欲スルノミ　[七]耳ヲ汚スノ言心ヲ瀆《けが》スノ語　妾ノ少時モ聞クヲ欲セザル所ナリト　紅蓮怒気火ノ如ク散士ヲ[八]視目シテ決意ヲ示ス　夫人則《すなはチ》之ヲ覚《さと》リ[九]手ヲ支《ささ》エテ徐《おもむろ》ニ曰ク　[一〇]勇気称ス可シ勇気称ス可シ然レドモ是レ匹夫《ひつぷ》ノ勇ノミ　士《し》君子《くんし》ノ取ラザル所ナリ　妾[一一]不肖《ふせう》ト雖ドモ亦此処《ここ》ニ徒死スルモノニアラズ　[一二]軽忽《けいこつ》ノ行《おこなひ》後日ノ悔《くい》ヲ招クコト勿《なか》レト　再ビ椅子《いす》ニ倚《よ》リ[一三]自若《じじやく》トシテ傍《かたはラ》人ナキガ如シ　乃《すなは》チ机上ニ[一四]新紙アルヲ執《と》リ嘿読《もくどく》少時忽《たちま》チ愕然《がくぜん》トシテ曰ク　嗚呼両君既《すで》ニ已ニ幽蘭女史ノ事ヲ知ルカ　妾両君ガ未《いま》ダ其《その》生死ヲ詳《つまびらか》ニセズ[一五]晏然《あんぜん》遊楽スルヲ見テ心実《じつ》ニ平《たひらか》ナルコト能ハズ　故ニ[一六]之ヲ試ムルノミ　焉《いづくん》ゾ知ラン早ク既ニ[一七]之ヲ詳《つまびらか》ニセントハト　[一八]直《ただち》ニ一金環《きんくわん》ヲ懐裡《くわいり》ニ取リ進《すすみ》テ紅蓮ニ示ス　紅蓮一見駭《おどろ》キ且《かつ》問フテ曰ク　是レ幽蘭女史ノ海中ニ沈

六 自分の言動を反省して、何かやましいところがあるのを知るべきだ、の意。「仰ぎて天に愧ぢず、俯して人に怍ぢず」(『孟子』尽心上)。

七 聞いて不快な感じのする言葉。

八 「視目」は目で見ること。ここでは目で合図をすること。「決意」は夫人と決闘しようと意図したこと。

九 紅蓮を手でさえぎって。

一〇 勇気はほめてあげよう、の意。「匹夫ノ勇」は→六七頁注一四。

一一 取るに足らない者。ここでは自己を謙遜していう言葉。「徒死」は無駄死に。

一二 軽率な行動をして後日後悔をしてはいけない。

一三 そばに人がいないかのように落ち着いている、の意。

一四 新聞紙。「嘿読」は「黙読」に同じ。「愕然」はひどく驚くさま。

一五 心やすらかに楽しむ様子。

一六 散士と紅蓮に無礼な態度をとったことを指す。

一七 幽蘭の「生死」。

一八 すぐに金の指輪を懐から取り出し、歩み寄って紅蓮に示した。

雨降地堅。漸入㆓蔗境㆒。凡文之難。無㆑難㆔於不㆓相犯㆒也。意思不㆓相犯㆒。趣向不㆓相犯㆒。文字不㆓相犯㆒。句法字法章法不㆓相犯㆒蓋不㆓甚難㆒矣。意思相同。事実相同。趣向亦相同。而句法字法章法不㆓相犯㆒為㆓至難㆒也。金瑞評㆓水滸㆒曰。武松李逵搏㆑虎二事。是同一事。而其筆不㆓相犯㆒。実為㆓天下之至文㆒矣。然時支処不㆑同。人与㆑虎亦不㆑同。其字句不㆓相犯㆒。未㆑足㆑為㆓至難㆒也。今此章記㆓難船事㆒。与㆓前章紅蓮所㆒説。同時同処。事同而境遇亦不㆑異其易㆓

没スル時猶《なホ》小指ニ穿《うが》ツ所ナリ　如何《いかん》ゾ今日夫人ノ手ニ落ツルヤ　願[一]クハ妾ガ無礼ヲ宥《なだ》メ幸《さいはひ》ニ其顛末《そのてんまつ》ヲ告ゲヨト　散士ト共ニ席ヲ進メテ其側《そのかたはら》ニ近《ちかヅ》ク　夫人曰《いは》ク　然ラバ則《すなはチ》今両君ノ為メニ妾ガ[二]別後ノ来歴ヲ語リ幽蘭女史ノ事ヲシテ明亮《めいりやう》ナラシメン　妾[三]令娘等《れいぢやうら》ト袂《たもと》ヲ西国《さいこく》ニ分《わかつ》テヨリ直《ただち》ニ父母ヲ省《せい》セリ　未《いま》ダ幾《いくばく》ナラズシテ[四]峨馬治《(ガルバルヂー)》病《やまひ》重キノ報アリ　妾ガ父交《まじはり》深キヲ以テ直《ただち》ニ妾ヲ携《たづさ》ヘ馳《は》セテ[五]華風麗《(カフレー)》島ニ赴《おもむ》ク及バズ　父因《より》テ妾ヲシテ独先《ひとりま》ヅ帰ラシム　航路半《なかば》ナラズ風雨大《おほい》ニ起リ電光雷鳴海怒《いか》リ濤激《なみげき》シ　檣折《しやうを》レ舵壊《かぢこは》レ忽《たちまち》ニシテ[六]轟然《がうぜん》百雷ノ斉《ひと》シク落ルモノヽ如シ　即《すなはチ》是レ暗礁《あんせう》ニ触レテ機関ノ破ルヽナリ　妾蹶起《けつき》甲板《かふはん》ニ出《い》ヅレバ一隻《いつせき》ノ小艇《せうてい》今将《まさ》ニ去ラントスルヲ見ル　身ヲ躍《をど》ラシテ之ニ投ズ　舟小《せう》ニシテ人多ク　加之《しかのみならず》衆《しゆう》皆戦慄《せんりつ》シテ魂《たましひ》ヲ喪《うしな》ヒ気ヲ失ヒ　[七]左臥右顛《さぐわうてん》　船傾《かたむ》キテ起《た》ツ能ハズ　忽《たちまち》ニシテ[八]一道《いちだう》ノ逆浪《げきらう》天ヲ衝《つい》テ我舟上《わがしうじやう》ニ飜《ひるがへ》リ舟半《なか》バ覆《くつがへ》リ人悉《ことごと》ク溺《おぼ》ル　其《その》再ビ復スルニ至リテ船

一 どうか私の無礼を許し、幽蘭女史の遭難の顛末を話してください。
二 私があなた方の一行と別れて以後の経過を話し、幽蘭女史の事をはっきりさせましょう。
三 私はあなた方とスペインでお別れしてから、父母のもとを訪れました。「省」は安否を問うために訪問すること。
四 ガリバルディ。↓一九二頁注七。
五 カプレラ(Caprera)島は↓二三九頁注二四。ガリバルディが一八五六年から八二年に死去するまで隠棲したことで知られ、その家は現在博物館になっている。「及バズ」はガリバルディが既に死去(一八八二年六月二日)していたことを示す。
六 「轟然」はとどろくさま。「百雷ノ斉シク落ル」は沢山の雷が一斉に落ちること。音の激しく大きいことのたとえ。
七 舟が右や左にひっくりかえるさま。
八 ひとすじの逆波。「天ヲ衝テ」は勢いよく高くあがるさま、

相犯一。何啻武松李逵搏レ虎哉。而一字不二相犯一一句不二相犯一。全然如下仮二別手一把中別事上非二三折肱者一。焉能有二此技倆一哉。孤舟漂流之状景。描出レ睹。

一老人一女子。果是何者。

二人是何者。引レ満不レ発。何等悪戯。

底ニ止《とど》マル者僅《わづか》ニ三人ノミ　妾二人ヲ[九]注視シテ眼光未ダ転ゼズ　[一〇]倏《しゆく》然《ぜん》一声巨浪《きよらう》背ヲ打チ身将《まさ》ニ舷外《げんぐわい》ニ堕《お》チントス　両人妾ガ裾《すそ》ヲ取リ力ヲ極《きは》メテ之ヲ援《ひ》キ　[一一]万死《ばんし》ヲ出《い》デヽ僅《わづか》ニ舟中ニ留マルコトヲ得タリ　時ニ妾海水ヲ飲ムコト甚《はなはだ》シク昏絶《こんぜつ》シテ其《その》後ノ事ヲ[一二]記《き》セズ　既ニシテ目ヲ開ケバ[一三]雲行キ風斂《をさ》マリ赤日《せきじつ》空ニ麗《つらな》リ白浪《はくらう》遠ク平《たひら》ニ　身ハ舟底ニ困臥《こんぐわ》シ[一四]頭上ニ一老人一女子ト跪坐《きざ》スルアルヲ見ルノミ　両人妾ノ頭ヲ揺《ゆる》ガスヲ見テ大《おほい》ニ喜ビ慰《なぐさ》メテ曰ク　夫人蘇生《そせい》セルカ　妾等《せふら》既ニ已《すで》ニ死スト為《な》セリト　妾其《その》語ヲ聞キ往事ヲ追懐スレバ　小舟傾覆《けいふく》ノ事溺死《できし》救援ノ事皆恍惚《くわうこつ》トシテ長夢《ちやうむ》ノ始メテ覚《さ》ムルガ如シ　乃《すなはち》謝シテ曰ク　若《も》シ両君ノ救助ヲ得《う》ルニ非ザレバ身ハ既ニ[一五]海底ノ鬼《おに》トナランノミト　一姫《いつき》更ニ妾ヲ熟視シ驚キ問フテ曰ク　夫人ハ妾等ト米国ヨリ西班牙《（スペイン）》ニ同船セル人ニ非ズヤト　妾之ヲ聞キ又眼ヲ注《そそ》ギテ其容貌ヲ見ル　則《すなはチ》是レ他ノ二人ト同行シテ大西洋中ニ談話セシ者ナリ

九 じっと見つめて、目をそらさない。
一〇 突然音をたて大きな波が背中を打ち、私の身は舟の外に落ちそうになりました。
一一 あやうく死を脱すること。↓二〇〇頁注三。
一二 記憶していない。
一三 暴風雨が収まり穏やかな天候になったことを言う。
一四 幽将軍と幽蘭が座っていたこと。「跪坐」はひざまずいて座ること。
一五 水死しただろう。

因《よ》リテ互《たがひ》ニ奇遇ヲ感ジ　一覚エズ涕涙《ているい》睫裡《せふり》ニ溢《あふ》レ又《また》他語ノ発ス可キナシ其後《そののち》船洋中ニ流漂《りうへう》スルコト一昼夜　風静《しづか》ニ波平《たひらか》ニ又怒濤激浪《どたうげきらう》ノ患《うれひ》ナシト雖《いへど》モ二海天茫々四《よも》ニ船影山色《せんえいさんしよく》ヲ見ズ　孤舟《こしう》ノ漂揺《へうえう》スル所是《こ》レ何《いづれ》ノ処《ところ》ナルヲ知ラズ　妾三愀然《しうぜん》二人ニ謂《いひ》テ曰ク　嗚呼舵《かぢ》ヲ転ジ櫂《かい》ヲ操《あやつ》ルノ四水手《すいしゆ》皆既《すで》ニ鯨鯢《げいげい》ノ腹中ニ葬《はうむ》ラレ　今ヤ飢渇《きかつ》殊《こと》ニ迫リ疲労尤《もつと》モ甚《はなはだ》シク漂流浪《へうりうなみ》ニ任《まか》シ進退ノ定ム可キナシ　抑《そもそも》之ヲ如何《いかん》ス可キト五二人亦潸然《さんぜん》語ナキモノ之ヲ久《ひさし》フス　暫クニシテ黒煙ノ天辺ニ起《おこ》ルヲ見ル　皆大ニ喜ビ叫ンデ曰ク　是《これ》汽船ノ過グルナリ　以テ救助ヲ求ム可シト　是《ここ》ニ於《おい》テ衣ヲ振《ふる》ヒ声ヲ放《はなち》テ其船ヲ呼ブ　汽船航路ヲ変ジテ我舟ニ近《ちかツ》クモノヽ如シ　三人愈《いよいよ》喜ビ蘇生ノ思ヒヲナス　既ニシテ幽蘭女史六首《かうべ》ヲ翹《あ》ゲテ曰ク　彼《かの》船ハ来《きた》ルモノニアラズシテ去ルモノナリト　妾曰ク　否々《いないな》進ミ来《きた》ルモノナリト　互ニ眼ヲ凝《こら》シテ之ヲ見レバ　悲ム可シ女史ノ言虚《むな》シカラズ　汽船七背馳《はいち》スルコト益々遠ク船

読者亦為二蘇生之思一。失意憤恨。使二読者一掩レ巻不レ堪レ読。

一 思わず涙が睫（まつげ）にあふれ、感動のあまり何も言えなかった。

二 海と空が遥かに広がるさま。「四ニ」は四方に、周囲に。「山色」は山の景色。

三 憂えるさま。

四 操舵手。「鯨」は雄、「鯢」は雌のくじら。以下、水死したことの比喩。

五 二人はさめざめと泣いて長い間何も言わなかった。

六 首をあげて、遠くを見渡すさま。「翹」は「挙」に同じ。

七 反対に向かうこと。ここでは船が自分たちから離れて行くこと。

大丈夫本領。

教法之用。在㆓死苦艱難之間㆒。無㆑用㆓静時㆒也。

困悴者往往有㆓如㆑此驚夢㆒。写来逼㆑真。

影遂《つひ》ニ明《あきらか》ナラズ　[八]一片ノ断煙《だんえん》ヲ模糊《もこ》ノ外ニ残スノミ　老人曰ク　盛《さかん》ナル者必ラズ衰《おとろ》フ　生《い》ケル者誰《たれ》カ死セザラン　[九]唯其《ただその》運極《きは》マリ道窮《きは》マルニ至テハ従容《しようよう》義ニ就《つ》キ天上自由ノ郷ニ昇遊センノミ　今我ガ三子ハ所謂《いはゆる》運極《きは》マリ道窮《きは》マル者　此際《このさい》ニ方《あた》リ悲泣歎息《ひきふたんそく》[一〇]天ヲ尤《とが》メ人ヲ恨《うら》ムハ是レ教養素《もと》ナキノ致ス所ナリ　悠然《いうぜん》舟中ニ危坐《きざ》シ　目ヲ瞑《めい》シ天ヲ禱《いの》リ以テ[一一]安身立命《あんしんりつめい》ノ地ヲ求ム可キノミト　是《ここ》ニ於《おい》テ老人天ヲ仰《あふ》ギ妾等ニ代リ高声《かうしやう》ニ天ニ祈リ[一二]精神ヲ上帝ニ奉ズルコトヲ誓ヒ終リ　三人共ニ目ヲ瞑《めい》シ口裡《こうり》ニ祈念シ心志ヲ定メテヨリ[一三]危懼《きく》ノ念釈然《しやくぜん》トシテ去リ生ヲ欲スル卑念亦脳裡ニ生ゼズ　時ニ眼ヲ開ケバ日没シテ海風颯《さつ》々《さつ》[一四]星宿ノ天外ニ動揺スルヲ見ルノミ　其《その》後腹飢《はらう》エ体疲《からだつか》レ覚エズ舷ニ倚《よ》リテ[一五]困睡《こんすい》ス　忽チ暴風ノ再ビ捲《ま》キ来《きた》ルアリ　既ニシテ波濤《はたう》我ガ舟ヲ覆《くつがへ》シ一身海波《かいは》ノ間ニ溺レ将《まさ》ニ死セントス　忽チ[一六]天妃《てんぴ》ノ飛ビ来《きた》ルアリ　相《あひ》助ケテ天上ノ楽土ニ至ル　忽チニシテ[一七]糸竹管絃《しちくくわんげん》ノ雲辺《うんぺん》ニ起《おこ》リ

八　わずかな煙の切れ切れをぼんやりとした景色の向こうに残すだけだった。

九　ただもう命運が尽きて生き延びる手段もなくなった状態に至っては、ゆったりと落ち着き条理に従って昇天するだけだ。「天上自由ノ郷」は天国。

一〇　自分たちを遭難という目にあわせた天を非難すること。「教養素ナキ」はまったく学問・教育のない人間。

一一　天命を知ってそれに己を任せて心身を安んじ、憂いのないこと。悟りの境地をいう。もとは禅宗の言葉で、禅の悟りを得て心身を安らかにすることが本来の意。ふつうには「安心立命」と書くが、一休禅師『狂雲集』には「安身立命」とある。

一二　神に祈り終えたさま。「上帝」はキリスト教の神。

一三　死を恐れる気持ちが消え、生き延びたいという卑しい考えが浮かんでこなかった、の意。

一四　星座。「天外」は高く遠い空。

一五　疲れ果ててぐっすり眠る。

一六　海神の名。「天后」とも。宋の林愿の六女は幼くして人と違った能力を持っていたが、二十歳で死去後、海の上に不思議な現象をあらわし、遂に海神になり、航海業者はみな天妃を祭った。ここでは空を飛び、天楽を奏でる天女のイメージ（『琅琊代酔編』天妃）。

一七　音楽。

巧作㆓五里霧㆒。読者神悸魂驚。腸断肉消。至㆑此漸撫㆑胸大息。

[一]噪々《さうさう》トシテ我ガ耳辺《じへん》ニ湧《わ》ク　是《ここ》ニ於《おい》テ愕然《がくぜん》驚キ俄《にはか》ニ首《からべ》ヲ挙《あ》グレバ則《すなはチ》皆是レ小舟ノ一夢《いちむ》ニシテ汽船ノ汽笛ヲ吹キテ近ク我辺《わがへん》ニ来《きた》ルアルヲ見ル　夢カ真カ未ダ分明ナル能ハズ　漸ク心神ヲ定メテ之ヲ熟視ス　[二]暁月《げうげつ》濛々《もうもう》甚ダ明ナラズ　唯《たダ》船旗風ニ飄《ひるがへ》リ[三]艦燈《かんとう》波ニ映ズルノ影淡《あは》キヲ見[四]翼輪《よくりん》水ヲ切ルノ音囂《かまびすし》キヲ聞ク　三人互ニ勇ヲ鼓《こ》シ気ヲ励マシ漸ク船舷《せんげん》ニ立テ救《すくひ》ヲ呼ブ　汽船之《これ》ヲ認メ即《すなはチ》小艇ヲ下シ我舟ヲ救フ　嗚呼死期既ニ[五]旦夕《たんせき》ニ迫リ而《しか》シテ俄然《がぜん》此救援ニ遇《あ》フ　其《その》心情果《はた》シテ如何《いかん》ゾヤ　既ニシテ小艇我ガ舟ヲ引キ本船ニ至ル　船長導《みちびき》テ一室ニ移シ[六]優待厚遇以テ積労《せきらう》ヲ安《やすん》ゼシム　蓋《けだし》此船ハ希臘《（ギリシヤ）》ノ郵船

伏線。

埃及《（エジプト）》ノ[七]歴山港《（アレキサンドリア）》ニ到ルモノナリ　妾等ノ漂流《へうりう》スルコト亦甚《またはなはだ》シカラズヤ　船中ノ貴女紳士妾等ノ[八]急厄《きふやく》ヲ憫《あはれ》ミ互ニ金銭衣服ヲ与フ　女史妾ニ謂《いひ》テ曰ク　妾猶《なほ》身ニ若干金《じやくかんきん》ヲ有ス　[九]以テ夫人ノ窮《きゆう》ヲ周《しう》スルニ足ルト　因《より》テ金銭ヲ返シ唯《たダ》衣服諸品ヲ受ケ三人始メテ再生ノ思ヒヲ

顧㆓前篇㆒。可㆑観㆔幽蘭之用㆑意周密。非㆓尋常㆒也。

一 騒がしいさま。

二 夜明け方に空に残る月。下旬の月。「濛々」はぼんやりしているさま。

三 船の灯りが波にうっすらと映るのを見て。「影」は光。

四 外車汽船の車輪推進器。「囂」は騒がしいさま。

五 朝と夕。転じて極めて間近いこと。「俄然」は突然。

六 手厚いもてなしでこれまでに積み重なった疲労をいやしてくれた。

七 アレクサンドリア（**Alexandria**）。エジプトの重要な港湾都市。カイロの北西約二二〇キロメートルで地中海に面している海の玄関。紀元前三三二年にアレクサンダー大王によって建設され、最後の古代エジプト王朝のプトレマイオス朝の時代にエジプトの首都に発展した。港の東側は漁港として知られる古い港で、西側は一八七一年以来発展し、輸出入の拠点となった。

八 「急厄」は差し迫った災難。「憫」はいたみ気遣う。

九 あなたの困窮を補うのに十分でしょう。

ナス　船牀《せんしやう》[一〇]ニ安臥スルコト一昼夜漸ク疲労ヲ忘レ神気《しんき》[一一]亦旧《きう》ニ復スルヲ覚ユ　乃《すなはチ》女史ヲ別室ニ訪ヒ互ニ天運ノ未ダ尽キザルヲ賀シ且《かつ》問フテ曰ク　難船以来未ダ令娘等ノ経歴如何《いかん》ヲ問フノ暇《いとま》アラザリシガ夫《か》ノ嚮日《きやうじつ》[一二]令娘ト米国ヨリ同行[一三]ノ両氏ハ今回果シテ如何ト　女史凄然《せいぜん》[一四]トシテ曰ク　先キニ大西洋ヲ航スルニ当リ敢テ心事ヲ夫人ニ告ゲザル所以《ゆゑん》ノモノハ計略洩《も》レ易《やす》ク大事成リ難《がた》キヲ恐ルヽニヨル　今ヤ期[一五]セズシテ会遇ヲ艱難《かんなん》ノ中ニ再ビシ　測ラズシテ死生ヲ危急ノ間《かん》ニ共ニシ遂ニ今日アルニ至ル　是蓋《けだし》[一六]天縁自《おのづか》ラ然ラシムルモノ亦奇遇ト謂フ可シ　豈《あに》[一七]経歴ヲ吐露シテ妾等ノ心事ヲ明ニセザランヤト　幾多ノ来歴ヲ略述シ大息シテ曰ク　両友妾ヲ助ケテ身ヲ黄泉《くわうせん》[一八]ノ下ニ失フ。父ヲ救フノ喜ビ未ダ心胸《しんきよう》ヲ安《やすん》ゼズ友ヲ喪《うしな》フノ悲ミ忽チ肝胆ヲ驚カス。[一九]妾ガ今日ノ友ヲ憶《おも》フノ感豈《あに》昨夕死ヲ扁舟《へんしう》ニ待ツノ情ト異ナランヤト　妾之《これ》ヲ聞キ始メテ其顛末《そのてんまつ》ヲ詳《つまびらか》ニシ感慨殊《こと》ニ深シ　漸ク船歴山港ニ

或曰。孤舟漂二流洋中一二昼夜。無二一事可一レ為。三人空対坐耳。胡為不レ語二経歴於此間一。曰。一葉扁舟漂二于大洋中一。微風来焉小波起焉。其顚覆在二瞬間一。即謂二当時三人既死一可也。既死者又何可レ語二経歴一哉。雖レ無二一事可一レ為。而豈遑レ于レ語二経歴一哉。身上二大船一。安臥一日。心神復レ旧。始可下以語二既往一計中未来上矣。非下実歴二艱難一者上。則恐不レ知二作者之意匠一。散士与二紅蓮一聞レ之。感深一層。

一〇 船のベッドにゆっくり寝る。
一一 気力が回復すること。
一二 先日。
一三 紅蓮と范卿のこと。
一四 いたましい様子で。
一五 いま偶然にも困難の中で再び巡り会い、差し迫った危険の中で生死を共にして今日のような状態に至った。
一六 これは思うに天が定めた縁がそうさせたもので、やはり奇遇というにふさわしい。
一七 これまでの経過を隠さず述べて、私めの心に思うことを明らかにせずにはいられません。
一八 あの世。
一九 紅蓮、范卿を失った思いは小舟で死を待つときの感情と同じくらいせつなくて仕方ない、の意。

一二揚英国一。揚レ善貶レ悪。直筆得二史家之体一。

一二抑英国一。

風濤収波瀾恬。又忽撤二開一路山河一。起伏高低。重畳蜿蜒。中有下如二俊峰峭然突一レ天者上。是人所レ不レ及。

達ス　船長ノ曰ク　是レ埃《(エジプト)》ノ歴山《(アレキサンドリア)》港ナリ　三君旅亭《りよてい》ニ至リテ暫ク心神ヲ保養セヨト　妾等謝シテ曰ク　[一]一生ヲ万死《ばんし》ノ中ニ全《まつた》フスルコトヲ得ルモノ皆足下ノ厚誼《こうぎ》ニヨル　今何物カ以テ足下ノ高恩ニ報ズ可キ　但《ただ》船破レテ[二]携提《けいてい》悉《ことごと》ク海中ニ没シ又《また》一物ノ貴覧ニ呈ス可キナキヲ如何《いかん》ト　船長笑《わらひ》テ曰ク　余ハ英人ナリ　英国船長ノ職タル身ヲ殺シテ他人ノ溺死《できし》ヲ助クルノ義務アリ　何ゾ況《いは》ンヤ難船漂舟《なんせんへうしう》ヲヤト　三人逆旅《げきりよ》ニ投ジ療養数日心身全《まつた》ク復セリ　[三]是時《このとき》埃及ト英仏ノ交渉日ニ漸ク困難ニ赴キ埃及ノ士民激昂奮起《げきこうふんき》禍機《くわき》将《まさ》ニ破裂ニ垂《なんなん》トス　[四]蓋《けだし》英仏専横跋扈《せんわうばつこ》ノ基《き》スル所ナリ　[五]是ヨリ先キ英国兵艦ヲ埃及ニ送リ宣言シテ曰ク　埃及ノ乱民[六]洲越《スイス》ノ運河ヲ梗塞《かうそく》シ以テ世界ノ交通ヲ杜絶《とぜつ》シ以テ我国印度ノ連絡ヲ妨碍《ばうがい》セントス　是レ我ガ兵備ヲ厳ニシ以テ不逞《ふてい》ノ暴徒《ばうと》ヲ禦《ふせ》グ所以《ゆゑん》ナリト　嗚呼洲越運河ハ埃及国ノ富源ニシテ其国家ノ大益《たいえき》ヲナスコト実ニ鮮少《せんせう》ナラズ　且《かつ》[七]其国都ト運河ト

一　「九死に一生を得る」と同じく、ほとんど死にかけたところを辛うじて助かること。

二　持ち物はみな海の中に沈み、お礼のしようもない、の意。

三　一八八二年五月、イギリスがエジプト国内の民族主義を恐れ、軍事大臣アラービー・パシャ罷免を要求したことを言う。↓二八一頁注一八。

四　まさしくイギリスとフランスが乱暴にのさばり振る舞ったことがその原因となった。

五　暴動を鎮圧するべく、一八八二年五月にイギリス・フランス連合艦隊がアレクサンドリア沖に到着したことを言う。

六　スエズ(Suez)運河。エジプト領域にあり、東地中海と紅海を結ぶ。全長一六二・五キロメートル、幅は一六〇から二〇〇メートル。エジプト領事のフランス人レセップス(一八〇五―九四)によって実現。一八五九年四月二十五日着工、一八六九年十一月十七日に開通。多数のエジプト人が動員され、強制労働と劣悪な労働条件のもとで死亡者が多数にのぼったとされる。この運河によってアジアからヨーロッパ、アメリカ行きの航路は大幅に短縮された。当初はフランス、エジプト共同所有であったが、莫大な対外債務を抱えるエジプトは一八七五年に自国の持ち株をイギリスに売却したため、運河と自国民保護の名目でイギリス軍は軍事介入をし、エジプトを事実上の従属国とした。

七　カイロを指す。↓三三七頁注一六。「沙漠」は広義のサハラ砂漠を指すが、ここではその東端にあり、リビアの東、南部、エジプト及びスーダンの北西に広がるリビア砂漠を指す。東端はナイルの谷であり、西

ハ百五十里ノ遠隔ニシテ其間《そのかん》人馬《じんば》ノ通過ス可カラザルノ沙漠《さばく》アリ　[八]埃及人民何ヲ苦《くるしみ》テ此越《このこ》ユ可カラザルノ艱険《かんけん》ヲ犯シ財ヲ糜《び》シ人ヲ労シ此《この》富源ヲ塞閉《そくへい》シ以テ怨《うらみ》ヲ欧ノ強国ニ結ブコトヲナサンヤ　[九]誣妄《ふばう》モ亦《また》甚《はなはだ》シイ哉　英人又曰ク　[一〇]埃及政府ノ改革ハ一国ノ輿論《よろん》ニ非ズ　埃及内閣ノ更迭《かうてつ》ハ万民ノ願望ニ非ズ　軍人煽動《せんどう》ノ致ス所其変乱測ル可カラザルモノアリ　是レ我兵艦ヲ出《いだ》シ欧人ノ生命財産ヲ保護スル所以ナリト　嗚呼[一一]一国自《おのづか》ラ一国ノ権アリ　政府ノ改革内閣ノ交迭《かうてつ》[一二]ノ如キ素《もと》ヨリ是レ一国内ノ事ノミ　豈《あに》他国ノ干渉ス可キ所ナランヤ　然《しか》リ而《しかう》シテ英人ノ兵馬ノ力ニヨリテ悍然《かんぜん》[一三]其間ニ干与セント欲ス　是レ蓋《けだし》財政工商ノ全権ヲ掌握スルコト昔日《せきじつ》ノ如クセント欲スルニ由《よ》ルノミ　何ゾ[一四]其虎《そのこ》貪狼慾暴威《どんらうよくばうい》ヲ逞《たくまし》フスルコトノ甚シキヤ

一日妾等一室ニ談話ス　窓外忽チ騒然トシテ　児女号泣《じぢよがうきふ》兵馬馳騁《ちてい》[一五]ノ声アリ　既ニシテ銃礮《じゆうはう》[一六]ノ響《ひびき》天ニ震《ふる》ヒ吶喊《とつかん》ノ音四《よも》ニ起《おこ》ル　妾大《おほい》ニ

弁得明瞭。

記者之感憤而著二此書一蓋非レ無レ故也。易曰震二其隣一世之憂レ国者。宜レ有レ所二深察一焉。

此等処東海散士擅場。当今記者無下能与レ之争レ鋒者上。吾輩欲レ焚二硯筆一也。

余嘗読二仏人寿麻所レ著小説一。其中記下一壮士救二人急一事上。或叙レ内或叙レ外。或主或客。或騒騒闘争。或寂寂無レ人。交互叙去。錯綜為レ文。筆墨変化。字舞句

はティベスティー山地で、面積はおよそ二百万平方キロメートル。エジプト、リビアの部分は西部砂漠として知られる。

八 エジプトの人民が好んでスエズ運河を塞いで他国の怨みを買うような行動に出たのではない、の意。

九 ひどい嘘。

一〇「エジプト人のためのエジプト」を唱えた、いわゆるアラービー革命(一八八一年)以後の動向を指す。→三〇一頁注一〇。

一一 国内のことは他国の干渉を許さずその国自身によって決定する権利がある。

一二「更迭」に同じ。

一三 荒々しく乱暴なさま。「干与」は「関与」に同じ。かかわること。

一四 イギリス人が虎や狼のように貪欲で、存分に乱暴すること。

一五 軍隊が駆けめぐること。

一六「銃砲」に同じ。

飛。輒嘆曰。西洋文章之妙。一如レ此乎。使三司馬遷叙二此事一。何有二此妙一。此章記二埃市騒変事一。家外家内。綜錯叙述。如下学二寿麻一而出二寿麻上一者。読去覚下剣光砲音起二于外一。三人魂魄驚二于内一。満街満楼。囂囂寃状。突中突于紙上上。可レ謂散士之文才。曠二絶洋之東西一者矣。文思精細。無二微不一レ照。

驚キ乃《すなはチ》女史ト共ニ窓ヲ開キテ戸外ヲ見ル　楼下《ろうか》ノ群衆直《ただち》ニ短銃ヲ発シ瓦礫《ぐわれき》ヲ投ジ刀ヲ揮《ふる》ヒ　相共《あひとも》ニ叫ンデ曰ク　[一]虎狼ノ外人ヲ攘《はらひ》テ国権ヲ回復スルハ此一挙《このいつきよ》ニ在リト　‖幽将軍妾等《せふら》ヲ止《とど》メテ曰ク　[二]是レ大乱ノ潰裂《くわいれつ》スルモノ　此際《このさい》ニ当リ宜《よろし》ク形勢ヲ明ニシ以テ一身ノ進退ヲ決ス可シ　[三]狼狽周章《らうばいしうしやう》ハ身ヲ危《あやふ》スル所以《ゆゑん》ノミト　時ニ戸窓《こさう》ヲ破リ器物ヲ壊《こぼ》ツノ音[四]戛戛《かつかつ》落落トシテ近隣ニ[五]囂々《がうがう》タリ　女史曰ク　[六]想フニ是レ暴徒ノ此機ニ乗ジ｜欧人ノ居宅ニ闖入《ちんにふ》スルモノナリト　語未《いま》ダ畢《をは》ラズ　一群我《わ》ガ逆旅《げきりよ》ニ入ル　刀ヲ提《さ》ゲ槍ヲ揮《ふる》ヒ戸ヲ叩《たたき》テ叱咤《しつた》シ将《まさ》ニ室内ニ乱入セントス　忽《たちま》チ数騎ノ門前ヲ過ギテ連呼スルモノアリ　曰ク　[七]元帥来《げんすいきた》ル元帥来ル　敢《あへ》テ疎暴《そばう》ノ挙動アル可カラズ　若《も》シ他人ノ家財ヲ侵掠《しんりやく》シ[八]無辜《むこ》ノ外人ヲ傷害スル者アラバ必ズ処《しよ》スルニ厳刑ヲ以テス可シト　暴徒之《これ》ヲ聞キ四方ニ散去《さんきよ》シ路上頗《すこぶ》ル粛然《しゆくぜん》タルモノヽ如シ　妾等意少シク安《やす》ンズ　少焉《しばらく》ニシテ元帥万歳ノ声満街《まんがい》ニ叫号《けうがう》スル

咄咄怪事。

一 「虎狼」は悪賢く腹黒い者の比喩で、英仏を指す(→前頁注一四)。そうした外国人を打ち払って国権を回復するのはこの行動にかかっている、の意。

二 これは大乱が勃発したのだ、こんな状況では成り行きをよく見て行動しなければならない。

三 ひどくあわてふためくこと。周章狼狽。

四 「戛戛落落」は、ここでは器物をこわす音の形容。

五 騒がしくやかましいさま。

六 いわゆるアレクサンドリアの虐殺、アレクサンドリア暴動を指す。→補八一。

七 「元帥」はアラービー・パシャ。

八 罪のない外国人。

光彩陸離四字。可三移以評二此文一。

怪事怪事。

怪事非二怪事一。偉丈夫似二具眼之人一。

ヲ聞ク　因《より》テ思ハズ頭ヲ窓外《さうぐわい》ニ出《いだ》セバ将士群集シテ[九]刀槍両行《たうさうりやうかう》ニ駢列《べんれつ》シ光彩陸離《くわうさいりくり》トシテ氷霜《ひようさう》ノ白日《はくじつ》ニ映ズルニ似タリ　幽将軍又《また》止メテ室中ニ[一〇]安臥セシム　忽《たちま》チ[一一]跫音戞然《きようおんかつぜん》階子《かいし》ニ響キ　[一二]剝啄《はくたく》我ガ室戸《しつこ》ヲ敲《たた》クモノアリ　幽将軍徐《おもむろ》ニ身ヲ起《おこ》シ戸ニ倚《よ》リテ[一三]誰何《すいか》ス　曰ク埃及《（エジプト）》ノ将士ナリト　将軍戸ヲ開ケバ将士剣ヲ佩《お》ビテ戸外ニ直立スルモノ数人中間《ちゆうかん》ノ一人進《すすみ》テ室内ニ入ル　[一四]戎装《じゆうさう》ノ美《び》衆中ニ抽《ぬきん》デ粲然《さんぜん》目ヲ奪フ　身長大《だい》ニシテ肉最《もつと》モ豊肥《ほうひ》ニ[一五]眼光爛《らん》トシテ巌下《がんか》ノ電《いなづま》ノ如《ごと》シ　幽将軍ヲ熟視シ乃《すなはチ》慇懃《いんぎん》ニ謂《いひ》テ曰ク　謹《つつしみ》テ将軍ノ恙《つつが》ナキヲ賀シ又其[一六]矍鑠《くわくしやく》トシテ老《おひ》テ、益〻《ますます》壮《さかん》ナルヲ祝スト　幽将軍故《ことさら》ニ驚怖ノ状ヲナシ答ヘテ曰ク　[一七]老奴《らうど》ハ南米ノ一商賈《しやうこ》ナリ　二女ヲ携《たづさ》エテ[一八]伊希ニ遊ビ景勝ノ名区ヲ尋《たづ》ネ往古ノ遺跡ヲ探リ将《まさ》ニ仏国ニ航セントス　[一九]途《みち》ニ颶風《ぐふう》ニ遇《あ》ヒ僅《わづか》ニ免《まぬか》レテ貴国ニ到ルモノナリ　偶《たまたマ》今日ノ騒擾《さうぜう》ニ会シ親子三人遂《つひ》ニ生命ヲ全《まつた》フスルコト能《あた》ハザランヲ恐レ[二〇]戦戦栗栗《ぞくぞく》胸中ノ鼓動猶未《なほいま》ダ

九 両側に並んだ兵士の刀剣や槍の刃が太陽に輝いているさま。

一〇 安心して横になった。

一一 足音がコッコッと響くさま。「階子」は階段。「子」は道具などにつける接尾辞。

一二 トントンとノックする音の形容。

一三 その名を問いただすこと。

一四 その武装した姿の美しさは兵士たちの中でもひときわ人の目を引いた。

一五 眼光がぎらぎらと鋭いさま。「巌下ノ電」は、晋の王戎の眼光が鋭いことを裴楷がたとえて言った言葉。巌の下の暗がりに発する雷の光は特に鋭く光って見えることから。「戎は幼くして穎悟、神彩秀徹、日を視て眩まず、裴楷見て之を目して曰く、戎の眼は爛爛巌下の電の如しと」(『晋書』王戎伝)。

一六 年老いていてなおも丈夫で元気なさま。

一七 私めは南米の一商人です。

一八 イタリアとギリシャ。

一九 途中で暴風に出会い。

二〇 恐ろしくて胸の動悸が鳴りやまない。「戦戦栗栗」は「戦慄」に同じ。

停《とど》マラザル所忽《たちま》チ閣下等ノ来《きた》ルニ遇《あ》ヒ万死《ばんし》[一]ヲ矛戟《ぼうげき》ノ下《もと》ニ免《まぬか》ルヽコトヲ得タリ　是《こ》レ老奴ノ深ク謝スル所ナリ　然ルニ閣下老奴ヲ目《もく》スルニ将軍云云《うんぬん》ノ語アリ　老奴怪訝《くわいが》[二]ノ至リニ堪《た》エズ唯《ただ》ゝ冷汗背《れいかんそびら》ヲ湿《うるほ》スノミ　又《また》言語ノ以テ応対ス可キヲ知ラズト　将士首ヲ掉《ふ》リ笑《わらひ》テ曰ク　欺《あざむ》ク勿レ欺ク勿レ　将軍ハ西国ノ名将　其韜略《そのたうりやく》[三]ニ富ミ戦闘ニ勇ナル誰《たれ》カ之ヲ知ラザル者アランヤ　将軍今日ノ風姿[四]或《あるい》ハ以テ他人ヲ欺ク可シ　然レドモ亦余ヲ欺ク可カラザルナリト　幽将軍猶《なほ》偽名ヲ告ゲ更ニ其《その》観察ノ誤謬《ごびう》[五]ヲ弁《べん》ズ　将士更ニ進《すすみ》テ曰ク　今日ハ実ニ国家存亡ノ分ルヽ所寸陰《すんいん》[六]ノ閑且《かんかつ》得可カラザルノ時ナリ　而《しか》ルニ余ノ今来《きた》リテ将軍ヲ訪フ所以《ゆゑん》ノモノハ何ゾヤ　蓋夙《けだしつと》[七]ニ以為《おもへ》ラク将軍其《その》人ノ如キ偉才勇略ノ人ヲ得テ我ガ帷幄《ゐあく》[八]ニ主《しゆ》タラシメバ撥乱反正《はつらんはんせい》[九]ノ業《わざ》[一〇]手ニ唾《つば》シテ成ル可キノミ　唯《ただ》天涯地角《てんがいちかく》[一一]生死ノ音《いん》猶且《なほかつ》詳《つまびらか》ニスルコト能ハザルヲ如何《いかん》　是レ真ニ恨ム可キナリト　今突然告グル者アリ　将軍来《きた》リテ

有ニ此廻避一可丁以見丙下文幽将軍以レ死許ニ亜剌飛一出レ不レ得レ已而非乙故入レ危居レ乱者甲。果是具眼人。不レ知彼何為者。

一 命を落とさんばかりのところ、あなた方がいらっしゃったお陰でたすかった、の意。
二 私はまったく訳が分からず、背中に冷や汗をかくばかりです。
三 「韜略」は『六韜』と『三略』で、どちらも中国兵法の古典とされる書。ここでは兵法のこと。
四 将軍の今日の姿は他人を欺くことができても私を欺くことはできません。正体は分かっている、の意。
五 なおも見誤りであると述べ立てた。
六 「寸陰ノ閑」は、ほんの僅かな時間。
七 まさしく以前から思っていたことだが。
八 垂幕と引幕で、作戦をたてる本部、軍営のこと。すなわちここでは、軍師になってもらえば、の意。
九 乱れた世の中を正して秩序ある平和な世にすること。「乱世を撥《を》さめこれを正に反《か》すは春秋より近きはなし」(『春秋公羊伝』哀公十四年)。
一〇 勇気を奮い起こせば、物事は容易に成就する、ということ。「利兵之を鏖にするは、手に唾して決すべし」(『新唐書』隠太子建成伝)。
一一 遠く離れていて消息不明の状態ではどうしようもなかった。

亜刺飛乎。亜刺飛乎。宜哉其眼高㆓一世㆒也。

亜刺飛将軍忠直。尽㆑国。斃而後已者。成敗利鈍非㆑所㆓預知㆒。太似㆓武侯其人㆒。然其孰優孰劣。視㆓後文㆒而可㆑知。

此処《ここ》ニ寓《ぐう》スト[一二] 余《よ》豈《あに》百事ヲ擲《なげう》チテ来《きた》リ訪ハザル可ケンヤ 将軍何ゾ余ガ情ヲ察セザル 且《かつ》[一三]将軍千言万語《せんげんばんご》以テ其《その》姓名ヲ掩《おほ》ハント欲スルモ余ハ将軍ノ麾下《きか》ニ属シ曽《かつ》テ役《えき》ニ西都ニ従フ者 豈《あに》将軍ヲ忘ルヽアランヤ 然レドモ余ノ未ダ姓名ヲ告ゲザルモノハ 其《その》罪亦《また》多シトナス 余ハ 則《すなはチ》埃及《(エジプト)》国兵部卿《ひやうぶきやう》亜刺飛《(アラビー)》[一四]ナリト 幽将軍之《これ》ヲ聞キ身ヲ起シテ曰ク 老奴罪アリ 明侯《めいこう》[一五]既《すで》ニ老奴ヲ知リ而《しか》シテ老奴未ダ明侯ヲ知ラズ 是玉石《これぎよくせき》[一六]ヲ弁ゼザルモノナリ 老奴実ニ西国ノ獄ヲ越エ途《みち》ニ暴風ニ遇ヒ僅《わづか》ニ免レテ貴邦ニ飄落《へうらく》セリ 知ラズ明侯命ズルニ何事ヲ以テセントスルヲト 亜刺飛侯《(アラビーパシャ)》曰ク 将軍ヲ我ガ軍師ニ請《こ》ハント欲スト 幽将軍曰ク 是レ果《はた》シテ何ノ言ゾヤ 古人曰ハズヤ 敗軍[一七]ノ将ハ以テ勇ヲ語ル可カラズ 亡国ノ大夫《たいふ》ハ共ニ存《そん》ヲ謀ル可カラズト 老奴豈《あに》明侯ノ求メニ応ズ可ケンヤト 亜刺飛侯曰ク 余《よ》今国家傾覆《けいふく》ノ形勢ヲ坐視シ人民塗炭《とたん》ノ惨状《さんじやう》ヲ傍観スルニ忍ビズ 衆ノ為メニ推《お》サレ

一二 仮住まいしている。

一三 将軍はあれこれ言ってその名を隠そうとしますが、私は将軍の部下として戦役のためスペインの都に従軍した者なのですから将軍を忘れることはない。「役」は文脈から考えて第三次カルリスタ戦争(→補二〇)であり、ドン・カルロス党に属したということであろうが、アラービー・パシャが実際にドン・カルロス党と関わりがあったという事実は確認できない。半植民地闘争、国権主義の立場から、二人の人物を結びつけた設定か。「西都」はスペインの首都、マドリード。

一四 アラービー・パシャ。→二八一頁注一八。

一五 貴人に対する尊称、あなた、殿下。

一六 私のような者のことを知っているとは、あなたは玉石の区別をしておられない。

一七 戦いに敗れた将軍は武勇について語ってはならない。「敗軍の将は以て勇を言ふべからず、亡国の大夫は以て存を図るべからず」(『史記』淮陰侯伝)。

亜刺飛侯ト幽将軍ト会合ノ図

兵ヲ挙ゲ義ヲ唱ヘ　将《まさ》ニ欧人ト兵馬ノ間《かん》ニ相見《あひまみえ》ントス　唯《たダ》彼ハ堅甲利兵《けんかふりへい》[一]国富ミ人多ク　我《われ》ハ衰弱困弊《すいじやくこんぺい》[二]帷幄《ゐあく》[三]ニ謀議ノ士ナク戦陣ニ精鋭ノ卒《そつ》ナク　必勝ヲ今日ニ卜《ぼく》[四]ス可カラズ　将軍願クハ余ガ今日ノ心情ヲ察セヨ　然レドモ将軍ノ眼英仏埃及《(エジプト)》[五]ノ曲直ヲ見テ其曲《そのきよく》我《われ》ニ在リトセバ余亦《また》敢テ労ヲ将軍ニ乞《こ》ハズ　否《いな》公明正大ノ君子ヲシテ無名[六]ノ暴挙ニ与《あづか》ラシメ節ヲ汚《けが》[七]シ名ヲ辱《はづ》カシムルニ忍ビザルナリト　幽将軍嘆ジテ曰ク　明侯ノ兵ヲ挙グルハ国家ノ危急ヲ救フニ在リ　僕《ぼく》老《お》ヒタリト雖《いへど》モ豈《あに》義ヲ見テ為《な》サヾルニ忍ビンヤ[八]　且《かつ》老奴久シク囹圄《れいご》[九]

酷似㆘武侯以㆓駆馳㆒許㆗照烈㆖。

一　強い軍事力を言う。「梃を制(さ)げて以て秦楚の堅甲利兵を撻(う)たしむべし」(『孟子』梁恵王上)。

二　ここでは国力が弱っていること。

三　軍営には軍事作戦を立てる人物がおらず、戦場にはすぐれた兵士がいない。

四　現在の戦いに勝てるかどうか判断しかねる、の意。

五　イギリスやフランスとエジプトの正、不正をみて、こちらが不正であると思うならば、私はあえて軍師になってくださいとの依頼は致しません。

六　名分、名義の立たない乱暴な行動。

七　節操を汚す。

八　人の道として行わなければならないことと知りながら傍観すること。「子曰く、其の鬼に非ずして之を祭るは諂ひなり、義を見て為さざるは勇無きなり」(『論語』為政)。

九　牢獄。

ノ中ニ呻吟《しんぎん》シ[一〇]征鞍《せいあん》ニ跨《また》ラザルモノ此《ここ》ニ歳余《さいよ》　今ヤ[一一]髀肉《ひにく》日ニ生ズルノ歎《たん》アリ　奮《ふるひ》テ[一二]明侯ノ義挙ニ応ジ身ヲ以テ明侯ノ馳駆《ちく》ニ任《まか》ス可シト　亜刺飛侯《（アラビーパシヤ）》大《おほい》ニ喜ビ　進《すすみ》テ幽将軍ノ手ヲ握リ呼テ曰ク　[一三]雄邦十万ノ援軍ヲ得タルハ幽将軍ノ一諾ヲ得タルニ若《し》カズト　既ニシテ又幽将軍ニ問フテ曰ク　人心未ダ固《かた》カラズ[一四]兵甲《へいかふ》未ダ整ハズ　[一五]是時《このとき》ニ当リ計宜《よろ》シク何《いつ》レニ出《い》ヅベキト　幽将軍対《こたへ》テ曰ク　[一六]先《ま》ヅ人心ヲ興起《こうき》シテ義烈ノ気ヲ堅《かた》カラシメ大義ノ存《そん》スル所国是《こくぜ》ノ向フ所ヲ明ニスルハ檄文《げきぶん》ニ若《し》クモノナシト　亜刺飛侯即《すなはチ》起草ヲ幽将軍ニ請《こ》フ　将軍筆ヲ[一七]搦《と》リ考案少時《せうじ》　筆《ひつ》シ了《をは》リテ亜刺飛侯ニ示ス　侯朗読《らうどく》一過《いつか》　[一八]案《あん》ヲ打テ曰ク　[一九]地ヲ抜《ぬ》キ天ニ倚《よ》リ[二〇]正声勁気《せいせいけいき》紙上ニ溢《あふ》ル　之ヲ読ム者誰《たれ》カ[二一]踊躍《ゆやく》セザランヤト　更ニ二三ノ字句ヲ[二二]推敲《すいかう》シ　直《ただち》ニ出《い》デテ之ヲ士官ニ交附シテ朗読セシム　[二三]此檄文《このげきぶん》ハ既ニ五洲ニ伝播《でんぱ》セリ　想フニ両君モ[二四]亦誦読《またしようどく》シタル可シト　散士曰ク　嗚呼《ああ》夫《か》ノ檄文《げきぶん》ハ幽将軍ノ手ニ成ルモノカ

有㆓武備㆒者。必有㆓文事㆒。

横㆑槊草㆑檄右文左武。有㆓古名将之風㆒。

是檄文揚㆓前篇㆒。

一転入㆓散士談話㆒。乍断又続。文乃不㆓平板㆒。

一〇 一年あまり征馬にまたがっていない、すなわち戦いに出ていないこと。
一一 戦場で手柄を立てる機会がないのを嘆くこと。→八六頁注一三。
一二 あなたとともに行動しよう、の意。承諾する言葉。
一三 強国の十万の援軍よりも、幽将軍が軍師を承諾してくれたほうが心強い、の意。
一四 武器。
一五 こんな時に当たり、どんな軍略を立てたらよいでしょう。
一六 まず人心を奮い起こし、義を守る心を堅くし、踏み行うべき道義のありか、国の方針をはっきりさせるのは、檄文が一番よいでしょう。
一七 「執筆」と同じ。
一八 机をたたいて。「拍案」に同じ、ここでは納得して感激するさま。
一九 詩文などがすぐれて雄大なさまを言う。
二〇 正義の声。「勁気」は激しい意気。
二一 躍り上がって喜ぶこと。
二二 詩文の字句を何度も練り直すこと。唐の賈島の故事による(『唐詩紀事』)。
二三 二八一頁の檄文を指す。「五洲」は全世界。
二四 声をあげてよむこと。

宜《むべ》ナル哉《かな》其《その》人ヲシテ感激止《や》マザラシムルヤト

夫人又言《またげん》ヲ継ギテ曰ク　一日幽将軍軍議ヨリ帰リ慨然長大息《ちやうたいそく》シテ曰ク　老奴[一]死処ヲ知ラザルナリト　妾等怪ミテ其故《そのゆゑ》ヲ問フ　即《すなはチ》徐《おもむろ》ニ説《とき》テ曰ク　[二]埃及《(エジプト)》王ハ[三]孱弱《せんじやく》ニシテ勇気果断ナク　内ニ近侍《きんじ》ノ言ヲ聴キテ忠良ヲ忌《い》ミ　外ニ敵人《てきじん》ノ[四]反間《はんかん》ヲ信ジテ謀士ヲ疑ヒ　欧人ノ詐術ニ陥ルヲ知ラズ　亜刺飛侯《(アラビーパシャ)》ハ忠義ノ心余《あまり》アレドモ[五]深謀遠猷《しんぼうゑんいう》ノ才智ニ乏《とぼし》ク　小恥《せうち》ヲ忍ビ[六]衆議ヲ排シ断然鴻業《こうげふ》ヲ画《くわく》スルノ勇ナシ　是《ここ》ヲ以テ我ガ埃及ノ為メニ計画スル所ノ如キモ皆用ユルコト能ハズ　[七]庸《よう》衆《しゆう》ノ為メニ大事ヲ誤ラントスル者アリ　夫《か》ノ[八]英将宇流盛ハ兵略ニ老《た》ケ武術ニ富ミ与《く》ミシ易《やす》カラザルノ名将ナリ　[九]羸弱《るいじやく》ノ卒《そつ》ヲ駆《か》リテ之ト相敵《あひてき》セント欲ス豈《あに》[一〇]非常ノ策略ヲ運《めぐら》サヾル可ケンヤ　[一一]然リ而《しかう》シテ今此《かく》ノ如シ　[一二]埃及ノ敗亡《はいばう》識者ヲ待タズシテ知ル可シ　我輩亦死処ヲ得《う》ル能ハザルナリト　女史妾ト更ニ膝《ひざ》ヲ進メテ問フテ曰ク　妾等其事実

読至レ此使二人掩レ巻痛嘆一。亜刺飛之敗非レ天也人也。是其所下以与二武侯一異上。亦其所二以劣一。

一 ここは自分の死に場所ではなかった。独立運動には参加できない、の意。
二 タウフィーク・パシャ。エジプト副王(ヘディーヴ)。→二八二頁注四。
三 ひ弱なさま。「勇気果断ナク」は勇気や決断力に欠けるさま。「近侍」は主君の近くに仕える家来。
四 敵同士を離間させるための策略。「謀士」は、スパイ。
五 深く、はるか遠くまで見通した計略を立てる才覚。
六 多勢による合議。「鴻業」は、ここでは天下を治めるという大事業。アラービー・パシャが指導者としての資質に欠けることをいう。
七 愚かな人々、衆愚。
八 ウルズリ将軍(Garnet Joseph Wolseley, 1st Viscount. 一八三三―一九一三)。イギリスの軍人。一八五二年陸軍に入り、エジプトでアラービー・パシャの反乱を鎮圧した。
九 ひ弱な兵卒。エジプト兵を指す。
一〇 普通の戦略ではイギリス軍に勝てない、の意。
一一 右に述べたような、王もアラービー・パシャも戦いの指導者としての資質に欠け、指導者としてふさわしくない状態を言う。
一二 エジプトが戦いに敗れて滅びるのは識者の指摘を待たないでも分かる。

ヲ聞クニ非ザレバ又甚ダ解《かい》シ難《がた》キモノアリ　請《こ》フ詳《つまびらか》ニ之ヲ告ゲヨト　将軍又愀然《しうぜん》[一三]トシテ曰ク　昨日諸将士相会シテ軍事ヲ議ス　一将曰ク　先ヅ回教《くわいけう》[一四]ノ為メニ耶蘇教《やそけう》ヲ攘《はら》フヲ以テ兵ヲ挙グルノ名[一五]トナシ以テ回教人民ヲ煽起《せんき》シ我ガ兵勢ヲ鼓舞シ英仏人民ヲ掃蕩《さうたう》ス可シト　余《よ》之ヲ論斥《ろんせき》[一六]シテ曰ク　誰《たれ》カ此言《このげん》ヲナス者ゾ　未ダ天下ノ大勢ヲ知ラズ未ダ軍事[一七]ノ虚実ヲ明ニセザル者ニ非ザレバ　迂《う》僧腐《そうふ》儒教法《じゆけうほふ》[一八]ニ心酔《しんすい》迷溺《めいでき》セル者ノ説ク所ナリ　抑《そもそも》兵名《へいな》ナキ者ハ敗《やぶ》ル　兵[一九]ヲ起ス者元《もと》ヨリ名ナカラザル可ラズ　然レドモ教法《けうほふ》ヲ仮《か》リテ攻守ノ名トナスハ往《わう》昔《せき》ノ事ニシテ今十九世紀ノ事ニアラズ　且《かつ》今日国会ノ決議ハ欧人[二〇]ノ為メニ廃セラレ人民ノ輿論《よろん》ハ欧人ノ為メニ圧セラレ　一国ノ権利ハ欧人ノ蹂躙《じうりん》剝奪《はくだつ》スル所トナリ万機《ばんき》[二一]ノ政務ハ欧人ノ左右[二二]陟黜《ちよくちゆつ》唯《ただ》意ノ欲スル所トナリ　忍[二三]バント欲シテ忍ブ能ハズ堪エント欲シテ堪ユル能ハズ　忠胆義肝[二四]遂《つひ》ニ発洩《はつえい》スル所ニシテ所謂《いはゆる》自由ノ公義ニ拠《よ》ル者

肝胆忠蓋。心術明白。思慮深長。聞二其論一想二見其人一。将軍真不世出之英雄。

一三 顔色を暗くして。
一四 イスラム教。キリスト教、仏教と並び世界三大宗教の一つとされる。アラブの預言者ムハンマド(マホメット)が六一〇年に創始。コーランを聖典とし、唯一神アッラーを信仰する。
一五 「名」は戦いの理由となる正しい根拠。大義名分。
一六 相手の意見を退ける論駁をして。
一七 軍事上の戦略に通じていない者。「虚実」は、ここでは計略や駆け引きのこと。
一八 世の中の事をよく知らない僧と、役に立たない学者。「教法」は宗教。「心酔迷溺」は心を奪われて夢中になること。
一九 軍事行動を起こす者は、言うまでもなく名分がなくてはならない、の意。

二〇 →二八二頁。

二一 多くの重要な政務。
二二 勝手に登用すること。
二三 どうしても我慢することができない、の意。
二四 忠義の心が押さえがたく発露するところとなって、一国の政策の自由という普遍的道義を主張する立場としては、どうしても宗教的な排他主義の名目を必要とするだろうか。被抑圧国の独立回復運動の連帯の大義名分として宗教色を排し、国権回復の「自由」を立てる、の意。

議論確当使㆓英人読㆒㆑之。亦応㆓首肯㆒。

豈《あに》又《また》別ニ教法《けうほふ》ノ名ヲ仮《か》ルヲ要センヤ　唯是レ大義ニ基キ唯是レ大義ヲ明ニセバ欧米亦《また》志士《しし》仁人《じんじん》ニ乏《とぼ》シカラズ[一]　或《あるい》ハ剣ヲ仗《つゑつき》テ来《きた》リ救ヒ或ハ金銀ヲ募《つの》リ兵器ヲ送リ或ハ舌ヲ演壇ニ振《ふる》ヒ筆ヲ新誌ニ放《はな》チ　以テ我ガ兵勢ヲ援《たす》ケ彼《か》ノ軍気ヲ阻《はば》マシムルモノアルヤ必《ひつ》セリ　若《も》シ大計此《ここ》ニ出《い》デズシテ名ヲ教法《けうほふ》ノ争ニ取ランカ一髪千鈞《いつぱつせんきん》ヲ引キ朽索六馬《きうさくろくば》ヲ馭《ぎよ》スモノト謂《い》フ可《べ》シ[二]　啻《ただ》ニ国運ノ挽回《ばんくわい》ス可カラザルノミナラズ愈《いよいよ》〻益《ますます》〻滅亡ノ運ヲ招ク者ナリ　蓋《けだし》回教恢復《くわいふく》ヲ以テ兵ヲ起《おこ》スノ名トナセバ印度以西或《あるい》ハ之ニ応ズル者アラン　然レドモ為メニ欧米人民ノ憤《ふん》怒《ぬ》ヲ招《まね》クコト亦加〻甚《またますますはなはだし》カラン　且縦令《かつたとひ》印度以西之《これ》ニ応ズルモノアリト雖ドモ　能《よ》ク兵ヲ挙ゲ干戈《かんくわ》ヲ執《と》リ欧人ニ当リテ以テ我ガ声援ヲナスハ万望《ばんのぞ》ム可カラザルナリ[三]　又仮《またも》シ[四]土耳其《トルコ》ニシテ同教ノ故《ゆゑ》ヲ以テ我ガ救援ヲナサンカ　南下シテ土耳其ノ咽喉《いんこう》ヲ扼《やく》シ呑嚙《どんがう》ノ慾ヲ逞《たくましく》セントスルハ俄国《ロシア》ノ宿志《しゆくし》ナリ　故ニ事此《ここ》ニ至ラバ俄ハ則《すなはチ》兵ヲ啓《ひら》ク

揣㆑勢講㆑策瞭如㆑燃㆑犀。

一 「自由」という大義名分に従って決起すれば、ヨーロッパ、アメリカから義勇兵が参戦したり、軍事的援助がある、の意。

二 一本の髪の毛で非常に重い物を引っ張ること。「其の危ふきこと一髪の千鈞を引くが如し」(韓愈「与孟尚書書」)。「朽索六馬ヲ馭ス」は腐った綱で六頭の馬を操ること。ともに非常に危険で困難なことのたとえ。「予兆民に臨むこと、懍乎として朽索の六馬を馭するが若し」(『書経』五子之歌)。

三 すこしも期待できない。

四 もしトルコが同じイスラム教徒であるという理由で私たちの救援をしたならば、南下してトルコを侵略しようという宿望のあるロシアを刺激するであろう。バルカン半島を巡って以前から何度も繰り返されてきたロシア・トルコ戦争を踏まえて言う。「咽喉ヲ扼ス」は重要な通路をおさえること。ここではヨーロッパに通じる地中海と黒海に突き出たバルカン半島、ブルガリア、旧ユーゴスラビア、アルバニア、ギリシャ、トルコの一部を含む土地を言うか。「呑嚙ノ慾」はものを呑み込み嚙むように、他国を侵略しようとする欲望。→補八二。

五 トルコの背後を攻撃すること。

六 「池」は「地」の誤りか。『易経』予の卦に「雷地を出でて奮ふは予なり」「予は侯を建

希臘独立近世一大偉事。不レ愧二古国名一。誰謂三小国不レ可二自立一哉。

ノ名ヲ得テ以テ其《その》背ヲ拊《う》チ雷池《らいち》ヲ出《い》ヅル一歩ナラシメザルコト亀卜《きぼく》セズシテ知ル可キナリ　是《ここ》ニ於《おい》テ欧米諸国ハ男女老幼皆我《われ》ヲ悪《にく》ミ我ヲ怨ミ　万国一人ノ我ヲ助クルモノナク却《かへり》テ敵兵ヲ利スルノ術ニシテ所謂《いはゆる》讎《あた》ニ兵ヲ貸シ盗ニ糧《かて》ヲ与《あた》フル者ナリ　勢此《ここ》ニ至ラバ名将復《また》生《しやう》ズト雖モ豈《あに》能ク為ス可ケンヤ　請《こ》フ夫《か》ノ希臘《ギリシヤ》国ヲ見ヨ　其《その》邦土ノ大《だい》我ガ半《なかば》ニ及バズ衰弱困弊《こんぺい》ノ状亦我国ト異ナルコトナシ　而《しか》シテ猶《なほ》能《よ》ク雄邦ノ強兵ト戦ヒ遂ニ今日独立ノ一国ヲ組織スルニ非ズヤ　是《これ》実ニ闔国《かふこく》人民ノ力ニ由《よ》ルト雖ドモ抑《そもそも》欧人救援ノ功亦《こうまた》最モ大ナリトス　欧人ノ希臘独立ヲ救援スル所以《ゆゑん》ノモノハ何ゾヤ　一《ひとつ》ハ曠古《くわうこ》ノ自由国ニシテ古《こ》聖賢人《せいけんじん》ノ出《い》ヅル所文学技芸ノ起《おこ》ル所　而《しか》シテ今ヤ残戻《ざんれい》ノ治下ニ服従シ離群索居流離《りぐんさくきよりうり》困弊《こんぺい》ノ状真《まこと》ニ見ルニ忍ビズ　之《これ》ヲ往古《わうこ》ノ歴史ニ見テ慷慨《かうがい》ノ感勃然《ぼつぜん》トシテ起ラザルナキニ因《よ》リ　一《ひとつ》ハ希臘ノ人民憤然激発《ふんぜんげきはつ》自由ノ牙纛《がたう》ヲ樹《た》テ独立ノ大義ヲ主唱シ寡《くわ》ヲ以テ衆ニ当

て師を行(ゃ)るに利あり(君主を立てて軍隊を動かすのによろしい)」とある。ここは、軍隊を動かすよい機会であることは卜占によるまでもない、の意。

七 敵に利益を与えて、かえって自分の方が損害を受けてしまうたとえ。秦の国で他国出身の大臣を追放しようとしたときに、楚出身の李斯が、それは敵に利を与えることになると言って反対した言葉による。「寇(あた)に兵を藉し盗に糧を齎す者なり」(『戦国策』秦策)。

八 トルコからのギリシャ独立戦争を指す。
↓補八三。

九 「闔国」は国中、全国。

一〇 ギリシャ戦争に参加した義勇兵を指す。

一一 未曾有。ここでは古代ギリシャの民主制をいう。

一二 昔の聖人と賢人。古代ギリシャの代表的哲学者ソクラテス、プラトン、アリストテレスなどを指す。

一三 古代ギリシャにおいて、西洋の学問芸術の基礎である文学、政治学、哲学、修辞学、文法学、社会科学などの諸科学、ひいては自然科学が起こり確立されたことを指している。

一四 残虐で人間の道理にもとる政治。

一五 仲間の群れを離れて一人で居ること。「子夏曰く、吾群を離れて索居すること已に久し」(『礼記』檀弓上)。

一六 故郷を離れて他国をさすらい苦しみ疲れること。

一七 自由独立を大義名分として決起すること。「牙纛」は本営に建てる旗。

一八 少人数で多勢と戦う。

リ屈セズ撓《たう》セズ其義其勇聞ク者ヲシテ奮起セシムルニ足《た》ルニ因リ一[一]ハ耶蘇教《やそけう》ヲ奉ジテ回教《くわいけう》人民ト戦ヒタルニ因ルナリ　是《この》三因アルガ故ニ欧洲ノ志士翕然《きふぜん》[二]賛称　或《あるい》ハ隠ニ兵器弾薬ヲ送リ或ハ剣ヲ杖《つゑつき》テ赴《おもむ》キ援《たす》ケ　英国ノ名士詩宗《しそう》[三]梅崙《バイロン》[四]侯ノ如キモ亦奮《またふるひ》テ其国ニ至リ身ヲ希臘《ギリシヤ》ノ犠牲ニ供シ大義ヲ八表《はつぺう》[五]ニ明ニシ　遂ニ独立ノ大功《たいこう》ヲ奏セシムルニ至レリ　然レドモ若《も》シ希臘国ヲシテ回教ニ拠リテ耶蘇教《やそけう》ヲ掃《はら》フノ名アラシメンカ　最モ世界ノ古国ナリト雖《いへ》ドモ大義ニ依リテ生命ヲ擲《なげう》ツモノナリト雖ドモ　欧洲一人ノ之ヲ援クル者ナキノミナラズ皆干戈《かんくわ》ヲ負フテ之ヲ討チ旬日《じゆんじつ》[六]ヲ出デズシテ社稷《しやしよく》ノ頽滅《たいめつ》スル知ル可キナリ　嗚[七]呼我ガ兵ヲ挙グル何ゾ希臘ト異ナルアランヤ　今ヤ老奴ノ如キモ亜侯ノ顧托《こたく》[八]ニ依リ大義ノ為メニ生命ヲ擲《なげう》チ兵馬ノ間ニ馳駆《ちく》シ斃《たふ》[九]レテ後《のち》ニ止《や》マント誓フ　然レドモ諸士ニシテ教法ノ為メニ戦端ヲ開キ耶蘇教ヲ掃蕩《さうたう》スルノ檄《げき》ヲ伝ヘバ　[一〇]老奴元ヨリ耶蘇教ノ信者ニシテ

希臘独立之三因。

一 ギリシャ独立戦争がギリシャ正教回復の名目を掲げて戦われた一種の宗教戦争の要素を有していたことを指す。
二 「翕然」は多くのものが集まって一つになるさま。
三 「詩宗」は詩人の尊称。
四 バイロン(George Gorden Noel Byron. 一七八八―一八二四)。ロンドン生まれ。イギリス・ロマン派の代表的詩人。ギリシャ独立戦争の解放軍に義勇兵として身を投じたが、マラリアに感染して死去。
五 全世界。
六 十日も経たないうちに国が滅びるのを知るべきである。「社稷」は国家。→三〇頁注三。
七 エジプトの挙兵はギリシャの挙兵と情況において違いがない、の意。
八 依頼。
九 →六三頁注七。
一〇 以下、イスラム教を大義名分として戦うのを拒否する言葉。「同胞」はエジプトの敵国のイギリスやフランスのキリスト教徒を指す。

回教ノ信徒ニアラズ　豈《あに》同胞ト干戈《かんくわ》ヲ交《まじ》ユルニ忍ビンヤ　豈上帝[一二]ノ罪人タルニ忍ビンヤ　請フ是《これ》ヨリ辞センノミト　亜刺飛侯《アラビーパシヤ》余《よ》ガ言ヲ納《い》レ大ニ諸士ヲ諭《さと》シ遂ニ其議[一三]ヲ停《とど》ムルニ至レリ　然レドモ回教ヲ妄信スルモノ余《よ》ヲ目シテ邪教ヲ奉ジ禍心[一三]ヲ包蔵《はうざう》シ家国ヲ誤《あやま》ルモノナリト[一四]讒謗罵詈《ざんばうばり》至ラザル所ナシ　嗚呼時[一五]不祥ニシテ鴟梟翺翔《しけうかうしやう》讒諛《ざんゆ》志ヲ得　罷牛《ひぎう》ヲ騰駕《とうが》シ蹇驢《けんろ》ヲ驂《さん》ニス　余亦之ヲ何如《いかん》ス可キト　妾等其事ノ意外ニ出《い》ヅルニ驚ク　翌日将軍病《やまひ》ト称シテ客舎ニ在リ　即《すなはチ》一書ヲ作リテ亜刺飛侯ニ贈リ備《つぶさ》ニ戦備ノ計略ヲ論ゼリト　乃《すなはチ》日記ヲ懐裡《くわいり》ニ取リ散士紅蓮ニ示シテ曰ク　是レ則《すなはち》其草稿ナリト　散士匆《そう》[一六]忙《ばう》披《ひらき》テ之ヲ読ム　其文ニ曰ク

[一七]百戦百勝ハ善ノ善ナルモノニ非ラズ　戦ハズシテ人ノ兵ヲ屈スルモノハ善ノ善ナルモノナリ　故《ゆゑ》ニ上兵ハ謀《ぼう》ヲ伐《う》ツベシ　凡《およソ》兵ヲ用ヰルノ要ハ必ズ先《ま》ヅ敵情ヲ詳《つまびらか》ニシ其編制ヲ知リ其計略

議論堂堂。陳弁滔滔。若少㆓此一段㆒。将軍亦与㆓一個木強漢㆒何異。与㆓一個任侠客㆒何択。作者先説㆓其武㆒。次説㆑文。又説㆑弁。層層写出。以示㆓其技倆不㆑可㆑測。

此書所㆑引皆孫子語。蓋将軍学達㆓漢洋㆒能通㆓孫子㆒歟。将泰西兵法与㆓孫子語㆒暗相印合歟。抑佳人之奇

一二　キリスト教にとっては敵対的なイスラム教に味方するような、神に対して罪になる行動はとれない、の意。

一三　三三一頁三行の「先ヅ回教ノ為メニ耶蘇教ヲ攘フヲ以テ兵ヲ挙グルノ名トナシ　以テ回教人民ヲ煽起シ我ガ兵勢ヲ鼓舞シ英仏人民ヲ掃蕩ス可シ」という提言を指す。

一三　悪事をたくらみ、国を間違った方向に導く者。

一四　そしったり、悪口を浴びせたりすること。

一五　時代は悪く、鳶(とんび)と梟(ふくろう)が飛びまわるように小者が我が物顔に振る舞い、讒言してへつらう者が我が意を得て、老牛や足の不自由な驢馬を車に付けるように、賢愚が逆転している。前漢の文帝に仕え、諸改革を行なった賈誼(前二〇〇‐前一六八)が、側近の讒言にあい、左遷されて湘水を渡るとき、自分と同じ目にあって不遇な一生を送った屈原を思って作った「弔屈原文」の一節。讒言にあって世に容れられぬ悲しみと、賢愚が逆転してしまった世に対する憤りを訴える。「不祥の時に逢ひ、鴟梟は翺翔す、讒諛志を得て、罷牛を騰駕し、蹇驢を驂にす」(賈誼「弔屈原文」『文選』巻六十)。

一六　いそいで開いて。

一七　戦争の原則というものは、戦わないで敵を無傷のまま降伏させることが最上の策であることを説く孫子の言葉。「百戦百勝、非善之善者也、不戦而屈人之兵、善之善者也、故上兵伐謀」(『孫子』謀攻篇)。「謀ヲ伐ツ」は、敵のはかりごとを未然に封じることを言う。

遇累レ篇堆レ帙。尽是散士胸中之蜃気楼。而此書亦虚構浮文以誇二散士之韜略一者歟。曰否。是取三将軍意塡二孫子語一。使二東人易一レ通而已。

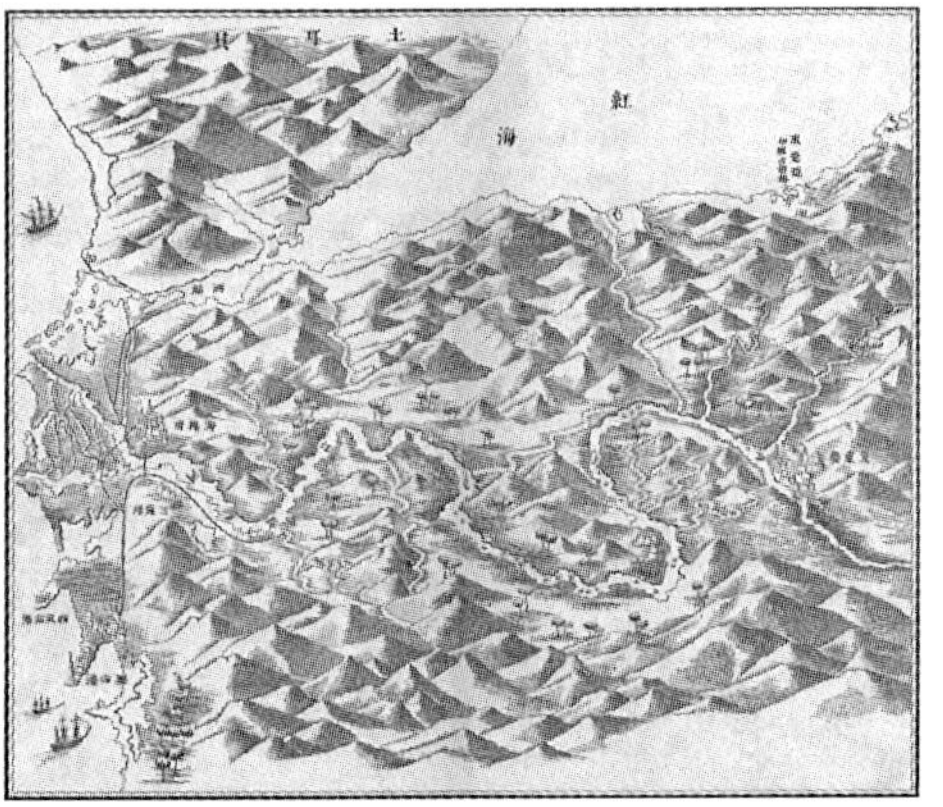

蘇丹地方略図

ヲ察シ其強弱ヲト《ぼく》シ其地理ヲ明《あきらか》ニシ其空隙《くうげき》ヲ衝《つ》クニ在リ　所謂《いはゆる》彼[一]ヲ知リ己ヲ知ル者ハ百戦殆《あやふ》カラズ　彼ヲ知ラズ己ヲ知ル者ハ一勝一負　彼ヲ知ラズ己ヲ知ラザル者ハ毎戦必ズ敗《やぶ》ル　故ニ先ヅ戦ハント欲スル者ハ予《あらかじ》メ彼我《ひが》ノ勢ヲ詳ニシ　而《しか》シテ其謀ヲ運《めぐら》サヾル可カラズ　夫《それ》英国ハ欧ノ雄邦ニシテ国富ミ人衆《おほ》ク覇《は》[二]ヲ海上ニ称シ旌旗《せいき》四海ニ飜《ひるが》ヘリ[三]勇威八表《はつぺう》ニ輝ク　且《かつ》其将士訓練ノ久シキ経歴ノ多キ　号令ニ服シ戦闘ニ勇ニ　鉄[四]艦ヲ運転スル

一「知彼知己、百戦不殆、不知彼而知己、一勝一負、不知彼而不知己、毎戦必殆」(『孫子』謀攻篇)。
二 イギリス軍が全世界の海を支配する様子。「覇」は武力による統治。徳の力で天下を治める「王」に対して言う。「旌旗」はここでは国旗。
三 勇ましい威力、国力の勇ましく盛んなこと。
四 両手両足でも動かすように軍艦を自由に動かし、銃でも扱うように大砲を簡単に扱う。「槍銃」は先端に剣をつけた銃。
五 ここでは攻撃が激しく鋭いこと。無敵のさまを言う。
六 エジプトのアレキサンドリア付近、ナイル河口のアブキール(Aboukir)湾の戦いをいう。ナポレオン一世は一七九八年東地中海とインドにおけるイギリス勢力を一掃するためにエジプトに遠征。同年五月にトゥーロンを出発、マルタ占領後、アレキサンドリアに上陸、次いでカイロに入城。しかし八月一日、アブキール湾で、ネルソン提督の率いるイギリス艦隊がフランス艦隊を襲撃し全滅させた。
七 トラファルガー(Trafalgar)の海戦。一八〇五年十月二十一日、イベリア半島南西部のジブラルタルに近いトラファルガー岬沖で、ネルソン提督の率いるイギリス艦隊がフランス・スペイン連合艦隊に大勝した海戦。この海戦でナポレオンのイギリス本土上陸作戦は不可能になった。ここではそうしたイギリス海軍の強さが未曾有のものであることを言う。

コト四支《しし》ノ如ク巨礟《きよはう》ヲ運用スルコト槍銃《さうじゆう》ニ似タリ　[五]鋭鋒《えいほう》ノ向フ所鉄ヲ砕キ岩ヲ破リ目ニ又強敵ナシ　大《おほい》ニ拿破倫《(ナポレオン)》遠征ノ兵ヲ[六]亜武邱《アブキー》港ニ破リ[七]仏西二国ノ艦隊ヲ士羅波苛《ドラハルカー》港ニ鏖《みなごろし》ニシ　[八]士埃ノ軍艦ヲ希臘《(ギリシヤ)》海ニ戮《りく》スガ如キ強烈前無キコト推知《すいち》ス可キナリ

我埃及《(エジプト)》ハ国力漸ク疲弊シ財枯レ民散ジ[九]謀ニ長ズルノ将寡《すくな》ク軍ニ慣ルヽノ兵少ク[一〇]銃礟ノ利船艦ノ牢英国ノ十一《じふノ》ニ及バズ　[一一]海戦ノ具未《いま》ダ形ヲ成サズ陸戦ノ[一二]堡塁《ほうるい》未ダ備《そなは》ラズ　四隣ノ国我《われ》ト同盟ヲ締《てい》シ[一三]緩急相助ケ攻守相救フモノナク実ニ[一四]危急存亡《ききふそんばう》ノ勢ニ迫レリ

嗚呼敵ノ国勢彼《か》ノ如ク我ガ国勢此《かく》ノ如シ　然リ而《しか》シテ干戈《かんくわ》ヲ交《まじ》エテ相戦ハント欲ス亦《また》危《あやふ》カラズヤ　蓋《けだし》今日ノ戦略ヲ論ズル者曰ク　[一五]牙纛《がたう》ヲ[一六]海楼《カイロー》府ニ樹《た》テ沿海ノ[一七]礟台《はうだい》ニ拠リ以テ襲撃ヲ禦《ふせ》グ可シ

又《また》曰ク　固ク城塁ヲ守リ敵ヲ平野ニ待チ一戦以テ勝敗ヲ決ス可シト　某《それがし》窃《ひそか》ニ之ヲ慮《おもんばか》ルニ是則《すなはち》敵ノ術中ニ陥ルモノニシテ勝

月二十日のナヴァリノの海戦。ギリシャ独立を支援するイギリス・フランス・ロシアの三国連合艦隊は、ギリシャのペロポネソス半島南西岸のナヴァリノ沖でトルコ・エジプト連合艦隊を撃破し、これによってギリシャは独立を獲得した。

九 軍略に通じた将軍も軍になじんだ兵士も少ない。人材が少ないこと。

一〇 「利」は性能の優れているさま。「牢」は堅く強いさま。

一一 軍艦など海戦に必要な軍備。

一二 敵の攻撃を防御するための砦(とりで)。

一三 危険が差し迫った時も、攻撃にも守りにも助けてくれるものはない。

一四 生きるか死ぬかの瀬戸際。諸葛孔明が宿敵の魏と戦うため、その出征に際して、劉備の子劉禅に献上した「前出師表」にある言葉。「先帝創業未だ半ならずして、中道にして崩殂す、今天下三分して益州疲弊せり、此れ誠に危急存亡の秋(とき)なり」(「前出師表」『文選』巻三十七ほか)。

一五 本営。前後の経緯については→三〇二頁注二。

一六 エジプトの首都カイロ(Cairo)。アフリカ最大の都市。要塞都市として発達したが、九六九年ファティマ朝の征服後、要塞の北に新しい都市が建設され首都とされた。十八世紀の末にナポレオンの率いるフランス軍によって一時占拠されたが、後にムハンマド・アリーが権力を得、アリーやその後継者によって新しい都市づくりが行われた。

一七 砲台。高い所に大砲を固定した陣地。

強弱対較。勝敗已決。以レ寡伐レ衆。唯有ニ奇道一而已。

客主之形。料較如レ視レ火。攻守之勢。揣摩如レ指レ掌。幽将軍真一世豪傑。

算ノ万ニ一ヲ期ス可《べか》ラザルヲ知ルナリ　若《も》シ軽《かるがる》シク動キ[一]正々ノ旗ヲ邀《むか》ヒ堂々ノ陣ヲ撃タバ余《よ》其《その》一敗地ニ塗《まみ》レ部伍《ぶご》散乱収拾《しうしふ》ス可ラザルヲ恐ルヽナリ　然《しか》ラバ則《すなはチ》我《わが》兵終《つひ》ニ以テ英軍ト抗ス可ラザルカ我国終ニ以テ国権ヲ復ス可ラザルカ　曰ク　否《いな》　戦略ノ如何《いかん》ニ在ル耳《のみ》　[二]夫《それ》兵ハ詭道《きだう》ナリ　[三]勢ニ由《より》テ利ヲ制セバ　弱以テ強ヲ拒《ふせ》グ可ク怯《けふ》以テ勇ニ敵ス可ク　寡《くわ》以テ衆ヲ破リ小以テ大ヲ挫《くじ》ク可ク　[四]佚《いつ》ヲ以テ労ヲ待ツモノ勝チ労ヲ以テ佚ニ当ル者ハ敗ル　[五]水ノ形ハ高ヲ避ケテ而シテ下ニ趨《おもむ》キ兵ノ形ハ実ヲ避ケテ而シテ虚ヲ撃ツ　[六]我ガ英軍ヲ拒《ふせ》グノ術亦《また》此ニ慮《おもんばか》ラザル可ラズ　蓋《けだし》[七]明侯卒然《そつぜん》将士ヲ率《ひき》キテ海楼《（カイロー）》歴山《（アレキサンドリア）》ノ諸都ヲ棄テ退《しりぞき》テ西南ノ内地ヲ保チ　[八]右ニ灘江《ナイル》ノ長流ヲ帯ビ左ニ砂原《サハラ》ノ沙漠ヲ控《ひ》キ背[九]ニ群蛮《ぐんばん》ノ土民《どみん》ヲ懐《なつ》ケ蘇丹《スータン》ノ糧食ニ拠リ　檄《げき》ヲ四方ニ伝ヒ愛国ノ義兵ヲ招キ以テ軍[一〇]気ノ震起スルヲ待ツ可シ　是レ佚ヲ以テ労ヲ

一　正面から正攻法で戦ったらまったく勝ち目はないことを言う。「部伍散乱」は軍隊の隊列がばらばらになること。「正々の旗を邀（むか）うること無く、堂々の陣を撃つことなし。此れ変を治むる者なり」（『孫子』軍争篇）を踏まえる。

二　戦争の本質は敵を欺くことにある。「詭道」は敵を欺くような手段。「兵は詭道なり」（『孫子』計篇）。

三　勢いを得て有利な状況に立てば、弱者や怯夫にも勝つ可能性がある。『孫子』計篇にある「勢は利に因りて権を制するなり」に基づき、有利な状況を見抜いてその場に適した臨機応変の処置をとることを言う。

四　ゆったりと休息しながら戦力を向上させた状態で戦う者は勝利し、疲労して戦力の低下した状態で戦う者は敗北する、の意。「佚を以て労を待ち、飽を以て飢を待つ」（『孫子』軍争篇）。

五　水の流れが高い所に向かわず低い所へ流れるように、軍も敵の兵力が優秀な地点を避けて敵の備えが手薄な地点を攻撃して戦う（『孫子』虚実篇）。軍は敵軍の状態に従って臨機応変に変えるのが勝利の秘訣であることを言う。「実」は備えの堅い所、「虚」はその隙。↓二一九頁注九。

六　私たちがイギリス軍の攻撃を食い止める方法はまたこのことを考慮しなければならない。

七　↓三二七頁注一五。アラービーを指す。「卒然」は、すぐに。

八　ナイル川の長い流れを右に、サハラ砂漠を左にひかえる。ナイル川はアフリカ大陸北東部、ウガンダ、エチオピアの湖や山地

思慮深遠。眼光如レ炬。

待ツノ策ニ非ズヤ　請《こ》フ更ニ之ヲ細論セン　[一一]夫《そ》レ善ク戦フ者ハ不敗ノ地ニ立テ敵ノ敗ヲ失ハズ　今夫《それ》我兵遠ク西南ニ退《しりぞ》カンカ英兵其後ニ尾《び》シ以テ我ガ拠《きよ》ヲ衝《つ》カント欲スルヤ必《ひつ》セリ　然レドモ彼《か》レ地勢ニ暗ク水利ヲ知ラズ糧食ニ乏《とぼ》シク気候風土ニ慣レズ[一二]熱風ノ酷瘴気《しやうき》ノ烈《れつ》勇気ヲ挫折シテ遂ニ邪瘴《じやしやう》ノ流行ヲ招キ　万里ノ沙漠前ニ瀰漫《びまん》[一三]シ人病ミ馬瘦レ　未ダ陣ヲ布《し》キ刃《やいば》ヲ接セズシテ必ズ其大半ヲ失ハン　然リ而《しかう》シテ我軍ハ則《すなはチ》旬月《じゆんげつ》[一四]ヲ出《い》デズ精兵[一五]七万突騎《とつき》三万檄ニ応ジテ我麾下《わがきか》[一六]ニ群臻《ぐんしん》スルコト明カナリ　因《より》テ[一七]塁ヲ結ブ千里　旗ヲ江原《かうげん》ニ樹《た》テ以テ其来《そのきた》ルヲ待チ軽騎《けいき》[一八]ヲ放チテ敵ノ不意ヲ襲《おそ》ヒ　[一九]士兵《どへい》ヲシテ出没其《そ》ノ輜重《しちよう》ヲ劫《おびや》カシ以テ彼ノ衰勢ニ乗ゼバ　[二〇]元帥《げんすい》謀略ニ富ムト雖ドモ器械《きかい》[二一]精練《せいれん》ヲ極ムト雖ドモ豈又《あにまた》恐ルヽニ足ランヤ　且《かつ》我軍会ゝ《たまたま》其鋒《そのほう》[二二]ヲ交ヘテ小挫折ニ会フアリト雖《いへ》ドモ　更ニ退[二三]キテ之ヲ避ケバ戦ハズシテ彼兵ヲ屈スル

を水源として、スーダン、エジプトを貫流し地中海に注ぐ全長六七〇〇〇《キロメートル》に及ぶ。ミシシッピ、アマゾンと並んで世界三大大河の一つ。

九 背後の沢山の野蛮な土着民たちをてなづけて、スーダンの食糧にたよる。「蘇丹」はスーダン。→補八四。

一〇 士気が奮い起つのを待つのがよい。

一一 そもそも戦いに巧みな者は、敵に敗れる恐れのない態勢に身を置いて、敵が敗れ去る機会を逃さない。「善く戦ふ者は不敗の地に立ちて、敵の敗を失はざるなり」(『孫子』形篇)。

一二 非常に激しい熱風。「瘴気ノ烈」は山や川に生じて熱病を起こす毒気。ここではその激しいこと。「邪瘴」は「瘴気」にあたって なる悪病。

一三 広がっているさま。

一四 「旬月」は十日間または一ヶ月、転じてほんの短期間を言う。

一五 敵陣に突撃する騎兵。

一六 軍旗のもとに沢山やってくる。

一七 砦を広域にわたって築く。

一八 素早く動ける軽装の騎兵。

一九 その土地で徴兵した土着の兵士。「輜重」は食糧や武器弾薬などの軍需品、またそれを輸送すること。

二〇 軍隊の総大将。→三三〇頁注八。

二一 武器が非常によくできている。

二二 戦って少々挫けても。

二三 「退いて罪を避けず」(『孫子』地形篇)に基づく。

見レ機遠定レ謀大。
自是軍師之言。

コトヲ得ン　[一]凡《およ》ソ師ヲ興ス十万出《いで》テ征スル千里百姓ノ費《つひえ》公家《こうけ》ノ奉《ほう》日ニ千金ヲ費シ　且《か》ツ其戦ヲ為スヤ勝ツト雖ドモ[二]久シケレバ則チ兵ヲ鈍《どん》シ鋭ヲ挫《ざ》ス　[三]城ヲ攻ムルトキハ則《すなはち》力《ちから》屈《くつ》ス　[四]久シク師ヲ暴《さら》ストキハ則《すなはち》国用《こくよう》足ラズ　[五]敵国其弊《そのへい》ニ乗ジテ起《おこ》ル　智者有リト雖ドモ其後ヲ善クスルコト能ハズ　[六]夫《それ》我兵ハ国内ニ屯《たむろ》シ糧食ヲ境外ニ仰ガズ内ニ取リ内ニ散ジ以テ外敵ヲ拒《ふせ》グニ過ギズ[七]其力能ク数年ヲ支《ささ》フルコト実ニ易々《いい》タル耳《のみ》　然レドモ英軍ハ則《すなはち》[八]懸軍《けんぐん》万里深ク敵地ニ入リ空城《くうじやう》ヲ陥《おとしいる》ルモ以テ財貨ヲ求ム可《べか》ラズ土地ヲ占《し》ムルモ以テ[九]禾穀《くわこく》ヲ得《う》可ラズ　徒《いたづら》ニ沙漠ノ間ニ往来シテ更ニ得ル所ナク兵器糧食皆之《これ》ヲ万里ノ外ニ求ム　[一〇]其費ス所豈《あに》唯《たダ》一日万金ノミナランヤ　欧人兵ヲ興スハ元《も》ト利慾ヨリ出《い》ヅ[一一]且十九世紀ノ勝敗ハ兵ヲ失フノ多寡ニ非ラズシテ財ヲ費スノ如何《いかん》ニ決ス　英人焉《いづくん》ゾ日ニ万金ヲ費シ千人ヲ失ヒ[一二]曠日《くわうじつ》弥久《びきう》師

一 十万人の軍隊を動かし、はるか遠い所まで出征するには、民の負担と朝廷の出費がかさむ。「凡そ師を興すこと十万、出で征すること千里なれば、百姓の費、公家の奉、日に千金を費し」（『孫子』用間篇）。
二 戦（いくさ）が長びくと軍も疲弊し勢いもそがれる。「其の戦を用（おこ）なふや、久しければ則ち兵を鈍（つか）らせ鋭を挫（くじ）く。城を攻むれば則ち力屈（つ）き、久しく師を暴（さら）さば則ち国用足らず」（『孫子』作戦篇）。
三 城を攻めるときには自軍の力は尽きてしまう。
四 長い間師団を戦場に露営させておけば国費が不足する。
五 敵国がその窮乏につけこんで攻めかかり、智者がいてもその後始末をつけることはできない。「則ち諸侯其の弊に乗じて起こる。智者ありと雖も、其の後を善くすること能はず」（『孫子』作戦篇）。
六 自給自足のさま。「屯」は、軍隊がある土地に留まること。駐屯。
七 自給自足の能力は軍を数年は楽々と支えることができる、の意。「易々」はたやすいさま。
八 拠点から離れて遠い敵地に深く進攻すること。
九 穀物。
一〇 沢山の費用がかかる、の意。
一一 おもに君主間の利益をめぐって一定の対決規則のもとに行われていた戦争は、ナポレオン戦争以後変質する。産業革命による工業化は戦争規模を次第に拡大させ、国民国家の理念や富をめぐる消耗戦の様相を呈した。そうした十九世紀の戦争における

他日至下邦人与二欧人一争二国権一。交中干戈上則防守之策亦不レ得レ不レ然。読者勿二匆匆看過一。

勝算已在二指笑中一。而埃人不レ能レ用自取二覆滅一。豈天之数也歟。将時之勢歟。抑人而已。国家干城谷将軍真其人也。

ヲ我国ニ留ムルコトヲナサンヤ　一三夫《それ》兵ヲ鈍シ鋭ヲ挫シ力ヲ屈シ貨ヲ殫《つく》ストキハ四面其弊《そのへい》ニ乗ジテ起ル　故ニ一四海外ノ藩屏《はんぺい》背反《はいはん》ヲ謀リ愛蘭《アイルランド》独立ヲ計リ　反対ノ政党之《これ》ヲ内ニ排シ宿恨ノ隣邦《りんぱう》之ヲ外ニ劫《おびやか》シ　遂ニ費用足ラズ援軍乏《とぼし》ク　遠征ノ孤軍ヲシテ進ンデ拠ル所ナク退《しりぞい》テ守ル所ナク　気ヲ失ヒ胆ヲ喪《うしな》ヒ自《おのづか》ラ一五土《ど》崩瓦《ほうぐわ》壊《くわい》スルニ至ラシメン　我軍即《すなはチ》一六莞然《くわんぜん》其弊《そのへい》ニ乗ゼバ一挙シテ全軍ヲ覆《くつがへ》シ大業収ムベキナリ　一七夫《それ》大業ヲ期スル者ハ小累《せうるい》ヲ思フ可ラズ　非常ノ大謀ヲ決スル者ハ非常ノ決断ナカル可ラズ　一八兵ヲ用キルノ害ハ猶予《いうよ》最モ大ナリ　三軍ノ災ハ狐疑《こぎ》ヨリ過グルハナシ　一九兵ヲ知ルノ将ハ民ノ司命《しめい》国家安危《あんき》ノ主ナリ　願クハ明侯之ヲ二〇裁《さい》セヨ

夫人又《また》語ヲ継《つぎ》テ曰ク　亜刺飛侯《アラビーパシヤ》直《ただち》ニ軍議ヲ開キ諸将ヲ会シ其意見ヲ吐露セシム　参謀二一如安似侫《ジヨアンジネー》ハ瑞西《スイス》ノ人ナリ　人ト為《な》リ狭量ニシテ

経済的要素の大きさを重視する考え方。

一三 そもそも軍隊も疲弊し鋭気もくじかれて、力も尽き財貨も無くなると、四方(の敵)はその疲弊につけこんで襲いかかる。「それ兵を鈍らせ鋭を挫(くじ)き、力を屈(つ)くし貨を殫(つ)くすときは、則ち諸侯その弊に乗じて起こる」(『孫子』作戦篇。注二に引く部分に続く個所。その後注五の引用部分に続く)。

一四 海外の植民地はイギリスに背こうと計画し。

一五 土が崩れ、瓦が落ちるようにくずれてこわれること。

一六 にっこりと笑うさま。

一七 大きなことを成し遂げようとするには小さな事にこだわらない決断が必要である。「大行は細瑾を顧みず」(『史記』項羽本紀)に同じ。

一八 軍隊を動かすときの一番大きな害はぐずぐずすることであり、あらゆる軍にとっての災難はあれこれ疑い深くして時間を無駄にすることである。「用兵の害は、猶予最も大なり。三軍の災は、狐疑より生ず」(『呉子』治兵)。

一九 兵法に通じている将軍。「司命」は、生殺の権を握る者。『孫子』作戦篇の語。

二〇 判断してください。

二一 未詳。

余姚云。去二山中賊一易。去二心中賊一難。私意破二大事一比比皆是矣。豈咎二如安似佞一耶。噫。

不レ知二与之為レ取。

群小嫉レ賢千古通弊。内已不レ和。安遑レ防レ外。

其勇ニ驕《おご》リ大計ニ暗シ　幽将軍ガ一朝《いつてう》此地ニ来リ上下《じやうげ》ノ信任ヲ得テ其謀略亦《また》及ブ可ラザルヲ思ヒ　諸将ニ謂《いひ》テ曰ク　[一]英人何ヲカ為《な》サン彼外《かれそと》強威ヲ示スモ内《うち》実ニ衰弊《すいへい》ヲ極メ兵艦概《おほむ》ネ朽腐ニ属セザルナク兵士皆懦弱《だじやく》ニ流レザルナシ　我兵居然《きよぜん》[二]険ニ拠《より》テ邀撃《えうげき》セバ一挙破ル可キナリ　幽将軍耄耋《ばうてつ》[三]彼我《ひが》ノ状勢ヲ詳《つまびらか》ニセズ　首《しゆ》[四]ヲ畏《おそ》レ尾《び》ヲ畏レ目唯《ただ》ゝ敵軍ノ畏《おそ》ル可キヲ見テ我兵ノ禦《ふせ》グ可キヲ知ラズ　徒《いたづら》ニ彼ノ猖獗《しやうけつ》[五]ヲ唱ヘテ我軍気ヲ挫《くじ》ク　其言固《もと》ヨリ用ヰルニ足ラザルナリ　埃及《(エジプト)》王元《もと》ヨリ海楼《(カイロー)》府ヲ去ルニ意ナシ　似佞《(ジネー)》ノ言ヲ聴キ将士ニ令シテ京城《けいじやう》ヲ守ラシム　諸将士亦相共《またあひとも》ニ語テ曰ク　未[六]ダ一矢《いつし》ヲ放《はな》タズ歴山海《(アレキサンドリア)》楼ノ都城ヲ棄テ兵ヲ率ヰテ退クハ最モ勇士ノ塊《は》ヅル所ナリト　僧侶輩其間ニ在リ讒言《ざんげん》ヲ逞《たくまし》フシテ曰ク　[七]幽将軍西教ヲ奉ズルモノナリ故ニ邪教ノ勝タンコトヲ願フモノナリ　敵兵ノ間諜《かんてふ》ニシテ両都ヲ挙ゲテ英軍ニ売ラント欲スル者ナリト　是《ここ》ニ於《おい》テ亜剌飛侯《(アラビーパシヤ)》心惑《まど》ヒ慮《りよ》乱

一　イギリス人は何もできはしない。

二　じっとすわって動かないさま。「邀撃」は敵を迎え撃つこと。

三　「耄耋」は、年とって老いぼれた老人。

四　体中恐れないところはない。甚だしく恐れるたとえ。「古人言へる有り曰く、首を畏れ尾を畏れ、身は其の余り幾ぞと」(『春秋左氏伝』文公十七年)。

五　悪者の勢いが荒々しくて激しいこと。

六　まだ少しも戦っていないのに、の意。

七　幽将軍はキリスト教を信奉するものである、だから(イスラム教徒にとっての)邪教が勝つことを願うものである。

叙事中又挿ニ散士一語一。如ミ層巒畳嶂間見ニ一道白水於深澗幽谷之底一。頓挫有レ法。

レ　先ヅ海楼府ヲ固守シ以テ敵軍ニ抗《かう》セント決セリト　散士曰ク　八僕一介ノ書生素《もと》ヨリ韜略《たうりやく》ニ通ゼズ　九唯好《ただこのみ》テ剣ヲ談ジ兵ヲ説キ以テ一時ノ快ヲ取ル耳《のみ》　然レドモ今埃及防戦ノ策略ヲ案ズルニ幽将軍ノ説ク所ニ若《し》クモノナシ　英軍久シキニ堪エズシテ軍ヲ退《しりぞク》ヤ必セリ　然ルニ遂ニ用ヰラルヽコト能ハズ　一〇嗚呼英雄常ニ群小ノ為メニ嫉《ねた》マレ長策多ク長袖《ちやうしう》ノ為メニ阻《はば》マル　古《いにしへ》ヨリ然《しかり》トナス真《まこと》ニ嘆ズ可キナリ

知ラズ幽将軍ハ如何《いかん》ゾ身ヲ此《この》間ニ処スルヲ　昔者《むかし》一一范増項羽ノ将トナリ　其策用ヰラレズ稍《やや》疑ハルヽヲ知リ大ニ怒《いかり》テ曰ク　天下ノ事大《おほい》ニ定《さだまれり》矣　君王自《みづか》ラ之ヲ為セ　願クハ一二骸骨《がいこつ》ヲ乞《こ》フテ卒伍《そつご》ニ帰セント　一三傑《けつ》士《し》ノ志《こころざし》ヲ得ル能ハザルニ至リテハ又止ム可ラザルナリ　一四幽将軍豈《あに》又《また》此ニ出《い》デズヤト　夫人曰ク　否《いな》幽将軍ハ大《おほい》ニ之ト異ナリ　乃チ妾ニ謂《いひ》テ曰ク　願クハ阿娘《あぢやう》一五蘭児ト共ニ海ニ航シ密《ひそか》ニ欧州ニ赴《おもむ》キ以テ干《かん》戈《くわ》ノ禍《わざはひ》ヲ免《まぬか》レヨ　余ハ今一六衆疑《しゆうぎ》ノ府トナリ万人目ヲ余ガ去就ニ注《そそ》ギ偵

八 なんの取り柄もない書生。自分の身の謙遜語。「韜略」は→三二六頁注三。

九 戦争や戦略について語ることをちょっと楽しむくらいの者にすぎない。「一時ノ快ヲ取ル」は少しの間の快楽を貪ること。

一〇 英雄は常に小人のために嫉まれ、すぐれた策は貴族や僧侶のためにはばまれる。「長袖」は長袖の衣服を着た人、貴族や僧侶を見下して言う語。

一一 以下、項羽とその参謀范増（→八六頁注一四）を反目させようという漢の劉邦の計略が成功し、主君項羽から遠ざけられたときに范増が怒った故事。「范増大いに怒りて曰く、天下の事定まれり、君王自ら之を為せ、願はくは骸骨を賜はりて卒伍に帰せん」（『史記』項羽本紀）。

一二 辞職を願い出ること。主君に仕えるのは自分の体や命をすべて捧げることだから、辞職するときにはせめてその残骸である骸骨だけでも返してください、の意。

一三 すぐれた人がその望みを果たせない状況になってしまったならば、もう仕方がない。

一四 幽将軍は范増と同じような行動に出るに違いない。

一五 幽蘭を指す。

一六 多くの人から疑われる対象となり。

英雄失意処叙来動レ人。披レ巻涕泗横流。殆不レ堪レ読焉。

幽蘭女史之厚義如レ此。東海散士之恋恋亦宜。

幽蘭多情人。其思レ親之心懐レ友之念如レ飢如レ渇。出ニ於性一而発ニ於自然一。是以赴ニ父難於敵国一。救ニ友死於洋中一犯ニ万艱一自如。尋常婦人所レ不ニ企及一。今亦与ニ阿翁一共留不レ辞ニ艱難一。勧ニ其友一辞去。托レ之以ニ故友之碑一何其情之厚也。天蓋鍾ニ衆美於幽蘭一身ニ而作ニ

吏慮《りよ》ヲ余ガ挙動ニ焦《せう》ス　去ラント欲シテ去ルニ術《すべ》ナク逃レント欲シテ逃ルニ路《みち》ナシ　[一]又僥倖《げうかう》ヲ万一ニ期シ却《かへり》テ恥辱ヲ蒙ムルニ忍ビザルナリ　[二]故《ゆゑ》ニ余ハ唯一快戦シテ以テ生死ヲ天運ニ問ハント欲スト　更ニ顧《かへり》ミテ幽蘭女史ニ謂テ曰ク　汝《なんぢ》ハ則《すなはち》夫人ニ従テ速《すみやか》ニ此地ヲ去ル可シト　女史流涕《りうてい》シテ曰ク　妾ノ米国ヲ出《い》デヽ欧州ニ航スルヤ唯《たゞ》阿《あ》[三]爺《や》ヲ万死《ばんし》ノ中ニ救フニ在リ　若《も》シ救フ能ハザレバ共ニ生死ヲ同フセント欲スルニ在リ　阿爺ノ危急ニ臨ミ阿爺ノ艱難《かんなん》ニ瀕スルニ至リ袖ヲ振テ去ルノ意アラバ豈故《あにことさら》ニ万里ノ波濤ヲ渉《わたり》テ遠ク欧州ニ来ランヤ　事既ニ此ニ至ル　妾亦《せふまた》阿爺ニ沙漠ノ中ニ従ヒ炎風火雲ノ下砲烟弾雨ノ間其辛苦ヲ共ニシ其艱難《かんなん》ヲ同フセン　独《ひと》[四]リ夫人ハ妾等ト宿縁アルニ非ラズ　且《かつ》[五]金玉ノ身《み》速《すみやか》ニ此処《ここ》ヲ去ラザル可ラズト　妾情交ノ結ブ所即《すなはチ》別離スルニ忍ビズ　奮《ふるひ》テ曰ク　妾モ亦生死ヲ同フセント　幽将軍曰ク　然ラバ則《すなはチ》児ハ余ト共ニ此土ニ留マル可シ　然レ

一 エジプトから脱出するという奇跡的な幸運を期待して脱出を図り、かえって捕まったりして恥をかくことに耐えられない、の意。

二 そこで私は唯一度存分に戦って自分が死ぬ運命にあるのか、生きる運命にあるのかを天に問おうと思います。

三 いましも死の危険にさらされている幽将軍を救出する目的でアメリカを出たのだから。

四 夫人だけは私たちと前からの因縁はない。あなたは私たちと無関係だ、の意。

五 大切な体。

一団情塊一。天公可ㇾ謂二善戯一矣。父母在。其身未ㇾ可二以許一ㇾ人。聶政猶且然。況婦人乎。

説及二紅蓮事一。紅蓮胸裂魂飛。且喜且愧。読者宜ㇾ顧二前面婦人詰責処一。

ドモ夫人ハ決シテ余等《よら》ト[六]去就ヲ共ニス可ラズ　蓋《けだし》夫人ハ父兄ノ存スルアリ　[七]其《その》前途ニ期スル所豈《あに》更ニ大ナルモノナカランヤ　今此地ニ留マリ余等ト生死ヲ共ニス亦何ノ益アラン　一日ヲ延ブレバ一日ノ悔《くい》ヲ遺スノミ　速ニ意ヲ決シテ故国ニ還ル可シト　[八]妾心《こころ》実ニ屑《いさぎよし》トセザルモ其理アルニ感ジ止ムヲ得ズシテ其言ニ服ス　幽将軍大ニ喜ビ[九]一書ヲ裁《さい》シテ皇兄頓加羅《(トンカーロン)》ニ奉寄《ほうき》スルコトヲ托《たく》シ且慇懃《かついんぎん》ニ後来《こうらい》ノ事ヲ説《と》キ　幽蘭女史ハ又妾ニ謂テ曰ク　紅蓮范卿ノ二氏[一〇]交友ノ誼《ぎ》ニ依リ妾等ガ為メニ[一一]百年ノ身ヲ擲《なげうち》テ万世不帰《ばんせいふき》ノ鬼トナル　是《これ》実ニ妾ガ[一二]哀《あい》恨傷惋懐裏《こんしやうわんくわいり》ニ往来シテ[一三]寤寐《ごび》猶《なほ》忘ルヽコト能ハザル所ナリ　故《ゆゑ》ニ一片ノ碑ヲ破船ノ近岸ニ建テ以テ妾ガ[一四]微心ヲ二君ノ霊魂ニ告ゲントス　蓋《けだし》一種ノ哲学者ヨリ之ヲ見レバ[一五]碑文弔祭《てうさい》ノ如キ無用ノ事タルベシト雖《いへ》ドモ人情ノ感然《しか》ラザルヲ得ザルモノアリ　然レドモ事既ニ此ニ至ル　[一六]妾ノ生死又《また》期ス可ラズ　[一七]焉《いづくん》ゾ再ビ欧州ニ反《かへ》リ碑ヲ建ツルヲ期

六 行動を共にしてはいけない。

七 将来、何かもっと大きなことをやろうと決心しているのではないですか、の意。後出のハンガリー独立運動を指す。

八 私はそのような気持ちになれなかったが、その言葉はもっともなので承服した。「屑トセザル」は、本来は細かいことにとらわれないことを言うが、ここでは「潔しとせず」の意味で、あることを好ましいとは思えず、受け入れがたいの意で用いている。

九 手紙を一通書いて。「皇兄頓加羅」は→二八頁注一一。「奉寄」は差し上げること。

一〇 厚い友情。

一一 長かるべき命を犠牲にして死んでしまった。

一二 嘆き悲しみ残念がること。「懐裏ニ往来シテ」は心の中に去来すること。

一三 寝ても覚めても忘れられない。

一四 自分の気持ちをへりくだって言う言葉。私の気持ちを二君の霊に告げようと思います。

一五 碑文を作ったり、霊を弔って祭ったりすることは無用のことであろうが、人情としてそうせざるを得ないものがある。

一六 自分が生きるか死ぬか分からない。

一七 またヨーロッパに帰り、碑を建てることはとても期待できない。

ス可ケンヤ　願クハ夫人妾《せふ》ガ此《この》情ヲ憐《あはれ》ミ妾ニ代リテ其労ニ当タレ
是レ妾ガ終生ノ願ナリト　妾曰ク　妾亦深ク令嬢《れいぢやう》ガ真情ヲ察セリ
其建碑一ノ如キハ易々《いい》タルノミ　妾必ズ令嬢ノ言ヲシテ空《むなし》フセシメズ
敢二テ念トナス勿《なか》レト　女史喜ビ更ニ左指ノ金環ヲ取リ妾ニ与ヘテ曰
ク、聊《いささ》三カ以テ餞意ヲ表スル耳《のみ》　若《も》シ又天涯四地角東海散士ニ萍逢《へいほう》五スル
コトアラバ是《これ》ヲ以テ証トナシ妾ガ流離窮厄《りうりきゆうやく》ノ状ヲ告ゲヨト　語畢リ
テ涙滂沱《ばうだ》六トシテ下《くだ》ル　妾モ亦首《またかうべ》ヲ低《た》レ飲泣《いんきふ》七シテ首肯ス　既ニシテ行《かう》八
装《さう》ヲ脩《をさ》メ密《ひそか》ニ船ニ搭《たふ》ジテ伊国ニ帰ル　家人皆大ニ駭《おどろ》キ喜テ曰ク　既
ニ已《すで》ニ死セリトセリ　何九ゾ其幸《それさいはひ》ナルヤト　手ヲ握リテ歓喜極リナ
シ　妾乃《すなは》チ来歴ノ大略ヲ父兄ニ告ゲ又幽将軍ノ書ヲ皇兄ニ送ル　其
後独《ひと》リ幽蘭女史ノ事ヲ苦慮シ憂鬱一〇ノ状自《おのづ》カラ老父ノ疑フ所トナル
老父曰ク　日来《ひごろ》一一汝《なんぢ》ノ容貌甚《はなはダ》憂《うれへ》アルモノヽ如シ　豈其故《あにそのゆゑ》一二ナカランヤ
何ゾ明《あきらか》ニ之ヲ語ラザルト　妾依《より》テ詳《つまびらか》ニ幽蘭女史ノ来歴ヲ語リ　又

顧意整然。

語尾数句。漸入二散士事一。言促意長。嗚咽蕭颯。含二無限之情一寄二無限之感一。蓋幽蘭欲レ一二言於東海郎君一者多時。憚二阿翁一恥二夫人一。口囁囁而不レ能レ言。遂鼓レ勇。纔道破得。故其語気嗚咽蕭颯。

一 石碑を建てること。「易々」は簡単でたやすいさま。
二 どうか心配しないでください。
三 わずかばかりですが、餞別の気持ちを表します。
四 極めて遠い所。
五 浮き草が水に漂うように、偶然の出会いを言う。「萍水相逢」の略。「萍水相逢ふ、尽く是れ他郷の客」(王勃「滕王閣序」)。「流離窮厄」は、他郷にさすらい難儀に遭って苦しむさま。
六 涙がとめどなくしたたり落ちるさま。
七 声を殺して。「首肯」はうなずくこと。
八 旅支度をしてひそかに船に乗り、イタリアに帰った。
九 どうして幸運にも生きているのか。
一〇 幽蘭女史を心配して気が塞いでいる様子は老父に不思議に思われた、の意。
一一 この何日間。
一二 なにか理由があるに違いない。

其建碑ノ事ヲ告ゲ更ニ其方法ヲ問フ　老父稍《やや》ゝ沈思シテ曰ク　幽蘭女史ガ其親友ヲ悼《いた》ミ碑ヲ海岸ニ建テントス　一三情義実ニ称スルニ堪エタリ　又汝ガ之ニ代リテ其労ニ当ルハ最モ其宜《そのよろし》キヲ得タル者ト謂《い》フ可シ　然レドモ余熟《つらつら》ゝ之ヲ思フニ　夫《か》ノ紅蓮范卿ノ二人果《はた》シテ一四長逝《ちやうせい》ノ客トナルカ　一五皇天明アリ志士仁人《じんじん》ヲ擁護《ようご》シテ猶《なほ》身ヲ今日ニ完《まつた》フスルカ未ダ明ナラザルアリ　而《しか》ルニ碑ヲ建テヽ魂魄《こんぱく》ヲ吊《とぶら》ハント欲ス豈《あに》又太《またはなは》ダ早カラズヤト　妾曰ク　否否《いないな》風雨此《かく》ノ如ク波濤《はたう》此ノ如ク船艦ノ覆没《ふくぼつ》此ノ如ク　豈生命ヲ今日ニ全フスルノ理アランヤ　妾ガ如キハ僥倖《げうかう》中ノ僥倖ト謂フ可キノミト　老父曰ク　汝既ニ僥倖中ノ僥倖タリ　一六焉《いづくん》ゾ二人モ亦《また》僥倖中ノ僥倖タラザルヲ知ランヤト　妾反覆《はんぷく》之ヲ争フ　老父更ニ一七温言ヲ以テ諭《さと》シテ曰ク　愛児心ヲ沈メテ余ガ言ヲ聞ケ　一八夫《それ》世事人事ハ支離錯雑《しりさくざつ》最モ甚《はなはだ》シキモノニシテ　落花流水ヲ見テ一九凄然懐《せいぜんこころ》ヲ傷《いた》メ二〇無情悲哀ノ歎ニ堪エザルモノアリ　落花流水ヲ見テ

顧二前老父之言果験果験一。読者百疑漁散氷解。

一三 その人情と義理は実に称賛すべきものである。

一四 死んで帰らぬ人。

一五 天は道理が分かっている。だから志士仁人を護って生き延びさせているかもしれない。「志士仁人」は紅蓮と范卿を指す。

一六 二人も幸運に巡り会っていないと言えない。二人も生きているかもしれない、の意。

一七 やさしい言葉。

一八 そもそもこの世の中や人間に関する出来事は、ちぐはぐだったり複雑に入り交じっていたりする。

一九 激しい悲しみを感じるさま。

二〇 心がない、無慈悲の意。

[一]莞然《くわんぜん》情ヲ喜バシ高情康楽ノ快ニ堪エザルモノアリ　各々《おのおの》[二]観ル所ノ如何《いかん》ニヨリテ相懸隔《あひけんかく》スルコトヲ免《まぬか》レズ　然ラバ則チ哲学上ヨリ推究センカ亦《また》断定シ難キヲ奈何《いかん》　抑《そもそも》[三]憂哀主義ヨリ観《くわん》ズレバ　世界ハ艱《かん》[四]厄《やく》ノ汚土《をど》　社会ハ不平　[五]人生ハ究苦《きうく》動物ニシテ　[六]泡沫夢《はうまつむ》幻《げん》草上ノ露ノ如ク風前ノ燈ニ似タリ　或《あるい》ハ[七]生レテ而シテ未ダ期ナラズ　忽《たちまチ》夭折《えうせつ》スルモノアリ　或ハ[八]生来不具目色《いろ》ヲ見ル能ハズ手形《かたち》ヲ捉《とらふ》ル能ハズ足地ヲ歩《ほ》ス能ハザルアリ　或ハ一滴ノ水[九]破症水《はしやうすい》トナリ忽《たちまチ》身体ヲ失フモノアリ或ハ一爪《いつさう》ノ傷[一〇]破症風《はしやうふう》トナリ俄《にはか》ニ生命ヲ損スル者アリ　生ヲ[一一]一掬《いつきく》ノ水ニ繋《つな》ギ命ヲ一息ノ気ニ絶ツ　[一二]汲々乎《きふきふこ》トシテ其レ危哉《あやふきかな》　或ハ百善ヲ行ヒ而シテ且《かつ》一生ヲ[一三]坎壈䠒䠊《かんらんごつげつ》ノ外ニ脱スルコト能ハズ[一四]遑《くわう》々トシテ路頭ニ餓死スルモノアリ　或ハ[一五]罪過ナク而シテ電雷《でんらい》ノ上ニ震ヒ地震ノ下ニ崩ル　[一六]海路ニ覆溺《ふくでき》ニ遇ヒ鉄路ニ衝突ニ陥ル者其《その》幾万人ナルヲ知ラズ　嗚呼生命ノ[一七]短促脆弱《たんそくぜいじやく》ニシテ人世《じんせい》ノ多難不幸ナル

此処稍似ㇾ有二強弩末力之憾一。

一　にっこりとして喜ぶさま。「高情康楽ノ快」は、高尚な情趣を落ち着いて楽しむ喜び。
二　同じ物をみてもその見方によって違いが生じるのは仕方ない、の意。
三　ペシミズム（悲観主義）の訳語か。
四　悩みや苦しみの満ちた、けがれた場所。
五　「人生」は人間。「究苦」は行き詰まり苦しむことで、「窮苦」と同じ。「究苦動物」は苦しみばかりが多い生き物の意。
六　泡、夢や幻、草の上の露が消え、風にさらされた灯火が消えやすいように、人生のはかないことのたとえ。「風中の灯」とも言う。「百年未だ幾時ぞ、奄（たち）ち風の燭を吹くが若し」（「怨詩行」『楽府詩集』）。
七　まだ寿命を全うしないのに夭折する者もいる。「期」は人の寿命の百年間を言う。
八　生まれながらにして目、手足が不自由なさま。
九　未詳。次行「破症風」と対にした語か。
一〇　「破傷風」のこと。傷口から侵入した破傷風菌が増殖して出来た毒素がまわり、末梢神経や脊髄前角細胞が侵され、痙攣を起こし、死に至る病気。かつては致死率が高かった。
一一　両手ですくい取る程の少量の水。「一息ノ気」は一呼吸。あっという間の短時間のたとえ。少量の水でしぶとく生き延びることもあれば、あっという間に死んでしまうこともある。人の命の不安定なさま。
一二　あわただしいさま（『論衡』書解）。あるいは「岌岌」（不安で危険なさま）の誤りか。
一三　志を得ず不遇で苦しむさま。「䠒䠊」は
→二四九頁注一五。

之ヲ思ヒ之ヲ慮《おもんぱか》ルコト愈ゝ益《いよいよますます》深クシテ愈ゝ益《いよいよますます》憂哀無常ノ甚《はなはだ》シキニ感触スルナリ　実ニ天下万物憂哀ノ種ニアラザルハナシ　然レドモ若《も》シ夫《そ》レ精神ヲ一瓢《いっぽん》シテ[一八]康楽主義ヨリ観ゼンカ　[一九]世界ハ幸福ノ楽土ニシテ人生ハ万物ノ主宰ナリ　故ニ電《いかづち》ヲ擒《とりこに》シ風ヲ捉《とら》ヒ水ヲ玩《もてあそ》ビ火ヲ使ヒ　以テ山岳ヲ揺《ゆるが》スベク以テ鉄艦ヲ動《うごか》スベク以テ石城ヲ砕ク可ク　激浪怒濤《げきろうはたう》ノ上ヲ行クコト平地ノ如ク風ニ御《ぎょ》シ雲ヲ渡リ半空ヲ翔《かけ》ルコト飛鳥ノ如ク　[二〇]宇内《うだい》ノ事物耳目ノ触ルヽ所悉《ことごと》ク吾有《わがいう》ナラザルナク　一念ノ動ク所一トシテ為ス可ラザルナシ　豈亦《あにまた》一大愉快ナラズヤ　且《かつ》人ノ生命ノ如キモ短促脆弱ナリト観ゼバ則《すなはチ》短促脆弱ナリ　然レドモ長寿強健ナリト観ゼバ則《すなはチ》長寿強健ノモノナリ　或ハ虎《こ》[二一]穴《けつ》ニ陥リテ生命ヲ全フスルモノアリ　或《あるい》ハ[二二]四支ヲ切断シ或ハ[二三]身体ヲ解破《かいは》シ而シテ一死ヲ免《まぬか》ルモノアリ　又或ハ船大洋ニ破レ永日ヲ一片ノ板ニ繋《つな》ギ而シテ救済ニ遭《あ》フモノアリ　何ゾ夫《そ》レ短促ナラン

一四 落ち着かないさま、ここでは住みかもなくさすらうさま。
一五 罪もないのに落雷や地震で命を落とす。
一六 海難事故や鉄道事故で命を落とすものが数え切れないこと。不慮の事故で命を落とすことの多さを言う。
一七 「短促」は期間が短いこと。
一八 オプティミズム（楽観主義）の訳語か。
一九 世界は幸福に満ちた楽しいところであり、人間はすべてのものの中心である。
二〇 この世で聞いたり見たりするものはすべて自分のものでないものはなく、強い意志があればできないものはない。
二一 虎の住む穴に落ちて助かって生き延びるものもいる。極めて危険な状態にあって一命を取り留めるたとえ。
二二 「四肢」に同じ。両手両足。
二三 重傷を負って辛うじて助かるものもいる。

従レ細入レ大。着着
進レ歩。比論適実。
誰為レ有レ憾乎。

世界万国未二曾有一
之美事。
老翁果是何人。

自与二鑼氏一比併而
如下更無レ所レ譲者上。
是老爺果何人。其
非二尋常人一可レ知
也。作者故掩二蔽
姓名一。隠隠間点二
一字一。挿二一句一。
使三読者僅想二見其
人物如何一耳。有下
春靄包二芳嶺一桜花
看不レ真趣上。

ヤ何ゾ夫レ脆弱ナランヤ　且夫《かつか》ノ峨馬治《(ガルバルヂー)》[一]ヲ見ズヤ　南船北馬《なんせんほくば》[二]兵ヲ起シ軍ニ加ハルコト幾《いく》タビナルヲ知ラズ　万死《ばんし》[三]ノ途ニ出入シテ生擒《いけどり》セラルヽモノ前後十余回ニ及ビ傷創《しやうさう》身ニ遍《あまね》クシテ体ニ完膚《かんぷ》ナシ　然レドモ終ニ大業[四]ヲ建樹シテ天年ヲ自由ノ郷風月《ふうげつ》ノ里ニ送ルヲ得タリ。又夫《またか》ノ[五]普国ノ三傑ヲ見ズヤ　硝煙《せうえん》弾雨ノ間ニ馳騁《ちてい》[六]シ　国内ノ禍乱《くわらん》ヲ掃蕩《さうたう》シ刺《し》客姦党《かくかんたう》ノ襲撃ヲ免《まぬが》レ　精鋭無前ノ隣敵ヲ挫折シ　遂ニ独乙[七]聯邦ヲ統一シ　今ヤ国威ヲ五洲ニ張リ　良将賢相[八]名君ト鼎立《ていりつ》シテ其情水魚ノ如ク　浸潤《しんじゆん》[九]ノ譖膚《そしりふ》受《じゆ》ノ愬《うつたへ》行ハレズ　其[一〇]一言一行ハ万国君相ノ肝胆ヲ驚スニ非ザルナシ　又夫《またかの》仏ノ鑼柄斗《(ラヘート)》[一一]ノ如キ此老爺ノ如キヲ見ズヤ　国歩《こくほ》[一二]艱難《かんなん》ノ時ニ際シ　或ハ勝チ或ハ敗レ　或ハ囹圄《れいご》[一三]ノ中ニ幽セラレ或ハ父母ノ国ヲ放追セラレ　流離《りうり》困厄《こんやく》而シテ猶《なほ》八十余年ノ長寿ヲ全フス　故ニ人間ノ喜悲ト生死トハ自《おのづか》ラ[一四]天運宿因ノ然ラシムル所アリテ人智ノ窺《うかが》ヒ計ル可ラザルモノアリ　是《これ》ニ由《より》テ之ヲ推《お》セ

一　↓一九二頁注七および二三九―二四四頁。

二　各地を忙しく駆け回ること。中国では、南は川が多いので船で、北は山や平原が多いので馬で旅行することから。東奔西走。「胡人は馬に便にして、越人は舟に便たり、異形殊類、事を易ふれば悖り、勢ひを得れば貴し」(『淮南子』斉俗訓)。

三　何度も死の危険に直面して、生け捕りにされること前後十回あまり、満身創痍で体に無事なところがなかった。

四　大事業を成し遂げること。ここでは一八六一年のイタリア統一を指す。「天年ヲ自由ノ郷風月ノ里ニ送ルヲ得タリ」はガリバルディが一八七一年に引退、カプレラ島で余生を送ったことを言う。「天年」は天寿。

五　↓三一六頁注五。注八との関連から考えると、ここはヴィルヘルム一世、モルトケ、ビスマルクを指すか。ヴィルヘルム一世(Wilhelm I. 一七九七―一八八八、プロシア国王在位一八六一―八八、ドイツ皇帝在位一八七一―八八)は政治面でビスマルク、軍事面ではモルトケやローン(一八〇三―七九)を登用し、プロシアを軍国化し、ドイツ帝国の成立を達成し、一八七一年のドイツ統一とともにドイツ帝国の初代皇帝となる。モルトケ(von Moltke. 一八〇〇―九一)はプロシアの将軍。対デンマーク戦争(一八六四年)、普澳戦争(一八六六年)、普仏戦争(一八七〇―七一年)にプロシア軍参謀総長として戦争を指揮し、優秀な戦術家としての手腕を発揮して勝利をもたらし、ドイツ統一に多大な貢献をした。ビスマルク(一八一五―九八)は↓三二二頁注三。

六　駆けめぐること。

是老成人之言。慰論周到。

果験果験。

一巻文字渾一場談話耳。而其間疾徐緩急。或悲壮感慨。或情思芊綿。或失意痛歎。姿致横生。変化百出。殆不㆑可㆓端倪㆒。読者唯惜㆓其文短㆒。而不㆑覚其文長。閲読再三不㆑覚㆓頭低㆑地也。敬服敬服。

説及㆓范老身上㆒則

バ紅蓮范卿ノ二人焉《いづくん》ゾ今日ノ恙《つつが》ナキニ非ラザルヲ知ランヤ　汝更ニ二人ノ踪跡《そうせき》[一五]ヲ探リ之ヲ詳《つまびらか》ニシ之ヲ明ニシ　而シテ後果《はた》シテ不帰《ふきノ》[一六]人タルヲ知ラバ則《すなはチ》始メテ石碑ヲ海角《かいかく》[一七]ニ建テ以テ幽魂《いうこん》ヲ慰《なぐさ》ムルモ未ダ遅キニ非ラザルナリト　妾退《しりぞき》テ反覆《はんぷく》熟慮スルモノ終夜　漸ク老父ノ言フ所其《その》理アルヲ覚《さと》リ　即《すなはチ》以為《おもへ》ラク若《も》シ二人ノ中生命ヲ全フスル者アラバ必ズ蹄水《(デラウエーア)》ノ隠家ニ帰ラン　若シ帰ラザルモ亦《また》其音《いん》[一八]信《しん》ヲ聞クコトヲ得ン　不幸ニシテ返ルモノナク又《また》音信ヲ通ズルモノナクンバ則《すなはチ》東海散士[一九]ヲ尋訪《じんはう》シ幽蘭女史ノ境遇ヲ語ラン　是亦《これまた》女史ノ志ヲ通ズルモノニシテ徒労タラザルニ足ラント　即日家ヲ発シ昨夜始メテ費府《(ヒラデルヒヤ)》ニ着セリト　紅蓮起テ謝シテ曰ク　嗚呼《ああ》夫人ノ厚誼《こうぎ》[二〇]此《かく》ノ如キカ　妾輩蒙昧《せふはいもうまい》之《これ》ヲ覚ラズ其罪又謝スルニ辞ナシ　請フ之ヲ恕《じょ》セヨト　散士嘆ジテ曰ク　嗚呼皇天未ダ忠孝ノ人ヲ捐《す》テズ　幽蘭女史猶《なほ》今日ニ生存スルヲ得ルカ　然ラバ則《すなはチ》范老モ亦《また》身ヲ天涯ニ全

七 普仏戦争に勝利した後に成立したドイツ帝国(一八七一—一九一八)を指す。第二帝政、またはビスマルク帝国とも呼ばれる。ドイツ帝国は二十五ヶ国の連邦制であるが、人口や土地面積の三分の二を占めるプロシアが事実上中心となり、プロシア国王がドイツ国王を兼ねていた。第一次世界大戦後のドイツ革命によって崩壊。

八 「良将」はモルトケ、「賢相」はビスマルク、「名君」はヴィルヘルム一世を指す。「鼎立」は三者が互いに並立すること。「其情水魚ノ如ク」は、いわゆる「水魚の交わり」で、魚は水がなければ生きて行けないように、切っても切れない親密な交際をいう。三国時代に蜀の劉備が、自分と孔明の間柄は魚と水のように切っても切れないものだと言ったことによる(『三国志』蜀志・諸葛亮伝)。

九 「浸潤ノ譖」は水がしみ込むようにじわじわとくる讒言。「膚受ノ愬」は皮膚を傷つけられるような痛切な訴え(一説に少しずつ人を讒言すること)。ここでは三者がそうしたことに惑わされず聡明であったことをいう。「子張明を問ふ。子曰く、浸潤の譖、膚受の愬、行はれざる、明と謂ふべきのみ、浸潤の譖、膚受の愬、行はれざる、遠と謂ふべきのみ」(『論語』顔淵)。

一〇 発言や行動が万国の君主や宰相を心の底から驚かさないものはない。

一一 ラファイエット。→三七頁注一三。

一二 国の運命が困難な局面を迎えている時。

一三 フランス革命後、穏健派として立憲君主制を主張するラファイエットは、急進的な左派のジャコバン派に忌まれて、一七九二年八月オーストリアへ逃亡、戦争捕虜と

フシテ再遇ノ期アル無カランヤ　然レドモ埃及《(エジプト)》ノ逆境挽回《ばんくわい》ス可カラザルヲ如何《いかん》セント　語未ダ終ラズ一自鳴鐘《じめいしょう》鏘々《さうさう》声アリ　顧ミレバ則《すなはチ》二後六点《ごろくてん》ヲ報ズルナリ

加二亦一字一。可レ見二賓主軽重厚薄冷熱。瞭瞭乎劃二断界線一。此篇比二前数編一。淡蕩平遠。雖レ非レ無二錯除之妙一。亦太乏二峭抜之趣一。豈徇爛之極帰二平淡一歟。抑険山奇水之間。描二春日田園之平蕪一。欲レ使三後篇峻峰危嶺之態益壮二其観一歟。余企レ足而待二後篇出一焉。

佳人之奇遇 巻七終

して扱われ獄中生活を送った。ナポレオン勝利後の一七九七年に釈放されたが、フランスへの帰国は認められず、九九年に無許可でフランスに帰国。一八三四年、パリで死去、七十七歳。「流離困厄」はあちこちをさすらい困難に出会うこと。

一四 「天運」は天が与えた運命。「宿因」は仏教語で前世の因縁。　一五 行方。

一六 死んだことを知ったならば。　一七 岬。

一八 消息。

一九 以下、三一五頁二行の「此大任」として言われたことが示される。　二〇 厚い友情。

以上三五一頁

一 「自鳴鐘」は時計。　↓一五二頁注七。

二 午後六時。

題佳人之奇遇後

友人太拙居士曾遊于支那其見乏勝地有所悟謂余曰支那乏勝地是其所以尚山水勝景之画也如我国則不然眼前不乏山水勝地何用文人画為余頗悦此言之有趣也毎以為談柄今茲東海散士佳人之奇遇第四篇成矣散士嘱余記所見即挙前説以応之也顧佳人之奇遇世或為絶無稀有之事而此書始出世也東京紙価為高云嗚呼是所以致有此著歟非歟

明治二十年立冬後一日　　天台道士識

（佳人之奇遇の後に題す[三]

友人[四]太拙居士《たいせつこじ》曾《かつ》て支那《しな》に遊ぶ。其の[五]勝地に乏しきを見、悟る所有りて余に謂ふ。曰く、支那は勝地乏し。是れ其の[六]山水勝景の画を尚《たふと》ぶ所以《ゆゑん》なり。我が国の如きは則ち然らず。眼前に山水勝地乏しからず。[七]何ぞ文人画を為すを用ゐんや。[八]余頗《すこぶ》る此の言の趣有るを悦ぶなり。毎《つね》に以て[九]談柄と為す。今茲《ことし》東海散士佳人之奇遇第四篇成る。[一〇]散士余に嘱《しょく》して見る所を記せしむ。即ち前説を挙げて以て之に応ずるなり。佳人之奇遇を顧みて世或いは[一一]絶無稀有の事と為す。[一二]而して此の書始めて世に出づるや、東

三　書物の最後に記す文。書後。跋文。
四　河上謹一（一八五六－一九四五）の号。岩国出身。経済学者河上肇の伯父。明治三年大学南校に入学。この文の筆者杉浦重剛（→次頁注三）とはそこでの同級生。明治十一年東大法学部卒業後、イギリスに留学。帰国後、農商務省、外務省を経て日本銀行に入行、理事に至る。明治三十二年住友理事。明治三十七年退任。
五　中国には景色のよい所が少ないのを見て。
六　自然の非常に美しい景色。
七　日本には美しい風景があるのだから、文人画は必要ないの意。一種の逆説的表現。「文人画」は文人が趣味として描く、主として水墨または淡彩で風景などを描く絵。南画とも。もともと中国が発祥だが、日本では江戸時代中期以降盛んになった。
八　私はこの言葉の含蓄深さにうれしくなる。「趣」は興味を引くおもしろさ。「悦」はこころにこだわりがなくなりうれしいさま。
九　話題。
一〇　散士は私に依頼して私の思うところを記させた。「嘱」は頼むの意。
一一　「絶無」は全くないこと、「稀有」は滅多にないこと。『佳人之奇遇』がこれまでにない名著であることを言う。
一二　初編は明治十八年十月刊。→三〇九頁注七。

京の紙価為に高しと云ふ。嗚呼是[一]れ此の著有りて致す所以か非か。

明[二]治二十年立冬後一日

天[三]台道士識《しる》す）

一　東京の紙の値段が高くなったのは此の『佳人之奇遇』という著書が出版されたせいなのか、そうではないのか。

二　一八八七年十一月九日。この年の立冬は十一月八日に相当。

三　杉浦重剛（しげたけ＝一八五五－一九二四）。明治大正期の国粋主義的思想家、教育者。天台道士、また梅窓と号す。近江（滋賀県）膳所藩士の子として生まれ、明治三年（一八七〇）、膳所藩貢進生として大学南校（後の東大）に入学。明治九年イギリスに留学し化学を専攻、明治十三年に帰国し、東京大学予備門長などを歴任する。明治二十一年に三宅雪嶺、志賀重昂らと政教社を創設、雑誌『日本人』を発刊し、政府の欧化主義政策に対して国粋主義の言論活動を展開、大隈重信、井上馨の条約改正案に反対する。教育分野でも活躍し、大正三年に東宮御学問所御用掛に任命され、皇太子（昭和天皇）に倫理を講じた。

佳人之奇遇序[四]

誰謂治乱盛衰者天数而非人力所及乎古語曰有徳者昌無徳者亡蓋国之治也必有所以治其衰也亦必有所以衰而未嘗不由為政如何也因之観之一治一乱雖云天数亦豈非人力哉東海散士所著佳人之奇遇論国権之伸縮憤執政之専横言辞剴切痛斥不措余嘗怪其詭激及反覆熟思始知発憤著書之不偶然也世徒喜其結構巧妙文字悲壮而不知著者寓意之所存可悲也已雖然此書終以空論浮文見称而勿使其言有験于後則国家之幸也生民之福也

梧楼

（佳人之奇遇序）

誰[五]か謂《い》ふ、治乱盛衰は天の数にして人の力の及ぶ所に非らざるかと。古[六]語に曰く、徳有れば昌《さか》へ徳無ければ亡ぶと。蓋《けだ》し国の治まるや必ず治まる所以《ゆゑん》有り。其《そ》の衰ふるや亦《また》必ず衰ふる所以《ゆゑん》有り。而《しか》して未《いま》だ嘗《かつ》て為政の如何《いかん》に由らざるなきなり。[七]之《これ》に因りて之を観れば一治一乱は天の数と云ふと雖《いへど》も、亦豈《またあに》人の力に非らざらんや。東海散士著《あらは》す所の佳人之奇遇は[八]国権の伸縮を論じて執政の専横を憤《いきどほ》る、[九]言辞剴切《がいせつ》痛斥

四 四編巻八は明治二十年十二月十四日版権免許、同二十一年三月二十三日印行、同月二十四日刻成出版。

五 誰が言うのか、世の中の治乱盛衰は天命によるものであって人力は及ばないものなのか、と。

六 「徳有れば以て興り易く、徳無ければ以て亡び易し」（『十八史略』巻二、西漢）。

七 政治のやり方が国の治乱を決定するのであれば、国の治乱は天命とはいうもののやはり人の力による、の意。

八 国家の権力の拡張や縮小。「執政の専横」は政治家の横暴な振る舞い。

九 彼の言葉は的確で不正を指弾してやまない。「剴切」は適切でぴったりとあてはまること。「痛斥」は良くないことを激しく非難すること。

して措《お》かず。余嘗《かつ》て其《そ》の[一]詭激《きげき》に及ぶを怪しみ、反覆熟思、始めて発憤して書を著すの偶然ならざるを知るなり。[二]世徒《いたづら》に其《そ》の結構の巧妙、文字の悲壮を喜びて、著者の寓意の存する所を知らず。悲むべきなり。已《すで》に然《しか》りと雖《いへど》も此《こ》の書終《つひ》に[三]空論浮文を以《もっ》て称せらる。[四]而して其《そ》の言をして後に験あらしむること勿《な》くんば、則ち国家の幸なり、生民の福なり。

梧楼[五]　印　印

一 その言葉の度はずれなほどの激しさを不思議に思い、何度もそのわけを考えてみると。
二 世間では趣向や文章のような表面的なものばかりを喜んで、著者がそこに託した真意を理解しない。「結構」は組み立ててつくること、ここでは構成された趣向。
三 浮わついた議論や美文。
四 国家の行く末を憂える言が結果として当たらなければ、国家にも人民にとっても幸いである。「験」は結果として現れた証拠。
五 三浦梧楼(一八四六-一九二六)。号は観樹。もと長州藩士で明治・大正期の政治家、陸軍軍人。文久三年(一八六三)に奇兵隊に参加し、第二次長州戦争、戊辰戦争に戦功をあげた。維新後、明治十年の西南戦争に旅団司令長官として出征、翌年に陸軍中将、十五年に陸軍士官学校長となり、十七年には大山巌に随行して欧州各国の兵制を視察。帰国後、東京、熊本の鎮台司令長官、同二十八年朝鮮国駐在特命全権公使に就任、東海散士らとともに閔妃殺害事件に関与したとして罷免、投獄されたが、裁判で免訴となる。同四十三年には枢密顧問官に任ぜられ、常に政界の黒幕として政党間の周旋に努めた。印文は上は「梧楼私印」、下は未詳。

新 日本古典文学大系 明治編 17
政治小説集 二 上

2006 年 10 月 27 日　第 1 刷発行
2024 年 11 月 8 日　オンデマンド版発行

校注者　大沼敏男《おおぬまとしお》　中丸宣明《なかまるのぶあき》

発行者　坂本政謙

発行所　株式会社　岩波書店
〒 101-8002　東京都千代田区一ツ橋 2-5-5
電話案内　03-5210-4000
https://www.iwanami.co.jp/

印刷／製本・法令印刷

© Toshio Oonuma, Nobuaki Nakamaru 2024
ISBN 978-4-00-731497-1　　Printed in Japan